आधी रात डुगडुगी

आधी रात डुगडुगी

सूर्यनाथ सिंह

वाणी
प्रकाशन

प्रकाशन के उत्कृष्टतम 63 वर्ष

vaniprakashan.com

सजिल्द पहला संस्करण : 2026

वाणी प्रकाशन

4695, 21-ए, दरियागंज, नयी दिल्ली-110 002

फ़ोन : + 91 11 23273167, 23275710

शाखाएँ

अशोक राजपथ, पटना-800 004, बिहार

कॉफ़ी हाउस कैम्पस, महात्मा गांधी मार्ग, प्रयागराज-211 001, उत्तर प्रदेश

महात्मा गांधी अन्तरराष्ट्रीय हिन्दी विश्वविद्यालय, वर्धा-442 001, महाराष्ट्र

sales@vaniprakashan.in
vaniprakashan@gmail.com

Aadhi Raat Dugdugi

by Suryanath Singh

ISBN : 978-93-7348-070-1
Novel

मूल्य : ₹ 500

आर. टेक ऑफ़सेट, दिल्ली-110 032 में मुद्रित

वाणी प्रकाशन का लोगो मक़बूल फ़िदा हुसेन की कूची से

सवना के लोगों को

अनुक्रम

बहा जात है पानी

एक

बहुत दिनों बाद ऐसी बरसात हो रही थी। यों कह सकते हैं कि बहुत दिनों बाद वे ऐसी बरसात देख पा रहे थे। बादल बिल्कुल सम पर झर रहे थे। बाहर पानी का संगीत था। पत्तों पर बूँदों की थापें थीं। पानी को पानी बजा रहा था। पिछली शाम को शुरू हुई बरसात अभी तक जारी थी। उन्होंने, यानी परमवीर प्रह्लाद ने, पलंग पर लेटे-लेटे याद किया, ऐसी बरसात बचपन में देखी थी। पाँच-पाँच, सात-सात दिन की झड़ी लगती थी। हथिया यानी हस्त नक्षत्र में तो बारिश रुकती ही नहीं थी। गाँव के लोग कहते थे–हथिया के चार पाँव, हर पाँव के चार दिन। यानी सोलह दिन के नक्षत्र में पानी कभी रुकता ही नहीं था। हवा के तेज़ झकोरे चलते रहते थे। गाँव के कई जर्जर घर दलदला कर गिर जाते। रसोई के लिए जलावन की सूखी लकड़ी तक नहीं मिल पाती थी। सीली लकड़ी फूँकते-फूँकते महिलाओं की आँखें धुन्धुआ जातीं। तब बरसात को लेकर घाघ की कहावतें ख़ूब याद की जाती थीं। उन्हीं कहावतों में से एक कहावत इस वक़्त प्रह्लाद जी के मन में उभर आयी थी–'शुक्रवार की बादरी रहे सनीचर छाय, कहें घाघ घाघिन सुनो, बिन बरसे नहिं जाय।' कल शनिवार की शाम को ही तो बारिश शुरू हुई थी, आज रविवार की रात है।

अहा! अब तो ऐसी बरसात होती ही नहीं। बादल आते हैं, आध-पौन घण्टे फटाफट मोटी-मोटी बून्दें बरसा कर लौट जाते हैं। पीछे तकलीफ़देह गर्मी और ऊमस छोड़ जाते हैं। जैसे उन्हें ठेका मिला हो कि कब, कहाँ, कितना पानी बरसाना है। बादल अपने साथ पानी का कोटा लेकर आते हैं। हफ़्ते भर का पानी इकट्ठा बरसा जाते हैं। इस तरह गली-मुहल्ला, सड़कें, खेत-खलिहान, बाग-बगीचे सब जलमग्न हो जाते हैं। पानी धीरे-धीरे बरसे, तो बहकर धीरे-धीरे ठिकाने भी लग जाये। एकदम से बरसता है, तो शहरों की गलियों में नावें उतारनी पड़ जाती हैं। सड़कें धँसने लगती हैं, पुलों के पाये बैठने लगते हैं। लोग छतों पर छाता ताने बैठे दिखने लगते हैं।

वे पलंग पर लेटे-लेटे अन्दाज़ा लगा रहे थे कि सुबह जब वे उठेंगे, तो बाहर सारा सीवान पानी से भरा होगा। बरसाती नाला उफन आया होगा। वे ख़ुश थे कि इतने दिनों बाद ऐसी बारिश देखने को मिल रही है। मौसम ठण्डा था। शरीर अलसाया हुआ। वे करवट बदल कर सो जाना चाहते थे।

मगर आँखों में रात की पहली नींद उतरी ही थी कि कानों में दूर से आती एक आवाज़ बजने लगी। वे चौंके। इतनी रात को डुगडुगी कौन बजा रहा है।...हाँ, डुगडुगी ही तो है। कुछ देर आवाज़ को पहचानने की कोशिश करने के बाद उन्होंने ख़ुद को जैसे आश्वस्त किया। आवाज़ों की उन्हें ख़ूब पहचान है। इतने साल उन्होंने आवाज़ों का अध्ययन करने में ही तो लगाया है। नहीं, यह खंजड़ी की आवाज़ कतई नहीं है। ढोल या मृदंग भी नहीं। अगर कहीं गवनई हो रही होती, कोई कुछ गा रहा होता, तो डुगडुगी न बजाता; ढोल, मृदंग या खंजड़ी बजाता। क्या पता, किसी के घर कीर्तन हो रहा हो! मगर, इस आवाज़ में मंगल ध्वनि जैसा भी कुछ ध्वनित नहीं हो रहा।...यह डुगडुगी की ही आवाज़ है, जो मुनादी के वक़्त बजाई जाती है।...पर, इतनी रात को, भरी बरसात में कौन, किस बात की मुनादी फेर रहा है।...रात आधी से अधिक तो गुज़रने को होगी!

उन्होंने पास रखे मोबाइल का बटन दबा कर देखा, सचमुच आधी रात हो चुकी थी। बारह बज कर सैंतीस मिनट हो रहे थे।

ज़रूर कोई पगला होगा। उन्होंने ख़ुद को समझाया। मगर, पगले के हाथ डुगडुगी किसने थमा दी! उन्होंने ख़ुद से पूछा और ख़ुद ही जवाब भी दे दिया–थमाने का क्या है, किसी चिबिल्ले, मदक्की ने पकड़ा दी होगी डुगडुगी और बैठ कर ले रहा होगा मज़े। आजकल के नवहों के पास कोई काम तो है नहीं। देर रात तक बैठ के दारू पीते और इसी तरह की उटपटांग हरकतें करते रहते हैं। उन्होंने जैसे ज़माने को कोसा। मगर तत्क्षण, उन्होंने ख़ुद को भी कोसा कि युवाओं के बारे में, इस भाषा में सोचना तुम्हें शोभा नहीं देता। अब उनके भीतर, बाहर झरते पानी के संगीत का आनन्द तिरोहित हो चुका था। उनका ध्यान उसी डुगडुगी पर टिक गया था। उन्होंने ध्यान दिया कि डुगडुगी की आवाज़ के स्थान में कोई परिवर्तन नहीं हो रहा है। जैसे, कोई कहीं एक जगह टिक कर बजा रहा है। नहीं नहीं, यह किसी चिबिल्ले या पगले का काम

नहीं। डुगडुगी बिल्कुल सम पर बज रही है–डुगडुगडुग डुगडुगडुग डुगडुग डुग। कोई पगला इस तरह सधे हाथों डुगडुगी पर लकड़ी नहीं मार सकता।

कानों में डुगडुगी की डुगडुग डुगडुग गूँजती रही और उन्हें बचपन की एक घटना याद हो आयी।

उन दिनों इसी तरह कई-कई दिन पानी बरसा करता था। गाँव के पास का बरसाती नाला उफन पड़ता। पड़ोस की नदी भी उफन आती और उसका पानी नाले के पानी को ठेलते हुए आकर गाँव के ताल में भर जाता। तब दूर-दूर तक बस पानी ही पानी दिखता रहता। अँधेरी रात में पानी का विस्तार भयावह लगता, मगर जब आसमान साफ़ होता, चाँद निकल आता, तो वही पानी चाँदी की तरह चमकता। उन दिनों वे नौवीं-दसवीं में रहे होंगे। रात गहरा जाती, जब गाँव में सन्नाटा पसर जाता, तो दूर पूरब दिशा से छपाक-छपाक की आवाज़ आती। लगता, जैसे कोई नाव का चप्पू चला रहा हो। कोई कहता, ताल के पीपल वाला भूत नहा रहा है। नाव के चप्पू वाली बात तो किसी को गले नहीं उतरती थी, मगर भूत वाली बात पर सबको यक़ीन था। क्योंकि वह छपाक-छपाक की आवाज़ एक ही दिशा से, लगभग एक ही दूरी से आती। अगर कोई नाव होती, तो उसके चप्पू की आवाज़ या तो नजदीक आती या फिर धीरे-धीरे गुम हो जाती। फिर, हर रोज़ एक ही दिशा से, लगभग एक ही जगह से वह छपाक-छपाक न उठती। इसलिए गाँव के लोगों ने मान ही लिया था कि ताल के पीपल वाला भूत रोज़ रात को इसी तरह नहाता है।

भूत के नहाने की बात पर तरह-तरह की भूत-कथाएँ उभर आतीं। हर किसी के पास भूत का कोई न कोई अनुभव, कोई सुना हुआ क़िस्सा मौजूद था। क़िस्सों का सिलसिला भला कहाँ टूटने वाला था। एक सुना कर निकल जाये और दूसरा चुप रहे, ऐसा हो नहीं सकता था! दूसरा भी पहले वाले को पटखनी देने वाला, उससे भी ज़ोरदार कोई भूत-क़िस्सा सुना डालता। मगर ऐसे मामलों में मैदान मारते मचाऊ काका ही। जैसा नाम वैसी उनकी फ़ितरत। तहलका मचा देते अपने क़िस्से-कहानियों से। वे माहौल देख कर तुरन्त क़िस्से गढ़ भी लिया करते थे। क़िस्सा सुनाने का अन्दाज़ ऐसा कि आप उसे सच्ची घटना मान कर विश्वास कर लें। उन्होंने भूत-प्रसंग में क़िस्सा सुनाया कि एक बार इसी तरह बाढ़ आयी हुई थी। ताल पानी से लबालब था। चटक चाँदनी

बिखरी थी। तब एक दिन रात को मचाऊ काका को कुछ आहट हुई। वे लाठी लेकर अपने अहाते से बाहर निकल गये। फिर उन्होंने जो देखा, उसे देख कर उनके होश फ़ाख़्ता हो गये थे। उन्होंने देखा कि बहुत सारे नंग-धड़ंग, काले-कलूटे भूत पानी के ऊपर कबड्डी खेल रहे हैं। चाँदनी रात में उनकी देह की काली चमड़ी चमक रही थी। वह क़िस्सा सुन कर तब प्रह्लाद जी के रोएँ भरभरा उठे थे। कुछ डर गये थे वे।...

मगर उस छपाक-छपाक वाले सामने उपस्थित भूत-प्रसंग की सच्चाई जानने के लिए गाँव के कुछ हिम्मती नवहों ने एक दिन हिम्मत जुटाई। सच्चाई तक पहुँचने की रणनीति बनायी। उन नवहों की अगुआई प्रह्लाद जी के पिताजी ने ही सँभाली थी। बरसाती नाला पार कराने के लिए जो सरकारी डोंगी गाँव में खड़ी थी, उस पर चार-पाँच नवहे भाला-गंडासे के साथ सवार हुए और बढ़ चले उस छपाक-छपाक वाली आवाज़ की तरफ़। उस दिन बरसात नहीं थी। आसमान बिल्कुल साफ़ था। बादलों का कोई नामो-निशान नहीं। टहाटह चाँदनी रात थी। धुले-खुले आसमान में चहकती हुई। सब कुछ साफ़ दिखता था। ठण्डी पुरवाई पर उठती पानी की लहरों पर चाँदी की चमक तिरती थी। गाँव के लोग टार्च वग़ैरह लिए खड़े थे। तब मोबाइल फ़ोन का ज़माना नहीं था, नहीं तो शायद दूसरे गाँव के लोगों को भी इत्तिला कर दी जाती। हिम्मती नवहे छपाक-छपाक का पीछा करते पहुँचे उस जगह, जहाँ से वह ध्वनि उठ रही थी। देखा, तो दूर शहबाजपुर के पास बने बाँध के किनारे कहीं से बह कर एक पेड़ का तना आ लगा है। हवा चलने से पानी की उठती तरंगें उस पेड़ के तने से टकराती थीं। पानी के टकराने से पेड़ के तने से लग कर बाँध की मिट्टी कट गयी थी। एक खोह-सी बन गयी थी। उसी खोह से वह छपाक-छपाक की ध्वनि निकल रही थी।...नवहे वह पेड़ का तना खींच लाये। फिर अगली रात से वह छपाक-छपाक सुनाई देनी बन्द हो गयी थी।...

वे सोचने लगे, यह डुगडुगी भी कहीं पानी तो नहीं बजा रहा।...मगर हवा तो चल नहीं रही। अभी तो इतना पानी भी नहीं बरसा कि ताल भर गया हो और उसमें तरंगें उठने लगी हों। कहीं वह पीपल वाला भूत सचमुच तो नहीं है।... आवाज़ तो ताल के पार ही कहीं से आ रही है। धुत। कहाँ भूत-वूत के चक्कर में फँस गये। अगर सचमुच कोई डुगडुगी बजा रहा होगा, तो सुबह होते न होते

पता चल ही जायेगा कि कौन बजा रहा था। यह आवाज़ केवल उनके कानों में तो पड़ नहीं रही। गाँव के और लोग भी सुन रहे होंगे, दूसरे गाँवों के लोग भी सुन ही रहे होंगे, जिस गाँव में बज रही होगी, उस गाँव के लोग तो पक्का सुन रहे होंगे। फिर, सुबह-सुबह गाँव भर में ख़बर फैल जायेगी कि डुगडुगी बजा कौन रहा था और क्यों बजा रहा था।

अब प्रह्लाद जी ने डुगडुगी की तरफ़ से अपना ध्यान हटाने की कोशिश की। बाहर बजते हुए पानी की तरफ़ ध्यान केन्द्रित कर दिया। वे चाहते थे कि इस पानी के संगीत को सुनते हुए नींद में प्रवेश कर जायें। फिर नींद में भी यही संगीत बजता रहे। नहीं तो, सुबह चार बजे ही गाँव वाले जाग कर खटर-पटर शुरू कर देंगे। गाय-गोरू बहरिया कर उन्हें चारा-पानी देने का वक़्त हो जायेगा। इस गहन रात में पानी को सुनने का जो सुख है, वह सुबह नहीं मिलेगा। अहह! बरसों बाद तो गाँव में ऐसी बारिश का आनन्द मिल रहा है, उसे पूरी तरह अपने भीतर भर लेना चाहिए। फिर यह सुख न जाने कब मिले। मिले, न मिले।

मगर, बाहर बारिश बज रही थी और कानों में डुगडुगी की आवाज़ गूँज रही थी। उन्हें अपने कानों पर अविश्वास-सा हुआ। सोचा, कहीं ग़लत तो नहीं सुन रहे कान उनके। आवाज़ वास्तव में डुगडुगी की ही है या किसी और चीज़ की!

उन्हें याद आया कि पंजाब में जब नगर कीर्तन या पाठ के लिए गुरुग्रन्थ साहब को ले जाया जाता है, तो इसी तरह कुछ गाँवों में नगाड़े पर थाप देते हुए डुगडुगी वाला आगे-आगे चलता रहता है। मगर यहाँ कौन सिख आ बसा! इस इलाक़े में तो कभी कोई सरदार परिवार था नहीं। क्या पता, किसी व्यवसाय के चक्कर में आ बसा हो। आसपास के क़स्बों में सरदार व्यवसायी तो रहते ही हैं। क्या पता, उन्हीं में से किसी ने इधर किसी गाँव में ज़मीन-जायदाद ख़रीद ली हो, घर बनवा लिया हो। मगर, आधी रात को गुरुग्रन्थ साहब को क्यों ले जाया जा रहा होगा। नगर कीर्तन तो प्रकाश पर्व पर होता है! वह तो अभी है नहीं। और, इस बरसात में क्यों पाठ कराने की ठानी किसी ने!

फिर शुबह हुआ कि कहीं यह शादी-ब्याह में बजने वाला नगाड़ा तो नहीं। शादी के नगाड़े की बात मन में आते ही बचपन के दृश्य उभर आये। जब किसी के घर विवाह होता, तो हल्दी, मटकोर, कुआँ पूजन के वक़्त इसी तरह हरिजन बस्ती का कोई लड़का डुगडुग डुगडुग नगाड़ा बजाता चलता था। मटकोर के लिए निकली महिलाएँ गाती चलती थीं–'कहवां के पीअर माटी, कहाँ के कुदार हो, कहवां की सात सुहागिन, माटी कोड़े जासु हो।' और इसके जवाब में गाँव-जिले का नाम जोड़ कर पंक्तियाँ गाई जाती थीं। महिलाओं का गायन चलता रहता और नगाड़े वाला लड़का इसी तरह तय ताल में डुगडुग डुगडुग नगाड़ा बजाते हुए आगे-आगे चलता रहता। उन्हें इसी धुन पर गढ़ी, अपने पिता के मुख से बचपन में सुनी, बिरहा गान की पंक्तियाँ भी याद हो आयी थीं–'कोइरिन कोइरिन तुहूं मोरी रनिया हो, कहवां की हरदी ऊपर कइलू आज।'

क्या पता, किसी के घर में शादी पड़ी हो और वहीं नगाड़ा बज रहा हो।... मगर आधी रात मटकोरा कौन करता है! मटकोर तो सूरज डूबने से पहले ही हो जाता है। विवाह की कोई भी रस्म इतनी रात को नहीं होती। और सावन-भादों में भला कौन विवाह करता है। इन दिनों तो देव सोते हैं। शादी-विवाह नहीं होता।

शादी के नगाड़े के बारे में सोचते-सोचते वे अपने विवाह की यादों में प्रवेश कर गये थे।

इसी घर में तो हुआ था विवाह उनका। तब कच्ची दीवारों का खपरैल वाला घर हुआ करता था। लता इसी घर में ब्याह कर आयी थी। मई का महीना था। ख़ूब गर्मी पड़ रही थी। पच्छिम कोने वाली कोठरी में लता का पलंग डाला गया था। प्रह्लाद जी के मन में उस दिन के दृश्य उभरने लगे थे, कैसे पहली रात को पड़ोस की रामकिसुन भाभी ने मुझे धक्का देकर लता की कोठरी में ठेल दिया था। गर्मी से बुरा हाल था, मगर लता बन्द कोठरी में लाल साड़ी पहने गठरी बनी पलंग पर बैठी थी। घूंघट काढ़े।...उसे देख कर प्रह्लाद जी के मुँह से अचानक निकला था–'अरे, यह तो सजा दे रखी है तुम्हें इन लोगों ने। इतनी गर्मी में एक पंखा भी नहीं दिया।' यह कहते-कहते उनके अन्तरमन

में यह संकल्प भी दृढ़ हो गया था कि जल्दी ही वे लता के लिए बिजली का पंखा ख़रीद कर लायेंगे। टेबल पर रखने वाला।...

लता ने कहा कुछ नहीं। बस, बग़ल में रखी ताड़ की पंखी उठा कर सामने रख दी थी। उसकी चूड़ियाँ खनक उठी थीं। प्रह्लाद जी पलंग पर बैठ गये, तो लता ने उन्हें सिरहाने बैठने का इशारा किया और तुरन्त खिसक कर पैताने की तरफ़ आ गयी थी। घूंघट काढ़े हुए ही वह प्रह्लाद जी को पंखा झलने लगी थी।

प्रह्लाद जी का विवाह तभी हो गया था, जब वे दिल्ली विश्वविद्यालय से एमएससी कर रहे थे। हालाँकि पिता समाज के जागरूक व्यक्ति थे। लोकगायक के रूप में उनकी प्रतिष्ठा थी। वे ख़ुद ही गीत लिखते, उसका संगीत तैयार करते और गाते थे। काफ़ी पसन्द किये जाते थे उनके गीत। दिल्ली, लखनऊ, इलाहाबाद, बनारस उनका आना-जाना लगा रहता था। बड़े-बड़े लोगों से मिलना-जुलना था। बदलते ज़माने के रीत-रिवाज़ से परिचित थे। बन्ददिमाग़ नहीं थे। मगर उनके एक मित्र का ऐसा भावनात्मक दबाव बना कि उन्हें उनकी बेटी से प्रह्लाद जी का विवाह करना पड़ा। प्रह्लाद जी ने भी विवाह का विरोध नहीं किया था। उनकी बिरादरी के लड़कों का विवाह तो बचपन में ही हो जाया करता था, उनका विवाह तो फिर भी पक्की उम्र में हो रहा था।

अब तो वह पुराना घर रहा नहीं। प्रह्लाद जी के विवाह के बाद पिता ने ही मिट्टी का घर तुड़वा कर चार हवादार कोठरियों, एक रसोई और एक बैठक वाला पक्का घर बनवा दिया था, ताकि बहू को कुछ आराम मिल सके। प्रह्लाद जी तब पढ़ ही रहे थे, इसलिए लता को गाँव में ही रहना था। शादी के पाँच साल वह यहीं गाँव में रही। पीएचडी करते-करते जब प्रह्लाद जी को चंडीगढ़ यूनीवर्सिटी में लेक्चरशिप मिली, तब लता उनके साथ रहने गयी थी। उसके बाद वह उन्हीं के साथ रहने लगी। तब तक उनका लड़का दो वर्ष का हो चुका था। उसके बाद साल बीतते न बीतते पिता गुज़र गये थे। पिता के जाने के बाद माँ अवसाद में रहने लगी थीं। तब प्रह्लाद जी उन्हें भी चंडीगढ़ ले गये थे। परिवार में बँटवारा नहीं हुआ था, इसलिए पिता के बाद इस घर को देखने-सँभालने की ज़िम्मेदारी चाचा पर आ गयी थी। वैसे भी चाचा ही घर-गृहस्थी के काम सँभालते थे। पिताजी तो ज़्यादातर बाहर ही रहते थे।

जब तक माँ जीवित रहीं, उन्हें इस घर की चिन्ता लगी रहती थी। इस घर से उनका लगाव था, शहर की बन्द ज़िन्दगी रास नहीं आती थी, इसलिए साल में कम से कम दो बार तो उन्हें लेकर गाँव आना ही पड़ता था। मगर, चंडीगढ़ से उत्तर प्रदेश के धुर पूरब, बिहार से सटे इस गाँव में पहुँचना तब आसान काम नहीं था। तब रेलगाड़ियाँ भी इतनी नहीं थीं। चंडीगढ़ से दिल्ली पहुँचो, फिर वहाँ से बनारस की गाड़ी पकड़ो। वहाँ से बस से गाँव के पास पहुँचो। वहाँ से पैदल चल कर गाँव पहुँचो। गाँव जाने वाली सड़क तब कच्ची ही थी। बरसात में क़ीचड़ और गर्मी में धूल से भर जाती थी। चंडीगढ़ से गाँव पहुँचने में पूरे दो दिन और एक पूरी रात खप जाती थी। बच्चे बड़े होने लगे और उनकी पढ़ाई-लिखाई बढ़ती गयी, तो लता का गाँव आना लगभग बन्द ही हो गया था। हालाँकि, उसका भी मन हमेशा गाँव में लगा रहता, मगर गाँव जाने की दुश्वारियों के चलते भी वह मन मार लेती।

रिटायरमेंट से कुछ साल पहले प्रह्लाद जी ने पिता के बनवाए घर से सटा यह नया घर बनवाया था कि कभी-कभी यहाँ आकर रह सकेंगे। यह कोरोना आने से साल भर पहले की बात है। सोचा था, मेरे नौकरी में रहते हुए तो लता ने ख़ुद को घर सँभालने में ही खपा दिया। बच्चे अपनी कठिन पढ़ाइयों से जूझ रहे थे, मैं अक्सर विदेश दौरों पर निकल जाया करता था। फिर बच्चे अपनी-अपनी राह पर निकल पड़े। दूसरे देश जाकर घर बसा लिया। सोचा था कि रिटायरमेंट के बाद गाँव में आकर सुकून से कुछ दिन रहा करेंगे। लता को सुख मिलेगा। मगर हाय, लता को यह सुख भी नसीब न हुआ। उनके रिटायरमेंट से एक साल पहले ही कोरोना ने उसे उठा लिया। प्रह्लाद जी अकेले पड़ गये।

लता के जाने से पहले ही बेटी टोक्यो चली गयी थी। वहाँ के एक अस्पताल में वह न्यूरो सर्जन है। बेटा तो उससे भी पहले सिंगापुर के बैंक में नौकरी करने चला गया था। आईआईटी कानपुर से इंजीनियरिंग की पढ़ाई की, फिर एमबीए और अब बैंक में काम करता है। कोरोना की बन्दी के चलते वे दोनों अपनी माँ के अन्तिम संस्कार में भी शामिल नहीं हो पाये थे। जिस माँ की जान अपने बच्चों में बसती थी, वह जाते-जाते उनसे दो बातें भी न कर सकी। जब बेटी जापान जाने वाली थी, तो लता सबसे ज़्यादा दुखी थी। वह बड़बड़ाती रहती थी–शादी करके तो उसे दूसरे घर जाना ही है, मगर कहीं

आसपास जाती तो यह तसल्ली तो रहती कि वह हमारे पास है। अब इतनी दूर जा रही है, वहाँ इसे कोई तकलीफ़ हो, किसी समय हमारी ज़रूरत पड़े, तो कैसे जायेंगे हम उसके पास।

प्रह्लाद जी हँस कर उसे समझाते, अब दुनिया की दूरियाँ सिमट गयी हैं। जितना समय हमें चंडीगढ़ से अपने गाँव जाने में लगता है, उससे एक तिहाई से भी कम समय में हम जापान पहुँच जायेंगे। चिन्ता मत करो। तुम्हें तो ख़ुश होना चाहिए कि तुम्हारी बेटी इतनी क़ाबिल है कि उसे जापान में नौकरी मिली है। और अब माता-पिता को छोड़ कर बच्चों का दूसरे देश जा बसना तो जैसे कहानी घर घर की हो चली है। यहाँ, पंजाब में तो तुम देखती ही हो, जितने पंजाबी भारत के दूसरे हिस्सों में नहीं रहते, उससे ज़्यादा तो दूसरे देशों में जा बसे हैं।

प्रह्लाद जी पानी का संगीत सुनने की कोशिश में न जाने कहाँ-कहाँ भटकते चले गये थे। उन्होंने ख़ुद को सँभाला। उनकी 'सुरति' उस दौर के दृश्य-दर-दृश्य खोले जा रही थी। उन्होंने उस पर विराम लगाया।

वे कहते हैं कि उनके भीतर एक नेचुरल टेलीविज़न सेट है, जो कभी बन्द नहीं होता। सतत चलता रहता है। उसे चालू या बन्द नहीं करना पड़ता। वह स्थितियों और वतावरण के अनुसार ख़ुद चल जाता है। किसी घटना के दृश्य पकड़ कर न जाने कहाँ-कहाँ के, किन-किन घटनाओं के दृश्य खोलने लगता है। कई बार तो उसमें ख़ुद कहानियाँ बनती चलती हैं। कहानियों के दृश्य, संवाद और अभिनय विकसित होते चलते हैं। उनका वह टीवी एक ऐसी मशीन की तरह है, जिसमें किसी घटना का शीर्षक भर डाल दो, वह उस पर पूरी फ़िल्म तैयार करके चला देगा। कई बार तो चलते-फिरते अगर किसी बात की कोई पंक्ति भर उनके कान में पड़ जाये, तो उसी को पकड़ कर दृश्य रचना शुरू कर देता है। उन्होंने उस टेलीविज़न का नाम रखा है–सुरति। जैसे लोग घर के टेलीविज़न का चैनल बदलते रहते हैं, उसी तरह प्रह्लाद जी अपने भीतर सक्रिय सुरति का चैनल बदलते रहते हैं। मगर हर चैनल पर, हर कहानी में दो किरदार स्थायी होते हैं। एक पक्ष में और दूसरा विपक्ष में। प्रह्लाद जी को ये दोनों पसन्द हैं। उन्होंने इन दोनों के नाम भी रख रखे हैं। पहचान के लिए नाम ज़रूरी होते हैं। उन्होंने एक नाम रखा है चार्वाक और दूसरे का चाणक्य।

रखने को वे कुछ और नाम भी रख सकते थे। जैसे, अपने ही नाम के दो हिस्से कर दोनों को दे सकते थे–परमवीर और प्रह्लाद। मगर अपने को खण्डित करना उन्हें अपनी पहचान खण्डित करने जैसा लगा था। ख़ैर।

जब भी सुरति की बात आती है, प्रह्लाद जी के मुख पर व्यंग्यात्मक हँसी तैर जाती है–ऐसा टेलीविज़न तो सभी के भीतर है। सतत संचरित मानव मेधा की सुरति।...लोग न जाने क्यों कृत्रिम मेधा को लेकर भयातुर, हाहाकार कर रहे हैं। मानव मेधा के आगे तो वह कुछ भी नहीं। मानव मेधा ने ही तो अपना काम आसान करने के लिए कृत्रिम मेधा को एक सहायक उपकरण के तौर पर तैयार किया है। मानव मेधा का कोई तोड़ नहीं। जिसका जितना विस्तृत अनुभव संसार, उतनी समृद्ध संचरित उसकी सुरति। बार-बार इसका चैनल बदलते रहना चाहिए, नहीं तो मानसिक विकृतियाँ पैदा होने का ख़तरा भी रहता है। जो अपनी सुरति का चैनल नहीं बदलता, उसका दिमाग़ ख़राब हो ही जाता है। उसके दिमाग़ में एक ही रेकार्ड बजता रहता है।

उन्होंने फिर बाहर बज रहे पानी पर ध्यान केन्द्रित किया। मगर फिर उन्हें याद आया कि कल तो उनके बचपन के साथी और सहपाठी रामबरन का बेटा अरविन्द आयेगा, उनसे बातचीत करने। यूट्यूब पर कोई चैनल, शायद कई चैनल चलाता है। उसने कोई कम्पनी भी खोल रखी है, जिसके बैनर तले तरह-तरह के प्रोग्राम बनाता रहता है। रामबरन बता रहे थे कि उसने अपने और आसपास के गाँवों के बहुत सारे नौजवानों, लड़कियों, महिलाओं को तैयार कर रखा है, जो उसके यूट्यूब कार्यक्रमों में किरदार निभाते हैं।...वह सुबह-सुबह आयेगा, उनसे कुछ बातचीत करने। कह रहा था कि उगते सूरज की रौशनी कैमरे के लिए बहुत अच्छी रहती है। गाँवों की बदलती संस्कृति पर कुछ बात करेगा, महानगरों में बढ़ती ऊब के बारे में कुछ जानने-समझने का प्रयास करेगा। प्रह्लाद जी, अरविन्द को बातचीत के लिए मना करते रहे, मगर वह माना नहीं। बातचीत के लिए ज़िद पर अड़ा रहा। वह कल कैमरा वग़ैरह लेकर पहुँचेगा।...

कल शाम अरविन्द जब उनसे मिल कर गया, तो बग़ल में बैठे हरेराम ने टिप्पणी की थी, 'बहुत चाई है अरबिंदवा। यूट्यूब पर न जाने क्या-क्या

फ़िल्में बना कर डालता रहता है। न जाने कौन-सी एक कम्पनी भी पकड़ रखी है, लोगों को उसका तेल-साबुन ऑनलाइन बेचता रहता है। मेम्बर बनाता है साढ़े पाँच सौ रुपये लेकर और फिर उस कम्पनी का सामान ख़रीदने पर दस प्रतिशत की छूट दिलाता है। हर ख़रीद पर कुछ प्वाइंट भी मिलते हैं। उससे भी उसको कमीशन आता है। तरह-तरह के धन्धे पाल रखे हैं इसने।'

प्रह्लाद जी ने फिर सुरति का चैनल बदला, अभी तो किसी तरह नींद आ जाये, ताकि सुबह आलस न रहे। अरविन्द आयेगा, तो मना भी नहीं कर सकते। आजकल के बच्चे अपने ढंग से जीना सीख गये हैं। हमारे ज़माने में तो ऐसा था नहीं। अच्छी बात है कि अब बच्चे स्कूल में पढ़ते-पढ़ते पैसा कमाने के तरीक़े तलाशना शुरू कर देते हैं। एक तरह से वे अपनी दिशा बचपन में ही तय कर ले रहे हैं। हमारे ज़माने में तो ऐसा कुछ था नहीं। इतने संसाधन भी नहीं थे। सीधी-सीधी पढ़ाई थी, नौकरियों के सीधे-सीधे रास्ते थे। तब तो सबसे आसान नौकरी फ़ौज की थी। जो शरीर से थोड़े ठीक-ठाक होते, कद-काठी अच्छी होती, वे दसवीं-बारहवीं करके सेना में भर्ती हो जाते थे। उससे कठिन नौकरी थी पुलिस की। मगर थोड़े प्रयास से वह भी मिल ही जाती थी। हालाँकि, तब बहुत सारे लोग पुलिस की नौकरी को अच्छा नहीं मानते थे। इसे घूसखोरी और बेईमानी का महकमा माना जाता था। इसलिए शरीफ और थोड़े सम्पन्न लोग अपने बच्चों को पुलिस में भर्ती होने से रोकते थे। प्रह्लाद जी के पिताजी बताते थे कि उनकी जवानी के दिनों में बग़ल वाले गाँव के एक बाबूसाहब के बेटे पुलिस में दारोगा भर्ती हो गये थे। काफ़ी समय तक इसलिए उनकी शादी नहीं हो पायी थी कि कोई भी इज़्ज़तदार आदमी उनसे अपनी बेटी का ब्याह नहीं करना चाहता था। तब नैतिकता का मान था। मगर सेना में भर्ती होना, तब भी राष्ट्रसेवा का काम माना जाता था।

प्रह्लाद जी अपने बचपन को याद करने लगे। तब तक स्थितियाँ काफ़ी बदल गयी थीं। नौकरी पाना बड़ी बात मानी जाने लगी थी। पढ़ाई-लिखाई पर ज़ोर बढ़ गया था। हालाँकि, तब पढ़ाई-लिखाई का स्तर आज की तरह था नहीं। जो ऊँची पढ़ाई कर लेता था, उसे कहीं न कहीं नौकरी मिल ही जाती थी। मगर बहुत सारे बच्चे किसी तरह आठवीं पास करते-करते अपने पुश्तैनी काम में लग जाते थे। खेती-बाड़ी, बुनकरी, दुकानदारी वग़ैरह में। उससे ऊपर

पहुँचने वालों की संख्या गाँव के लड़कों में बहुत कम होती थी। लड़कियों के तो तब दसवीं तक पहुँचते-पहुँचते विवाह की बात चलनी शुरू हो जाती थी। वह ज़माना ही अलग था। अब पढ़ाई-लिखाई का स्तर तो बढ़ गया है, पर नौकरियों के लिए जगह सिकुड़ गयी है। हालाँकि अब बच्चों के सामने खुला आसमान है। काम-धन्धों के असीमित विकल्प हैं। अरविन्द अगर ज़माने के साथ चल रहा है, तो इसमें बुराई क्या है। कुछ रचनात्मक काम तो कर रहा है। जो रचनात्मक काम करता है, वह थोड़ा बेहतर इन्सान भी होता ही है।

अब प्रह्लाद जी की सुरति ने दूसरा चैनल पकड़ लिया था। आज के युवाओं के बारे में सोचते-सोचते उन्हें सोढ़ी साहब की याद हो आयी। चंडीगढ़ यूनीवर्सिटी की प्रोफ़ेसर कॉलोनी में प्रह्लाद जी के पड़ोसी और परम मित्र सोढ़ी साहब। सोढ़ी साहब पंजाबी के प्रोफ़ेसर थे। साहित्य, दर्शन, इतिहास की हर हलचल पर नज़र रखने वाले। हर रविवार गुरुद्वारे में कारसेवा करने वाले। कोरोना आने से एक साल पहले ही रिटायर होकर अपने गाँव बरनाला चले गये थे। वे कहते थे, 'आप ख़ुशनसीब हो परमवीर साहब, कि आपके दोनों बच्चे लायक निकल गये।'

प्रह्लाद जी ने रिटायरमेंट वाले दिन सोढ़ी साहब को फ़ोन मिलाया था, यह बताने के लिए कि वे भी अब प्रोफ़ेसर कॉलोनी छोड़ कर जिरकपुर वाले अपने फ़्लैट में शिफ़्ट हो जायेंगे। बातचीत के क्रम में ही प्रह्लाद जी ने सोढ़ी साहब के बेटे हरकीरत का हालचाल पूछा था कि वह आजकल क्या कर रहा है।

बेटे का ज़िक्र आते ही सोढ़ी साहब का गला भारी हो गया था, 'वह तो पोर्न इंडस्ट्री में चला गया, परमवीर साहब। लम्बी कहानी है, बात करेंगे कभी इस पर।'

बातचीत इतने पर ख़त्म हो गयी थी। मगर थोड़ी देर बाद व्हाट्सअप पर सोढ़ी साहब का एक सन्देश टुन्न करके बजा था। प्रह्लाद जी ने उसे खोल कर देखा। एक वीडियो का वेब लिंक था। वीडियो चलाया, तो उसमें हरकीरत एक यूट्यूब चैनल पर इंटरव्यू दे रहा था। उसे पहचानने में मुश्किल

हुई। बचपन में उसे दाढ़ी-पगड़ी में देखा था, अब वह सफाचट हो गया था। डिजाइनर सूट-टाई पहने, क़रीने से बाल सँवारे, हल्की मुस्कान ओढ़े बैठा था। चेहरे पर दार्शनिक गम्भीरता और ठहराव था। चेहरे से ही पता चल रहा था कि वह अच्छा-खासा सम्पन्न जीवन जी रहा है और अपने काम से काफ़ी सन्तुष्ट है।

उस यूट्यूब चैनल के एंकर ने लम्बी-चौड़ी भूमिका बनाते हुए हरकीरत का परिचय देना शुरू किया था–'आज हमारे साथ बातचीत के लिए स्टूडियो में मौजूद हैं मिस्टर मोहित कुमार। एडल्ट इंडस्स्ट्री के स्टार। आज हम इनसे इस इंडस्ट्री और इनके काम के बारे में बहुत सारी बातें करेंगे।...'

मोहित कुमार!...नाम भी बदल लिया हरकीरत ने!...जिस पेशे में पहुँच गया है, वहाँ असली नाम बताने में शर्म महसूस होती होगी। अच्छा ही है, इसने माँ-बाप की पहचान छिपाने की कोशिश की। मगर छिप कहाँ पाती है इस तरह माँ-बाप की पहचान। अपने लोग तो पहचान ही लेते हैं। एक ने भी पहचान लिया, तो फैला देता है सब जगह। सोढ़ी साहब के पास भी तो हरकीरत के बारे में इसी तरह जानकारी पहुँची थी।

प्रह्लाद जी ने हरकीरत को बचपन से देखा था। शुरू से चंचल स्वभाव का था। पढ़ाई में उसका मन लगता नहीं था, घर में वह टिकता न था। किसी तरह उसने स्कूल की पढ़ाई पूरी कर ली, तो सोढ़ी साहब ने कॉलेज में उसका दाखिला करा दिया था। मगर टिका नहीं कॉलेज में। भाग गया मुम्बई। फ़िल्म में काम करने का जुनून था। वहाँ से समाचार मिलते कि किसी टेलीविज़न सीरियल में काम मिल गया है। किसी वेब सीरीज़ में काम करेगा। विज्ञापनों में काम कर रहा है। किसी फ़िल्म के लिए बातचीत चल रही है। सुन कर तसल्ली होती कि चलो, आगे कुछ बेहतर ही करेगा। आजकल के बच्चों को फ़िल्मों का चस्का बहुत है। कोई ऐक्टिंग करने भाग रहा है, कोई गाना-बजाना सीख रहा है, कोई नाचना सीख रहा है, कोई कैमरा करना चाहता है।...इसमें बुराई क्या है। ज़रूरी तो नहीं कि हर कोई पढ़-लिख कर कलेक्टर या प्रोफ़ेसर ही बन जाये। जिसमें कला का हुनर है, वह अपनी पसन्द के काम में जाये, तो अच्छा ही है।...सोढ़ी साहब कहते, 'सब परमात्मा की मेहर है। वह जैसा

चाहेगा, वही होगा।' मगर, हरकीरत इस दुनिया में उतर जायेगा, ऐसा तो शायद ही किसी ने सोचा होगा। सोढी साहब ने तो कतई नहीं सोचा होगा।

आँखों के आगे हरकीरत की बातचीत का वीडियो चल रहा था, दिमाग़ में प्रह्लाद जी की सुरति सक्रिय थी। वीडियो में हरकीरत बता रहा था, 'दो-तीन टीवी सीरियल में काम किया। छोटे-मोटे रोल थे। फिर कोरोना लॉकडाउन आ गया। काम मिल नहीं रहा था। पैसे थे नहीं। तभी किसी ने पूछा कि एक वीडियो करना है, सॉफ्ट पोर्न है, करोगे क्या। मैं झिझका, यह सॉफ्ट पोर्न क्या है! उसने समझाया कि जैसा फ़िल्मों, बहुत सारे सीरियल्स में दिखाया जाता है। वह पोर्न नहीं होता, इंटीमेट सीन्स होते हैं, कुछ उसी तरह का। मैंने कहा, इसमें कोई बुराई तो नहीं। जब ए ग्रेड फ़िल्मों में यह अलाउड है, तो वीडियो फ़िल्मों में करने से परहेज क्यों करना। उसके बाद तो फिर काम की कोई कमी नहीं। जब इस दुनिया में उतरा, तो जाना कि हमारे देश में सेक्स एजुकेशन की बहुत ज़रूरत है। सेक्स एजुकेशन न होने की वजह से बहुत तरह के अपराध पनप रहे हैं। फिर मैंने ठान लिया कि एक कलाकार के तौर पर लोगों को एजुकेट करने में मदद करूँगा। अब तक दो सौ से ऊपर पोर्न फ़िल्में कर चुका हूँ।'

ओह! इस लड़के ने तो बाज़ार का पूरा व्याकरण सीख लिया है। वही-वही शब्दावली, वही वही तर्क, जो पोर्न इंडस्ट्री को बढ़ावा देने के लिए इस्तेमाल किये जाते हैं। यह लड़का अपनी व्यथा नहीं सुना रहा, पोर्न इंडस्ट्री को प्रमोट कर रहा है! प्रह्लाद जी सोच रहे थे। क्या गुज़री होगी सोढी साहब पर, जब पहली बार उन्हें पता चला होगा कि हरकीरत पोर्न इंडस्ट्री में काम करने लगा है!

विडियो में सवाल सुनाई पड़ा था, 'क्या रिएक्शन था आपके पेरेंट्स का, जब उन्हें पता चला कि आप इस इंडस्ट्री में काम करते हो?'

'मेरे फादर साहब के किसी फ्रेंड ने उन्हें मेरा कोई वीडियो भेजा था। वह देखने के बाद पापा ने मुझे मैसेज भेजा–मुझे तुमसे ज़रूरी बात करनी है। मैं समझ गया था कि उन्हें क्या बात करनी है। कई दिन तक मैं बचता रहा। ख़ैर, अब उन्होंने मुझे स्वीकार कर लिया है।'

'अब शादी करने, परिवार बसाने के बारे में क्या प्लानिंग है?'

'शादी तो कतई नहीं करनी। परिवार का कोई मतलब नहीं रह गया है। कल को मेरे बच्चे होंगे, आजकल तो गूगल का ज़माना है, उन्हें पता चलेगा कि उनका बाप यह काम करता है, तो शायद स्वीकार न कर पायें मुझे।...मेरे माँ-बाप ने मुझे स्वीकार कर लिया है, यही काफ़ी है मेरे लिए।...'

सोढ़ी साहब तो हरकीरत को अपनाते ही, माफ़ कर ही देते। उनके स्वभाव में ही नहीं है किसी से नफरत करना। हरकीरत तो फिर भी उनका बेटा है। सोढ़ी साहब का दिल बहुत बड़ा है। मगर पहली बार जब हरकीरत के काम के बारे में उन्हें पता चला होगा तो किस तरह की आँधी उनके भीतर उठी होगी, कैसी पीड़ा हुई होगी उन्हें। न जाने कितने दिन अपने भीतर उठते झंझावातों से लड़ते रहे होंगे। न जाने कितने दिन परिचितों, पड़ोसियों से मुँह छिपाते फिरे होंगे। न जाने कितने दिन गुरुद्वारे नहीं गये होंगे। न जाने कब तक उन्हें लोगों से आँखें मिलाने की हिम्मत न हुई होगी। हर नज़र को वे शक की नज़र से देखते रहे होंगे। न जाने कितने दिन अपने ही ऊपर शक करते रहे होंगे। प्रह्लाद जी की सुरति उन दिनों की सोढी साहब की कल्पित मन:स्थिति की बहुविध तस्वीरें दिखाये जा रही थी।

वह विडियो भेजने के दो दिन बाद ख़ुद सोढ़ी साहब का फ़ोन आया था। प्रह्लाद जी ने अफ़सोस जताते हुए सोढ़ी साहब की तारीफ़ की थी, 'बहुत बड़ा दिल है सोढ़ी साहब आपका। अच्छा हुआ, आपने हरकीरत को माफ़ कर दिया।'

'माफ़ न भी करते तो क्या करते, परमवीर साहब। उसने तो वही करना है, जो कर रहा है। मगर आपने विडियो में एक बात नोट की होगी, उसके भीतर गहरा मलाल है। कितने दिनों से घुट रहा होगा भीतर ही भीतर। कितना लड़ा होगा अपने आप से। उसने ख़ुद चैनल वालों से सम्पर्क किया और यह इंटरव्यू दिया है। उसके भीतर ये सब बातें न जाने कितने दिनों से मथ रही होंगी। इससे पहले न जाने कितनों को अप्रोच किया होगा, मगर शायद कोई उसका इंटरव्यू दिखाने को तैयार न हुआ होगा। परमात्मा की बनायी दुनिया है, परमवीर साहब। वह जिससे, जो चाहता है, कराता है। हम होते भी कौन हैं, किसी को लेकर फ़ैसला करने वाले।'

प्रह्लाद जी का मन हुआ कि सोढ़ी साहब को समझाएँ कि हरकीरत के मन में दरअसल, अफ़सोस नहीं, कोई मलाल नहीं है। वह ख़ुद को कलाकार मानता है, अभिनेता। असल ज़िन्दगी में भी वह अभिनय को ही जीने लगा है। इंटरव्यू में वह जो कुछ कह रहा है, वह उसके दिल की बात नहीं है। वह वही कह रहा है, जो उसे स्क्रिप्ट में लिख कर बोलने को कहा गया है। वह बाज़ार की लिखी पटकथा पढ़ रहा है। उसके चेहरे पर जो उसके भीतर का मलाल दिख रहा है, वह उसका अभिनय है। मगर प्रह्लाद जी ने सोढी साहब का भ्रम भंग करना उचित नहीं समझा। सोचा, अपनी औलाद को लेकर माँ-बाप की बहुत सारी ख़ुशफ़हमियाँ उन्हें कुछ और जी जाने का आधार बनती हैं।

हरकीरत और सोढी साहब के बारे में सोचते-सोचते जैसे प्रह्लाद जी का दिमाग़ थक गया था। कब उन पर नींद तारी हो गयी, उन्हें पता ही नहीं चला।

दो

सुबह प्रह्लाद जी की नींद अरविन्द के फ़ोन से खुली। मोबाइल के परदे पर अरविन्द का नाम देख कर ही वे समझ गये थे कि आज कुछ ज़्यादा देर तक सो गये। बिस्तर पर लेटे-लेटे ही उन्होंने मोबाइल स्क्रीन पर फुदकते हरे बटन को अँगुली से दबा कर ऊपर धकेल दिया था–'हाँ अरविन्द, आ गये क्या?'

'गुड मॉर्निंग चाचा। अभी आप सो ही रहे थे क्या?' अरविन्द ने प्रतिप्रश्न किया।

'हाँ, रात को देर से सोया था।...अब नींद खुल गयी है। कोई बात नहीं। मुँह-वुह धोकर तैयार हो जाता हूँ।...'

'अरे नहीं नहीं। देख नहीं रहे बाहर, घटा घमंड गरजत घनघोरा हो रहा है।...'

प्रह्लाद जी ने खिड़की के बाहर नज़र दौड़ाई। अँधेरा था। उन्होंने मोबाइल कान से हटा कर उसकी स्क्रीन पर नज़र डाली। सुबह के साढ़े सात बज रहे थे। वे समझ गये कि बादल घने हैं, इसलिए अँधेरा छाया हुआ है। उनके

मुँह से स्वाभाविक रूप से निकला, 'हाँ, अँधेरा छाया हुआ है।...तो, क्या करना है?'

'करना कुछ नहीं है। इस रोशनी में तो कुछ हो भी नहीं सकता। गरज-तरज चालू है, आवाज़ रिकॉर्डिंग में भी डिस्टर्बेंस आयेगी। अभी आप चाहें तो कुछ देर और सो जाइए। शाम को देखते हैं, मौसम कुछ ठीक हो, तो शूट करेंगे।...'

'अच्छा, चलो ठीक है।'

प्रह्लाद जी ने फ़ोन बन्द किया, तो बरामदे में बैठे प्रभुनाथ की आवाज़ सुनाई दी, 'ए बिजेन्दर, भइया जाग गये हैं, चाय बनवा लीजिए।'

प्रह्लाद जी थोड़ी देर और लेटे रहना चाहते थे, मगर प्रभुनाथ की आवाज़ सुन कर पलंग पर उठ बैठे। वैसे तो उन्हें सोकर उठते ही चाय पीने की आदत कभी रही नहीं, मगर गाँव के लोग समझते हैं कि शहर के लोगों को आँख खुलते ही बिस्तर पर चाय मिल जानी चाहिए। प्रभुनाथ भी ऐसा ही सोचता है। अब, उसने चाय बनाने के लिए बोल दिया है, तो बिजेन्दर की बीवी ने चाय बनाना शुरू भी कर दिया होगा। मना करना ठीक नहीं। उसकी भावनाओं की क़दर करना भी ज़रूरी है। कभी मौक़ा देख कर बता दूँगा कि सुबह मुझे चाय की तलब नहीं होती, इसलिए परेशान मत हुआ करो।

वे उठे और चादर तहाने लगे। बाहर बरामदे में बैठे प्रभुनाथ बड़बड़ा रहे थे, 'अब तो रच्छा करो दई, कितना बरसोगे। अबहीं तो नेनुआ ठीक से फरना सुरुए हुआ है, पानी भरेगा तो सब बर्बाद हो जायेगा। अति तो कौनो चीज़ की अच्छी नहीं होती। मज़ा तो मर्यादा में ही है। अति का भला न बरसना। रुक रुक के बरसो न दई। एतना छरियाने का का मतलब है। अबहीं तो दू महीना पड़ा है। सावन अभी सुरुए हुआ है, आगे पूरा भादों पड़ा है। इधर ही सारा पानी बरसा देंगे और उधर जाके सूखा डाल देंगे, तो और न नुकसान होगा।' जैसे प्रभुनाथ सीधे भगवान को फ़ोन मिला कर बात कर रहे हों।

प्रह्लाद जी, प्रभुनाथ की इस आदत से ख़ूब अच्छी तरह परिचित थे। बचपन से ही देखते आ रहे हैं, उसे हवा से बातें करते हुए। मवेशियों से घण्टों बातें करता रह सकता है। बहुत सामाजिक स्वभाव उसका है नहीं। शहर-बाज़ार घूमने का शौक नहीं। ज़्यादा से ज़्यादा किसी के दरवाज़े पर बैठ कर दो बातें कह-सुन ली। ज़्यादातर रामबरन और हरेराम के साथ ही उसका

उठना-बैठना है। रामबरन और हरेराम हैं तो दो विपरीत ध्रुव, मगर उन दोनों में नज़दीकी भी बहुत है। प्रभुनाथ को अपने काम से ज़्यादा मतलब रहता है, ज़्यादा इधर-उधर की न तो सोचता है, न करता है। पिताजी ने बहुत कोशिश की कि पढ़-लिख ले, मगर किसी तरह ठेल-ठाल कर बारहवीं पास कर पाया। आगे की पढ़ाई के लिए नट गया। पिताजी समझ गये थे कि इसे मार-पीट कर पढ़ाने-लिखाने का कोई फ़ायदा नहीं। कोई प्रोफ़ेशनल काम सिखाना चाहिए। कुछ दिन इसे अपनी गायन मंडली में भी रखा, मगर इसे गायन-वादन में तो कतई रुचि नहीं थी। खेती-किसानी में इसका मन अधिक लगता था।...फिर छोड़ दिया कि करो भाई, खेती ही करो। यह भी तो करने वाला कोई होना चाहिए। इसी की तरह इसका बेटा बिजेन्दर भी निकला। वह भी बारहवीं के बाद पढ़ाई को तैयार ही नहीं हुआ। प्रह्लाद जी ने बहुत कोशिश की कि पढ़-लिख ले। चंडीगढ़ भी ले गये, उसे अपने पास रखा, मगर नहीं पढ़ा तो नहीं ही पढ़ा। प्रभुनाथ के प्रति पूरी भक्ति भावना है उसमें। खेती में उसे नये-नये प्रयोग करने का शौक भी है। चादर तहाते और बिस्तर ठीक करते-करते प्रह्लाद जी के दिमाग़ में प्रभुनाथ और बिजेन्दर को लेकर अतीत की बातें उभर आयी थीं।

वे बिस्तर ठीक करने के बाद बरामदे में आकर बैठ गये थे। उन्होंने प्रभुनाथ से पूछा, 'तोरई की फसल ज़्यादा लगाये हैं क्या?'

'तोरई नाहीं भइया, नेनुआ लगाये हैं। क़रीब एक बीघा है। लौकी भी है, छह मंडा।' प्रभुनाथ के स्वर में पीड़ा थी।

'तो, मचान बनाना चाहिए न, ताकि फसल बर्बाद न हो।'

'मचान-फचान सब बनाये हैं, मगर एतना पानी बरसेगा, झकोरा मारेगा तो सब ज़मीन पर न आ बैठेगा। वैसे भी वह ज़मीन थोड़ी नीची है, पानी भर जाता है।'

'जब जानते हो कि बरसात ज़्यादा होगी तो फसल बर्बाद हो सकती है, तो समझ-बूझ कर काम करना चाहिए न।'

'बरसात का कौनो ठिकाना थोड़े न रहता है भइया। कौनो साल प्रलय आ जाता है, कौनो साल सूखा पड़ा रहता है। पिछले दो-तीन साल से तो कुआर में जाकर पानी बरसता है। धान की फसल ज़िन्दा रखना भी मुश्किल हो जाता

है। इसलिए सोचे थे कि सब्ज़ी की फसल कुछ हो जायेगी, तो नक़दी मिल जायेगी। आढ़ती के ठीकेदार से बात हुआ था, नेनुआ-लौकी जितना पैदा होगा, वह सब ले लेगा। अब, का पता था कि इस साल बरसात की शुरुआते में एकदम से प्रलय आ जायेगा।'

प्रभुनाथ की इस बात पर प्रह्लाद जी को कोई जवाब नहीं सूझा। तब तक बिजेन्दर चाय भी ले आया था। प्रह्लाद जी ने मन ही मन ख़ुद को समझाया- किसान के सामने मौसम की चुनौतियाँ अब कुछ ज़्यादा ही खड़ी रहने लगी हैं। मगर किसान रिस्क लेता रहता है। रिस्क न ले, तो करे भी क्या।

फिर उन्हें रात को बजती डुगडुगी का ध्यान हो आया। उन्होंने बिजेन्दर से पूछा, 'रात को उधर पूरब की तरफ़ से किसी के डुगडुगी बजाने की आवाज़ आ रही थी। किसी गाँव में कुछ हो रहा है क्या?'

'कब?' बिजेन्दर ने अचरज से पूछा।

'आधी रात को बजनी शुरू हुई थी और न जाने कब तक बजती रही।... मैं तो सो गया था फिर।' प्रह्लाद जी ने कहा।

'इसको क्या पता चला होगा भइया। इसका तो सूतल मूअल एक समान है। बिस्तर पर पड़ जाये, तो इसको कुछ पता थोड़े चलता है। लेकिन सुनाई तो हमको भी नहीं दी कोई डुगडुगी। मैं तो यहीं बरामदे में सो रहा था।' प्रभुनाथ ने बीच में बात काटते हुए कहा था।

'अच्छा! फिर, मुझे ही कोई ग़लतफहमी हुई होगी।' प्रह्लाद जी ने कहा और चाय सुड़कने लगे थे।

मगर डुगडुगी अब उनके दिमाग़ में बजनी शुरू हो गयी थी। रात को स्पष्ट सुना था उन्होंने कि डुगडुगी बज रही है। कोई सपने की भी बात नहीं है। पूरी चैतन्यता में सुना था उन्होंने। क्या पता, प्रभुनाथ भी गहरी नींद में रहा हो और डुगडुगी की आवाज़ इसे सुनाई न दी हो। यह बिजेन्दर की नींद को तो सूतल मूअल एक समान बता रहा है, मगर इसे अपनी नींद के बारे में कहाँ पता है। यह भी तो नींद में बेसुध पड़ जाता है। प्रभुनाथ को तो मैं बचपन से जानता हूँ। छह साल छोटा ही तो है यह मुझसे। एक बार इसे नींद आ जाये, तो इसके सिर पर चाहे ढोल बजाते रहो, जागने वाला नहीं। प्रह्लाद जी को बचपन का वह

दिन याद आ गया, जब गर्मी के मौसम में सब लोग बाहर चारपाई डाले सो रहे थे और रात को भारी आँधी आ गयी थी। बादलों की गरज-तरज शुरू हो गयी थी। सब लोग अपनी-अपनी खटिया लेकर भीतर बरामदे में आ गये थे। पिताजी प्रभुनाथ को आवाज़ लगाते रहे, मगर यह कटे पेड़ की तरह चारपाई पर पड़ा रहा। आँधी के साथ एकदम से अटाटूट बारिश शुरू हो गयी थी। पानी पड़ा, तब जाकर इसकी नींद खुली। जब तक यह उठता और खटिया खींच कर बरामदे में लाता, तब तक तो इसका बिस्तर काफ़ी भीग चुका था। सुबह पिताजी ने इसका ख़ूब मज़ाक़ बनाया था। इसे तो क्या ही डुगडुगी सुनाई दी होगी।...किसी और से पता करेंगे, डुगडुगी के बारे में।

प्रह्लाद जी चाय पीते-पीते सोचने लगे थे कि डुगडुगी के बारे में किससे पता किया जाये। उन्होंने सोचा कि अगर मौसम ठीक होता, तो गाँव में टहलने निकलते और लोगों से पता करते। मगर अभी तो पानी बरस रहा है और जिस तरह बादल घिरे हुए हैं, उसमें बहुत तेज़ बारिश होने की सम्भावना है और यह वक़्त तो कहीं बाहर निकलने लायक भी नहीं है।

फिर सोचा, अरविन्द को फ़ोन करके पूछते हैं। उसे ज़रूर पता होगा। वह तो यूट्यूब चैनल चलाता है, सतर्क रहता, लोगों से सम्पर्क बनाये रखता है। उसे ज़रूर डुगडुगी के बारे में जानकारी होगी। अगर जानकारी नहीं भी होगी, तो पता करके बता देगा।

चाय का आख़िरी घूंट भर कर कप किनारे रखा और जैसे ही फ़ोन हाथ में लिया कि घण्टी बज उठी। उन्होंने देखा, डॉक्टर सेठी का फ़ोन था। डॉक्टर रीमा दास सेठी। चंडीगढ़ यूनीवर्सिटी में सोशल साइंस की प्रोफ़ेसर। हैं तो बंगाली, पर विवाह पंजाबी से किया था। विवाह के बाद अपने नाम में 'दास' को यथावत रखते हुए 'सेठी' जोड़ कर दोनों परिवारों की पहचान सुरक्षित कर ली थी। जिरकपुर के उसी एटीएस परिसर में रहती हैं, जहाँ प्रह्लाद जी का फ़्लैट है। डॉक्टर सेठी काफ़ी समय से उस सोसाइटी में रहती हैं। यूनीवर्सिटी कैम्पस में इसलिए उन्होंने घर नहीं लिया कि उनके पति का जिरकपुर में बिल्डिंग मटीरियल, इंटीरियर डिजाइनिंग और प्रॉपर्टी का बड़ा कारोबार था।

उनके पति यूनीवर्सिटी कैम्पस में रह कर कारोबार चला नहीं सकते थे, और डॉक्टर सेठी अकेले प्रोफ़ेसर्स कॉलोनी में भला क्यों रहतीं।

फ़ोन बज रहा था, मगर प्रह्लाद जी उठा नहीं रहे थे। स्क्रीन पर रेंगते डॉक्टर सेठी के नाम को निहारे जा रहे थे। वे प्रभुनाथ और बिजेन्दर के सामने डॉक्टर सेठी से फ़ोन पर बात नहीं करना चाहते थे। इसलिए कि डॉक्टर सेठी न जाने क्या क्या सवाल करने लगें, बातचीत में न जाने क्या प्रसंग छेड़ दें। इसलिए उनसे बात करना फ़िलहाल वे टालना चाहते थे। मगर तत्क्षण यह भी विचार आया कि फ़ोन न उठाने पर प्रभुनाथ और बिजेन्दर क्या सोचेंगे। क्यों न फ़ोन उठा कर बोल दूँ कि थोड़ी देर बाद बात करते हैं। मगर, जब तक वे किसी नतीजे पर पहुँचते, फ़ोन पूरा बज कर बन्द हो गया।

'मोबाइल फ़ोन की यही मुसीबत है। वक़्त-बेवक़्त बज उठता है। कोई बातचीत करने के मूड में हो, न हो, बातचीत करनी पड़ती है। लोगों को क्या पता कि दूसरी तरफ़ वाला किस अवस्था में है। आदमी का घर-परिवार के लोगों से बात करना भी मुश्किल हो जाता है।' प्रह्लाद जी भुनभुनाए और फ़ोन को परे कर दिया।

बिजेन्दर ने ख़ाली कप समेटे और उन्हें रखने के लिए उठ गया। इस तरह बैठकी भंग हुई, तो प्रह्लाद जी भी यह कह कर उठ गये कि अब फ्रेश हो लेते हैं।

कमरे में जाकर सिगरेट सुलगाई और खिड़की के पास खड़े हो गये। डॉक्टर सेठी को फ़ोन मिला दिया। उधर से हाँफती हुई आवाज़ में डॉक्टर सेठी ने फ़ोन रिसीव किया–'गुड मॉर्निंग प्रोफ़ेसर। लगता है, आज देर तक सोए।'

'वेरी गुड मॉर्निंग डॉक्टर सेठी। हाँ, रात को देर तक जागता रहा। शायद जगह बदलने की वजह से काफ़ी देर तक नींद ही नहीं आयी। अभी उठा, तो बाहर बरामदे में बैठ कर चाय पी रहे थे। यहाँ तो दो दिन से बारिश हो रही है। उधर का मौसम कैसा है?'

'यहाँ तो बिल्कुल बारिश नहीं है। हाँ, सूरज के साथ बादलों की आँखमिचौनी चल रही है। कभी छाया, कभी धूप। मैं तो सुबह टहलने निकली,

तो आपकी याद आयी। आप चले गये, तो मैं अकेली पड़ गयी हूँ, सुबह की सैर में। इन डेढ़-दो महीनों में आपकी आदत-सी पड़ गयी है। कैसा है वहाँ सब, गाँव में?'

'यहाँ सब ठीकठाक है। फ़िलहाल तो दस-पन्द्रह दिन रह कर देखते हैं, कैसा लगता है। यहीं कुछ पढ़ने-लिखने का सिलसिला ज़मायेंगे। मगर मुश्किल तो है। हालाँकि यहाँ चचेरा भाई है, उसका परिवार है, ख़ूब अच्छी तरह मेरा ख़याल रखते हैं। आदर-सम्मान देते हैं। मगर लता की कमी यहाँ आकर कुछ ज़्यादा ही महसूस हो रही है।'

'इतनी जल्दी अपनों को खोने का दर्द ख़त्म नहीं होता न, प्रोफ़ेसर। मुझे ही देखिए न, सेठी साहब भी उन्हीं दिनों गये थे, जिन दिनों लताजी आपको छोड़ कर चली गयी थीं। जिसके साथ इतने साल गुज़ारे हों, उसकी आदत-सी पड़ जाती है। मगर जाने वाले के बाद उस आदत के साथ रहना सम्भव तो नहीं है न। वह आदत तो बदलनी पड़ेगी। वह आदत बदल जाती है, अगर इंटीमेसी ट्रांस्फर हो जाये।'

'सही कह रही हैं आप।'

प्रह्लाद जी बात कर ही रहे थे कि बाहर से किसी ने आवाज़ दी–'अरे, कैसे हैं भइया प्रह्लाद। कहाँ हैं।...कल महारे से लौटा, तो अरविन्द ने बताया कि आप आये हैं।' फिर प्रभुनाथ की आवाज़ उनके कानों में पड़ी–'आइए रामबरन भइया।...भइया अभी गये हैं दिशा-मैदान के लिए। बैठिए।'

प्रह्लाद जी समझ गये कि रामबरन आये हैं। उन्होंने डॉक्टर सेठी से कहा–'डॉक्टर सेठी, क्या हम दोपहर को फुर्सत से बात करें! कोई मिलने आये हैं, बाहर। आप भी मॉर्निंग वॉक पूरा कर लें।...'

'बिल्कुल बिल्कुल।...आज तो मुझे यूनीवर्सिटी भी नहीं जाना है। दोपहर को बात करते हैं।...बाय बाय।'

फ़ोन बन्द हुआ तो प्रह्लाद जी ने सिगरेट ख़त्म की और बचे हुए हिस्से को खिड़की से बाहर उछाल दिया। बरामदे में आ गये।

'जयसियाराम भाई प्रह्लाद। चला गया था मैं ज़रा बेटी के ससुराल, महारे। उसके ससुर की तबीयत ख़राब है। चार दिन लखनऊ रहे अस्पताल

में। अब घर लौट आये हैं, तो उन्हीं को देखने गया था। कल रात को लौटा तो अरविन्द ने बताया कि आप आये हैं। मैंने कहा, सुबह चलेंगे भेंट करने। रात से ही ऐसी बारिश हो रही है कि कहिए मत। का हालचाल है?' रामबरन ने एक साँस में जैसे सारी बात कह डाली।

'हालचाल तो बहुत बढ़िया है। परसों ही शाम को मैं आया। मैं तो बहुत दिनों बाद ऐसी बारिश देख पा रहा हूँ।' प्रह्लाद जी ने कहा।

'हाँ भइया, शहर में कहाँ ऐसी बारिश।...मगर आजकल तो शहर में ही बारिश से तबाही सबसे ज़्यादा हो रही है। टीवी वाले तो ऐसा ही दिखाते रहते हैं। अच्छा भाई प्रह्लाद, ये बताइए कि ये जो बरसात अभी हो रही है, वह असली है कि नकली?'

'बारिश तो असली ही होती है। नकली बारिश कैसी होती है!' प्रह्लाद जी ने हैरानी ज़ाहिर की।

'नहीं, आप फिजिक्स के प्रोफ़ेसर हैं, आपको तो पता ही है कि आजकल नकली बारिश भी करा देती है सरकार।'

प्रह्लाद जी समझ गये कि रामबरन क्या कहना चाहते हैं। रामबरन के बारे में उन्हें यह तो पता है कि आजकल उनकी ज्ञान की भूख काफ़ी बढ़ गयी है। दिन भर वे टीवी और फ़ोन पर विडियो देखते रहते हैं। वहीं से ये सब जानकारियाँ हासिल कर अपने ज्ञान की भूख मिटाते रहते हैं। प्रह्लाद जी समझ गये कि रामबरन दरअसल, क्लाउड सीडिंग की बात कर रहे हैं। उन्होंने थोड़ा रुक कर कहा, 'आप जिसे नकली बारिश कह रहे हैं, होती वह भी असली ही है। बस फ़र्क़ यह है कि उसे तकनीकी व्यवस्था से कराया जाता है। मगर वह तो उन इलाक़ों में करायी जाती है, जहाँ आमतौर पर बारिश नहीं होती या बहुत कम होती है। यह जो बारिश हो रही है, वह सोलह आने खरी, असली बारिश है। कुदरत की करायी बारिश।'

'पता नहीं भइया, आजकल किसी भी चीज़ का पता ही नहीं चलता कि क्या असली है और क्या नकली। सुना है, आजकल तो कई देश अपने दुश्मन देशों में रासायनिक बारिश करा कर तबाही मचाने लगे हैं। क्या पता, पाकिस्तान भी हमारी तरफ़ वैसी ही बारिश करा रहा हो।' रामबरन ने अपना सन्देह मिश्रित ज्ञान प्रकट किया।

प्रह्लाद जी को हँसी आ गयी–'आज से पहले इस मौसम में ऐसी बारिश कभी नहीं देखी क्या आपने?'

'देखी काहें नहीं। बहुत देखी है। पहले तो इससे भी ज़्यादा बारिश हुआ करती थी। मगर अब जैसी तबाही होने लगी है, वैसी नहीं होती थी। इसलिए शक पैदा होता है। देखा नहीं, अभी कुछ दिनों पहले चार-छह घण्टे की बारिश में ही पूरा दुबई डूब गया था।'

'इसके पीछे क्लाइमेट चेंज यानी जलवायु परिवर्तन का बड़ा हाथ है। हर चीज़ को शक की नज़र से देखना ठीक नहीं। क्लाउड सीडिंग यानी कृत्रिम बारिश कराना कोई सस्ता काम तो है नहीं कि कोई देश दूसरे देश को डुबोने के लिए ऐसा करे। और, पाकिस्तान को और कोई काम नहीं है कि वह भारत में बारिश कराने के लिए क्लाउड सीडिंग पर पैसे बर्बाद करेगा।'

'सस्ता तो परमाणु बम बनाना भी नहीं है, मगर बनाया न पाकिस्तान ने!'

प्रह्लाद जी की फिर हँसी फूट पड़ी। उन्होंने रामबरन से पूछा–'कितने साल हो गये आपको फ़ौज से रिटायर हुए?'

'वो तो बहुत साल हो गये। करीब बीस साल।'

'इतने साल बाद भी बम, गोले, जंग, जासूसी वग़ैरह की बात आपके दिमाग़ से नहीं निकली! पड़ोसी देशों की दोस्ती और दुश्मनी कई बार सियासी कारणों से होती हैं, उसमें फ़ौज-फाटे, बम-बन्दूक का कोई बहुत मतलब नहीं होता। इसलिए आप ये सब बातें मत सोचा कीजिए। बारिश हो रही है, तो इसका आनन्द लीजिए। अच्छा, यह बताइए, इधर आसपास के किसी गाँव में कोई कीर्तन वग़ैरह हो रहा है क्या?' प्रह्लाद जी ने बात का रुख मोड़ दिया था।

'इसकी ठीक-ठीक जानकारी तो मुझे नहीं है। क्यों, कोई बात हो गयी क्या?' रामबरन ने हैरानी प्रकट की।

'आधी रात को पूरब की तरफ़ से डुगडुगी बजने की आवाज़ आ रही थी। लगातार कोई डुगडुगी बजा रहा था। न जाने कितनी देर तक बजाता रहा।'

रामबरन एक हाथ पर दूसरा हाथ टिकाये अपनी ठुड्डी को एक अँगुली से ठोंकते हुए, आँखें सिकोड़ कर कुछ देर सोचते रहे। फिर अचानक उन्हें एक सूत्र हाथ लग गया। उन्होंने पास बैठे प्रभुनाथ की जंघा पर हाथ मार

कर कहा–'ई बिसुनपूरा के परवेसवा का काण्ड होगा।' फिर प्रह्लाद जी से मुख़ातिब होकर बताया–'ऊ बिसुनपूरा गाँव के मास्टर नहीं थे, शमशेर सिंह! उनका छोटका बेटा पगला न गया है। ख़ूब गांजा टानता था, अब उसका दिमाग़े आउट हो गया है। अंडबंड बोलता-करता रहता है। वही बजा रहा होगा डुगडुगी। हम तो थके-थकाए आये थे, खाये और पड़ गये। कौनो चीज़ का होशे नहीं रहा। हम तो सुन नहीं पाये डुगडुगी का आवाज़।'

रामबरन की बात से प्रह्लाद जी को बड़ी राहत मिली। वे आश्वस्त हो गये कि सचमुच कोई डुगडुगी बजा रहा था। यह उनके दिमाग़ का खलल नहीं है। फिर उनका ध्यान गया कि रामबरन को चाय-पानी किसी ने नहीं पूछा। उन्होंने प्रभुनाथ से कहा–'बिजेन्दर कहाँ चले गये। उनसे कहिए न रामबरन के लिए चाय लायें।'

रामबरन ना ना करने लगे। प्रभुनाथ भी उनके समान्तर बोले–'ई चाय पीते कहाँ हैं! दस बजे नहा-धोके पूजा-पाठ करते हैं और फिर सीधे भोजन करते हैं। उसके पहले मुँह में कुछ नहीं डालते।'

'हम भी अब रियाटर हो गये रामबरन। अब गाँव में कुछ ज़्यादा समय बिताने का मन है। बयालीस-तैंतालीस साल हो गये, गाँव से बाहर रहते। आते भी थे, तो मेहमान की तरह। बहुत दिनों से न होली यहाँ मनायी, न दीवाली। अब यहीं कुछ दिन रह कर कुछ लिखने-पढ़ने का मन है।' प्रह्लाद जी ने कहा।

'चलो अच्छा है। लोग गाँव से शहर जाते हैं, तो लौट कर गाँव की तरफ़ देखते ही नहीं। आपके मन में गाँव अभी भी बसा हुआ है, यह बहुत अच्छी बात है। वैसे कुछ दिन के लिए क्यों, यहीं आकर बस जाइए। चंडीगढ़ में अकेले रहना भी कम दुश्वारी का काम थोड़े है। यहाँ अपना घर-परिवार है, गाँव में अपने लोग हैं। और अब तो गाँव पहले वाला गाँव रह भी नहीं गया। अब ऐसा क्या है, जो चंडीगढ़ में है और यहाँ गाँव में नहीं है। हर चीज़ तो घर बैठे मिल जाती है। एक समस्या रहती थी कि आदमी बीमार पड़ जाये, तो जाये कहाँ। अब तो बड़े-बड़े अस्पताल खुल गये हैं। हर अस्पताल का दिल्ली के अस्पतालों से कनेक्शन है। यहाँ मऊ और गाज़ीपुर से दिल्ली के लिए सीधी गाड़ियाँ चल गयी हैं। बसें चलती रहती हैं। यहाँ शाम को बैठो, वहाँ सुबह उतर

जाओ। दिन में अस्पताल में दिखाओ, फिर शाम को गाड़ी पकड़ो, वापस। पेंशन तो मिलेगी, कि नहीं!'

'हाँ, मिलेगी। गुज़ारे की चिन्ता नहीं है।'

'चलो, यह बड़ा सुख है। आजकल तो पेंशन स्कीम ही नहीं है। जो है, वह ऊँट के मुँह में जीरा समान ही है। उसका होना न होना बराबर है। अब तो फ़ौज में भी ख़त्म कर रहे हैं धीरे-धीरे। चार साल की नौकरी हो गयी है अब तो। उसमें क्या तो तनख़्वाह और क्या तो पेंशन। पहले लड़कों में फ़ौजी बनने, देश की सेवा करने का जज्बा हुआ करता था, मगर अग्निवीर स्कीम उसे भी धीरे-धीरे ख़त्म करने लगी है। अब तो हमारे यहाँ पुलिस और रेलवे की भी ठेके पर भर्ती होने वाली है। होने ही लगी है। कैसे तो गुज़ारा करेगा आदमी। जीवन भर सरकार की सेवा करो और रिटायरमेंट के बाद गुज़ारे का कोई इन्तज़ाम नहीं। नौकरी में रहते-रहते कुछ बचा लिया तो ठीक, नहीं तो ठनठन गोपाल।'

'सही बात है।'

'अब तो मुस्तकिल नौकरी ही नहीं मिलती। सब जगह धीरे-धीरे ख़त्म हो रही है। सब काम ठेके पर देने का चलन बढ़ रहा है। बच्चे साल भर मेहनत से तैयारी करते हैं कि कहीं कोई सरकारी नौकरी मिल जाये। मगर परीक्षा होती है, तो पता चलता है कि पहले ही पर्चा आउट हो गया था। घूस-घास का तो चलन इतना बढ़ गया है कि आम आदमी के बस की बात नहीं। हर बार पर्चा आउट होता है, बच्चे आन्दोलन-फान्दोलन करते हैं, पुलिस की मार-कुटाई खाते हैं, फिर जुट जाते हैं नये सिरे से तैयारी करने में। मगर सही ढंग से भर्ती मिलना मुश्किल हो गया है। रोज़गार भी करें, तो क्या करें, कितने करें। बहुत कठिन हो गया है समय।'

'सही बात है।' प्रह्लाद जी ने हुंकारी भरी।

'अब इसी परवेसवा को देख लो, जो रात को डुगडुगी बजा रहा था। दिमाग़ बहुत तेज़ है उसका। साइंस में एक नम्बर। हर बार फर्स्ट आता था। ज़िद पकड़ ली थी कि बनेगा तो डॉक्टर ही। सबको उम्मीद भी थी कि परीक्षा पास कर लेगा। मास्टर साहेब तब ज़िन्दा थे। लखनऊ भेज कर उसको कोचिंग दिलायी। दो बार परीक्षा दिया। पहली बार तो चलो कम नम्बर आये,

मगर दूसरी बार वह दो नम्बर से छंट गया। एडमीशन ही नहीं मिल पाया कहीं। उसमें भी पर्चा आउट हो गया था। नकल माफिया ने सेंधमारी की थी। बच्चों ने ख़ूब हल्ला मचाया, आन्दोलन किया। कोर्ट-कचहरी में भी नालिश ठोंकी। मगर कोई नतीजा नहीं निकला। सरकार ने अपनी नाक बचाने के लिए अदालत में परीक्षा को सही ठहरा दिया। इस तरह नकल माफिया ने नालायकों को मेडिकल कोर्स में घुसा दिया, परवेसवा जैसे बच्चे छंट गये। उसी का सदमा लग गया उसे। गांजा पीने लगा। मास्टर साहेब उसकी हालत देख कर सदमे से चल बसे। मास्टर साहेब गये तो परवेसवा के गांजा फूँकने की रफ्तार और बढ़ गयी। बस, हो गया उसका दिमाग़ आउट।'

'उसकी देखभाल करने वाला कोई नहीं है घर में?' प्रह्लाद जी ने पूछा।

'बड़ा भाई है उसका। मगर उसने लखनऊ में घर बना लिया है। परिवार लेकर वहीं रहता है। बिजली के सामान की दुकान खोल रखी है। चार-पाँच साल कुवैत रहा, वहाँ से जो पैसा कमा-धमा के लाया, उसी से वहाँ घर बनवा लिया। गाँव से उसने नाता लगभग तोड़ ही रखा है।'

'तो, प्रवेश...परवेसवा का इलाज़ क्यों नहीं करवाता कहीं। अगर उसका भाई नहीं कराता, तो गाँव के लोग मिल कर करा सकते हैं। आजकल तो मेडिकल साइंस इतनी तरक़्क़ी कर चुका है कि ऐसी समस्याओं का आसानी से समाधान निकल जाता है।'

'सुना है, उसका भाई ले गया था लखनऊ, इलाज़ कराने। पर शायद कामयाबी नहीं मिली। डॉक्टरों ने हाथ खड़े कर दिये।' रामबरन ने निराशा ज़ाहिर की।

'मगर, कुछ भी कहिए, परवेसवा है बहुत दिमाग़दार। जब सही रहता है, तो किसी भी विषय पर बात कर लो, बड़े तर्क के साथ बात करता है। एलेक्सन में तो पार्टी वाले उसे पकड़ कर ले जाते हैं। जब तक बड़ा नेता नहीं आता, उसे मंच पर चढ़ा देते हैं। वह घण्टों बोलता रहता है। और क्या तो फर्राटेदार बोलता है। हिन्दी हो कि अंग्रेज़ी, धाराप्रवाह बोलता है। देश-दुनिया की हर ख़बर रहती है उसे। बस, जब पागलपन का दौरा पड़ता है, तभी कुछ दिन बौंड़ियाता फिरता है। उसकी माताजी अभी ज़िन्दा हैं। हालाँकि काफ़ी बूढ़ी हो गयी हैं, पर वही उसके खाने-दाने का ध्यान रखती हैं। वही बड़े बेटे पर

दबाव बना कर परवेसवा का इलाज कराने की कोशिश करती हैं।' अबकी बार प्रभुनाथ ने रामबरन की बात में अपनी बात जोड़ी थी।

प्रह्लाद जी उन दोनों की बातें सुनते-सुनते दूसरी ही दुनिया में चले गये थे। उनकी सुरति फिर सक्रिय हो गयी थी। वह परवेसवा की व्यथा-कथा को पकड़ कर युवाओं की अनन्त व्यथा-कथाओं का कोलाज रचने लगी थी। उस कोलाज में प्रह्लाद जी के बहुत सारे विद्यार्थियों के चेहरे चस्पां होते जा रहे थे। न जाने कितने विद्यार्थियों की व्यथा-कथाएँ एक समन्वित शोर की तरह बजने लगी थीं।

'काका, नाश्ते में दाल का परांठा और सतपुतिया का चोखा बनवा रहे हैं। साथ में दही रहेगा।' बिजेन्दर ने आकर बातचीत का विषय बदल दिया था।

प्रह्लाद जी ने बिजेन्दर की तरफ़ देखा। क्षण भर उन्हें समझने में लगा कि वह क्या कह रहा है। फिर उन्होंने भीतर बजते शोर में से बिजेन्दर की बात को बरका कर बाहर निकाला और समझ ही लिया। कहा–'हाँ हाँ, ठीक है। कोई दिक़्क़त नहीं।'

अब रामबरन ने कहा, 'ठीक है भइया प्रह्लाद, आप लोग नहाइए-धोइए, नाश्ता कीजिए। मैं भी चलता हूँ, मेरा भी पूजा-पाठ का समय हो रहा है।' और उठ कर छाता उठा लिया था।

बारिश तेज़ हो गयी थी। हवा शान्त थी। वातावरण में सिर्फ़ बूँदों की हरहराहट, बादलों की गड़गड़ाहट और बीच-बीच में बिजली की तड़क गूँज रही थी।

तीन

प्रह्लाद जी के भीतर अब तक बज रही रात की डुगडुगी शान्त हो गयी थी। मगर अब एक विचार ने उन्हें चारों ओर से घेर लिया था। गुसलखाने में बैठे-बैठे उन्होंने तय किया कि वे प्रवेश यानी परेसवा को डॉक्टर के पास ले जायेंगे। उसका इलाज करायेंगे। इतना मेधावी युवक इस तरह फ्रस्ट्रेशन में भटके और लोग उसे पागल समझ कर उसका मज़ाक़ उड़ाएँ, यह कतई ठीक नहीं है। न समाज के लिए, न देश के लिए। एक बौद्धिक क्षमता को

इस तरह बर्बाद नहीं होने देना चाहिए। उसकी काउंसिलिंग करायेंगे। मगर यहाँ आसपास कोई मनोचिकित्सक तो शायद ही मिले। बनारस ले जाना पड़ेगा। वहीं कुछ हो सकता है। चंडीगढ़ होता, तो वहाँ पीजीआई में कुछ डॉक्टरों को वे जानते हैं। वहाँ तो कई लोग मदद करने वाले मिल जाते। मगर यहाँ मुश्किल है।

क्यों न इसे चंडीगढ़ ही ले चलें। वहाँ अपने साथ रखूँगा कुछ दिन। जब बेहतर हो जायेगा, तो वापस भेज देंगे। मगर ऐसी स्थिति में उसे यहाँ से चंडीगढ़ ले जाना कोई आसान काम तो है नहीं। अस्थिर दिमाग़ का कोई भरोसा नहीं। कब क्या निर्णय कर ले। कब कहाँ किस ज़िद पर अड़ जाये। कब क्या हरकत कर बैठे, कोई ठिकाना नहीं। रात को रास्ते में किसी स्टेशन पर, ट्रेन से उतर कर कहीं और भाग जाये, तो बड़ी मुश्किल होगी। एक कलंक माथे पर लग जायेगा कि ले जा रहे थे इलाज कराने, उसे पागलों की तरह भटकने को छोड़ आये। ओह, यह तो और बुरा होगा। नहीं नहीं। पहले यहीं किसी डॉक्टर को दिखाते हैं। यहाँ तो दो-चार लोग उसे पकड़ कर ले चलेंगे। चंडीगढ़ तक ले जाना मुश्किल काम है। यहाँ के इलाज से उसकी कुछ स्थिति सुधरेगी, तो चंड़ीगढ़ ले चलेंगे।

प्रह्लाद जी उपाय सोच रहे थे, तो उन्हें अरविन्द का ध्यान आया। उसे ज़रूर यहाँ किसी अस्पताल के बारे में पता होगा। अब तो कुछ प्राइवेट अस्पताल भी इधर खुल गये हैं। ज़रूर किसी डॉक्टर को वह जानता होगा। अगर वह नहीं जानता होगा, तो ज़रूर ऐसे किसी आदमी को जानता होगा, जो इस मामले में मदद कर सकता है।

गुसलखाने से निकल कर उन्होंने अरविन्द को फ़ोन मिला दिया–'अरविन्द, वह जो बिसुनपूरा में परवेसवा पगला गया है, उससे मिलना है मुझे।'

'क्या हुआ चाचा? कोई ख़ास बात!'

'तुम्हारे पापा ने उसके बारे में बताया, तबसे उसे लेकर चिन्ता हो रही है। इतना मेधावी बच्चा अगर इस तरह दिमाग़ी सन्तुलन बिगड़ने से भटकने पर मजबूर हो, तो ठीक नहीं। उसका इलाज कराना चाहता हूँ। इसमें तुम्हारी मदद की ज़रूरत है।'

'यह तो बहुत अच्छा सोचे हैं चाचा। यह बहुत बढ़िया काम हो जायेगा। मगर कभी-कभी उसका दिमाग़ कुछ ज़्यादा ही गड़बड़ हो जाता है। उस समय वह ईंटा-पत्थर भी हाथ में उठा लेता है। मारने दौड़ पड़ता है। तब कोई उसके आसपास नहीं जाता। पता करना पड़ेगा कि इन दिनों उसकी कैसी हालत है। आप मुझे दस मिनट का समय दीजिए, मैं पता करके बताता हूँ।'

'मैं इन्तज़ार करता हूँ तुम्हारे फ़ोन का।'

अब प्रह्लाद जी सोच रहे थे कि किस तरह परवेसवा को पकड़ कर अस्पताल ले जाया जायेगा। एक बड़ी गाड़ी करनी पड़ेगी। उसमें तीन-चार लोग उसे पकड़ कर रखेंगे। अस्पताल पहुँच कर भी तो वह गड़बड़ कर सकता है। क्या पता, डॉक्टर को देखते ही बिदक जाये। डॉक्टर पर ही हमला न कर दे। हालाँकि डॉक्टरों को ऐसे मरीज़ों से निपटना आता है। मगर पहली शर्त तो यह है कि इसे सही ढंग से डॉक्टर के पास पहुँचा दिया जाये और डॉक्टर इसे सही तरीक़े से देख-समझ ले।

परवेसवा के बारे में सोचते-सोचते उन्हें अपने यूनिवर्सिटी हॉस्टल के दिनों की एक घटना याद हो आयी।

प्रह्लाद जी के कमरे के बग़ल में उनके एक सीनियर रहा करते थे। परमानन्द त्रिपाठी। वे पीएचडी कर रहे थे। हर समय मुस्कराते रहने वाले। बहुत कम, मगर बहुत प्यार से बोलते थे। ज़्यादातर समय अपने कमरे में बन्द रहते थे। बस, बाथरूम जाने और मेस में खाना खाने या सिगरेट लेने के लिए निकलते थे। जैसे बाक़ी बच्चे एक-दूसरे के कमरों में बैठ कर देर तक बतकही करते, हँसी-ठट्ठा करते या बाहर कहीं बैठ कर गलचौरन किया करते थे, त्रिपाठी जी को कभी प्रह्लाद जी ने किसी के साथ बैठ कर बहसते-बतियाते नहीं देखा। मगर प्रह्लाद जी से उन्हें न जाने क्यों बहुत स्नेह था। कभी-कभार उनका कमरा खटखटा कर कुछ माँगने आ जाते थे। कभी सिगरेट, तो कभी माचिस।

वह उन दिनों की बात है, जब प्रह्लाद जी एमएससी फाइनल ईयर में थे। एक दिन उन्होंने नोट किया कि त्रिपाठी जी हॉस्टल के गलियारे में टहलते हुए सिगरेट पी रहे हैं और कुछ बड़बड़ा रहे हैं। प्रह्लाद जी को जिज्ञासा हुई। वे गलियारे में उस तरफ़ बढ़ गये, जिधर त्रिपाठी जी टहल रहे थे। धीरे-धीरे

चलते हुए उन्होंने त्रिपाठी जी को बोलते हुए सुना, वे अंग्रेज़ी में गाली देते हुए किसी को कुछ समझा रहे थे। प्रह्लाद जी को हैरत हुई। उन्होंने आकर अपने बग़ल के दूसरे कमरे में रह रहे कमलाकान्त को त्रिपाठी जी के बारे में बताया। उसने बड़े सहज ढंग से अपनी कनपटी पर अँगुली रख कर घुमाते हुए कहा, 'उनका ऊपरी माला खिसक गया है। हाथ से निकल चुके हैं।'

सुन कर प्रह्लाद जी की छाती में धक्क से हुआ। गला सूखने-सा लगा। उन्होंने थूक गटका और पूछा, 'अरे यार, यह तो बहुत सीरियस बात है। वार्डन को बताया क्या इस बारे में? उनके डिपार्टमेंट में बताया किसी को! उनके सुपरवाइज़र को? उनके घर का पता हो किसी के पास, तो टेलीग्राम भेज कर बुलाना चाहिए यार, किसी को। घर का पता तो डिपार्टमेंट से मिल ही जायेगा।'

कमलाकान्त ने समझाया, 'रिलैक्स रिलैक्स, त्रिपाठी जी के कुछ लंगोटिया यार हैं, उन्हें भी इनकी स्थिति के बारे में पता है। वे कर ही रहे होंगे, कुछ न कुछ।...'

'यार, मुझे तो अलार्मिंग लग रहा है।...कौन हैं उनके लंगोटिया यार? मैं बात करता हूँ उनसे।' प्रह्लाद जी को घबराहट हो रही थी। आख़िरकार उनसे रहा न गया। वे हॉस्टल की दूसरी विंग में रह रहे उनके मित्र लवलेश सिन्हा से मिले थे। उन्हें त्रिपाठी जी के बारे में चिन्ता ज़ाहिर की थी। लवलेश सिन्हा ने बताया कि त्रिपाठी जी के पिताजी को चिट्ठी लिख दी है उन्होंने, जब वे आ जायें, तभी कुछ निर्णय करेंगे। मगर प्रह्लाद जी उस दिन तक इन्तज़ार नहीं करना चाहते थे कि उनके पिताजी आयें तब त्रिपाठी जी को डॉक्टर के पास ले जाया जाये। उन्होंने लवलेश से ज़िद की कि त्रिपाठी जी को कल ही सुबह एम्स ले चलेंगे।...

एम्स में उन दिनों आज की तरह भीड़ नहीं हुआ करती थी। जिस भी डॉक्टर से दिखाना हो, सीधे उसके कमरे में पहुँचा जा सकता था। तब डॉक्टर ही पर्ची बना दिया करते थे। दूसरे दिन सुबह लवलेश सिन्हा और प्रह्लाद जी ने त्रिपाठी को समझाया कि एम्स में एक डॉक्टर हैं, जो आपसे मिलना चाहते हैं। वे आपसे कुछ डिस्कस करना चाहते हैं। हम लोग वहाँ जा रहे हैं, आपको भी हमारे साथ चलना है। त्रिपाठी जी ने कोई हुज्जत नहीं की। कपड़े बदले और साथ हो लिए थे।

मगर एम्स में डॉक्टर के कमरे के बाहर पहुँचते ही उनका रूप एकदम से बदल गया। डॉक्टर के कमरे के बाहर बोर्ड पर जैसे ही उन्होंने मनोचिकित्सा विभाग लिखा देखा, त्रिपाठी जी एकदम से भड़क गये, 'तुम दोनों ब्लडी...मुझे पागल समझ रखा है क्या।' फिर वे न जाने क्या क्या अंग्रेज़ी में बड़बड़ाते हुए वहाँ से लौट पड़े। लवलेश सिन्हा ने अन्दर जाकर डॉक्टर को स्थिति बतायी, तो डॉक्टर ने कहा कि किसी भी तरह उन्हें पकड़ कर मेरे पास ले आइए, मैं उन्हें सँभाल लूँगा। मगर त्रिपाठी जी कहाँ सँभलने वाले थे। प्रह्लाद जी और लवलेश सिन्हा ने उन्हें दोनों बग़ल में हाथ डाल कर ज़ोर से पकड़ा और समझाते-बुझाते डॉक्टर के पास ले जाने लगे कि डॉक्टर इलाज के लिए नहीं, आपसे बात करने के लिए बुला रहे हैं। मगर त्रिपाठी जी ने जो नाटक किया था डॉक्टर के चैंबर के बाहर, वह दृश्य भूलता नहीं। त्रिपाठी जी ने डॉक्टर के दरवाज़े पर अपनी दाहिनी टाँग अड़ा दी और इतने ज़ोर से धक्का दिया कि प्रह्लाद जी और लवलेश सिन्हा गिरते-गिरते बचे। त्रिपाठी जी पर उनकी पकड़ ढीली पड़ गयी। त्रिपाठी जी उन दोनों की गिरफ़्त से अलग होकर गालियाँ देते हुए वहाँ से लौट पड़े। फिर तो उन्हें रोकना सम्भव ही नहीं हो सका। आख़िरकार उन्हें डॉक्टर से दिखाये बिना वापस हॉस्टल लौटना पड़ा था।

त्रिपाठी जी का रौद्र रूप प्रह्लाद जी ने पहली बार देखा था। उस वक़्त उन्होंने यह भी नोट किया था कि कोई आदमी क्रोध में भी कैसे आवाज़ में शालीनता बनाये रख सकता है। त्रिपाठी जी गालियाँ ज़रूर दे रहे थे, मगर उनके लहज़े में कड़वाहट और उग्रता नहीं थी। मुलायमियत बनी हुई थी।

एम्स से लौटते हुए भी आटो में त्रिपाठी जी को बीच में बैठाया गया था। अगल-बग़ल प्रह्लाद जी और लवलेश सिन्हा। लौटते हुए त्रिपाठी जी जैसे रह-रह कर अपने से बातें किये जा रहे थे—साला, इस दुनिया में सारी समस्याओं की जड़ है वैचारिक विषमता। विचारों का मेल ही नहीं बन पाता किसी में। सारे झगड़े इसी से उपजते हैं। और किसी की बात क्या करूँ, मेरी माँ तक ठीक वैसे नहीं सोच पाती, जैसे मैं सोचता हूँ। एक ही चीज़ के बारे में वह अलग ढंग से सोचती है, मैं अलग ढंग से सोचता हूँ। जब तक किसी चीज़ के बारे में लोगों को एक तरह से सोचना नहीं सिखाया जायेगा, इस समाज में विसंगतियाँ बनी रहेंगी। झगड़े कभी ख़त्म नहीं होंगे। मार-काट, लूट-खसोट चलती रहेगी।

त्रिपाठी जी कुछ अंग्रेज़ी, कुछ हिन्दी में बड़बड़ाए जा रहे थे। मगर प्रह्लाद जी के मन में उनका एक ही वाक्य टंका रह गया था—मेरी माँ तक किसी चीज़ के बारे में ठीक वैसे नहीं सोचती, जैसे मैं सोचता हूँ।

गनीमत है, उसके दूसरे दिन ही उनके पिताजी आ गये थे। त्रिपाठी जी को अपने साथ ले गये थे। प्रह्लाद जी ने नोट किया था कि पिताजी के सामने त्रिपाठी जी लगभग नार्मल-से व्यवहार कर रहे थे। वे पूरे समय शान्त रहे। पिता जी की हर बात मान रहे थे। पिताजी के साथ घर जाने को लेकर उन्होंने कोई हुज्जत नहीं की, कोई वैसा नाटक नहीं किया, जैसा डॉक्टर से मिलने के लिए किया था। वे चले गये थे पितीजी के साथ घर। उसके तीन-चार महीने बाद जब त्रिपाठी जी हॉस्टल लौटे थे, तो नॉर्मल लग रहे थे। उन्हें सही इलाज मिल गया था। मगर प्रह्लाद जी के भीतर उनका वही रौद्र रूप बना हुआ था, जो उस दिन एम्स के मनोचिकित्सा विभाग के बाहर देखा था। इसलिए वे त्रिपाठी जी से थोड़ा सावधान रह कर ही बात करते थे। आदमी का दिमाग़ एक बार ख़राब हो जाये, तो लोग उसे जीवन भर अस्थिर मानते और उससे सजग-सावधान रहते हैं। कि न जाने कब फिर उसका दिमाग़ पलट जाये।

प्रह्लाद जी वर्तमान में लौटे थे—परवेसवा भी कहीं उसी तरह न बिदक जाये। मगर कोई न कोई उपाय तो सोचना पड़ेगा। उसे इस तरह नहीं छोड़ा जा सकता। इतनी उत्कृष्ट प्रतिभा इस तरह पागलपन की अवस्था में दिन गुज़ारने को मजबूर हो, तो यह हमारे समाज के लिए शर्म का विषय होगा।

तभी अरविन्द का फ़ोन आ गया, 'अरे चाचा, रामप्रवेश को तो उसके ममेरे भाई ले गये हैं दिल्ली। वहीं इलाज करा रहे हैं। उसे गये तो एक हफ़्ता हो गया।'

'अच्छा!...चलो, यह तो बहुत अच्छी बात है। सुन कर थोड़ी राहत मिली।' प्रह्लाद जी ने कहा और फ़ोन बन्द कर दिया।

परवेसवा के इलाज का समाचार पाकर प्रह्लाद जी को सुकून तो ज़रूर मिला, मगर उसके साथ ही उनके भीतर वही रात वाली डुगडुगी फिर से बजनी शुरू हो गयी। उन्होंने ख़ुद से सवाल किया—अगर परवेसवा डुगडुगी नहीं बजा रहा था, तो आख़िर बजा कौन रहा था!

फिर प्रह्लाद जी के भीतर चल रहे मंथन पर विराम लगाया था बिजेन्दर ने। उसने आकर पूछा, 'काका, नाश्ता तैयार है, ले आऊँ?'

'हाँ हाँ ले आओ।...प्रभुनाथ कहाँ हैं! वे भी तो नाश्ता करेंगे न!'

'हाँ हाँ। उनके लिए भी ला रहा हूँ।...'

प्रह्लाद जी फिर से बरामदे में आकर प्रभुनाथ के पास बैठ गये थे। प्रभुनाथ से उन्होंने पूछा, 'बच्चे, क्या स्कूल चले गये?'

'हाँ, वो कहाँ मानते हैं। सुबह-सुबह तैयार रहते हैं।...आप सो रहे थे, आपके पाँव छूकर तो गये थे। पता नहीं चला होगा आपको।' प्रभुनाथ ने कहा।

'अच्छा!...मगर इतनी बारिश में गये कैसे?'

'सुबह बारिश रुक गयी थी। उनकी बस आती है न बाहर सड़क पर। ख़ुद चले जाते हैं। कभी-कभी बिजेन्दर या हम छोड़ आते हैं।'

'यह अच्छी सुविधा हो गयी है। गाँव-गाँव तक स्कूल बसें आने लगी हैं। हमारे ज़माने में तो घोघी ओढ़ के कीचड़-कांदो हेलते हुए स्कूल जाना पड़ता था।' प्रह्लाद जी हँस पड़े थे।

उनकी बात सुन कर प्रभुनाथ भी हँस पड़े, 'बचपन की बात आपको आज तक याद है भइया। घोघी तो अब किसी को याद भी न होगी।'

बिजेन्दर नाश्ता ले आया। दाल का गरमागरम परांठा और सतपुतिया का चोखा सचमुच बहुत लज़ीज़ था। वे खाते-खाते याद करने लगे कि बचपन में कब सतपुतिया का चोखा खाया था। चंडीगढ़ में तो सतपुतिया मिलती ही नहीं। वहाँ तो नेनुआ ही ज़्यादा बिकता है। नेनुआ को वहाँ तोरई कहते हैं। खाते-खाते वे प्रसन्न भाव से कह उठे, 'वाह। मज़ा आ गया। न जाने कितने दिनों बाद सतपुतिया का चोखा खा रहा हूँ। दाल का परांठा तो लता बनाती रहती थी, दालपूड़ी भी बनाती थी, मगर सतपुतिया के चोखे का स्वाद तो जैसे भूल ही गया था। बिजेन्दर की पत्नी ने बनाया है न!'

'हाँ, वही सँभालती है पूरा घर। बहुत गुणी है। सब कुछ बना लेती है।... इसकी माँ को तो गठिया ने पकड़ रखा है। पुरुवा बहता है, तो उठना-बैठना मुश्किल हो जाता है। जाड़े में परेशानी ज़्यादा बढ़ जाती है।'

'अरे, तो ले जाकर दिखाते क्यों नहीं उसे। बीएचयू ले जाओ। मैं प्रोफ़ेसर शुक्ला से बात कर लूँगा, वे वहाँ किसी डॉक्टर से बात करके मिला देंगे।

आजकल इधर भी तो कई प्राइवेट अस्पताल खुल गये हैं। मऊ ले जाओ। वहाँ डॉक्टर मिल जायेंगे। आजकल किसी बीमारी का इलाज मुश्किल थोड़े न है। तुम लोग पालते रहते हो बीमारी को। जब बीमारी बढ़ जाती है, तो ज़िन्दगी भर उसे लेकर कलपते रहते हो।...' प्रह्लाद जी ने थोड़े तल्ख स्वर में कहा।

बिजेन्दर और प्रभुनाथ ने कुछ नहीं कहा, गर्दन झुकाए चुपचाप सिर्फ़ सुना।

'जैसे ही मौसम सुधरता है, ले जाओ डॉक्टर के पास उसे।' प्रह्लाद जी ने बिजेन्दर की तरफ़ देख कर कहा।

'ठीक है, काका। सतपुतिया का चोखा और ले आता हूँ।' कह कर बिजेन्दर घर के अन्दर चला गया था।

उसी समय एक मोटरसाइकिल घरघराते हुए आकर सामने रामनगीना के घर के बाहर रुकी थी। प्रह्लाद जी ने उसे हैरानी से देखा। मोटरसाइकिल की आवाज़ सुन कर रामनगीना की बेटी घर से बाहर आ गयी थी। बरसाती पहने मोटरसाइकिल सवार ने मोटरसाइकिल खड़ी कर बड़े-से थैले से सामान निकाला और रामनगीना की बेटी को पकड़ा कर अपने मोबाइल में कुछ किया और फिर मोटरसाइकिल पर सवार होकर भरी बरसात में वापस चला गया था। तब तक बिजेन्दर परांठा और चोखा लेकर आ गया था। प्रह्लाद जी ने उससे पूछा, 'कौन था?'

'डिलीवरी वाला था, काका।'

'मतलब!'

'आजकल ऑनलाइन सामान नहीं मँगाते हैं लोग! उसी की डिलेवरी देने आया था।' बिजेन्दर ने प्रह्लाद जी की थाली में परांठा और चोखा डालते हुए कहा।

'ऑनलाइन डिलीवरी यहाँ भी होती है! गाँव में!' प्रह्लाद जी हैरान हुए।

'अब गाँव, गाँव थोड़े न रह गया है। ऐसा क्या है, जो दिल्ली-मुम्बई में मिलता है और हमारे गाँव में नहीं मिलता। पिज्जा, बर्गर, जीन्स, टीशर्ट जो मँगाइए, दरवाज़े पर हाजिर हो जाता है। दिन भर में आठ-दस ऐसे मोटरसाइकिल वाले चक्कर लगा जाते हैं। कोहरा हो चाहे बरसात, पत्थर पड़े

चाहे पानी, इनकी डिलीवरी बन्द नहीं होती।' इस बार प्रभुनाथ ने जवाब दिया।

'यह तो बहुत बड़ी तरक़्क़ी है।'

'अरे काका, अब तो खाने-पीने का सामान भी घर बैठे पहुँचने लगा है। चट्टी पर वो फेंकू साह की मिठाई वाली दुकान नहीं है, वो भी अब समोसा, चाट, मिठाई की होम डिलीवरी कराने लगा है। पहले मुश्किल से दिन भर में पाँच किलो मिठाई बिकती थी उसकी, अब तो बताते हैं कि पच्चीस से तीस किलो मिठाई रोज़ बेच लेता है। समोसे, पकौड़े, चौमिन की तो पूछो मत।...'

'यह तो अच्छी बात है। मगर क्या होम डिलीवरी करने वाले लड़के मिल जाते हैं यहाँ?'

'अरे भइया, पूछिए मत! अपने ही गाँव में पाँच-सात लड़के हैं, जो इस काम में लगे हुए हैं। हर गाँव में ऐसे लड़के मिल जायेंगे। इससे बहुत सारे लड़कों को काम मिल गया है। बस, उनके पास अपनी मोटरसाइकिल होनी चाहिए, काम मिल जाता है।' प्रभुनाथ ने कहा।

'वाह। अच्छा है। गाँव भी शहर बन रहे हैं।' प्रह्लाद जी ने कहा और थाली परे करके हाथ धोने उठ गये।

नाश्ता करके प्रह्लाद जी बिस्तर पर बैठेगे, तो उनकी सुरति ने उस बरसाती पहन कर डिलीवरी करने आये लड़के की तस्वीर पृष्ठभूमि में रख कर बहुत सारी बातों का कोलाज बनाना शुरू कर दिया था। उसमें बार-बार प्रोफ़ेसर बत्रा की तस्वीर उभर आती थी। चंडीगढ़ यूनिवर्सिटी में अर्थशास्त्र के प्रोफ़ेसर बत्रा। वे कहते हैं, 'अगर इकोनॉमी को बूस्ट करना है, तो गाँवों का रुख करना होगा। शहरों पर आधारित इकोनॉमी अब सेचुरेट हो रही है, उसे रूरल एरियाज़ में पाँव पसारना ही होगा। अच्छी बात है कि, पसार भी रही है। अब मल्टीनेशनल्स ने इंप्लायमेंट का जो 'गिगिंग' स्वरूप विकसित किया है, उससे ही ऑनलाइन बिज़नेस को बूस्ट मिलेगा। इकोनॉमी अब इसी पर टिकी रहेगी।'

फिर, गिगिंग और रूरल इकोनॉमी को लेकर चली और चल रही अनन्त बहसें उस कोलाज के केन्द्र में उभरती चली गयीं। कोरोनाकाल के बाद की स्थितियाँ भी उस कोलाज में फटी-चिटी चिपकती जा रही थीं। कोरोना की

सख्त पूर्णबन्दी को धता बताते, सिर पर गठरी-मोटरी लादे, बच्चों की अँगुली पकड़ खींचते, गोद में चिपकाए, गाँवों की तरफ़ बढ़ते लोगों की भीड़ उस कोलाज पर तैरने लगी थी। जो शहर छोड़, शहरों में अपने सपने छोड़ गाँव लौट गये थे, उनमें से कितने फिर शहरों की तरफ़ लौटे, इसका ठीक-ठीक कोई आँकड़ा नहीं है। ऊपर से रेहड़ी-पटरी पर कारोबार को लेकर सरकारी सख्तियाँ, भवन निर्माण आदि के कामों में सुस्ती वग़ैरह के आँकड़े भी उस कोलाज में चिपकते जा रहे थे।

प्रह्लाद जी का मन थोड़ा खिन्न हो उठा। अजीब विरोधाभास है हमारे समय में। पहले जो पढ़े-लिखे नहीं होते थे, वे दिहाड़ी मजदूरी करते, असंगठित क्षेत्र में खटा करते थे, अब तो पढ़े-लिखों को भी उसी में धकेला जा रहा है। शहरों में बड़े-बड़े कॉल सेंटर यही तो कर रहे हैं। पब्लिक स्कूलों से पढ़े, कॉलेज ड्रॉप आउट, फर्राटा अंग्रेज़ी बोलने वाले बच्चे उनमें खट रहे हैं। न ड्यूटी का कोई नियम-कायदा, न भविष्य की कोई सुरक्षा। जो उनसे थोड़े कम पढ़े-लिखे हैं, सरकारी स्कूलों से निकले हैं, वे स्वीगी, जौमैटो, बिग बाज़ार वग़ैरह में गिगिंग कर रहे हैं। तीस-चालीस की उम्र के बाद तो इन्हें ये कम्पनियाँ दूध की मक्खी की तरह निकाल फेंकती हैं। कहीं नौकरी नहीं मिलती। इस उम्र तक आते-आते ये बूढ़े नज़र आने लगते हैं। सिर के बाल झड़ जाते हैं, पेट निकल आता है, सदा क़ब्ज़ से पीड़ित रहते हैं।

प्रह्लाद जी के भीतर खिन्नता बढ़ती जा रही थी।

चार

छुट्टी वाले दिन दोपहर को खाना खाकर नींद लेना प्रह्लाद जी का पुराना शगल है। जब भी, जहाँ भी मौक़ा मिलता है, दोपहर को खाना खाने के बाद कुछ देर झपकी ज़रूर ले लेते हैं। रिटायरमेंट के बाद तो उनका नाश्ता और दोपहर का खाना एक ही हो गया है। देर से नाश्ता करते हैं और दोपहर को कुछ नहीं खाते। नाश्ता करने के बाद लेट कर कुछ पढ़ते-पढ़ते नींद में चले जाते हैं। शाम को उठते हैं, तो चाय के साथ कुछ बिस्किट या नमकीन फाँक लेते हैं। मगर अभी तो कुछ पढ़ने की सुविधा नहीं थी। इसलिए उन्होंने मोबाइल फ़ोन पर समाचार लगा लिया था। समाचार अब बहसों की शक्ल में

ज़्यादा पेश होने लगे हैं। हर चैनल का अपना राजनीतिक वैचारिक रुझान है। हर चैनल अपने रुझान के मुताबिक ही समाचार और बहसें पेश करता है। उन्हें सुनते-सुनते प्रह्लाद जी गहरी नींद में चले जाते हैं। इसे लेकर उन्होंने अपना एक विचार भी स्थापित कर डाला है कि समाचार दरअसल, एक नये नशे की तरह ही हैं। समाचार सुनते रहो, तो व्यक्ति विचारशून्यता की स्थिति में पहुँच जाता है। समाचार नींद की गोली की तरह हो चुके हैं। सुनते-सुनते सो जाओ।

वे घण्टा-डेढ़ घण्टा सोए होंगे कि फ़ोन की घण्टी बज उठी। आमतौर पर दोपहर को सोते वक़्त वे फ़ोन को साइलेंट मोड में करके दूर रख देते हैं। मगर इस समय वे ऐसा करना भूल गये थे। फ़ोन की घण्टी से प्रह्लाद जी की नींद खुल गयी थी। देखा, तो डॉक्टर सेठी का फ़ोन था। उन्हें याद आया कि सुबह उन्होंने उनसे दोपहर को बात करने का वादा किया था। घड़ी देखा, तो एक बज कर बाईस मिनट हो रहे थे। उन्होंने फ़ोन उठा लिया, 'सॉरी डॉक्टर सेठी, नाश्ता करने के बाद लेटा, तो नींद आ गयी। आपको फ़ोन नहीं कर पाया।'

उधर से डॉक्टर सेठी का उलाहना भरा स्वर उभरा था, 'जिन चीज़ों को हम इम्पॉर्टेंट नहीं मानते, उन्हें अक्सर भूल ही जाते हैं। कोई बात नहीं, मुझे आपका वादा याद रहा।'

'अरे नहीं नहीं, ऐसी बात कतई नहीं है। एक तो रात को सो नहीं पाया, सुबह होने को थी, जब नींद आयी। अभी कोई न कोई मिलने आता रहा। तरह-तरह की बातें। थोड़ा माहौल बदला है, तो शरीर को उसका अभ्यस्त होने में एक-दो दिन लगेंगे। आपसे बात करने का वादा याद था। सोचा था, थोड़ा नींद पूरी करके उठूँगा तो इत्मीनान से बातें करूँगा। आपका ही फ़ोन आ गया। बस, आपने बाजी मार ली, अन्तर इतना है।' प्रह्लाद जी ने सफ़ाई दी।

'अब सफ़ाई देने का कोई मतलब नहीं। बात से चूका माणस और डाल से चूका बांदर, हारे हुए ही माने जाते हैं। अब आप हार तो चुके ही हैं।'

'बेशक। मैंने अपनी हार स्वीकार कर ली है। आपसे जीतने का तो मैं सोच भी नहीं सकता।'

'ओय होय, क्या बात है। कित्ते सोणे हैं आप। मेहरबानी आपकी।' डॉक्टर सेठी ने कुछ ऐसे अन्दाज़ में कहा था कि प्रह्लाद जी के भीतर सिर से लेकर पाँव तक एक लहर-सी दौड़ गयी। मन में आनन्द की हिलोरें उठ पड़ी थीं। वे

डॉक्टर सेठी को तुरन्त कोई प्रतिक्रिया नहीं दे पाये थे। थोड़ी देर ख़ामोश ही रहे। शायद उन्हें तुरन्त कुछ नहीं सूझा कि इस बात पर क्या कहना चाहिए। डॉक्टर सेठी ने भी महसूस किया कि उनकी बात प्रह्लाद जी के भीतर तरंगें पैदा करने लगी हैं। उन्होंने भी क्षण भर को चुप्पी साध कर प्रह्लाद जी को उस आनन्द में तैरने दिया।

मगर फिर प्रह्लाद जी ने ही बात को अलग दिशा दी, 'और, यूनीवर्सिटी में क्या चल रहा है?'

'यूनिवर्सिटी अपनी गति से चल रही है। नया तो क्या ही होना है। सब पुराना ही है। जैसा आप छोड़ कर गये, वैसी की वैसी है। नयी बात यही पता चली है कि आपके डिपार्टमेंट के प्रोफ़ेसर जोशी शिमला यूनिवर्सिटी जा रहे हैं, वाइस चांसलर बन कर।'

'चलो, यह तो बहुत अच्छा हुआ। तड़प रहे थे बेचारे कई साल से, वाइस चांसलर बनने के लिए। वैसे भी उन्हें तो बनना ही था, कहीं न कहीं वाइस चांसलर। बस, फ़ैसले में देर हो रही थी।'

'आप क्यों नहीं अप्लाई करते कहीं के लिए!'

'अरे नहीं, मैं वाइस चांसलर के क़ाबिल नहीं हूँ।'

'क्या बात करते हैं! इतने सारे रिसर्च पेपर पब्लिश हुए हैं आपके इंटरनेशनल जर्नल्स में। इतने सारे तो अवार्ड मिले हैं। विदेश की यूनिवर्सिटियों में फेलो रह चुके हैं। प्रोफ़ेसर जोशी आपसे ज़्यादा क़ाबिल हैं क्या?'

'हाँ, कह सकती हैं ऐसा। मुझमें वह क़ाबिलियत नहीं। उनमें वाइस चांसलर बनने की सारी योग्यताएँ हैं। अब वाइस चांसलर बनने के लिए पढ़ाई-लिखाई उतनी इंपॉर्टेंट नहीं है। फिर, मैं ख़ुद ही ख़ुद को ऐसे कामों के लायक नहीं मानता, तो कोशिश भी क्या करनी। वाइस चांसलर में जिस तरह की एडमिनिस्ट्रेटिव स्किल होनी चाहिए, वह मुझमें नहीं है। शायद मैंने ख़ुद को उस ढंग से तैयार ही नहीं किया।'

'ये ल्लो जी, इसमें तैयार करने की कौन सी बात है। अप्लाई ही तो करना है। काम आदमी को ख़ुद सिखा देता है कि उसे कैसे करना है। आप यूनीवर्सिटी के कामकाज से कोई अनजान थोड़े हैं। डिपार्टमेंट तो चलाया ही है, उसी तरह यूनीवर्सिटी चला लेंगे।'

'वाइस चांसलर को आजकल जिस तरह की बाबूगीरी और चापलूसी करनी पड़ती है, मंत्री के सचिव तक की जीहुजूरी करनी पड़ती है, वह मैं शायद कभी नहीं कर पाऊँगा।'

डॉक्टर सेठी कुछ देर चुप रहीं, फिर लम्बी साँस छोड़ कर कहा, 'सही कह रहे हैं आप। सो तो है। मगर जिन्हें अपनी शर्तों पर काम करना है, वे तो अपने ढंग से काम कर ही रहे हैं।'

'ऐसे लोगों को तो अब वाइस चांसलर बनने ही नहीं दिया जाता। जिन्हें अपनी शर्तों पर काम करना है, वे करते रहें अपने घर में बैठ कर।'

'यह बात भी सही है आपकी। अब मेरा ही देखो न, जब तक मिगलानी साहब हेड रहे, मुझे प्रोफ़ेसरशिप नहीं मिलने दी। अटकाते रहे। बाहर से लाकर बिठा दिया एक प्रोफ़ेसर को। बस, मैं इसीलिए उन्हें खटकती रही कि डिपार्टमेंट के कामों के अलावा स्टूडेंट्स को कल्चरल प्रोग्राम्स में इन्वाल्व किये रहती थी। उन्हें इसी बात की कुढ़न होती थी कि स्टूडेंट्स उनसे ज़्यादा मुझे क्यों पसन्द करते हैं।'

प्रह्लाद जी ने डॉक्टर सेठी से बातें करते हुए खिड़की के बाहर नज़र डाली। बारिश रुक गयी थी। बाहर उजाला बढ़ गया था। उन्होंने अन्दाज़ा लगाया कि अब बादल उतने घने नहीं रह गये हैं। उन्होंने मन ही मन तय कर लिया कि शाम को गाँव में घूमने निकलेंगे। दो दिन से कमरे के भीतर ही बन्द हैं।...

डॉक्टर सेठी अपनी बात जारी रखे हुई थीं, 'पूरा एजुकेशन सिस्टम ही करप्ट हो चुका है। मगर जो थोड़े लोग जेन्युइनली इसे सुधारना चाहते हैं। एजुकेशन को लेकर कन्सर्न हैं, उन्हें चुप्पी साध कर तो नहीं बैठ जाना चाहिए न जी!'

'जेन्युइन लोग पहुँचेंगे कैसे निर्णायक पदों पर, असल सवाल तो यह है। अब देखिये न, सुनने में आता है कि डिग्री कॉलेजों में बत्तीस-पैंतीस लाख रुपये लेकर असिस्टेंट प्रोफ़ेसर की भर्ती की जा रही है। वाइस चांसलर के लिए तीन से चार करोड़ रुपये का रेट खुल गया है। वह भी राजनीतिक रुझान देख कर फ़ैसला लिया जाता है। जो सरकार की भक्ति करता है, उसके ही चांस ज़्यादा हैं। पहले कम से कम एजुकेशन डिपार्टमेंट ऐसी प्रवृत्ति से बचा

हुआ था। अब तो सरेआम अँधेरगर्दी है। जो पैसे देकर वाइस चांसलर बनेगा, उसका ध्यान यूनिवर्सिटी में पढ़ाई-लिखाई का माहौल बेहतर करने पर कितना होगा, अन्दाज़ा लगाइए। वह तो चौबीसों घण्टे इसी चिन्ता में घुलता रहेगा कि जो उसने तीन-चार करोड़ रुपये दिये हैं, उसका दोगुना कैसे कमाये।... वह भर्तियों से कमायेगा, कंस्ट्रक्शन वग़ैरह के नाम पर कमायेगा। यूजीसी की ग्रांट में हेराफेरी करेगा।' प्रह्लाद जी थोड़ा सम्भल-सम्भल कर बोल रहे थे।

'हाँ, अब तो सारी चीज़ें उजागर हैं। आपके जोशी जी भी तो संगठन के कोटे से चुने गये हैं।'

'हाँ, उनका तो तय था। सभी जानते थे यह बात। वे यूनिवर्सिटी में विद्यार्थियों के प्रिय इसलिए थोड़े थे कि अच्छे अध्यापक थे। विद्यार्थी इस लोभ में उनके पीछे घूमते रहते थे कि जोशी जी उन्हें कहीं किसी यूनिवर्सिटी या कॉलेज में नौकरी दिला देंगे।'

डॉक्टर सेठी से बातें करते-करते प्रह्लाद जी की सुरति ने प्रोफ़ेसर जोशी का चैनल खोल दिया था। प्रह्लाद जी डॉक्टर सेठी से बातें कर रहे थे और उसके समान्तर उनके दिमाग़ के पर्दे पर प्रोफ़ेसर जोशी के फुटेज चलने शुरू हो गये थे। प्रोफ़ेसर जोशी थे तो भौतिकी के प्रोफ़ेसर, पर उनकी पूरी धज राजनेताओं की थी। नफीस धोती और सिल्क का कुर्ता, उसके ऊपर क्रीम कलर की नेहरू जैकेट। माथे पर चन्दन का तिलक। चेहरे पर हर समय सौम्यता और बात करते हुए मुस्कान बिखरी रहती। चाल में गम्भीरता। कक्षा में भौतिकी के क्षेत्र में हो रहे नये अनुसन्धानों पर कभी कोई बात नहीं करते, पर राजनीति की हलचलों पर देर तक और ख़ूब विस्तार से चर्चा करते। उसमें दक्षिणपन्थ के सिद्धान्तों को प्रतिष्ठापित करने की खुली कोशिश रहती। चाहे विभाग की बैठक हो या अन्तर्विभागीय, सबमें वे दक्षिणपन्थी राजनीति द्वारा उठाये जा रहे मुद्दे ही उठाते। जहाँ-जहाँ दक्षिणपन्थ की सरकारें थीं, वहाँ की विभिन्न समितियों में जोशी जी सलाहकार थे। संघ के बड़े पदाधिकारियों के साथ उनकी नियमित मुलाक़ातें होतीं। केन्द्र में दक्षिणपन्थ की सरकार बनने के बाद तो वे इतने व्यस्त हो गये थे कि कक्षाएँ लेने का समय ही उनके पास नहीं रह गया था। विभाग में कभी-कभार ही आते थे। उनके हिस्से की कक्षाएँ दूसरे प्रोफ़ेसरों को दे दी गयी थीं। जब भी विभाग आते, उनके आसपास विद्यार्थियों

और विभिन्न विभागों के अध्यापकों की भीड़ चलती थी। कुछ मौक़ों पर तो वाइस चांसलर तक को उनके आगे झुकते हुए नोट किया गया था।

'जोशी जी जा तो रहे हैं, मगर अपने पीछे यूनिवर्सिटी में कई दूसरे जोशी छोड़ कर जा रहे हैं। कई प्रोफ़ेसर्स और बहुत सारे स्टूटेंट्स उनके सिखाए रास्तों पर चलने को तैयार हैं।' डॉक्टर सेठी ने कहा था।

'हाँ, वह तो होगा ही। जोशी जी जैसे लोगों का पूरा प्रयास ही इस बात का होता है कि अपनी विचारधारा की लीक बना कर जायें, ताकि उस पर लोग चलते रहें और एक दिन वही मुख्य रास्ता बन जाये।' प्रह्लाद जी ने कहा। तभी उन्हें बाहर बरामदे में कुछ हलचल सुनाई पड़ गयी। कुछ लोग ज़ोर-ज़ोर से बोल रहे थे। प्रह्लाद जी ने अन्दाज़ा लगा लिया कि ज़रूर कुछ विचित्र घटा है। उन्होंने डॉक्टर सेठी से कहा, 'अच्छा डॉक्टर सेठी, बाहर कुछ लोग आये हैं शायद। बाद में बात करते हैं। देखता हूँ क्या हुआ।'

'ठीक है, ठीक है।' डॉक्टर सेठी ने कहा और फ़ोन बन्द कर दिया।

प्रह्लाद जी बरामदे में आये तो देखा चार-पाँच लोग जमा हैं। रामबरन, हरेराम और दो-तीन युवक बातें कर रहे हैं।

'अरे, रमसतिया बता रहा था कि लहास चिता पर रख दी गयी थी। आग लगाने की तैयारी चल रही थी। तभी कौनो आके बोला कि जगदीपवा चार लाख का जीवन बीमा कराए था। जब तक पोस्टमार्टम नहीं होगा, तब तक बीमा की रकम मिलेगी नहीं। बस, आग बुझा के फटाफट लहास उठा के भागे सब अस्पताल।...' हरेराम ऐसे बता रहे थे कि जैसे प्रत्यक्षदर्शी हों।

'रमसतिया भी तो गया रहा होगा दाह-संस्कार कराने!' रामबरन ने सवाल किया।

'हाँ, वही तो बता रहा था सारा क़िस्सा।' हरेराम ने कहा।

'क्या हो गया?' प्रह्लाद जी ने पूछा।

'ये बग़ल में शहबाजपुर गाँव नहीं है, वहीं कल शाम को एक लड़का बिजली लगने से मर गया था। आज उसका दाह-संस्कार करने ले गये थे। तभी किसी से पता चला कि उसनें चार लाख रुपये का जीवन बीमा कराया था। पोस्टमार्टम होगा, डेथ सर्टिफिकेट बनेगा, तभी बीमा की रकम मिलेगी।

तो दाह-संस्कार छोड़के सब लाश उठाके ले गये हैं अस्पताल।' रामबरन ने संक्षेप में पूरा प्रकरण सुना दिया।

'अरे, कैसे बिजली लग गयी।' प्रह्लाद जी ने दुख ज़ाहिर किया।

'बिजली का काम करता था। इधर आसपास के गाँव में कहीं भी किसी ट्रांसफार्मर में कोई दिक़्क़त हो, किसी का फ़ियूज उड़ गया हो, किसी के ट्यूबवेल पर बिजली न पहुँच पा रही हो, तो ठीक कर देता था।'

'मगर, यह काम तो बिजली विभाग वालों का है। वह बिजली विभाग में काम करता था क्या?'

'अरे नहीं नहीं, प्राइवेटली करता था।'

'ऐसे कैसे! बिजली विभाग वालों ने उसके ख़िलाफ़ शिकायत नहीं करायी?'

'अरे भइया, ई सब बिजली विभाग की जानकारिए में न होता था। इससे पहले दो-तीन ठो और नवहे मर चुके हैं इसी तरह ट्रांस्फार्मर पर चढ़ने से। ये चौथा या पाँचवाँ है।' इस बार हरेराम ने जवाब दिया।

'मगर ऐसे कैसे वह ट्रांस्फार्मर पर चढ़ गया। पहले उसके लिए शट-डाउन लेना पड़ता है पावर हाउस से। वह कैसे चलती बिजली में काम करने चढ़ गया।'

'अरे काका, ये सब बिजली विभाग की मिलीभगत से काम होता है। बिजली विभाग में शिकायत करो, तो वो तीन-चार दिन लगा देते हैं आने में। कभी छुट्टी, तो कभी काम ज़्यादा होने का बहाना करके टालते रहते हैं। ई जो मरा है मनोजवा, उसके जैसे लड़के बिजली विभाग के लाइनमैन से मिल कर छोटी-मोटी गड़बड़ियाँ ठीक कर दिया करते हैं। जब लम्बा काम होता है, तो शट-डाउन भी माँग लेते हैं। मगर फ़्यूज उड़ने जैसी छोटी-मोटी गड़बड़ी चलती बिजली में भी ठीक कर देते हैं। मनोजवा भी उसी में मारा गया है।' इस बार एक नवहे ने जवाब दिया।

'मगर, पानी बरस रहा था, उसमें उसे इतनी क्या जल्दी थी फ़्यूज ठीक करने की?'

'उस समय बारिश रुकी हुई थी। आजकल बिना बिजली के किसी का काम थोड़े न चल पाता है। हर घर में हीटर पर खाना पकता है। बिना पंखे के

अब कोई रह नहीं पाता। पानी खींचने के लिए हर घर में सबमर्सिबल लगा है। एक लोटा पानी भी भरना हो, तो बिजली का बटन दबा के ही भरते हैं लोग। बिजली नहीं रहती, तो जैसे लोगों का हाथ-पाँव ही काम करना बन्द कर देता है। ऐसी स्थितियों में मनोजवा जैसे लड़के बहुत काम आते हैं।' उसी नवहे ने फिर जवाब दिया था।

'मनोजवा पइसा भी ठीके कमाता था, काका। ट्रांस्फार्मर पर चढ़ने का हर घर पीछे पचास रुपया लेता था। अब जोड़ लीजिए, एक गाँव में एक ट्रांस्फार्मर से कम से कम पचास घर में तो कनेक्सन लिया ही होगा लोगों ने, तो कितना कमायी हो जाता था उसका।' अबकी बार दूसरे नवहे ने बात आगे बढ़ायी। प्रह्लाद जी उसे पहचानते थे। रामाधार का बेटा रंजीत।

'अरे ऊ त ठीके बात है भाई, मगर कौनो रोज-रोज थोड़े इतना कमाता था। महीना-दू महीना पर कभी कौनो ट्रांस्फार्मर ख़राब हो गया, तो चढ़ता था। महीना में अगर दू-पाँच हज़ार कमा लिया तो कौन बड़ी कमायी कर लिया।' रामबरन ने रंजीत का गणित दुरुस्त किया।

'ख़ाली ट्रांस्फार्मर का काम थोड़े न करता था, काका। ट्यूबेल, सबमर्सिबल वग़ैरह का काम भी तो रोज़ कहीं न कहीं लगा ही रहता था।' रंजीत ने अपना समीकरण विस्तृत किया।

'मगर, बिजली के काम की ट्रेनिंग कहीं से ली थी या ख़ुद सीख के करता था यह सब!' प्रह्लाद जी ने अपनी जिज्ञासा प्रकट की।

'वैसे तो पढ़ाई की थी, मगर ख़ुद्दे प्रैक्टिस से सब काम सीख गया था। पढ़ाई करके तो क्या ही सीखता है कोई। मार्कंडे राय के कॉलेज से आईटीआई किया था इलेक्ट्रिक के ट्रेड में। आप तो जनबे करते हैं कि वहाँ क्या पढ़ाई होती है। बहुत सारे लड़के तो कॉलेज जाते ही नहीं, हाज़िरी लग जाती है। बाद में सर्टिफिकेट भी मिल ही जाता है। वहीं से पढ़ा था मनोजवा भी।' हरेराम ने प्रह्लाद जी की जिज्ञासा शान्त करने की कोशिश की।

'अच्छा। यह तो अच्छी बात है। बेसिक ट्रेनिंग तो रही ही होगी उसको, फिर प्रैक्टिस से बहुत कुछ सीख जाते हैं लड़के।...वहाँ से पढ़ाई करके नौकरी भी मिल जाती होगी कुछ लड़कों को?' प्रह्लाद जी ने पूछा।

'सरकारी नौकरी तो एक्को लड़का को नहीं मिला है आज तक। आठ

साल हो गया कॉलेज खुले। पर प्राइवेट में बिजली की दुकानें ज़रूर मिली है बहुतों को। ज़्यादातर तो अपना ही काम शुरू किये हुए हैं। दो लड़के ज़रूर सऊदी चले गये।...मगर उसके लिए जुगाड़-तुगाड़ चाहिए।...अरे प्राइवेट कॉलेज सबका धन्धा तो आपको पता ही है भइया, सब फीस से कमायी करने का खेल है। लड़कों को नौकरी मिले न मिले, उससे उनको का मतलब।' हरेराम ने खिन्नता प्रकट की।

'ऐसा नहीं है, प्लेसमेंट भी करवाते हैं। तीस-बत्तीस लड़कों को गुड़गाँव की कम्पनियों में भी काम लगा है।' प्रभुनाथ ने अपनी बात जोड़ी।

प्रह्लाद जी ने नोट किया कि हरेराम हर बात के नकारात्मक पहलू पर ही ज़्यादा बात करता है। सकारात्मक पक्ष वह देखना ही नहीं चाहता या उसे दिख नहीं पाता। निन्दा ही करता है हर चीज़ की। इसलिए उन्होंने अब बात को दूसरी तरफ़ मोड़ना बेहतर समझा। 'मनोज के परिवार में कौन-कौन है। उसकी शादी वादी हुई थी या नहीं?'

'उसके बाबूजी ज़िन्दा हैं अभी। रजेसर। राजमिस्त्री का काम करते थे, अब अशक्त हो गये हैं। मनोजवा काम करने लगा, तो उनका काम छुड़वा दिया था। उसने कहा कि आप बहुत काम कर चुके, अब आराम कीजिए। साल-डेढ़ साल पहले ही विवाह हुआ था। सुना है, एक लड़का है दू-चार महीना का।' रामबरन ने जवाब दिया। 'मगर अब तो परिवार का कमाने वाला ही चला गया, तो रजेसर पर पहाड़ ही न टूट गया।'

'चार लाख का बीमा भी तो कराया था मनोजवा ने। कुछ और बैंक में जमा किया ही होगा।' हरेराम ने कहा।

'धुत, इतने से परिवार का कितने दिन गुजारा चलता है भाई?' प्रभुनाथ ने टोका।

'चाय बनवाइए न प्रभुनाथ सबके लिए।' प्रह्लाद जी ने जैसे बात को विराम देने या अपने भीतर गहरा गये अवसाद को तोड़ने के लिए कहा।

पाँच

बारिश रुकी थी, मगर आसमान में बादलों का जमघट बना हुआ था। इसलिए आज शाम कुछ जल्दी उतर आयी थी। अँधेरा घिरने लगा

था। सामान्य दिन होता, तो अभी आसमान में सूरज चमक रहा होता। घड़ी में अभी साढ़े पाँच बज रहे थे। ऊमस बढ़ गयी थी। हवा थिर थी। प्रह्लाद जी ने अनुमान लगाया कि फिर से कभी भी बारिश शुरू हो सकती है। पिछले दो दिन से बारिश की वजह से वे कमरे में जैसे क़ैद रह कर ऊब चुके थे। बस खाओ, उठंग जाओ, चाय पीयो फिर लेट जाओ, कोई आ गया तो थोड़ी देर बैठ कर बोल-बतिया लो। चलना-फिरना बिल्कुल हुआ ही नहीं। उनके मन में गाँव घूमने की उमग उठी। छाता उठाया और प्रभुनाथ से यह कह कर निकल पड़े कि थोड़ा घूम-फिर कर आता हूँ।

प्रभुनाथ ने टोका कि बारिश हो सकती है, अभी घूमने-फिरने निकलने की क्या ज़रूरत है। मगर प्रह्लाद जी नहीं माने।

गाँव को उत्तर और दक्षिण, दो हिस्सों में बाँटती सड़क पर पूरब की तरफ़ बढ़ चले। कुछ दूर आगे ही सड़क किनारे विशाल घने बरगद के नीचे पंचायत भवन बना हुआ है। वहीं बग़ल में शिवाला भी है, जिसे बड़ा मन्दिर कहते हैं। बरगद के नीचे सीमेंट का बड़ा-सा चबूतरा, जो सर्दी को छोड़ कर बाक़ी के दिनों में गाँव के लोगों की बतकही का अड्डा होता है। वहाँ तक जाना चाहते थे। जिज्ञासा थी कि देखें, पंचायत भवन कुछ बदला है या अभी पुराना ही है, खपरैल वाला। उनके बचपन में पंचायत भवन ही पूरे गाँव का केन्द्र हुआ करता था। वहीं खलिहर लोग बैठ कर बीड़ी-हुक्का पीते, ताश खेलते, नवहे गलचौरन करते, बच्चे कोई खेल खेलते। दिवाली से एक दिन पहले, यमद्वितीया के दिन, वहाँ बड़ा मेला लगता। रात को नौटंकी खेली जाती। उसमें जग्गा भांड की नौटंकी जैसे स्थायी कार्यक्रम हुआ करते थे। प्रह्लाद जी बचपन के दिनों को याद करते-करते बढ़े जा रहे थे। रास्ते में कोई मिल गया तो उससे दुआ सलाम करते।

चलते-चलते वे गाँव के घरों पर नज़र डालते जा रहे थे। उन्होंने नोट किया कि गाँव में अब खपरैल का शायद एक भी घर नहीं रह गया है। सबने ईंट के घर बना लिए हैं। घरों के बाहर फूस का छज्जा ज़रूर डाल रखा है सबने। दरअसल, यही फूस के छज्जे या मड़ई मुख्य बैठक होती हैं गाँव में। घर चाहे जितना शानदार, सुविधा सम्पन्न बना हो, पर सामने या अगल-बग़ल फूस की मड़ई न हो तो जैसे उसकी शोभा ही नहीं मानी जाती। आजकल तो

कुछ लोग टिन के छज्जे डालने लगे हैं। मगर जो आनन्द फूस की मड़ई का है, टिन के छज्जे का कहाँ।

अब पंचायत भवन दूर से ही दिखने लगा था। खपरैल वाले पंचायत भवन की जगह पक्का भवन बन गया था। मटमैले पीले रंग से पुता हुआ। प्रह्लाद जी ने देखा कि अब वहाँ सड़क किनारे चार-पाँच गुमटियाँ रख दी गयी हैं। उनके भीतर और बाहर बल्ब जल रहे हैं। उनके अगल-बग़ल सीमेंट की चबूतरेनुमा बेंचे बनी हुई हैं। अच्छी-ख़ासी चहल-पहल है। चलते-चलते उन्होंने अनुमान लगा लिया कि उन गुमटियों में से एक में चाय-समोसे बनते हैं, दो में किराने का सामान बिकता है। एक दुकान पान-बीड़ी-सिगरेट की है। एक गुमटी बन्द हो गयी थी या सुबह से ही बन्द थी, मगर उसके बाहर एक बाँस पर टंगे पुराने टायर उसका पता दे रहे थे कि वहाँ साइकिल-मोटरसाइकिलों की मरम्मत होती होगी, पंक्चर वग़ैरह लगाया जाता होगा। यह देख कर उन्हें ख़ुशी हुई कि गाँव में तरक़्क़ी के निशान नज़र आने लगे हैं। उन्होंने सोचा, यह तो अच्छा है, अपने लिए सिगरेट का एक पैकेट भी लेता चलूँगा।...बारिश का मौसम है, न जाने कब बाज़ार जाना हो पाये। सिगरेट तो रहनी चाहिए पास में।

मन के फ़ैसला करते ही उनके कदम स्वाभाविक रूप से पान-सिगरेट की दुकान की तरफ़ बढ़ गये।

दुकान की बग़ल वाली बेंच पर बैठे दो युवक मोबाइल पर कोई रील देख रहे थे। आसपास की हलचल से बेख़बर। आजकल अन्दाज़ा लगाना मुश्किल नहीं होता कि कोई अपने मोबाइल पर क्या देख रहा है। रिकॉर्डेड हँसी, बैकग्राउंड म्यूजिक और जानी-पहचानी उभरती आवाज़ों से पता चल जाता है कि कौन क्या देख रहा है। आजकल युवा रील ज़्यादा देखते हैं। घण्टों रील देखते हुए बिता देते हैं। उनमें रोज़ मुफ्त का मिलने वाला इंटरनेट डाटा ख़र्च करने की होड़ जैसी लगी रहती है। इस प्रवृत्ति को देखते हुए अब रील बनाने की भी जैसे रेस लगी हुई है। जिसे देखो रील बनाने में जुटा है। आजकल तो हर घर से अभिनेता-अभिनेत्री निकल रहे हैं। कोई अपनी माँ से ऐक्टिंग करा रहा है, कोई अपने पिता से करा रहा है। कहीं भाई-बहन मिल कर ऐक्टिंग कर रहे हैं, कोई अकेले स्क्रिप्ट लिख और ऐक्ट कर रहा है। हर रील में बैकग्राउंड म्यूजिक या रिकार्डेड हँसी प्रायः एक ही होती है। वह प्रह्लाद जी को बहुत

इरीटेट करती है। कानों में चुभती है। उन्होंने उसे इग्नोर करने की आदत-सी डाल ली है।...मगर जब भी वे ऐसी आवाज़ों को इग्नोर करते हैं, उनकी सुरति का चार्वाक उभर कर अपना यह जुमला उछालने से बाज नहीं आता—मुफ्त का मोबाइल डाटा कॉरपोरेट की साजिश है। यह एक तरह के नशे की ख़ुराक है। अबालवृद्ध को गाफिल रखने का षड्यन्त्र है।

प्रह्लाद जी ने चार्वाक को म्यूट किया और पान दुकान की तरफ़ बढ़ चले। चार्वाक को म्यूट न करते तो चाणक्य भी उपस्थित हो जाते और फिर दोनों इसी विषय पर घण्टों बहसते रहते। अभी उनके पास इन दोनों की बहसें सुनने का वक़्त नहीं था। वे पान की दुकान पर जाकर ठहर गये थे। दुकान वाले युवक ने उन्हें अभिवादन किया। प्रह्लाद जी ने पूछा, 'किसके घर से हो बेटा?'

युवक ने जवाब दिया था, 'हम फुलेसर राम के बेटे हैं काका।'

'अच्छा अच्छा। फुलेसर जी कैसे हैं?'

'उनको गये तो कई साल हो गये, काका।'

'ओह।...कबसे दुकान शुरू की है?'

'हो गया पाँच-छह साल।'

'बहुत बढ़िया। एक सिगरेट का पैकेट दे दो।'

युवक ने सिगरेट का पैकेट निकालते हुए बताना शुरू किया था, 'काका, हम भी आपकी तरफ़ रहे थे तीन-चार साल।'

'अच्छा, कहाँ?'

'लुधियाना में थे। एक होजरी के कारखाने में काम करते थे। कभी-कभी किसी काम से चंडीगढ़ आना-जाना होता था।'

'अच्छा अच्छा। तो, वहाँ से छोड़ कर क्यों आ गये?'

'करखनवे बन्द न हो गया। घाटे में चलने लगा था। अब होजरी के काम में कंपटीसन बहुते न बढ़ गया है। छोटा-मोटा कारखाना तो सरवाइबे नहीं कर पाता। बड़े-बड़े कारखाने ब्रांडेड सामान बनाने लगे हैं। मारकेट में उनकी पकड़ बहुत है। उन्हीं का सामान ज़्यादा बिकता है। इसलिए हमारा कारखाना बन्द हो गया। दूसरी जगह और कोई काम मिला नहीं। पड़े-पड़े मकान का किराया और खोराकी जुटाना मुस्किल हो गया था। चले आये। यहाँ परिवार के साथ हैं, दुकान से घर का खर्चा चल जाता है।' युवक सिगरेट का पैकेट पकड़ाने के बाद अपनी व्यथा सुनाता रहा।

प्रह्लाद जी ने पैकेट खोला, एक सिगरेट निकाली और सामने रखी माचिस की डिब्बी उठा ली। उस युवक में उनकी दिलचस्पी बढ़ गयी थी। वे सिगरेट सुलगा कर उससे अभी और बातें करना चाहते थे।

तभी एक युवक वहाँ उपस्थित हुआ, 'परनाम काका। हम राधेमोहन। सुखराम यादव का बेटा।'

प्रह्लाद जी ने नोट किया कि वह युवक लड़खड़ा रहा है। ठीक से ख़ुद को सँभाल नहीं पा रहा। जुबान लड़खड़ा रही है। समझ गये कि उसने पी रखी है। उन्होंने उसे ग़ौर से देखा। उम्र बीस-बाईस साल होगी। पूछा, 'क्या हालचाल हैं, सुखराम जी के?'

'अब तो का उनका हाल और का चाल। खटिया पकड़े हुए हैं छह महीना से। अब तो हम उससे यही रोज़ मनाते हैं कि उनका परवाना कटे और आराम से विदा हो लें।' उस युवक ने ऊपर की तरफ़ हाथ उठाया और खासे दार्शनिक अन्दाज़ में अपने पिता का समाचार सुनाया। 'एक ठो बीड़ी पिलाइए न भइया रामनरेस।' फिर उसने दुकान वाले युवक से मुख़ातिब होकर कहा। प्रह्लाद जी ने नोट किया कि पान दुकान वाले युवक का नाम रामनरेश है। प्रह्लाद जी उससे उसका नाम पूछना भूल गये थे।

प्रह्लाद जी को कुछ सूझ नहीं रहा था कि वे उस लड़खड़ाते आये युवक से क्या और कैसे बातें करें। मगर बीड़ी सुलगाने के बाद युवक ने उनकी यह दुविधा ख़ुद समाप्त कर दी थी। उसने बातचीत आगे बढ़ाई, 'काका, बुरा मत मानिएगा। आप बहुत पढ़े-लिखे हैं। इधर पूरा जवार में आप जैसा विद्वान कोई नहीं है। जानते हैं, हम सब आपके जैसा बनना चाहते हैं। आपकी तरह इस गाँव का नाम रोसन करना चाहते हैं। आप हमको गलत मत समझिएगा। आप बड़े हैं, माफ़ कर दीजियेगा।' उस युवक ने हाथ जोड़ दिये। प्रह्लाद जी का पैर छूने को झुका, मगर उन्होंने उसे सहारा देकर पाँव छूने से रोका और सीधा खड़ा कर दिया। युवक ने फिर लड़खड़ाती ज़बान में अपनी बात आगे बढ़ायी, 'हम शाम को थोड़ा लेते हैं।' उसने बायें हाथ के अँगूठे से मुँह की तरफ़ इशारा करते हुए कहा।

'नहीं नहीं, बुरा मानने की क्या बात है। आप एन्जॉय करो।'

'इनजाय फिनजाय तो गया तेल लेने। अब तो आदत पड़ गयी है। न पीयें तो नींद ही नहीं आती। अब घर जायेंगे, खाना खायेंगे और लमलेट हो जायेंगे।'

'अच्छी बात है, मगर लिमिट में ही लें, तो अच्छा है।'

'जानते हैं काका, जुग-ज़माना बहुत ख़राब है। बहुऽऽऽते ख़राब है साला ज़माना। काम-धन्धा कौने हइए नहीं है। कौनो नौकरी-चाकरी कहीं दिला दीजिये न काका। हम पढ़े-लिखे हैं। बीए पास कर लिए हैं।'

प्रह्लाद जी चुप रहे। कोई जवाब नहीं दिया। यह माँग कोई नयी नहीं थी। जब भी वे गाँव आते हैं, हर बार कोई न कोई युवक या किसी न किसी युवक का कोई बाप-भाई किसी नौकरी-चाकरी की सिफारिश लेकर आ ही जाता है। हर किसी को लगता है कि मैं बहुत बड़ा आदमी हूँ, शहर में बहुत सारे बड़े लोगों से मेरी जान-पहचान है और मैं किसी को भी कह दूँगा तो वह दो-चार लोगों को नौकरी पर रखवा देगा। मगर इन लोगों को क्या पता कि मैं किसी को चपरासी तक नहीं रखवा सकता। प्रह्लाद जी के सामने जब भी ऐसी स्थिति आती है, तो वे झेंप जाते हैं। वे ख़ुद को असहाय महसूस करने लगते हैं। उन्हें यह सोच कर तकलीफ़ होती है कि वे अपने गाँव के युवाओं को कहीं किसी काम पर नहीं लगवा पा रहे। उन्हें कोई नौकरी नहीं दिलवा पा रहे।

फिर से उनमें असहायताबोध भरना शुरू हो गया था। मगर उस स्थिति से पान दुकान वाले युवक ने उन्हें उबार लिया था। उसने लड़खड़ाते युवक का समर्थन किया, 'पढ़ने में बहुत तेज़ रहे हैं काका ई। हाई इस्कूल, इंटर दूनो फस्सक्लास पास किये थे। मगर किस्मते ख़राब है इनकी।...भर्ती हो गये थे सेना में। बाद में तैनातिए नहीं हुई।'

'क्यों!' प्रह्लाद जी को हैरानी हुई।

'हम बताते हैं।' बीड़ी का लम्बा कश लेकर लड़खड़ाते युवक ने हस्तक्षेप किया, 'भर्ती तो हम हो गये थे। रिजल्ट में नाम भी आया था। मगर नियुक्ति पत्र पर रोक लग गयी। कहा गया कि नियुक्ति पत्र थोड़े दिन बाद जारी होंगे। फ़ौज के कुछ नियम बदलने वाले हैं। फिर आ गया कोरोना।' युवक ने बीड़ी का आख़िरी कश लिया और उसे दूर फेंक दिया। 'तो, कोरोना आया, तो कहा गया कि अभी सारी भर्ती पर रोक लग गयी है।...नयी इस्कीम आयेगी। आयी बहनचो...नयी इस्कीम। साली, अग्निवीर इस्कीम। चार साल की नौकरी। हमारी भर्ती चली गयी तेलहंडे में।' वह युवक उत्तेजना में कुछ अधिक लड़खड़ाने लगा था।

'अरे, तो, तुम लोगों को नियुक्तिपत्र मिला ही नहीं?'

'घण्टा मिला।' युवक ने लड़खड़ाते हुए एक हाथ से कमर के नीचे इशारा करते हुए कहा। 'कहा गया कि हम सबकी उम्र निकल गयी। हम सबने आन्दोलन भी किया। अदालत भी गये। मगर सरकार से लड़ना आसान थोड़े न है, काका। सरकार जो फ़ैसला कर लेती है, उसे टालना मुश्किल ही नहीं, नामुमकिन होता है। अब तो जो सरकार है, उसकी बात किसी अदालत में भी दम नहीं है कि टाल दे। साला, जो उसका फ़ैसला पलटेगा, सरकार उसी को पलट के घुसेड़ देगी भीतर।'

प्रह्लाद जी इस समाचार से तो वाक़िफ़ थे, मगर उन्हें अन्दाज़ा नहीं था कि उस फ़ैसले का एक भुक्तभोगी अपने ही गाँव में और इस हाल में मिल जायेगा। उन्हें उस युवक की हालत देख कर पीड़ा हुई। मगर उसे किसी न किसी तरह तसल्ली देकर शान्त तो करना ही था। उन्होंने उसे एक घिसी-पिटी सांत्वना दी, 'हौसला रखो। योग्य लोगों को देर से ही सही, मौक़ा मिलता ज़रूर है। क्या पता, कुछ बेहतर के लिए तुम्हारे साथ ऐसा हुआ हो।'

'हुंह...साला बेहतर।' उस युवक के चेहरे पर घृणा और विषाद का मिलाजुला रसायन छलक पड़ा था। उसने गुमटी के बग़ल में ज़ोर से थूका और फिर पीछे की तरफ़ अँधेरे में बढ़ गया था। प्रह्लाद जी समझ नहीं पाये कि उस युवक ने अपना ग़ुस्सा थूका था, व्यवस्था पर थूका था या उनकी सांत्वना पर थूक कर चला गया था।...

प्रह्लाद जी को कुछ सूझ नहीं रहा था। सिगरेट जल कर फिल्टर तक पहुँच चुकी थी। उसकी आँच अँगुली में महसूस हुई तो उसे नीचे फेंक कर जूते से कुचल दिया। फिर दुकान वाले युवक से कहा, 'ठीक है भाई, चलते हैं।'

वे घर की तरफ़ लौट रहे थे, मगर उनके दिमाग़ में उस लड़खड़ाते युवक की तस्वीर घुमड़ रही थी। उसकी आवाज़ उनके भीतर गूँज रही थी। उसकी बातें बार-बार याद आ रही थीं। चलते-चलते उनकी नज़र दक्षिण की तरफ़, दोनों हरिजन बस्तियों के बीच फैले खेतों की ओर गयी। कोई आधा किलोमीटर दूर उन्हें रंग-बिरंगी बिजली की झालरों के बीच, हरे रंग में पुती एक झोंपड़ीनुमा धुँधली आकृति नज़र आ रही थी। उन्हें हैरानी हुई कि वहाँ

कौन-सा बाज़ार सज रहा है। उन्होंने अन्दाज़ा लगाने की कोशिश की। वह बाज़ार तो किसी भी रूप में नहीं लग रहा। किसी देवता का स्थान होगा। अनुमान लगाया कि उस तरफ़ तो कभी किसी देवता का कोई स्थान नहीं था। फिर, यह जगर-मगर सजावट किसकी है!

अब प्रह्लाद जी के दिमाग़ से लड़खड़ाते युवक की जगह रंगीन बिजली की झालरें चमकने लगी थीं। हर कयास, हर अटकल लगा चुकने के बाद भी जिज्ञासा शान्त नहीं हो पा रही थी।

अब बून्दाबांदी शुरू हो गयी थी। उन्होंने छाता खोल लिया। घर पहुँचे, तो प्रभुनाथ ने छूटते ही कहा, 'अच्छा हुआ कि लौट आये। बहुत तेज़ बारिश होने वाली है। कहाँ घूम आये?'

'पंचायत भवन तक गये थे। काफ़ी कुछ बदल गया है। उधर दक्षिण की तरफ़ बिजली की झालर किसने लगायी है?'

'कहाँ?' प्रभुनाथ समझ नहीं पाये कि प्रह्लाद जी किसके बारे में पूछ रहे हैं।

'हरिजन बस्तियों के दक्षिण तरफ़ खेतों के बीच।'

'अरे, दरवेस दरबार के बारे में कह रहे हैं।' बिजेन्दर ने गुत्थी सुलझायी।

'ओहो, वो दमादम दरवेश का स्थान बन गया है। दरवेश दरबार।' प्रभुनाथ ने कहा।

'ये कब, कौन-से बाबा आ गये?' प्रह्लाद जी ने हैरानी प्रकट की।

'कहीं से आये नहीं। यहीं के हैं।' प्रभुनाथ हँसे। 'वो धनीराम का बड़ा बेटा नहीं था, जयरमवा। आपको याद होगा, हम लोग छोटे थे, तो राजमिस्त्री का काम करता था। चला गया था सऊदी। वहीं राजमिस्त्री का काम किया बारह-तेरह साल। लौटके आया तो सब कमाई-धमाई फूँक-ताप दी दिखावे में। अपने छोटे भाई के बेटे के लिए एक ट्रैक्टर ख़रीद दिया किराए पर चलाने के लिए। एक सूमो जीप ख़रीद दी किराए पर चलाने के लिए। सारा घर पक्का बनवा दिया। वो दरवेश दरबार बनाने के लिए खेत ख़रीद लिया। जितना कमा कर लाया था, उससे कई गुना खर्चा कर दिया। पता चला कि कर्जा लेकर किया है सब। वह भी तब पता चला, जब कर्जा वसूली के लिए बैंक वाले आने लगे। किस्त नहीं चुकाई, तो ट्रैक्टर और जीप दूनो उठा ले गये। जैसे-

तैसे खेत-बारी बेंच के कर्जा पटाया। मगर घर तो हो गया दोफाड़। जिस भाई और उसके बेटे के लिए इतना सब किया, उन्होंने ही उससे नाता तोड़ लिया। जयरमवा को कोई बाल-बच्चा था नहीं। सऊदी रहता था, तभी उसकी बीवी बीमारी से चल बसी। अकेला छड़ा-छाँट रह गया। हो गया साधू। सऊदी से न जाने किस बाबा का चेला बन कर आया था। उसी का मजार बना लिया यहाँ। अपना नाम बदल लिया है। अब दमादम दरवेश हो गया है। सोमवार और शुक्रवार को बड़ा मजमा जुटता है वहाँ। सुबह से लेकर शाम तक रेला लगा रहता है लोगों का। न जाने कहाँ-कहाँ से लोग आते हैं अपनी समस्या लेकर।' प्रभुनाथ ने बताया।

'असर भी होता है। बताते हैं कि बहुत सारे लोगों का दुख दूर हुआ है दरवेस की दुआ से। दूर-दूर तक लोग चेला बने हैं उनके।' बिजेन्दर ने अपना फीडबैक जोड़ा।

'धुत ससुर, पूरा देश इन्हीं सब फ्राडिया के चक्कर में बर्बाद हुआ जा रहा है। ई जयरमवा ख़ुद तो मुसलमान हो ही गया है, पूरे इलाक़े को हिन्दू से मियां बनाने में लगा है। अरब देशों का एजेंट है ससुरा। उसको वहीं से पैसा आता है। ऐसे लोग ख़तरा हैं हमारे समाज के लिए।' प्रभुनाथ ने बिजेन्दर को डपटते हुए कहा।

बिजेन्दर झेंप-सा गया था। उसने बात बदलते हुए कहा, 'चाय बनवा दें काका?'

'नहीं नहीं। इतनी चाय पीने की आदत है नहीं। अब तो खाना ही खायेंगे।... अरे सुनो, याद आ गया। अभी दोपहर का खाया परांठा ही नहीं पचा है। रात को कुछ हल्का-फुल्का खायेंगे। खिचड़ी बनवा लेना।' प्रह्लाद जी ने कहा।

'रतिया में हल्के-फुल्का बनबे करता है। अब तो तैयारी कर चुकी होगी। रोटी-तरकारी बनाने को कह रही थी। आपके लिए खिचड़ी बोल दूँ?'

'नहीं नहीं। अब तैयारी कर ली है, तो कोई बात नहीं। खा लेंगे रोटी-सब्ज़ी।'

प्रह्लाद जी के दिमाग़ में दमादम दरवेश स्थान की जगमगाती झालरों के बीच पान दुकान पर मिले लड़खड़ाते युवक की धुँधली तस्वीर लगातार उभर और ओझल हो रही थी। कहीं दूर से बुदबुदाती-सी एक आवाज़ सुनाई दे जाती थी–'गाँव आज भी बड़े शरण्य हैं।'

क्षण भर में उनकी सुरति ने जयराम यानी दमादम दरवेश की तस्वीरें खोलनी शुरू कर दी थी। लम्बी, छरहरी कद-काठी। रंग गोरा, चेहरे पर सदा मुस्कान। कभी कोई तनाव, कोई खीज नहीं। बहुत कम बोलने वाला। ज़रूरत भर का जवाब देने वाला। जयराम उनसे उम्र में दो-चार साल बड़ा ही होगा। पढ़ाई-लिखाई में उसका मन शुरू से ही नहीं लगता था। प्रह्लाद जी जब दसवीं में पढ़ रहे थे, तभी जयराम राजमिस्त्री का काम करने लगा था। दो-तीन सालों में ही उसने अपने हुनर से अच्छी पहचान बना ली थी। तब लोग उसके काम की मिसाल देते थे। तब गाँवों में पक्के घर बनाने का नया ज़माना शुरू हुआ था। हर कोई कच्चा घर तोड़ कर पक्का घर बनवाने लगा था। घरों को पक्का करने के पीछे सबका तर्क एक ही था, कच्चा घर बरसात में चूता बहुत है। इसलिए ब्योंत कर हर कोई पक्का घर बनाना चाहता था। पक्का घर सम्पन्नता की निशानी बन चुका था उस ज़माने में। ऐसे में जयराम का काम काफ़ी बढ़ गया था। वह घर के ऐसे-ऐसे डिजाइन तैयार कर देता कि देखने वाले हैरान हो जाते। गाँव में कोई आर्किटेक्ट तो होता नहीं, राजमिस्त्री ही नक्शा तैयार करते हैं, डिजाइन बनाते-बताते हैं और उसमें जयराम के हुनर का हर कोई मुरीद था। वह ख़र्चा भी काफ़ी कम कर देता। दीवारें और छत ऐसे बना देता कि ईंट और सीमेंट का ख़र्च बचा देता। यानी, एक अच्छे राजमिस्त्री के सारे गुण थे उसमें।

गाँव में काम की कोई कमी नहीं थी, मगर जयराम को शहर खींचने लगा था। वहाँ कुछ अधिक कमायी की गुंजाइश जो थी और शहर में रहने का सुख अलग मिलने वाला था। जब प्रह्लाद जी बारहवीं पास करके दिल्ली चले गये थे और बड़े दिन की छुट्टियों में गाँव आये थे, तब पता चला कि जयराम भी दिल्ली चला गया है। किसी कंस्ट्रक्शन कम्पनी में काम करने लगा है। उसके बाद से कभी उनकी जयराम से देखादेखी नहीं हो पायी। जब भी गाँव आते, तो किसी न किसी प्रसंग में जयराम का समाचार मिल जाता। बाद में पता चला था कि उसी कंस्ट्रक्शन कम्पनी में काम करते हुए जयराम सऊदी चला गया है। अब गाँव लौटा तो इस रूप में!

प्रह्लाद जी को जयराम का इस रूप में गाँव लौटना सामान्य नहीं लग रहा था। उन्हें जयराम यानी दमादम दरवेश से मिलने की इच्छा हो गयी। अगर दिन का वक़्त होता और मौसम ठीक होता, तो शायद वे अभी के अभी जयराम से

मिलने निकल पड़ते। ऐसी प्रबल इच्छा। मगर ख़ुद को धीरज धराया कि कल ज़रूर जायेंगे जयराम से मिलने। जयराम अब केवल इस गाँव का नागरिक नहीं, एक कहानी का दमदार किरदार है। उस कहानी को खोलना ज़रूरी है। उसमें बहुत सारे सूत्र मिल सकते हैं। इस कहानी में कुछ तपिश है। कोई चिंगारी दबी हुई है।

उन्हें दमादम दरवेश यानी जयराम से जुड़े दृश्यों पर किसी से लम्बी चर्चा की तलब-सी हो रही थी। मगर चर्चा करें तो किससे! उसकी कहानी प्रभुनाथ, रामबरन या बिजेन्दर की जुबानी पूरी तरह ख़ुल नहीं सकती थी। इन सबकी उसे लेकर अपनी-अपनी धारणाएँ हैं, जिसकी कुछ झलक पहले ही मिल चुकी है। शायद गाँव का कोई भी उसे पसन्द नहीं करता। शायद सब यही मानते हैं कि जयराम हिन्दू से मुसलमान बन गया है। धर्म परिवर्तन हमारे समाज में कोई अच्छी बात नहीं मानी जाती। मगर बिजेन्दर की बात से तो ऐसा लग रहा था कि जयराम ने धर्म नहीं बदला है, मुसलमान नहीं बना है, बल्कि सूफी हो गया है। सूफियों का रंग-ढंग अधिकतर मुसलमानों की तरह का ही होता है, इसलिए गाँव के लोग उसे मुसलमान मानते हैं। गाँव के लोग उसके बारे में जो कुछ बतायेंगे, ठीक नहीं बतायेंगे। इसलिए प्रह्लाद जी अब इस प्रसंग में उनमें से किसी से कोई बात नहीं करना चाहते थे। वे अपने कमरे में चले गये।

छह

दरवाज़ा हल्का-सा फेर दिया—एक झिर्री जैसी जगह खुली छोड़ दी—और कुर्सी खिड़की के पास खींच कर बैठ गये। एक और सिगरेट सुलगा ली। पीपल के पत्तों पर बजती बारिश को सुनते हुए खिड़की के बाहर सिगरेट का धुआँ उछालने लगे। आमतौर पर प्रह्लाद जी दिन भर में तीन से चार सिगरेट पीते हैं, पर यह एक घण्टे के भीतर दूसरी सिगरेट थी।

उन्होंने अन्दाज़ा लगाया कि प्रभुनाथ ने बैठक में टीवी चला दिया है। समाचारों के टुकड़े उनके कानों में पड़ने लगे थे। रामबरन भी आते ही होंगे। इस वक़्त प्रभुनाथ और रामबरन की जोड़ी जमती है। यह रोज़ का नियम जैसा है। वे समाचार कम देखते, उन पर चर्चा ज़्यादा करते हैं। मगर प्रह्लाद जी के दिमाग़ में पान दुकान वाले लड़के की छवि और दमादम दरवेश स्थान की जलती-बुझती झालरों के बीच अब अनगिनत युवाओं के चेहरे गुत्थम-गुत्था हो

रहे थे। जैसे झालरों के छोटे बल्बों की जगह कई जाने-पहचाने और अनगिनत अपरिचित युवाओं के चेहरे जलने-बुझने शुरू हो गये थे। उन्हें कुछ बेचैनी महसूस होने लगी थी। समझ नहीं पा रहे थे कि इस बेचैनी को कैसे दूर करें। बार-बार मन में एक ही विचार उभर रहा था कि डॉक्टर सेठी से फ़ोन पर बात कर लें। इससे मन कुछ हल्का होगा। बेचैनी कुछ कम होगी। इस उधेड़-बुन में उन्होंने कुर्सी मेज़ के पास खिसका ली और डायरी खोल कर कुछ लिखने के लिए सोचने लगे। ख़त्म हो चुकी सिगरेट की ठुड्डी खिड़की के बाहर उछाल दी और कलम खोल ली। डायरी के कोरे पृष्ठ पर एक कविता-सी उतरती चली गयी थी–

बाहर घिरता घना अँधेरा/बादलों की गरज-तरज/थाप देती बून्दें पात पर पीपल के/मगर कोई हुलस नहीं मन में/भीतर घुमड़ती उमस भरी चिरमिरी मारती बेचैनी/धुँधलाती उमंग और उम्मीदें/टूटते तटबन्ध भीतर न जाने कहाँ-कहाँ/जैसे प्रलय की आहट/मगर दूर कहीं टिमक जाता रौशनी का बिन्दु कोई/क्या वह उम्मीद ही है बेहतरी की/मगर क्या सचमुच वह टिमकता बिन्दु/रौशनी कर पायेगा इन अँधेरा घिरे रास्तों पर/शायद उस रौशनी के बिन्दु में/वायरिंग की कोई गम्भीर खामी है।

बहुत दिनों बाद प्रह्लाद जी ने कोई कविता लिखी थी। कविता लिख तो दी, मगर जैसे खींचतान कर किसी तरह उसे पूरा किया। न कोई लय, न शब्दों का प्रवाह, न बात में असर। कविता लिखी, और ख़ुद ही उसे ख़ारिज भी कर दिया। लिखने के बाद का कोई आनन्द नहीं, कोई पुलक नहीं। खिन्न हो उठे अपने आप पर–'मेरे भीतर की वायरिंग में भी कोई खामी आ गयी है शायद।' भीतर बेचैनी बढ़ती जा रही थी। वे कुर्सी से उठ कर खिड़की पर खड़े हो गये। बाहर अछोर अँधेरा था। इस तरफ़ दूर तक फैले बस खेत ही खेत तो हैं, कोई घर नहीं कि जीवन की हलचल दिखाई-सुनाई दे। कोई बत्ती जलती नज़र आ जाये। ताल के उस पार के गाँव इस अँधेरे में नज़र नहीं आ रहे। प्रह्लाद जी उस अँधेरे को ही देखे जा रहे थे। उसमें शायद रोशनी के कुछ बिन्दु तलाश रहे थे। मगर कमरे से छन कर खिड़की के बाहर गिरती रोशनी में, परछत्ती से टपकती बारिश की कुछ बूँदों के अलावा उन्हें और कुछ नज़र नहीं आ रहा था।

इस समय उन्हें लता की कमी कुछ ज़्यादा महसूस हो रही थी। वह बहुत अच्छी श्रोता थी। मन को किसी बात से चोट पहुँची हो, तो मरहम भी थी वह। प्रह्लाद जी लता के सामने अपने मन की हर बात खुल कर खोल लेते थे। चाहे सामाजिक, राजनीतिक विसंगतियों से जुड़ी कोई बात हो या भौतिकी के किसी गम्भीर शोध से जुड़ी। लता बड़े ध्यान से बातें सुनती। कभी-कभी कोई सवाल भी कर देती। कभी कोई संक्षिप्त-सी टिप्पणी भी। मगर वह टिप्पणी इस बात का प्रमाण भर होती कि लता बात को गम्भीरता से सुन रही है। वह टिप्पणी किसी प्रतिवाद, किसी प्रतिक्रिया, किसी विमर्श के लिए नहीं होती। बस, मद्धिम पड़ती बात की लौ थोड़ी और तेज़ कर देने भर के लिए होती। प्रह्लाद जी इस वक़्त महसूस कर रहे थे कि जीवन में एक अच्छा श्रोता मिलना बहुत सौभाग्य की बात होती है। आप कुछ कहें और दूसरा उसे पूरा का पूरा सुन ले, यह कहाँ होता है अब। सब तो अपनी ही बात कहने की जल्दी में होते हैं।

लता के बारे में सोचते-सोचते उन्हें एक बार फिर डॉक्टर सेठी का ख़याल आया। सोचा, उन्हें फ़ोन मिला कर बात करते हैं, शायद मन कुछ हल्का हो। मगर वे यह सोच कर अपने को फ़ोन करने से रोक लेते कि वे न जाने क्या-क्या समाजशास्त्रीय सिद्धान्त बता-बता कर पका देंगी। हर बात में तो दुर्खाइम ले आती हैं। इस वक़्त प्रह्लाद जी दुर्खाइम का कोई अध्ययन, कोई ऑबजर्वेशन सुनने को बिल्कुल तैयार नहीं थे। डॉक्टर सेठी से अपने मन की बात साझा करने के बजाये उन्होंने टीवी पर चल रहे समाचार सुनना बेहतर समझा।...कई बार एक ऊब दूसरी ऊब को ठेल कर भीतर चल रहे तूफ़ानों की दिशा मोड़ दिया करती है।

उन्होंने कलम और डायरी बन्द कर मेज़ के किनारे सरका दी। उठे और बैठक में आ गये। बैठक में पहुँचते ही उनके कानों में रामबरन की आवाज़ पड़ी, 'दुनिया में इस समय अगर कोई देश है, तो इज़राइल है। बहादुर देश है। मार के गर्दा उड़ा दिया फ़िलिस्तीन का। ख़त्म कर दिया ससुरे को।' रामबरन ने प्रह्लाद जी को बैठक में प्रवेश करते देखा तो उनकी बतकही पर थोड़ा विराम लग गया। 'आइए आइए परमबीर। हम प्रभुनाथ से यही कह रहे थे कि आज दुनिया में कोई बहादुर देश बचा है तो वह है इज़राइल। आपका क्या कहना है?'

प्रह्लाद जी समझ गये थे कि रामबरन किस कोण से अपने विचारों के गोले प्रक्षेपित कर रहे हैं। वे जानते थे कि इस विषय पर अगर वे अपने विचार रखेंगे, तो बात उलझेगी और बिगड़ भी सकती है। इसलिए उन्होंने मन ही मन तय कर लिया कि वे इज़राइल वग़ैरह के बारे में अपना कोई विचार नहीं रखेंगे। उन्होंने मुस्कराते हुए कहा, 'आप फ़ौजी आदमी हैं। जंग की रणनीति आप बेहतर समझते हैं। आप जो कह रहे हैं, वह सही ही होगा।'

'और, हमारे वालों को देखो। नपुंसक हैं सब के सब। इज़राइल ने पूरे फ़िलिस्तीन को अपने क़ब्ज़े में ले लिया, मगर हमारे वाले पाकिस्तान के क़ब्ज़े वाले कश्मीर के अपने हिस्से को भी नहीं ले पा रहे। इतने साल से बस दावे पर दावे किये जा रहे हैं कि ले के रहेंगे पाकिस्तान से छीना हुआ अपना कश्मीर। चाहते तो अब तक पाकिस्तान को थप्पड़ मार के छीन लेते कश्मीर। मगर नहीं। बस राजनीति किये जा रहे हैं। सब नेहरू का किया-धरा है। कायरों की तरह पाकिस्तान से भिड़ने से बचते रहे। पाकिस्तान चढ़ बैठा कश्मीर पर और ये चुप्पी साधे देखते रहे। आज तक हमारी उसी कायरता का फ़ायदा उठाता रहता है पाकिस्तान। दावा करता रहता है कि पूरा कश्मीर उसका है। कांग्रेस ने कभी कश्मीर लेना ही नहीं चाहा पाकिस्तान से।'

'हाँ, मगर पिछले पन्द्रह साल कश्मीर में राष्ट्रवादियों का शासन रहा, वे भी तो कुछ नहीं कर पाये।' प्रह्लाद जी ने मुस्करा कर कहा।

'नहीं नहीं। ऐसी बात नहीं है। चार साल तो दिक़्क़त रही कि महबूबा के साथ सरकार चलानी पड़ी थी। महबूबा कोई राष्ट्रवादी थोड़े है। वह तो ख़ुद अलगाववादियों की अँगुली पकड़के चलने वाली है। उसके मुख्यमन्त्री रहते पाकिस्तान के ख़िलाफ़ कोई कदम उठाना मुश्किल था। मगर पिछले दस सालों में बहुत कुछ हुआ है। कश्मीरी पण्डित वहाँ जाकर बसे हैं। हमारे देश के लिए जो सबसे बड़ा काँटा था अनुच्छेद तीन सौ सत्तर, उसे उखाड़ फेंका। अगर कांग्रेस और अब्दुल्ला ने मिल कर फिर कोई खेल नहीं किया, तो पाकिस्तान के क़ब्ज़े वाले कश्मीर को भी हमारी सेना ले के रहेगी। वैसे भी पाकिस्तान तो अपनी वजहों से ही मरा पड़ा है।' रामबरन का फ़ौजी जाग गया था।

प्रह्लाद जी ने मन ही मन निर्णय किया कि वे कश्मीर मसले पर रामबरन से नहीं उलझेंगे। उनके पास कश्मीर के क़िस्से बहुत हैं। छेड़ेंगे, तो वे बोलते-

बोलते रात गुज़ार देंगे। चुप रहो, तो वे कुछ देर बोल कर ख़ुद ही विषय बदल देंगे। प्रह्लाद जी ने केवल हुंकारी भर कर रामबरन की बात का एक तरह से समर्थन कर दिया।

मगर बात को आगे बढ़ाया प्रभुनाथ ने, 'अगर एक बार देश की कमान बाबा के हाथ में मिल जाये, तो पाकिस्तान-फाकिस्तान को तो चुटकियों में मसल डालेंगे।'

'अरे, बबवा बहादुर आदमी है। उसका तो कहना ही क्या। बड़े-बड़े मनशोख लोगों को नकेल डाल दी उसने। किसी की हिम्मत नहीं है आज कि उसके सामने सिर उठा सके। बड़े-बड़े बदमाशों की टंगड़ी काँपती है उसके आगे। उसको तो बस मौक़ा भर मिलने की बात है, चढ़ा देगा बुलडोज़र पूरे पाकिस्तान पर।' बोलते-बोलते रामबरन अपनी मूँछों पर ताव दिये जा रहे थे। वे कुछ इस अन्दाज़ में बोल रहे थे, जैसे आदेश का इन्तज़ार कर रहे हों और आदेश मिलते ही वे ख़ुद, अभी के अभी, बुलडोज़र लेकर निकल पड़ेंगे पाकिस्तान की तरफ़।

प्रह्लाद जी के दिमाग़ में फिर डॉक्टर सेठी की छवि उभरी। अगर वे इस वक़्त बातचीत में शामिल होतीं तो ज़रूर कहतीं, 'जो समाज हिंसा पर गर्व और युद्ध की कामना करने लग जाये, समझ जाइए कि उसके सामाजिक-आर्थिक विकास को अवरुद्ध करने की साजिशें कामयाब हो रही हैं।'

प्रह्लाद जी रामबरन के विचारों और स्वभाव से परिचित थे। सदा की तरह इस बार भी उन्होंने उनके जोश का आनन्द लिया। उस पर कोई सैद्धान्तिक बहस करना मुनासिब नहीं समझा। पर छेड़ने से बाज नहीं आये, 'हाँ, बात तो बिल्कुल सही है। हमारे देश की काफ़ी कुछ ज़मीन हथियाई जा चुकी है। ज़रूरत तो पाकिस्तान के साथ-साथ चीन की क़ब्ज़ाई ज़मीन भी वापस लेने की है। सुना है, उसने भी हमारी काफ़ी ज़मीन क़ब्ज़ा कर ली है। हमारी ज़मीन पर उसने बस्तियाँ बसा डाली हैं। कुछ बुलडोज़र उधर भी भेजने पड़ेंगे।'

प्रह्लाद जी ने नोट किया कि चीन का नाम सुनते ही रामबरन का जोश कुछ ठण्डा पड़ गया है। मूँछों पर से उतर कर उनका हाथ स्वतः उनके जंघे पर फिरने लगा है। मगर वे जवाब देने से रुके नहीं। उन्होंने कहा, 'धुत। चीन-फीन का मुद्दा विपक्षी दलों ने ज़्यादा गरमाया हुआ है। गलवान में घुसने की कोशिश

की तो थी उसके सैनिकों ने। मगर क्या हुआ! हमारे जाबांज सिपाहियों ने थप्पड़ मार के भगा दिया। थप्पड़ थप्पड़ मारके मार डाला उसके बीस सिपाहियों को। प्रधानमन्त्री बार-बार कह चुके हैं कि हमारी सीमा में न कोई घुसा था और न घुसेगा। मगर विपक्ष के चेंगड़ी नेता चिल्लाये जा रहे हैं कि चीन ने क़ब्ज़ा कर लिया है हमारी ज़मीन पर। अरे, कहाँ कर लिया है क़ब्ज़ा हमारी ज़मीन पर! उन सबकी बातों को गम्भीरता से लेने की बिल्कुल ज़रूरत नहीं।'

'मगर, अमेरिका ने भी कहा और नक़्शा दिखा दिया कि चीन घुस आया है भारत की सीमा के भीतर! वहाँ बस्तियाँ बसा ली है। अमेरिका से तो दोस्ती है न आजकल हमारी।' प्रह्लाद जी ने जोड़ा।

'धुत, अमेरिका-फमेरिका सब एक ही थैली के चट्टे-बट्टे हैं। अमेरिका को अपने हथियार का कारोबार करना है। चीन से उसकी दुश्मनी भी कोई असली नहीं है।...संयुक्त राष्ट्र में जब जहाँ ज़रूरत पड़ती है, चीन और अमेरिका गलबहियाँ कर लेते हैं। वह हमसे दोस्ती इसलिए थोड़े किये हुए है कि चीन से बदला लेना है। उसे तो हमें अपना हथियार बेचना है। अब हम बनाने लगे हैं हथियार अपने ख़ुद, परमाणु बम तो बना ही लिया। देखना, जैसे ही भारत और ताक़तवर होगा, कैसे अमेरिका कन्नी काट के दूसरे किसी देश का हाथ पकड़ लेगा।'

प्रह्लाद जी ने समझ लिया कि उन्होंने रामबरन का ग़लत तार छेड़ दिया है। वे तब तक बजते रहेंगे, जब तक उन्हें रिस्पांस मिलता रहेगा। इसलिए वे बात बदलने का कोई आधार तलाशने लगे थे। आख़िर उन्हें बात बदलने का सूत्र हाथ लग ही गया। उन्होंने पूछा, 'आप अपनी जगह बिल्कुल ठीक हैं। अरविन्द नहीं दिखा आज। कहीं गया है क्या?'

'ऊ तो दुपहरे को निकल गया लखनऊ। गाँव में टिकता ही कहाँ है। एक पाँव तो उसका लखनऊए में रहता है हमेशा।' रामबरन ने कहा।

'अच्छा, लखनऊ में ही शूटिंग वग़ैरह का काम करता होगा। वहीं स्टूडियो वग़ैरह होगा उसका!'

'इन्तज़ाम तो यहाँ भी लगा रखा है सब कुछ का। ऊपर कमरे में कम्प्यूटर और स्पीकर-फीकर सब लगा रखा है, उसी पर एडिटिंग वग़ैरह हो जाती है। एक-दो और लड़कों को ट्रेनिंग दे रखी है। वे सब यहीं से कर देते हैं काम। मगर वह लखनऊ इसलिए जाता रहता है कि वहीं रह कर सही तरीक़े से

राजनीतिक हलचल पकड़ में आती है। घूमता रहता है दिन भर इस नेता उस नेता के पास।' रामबरन के चेहरे पर गर्व साफ़ देखा जा सकता था।

इस प्रसंग को भंग किया बिजेन्दर के बच्चों ने। वे आये और प्रह्लाद जी, प्रभुनाथ और रामबरन के पैर छूकर गुडनाइट बोलते हुए फिर घर के अन्दर चले गये। वे चले गये तो बिजेन्दर ने पूछा, 'काका, खाना तो तैयार है। आप जब कहेंगे, रोटी गरम-गरम बनवाना शुरू कर देंगे। कहिए, तो खाना ले आयें यहीं।'

रामबरन उठने को हुए, 'अरे, आप लोग कीजिये भोजन। बहुत देर हो गयी शायद बतकही करते करते।'

'आप भी खाइए हमारे साथ।' प्रह्लाद जी ने कहा।

'अरे नहीं नहीं, घर पर बना होगा। बर्बाद जायेगा। आप लोग भोजन कीजिए। आराम कीजिए। सुबह फिर मिलते हैं।' कह कर रामबरन चले गये थे।

आमतौर पर रात को खाना खाने के बाद प्रह्लाद जी थोड़ा बाहर टहलते हैं। मगर इस वक़्त बाहर झीनी-झीनी बरसात हो रही थी। इसलिए उन्होंने टहलने निकलना उचित नहीं समझा। अपने कमरे में आ गये। सिगरेट सुलगा कर फिर खिड़की पर खड़े हो गये। सोचा, गाँव में रात का खाना-पीना जल्दी हो जाता है, अभी तो आठ बजने को हैं। थोड़ी देर में ही गाँव में सन्नाटा पसर जायेगा। मगर, हमें तो शहर की आदत है। देर तक जागने की। अभी नींद नहीं आयेगी। समय काटना मुश्किल है। वे टहलते हुए अलमारी तक आये। धूल चाटती पुरानी रखी किताबों पर नज़र दौड़ाई। अलग-अलग समय पर ये किताबें लाकर उन्होंने इस मकसद से यहाँ जमा की थी कि कभी मन हुआ तो प्रभुनाथ या बिजेन्दर पढ़ लेंगे। कभी-कभार गाँव आने पर वे ख़ुद भी पढ़ लिया करेंगे। ज़्यादातर किताबें हिन्दी में थीं। मगर पूरी अलमारी पर नज़र फिरा डाली, एक भी किताब ऐसी नहीं दिखी, जिसे इस वक़्त उनका पढ़ने का मन हो। ज़्यादातर उनकी पढ़ी हुई थीं। कुछ कई बार की पढ़ी हुई थीं। धार्मिक किताबों में उनकी दिलचस्पी थी नहीं, जो बिजेन्दर ने लाकर वहाँ रखी थीं। उन किताबों को देखते हुए प्रह्लाद जी के भीतर से आवाज़ आयी–जब भी कहीं

बाहर जाओ, अपने साथ हमेशा कुछ ऐसी किताबें रख लिया करो, जो कभी न पढ़ी हों। इस बार किताबें साथ न लाने को लेकर उन्हें पछतावा हो रहा था। आख़िरकार उनका हाथ गांधी की आत्मकथा की तरफ़ बढ़ गया। मगर ठिठक गया। उसे छोड़ कर उन्होंने राहुल सांकृत्यायन की 'वोल्गा से गंगा' उठा ली। हालाँकि उसे भी कई बार पढ़ चुके थे–टुकड़ों-टुकड़ों में, बीच-बीच से। मगर अभी तो समय काटने के लिए उन्हें वही सबसे उपयुक्त नज़र आ रही थी। सोचा, पढ़ते हुए नींद आ जायेगी।

सिगरेट खिड़की के बाहर उछाल दी और किताब खोल कर बिस्तर पर लेट गये। बीच-बीच से पन्ने पलटते हुए कहीं ठहर कर पढ़ने लगते। पढ़ते-पढ़ते उनके विचार आदिम सभ्यता से आधुनिक सभ्यता तक के सफर में मनुष्य के बदलते जाने की स्थितियों पर केन्द्रित हो गये थे। उनकी नज़रें किताब के पन्नों से हट कर छत के उस हिस्से पर टिक गयी थी, जहाँ पंखे को केन्द्र में रख कर प्लास्टर ऑफ़ पेरिस से गोलाकार बनाया गया था। आदिम काल से लेकर अब तक, मनुष्य की तमाम रचनात्मक गतिविधियों में, सबसे अधिक सुख आदमी को भवन निर्माण में मिलता है। यह विचार उनके दिमाग़ में सिद्धान्त की तरह उभरा था।

अब उनके दिमाग़ में भवन निर्माण सम्बन्धी गतिविधियों और इसकी कला, विभिन्न शैलियों को लेकर चकरघिन्नी चालू हो गयी थी। ओह, यह घर भी तो मैंने शायद उसी सुख की लालसा में बनवाया था। रिटायरमेंट के बाद लता के साथ रहने की कल्पना तब ठाठें मार रही थी। वरना, चंडीगढ़ में घर ख़रीद ही लिया था बहुत पहले। इस गाँव में नया घर बनवाने का मक़सद बस इतना भर तो था कि यहाँ आकर लम्बे समय तक रहा करेंगे। अपने बचपन को नये सिरे से जी सकेंगे। हमारे बच्चे तो इस घर में आकर कभी रहने वाले नहीं थे। मगर यह सोच कर इस घर को आधुनिक शैली में बनवाया था कि वे कभी आयें, तो उन्हें असुविधा न हो। कमरे से जुड़ा बाथरूम बनवाया और उसमें नये ढंग की टाइलें और बेसिन, कमोड सब लगवाया। पीओपी लगवा कर प्लास्टिक पेंट करवाया। यह कमरा तो विशेष रूप से अपनी सुविधाओं को ध्यान में रख कर बनवाया था। ख़ूब बड़ा, ताकि इसमें सोने के लिए बिस्तर के अलावा एक सोफा सेट, पढ़ने की मेज़ और किताबों की अलमारियाँ लगायी

जा सकें। एक ही कमरे के भीतर सारी सुविधाएँ। प्रह्लाद जी नहीं होते तो यह कमरा बन्द ही रखा जाता है। केवल साफ़-सफ़ाई के लिए खोला जाता है। मेहमानों के लिए बने कमरे का भी यही हाल है। कोई रिश्तेदार आ गया, तो खोला जाता है, नहीं तो बन्द ही रहता है। बैठक और बाक़ी दो कमरों का उपयोग किया जाता है। इस मकान में प्रभुनाथ ही रहते हैं, देखभाल के मक़सद से। वह भी प्रायः बैठक और बरामदे तक सीमित रहते हैं। प्रभुनाथ की पत्नी और बिजेन्दर का परिवार पुराने मकान में रहता है। यानी एक तरह से यह मकान सूना ही पड़ा रहता है।

ओह, आदमी यह सोच कर मकान बनवाता, उसमें ख़ूब सजावट वग़ैरह करता, हर सुविधा जमा करता है, कि उसमें रहते हुए सुख पायेगा, मगर वह सुख वास्तव में ले नहीं पाता। कितने राजा-महाराजाओं ने जगह-जगह किले और राजमहल बनवाये। दुर्गम जगहों को तराश कर दुर्ग बनवाये, पर उनका सुख तो वे भी नहीं ले पाये। हर बात में लता की सलाह लेकर इस कमरे में काम करवाया था। उसकी कल्पना में भी तो इस घर का सुख था। मगर वह कहाँ ले पायी इस घर का सुख।

उनकी सुरति ने अब स्मृतियों की दूसरी स्लाइड चला दी थी–सुख तो वह उस घर का भी कहाँ ले पायी। मेरे रिटायरमेंट के बाद जिरकपुर वाले घर में जाना पहले से तय था। मगर लता तो उसी दिन से उस घर को सजाने-सँवारने को लेकर उत्साहित हो गयी थी, जिस दिन उसकी चाभी हमारे, नहीं उसके हाथ में मिली थी।

वे उस दिन, उस क्षण को भुला नहीं पाते, जब सोसाइटी ऑफ़िस वाले उस घर की चाबी प्रह्लाद जी को पकड़ा रहे थे। प्रह्लाद जी ने कहा था, 'मैडम को दीजिए, घर तो इनका है, यही सँभालेंगी चाबी।' और लता ने झट से अपना हाथ आगे कर दिया था। 'स्त्रियों के जीवन का सबसे बड़ा सुख शायद अपना घर होने का सुख ही है।' उनके भीतर यह विचार ठुमका था।

ओह, चाबी लेते हुए उसके चेहरे पर कैसी ख़ुशी थी। जैसे जीवन में वैसा सुख उसे उससे पहले कभी नहीं मिला था। पहली बार उसे एक अपना घर मिल रहा था, जिसे वह अपने ढंग से रख सकती थी। उसे अधिकार के साथ अपना कह सकती थी। अभी तक तो वह सरकारी घर में बहुत संकोच के

साथ कुछ कर पाती थी। निहायत ज़रूरत भर के काम करवाये थे उसने। वह भी इस सावधानी के साथ कि जाते समय किताबों की अलमारी, बर्तन की अलमारी जैसी चीज़ें उखाड़ कर ले जायी जा सकें। बहुत सोच-समझ कर साज-सज्जा की चीज़ें लाती थी। मगर जबसे जिरकपुर वाले घर की चाबी उसे मिली थी, वह जब भी बाज़ार जाती, कोई न कोई सजावट की चीज़ ख़रीद लाती। बड़े शौक और ख़ुशी से दिखाते हुए कहती, 'इसे हम अपने घर में लगायेंगे।' शुरू-शुरू में तो शायद ही कोई इतवार गुज़रता था, जब वह मुझसे जिरकपुर वाला घर देखने जाने की ज़िद न करती थी। वहाँ जाती, तो उस घर को सजाने-सँवारने को लेकर न जाने कितने विचार देती रहती थी। हर बार कुछ न कुछ नया विचार होता उसके पास। हर बार किसी न किसी के घर की सजावट की नकल का सूत्र होता उसके हाथ। प्रह्लाद जी केवल सुनते थे, अपनी तरफ़ से कोई विचार पेश नहीं करते थे। कभी जब वह बहुत ज़ोर देकर पूछती कि बताओ न कैसा लगा मेरा विचार, तो वे केवल इतना भर कह देते–बहुत अच्छा। मगर उस घर को भी सजाने-सँवारने, उसमें रहने का उसका सपना उसके साथ ही चला गया।

रिटायरमेंट के बाद प्रह्लाद जी के सामने जिरकपुर वाले घर में शिफ़्ट होने के अलावा कोई और विकल्प न था। उन्होंने उसमें रहने की गरज से साफ़-सफ़ाई तो करवा दी थी, पर कोई सजावट नहीं कराया। सोसाइटी ने जैसा घर उन्हें सौंपा था, वैसा ही रहने दिया। लता ने शुरू में ही किचन में कुछ लकड़ी का काम ज़रूर करवा दिया था। मगर स्टडी और ड्राइंग रूम में जो काम होना था, वह छोड़ ही दिया गया। प्रोफ़ेसर कॉलोनी वाले घर से सामान उठा कर जिरकपुर वाले घर में डाल दिया गया था, मगर अभी तक प्रह्लाद जी ने कुछ ज़रूरी सामान खोलने के अलावा सारा सामान वैसे का वैसा, बँधा हुआ ही छोड़ रखा है। किताबें ही ज़्यादा हैं। सब अभी तक कार्टन में बन्द एक के ऊपर एक, दीवार से सटा कर रख दी गयी हैं। मन ही नहीं होता कि वे घर को व्यवस्थित करें। लता होती, तो उन्हें हाथ भी न लगाने देती और उनकी ज़रूरत के मुताबिक उनकी स्टडी तक को व्यवस्थित कर देती। जब तक थी, तब तक वही तो उनकी स्टडी को भी व्यवस्थित किया करती थी। किताबों पर झाड़न फेरना, मेज़ को व्यवस्थित करना।

प्रह्लाद जी ने विचारों को झटक कर दूर किया। किताब उठा कर पन्ने पलटने शुरू कर दिये। मगर मन किताब में भी नहीं लग रहा था। वे आज दिन भर की घटनाओं के बारे में सोचने लगे थे। फिर दिमाग़ में वही सिगरेट लेते वक़्त मिला, नशे में लड़खड़ाता लड़का उभर आया था। नशे में गर्क पंजाब-हरियाणा के नौजवानों को तो उन्होंने देखा ही है, अब वह बीमारी इधर हमारे गाँव तक पाँव पसारती दिखने लगी है।

इस विषय पर विश्वविद्यालयों में संगोष्ठियाँ आयोजित कर इससे जुड़ी समाजार्थिक समस्या से पार पाने पर विचार-विमर्श होते रहे हैं। तमाम अख़बार-पत्रिकाओं, मीडिया मंचों पर लेख लिख कर इस समस्या को दूर करने के विचार पेश किये जाते रहे हैं। प्रह्लाद जी को इस सन्दर्भ में फिर अपने विश्वविद्यालय के अर्थशास्त्र विभाग के प्रोफ़ेसर बत्रा की याद हो आयी। न जाने कितनी बार तो यूनीवर्सिटी कैंटीन में बैठ कर कॉफ़ी पीते हुए इस विषय पर उनसे बातें हुई हैं। प्रोफ़ेसर बत्रा का अध्ययन है कि नौजवानों में नशे की लत स्वाभाविक रूप से नहीं पड़ी है। रणनीति के तहत डाली गयी है। ख़ुद सियासतदान नशे के कारोबार को शह देते हैं। इसके दो सीधे-सीधे फ़ायदे हैं। एक, यह कमाई का बहुत बड़ा ज़रिया है। कोई भी सरकार शराबबन्दी का फ़ैसला करने से क्यों हिचकती है। इसीलिए कि इसके माध्यम से उसे भारी राजस्व प्राप्त होता है। इसी तरह ड्रग्स का अन्तरराष्ट्रीय जाल फैला हुआ है। यह सियासतदान के लिए पैसा कमाने का सबसे बड़ा ज़रिया है। इसके ज़रिये चुनाव आदि के लिए बहुत आसानी से पैसा जुटा लिया जाता है। कई देश तो नशे का खुलेआम कारोबार करते हैं। नशीले पदार्थों की इकोनॉमी पूरी दुनिया में बहुत तेज़ी से बढ़ रही है। यह बेवजह नहीं है कि हमारे देश में नशीले पदार्थों की बड़ी-बड़ी खेप पकड़ी जाने लगी है। वह भी बाइचांस पकड़ी जाती है। अन्दाज़ा लगा सकते हैं कि जो खेपें नहीं पकड़ी जा पातीं, वे कितनी बड़ी होंगी। हमारा नारकोटिक्स डिपार्टमेंट ड्रग्स लेने वालों को पकड़ कर, उनके पास से एक-आधा ग्राम ड्रग बरामद कर तो अपनी वीरता प्रदर्शित करता रहता है, मगर क्यों वह बाहर से आने वाली ड्रग्स की हज़ारों-हज़ार किलो की खेप पकड़ नहीं पाता। अब तो ड्रग्स का ऑनलाइन कारोबार काफ़ी फैल चुका है। दवा के टैबलेट की तरह दवा की दुकानों में मिल जाता है। नकली शराब का

कारोबार देश के हर गाँव तक फैल चुका है। जहाँ शराबबन्दी है, वहाँ कुछ अधिक बड़े पैमाने पर नकली शराब बिकती है। यह सब कोई छिपी बात नहीं है, मगर केवल हमारा नारकोटिक्स डिपार्टमेंट ही है, जिसे यह हक़ीक़त नहीं पता। वह आँख-कान मूँदे बैठा रहता है। इसलिए कि सियासतदान ख़ुद चाहते हैं कि यह कारोबार फले-फूले। ऐसा तो बिल्कुल नहीं माना जा सकता कि अगर सरकारें चाह लें कि नशे का कारोबार बन्द हो जाये, तो वह बन्द नहीं हो सकता। मगर वे इसे फलते-फूलते रहने देना इसलिए भी चाहती हैं कि युवाओं को नशे में गर्क करके बहुत सारी जवाबदेहियों से बचा जा सकता है। अगर युवा नशे की लत से लिपटे रहेंगे, तो उन्हें अपनी बुनियादी ज़रूरतों की याद ही न आयेगी। वे बेरोज़गारी, ग़रीबी वग़ैरह को लेकर आन्दोलन नहीं करेंगे। उन्हें नशे की हल्की-फुल्की खुराक देकर चुनावों के वक़्त अपने पक्ष में किया जा सकता है। अपनी रैलियों में भीड़ में शामिल किया जा सकता है।

प्रह्लाद जी की इच्छा हुई कि वे प्रोफ़ेसर बत्रा से बात करें। उनसे बात करके शायद मन कुछ हल्का हो जाये। मगर उन्होंने ख़ुद को समझाया कि इस वक़्त वे न जाने किस दशा में होंगे, किस काम में व्यस्त होंगे। क्या पता, कल के लेक्चर की तैयारी कर रहे हों। कल दोपहर बाद उनसे बात करेंगे। पहले मैसेज कर देंगे कि बात करने का मन है। इस तरह वे बात करने का वक़्त भी बता देंगे और बात करने को तैयार भी रहेंगे। जब मन हुआ, किसी को फ़ोन मिला देना तो नैतिक बात नहीं है। यह तो बेचू-वृत्ति है। दूसरे की सुविधा-असुविधा का ध्यान रखे बिना उसका नम्बर डायल कर दो और अपनी स्कीम बताने लग जाओ। ना ना करते भी आपकी स्कीम सामने वाले के कान में तो पड़ ही जाये।

मगर प्रह्लाद जी के भीतर बेचैनी बढ़ती जा रही थी। वे समझ नहीं पा रहे थे कि आख़िर उनकी समस्या क्या है। उन्हें मथ कौन-सी बात रही है। वे उठ कर बाहर बरामदे में आ गये। प्रभुनाथ चौकी पर सो रहे थे। बाहर बल्ब जल रहा था। बल्ब की रौशनी में बारिश की चमकती बून्दें झर रही थीं। पेड़ जैसे नहाने का सुख ले रहे थे। प्रह्लाद जी कुछ देर बरामदे में खड़े होकर झरती बूँदों और नहाते पेड़ों को देखते रहे। निश्चय ही वह एक अलग सुख था, पर भीतर कुछ ऐसा घुमड़ रहा था कि वे बाहर बरसते सुख को पूरी तरह जी नहीं पा रहे थे। वे फिर अपने कमरे में लौट आये और दरवाज़ा बन्द कर दिया।

उन्होंने मोबाइल का बटन दबा कर देखा, रात के नौ बज कर बयालीस मिनट हो रहे थे। उन्होंने कॉल लॉग खोला और डॉक्टर सेठी का नम्बर मिला दिया। सोचा, इस वक़्त डॉक्टर सेठी को फ़ोन मिला कर बात करने में कोई हर्ज़ नहीं। वे ख़ुश ही होंगी। मगर उनका फ़ोन व्यस्त जा रहा था। किसी से बात कर रही होंगी। सौ तरह के झमेलों में तो घिरी रहती हैं। हर समय कोई न कोई स्टूडेंट उन्हें फ़ोन कर कुछ न कुछ जानने-समझने की कोशिश करता है। कोई न कोई स्टूडेंट अपनी कोई निजी-पारिवारिक समस्या डिस्कस करने लगता है। किसी का अपने बॉयफ्रेंड या गर्लफ्रेंड के साथ झगड़ा हो गया है, उसकी कोई बात मन में चोट कर गयी है, वह भी डॉक्टर सेठी से डिस्कस कर रहा है। किसी का बाप शराब पीकर माँ को पीटता है, घर में पैसों की तंगी रहती है, पढ़ाई में मन नहीं लगता, किसी को कहीं नौकरी में सिफ़ारिश करानी है, सब चले आते हैं डॉक्टर सेठी के पास। डॉक्टर सेठी स्टूडेंट्स का एक थियेटर ग्रुप भी चलाती हैं। 'परिसर नाट्य दल' नाम से, जो अब अपने पूरे नाम से कम, अपने संक्षिप्त नाम पीएनडी से अधिक जाना जाता है। हर दो-तीन महीने पर, कभी ओपन थियेटर में तो कभी ऑडिटोरियम में, पीएनडी का कोई न कोई नाटक खेला जाता है। स्टूडेंट्स ही मंच सज्जा करते हैं, वही डायरेक्ट करते हैं, संगीत देते, डॉयलॉग वग़ैरह पर काम करते हैं। डॉक्टर सेठी बस ऑब्ज़र्वर की तरह सारे काम देखती और कहीं ज़रूरत होती है, तो सलाह देती हैं। नाटक का अधिकतर खर्च डॉक्टर सेठी ही उठाती या जुटाती हैं। प्रह्लाद जी ने देखा है कि कैम्पस में स्टूडेंट ख़ुद को जितना सहज डॉक्टर सेठी से बात करने में महसूस करते हैं, उतने दूसरे प्रोफ़ेसर्स के साथ नहीं करते। हँसमुख और बिंदास बात करने वाली डॉक्टर सेठी हर स्टूडेंट के मिज़ाज के हिसाब से बात करती हैं। सामाजिक मसलों पर न केवल सैद्धान्तिक, बल्कि उनके गहन व्यावहारिक अनुभव हैं। वे समाज विज्ञान को केवल किताबों से नहीं, लोगों के जीवनानुभवों से ज़्यादा पढ़ती हैं। कितनी बार तो मैंने उन्हें उकसाया कि आपको अपने आब्ज़र्वेशन और एक्सपीरिएंसेज लिखने चाहिए। इससे बहुत सारे समाज विज्ञानियों को रिसर्च का सामान मिल सकता है। उन्हें नये सिद्धान्त विकसित या अपने सिद्धान्तों को पुष्ट करने में मदद मिल सकती है। वैसे, समाज को पढ़ कर जो आपके अपने सिद्धान्त बने हैं, उन्हें भी तो

लिखित रूप में सामने आना चाहिए। लोग उन पर बहसें करेंगे, बातचीत होगी, तो नये सूत्र विकसित होंगे। मगर डॉक्टर सेठी हर बार, गरदन ऐंठ और आँखें मटका कर बस इतना कह कर बात को टाल देती रही हैं कि शिक्षक अगर अपने विद्यार्थियों में अपने सिद्धान्त, अपने अनुभव, अपनी सोच सही ढंग से रोप दे, तो वह कई किताबों से ज़्यादा कारगर साबित होता है। उससे जो वृक्ष बनता है, उसकी छाँह ज़्यादा शीतल और उसकी जड़ें ज़्यादा मजबूत होती हैं। पीढ़ी-दर-पीढ़ी उसका फल खाती रहती है। किताबों का क्या है, बहुत सारी तो अपनी बदनसीबी पर बिसूरती रहती हैं। किताबें पढ़ते कितने लोग हैं।

प्रह्लाद जी के भीतर डॉक्टर सेठी की छवि अपने आकार को विस्तार दे रही थी। तभी डॉक्टर सेठी फ़ोन की रिंगटोन के साथ उपस्थित हो गयीं। फ़ोन पर उनका नाम रेंगने लगा था। प्रह्लाद जी ने भीतर सक्रिय डॉक्टर सेठी को परे कर, फ़ोन पर बज रहीं डॉक्टर सेठी से संवाद शुरू कर दिया–'हलो डॉक्टर सेठी। मैंने व्यवधान पैदा तो नहीं कर दिया, आपके किसी ज़रूरी काम में।'

'क्या बात करते हैं, प्रोफ़ेसर। हम तो इन्तज़ार करते हैं कि आपका फ़ोन आये, मगर आप करते कहाँ हैं। हमें ही करना पड़ता है। यह तो हमारी ख़ुशनसीबी कि आपने फ़ोन किया।'

प्रह्लाद जी के भीतर कुछ बजा, डॉक्टर सेठी इतनी संजीदा प्रोफ़ेसर हैं, मगर वे न जाने क्यों कभी-कभी कुछ इस ढंग से बातें करने लगती हैं, जैसे मछली बाज़ार की कोई महिला हो। डॉक्टर सेठी कर तो शिकायत रही थीं, पर उनके लहजे में जो मिठास थी, वह प्रह्लाद जी को गुदगुदाए जा रही थी। प्रह्लाद जी चुप ही थे। फिर सवाल डॉक्टर सेठी ने उछाला, 'और बताइए, कैसा रहा आज का दिन गाँव में?'

'अच्छा ही कह सकते हैं। मिला-जुला अनुभव रहा। कुछ आनन्द का, कुछ अवसाद का भी। गाँव अब वह नहीं रहा डॉक्टर सेठी, जो पहले हुआ करता था। बहुत बदल गया है। युवा बेकारी झेल रहे हैं। उनके सपने बहुत ऊँचे हैं। पढ़ाई-लिखाई का स्तर बहुत नीचे चला गया है। स्थानीय स्तर पर रोज़गार है नहीं। नशे की लत यहाँ भी लगनी शुरू हो गयी है। किराने की दुकानों पर चोरी-छिपे दारू बिकने लगी है। आज शाम को एक युवक मिला, नशे में लड़खड़ा रहा था। फ़ौज में भर्ती हुआ था, उसे तैनाती नहीं मिली।

फ्रस्ट्रेशन में भटक रहा है। उससे मिलने के बाद से मेरा मन कुछ खिन्न-सा है।'

'यह सब तो रहेगा प्रोफ़ेसर। अभी ये चीज़ें और बढ़ेंगी। इसके पीछे पोलिटिकल वजहें हैं। इकोनॉमिक उतनी नहीं हैं। जिस पुराने गाँव की आप बात कर रहे हैं, उस वक़्त इकोनॉमिक कंडीशन्स बहुत अच्छी नहीं थी। अनाज भी बमुश्किल पेट भरने भर का पैदा हो पाता था। सरकारी नौकरियाँ भी कम थीं। इन्फ्रास्ट्रक्चर इतना नहीं था। उद्योग-धन्धे बहुत कम थे। मगर लोग ख़ुशहाल थे। अभाव में भी इतने दुखी नहीं थे, जितने आज सम्पन्नता में हैं। आज तरक़्क़ी काफ़ी हो गयी है। जीडीपी से देश की ताक़त आँकी जाती है। हम दुनिया की तीसरी इकोनॉमी बनने की दौड़ में शामिल हैं। हमारे उद्योगपति दुनिया के शीर्ष उद्योगपतियों से कम्पटीशन कर रहे हैं, मगर हक़ीक़त तो यही है न कि अस्सी करोड़ से ज़्यादा लोग आज सरकारी ख़ैरात पर जैसे-तैसे अपना पेट भर पा रहे हैं। उद्योग-धन्धे तो ख़ूब बढ़ते बताये जाते हैं, हर वर्ष कुछ अरबपति उद्योगपतियों की संख्या बढ़ जाती है। फोर्ब्स जैसी संस्थाएँ धनपतियों की सूची छापती हैं, उनमें नये-नये उद्यमियों की तस्वीरें नज़र आती हैं। पर वे युवाओं के लिए रोज़गार पैदा नहीं कर पा रहे, केवल अपने लिए धन पैदा कर रहे हैं। उद्योगपति नैरो माइंडेड होते जा रहे हैं। रोज़गार पैदा नहीं कर रहे। बेरोज़गारों की फ़ौज बढ़ रही है। इस हक़ीक़त पर परदा पड़ा रहे, इसके लिए फैशन, मनोरंजन, हिंसा, सेक्स और नशे के कारोबार को बढ़ावा दिया जा रहा है। आप ध्यान दीजिए, इन्हीं सबसे जुड़ी ख़बरें ज़्यादा संचार माध्यमों पर बरसती रहती हैं। या तो फिर छिछली और मनोरंजन प्रधान राजनीति की ख़बरें होती हैं। यह सब इसलिए नहीं समाचार और सूचना के तौर पर हमारे सामने परोसा जा रहा है कि ये सब चीज़ें हमारे समाज में घटित हो रही हैं, बल्कि यह सब एक रणनीति के तहत तैयार किया जा रहा है। यह भी अकारण नहीं है कि दुनिया भर में सत्तर फ़ीसद से अधिक ख़बरें और सूचनाएँ कॉरपोरेट के कारखानों में तैयार की जाती हैं। कॉरपोरेट घराने जिस तरह का बाज़ार चाहते हैं, उसके अनुसार ख़बरें ढाली जाने लगती हैं। ग़ौर कीजियेगा, मनोरंजन, फैशन, हिंसा, नशा, सेक्स से जुड़ी ख़बरें सूचना की शक्ल में एक तरह से

प्रचार सामग्री होती हैं। वे चुपके से युवाओं के मन के कोने में रोप दी जाती हैं। युवा उनसे प्रेरित होकर वही सब करना शुरू कर देता है, वैसा ही जीवन जीने में गर्व महसूस करने लगता है। ये सब प्रवृत्तियाँ हमारे समाज से स्वतः पैदा नहीं हो रही हैं, बाहरी शक्तियाँ उन्हें पैदा कर रही हैं।'

'सही कह रही हैं आप। बहुत चिन्ताजनक स्थिति बनती जा रही है।...' प्रह्लाद जी ने डॉक्टर सेठी का समर्थन किया।

'अभी स्थितियाँ और चिन्ताजनक होने वाली हैं, प्रोफ़ेसर। अब हालात सँभालना सियासतदान के वश की बात भी नहीं रह गयी, मगर वे तरह-तरह की तिकड़म से सत्ता में बने रहने के नशे में ग़ाफ़िल हैं। उन्हें सबसे कारगर हथियार हाथ लग गया है, युवाओं के मन में उम्मीद और सपने बोते रहने का। दस-बीस हज़ार की छोटी-मोटी योजनाएँ छींटते रहेंगे, युवा उनका चुग्गा चुग कर सपने देखते रहेंगे, उम्मीद से भरे रहेंगे कि वे भी किसी दिन फोर्ब्स की सूची में नज़र आयेंगे। बेईमानी का भी एक बड़ा बाज़ार फल-फूल रहा है। आपको क्या लगता है कि यह जो भ्रष्टाचार मिटाने के दावे किये जाते हैं, अचानक जाँच एजेंसियों के छापे तेज़ कर दिये जाते हैं, वे सब वास्तव में भ्रष्टाचार मिटाने के लिए किये जाते हैं! बिल्कुल नहीं। उनकी आड़ में बड़े भ्रष्टाचार पनपाये जाते हैं, भ्रष्टाचार को नैतिक मूल्य के रूप में रोपित करने की कोशिश की जाती है। युवाओं में भ्रष्टाचार, बेईमानी एक मूल्य की तरह जड़ें जमा चुकी है। वे बेईमानी से सब कुछ हासिल करने की तरकीबें सोचते रहते हैं।...ये सब नशे के अलग-अलग रूप हैं। शराब और कोकेन वग़ैरह तो एक तीर से तीन-चार निशाने साधने का जरिया हैं। इसके ज़रिये चुनाव के लिए ख़ूब सारा पैसा जुटाना आसान हो जाता है। फिर, नशे में गर्क युवाओं को शिक्षा, ग़रीबी, बेरोज़गारी वग़ैरह को लेकर आन्दोलन आदि करने से दूर रखा जा सकता है। उन्हें पार्टी के प्रचार में आसानी से झोंका जा सकता है। उनमें अपनी कुत्सित नीतियों को बोया जा सकता है। सबसे बड़ी बात है कि, समाज को युवाओं के विरुद्ध खड़ा किया जा सकता है। हमारे समय का एक भयावह सच यह है कि युवाओं को हिंसा में झोंके रखने की कोशिशें पूरी तरह सफल हो रही हैं।'

'मैंने तो सोचा था कि लता के नाम पर गाँव में एक फाउंडेशन बनाऊँगा, जिसमें युवाओं, ख़ासकर ड्रॉपआउट युवाओं में स्थानीय ज़रूरतों के मुताबिक

कुछ स्किल डेवलप करने की कोशिश करूँगा। उन्हें सेल्फ इम्लायमेंट की तरफ़ मोड़ने का प्रयास करूँगा। बहुत सारे युवा तीस-पैंतीस साल की उम्र तक सरकारी नौकरी के लिए तैयारी करते-करते आख़िरकार निराश हो जाते हैं। उन्हें अगर सही समय पर स्वरोज़गार की दिशा दिखा दी जाये, तो लम्बे समय तक सपनों में जीने के बजाये हक़ीक़त की ज़मीन पर उतर सकते हैं। मगर गाँव की चीज़ें देख-सुन कर मैं ख़ुद निराश होने लगा हूँ।' प्रह्लाद जी ने कहा।

'विचार आपका अच्छा है। मगर इसके लिए मेहनत बहुत करनी पड़ेगी। युवाओं की जिस तरह की कंडीशनिंग कर दी गयी है, उन्हें उससे बाहर निकालने में बहुत संघर्ष करना पड़ेगा। फिर भी गारंटी नहीं कि आपको कामयाबी मिल ही जाये। सरकार ने ख़ुद बड़े ढोल-ढमाके के साथ स्किल डेवलपमेंट की महत्त्वाकांक्षी योजना चला रखी है। मगर वह कामयाब होती नज़र नहीं आ रही। फेल हो रही है।...बहुत सारे लोग ऐसे काम कर रहे हैं। सेल्फ हेल्प ग्रुप चला रहे हैं, उनके अच्छे नतीजे भी आ रहे हैं। मगर इसे केवल रोमांटिक विचार की तरह जीने से काम नहीं चलेगा, ज़मीन पर रह कर बहुत काम करना पड़ेगा। ख़ुद को जोखिम में डाल कर इन स्थितियों से जूझना पड़ेगा। पहले तो वहाँ के लोगों में भरोसा पैदा करना पड़ेगा कि जो काम आप करने जा रहे हैं, वह वास्तव में उनके हित में है। अगर वह लड़ाई जीत गये, तो आगे का रास्ता आसान हो सकता है। मगर आप वह सब कर पायेंगे, मुझे तो मुश्किल लगता है। क्योंकि आपका नेचर रिसर्च करने वाले प्रोफ़ेसर का है, सामाजिक कार्यकर्ता का नहीं। सामाजिक कार्यकर्ता की अलग ट्रेनिंग होती है। लम्बे संघर्ष के बाद कोई निष्ठावान सामाजिक कार्यकर्ता बन पाता है। वरना तो अपने-अपने निजी स्वार्थों में सने सामाजिक कार्यकर्ताओं की कमी कहाँ है हमारे देश में।' डॉक्टर सेठी ने प्रह्लाद जी को समाज विज्ञान का एक लेक्चर ही पिला डाला था।

'डॉक्टर सेठी, कम से कम आप तो मुझे हौसला दीजिए कि अपने गाँव के लिए कुछ कर सकूँ। जिस मिट्टी से इतना कुछ लिया है, उसे थोड़ा तो कुछ लौटा सकूँ। आप ही मुझे डिमोरलाइज करेंगी, तो कैसे कर पाऊँगा कुछ।' प्रह्लाद जी ने जैसे विनती की।

'अरे नहीं नहीं प्रोफ़ेसर, मेरी ऐसी कोई मंशा कतई नहीं है। मैं तो केवल हक़ीक़त बता रही थी आपको। मैं तो हमेशा आपके साथ हूँ। कहेंगे, तो मैं आपके गाँव आकर भी आपकी मदद कर सकती हूँ।...आप जो करना चाहते हैं, उसका एक फ्रेमवर्क तो बनाइए पहले, फिर उस पर अलग से बात कर लेंगे।...'

'ठीक है, मैं इस बारे में सोचता हूँ और एक बायलॉज़ जैसा कुछ बना कर आपको मेल करता हूँ। वैसे कुछ दिनों में तो वापस आ ही रहा हूँ। मिल-बैठ कर आमने-सामने बात करेंगे। अभी तो मैं अपने गाँव को पढ़ने का प्रयास कर रहा हूँ। दो दिन से तो कमरे में बन्द हूँ बारिश की वजह से। बारिश रुके, थोड़ा घूमूँ-फिरूँ, गाँव को ठीक से देखूँ, लोगों से बातचीत करूँ, तो ठीक से अन्दाज़ा भी लगे कि आख़िर यहाँ क्या करने की ज़रूरत है।'

'ओके प्रोफ़ेसर। आय ऐम आलवेज विद यू। आल द बेस्ट।'

'गुड नाइट डॉक्टर सेठी।'

'गुड नाइट प्रोफ़ेसर। स्वीट ड्रीम्स।'

सात

डॉक्टर सेठी से बातें करके प्रह्लाद जी कुछ हल्का महसूस कर रहे थे। जैसे किसी नाली में बहुत सारा कचरा आकर फँस जाये और उसके पानी का प्रवाह बाधित हो जाता है और एक लकड़ी से कोई उस कचरे को ठेल भर दे तो सारा कचरा पानी के प्रवाह के साथ बह जाता है। कुछ वैसा ही हुआ था प्रह्लाद जी के साथ भी। डॉक्टर सेठी ने उनके भीतर जमा कचरे को लकड़ी से ठेल दिया था। वे बहुत देर तक डॉक्टर सेठी की ख़ूबियों के बारे में सोचते और ख़ुद से ही उनका बखान करते रहे। जैसे उन्हें ख़ुद को डॉक्टर सेठी के बारे में समझाना अनिवार्य हो। डॉक्टर सेठी की कम्युनिकेशन स्किल जबर्दस्त है। वे न केवल किसी भी विषय में बहुत सफ़ाई से बात कर पाती हैं, बल्कि अपनी बात प्रभावशाली ढंग से सामने वाले को कम्युनिकेट भी कर लेती हैं। बहुत सारे लोग जानते तो बहुत कुछ हैं, पर कह नहीं पाते।

मगर प्रह्लाद जी के भीतर डॉक्टर सेठी की एक बात बार-बार बजने लगी थी–'इसे केवल रोमांटिक विचार की तरह जीने से काम नहीं चलेगा, ज़मीन

पर रह कर बहुत काम करना पड़ेगा। पहले तो वहाँ के लोगों में भरोसा पैदा करना पड़ेगा कि जो काम आप करने जा रहे हैं, वह वास्तव में उनके हित में है। अगर वह लड़ाई जीत गये, तो आगे का रास्ता आसान हो सकता है।'

बातें बातों को पकड़ती हैं। खींचती हैं बातें बातों को। खेलती हैं बातें बातों संग। हाथ में हाथ डाले डोलना शुरू कर देती हैं बातें। बातें बातों से बतियाते बतियाते कहाँ से कहाँ निकल जाती हैं, पता ही नहीं चलता। तो क्या, अपने गाँव में अपने गाँव के लोगों के लिए कुछ करने का मेरा विचार एक लड़ाई की तरह है! डॉक्टर सेठी की बातों ने ब्रिगेडियर सांगवान की बात पकड़ ली। वही ब्रिगेडियर सांगवान, जो ग्रेजुएशन में प्रहलाद जी के साथ थे। हॉस्टल में उनके रूममेट रहे करीब डेढ़ साल। फिर डिफेंस सर्विसेज में चयन हो गया, तो हॉस्टल छोड़ कर चले गये थे। मगर प्रह्लाद जी के साथ उनका पत्राचार लगातार बना हुआ था। मोबाइल फ़ोन का चलन शुरू हुआ, तो बातों का सिलसिला भी चल निकला और हफ़्ते में कम से कम एक दिन तो बात हो ही जाती है। तरक़्क़ी पाते-पाते ऑनरेरी ब्रिगेडियर का पद पाकर रिटायर हो गये हैं। हरियाणा, डबवाली के रहने वाले। पंचकूला में ही कोठी बनवा ली है। जब कभी चंडीगढ़ आते हैं, तो कभी-कभार मुलाक़ातें भी हो जाती हैं। प्रह्लाद जी रिटायर हुए तो ब्रिगेडियर सांगवान ने चंडीगढ़ की आर्मी मेस में एक दावत रखी थी। प्रह्लाद जी के दोस्तों, सहकर्मियों के लिए। प्रह्लाद जी उनकी तारीफ़ में हमेशा एक बात कहते हैं–ऐसे दिलदार दोस्त हों जिसके, उसकी ज़िन्दगी कभी नीरस नहीं होती।

जब प्रह्लाद जी ने ब्रिगेडिर सांगवान को रिटायरमेंट के बाद की अपनी योजना बतायी थी, तो वे पहले तो सुन कर हँसे थे, 'भैंसचोर...प्रोफ़ेसर चाहे फिजिक्स का हो या लिटरेचर का, उसका मिज़ाज रोमांटिक ही होता है। और तुम्हारे भीतर तो दोनों की केमिस्ट्री है, तू तो होगा ही रोमांटिक। पढ़ाता है फिजिक्स, लिखता है कविताएँ। भैंसचोर...तू तो गाँव को लेकर इतना इमोशनल हो रहा है, मगर तुम्हारा गाँव भी तुम्हें लेकर इतना ही इमोशनल है क्या? फिर तो तू पत्थर के मुजस्सिमे से ही करेगा न रोमांस। चल, कर ले भाई अपना यह भी रोमांस पूरा। कर ले अपने लब लहूलुहान।'

प्रह्लाद जी को सांगवान की यही बात पसन्द नहीं आती, कभी-कभी बिल्कुल उजड्ड बन जाता है। किसी मसले पर कोई गम्भीर बात कर रहा हो, तो वह उसका इस तरह मज़ाक़ उड़ा देगा कि फिर आगे बात बढ़ाने का मन ही नहीं होगा। सांगवान ने गाँव में रह कर कुछ सामाजिक काम करने के प्रह्लाद जी के इरादे का कुछ इस तरह मज़ाक़ उड़ाया था कि फिर उस विषय पर आगे बात बढ़ाने की हिम्मत ही नहीं हुई। मगर मन की ज़मीन में गड़ा विचार का बीज कभी नष्ट नहीं होता। अनुकूल वातावरण मिलते ही अँखुआ फोड़ बाहर आता ही है। तब ब्रिगेडियर सांगवान ने प्रह्लाद जी को हतोत्साहित ज़रूर किया था, मगर वे माने कहाँ। गाँव आ तो गये ही हैं अपने इरादे के साथ।...मगर डॉक्टर सेठी भी तो वही बातें कह गयीं, जो सांगवान ने कही थीं। बस दोनों में अन्तर इतना है कि डॉक्टर सेठी ने शालीनता से अपनी बात कही।

अब प्रह्लाद जी की सुरति ने वे तमाम कहानियों, तमाम लोगों के अनुभवों और संस्मरणों के पन्ने पलटने शुरू कर दिये थे, जो शहर छोड़ कर गाँव में जा बसे और फिर गाँव ने उन्हें अस्वीकार कर दिया था। उन कहानियों, अनुभवों, संस्मरणों के बीच प्रह्लाद जी स्वभावतः एक तुला पर बैठे ऊपर-नीचे होने लगे थे। उनके भीतर अजीब तरह की उमड़-घुमड़ शुरू हो गयी थी। प्रह्लाद जी इस बात से बख़ूबी परिचित थे कि शहर और गाँव के बीच द्वन्द्व तो सदा से रहा है। गाँव को शहर आकर्षित ज़रूर करता है, वह भी शहर बन जाना चाहता है, मगर सदा शहर को शक की नज़र से देखता है। इसीलिए जब कोई लम्बे समय तक शहर में रहने के बाद गाँव आकर रहने लगता है, तो गाँव उसे दीक करना शुरू कर देता है। हालाँकि फ़ौज से रिटायर लोगों, खदानों में काम कर लौटे, रेहड़ी-पटरी कारोबार करके निराश लौटे लोगों, मजदूरों वग़ैरह को गाँव सहज भाव से स्वीकार कर लेता है। मगर न जाने क्यों, अफ़सरों को गाँव रास नहीं आता। यह दिक़्क़त गाँव की नहीं, उस आदमी की भी तो हो सकती है कि वह गाँव में आकर भी गाँव के ढंग से रहना नहीं चाहता, शहरी मिज़ाज में ही रहना पसन्द करता है। प्रह्लाद जी ने गाँव और शहर की तुलना पर अपने पलड़े को सन्तुलित महसूस किया। वे गाँव में गाँव की तरह ही रहेंगे, उन्होंने जीवन में कोई अफ़सरी अकड़ रखी ही नहीं कभी, तो गाँव से तालमेल बिठाने में उन्हें कोई दिक़्क़त नहीं होने वाली। प्रह्लाद जी ने अपना

मूल्यांकन ख़ुद ही किया और ख़ुद ही ख़ुद को अच्छे नम्बरों से उत्तीर्ण कर गर्व भी महसूस कर लिया।

अब उनके भीतर चल रही उमड़-घुमड़ कुछ शान्त हो गयी थी। वे उठे और पीने के लिए गिलास में पानी भरने लगे। पानी भरते हुए उनका ध्यान बाहर की तरफ़ गया। बाहर बारिश तेज़ हो गयी थी। हाथ में गिलास लेकर वे खिड़की पर जाकर खड़े हो गये। बिना किसी गरज-तरज वाली मूसलाधार बारिश। हवा खामोश थी, बारिश पीपल के पत्तों पर द्रुत ताल में बज रही थी। उन्होंने खिड़की के पल्ले खोल दिये। पीपल को बजाती बारिश की हरहराहट भीतर कमरे में शोर मचाने लगी थी। उन्होंने पानी पीया और बिस्तर पर आकर लेट गये।

बिस्तर पर लेटे तो उनका ध्यान आगे की योजनाओं पर केन्द्रित हो गया था। उनके मन में बार-बार एक ही योजना सबसे ऊपर धकमपेल करके उभर आती थी। स्थानीय ज़रूरतों के मुताबिक युवाओं में स्किल डेवलपमेंट करना ज़रूरी है। बिजली का काम, खाद्य प्रसंस्करण, कृषि सम्बन्धी नयी तकनीकों की जानकारी, मृदा परीक्षण, जैविक खेती, दुग्ध उत्पादन की तकनीक आदि का प्रशिक्षण दे दिया जाये, तो युवाओं को घर बैठे रोज़गार की सम्भावनाएँ पैदा की जा सकती हैं।

इन सब चीज़ों के प्रशिक्षण के लिए विशेषज्ञ कहाँ से लाने होंगे। प्रशिक्षण केन्द्र कहाँ बनेगा और उसका डिजाइन क्या होगा, इन सब कामों पर लागत कितनी आयेगी। प्रह्लाद जी सब कुछ का आकलन करने लगे थे। यह संकल्प तो उन्होंने शुरू से ले रखा था कि इस काम के लिए कोई सरकारी मदद पाने का प्रयास नहीं करेंगे, किसी सांसद-विधायक के दरबार में हाज़िरी नहीं लगायेंगे। धन का प्रबन्ध स्थानीय स्तर पर किया जायेगा। मुख्य रूप से स्थानीय लोगों की विशेषज्ञता का ही लाभ उठाया जायेगा। वही मुख्य प्रशिक्षक होंगे। इसके लिए न्यूनतम शुल्क तय होगा। कभी कोई विशेषज्ञ अगर स्वत: आकर किसी विषय पर यहाँ के युवाओं को प्रशिक्षित करना चाहे, तो अच्छी बात है। ऐसे कई लोगों को प्रह्लाद जी जानते हैं, जिनसे वे अनुरोध करेंगे, तो आकर नि:शुल्क प्रशिक्षण दे सकते हैं।

मगर क्या यहाँ के युवा ऐसे किसी काम का प्रशिक्षण लेना भी चाहते हैं! यह सवाल प्रह्लाद जी के भीतर उभरा तो उनकी योजनाओं पर कुछ देर को विराम लग गया। अब वे ख़ुद से ही सवाल करने और ख़ुद ही जवाब देने लगे थे।

कितने ऐसे युवा होंगे, जो स्थानीय स्तर पर रोज़गार के लिए प्रशिक्षण लेने को तैयार होंगे?

पढ़-लिख कर बेकारी झेल रहे युवाओं में निश्चित रूप से कुछ करने की ललक है। वे कुछ करना चाहते हैं, पर उन्हें कोई दिशा नहीं मिल पा रही। निश्चय ही शुरू में कुछ कम युवा प्रशिक्षण के लिए आयेंगे, पर धीरे-धीरे जब उन्हें समझ आयेगा कि स्थानीय स्तर पर भी करने को बहुत कुछ है और गाँव में रह कर भी कमाई के बेहतर अवसर उपलब्ध हो सकते हैं, तो वे प्रशिक्षण के लिए आयेंगे, प्रशिक्षण केन्द्र से जुड़ेंगे।

क्या बात करते हैं प्रह्लाद जी, कोई भी युवा गाँव में रहना नहीं चाहता। जो गाँव में हैं, वे मजबूरी में हैं। बस, इन्तज़ार कर रहे हैं कि शहर में कोई मौक़ा मिले और वे ट्रेन का टिकट कटा कर भाग निकलें। हर कोई भाग जाना चाहता है। माँ-बाप भी नहीं चाहते कि उनके बच्चे गाँव में रहें। शहर केवल रोज़गार का ठिकाना नहीं, प्रतिष्ठा का प्रश्न है। देखते नहीं, कितने सारे माँ-बाप खेती-बाड़ी बेच कर बच्चों को किसी भी तरह शहर भेजने को तैयार बैठे हैं। इधर के कुछ सालों में तो एजेंटों को मुँहमाँगी रकम देकर विदेश भागने की ललक बहुत तेज़ी से बढ़ी है। पंजाब तो पहले ही बदनाम था, अब वह ललक इधर भी युवाओं में बढ़ी है।

प्रह्लाद जी ने याद किया कि जब वे पढ़ाई के लिए दिल्ली गये थे, तो आसपास के गाँवों में चर्चा हुई थी कि अमुक गाँव का अमुक नौजवान दिल्ली गया है पढ़ने। मगर अब तो शायद ही कोई गाँव होगा, जहाँ के आठ-दस युवा दिल्ली में न रहते हों। चाहे चौकीदारी ही क्यों न करनी पड़े, पर रहना उन्हें शहर में ही है। गाँव में कोई नहीं रहना चाहता। कोई अपने खेत में काम नहीं करना चाहता। खेती करने में उन्हें बेइज़्ज़ती महसूस होती है। ऐसे में युवाओं को गाँव में रह कर पारम्परिक पेशों से जुड़े रहने को प्रेरित कर पाना कितना आसान होगा।

उन्हें अपने से ही सवाल-जवाब करते हुए इरफ़ान की याद हो आयी। वही इरफ़ान, जिससे प्रह्लाद जी बाल कटवाते थे। हज्जाम अक्सर थोड़े बातूनी होते हैं। अपने ग्राहकों से घर-परिवार की बातें भी कर लिया करते हैं। इरफ़ान उतना बातूनी तो नहीं था, पर प्रह्लाद जी से कुछ अधिक खुला हुआ था। उसके ज़्यादातर ग्राहक प्रोफ़ेसर कॉलोनी के लोग थे। प्रोफ़ेसरों के सम्पर्क में रह कर वह भी शिक्षा जगत की बातों से परिचित हो गया था। वह अपने ग्राहकों को डॉकसाहब कह कर सम्बोधित किया करता था।

एक दिन प्रह्लाद जी से कहा, 'डॉकसाहब, अपने छोटे भाई को बैंकॉक भेज रहा हूँ, कैसा रहेगा। सुना है, वहाँ अच्छे कोर्स हो जाते हैं।'

'किस कोर्स के लिए जा रहा है?' प्रह्लाद जी ने पूछा था।

'यही अपना पुश्तैनी पेशा सीखने। बाल काटने की ट्रेनिंग लेने।'

'वह तो तुम भी उसे सिखा सकते थे।'

'वह तो थोड़ा-बहुत आता है उसे। मगर हम लोग यहाँ देसी ढंग की कटिंग करते हैं। वहाँ जायेगा, तो थोड़ा बिलायती ढंग सीख कर आयेगा। आजकल हर काम में टेक्नोलॉजी आ गयी है। बताते हैं, वहाँ से कोर्स करके आयेगा, तो विदेश में भी नौकरी मिल जायेगी। सऊदी वग़ैरह में सर्टिफिकेट देख कर काम मिलता है। उधर ही भेजने का इरादा है उसे।'

'हां, वह तो है। मगर खर्चा बहुत हो जायेगा।'

'वह सब तो जैसे-तैसे करके जुटा लिया है। पासपोर्ट-वीज़ा भी हो गया है। कुल खर्चा साढ़े सात-आठ लाख का बैठ रहा है।'

'कितने दिन का कोर्स है?'

'छह महीने का।'

'महँगा है। मगर चलो, तुमने सोच-समझ कर ही फ़ैसला किया है। वैसे कोई भी सर्टिफिकेट किसी नौकरी की गारंटी नहीं होता। अगर सऊदी में तुम्हारा कोई जुगाड़ है, तो भेज देना उधर ही। वैसे उसने पढ़ाई-लिखाई कितनी की है?'

'बारहवीं पास की है। हम तो चाहते थे कि यूनिवर्सिटी में पढ़े, मगर वह आगे पढ़ने को तैयार ही न हुआ। उसी की ज़िद थी कि बैंकॉक जाकर

सर्टिफिकेट का कोर्स करेगा।...यह फ़ैसला उसी का है। अब्बू ने कहा कि चलो भेज देते हैं।'

'चलो, अच्छी बात है। अगर उसका मन है यह काम सीखने का, तो भेजने में कोई हर्ज़ नहीं। बच्चों को उनके इंटरेस्ट के काम में लगा दो, तो कुछ बेहतर कर लेते हैं।' प्रह्लाद जी ने उसे आश्वस्त किया था।

क़रीब सात महीने बाद, एक दिन की बात है। प्रह्लाद जी इरफ़ान की दुकान पर बाल कटाने गये थे। उसने फ़िल्मी एक्टरों जैसे बाल और नये अन्दाज़ में कटी-संवरी दाढ़ी-मूँछ वाले एक युवक से उनका परिचय कराया था, 'डॉकसाहब, ये इमरान हैं। इन्हीं के बारे में आपसे बात करता था। बैंकॉक से सर्टिफिकेट का कोर्स करके आये हैं।' इरफ़ान के चेहरे पर गर्व का भाव था।

'अच्छा अच्छा। क्या हाल है मियाँ। कैसा रहा आपका बैंकॉक का एक्सपीरिएंस? कर आये कोर्स कंप्लीट?' प्रह्लाद जी इमरान से मुख़ातिब हुए थे।

'जी सर, कर आये। बहुत अच्छा रहा वहाँ।' इमरान ने थोड़ा संकोच के साथ बताया, मगर उसके चेहरे पर सन्तोष का भाव था, उसमें उम्मीद भरी हुई थी।

'वेरी गुड। अब क्या इरादा है?'

'बाहर ही जाने का इरादा है। फ़िलहाल भाई के साथ काम शुरू किया है। घर पर ख़ाली बैठने से बेहतर है, यहीं कुछ काम करूँ तब तक। प्रैक्टिस भी बनी रहेगी।'

'गुड। तो चलिए, देखते हैं आपका हुनर। क्या सीख कर आये हैं, जरा हम भी तो देखें। आज आप ही हमारे बाल सेट कर दें।'

'जी ज़रूर।' इमरान ने कुर्सी घुमा कर उस पर प्रह्लाद जी को बैठने का इशारा किया।

प्रह्लाद जी ने नोट किया कि इमरान ने प्रह्लाद जी के गले में एप्रिन बाँधने के बाद सामने की हुक से उतार कर ख़ुद भी एप्रिन पहन लिया है, जिसकी जेब में कंघे, कैंची, ट्रिमर वग़ैरह रखे हुए हैं। फिर उसने सेनेटाइजर से अपने हाथों और कैंची, उस्तरे को साफ़ किया। ख़ुद एप्रिन बाँध कर हमारे यहाँ कोई

बाल नहीं काटता। यह सलीका इमरान ने बैंकॉक की ट्रेनिंग से ही सीखा है। प्रह्लाद जी का ध्यान इमरान की हर हरकत पर लगा हुआ था।

इमरान ने बाल काटना शुरू किया तो प्रह्लाद जी ने नोट किया कि इमरान ने कुछ आधुनिक औजार ज़रूर चलाना सीख लिया है, जैसे कैंची की जगह ट्रिमर का इस्तेमाल कर रहा है, पर इसका अन्दाज़ हमारे मिज़ाज से मेल नहीं खा रहा। क्या पता, नये ज़माने के लड़कों से मेल खाता हो। आजकल के लड़के बालों के साथ एक्सपेरिमेंट भी तो बहुत करने लगे हैं। रंग-रोगन, कटाई-छँटाई को लेकर उनकी पसन्द हमसे काफ़ी अलग है।

प्रह्लाद जी देखते रहे कि इमरान अब अपने भाई इरफ़ान की दुकान पर ही सहयोग करने लगा है। कुछ नौजवानों की आमद बढ़ी है। कुछ महीने बाद इरफ़ान ने उसी शॉपिंग कॉम्लेक्स में इमरान के लिए अलग दुकान खुलवा दी थी। उसमें नये ढंग की साज-सज्जा की गयी थी, उसके बोर्ड पर बैंकॉक रिटर्न लिखवा दिया गया था।

इरफ़ान ने प्रह्लाद जी को बताया था, 'सऊदी भेजने के लिए बहुत पैसे लग रहे हैं। वर्क परमिट तो कहीं से मिल नहीं रहा। टूरिस्ट वीज़ा पर भेजना होगा। वहाँ जाने, रहने-खाने का इन्तज़ाम ख़ुद करना पड़ेगा। काम ज़माने में महीना-डेढ़ महीना तो लग ही जायेगा। क्या पता, इससे ज़्यादा वक़्त लग जाये। इसके लिए कम से कम चार-पाँच लाख रुपये तो चाहिए ही। जैसे-तैसे करके तो बैंकॉक भेजा था, अब एकदम से सऊदी भेजने के लिए पैसे जुटाना मुश्किल है। फिर, क्या पता वहाँ काम जमे न जमे। रिस्क उठाने की बात है। इसलिए घर में फ़ैसला किया गया कि यहीं इसके लिए अलग दुकान खुलवा दें। ज़माना बदल रहा है। हमारे अपने ग्राहक पहले से सेट हैं, उनके मिज़ाज से इमरान की कटिंग मेल नहीं खा रही। इसलिए इसकी दुकान अलग रहेगी, तो यह भी कम्फर्टेबल महसूस करेगा और इसकी दुकान में नये ज़माने की कटिंग कराने वालों का आना-जाना भी शुरू होगा। अपना मुल्क भी बुरा नहीं है। यहाँ भी जो मेहनत करता है, ख़ुशहाल है। यहाँ कम से कम यह तो है कि अपनों के साथ रहेगा, घर में रहेगा, हारी-बीमारी, किसी मुसीबत में दस लोग साथ खड़े होने वाले मिल जायेंगे। वहाँ बाहरी मुल्क में कौन अपना होगा, सब तो पराए होंगे।'

'बिल्कुल सही फ़ैसला किया। बेवजह इधर-उधर भटकने और पैसा बर्बाद करने से अच्छा है, यहीं टिक कर काम करे।' प्रह्लाद जी ने समर्थन किया था।

अब उनकी सुरति ने उन्हें गाँव के युवाओं का चेहरा दिखाना शुरू कर दिया था। सब जाने-पहचाने चेहरे। उस पान दुकान वाले लड़के का चेहरा, नशे में लड़खड़ाते मिले लड़के का चेहरा, अरविन्द, बिजेन्दर वग़ैरह का चेहरा, उस होम डिलिवरी करने वाले लड़के का हेलमेट से ढँका चेहरा।

प्रह्लाद जी ने ख़ुद से ही सवाल किया, 'आज जब कोई भी युवा अपनी पहचान अपने देश से जोड़े रखने से ज़्यादा किसी दूसरे देश से जोड़ कर दिखाने-बताने की ललक पाले हुए है, हर कोई बिलायत भागने के सपने बुन रहा है, क्या इन युवाओं में वह ललक नहीं होगी। क्या कोई प्रशिक्षण देकर इन सबको यहीं कोई रोज़गार शुरू करने के लिए तैयार किया जा सकता है?'

उन्हें कोई जवाब नहीं मिला।

प्रह्लाद जी अपने सवाल का जवाब तलाश रहे थे। तरह-तरह के तर्क वितर्क उनके भीतर शुरू हो गये थे। वे पहले ख़ुद का ही मूल्यांकन कर लेना चाहते थे कि क्या उनमें वह क्षमता है कि युवाओं में यहीं कुछ कर सकने का भरोसा भर सकें। मगर इसका भी कोई जवाब नहीं मिल पा रहा था।

उनके भीतर उथल-पुथल चल रही थी कि फिर उनके कानों में वही डुगडुगी की आवाज़ टकराने लगी थी, जो पिछली रात उन्होंने सुनी थी। कानों में डुगडुगी बजनी शुरू हुई तो उनका ध्यान उसी पर केन्द्रित हो गया। सुरति शान्त हो गयी थी। सारे अनुत्तरित सवाल कहीं कोने में दुबक गये थे। अब उनके भीतर केवल डुगडुगी बज रही थी- डुगडुगडुग डुगडुग डुग।

आठ

इस वक़्त डुगडुगी उन्हें ख़ासी परेशान कर रही थी। जैसे वह कानों में चुभ रही हो। अनेक बार ऐसी स्थितियाँ आती हैं जब अनचाही आवाज़ें कानों से टकराती हैं और आदमी परेशान हो जाता है। उन्हें वह सुनना नहीं चाहता, पर वे कानों में बजती ही रहती हैं। प्रह्लाद जी ने ऐसी स्थितियों से पार पाने का तरीक़ा सीख लिया है। ध्वनियों के साथ काम करते-करते उन्होंने ध्वनियों से

पार पाने की कुछ तरकीबें भी निकाल रखी हैं। जैसे हर वक़्त मरीज़ों के साथ काम करते-करते चिकित्सक तकलीफ़ों से पार पाना सीख जाते हैं, उन्हें अपने मन पर हावी नहीं होने देते, कुछ उसी तरह।

ऐसी स्थितियों में प्रह्लाद जी अक्सर अपनी सुरति में कोई ऐसा विषय भर दिया करते हैं, जिसे पकड़ कर वह कोई वृत्तचित्र या फ़िल्म रचना-दिखाना शुरू कर देती है।

अभी उन्होंने सोचा कि प्रशिक्षण केन्द्र के डिजाइन पर विचार किया जाये। उनकी सुरति ने यह सूत्र पकड़ कर तरह-तरह के भवनों के चित्र दिखाने शुरू कर दिये थे। एक से एक भव्य और आकर्षक भवन। मगर शुरुआती चरण में इतने भव्य भवन की ज़रूरत तो नहीं। अभी तो किसी तरह टिन शेड में काम शुरू हो सके। फिर सुरति ने कारखानों के टिन शेड की तस्वीरें दिखानी शुरू कर दी थी। ये तस्वीरें देखते हुए प्रह्लाद जी के भीतर प्रशिक्षण केन्द्र पर आने वाले ख़र्च का गणित भी चलता जा रहा था। स्थानीय लोग इसमें कितनी मदद करेंगे, कितना उत्साह दिखायेंगे, इसका वे अन्दाज़ा नहीं लगा पा रहे थे। पहले का ज़माना होता तो लोग श्रमदान करके प्रशिक्षण केन्द्र तैयार कर देते। कोई बाँस दे देता, कोई बल्ली दे देता, कोई फूस दान कर देता। मगर अब तो गाँवों में जैसे श्रमदान की परम्परा ही ख़त्म हो गयी है। पहले बड़े-बड़े तालाब, कुएँ और शिवाले गाँव के लोगों की मदद से, श्रमदान से बन जाया करते थे।

प्रह्लाद जी के भीतर एक तरफ़ सामाजिक कार्यों में श्रमदान की पुरानी परम्परा को याद कर सुख का रस झरने लगता था और फिर तुरन्त उस परम्परा के बिलाते जाने पर दुख की बरसात शुरू हो जाती थी। इन दोनों के बीच उन्हें अपने प्रशिक्षण केन्द्र पर आने वाले ख़र्च का गणित उमड़-घुमड़ रहा था। अलग-अलग समीकरण बनते और बिगड़ते जा रहे थे।

तभी बाहर एक कोलाहल-सा हुआ। दूर से कोई आवाज़ दे रहा था– 'प्रभुनाथ...ए प्रभुनाथ।'

प्रह्लाद जी पहचान गये थे। यह रामबरन की आवाज़ थी। उस आवाज़ के साथ और भी दूसरी आवाज़ें उभर रही थीं। उस मद्धिम कोलाहल जैसी आवाज़ से साफ़ पता चल रहा था कि कुछ न कुछ अनहोनी हो गयी है। प्रह्लाद जी दरवाज़ा खोल कर बरामदे में आ गये थे। आवाज़ सुन कर भी प्रभुनाथ की नींद नहीं खुली थी। प्रह्लाद जी ने उन्हें हिला कर जगाया था। तब तक रामबरन

हाथ में बन्दूक लिए और उनके साथ दस-बारह लोग लाठी-भाला-गंडासा लिए वहाँ पहुँच गये थे। किसी ने छाता तान रखा है, किसी ने प्लास्टिक की घोघी ओढ़ रखी है। एक दो युवाओं के हाथ में कट्टे भी नज़र आ रहे थे।

प्रह्लाद जी पूछते, उससे पहले ही रामबरन ने बता दिया था, 'लगता है, भागीपुर में डाका पड़ा है।'

'कैसे पता चला?' प्रह्लाद जी ने पूछा।

'मैं ऊपर अपने कमरे में सोया था कि उस तरफ़ कुछ हलचल सुनाई पड़ी। खिड़की खोल कर देखा तो देखा कि सीवान में कई लोग टार्च जलाए घूम रहे हैं। कुछ शोर भी सुनाई दे रहा है।'

प्रभुनाथ बिस्तर से उठ कर खड़े हो गये थे। तब तक बिजेन्दर भी घर से बाहर निकल आया था। आसपास के घरों में भी लोग जाग गये थे। रामबरन के साथ आयी भीड़ का आकार बढ़ने लगा था।

'चलिए, चल कर देखते हैं।' किसी ने कहा था।

'सारे एक साथ नहीं चलेंगे। दस-दस, बीस-बीस की टोली में सारे बँट जाओ। एक टोली पूरब की तरफ़ से आगे बढ़ेगी, एक टोली पश्चिम की तरफ़ से और हम कुछ लोग टोले के बीच के रास्ते से दक्षिण की तरफ़ आगे बढ़ेंगे। हर टीम में एक-दो लोगों के पास हथियार होना चाहिए। सावधानी से आगे बढ़ना है। जैसे ही कोई ख़तरा नज़र आये, तुरन्त शोर मचा देना, ताकि बाक़ी के लोग सावधान हो जायें और उधर ही पहुँच जायें।' रामबरन ने स्ट्रेटजी समझायी।

उसी स्ट्रेटजी के तहत लोग एकजुट होकर टोले के दक्षिण तरफ़ चल पड़े थे। प्रह्लाद जी भी छाता ताने उनके साथ हो लिए थे।

सड़क पर पहुँच कर देखा, दक्षिण तरफ़ दरवेश दरबार के आसपास बहुत सारी टॉर्चें चमकती नज़र आ रही थीं। दमादम दरबार की जलती-बुझती रंग-बिरंगी इलेक्ट्रिक झालरों के आसपास मोबाइल टॉर्च की जुगनू जैसी रोशनियाँ साफ़ अलग नज़र आ रही थीं।

बन्दूक कन्धे पर रख कर रामबरन ने कहा था, 'यह तो कुछ और ही माजरा बुझा रहा है। कहीं दरवेशवा मर मरा तो नहीं गया। क्या कहते हो, चल कर देखें क्या?'

‘अरे काहे परेशान हो रहे हैं। पानी बरस रहा है, कीचड़-कादो हेल के जाना पड़ेगा। छोड़िए, मर भी गया, तो चिन्ता की कौन बात है। ठीके हुआ है, टंटा कटा ससुर। सबेरे तो अपने आप सब पता चल ही जायेगा।’ किसी ने सलाह दी।

‘मगर, दरवेशवा मरा होता तो इतने लोग, इतनी रात में भीगते-भागते न पहुँचते। ज़रूर कोई बड़ी बात है। कोई काण्ड हुआ लगता है। चल कर देखना चाहिए।’ किसी ने कहा।

‘रुकिये, मैं भागीपुर के किसी आदमी को फ़ोन मिला कर पूछता हूँ।’ एक नौजवान ने कहा।

‘हां हां, ज़रा पता करो तो, हुआ क्या है।’

उस नौजवान ने किसी को फ़ोन मिला दिया था, ‘का भइया, आपके गाँव में कौनो काण्ड हो गया है का। अच्छा, ई त गज्जबे हो गया। चलिए, अभी रखते हैं। बाद में बात करते हैं।’ उस नौजवान ने फ़ोन बन्द किया और सूचना दी, ‘मुकुन्दी लाल की लड़किया का मर्डर हो गया है।’

‘किसने किया?’

‘यह तो अभी पता नहीं चला है। दरवेश दरबार के पास खेत में लाश मिली है उसकी।’

‘अरे, मुकुन्दी लाल की वही लड़किया न, जो नसीमवा की नर्सरी में पढ़ाती थी?’

‘हाँ, एक ही तो लड़की है न उनकी। उससे बड़ा तो लड़कवा है, अनुराग।’

‘ई त गजबे हो गया। चलिए, चल कर देखते हैं।’

‘मगर, सारे लोग काहे परेशान होंगे। हम एक दो लोग जाकर देख आते हैं। पता लगाते हैं। बाक़ी लोग जाकर आराम कीजिए। काहें बरखा-बूनी में सब परेशान होंगे।’ रामबरन ने कहा था।

‘अब जब एतना रात में जागिए गये हैं, तो एतना जल्दी नींद तो आने नहीं वाली। चलते हैं सारे लोग।’ किसी ने कहा।

कोई भी वापस लौटने को तैयार नहीं था। सबकी जिज्ञासा ज़ोर मार रही थी।

'मगर, ई जो हाथ में कट्टा लटकाये हुए हो, यह सब लेकर वहाँ नहीं जाना है। पुलिस आती ही होगी। क्या पता, आ गयी हो। कट्टा देख के कहीं नया काण्ड न हो जाये। जाओ, ये सब असला घर रख कर आओ।' रामबरन ने डाँटा था।

रामबरन ने डांटा, तो नवहों ने अपने में से एक सबसे कम उम्र के नवहे को पकड़ा और उसे डाँट लगा दी, 'तू तो अभी चूजा है, चल वापस जा घर। ये सब सामान भी साथ लेता जा, और ले जाके सुरक्षित रख देना। चुपचाप सो जाना, लौट के नहीं आना फिर।'

उस लड़के ने चुपचाप सबके असले पकड़े और घर की तरफ़ लौट गया था।

फिर भीड़ चकरोड से होती हुई आगे बढ़ चली थी। कन्धे पर बन्दूक धरे रामबरन उस भीड़ की अगुवाई कर रहे थे। प्रह्लाद जी भी उसी भीड़ में शामिल हो गये थे।

देखा, कि ऐसी ही टुकड़ियाँ राजपूत टोला, यादव टोला की तरफ़ से भी निकल आयी थीं।

रामबरन की अगुवाई में भीड़ दरवेश दरबार पहुँची, तब तक आसपास के गाँव से आकर पहले ही काफ़ी लोग जमा हो चुके थे। अलग-अलग दिशाओं से लोग आये ही जा रहे थे। दरवेश दरबार को लोगों ने घेर रखा था। जो आता, वह उचक-उचक कर एक झलक लड़की की लाश को देखता और फिर दरवेश दरबार को घेर कर खड़ी भीड़ में शामिल हो जाता।

प्रह्लाद जी ने भी वही किया। उन्होंने देखा कि धान के खेत की मेड़ पर एक बाईस-तेईस साल की लड़की की लाश पड़ी है। कमर के नीचे का हिस्सा धान के खेत में पानी में डूबा हुआ था। कमर के ऊपर का हिस्सा ही ठीक से नज़र आ रहा था। मोबाइल टॉर्च की रोशनी में धुँधला-सा नज़र आता था कि लड़की के शरीर से बहा ख़ून बरसात से बह कर धान के खेत में फैला हुआ था। यानी किसी धारदार हथियार से उसे मारा गया था। प्रह्लाद जी की

नज़र लड़की की गर्दन पर टिक गयी थी। उसका गला रेता गया था। पेट में भी शायद चाकू मारा गया था।

लड़की की लाश के पास से हटे, तो प्रह्लाद जी का ध्यान दरवेश दरबार पर गया। वह दरबार क्या था, चारों तरफ़ से खुला हुआ था। हरे रंग से पुती, छाती तक ऊँची चारदीवारी तो बनी थी, मगर चारों तरफ़ चार बड़े द्वार थे। बिना दरवाज़े के। यानी दरबार चारों तरफ़ से खुला था। बीच में एक मज़ार का-सा ढाँचा था, जिस पर हरे रंग की चादर चढ़ी हुई थी। मज़ार के ऊपर लोहे के चार खम्भों के सहारे हरे रंग की फाइबर की छत पड़ी हुई थी। उसी के पास एक घना होता पाकड़ का पेड़ था। उसी परिसर के एक कोने में एक छोटी-सी कोठरी थी। प्रह्लाद जी के लिए अन्दाज़ा लगाना मुश्किल नहीं था कि उसी कोठरी में दमादम दरवेश यानी जयराम रहते होंगे।

प्रह्लाद जी की जिज्ञासा ने ज़ोर मारा तो वे आगे खड़े लोगों को ठेल कर जगह बनाते हुए परिसर के अन्दर बढ़ गये थे। देखा कि मज़ार के पास बहुत सारे लोगों ने घेरा बना रखा है। प्रह्लाद जी वहाँ पहुँचे तो देखा, लम्बी सफेद दाढ़ी, गालों की उभरी हड्डियों, मिचमिचाती चमकती आँखों वाला एक आदमी बैठा है। उसके सिर पर हरे रंग का कपड़ा बन्धा है। लोग उससे सवाल कर रहे थे। प्रह्लाद जी समझ गये कि यही दमादम दरवेश यानी जयराम है। कितने साल हो गये, जयराम को देखे हुए। किशोरावस्था में देखा था, उसके बाद आज, इस रूप में देख रहा हूँ। कृशकाय, मगर किसी भी रूप में कमज़ोर नहीं।

प्रह्लाद जी थोड़ा और खिसक कर दरवेश के पास तक पहुँच गये थे। दरवेश के चेहरे पर निर्भयता थी, आँखों में चमक। वे एक ही बात बार-बार कह रहे थे, 'मुझे तो बिल्कुल कोई भनक न मिली। कब यह काण्ड हो गया, मुझे कतई पता न चला। सात-साढ़े सात बजे तक तो जमात के लोग थे। दुकान वाले भी थे। उसके बाद मैंने यहाँ दरबार में आख़िरी हाज़िरी लगायी थी और चला गया था अपने कमरे में। उसके बाद ही हुआ होगा यह काण्ड। हाँ, यह लड़की आती रहती थी दरबार में हाज़िरी देने। मेरे पास बैठ कर बहुत सारे सवाल भी करती थी, दीन-धरम को लेकर। दरबार में प्रार्थना भी करती थी। अगरबत्ती-लोबान जलाती थी।...न जाने किसने किस अदावत में उसका कत्ल कर दिया।'

'पता कैसे चला कि उसका कत्ल हो गया है?' किसी ने पूछा था।

'घण्टा-डेढ़ घण्टा पहले इसका भाई कुछ लोगों के साथ आया था। कहने लगा कि लड़की के मोबाइल का लोकेशन यहीं का बता रहा है। उसने मुझसे पूछा भी कि वह लड़की यहाँ आयी थी या नहीं। मैंने बता दिया कि हाँ, आयी तो थी, मगर शाम होते-होते वापस चली गयी थी। उसके बाद वे लड़के खेतों की तरफ़ इधर-उधर तलाशने चले गये। उन्होंने ही देखा कि किसी ने उसका कत्ल करके वहाँ खेतों में डाल रखा है।' दरवेश ने बताया था।

प्रह्लाद जी ने नोट किया कि कुछ युवक दरवेश के बयान को अपने मोबाइल फ़ोन में क़ैद कर रहे थे। उन्होंने अन्दाज़ा लगा लिया कि ये सब यूट्यूबर हैं।

'यानी काण्ड तब हुआ, जब दरबार से सारे लोग चले गये। वरना, यहाँ तो लोगों का आना-जाना लगा रहता है, किसी न किसी की नज़र पड़ी ही होती।' किसी ने तर्क दिया।

'हक़ीक़त तो वही जानता है भाई।' दरवेश ने दोनों हाथ ऊपर उठा कर कहा था।

प्रह्लाद जी ने अपने कन्धे पर किसी का हाथ महसूस किया। पलट कर देखा, तो प्रभुनाथ ने इशारे से कहा, 'अब चलिए, चलते हैं।' प्रह्लाद जी उनके साथ हो लिए।

भीड़ चली, तो उसके साथ बातों का सिलसिला भी चला। मगर दरवेश दरबार से आगे बढ़ कर रामबरन ने सबसे पहले अरविन्द को फ़ोन मिलाया था, 'यहाँ तो गाँव में काण्ड हो गया। मुकुन्दीलाल की बेटी का मर्डर हो गया। अच्छा अच्छा। चलो, ठीक है।' फिर जैसे भीड़ को सम्बोधित करते हुए बताया, 'ख़बर तो लखनऊ तक पहुँच गयी है। अरविन्द को हमसे पहले इस काण्ड के बारे में पता चल गया है। आ रहा है।'

प्रह्लाद जी चुपचाप लोगों की बातें सुन रहे थे। सबके पास अपने-अपने कयास थे, तरह-तरह की आशंकाएँ थीं, अटकलें थीं, साजिशों के तार तलाशने की तरकीबें थीं। मगर प्रह्लाद जी के भीतर किसी बड़े अनिष्ट की आशंका खदबदा रही थी।

सुबह की उजास फूटने तक, अख़बारों से अधिक, लोगों के पास फुसफुसाती ख़बरें थीं। घटना ज़रूर एक थी, पर ख़बरें कई थीं। इसलिए कि हर किसी के पास घटना का अपना सच था। हर किसी की अपनी बनायी ख़बर थी। इस तरह हर किसी के पास अपनी-अपनी मौलिक ख़बरें थीं।

सुबह की ताजा ख़बर यह थी कि रात को पुलिस आयी थी। लड़की की लाश उठा कर ले गयी थी। और साथ में उठा ले गयी थी दमादम दरवेश को भी। लड़की के भाई यानी मुकुन्दी लाल के लड़के ने लड़की की हत्या के पीछे दरवेश पर शक जताया था। पुलिस ने पंचनामे में बलात्कार की आशंका अपनी तरफ़ से जोड़ दी थी। इस तरह ख़बरें बहुकोणीय और बहुरंगी हो गयी थीं।

मगर घण्टा-दर-घण्टा लोकव्यापी ख़बरों पर सामाजिक मंचों की ख़बरें हावी होती चली गयी थीं। जैसे-जैसे दिन चढ़ता गया, लोग जिन ख़बरों को अपनी मौलिक ख़बरें बता कर पेश कर रहे थे, उन्हीं को वे अब विभिन्न यूट्यूब चैनलों और उनके एंकरों-रिपोर्टरों के हवाले से पेश करने लगे थे। आठ बजते न बजते घटना का लोक-सच सामाजिक मंचों के सच में विलीन हो चुका था। उजास फूटने से पहले तक जो ख़बरें फुसफुसाती हुई सुनी जा सकती थीं, वही अब यूट्यूब चैनलों पर चीखने लगी थीं। अब थाने से पल-पल की ख़बरें आने लगी थीं। ख़बरें विस्तार ले रही थीं। कोई दरवेश दरबार की गतिविधियों के बारे में सिलसिलेवार तरीक़े से बता रहा था, कोई घटना में पुलिस द्वारा अपनायी जाने वाली आगे की कानूनी प्रक्रिया समझा रहा था।

नौ बजते-बजते इस घटना ने मुख्यधारा मीडिया में प्रवेश पा लिया था। वह पहले नीचे की रेंगती पट्टी में पहुँची थी, फिर वहाँ से उठ कर सुबह की पाँच मिनट में फटाफट सौ ख़बरों के बीच जगह बना ली थी। मुख्यधारा मीडिया की ख़बरों में दो पंक्तियाँ हर कहीं तैरनी शुरू हो गयी थीं, 'इस घटना के पीछे दरवेश दरबार के मुखिया दमादम दरवेश का हाथ बताया जा रहा है। बताया जा रहा है कि पहले लड़की का बलात्कार किया गया, फिर गला रेत कर उसकी हत्या कर दी गयी।'

सोशल मीडिया से छलांग लगा कर मुख्यधारा मीडिया में पहुँचा घटना का सच अब लगभग स्थापित हो चुका था।

थाने से आ रही ख़बरें बता रही थीं कि बड़ी संख्या में लोगों ने थाने को घेर लिया है। लोग माँग कर रहे हैं कि दमादम दरवेश को उनके हवाले कर दिया जाये। भीड़ लगातार बढ़ती जा रही है। भीड़ में काफ़ी उत्तेजना है। घटना को लेकर काफ़ी रोष है। बताया जा रहा है कि भीड़ पर क़ाबू पाने के लिए थाना प्रभारी ने जिला मुख्यालय से भारी संख्या में पुलिस बल की माँग की है।

मगर इधर घटना ने सचमुच विस्तार ले लिया था। थाने पर जमा भीड़ तो केवल नारे लगा रही थी, पुलिस से दरवेश को हवाले करने की माँग कर रही थी। पर, इधर उत्तेजित भीड़ ने दरवेश दरबार को तोड़-फोड़, आग के हवाले कर दिया था। सोशल मीडिया की ख़बरें फिर से दरवेश दरबार पर केन्द्रित हो गयी थीं। दोपहर होते-होते दरवेश दरबार मलबे में तब्दील हो चुका था। तस्वीरों में लोग फावड़ा, गैंती, सब्बल से दरवेश दरबार की मज़ार को खोद कर ख़त्म कर चुके थे। जो भी वहाँ आता, अपना भी किसी न किसी रूप में योगदान ज़रूर देता। इस तरह केवल दरवेश दरबार में तोड़-फोड़, ख़ुदाई की कार्रवाई नहीं हुई। वहाँ के ईंट-पत्थर उठा कर सड़क के किनारे डाल दिये गये थे। अब दरवेश दरबार की पहचान किसी बंजर ज़मीन के रूप में बदल चुकी थी।

प्रह्लाद जी मोबाइल पर ख़बरें देख रहे थे। दोपहर तक लड़की की हत्या और दरवेश दरबार से जुड़ी ख़बरें स्थापित हो चुकी थीं। उनमें घटना का सच लगभग उजागर हो चुका था। मुख्यधारा मीडिया ने सत्यापित कर दिया था कि पहले लड़की का बलात्कार हुआ, फिर उसकी हत्या कर दी गयी।

इस पर प्रदेश के मुख्यमन्त्री ने बयान जारी कर दिया था कि वे इस घटना से बहुत क्षुब्ध हैं और धार्मिक विद्वेष फैलाने की इस तरह की किसी भी कोशिश को बर्दाश्त नहीं किया जायेगा। घटना की जाँच के लिए विशेष दल गठित कर दिया गया है। जल्दी ही सच सामने आ जायेगा और दोषी लोगों के ख़िलाफ़ कड़ी से कड़ी कार्रवाई की जायेगी।

हालाँकि अभी तक पोस्टमार्टम रिपोर्ट नहीं आयी थी। देर रात तक पोस्टमार्टम की प्रक्रिया पूरी हो जाने की उम्मीद थी।

प्रह्लाद जी ख़बरें देख रहे थे और एक तरह से विचारशून्य हो गये थे। भीतर अवसाद भरता गया था। इसी बीच उनकी सुरति का चाणक्य बुबुदाया था–'अब जाँच चाहे किसी भी दल से करा लो, नतीजा तो वही रहेगा, जो मीडिया ने निकाल कर रख दिया है।'

इस पर चार्वाक चौंका था, 'क्यों?'

'अब सबूत तो कुछ बचा नहीं। जाँच में फॉरेंसिक टीम भी अपना काम करती है। मगर दरवेश दरबार तो बचा नहीं, वहाँ की तो एक-एक ईंट उठा कर फेंक दी लोगों ने। क्या सबूत मिलेगा वहाँ।' चाणक्य ने मुस्कराते हुए कहा था।

'पोस्टमार्टम रिपोर्ट से चीज़ें साबित हो जायेंगी।' चार्वाक ने दलील दी।

'हुंह, लड़की की लाश रात भर पानी में पड़ी रही, बारिश में धुलती रही, उस पर भी घाव के निशान के अलावा अब क्या बचा होगा।' चाणक्य ने कहा।

प्रह्लाद जी को यह बात पच नहीं रही थी कि दमादम दरवेश यानी जयराम ने बलात्कार किया होगा। एक अड़सठ-सत्तर साल के आदमी में बलात्कार का बल क्यों और कैसे पैदा हुआ होगा।...जयराम किसी की हत्या तो कतई नहीं कर सकता। मगर उनकी सुरति के चाणक्य ने यहाँ भी हस्तक्षेप किया, 'जिस जयराम को आपने बचपन या किशोरावस्था में देखा था, वह जयराम अब नहीं बचा होगा। समय सबको बदल देता है। उसे भी बदल चुका है।' मगर प्रह्लाद जी ने उसकी दलील ख़ारिज कर दी। उनका विश्वास अडिग था कि लड़की की हत्या में जयराम की कोई भी भूमिका नहीं है।

मगर उन्होंने इस तर्क के साथ ख़ुद को समझा लिया था कि इस घटना का सच उनकी भावना से साबित तो होना नहीं है। कानूनी प्रक्रिया के तहत ही तय होगा कि लड़की के बलात्कार और हत्या में हाथ किसका था।

घटना से जुड़ी ख़बरें चलती रहीं। उनके बीच थोड़ा विलम्बित गति में लोगों का नाश्ता-पानी, भोजन-भजन, गाय-गोरू सँभालने जैसी दैनन्दिन गतिविधियाँ भी चलती रहीं। प्रह्लाद जी ने भी आज कुछ देर से नाश्ता किया। नाश्ता करते-करते भी यूट्यूब की ख़बरें खंगालते रहे। उन्हीं ख़बरों में अरविन्द की बनायी ख़बर भी नज़र आ गयी थी–'दरवेश दरबार का सच'। प्रह्लाद जी की स्वाभाविक दिलचस्पी जागी कि देखें, अरविन्द ने इस घटना को किस तरह देखा और पेश किया है।

'मित्रो, विस्तार से घटना पर बात करने से पहले आइए, कुछ तस्वीरें देख लेते हैं।' रात के अँधेरे में धान के खेत की मेड़ पर पड़ी लड़की की लाश, दरवेश दरबार में जुटी भीड़, भीड़ के सवालों का जवाब देते दमादम दरवेश की तस्वीरें चलने के बाद स्क्रीन पर लड़की की ब्लर लाश और उसकी पृष्ठभूमि में दमादम दरवेश की तस्वीर का कोलाज स्थिर हो गया था। फिर अरविन्द ने बताना शुरू किया था, 'सोमवार की रात, क़रीब दस बजे की घटना बतायी जा रही है, जब लड़की के साथ बलात्कार किया गया और फिर उसकी हत्या कर दी गयी। इसमें दमादम दरवेश नाम के बाबा का हाथ बताया जा रहा है। बाबा पहले हिन्दू था। कुवैत में काम करता था। वहीं किसी इस्लामिक गुरु के प्रभाव में आया और वहाँ से लौट कर यहाँ गाँव में अपना दरबार खोल लिया। आपकी स्क्रीन पर यह जो दरबार की तस्वीर दिखाई दे रही है, उसमें एक मज़ार भी बना ली गयी थी। दरबार के एक कोने में यह जो घर की तस्वीर दिखाई दे रही है, उसी में यह दरवेश नाम का बाबा रहता था। स्थानीय सूत्रों के मुताबिक, बाबा लोगों का धर्म परिवर्तन कराता था। कई लोगों का मानना है कि बाबा के चमत्कार से लोगों के रोग ठीक हो जाते थे। आप अपनी स्क्रीन पर बाबा को झाड़-फूंक करते देख सकते हैं। बताया जा रहा है कि इसी चमत्कार के प्रभाव में बहुत सारे लोगों ने हिन्दू धर्म छोड़ कर इस्लाम क़बूल कर लिया था। स्थानीय सूत्रों का कहना है कि बाबा को इस धर्मान्तरण के लिए अरब देशों से पैसा भी मिलता था। बताया जा रहा है कि जिस लड़की की हत्या कर दी गयी है, बाबा उस पर भी धर्म परिवर्तन के लिए दबाव बना रहा था। लड़की उसके दरबार में अक्सर जाया करती थी। बताते हैं कि बाबा की बहुत पहले से उस पर बुरी नज़र थी।'

यह रिपोर्ट सुन कर प्रह्लाद जी के भीतर जैसे सनसनी पैदा हो गयी। मन वितृष्णा से भर गया। अरविन्द पर उन्हें ग़ुस्सा आ रहा था। जब बेचैनी बढ़ गयी तो उन्होंने अरविन्द को फ़ोन मिला दिया। घण्टी बजती रही, मगर उसने फ़ोन नहीं उठाया। फिर उन्होंने रामबरन को फ़ोन करके पूछा, 'अरविन्द लौट आया है क्या लखनऊ से?'

'हाँ, एकदम सुबह-सुबह पहुँचा। आते ही दरवेश दरबार की तरफ़ भागा। अभी तो वह थाने गया है। वहीं से ख़बरें कर रहा है।' रामबरन ने बताया।

‘अच्छा ठीक है। मैंने अभी उसकी रिपोर्ट देखी, तो आभास हो गया कि लौट आया है। कोई ख़ास बात नहीं, बस ऐसे ही पूछ रहा था। मिलना चाहता था उससे। आये, तो उससे कहियेगा, एक बार मिल ले मुझसे।’

‘ठीक है, आयेगा ही रात-बिरात। भेज दूँगा।’ रामबरन ने कहा।

नौ

आज सुबह से ही बारिश रुकी हुई थी। आसमान में बादलों के थक्के ज़रूर थे, पर वे बस पूरब से पच्छिम की तरफ़ तैरते हुए आगे बढ़े जा रहे थे। कभी-कभी धूप निकल आती थी। प्रह्लाद जी ने सोचा था कि बारिश रुकेगी, तो गाँव घूमेंगे, युवकों से बातचीत करेंगे, शाम को बाज़ार भी जायेंगे। मगर रात के काण्ड के बाद न तो गाँव में घूम कर किसी और विषय पर बातचीत करने का माहौल रह गया था, न ख़ुद प्रह्लाद जी का मन हो रहा था। उनके भीतर एक अजीब तरह की उदासी भर गयी थी। दोपहर का खाना खाने के बाद वे अपने कमरे में उठंगे हुए कभी मोबाइल पर नया अपडेट देख लेते, कभी छत पर घूमते पंखे को देखने लगते।

पिछली रात नींद ही नहीं आ पायी थी। शरीर अलसाया हुआ था, तरह-तरह की बातें सोचते-सोचते दिमाग़ भी थक चुका था। कब उन्हें नींद ने घेर लिया, पता ही नहीं चला।

शाम को नींद खुली, तो अँधेरा घिरने को हो रहा था। बारिश रुकी हुई थी। हवा में ऊमस बनी हुई थी। बरामदे से कुछ लोगों के बतियाने की आवाज़ आ रही थी। वे बिस्तर से उठ कर बरामदे में आ गये थे। वहाँ रामबरन, हरेराम, प्रभुनाथ, बिजेन्दर के अलावा तीन-चार नवहे बैठे कुछ फुसुर-फुसर बतिया रहे थे। दिन भर जो मोबाइल पर चीखती हुई ख़बरें सुनाई देती रही थीं, वे फ़िलहाल बन्द थीं। इस तरह बरामदे में बैठ कर फुसफुसाते हुए बातें करते लोगों को देख कर प्रह्लाद जी को आशंका हुई कि कोई और नई घटना तो नहीं घट गयी।

उन्हें देख कर बिजेन्दर कुर्सी छोड़ कर उठ गया और अपनी कुर्सी खिसका कर प्रह्लाद जी की तरफ़ बढ़ा दी। पूछा, ‘चाय बनवा दूँ काका?’

'हाँ बनवा लो। कोई और घटना घट गयी क्या?' प्रह्लाद जी ने पूछा था।

'नहीं नहीं। उसी घटना के बारे में बातें कर रहे थे।' बिजेन्दर ने कहा और चाय बनवाने घर के अन्दर चला गया था।

'क्या हुआ, पोस्टमार्टम रिपोर्ट का कुछ पता चला क्या?' प्रह्लाद जी ने वहाँ बैठे लोगों से पूछा था।

'अभी तो शाम को चार बजे डॉक्टर आया है। लाश ही दोपहर के बाद थाने से अस्पताल भेजी गयी है। पुलिस इतनी तेज़ी से काम थोड़े करती है।... रात-बिरात होगा पोस्टमार्टम, क्या पता कल हो। अरविन्द से लगातार सूचना मिल रही है वहाँ की।' रामबरन ने बताया। 'नयी ख़बर यह है कि पुलिस ने दरवेशवा को गिरफ़्तार कर लिया है। उसके ख़िलाफ़ जबरन धर्मान्तरण कराने, बलात्कार और हत्या की धाराएँ लगायी हैं। आज उसका मेडिकल वग़ैरह कराने के बाद अदालत में पेश करेंगे, नहीं तो कल पेश करके हिरासत में लेने का दावा करेंगे।' रामबरन ने नयी अपडेट दी।

'पुलिस ने शाम को आकर दरवेश दरबार की ज़मीन पर घेरा लगा दिया है। वहाँ बोर्ड टँग गया है कि यह विवादित भूमि है। इस पर किसी भी तरह का निर्माण कार्य नहीं किया जा सकता। अगर कोई ऐसा करता पाया जाता है, तो उसके ख़िलाफ़ कानूनी कार्रवाई होगी।' एक नौजवान ने अगली अपडेट दी।

'हाँ, पुलिस के लिए तो काम आसान ही हो गया है। जो काम बुलडोज़र चला के किया जाता, वह लोगों ने ख़ुद कर दिया है। अब तो पुलिस के पास तार बाँध के ख़ाली घेरा बनाना ही काम बच गया था।' हरेराम ने जैसे पुलिस कार्रवाई का मज़ाक़ उड़ाया।

'मगर, क्या आप लोगों को लगता है कि जयराम यानी दरवेश ने लड़की का बलात्कार किया होगा! पता नहीं क्यों, मुझे यक़ीन नहीं हो रहा।' प्रह्लाद जी ने अपने मन की बात कह दी।

'पुलिस ने निराधार धाराएँ तो लगायी नहीं हैं। उससे पूछताछ की होगी, उसमें जो तथ्य उसे हाथ लगे होंगे, उन्हीं के आधार पर तो मुकदमा दायर किया होगा। और, बलात्कार पर हैरानी की क्या बात है। आये दिन तो बाबा

लोग ऐसे मामलों में फँस रहे हैं। कई तो जेल की सजा काट ही रहे हैं। किसी को देख कर थोड़े न अन्दाज़ा लगाया जा सकता है कि कौन बलात्कारी है और कौन नहीं है। दरवेसवा धर्मान्तरण तो कराता ही था, यह बात तो सभी जानते हैं। और उसके बारे में ऐसे भी तो समझिए, भरी जवानी में तो चला गया विदेश, पैसा कमाने। बीवी छोड़ गया गाँव में। कभी-कभार आता था साल-डेढ़ साल में दस-बीस दिन के लिए। विदेश गया तो सालों-साल आया ही नहीं। जब रहने आया, तब तक बीवी मर-मरा चुकी थी। स्त्री की भूख तो उसकी शान्त हुई नहीं थी। वही कीड़े कुलबुलाते रहते थे उसके भीतर।' रामबरन ने कहा।

'अरे, लड़किया का चाल-चलन भी ठीक नहीं था, काका। रोज़ ही जाती थी दरवेश दरबार। चेली बन गयी थी, दरवेशवा की। मगर बताते हैं कि गुरु-चेली का सम्बन्ध तो ख़ाली दिखाने भर का था। कोई तो यहाँ तक कह रहा था कि उसके पेट में दरवेशवा का बच्चा था, उसी को गिराने को लेकर दोनों में विवाद हो गया था और मार दिया दरवेशवा ने उसको।' एक नौजवान ने फुसफुसाते हुए कहा।

'हो सकता है। ससुर, जो अपना धर्म छोड़ के दूसरे का धर्म अपना सकता है, वह कुछ भी कर सकता है।...अच्छा ही हुआ, जो हुआ।' रामबरन ने अपने भीतर भरी घृणा प्रकट की।

'अगर इतना कुछ गड़बड़ चल रहा था, तो आप लोग इतने दिन आँख मूंदे क्यों बैठे थे। अब यह एहसास क्यों हुआ कि दरवेश दरबार में जो कुछ हो रहा था, सब गड़बड़ था।' प्रह्लाद जी ने टोका।

'हम क्या करते। हम तो उधर जाते भी नहीं थे। जैसा लोग बताते थे, वही हम सुन लेते थे। उसके गोतिया-दयाद तक तो उसका साथ दे नहीं रहे थे। दरवेशवा भी इधर गाँव में कभी किसी से मिलने, किसी काम से नहीं आता था। अलग-थलग ही रहता था। गाँव से उसका नाता एक तरह से टूट ही गया था। वो तो, न जाने कहाँ-कहाँ से लोग चले आते थे उसके दरबार में। हर सोमवार-शुक्रवार को मेला लगता था। हमारे गाँव से तो कोई जाता भी नहीं था। मगर, कोई किसी को पूजा-पाठ करने से रोक तो सकता नहीं। कौन किस तरह पूजा कर रहा है, यह उसकी आज़ादी है। दरवेशवा तो न ठीक से मुसलमान

था, न हिन्दू। कुछ सूफी किसम का धर्म अपनाये हुए था, ऐसा लोग बताते हैं।' रामबरन ने कहा।

'अरे, अब उसके बारे में चाहे जितनी बातें फैला लो, मगर सच्चाई यही है कि बीस-पच्चीस साल से वह दरवेश दरबार चल रहा है। इससे पहले तो कोई काण्ड नहीं हुआ। कोई शिकायत नहीं आयी। उसमें कोई तो शक्ति होगी, तभी लोग उसके दरबार में दूर-दूर से आते हैं। आप लोग असली बात को न तो समझना चाहते हैं और न स्वीकार करना चाहते हैं।' हरेराम ने रामबरन का प्रतिकार किया था।

'असली बात, मतलब!' प्रह्लाद जी ने जिज्ञासा प्रकट की। हालाँकि वे अक्सर हरेराम की बातों को यह मान कर गम्भीरता से नहीं लेते कि वह हमेशा किसी भी बात में कुछ न कुछ नेगेटिव एंगल निकाल लाता है। मगर वे मानते हैं कि ऐसे नेगेटिव सोचने वाले भी कई बार नेगेटिव चीज़ों में से कुछ पॉजीटिव निकाल लाते हैं।

'असली बात यह है कि लड़की का लफड़ा दरवेशवा से नहीं, किसी और से था। दरवेशवा को तो मोहरा बनाया गया है।'

'मतलब?' प्रह्लाद जी ने पूछा।

'मतलब यह कि लड़किया पढ़ाती थी नसीमवा के मांटेसरी स्कूल में। स्कूल का काम देखता है नसीम का लड़का फहीम। फहीम से भिड़ गया था मुकुन्दी लाल की लड़की का टांका। अब इससे आगे मेरा मुँह न खुलवाओ तो अच्छा है।' हरेराम ने कहा।

'हरेराम भइया भी एगो अलगे राग अलापते हैं। जब सारी दुनिया कह रही है कि दरवेशवा ने काण्ड किया है, तो ये ना जाने कहाँ से ले आये हैं एगो अलगे बात।' प्रभुनाथ ने जैसे हरेराम का उपहास उड़ाया था।

'ये क्या कह रहे हैं, पहले पूरी बात सुन तो लो, फिर ग़लत-सही का फ़ैसला करना।...बताइए हरेराम, क्या बता रहे थे आप?' प्रह्लाद जी ने हरेराम को प्रोत्साहित किया।

'देखिए, अब तो मेरी बात पर कोई विश्वास करेगा नहीं, इसलिए कहने का कोई मतलब नहीं है। मगर अन्दर की बात यह है कि मुकुन्दी की लड़किया का फहीमवा के साथ कुछ लफड़ा चल रहा था। यह बात स्कूल का हर

अध्यापक और विद्यार्थी जानता है। यह बात पता चल गयी अनुरगवा को। यानी मुकुन्दी के लड़के को। बस, खौल गया ख़ून उसका। कोई तो बता रहा था कि उसने अपनी बहन को पहले तो समझाया था। स्कूल छोड़ देने का दबाव बनाया था। मुकुन्दी लाल और उनकी बीवी ने भी काफ़ी कोशिश की थी कि लड़किया फहीमवा से दूर हो जाये। मगर बताते हैं कि वह स्कूल की नौकरी छोड़ने को तैयार नहीं थी। फहीम के साथ अपने सम्बन्ध को उसने सिरे से ग़लत बताया था। मगर अनुरगवा चोरी-छिपे उस पर नज़र रखने लगा था।' हरेराम फिर बात अधूरी छोड़ कर चुप हो गये थे।

'फिर!' प्रह्लाद जी ने पूछा।

'फिर क्या, बात सच निकली। अनुरगवा ने देख लिया था किसी दिन दोनों को कहीं खेत में मिलते-जुलते।'

'फिर?'

'फिर वही हुआ, जो होना था। गनीमत थी कि फहीमवा न जाने कैसे बच कर भाग गया। अनुरगवा के बारे में तो आप सबको मालूम ही है। वह हनुमत संगत का कार्यकर्ता है। इस ब्लॉक का अध्यक्ष है। उसके अंडर में सैकड़ों कार्यकर्ता काम करते हैं। एक बार हुंकारा लगाता है, तो पचासों नवहे असले लेकर मोटरसाइकिल दौड़ाते हाज़िर हो जाते हैं। मुसलमान तो उन्हें फूटी आँख नहीं सुहाते। ऐसे में अनुराग की ख़ुद की बहन किसी मुसलमान के साथ सम्बन्ध बनाये, तो वह बर्दाश्त से बाहर था। ऊपर से नीम चढ़े करेले वाली बात यह कि लड़किया दरवेश दरबार में भी आती-जाती थी। अनुरगवा को लगता था कि दरवेशवा लड़किया को फहीमवा से शादी करने को उकसा रहा है। उसका तो लाभ था इसमें। लड़की धर्म बदलके मुसलमान हो जाती। मगर अनुरगवा के लिए तो यह चुल्लू भर पानी में डूब मरने की बात थी।'

'मगर दरवेश ने क्यों लड़की की हत्या कर दी?' प्रह्लाद जी ने पूछा।

'धुत। दरवेशवा क्यों करेगा हत्या। हत्या तो करायी गयी है। इसमें साफ़-साफ़ अनुरगवा का हाथ है। मार के फेंक दिया दरवेश दरबार के पास। नाम लग गया दरवेशवा का। एक तीर से दो निशाने हो गये।' हरेराम ने रहस्य पर से पर्दा उठा दिया।

'यानी, आपकी बात से तो यही ज़ाहिर होता है कि असली दोषी कोई और है और वह साफ़-साफ़ बच गया है। पुलिस और मीडिया सही निशाने के बजाये कहीं और तीर चला रहे हैं।' प्रह्लाद जी ने कहा।

'बिल्कुल यही बात है।' हरेराम ने दृढ़तापूर्वक कहा।

'फिर तो आपको पुलिस को यह बात बता देनी चाहिए।'

'मुझे क्या किसी पागल कुत्ते ने काटा है, जो पुलिस को जाकर यह बात बताऊँगा। बैठे-बिठाये अनुरगवा से दुश्मनी मोल लेने वाली बात है।...और आपको क्या लगता है कि मैं जो कहूँगा, पुलिस उस बात को मान लेगी। अनुरगवा को ख़ुद पुलिस सपोर्ट करती है। पुलिस उल्टा मुझे ही पकड़के ठूँस देगी हवालात में। इसीलिए तो मैं मुँह नहीं खोल रहा था। मगर यहाँ अपने लोग बैठे हैं, सबको भरोसे के लोग समझ कर कह दी मैंने अपने मन की बात।' हरेराम ने कहा।

प्रह्लाद जी चुप रहे। कोई प्रतिप्रश्न नहीं किया। वहाँ बैठे लोगों की तरफ़ से भी कोई प्रतिक्रिया नहीं आयी। इस बीच चाय ज़रूर आ गयी सबके लिए।

मगर चतुर-सयानों की वह सभा ही क्या, जहाँ चुप्पी को आसन मिल जाये। चाय की पहली घूंट भर कर एक नवहे ने प्रतिक्रिया दी, 'हरेराम चा असल में लाल टोपी वाले हैं न, उन्हें आजकल हर कहीं साजिश ही नज़र आती है।'

'हाँ, सही कह रहे हो। मियाँ मूतते रहे सिर पर, तब भी ये शीतल स्नान का आनन्द अनुभव करते रहे।' रामबरन ने सुई चुभोई।

'कम से कम, तब गाय के गोबर में तो नहीं लोट रहे थे। अब तो हाल ये है कि न केवल गोबर में लोट रहे हैं, बल्कि खा भी रहे हैं। इसी रामराज का तो इन्तज़ार था। गोबर खाओ, मियाँ मारो।' हरेराम ने तिलमिला कर कहा।

प्रह्लाद जी को लगा कि अब मामला पार्टी लाइन पर तल्ख होने वाला है। उन्होंने हस्तक्षेप किया, 'देखिए, हत्या किसी की भी बुरी बात है। चाहे वह हिन्दू हो या मुसलमान। समरस समाज वही होता है, जहाँ हर किसी को समान आदर मिलता हो, परस्पर सौहार्द हो। यह पार्टी लाइन पर झगड़ने का वक़्त नहीं है। हमें सोचने की ज़रूरत है कि उस लड़की को न्याय कैसे मिले। इस

तरह के झगड़े में तो लड़की बदनामी का कफन ओढ़े, अपने चरित्र पर दाग लिए ही ख़ाक़ हो जायेगी।'

चाय पीने के बाद उन्हें सिगरेट की तलब लगी थी। वे चाय का ख़ाली कप अलग रखते हुए यह सोच कर उठ खड़े हुए कि उनके उठने के बाद सभा विसर्जित हो जायेगी और राजनीतिक दलों के आधार पर छिड़ी बहस यहीं समाप्त हो जायेगी।

हुआ भी वही। चाय पीने के बाद एक-एक कर लोग उठते गये। किसी को गाय दूहनी थी, किसी को चारा डालना था, किसी को घर का कोई और काम था। इस तरह वह सभा विसर्जित हुई।

प्रह्लाद जी के भीतर जैसे धुआँ भरता जा रहा था। इन स्थितियों पर उन्हें कुछ सूझ नहीं रहा था कि क्या प्रतिक्रिया दें। कैसे सुलझाएँ चीज़ों को। वैसे भी, जहाँ राजनीतिक जकड़बन्दियाँ होती हैं, उनकी सारी पढ़ाई-लिखाई असहाय हो जाती है। वे तो इस वक़्त यह भी नहीं सोच पा रहे थे कि जिस सामाजिक कार्य की वे रूपरेखा बना रहे हैं, नौजवानों के लिए कोई सार्थक रास्ता तलाशना चाहते हैं, वह उचित भी है या नहीं। उनकी योजना कुछ काम की साबित भी हो पायेगी या नहीं।

कई बार मन हुआ कि डॉक्टर सेठी से बात करें। उनसे बात करके मन कुछ हल्का होगा। वे अक्सर ऐसी स्थितियों में कुछ न कुछ ऐसा कह जाती हैं, जिससे सम्बल मिलता है। मन का गुबार निकल जाता है। मगर इस वक़्त प्रह्लाद जी किसी तरह की शास्त्रीय चर्चा करने के मूड में नहीं थे। अब तो उन्हें सारे समाजशास्त्रीय सिद्धान्तों पर ही शक होने लगा था। वे ख़ुद ही किसी निर्णय पर पहुँचना चाहते थे। ख़ुद ही अपने भीतर की बेचैनी को दूर करने का कोई तरीक़ा तलाश लेना चाहते थे।

रात को क़रीब नौ बजे अरविन्द आया था। उस वक़्त प्रह्लाद जी खाना खाकर उठंगे हुए थे। उनका चरण स्पर्श करके अरविन्द बिस्तर के पास ही कुर्सी खींच कर बैठ गया था।

'घर गये थे या सीधे आ रहे हो। खाना-वाना खाये?' प्रह्लाद जी ने पूछा था।

'हाँ काका, घर गया था। भूख बहुत लगी थी। दिन भर थाने और अस्पताल का चक्कर काटते-काटते पसीना-पसीना हो गया था। आते ही, पहले नहाया फिर खाना खाकर आ रहा हूँ। पापा ने बताया था कि आप मिलना चाहते थे।' अरविन्द ने थोड़ा और आराम से बैठते हुए कहा।

'क्या अपडेट है, मर्डर वाले मामले में?'

'अब तो पुलिस ने चार्जेज फ्रेम कर दिये हैं। पोस्टमार्टम होना है। शाम छह बजे तक तो पोस्टमार्टम शुरू नहीं हुआ था। पहले तो डॉक्टर नहीं था, फिर कोई कानूनी पेंच फँस गया था। हो जायेगा रात में ही पोस्टमार्टम। सुबह तक लाश भी मिल जायेगी परिजनों को। कल उसका दाह-संस्कार करेंगे शायद।'

'मैंने तुम्हारी सारी रिपोर्टें देखीं। क्या सचमुच दरवेश ने लड़की का मर्डर किया है!'

'वह तो अब ज़ाहिर ही हो चुका है।...पुलिस के सामने भी उसने कबूल कर लिया है।'

'कबूल कर लिया है! क्या उसने ख़ुद कबूल किया है कि मर्डर उसी ने किया है?'

'हाँ, पुलिस ने अपनी प्रेस ब्रीफिंग में बकायदा लिखित रूप में यह बात जारी की है कि दरवेश ने स्वीकार किया है कि हत्या उसी ने की है।'

प्रह्लाद जी पर जैसे वज्रपात हुआ। उनका विश्वास तड़तड़ा कर टूट गया था। पल भर को हरेराम की बातें भी उनके ज़ेहन में उभरी थीं। उन्हें भी जैसे किसी ने लक्ष्य भेद कर चकनाचूर कर दिया था। अब प्रह्लाद जी को समझ नहीं आ रहा था कि वे अरविन्द से क्या पूछें, समझें।

'दरवेशवा था तो बदमाश आदमी, काका। ऊपर से वह जितना सरल, सीधा-साधा, सन्त स्वभाव का नज़र आता था, अन्दर से उतना ही कुटिल था। ऐसे लोगों को समाज में रहने का कोई हक नहीं। अच्छा हुआ, जेल में रहेगा, तो समाज में कुछ शान्ति रहेगी।' अरविन्द ने जैसे प्रह्लाद जी के भीतर के घाव पर मरहम लगाने का प्रयास किया।

'मगर पुलिस कई बार दबाव बना कर, मार-पीट कर भी तो किसी से अपने मन मुताबिक बयान उगलवा लेती है। क्या पता दरवेश पर भी ऐसा ही दबाव बनाया हो।'

‘जो भी हो काका, पर अब तो अदालत में मामला उसी पर खड़ा होगा न, जो पुलिस ने चार्जेज लगाये हैं। अगर दरवेशवा को पुलिस ने मार-पीट कर अपने मन मुताबिक बयान दर्ज कराया है, तो वह अदालत में यह बात साबित करेगा।’

‘देखो अरविन्द, मैं तुमसे इसीलिए मिलना चाहता था। अगर तुम्हें ठीक से पत्रकारिता करनी है, तो पहले ठीक से तथ्यों को समझने का प्रयास करो। तुम्हारा काम आम लोगों की तरह अफ़वाहों को सूचना मान लेना या सूचनाओं को अफ़वाह के रूप में पेश करना नहीं है। तुमने अपनी सारी रिपोर्टों में सिद्ध कर दिया है कि हत्या दरवेश ने ही की है। आरोप सिद्ध करना अदालत का काम है, तुम्हारा नहीं। तुम कैसे पहले ही पल में इस निर्णय पर पहुँच गये कि हत्या दरवेश ने ही की है। तुम तो लखनऊ में थे, घटनास्थल पर पहुँचे हो सुबह। जो भी फुटेज वग़ैरह तुम्हें मिली, किसी सहयोगी से या गाँव के लोगों से मिली।’

‘मगर जनभावना से हमें अन्दाज़ा तो लग जाता है न काका कि घटना की असलियत क्या है।’

‘तुम्हारा काम जनभावना को पढ़ना नहीं, घटना की तह में उतरना है। तर्क-वितर्क करना है। सच्चाई निकाल कर लाना है। पीड़ित को न्याय दिलाना है। मगर तुमने तो न केवल दरवेश को अपराधी घोषित कर दिया, बल्कि मृत लड़की के चरित्र पर भी दाग लगा दिया।’

‘काका, आप यहाँ रहते नहीं न, इसलिए बहुत सारी बातें आपको पता ही नहीं हैं। हम तो दिन-रात यहीं के लोगों के बीच रहते हैं। सब चीज़ें जानते हैं। मुझे दरवेशवा के बारे में अलग से जानकारी जुटाने की ज़रूरत नहीं थी। इस घटना के बारे में रिसर्च करने की ज़रूरत नहीं थी। सब कुछ तो आईने की तरह साफ़ था। इसलिए रिपोर्ट करने के लिए मुझे अलग से प्रयास करने की ज़रूरत ही नहीं थी।’

‘तुम्हारा प्रयास न करना ही इस बात का प्रमाण है कि रिपोर्ट तुमने केवल अपनी धारणाओं के आधार पर बनायी। उसमें निष्पक्षता बिल्कुल नहीं रह गयी। अगर तुम निष्पक्ष होते, तो दरवेश के अलावा दूसरे लोगों पर भी शक करते। पता लगाते कि और कौन हो सकता है, जो लड़की की जान ले सकता था।’

'इसमें तो साफ़ था न, काका। लड़की का दरवेश दरबार में रोज़ का आना-जाना था। दरवेश पर वह मुग्ध हो गयी थी। दोनों में किसी बात को लेकर विवाद हुआ और मार कर अपने रास्ते से हटा दिया उसे दरवेश ने।'

'इसमें अनुराग के बारे में सोचा तुमने?'

'वह उसका भाई है काका।' अरविन्द हँसा था।

'वह तो ठीक है, पर एक एंगल इसमें और जुड़ता है–फहीम का। उसे देखा तुमने?'

अरविन्द चुप रहा। उसकी आँखें नीचे हो गयी थीं। मगर फिर भी उसने तर्क दिया, 'फहीम को अनुराग पसन्द नहीं करता, यह सच बात है। मगर अनुराग की बहन उसके स्कूल में पढ़ाती थी और उसने कभी उसे वहाँ पढ़ाने से रोका नहीं।'

'फहीम कहाँ है, इस समय?'

'यह तो मुझे पता नहीं। घर पर ही होगा अपने।'

'तुम्हें पता करना चाहिए था। मुझे पूरा यक़ीन है कि वह अपने घर पर नहीं है। गायब हो गया है कहीं। सुबह पता करके बताओ मुझे कि क्या वह सचमुच अपने घर पर है। अगर है, तो घटना में कोई नया एंगल मिल सकता है। अगर नहीं है, तो पता करो कि कहाँ भाग गया है। इससे तुम्हें घटना की असलियत तक पहुँचने में मदद मिलेगी।'

अरविन्द चकित था कि ये सब बातें प्रह्लाद जी को कहाँ से और कैसे पता हैं। वह नज़रें नीचे किये रहा। फिर अपनी झेंप छिपाते हुए कहा, 'कल क्या, वह तो अभी पता चल जायेगा।' और किसी का नम्बर मिला कर फ़ोन का स्पीकर ऑन कर दिया।

दो-तीन घण्टी बजने के बाद ही उधर से आवाज़ आयी, 'गजब रिपोर्ट पेश किये हैं भइया। कहाँ हैं अभी। थाने में ही हैं क्या?'

'नहीं नहीं। थाने का काम तो ख़त्म हो गया। घर आ गये हैं। अच्छा ये बताओ, फहीमवा कहाँ है। तुम्हारे घर के सामने ही तो उसका घर है। आते-जाते दिखा क्या?' अरविन्द ने पूछा।

'अंऽऽऽ...आज तो सुबहे से दिखा नहीं भइया। कल भी शायद नहीं दिखा। शायद बाहर गया है कहीं।' उधर से जवाब आया।

'अच्छा ठीक है। जरा पता करो तो सुबह तक, कि कहाँ गया है और कबसे गया हुआ है।'

'ठीक है भइया।'

अरविन्द ने फ़ोन बन्द कर दिया था। उसने प्रह्लाद जी की तरफ़ देखा। फ़ोन पर हुई बातें वे सुन ही चुके थे।

'देखो, मेरा शक सही निकला न। वह कहीं फरार हो गया है। तुम्हें पता ही नहीं चलेगा कि कहाँ गया है। उसके घर वाले झूठ-मूठ कुछ बता देंगे, पर असलियत उन्हें भी नहीं पता है कि वह आख़िर गया कहाँ है।' प्रह्लाद जी ने कहा।

'मगर, यह सब आप क्यों कह रहे हैं और इसका लड़की की हत्या से क्या लेनादेना है।'

'तुम एक पत्रकार हो, पता लगाओ कि फहीम कहाँ है, फिर हत्या की असली वजह भी पता चल जायेगी। अनुराग पर लगातार नज़र रखो। वह घटना के वक़्त कहाँ था और क्या कर रहा था, पता करो। फिर तुम्हें घटना की असलियत शायद पता चल जाये और नये सिरे से ख़बर बनाने की ज़रूरत पड़े। पीछा करो इस ख़बर का। यह वक़्त है, जब तुम एक धाकड़ पत्रकार के रूप में अपने को स्थापित कर सकते हो। छोड़ो यह सब धारणाओं के आधार पर ख़बरें बनाना और लोगों की रुचि के मुताबिक ख़बरें पेश करना। पत्रकारिता के लिए यह कठिन समय है। इसमें तुम अपनी अलग पहचान बना सकते हो। यह घटना तुम्हारे लिए एक अवसर है। जो एंगल मैंने बताया है, उस पर रिसर्च करो। जासूसी करो। वरना ज़िन्दगी भर रील बनाते फिरोगे, झूठी और मनोरंजन प्रधान ख़बरें दिखादिखा कर सब्सक्राइबर बढ़ाने की कोशिश करते-करते थक जाओगे, मिलेगा कुछ नहीं।'

'ठीक है, काका।' अरविन्द ने कहा।

प्रह्लाद जी ने महसूस किया कि उनकी बातों ने अरविन्द के ऊपर अपना प्रभाव छोड़ा है। मगर यह प्रभाव कितनी देर कायम रह पायेगा, इसे लेकर वे आश्वस्त नहीं थे। 'ठीक है, अब जाओ आराम करो। दिन भर के थके होगे। पिछली रात भी जगे रहे। गुडनाइट।'

'गुडनाइट काका।'

अरविन्द से बात करके प्रह्लाद जी कुछ हल्का महसूस कर रहे थे। मन कुछ शान्त हुआ तो शरीर की थकान भी अनुभव होने लगी। अब वे सो जाना चाहते थे। मगर फिर उन्हें डुगडुगी का ध्यान आया। आज उन्होंने ख़ुद ध्यान से सुनने की कोशिश की कि डुगडुगी बज रही है या नहीं।

सुनना चाहो, तो अनहद नाद भी सुनाई दे जाता है। उनकी सुरति से आवाज़ आयी। फिर डुगडुगी की आवाज़ कानों से टकरानी शुरू हो गयी थी। डुगडुगडुग डुगडुग डुग।

फिर उनकी सुरति से आवाज़ आयी थी–अभ्यास करो, यह डुगडुगी धीरे-धीरे तुम्हारी नींद का संगीत बन जायेगी।

आज प्रह्लाद जी ने सचमुच डुगडुगी पर अपना ध्यान केन्द्रित कर दिया था।

शून्य शिखर पर

एक

आवाज़ों से प्रह्लाद जी का पुराना राब्ता है। बचपन से ही। आवाज़ें उन्हें आकर्षित करती हैं। वैसे तो दुनिया की बहुत सारी ध्वनियों को वे पहचानते हैं। बहुत सारी ध्वनियों की चीर-फाड़ करके उनके गुणसूत्र स्थापित कर चुके हैं। मगर फिर भी, अगर कहीं कोई नयी आवाज़ उनके कानों में पड़ जाती है, तो उनके क़दम ठिठक जाते हैं। दिमाग़ सारे काम छोड़ कर उसी पर केन्द्रित हो जाता है। जब तक उस ध्वनि की पहचान पुख़्ता नहीं हो जाती, तब तक उन्हें चैन नहीं मिलता।

मगर, पिछली तीन रातों से कहीं एक डुगडुगी बजती है। रोज़ आधी रात के आसपास बजनी शुरू होती है। लगातार बजती जाती है। अभी तक उसकी पहचान वे पुख़्ता नहीं कर पाये हैं। वे यह भी ठीक से तय नहीं कर पाये हैं कि वह वास्तव में डुगडुगी की ही ध्वनि है। वह कितनी दूरी पर बज रही है, कहाँ बज रही है, यह भी पता नहीं चल पाया है। अब तो प्रह्लाद जी को भी यह शक होने लगा है कि वास्तव में वह ध्वनि कहीं उत्पन्न भी हो रही है या उनके कानों में ही पैदा हो रही है।

आज वे उस डुगडुग डुगडुग बजती आवाज़ की पहचान कर लेना चाहते थे। एक तो इसलिए भी वे उस ध्वनि पर ध्यान केन्द्रित किये हुए थे कि इस तरह दरवेश दरबार की घटना से अपना ध्यान हटाना चाहते थे। दिमाग़ को देर तक एक ही काम, एक ही घटना में उलझाए रखने से वह थकने लगता है, उसके बीमार हो जाने का ख़तरा रहता है। दूसरी वजह थी कि वह ध्वनि उनके लिए एक चुनौती बन चुकी थी। उन्हें ख़ुद पर ही शक होने लगा था।

वे मानते हैं कि बहुत सारी ध्वनियाँ हमारे भीतर से भी उठती रहती हैं। वे हमारे अवचेतन याकि अचेतन तल से उठकर चेतन तल पर दस्तक देने लगती

हैं। कई ध्वनियाँ हमारे दिमाग़ के किसी न्यूरॉन में चिपकी रह जाती हैं, उनके बारे में हम भूल गये होते हैं। मगर वे कभी कोई अनुकूल वातावरण पाकर प्रकट हो जाती हैं। कहीं यह डुगडुगी ध्वनि भी उनके किसी न्यूरॉन से निकल कर तो कानों में नहीं बजने लगी है।

नहीं, न्यूरॉन तो एक तरह के मेमोरी चिप ही होते हैं। उनमें दर्ज चीज़ें प्रायः पहचानी हुई होती हैं। वे तो प्रकट ही अपनी पहचान के साथ होती हैं। यह अचेतन तल पर स्थित ध्वनि हो सकती है। मगर अचेतन भी इतना अचेतन नहीं होता कि वहाँ से उठ कर कोई चीज़ चेतन तल पर आये और पहचानी न जा सके। प्रह्लाद जी अभी तक पूर्व जन्म की स्मृतियों पर यक़ीन नहीं कर पाये हैं, इसलिए डुगडुगी ध्वनि को पूर्व जन्म के किसी अनुभव के रूप में चिह्नित नहीं करना चाहते।

ध्वनियों के प्रति उनमें आकर्षण अपने पिता की एक बात से पैदा हुई थी। प्रह्लाद जी बहुत छोटे थे, तब शायद तीसरी कक्षा में पढ़ते रहे होंगे। पिता को उन्होंने किसी से बात करते सुना था, 'जब इस सृष्टि की रचना हुई, जब इस सृष्टि में जीवन नहीं जगा था, तब भी ध्वनि थी। सृष्टि की रचना ही दो चीज़ों से हुई है, ध्वनि और प्रकाश। जब कुछ भी नहीं था, ध्वनि तब भी थी। जिसे हम अनाहत नाद कहते हैं, तब वही था। ऐसी ध्वनि, जो बिना किसी चीज़ के किसी चीज़ पर टकराने से पैदा हुई थी। वही ध्वनि का शुद्ध रूप है। वेदों में उसे ओंकार के रूप में चिह्नित किया गया।'

पिता लोकगायक थे, ध्वनियों को लेकर वे निरन्तर चिन्तन करते रहते थे। स्वरों में ध्वनियों के मिज़ाज को पहचानने का प्रयास करते थे। लोगों से स्वरों और ध्वनियों को लेकर चर्चा भी करते रहते थे। कुछ वे लोगों से जानने का प्रयास करते, कुछ अपने अनुभव साझा करते। ऐसी ही एक बातचीत में उन्होंने कहा था, 'हमारे आसपास असंख्य ध्वनियाँ झरती रहती हैं, गूँजती-बजती रहती हैं, मगर उनमें से हम केवल उन्हीं आवाज़ों को सुन पाते हैं, जिन्हें सुन पाने की क्षमता कुदरत ने हमें दी है। न तो उससे नीचे की तरंगों वाली ध्वनियों को सुन सकते हैं और न तय सीमा से ऊपर की ध्वनियों को। मगर ईश्वर सारी ध्वनियों को सुनता है। कबीर कहते हैं कि चींटी के पग नेवर बाजे, सो भी साहब सुनता है। चींटियों की भी अपनी भाषा होती है। वे भी आपस में बातें करती हैं। हम उन्हें इसलिए नहीं सुन सकते कि उन्हें सुनने की क्षमता हममें है ही नहीं।'

पिता की उन बातों ने प्रह्लाद जी पर गहरा प्रभाव छोड़ा था। उसके बाद वे ध्वनियों के दीवाने हो गये थे। ध्वनि विज्ञान में उनकी दिलचस्पी पैदा हो गयी थी। हर ध्वनि को सुनते, उसमें से कोई अर्थ तलाशने का प्रयास करते। चिड़ियों की आवाज़ों को पहचानने लगे थे, उनका अर्थ समझने का प्रयास करते कि आख़िर पंछी अपनी आवाज़ में कहना क्या चाहते हैं, कहते क्या हैं। एक पंछी दूसरे पंछी से बात करते हुए कैसी ध्वनियाँ निकालता है। पिता की बातों का उन पर ऐसा प्रभाव पड़ा था कि स्कूल से लौटते वक़्त रोज़ रास्ते में एक टीले पर चढ़ जाते। वहाँ चीटियों की अनगिनत बिलें थीं। वहाँ तरह-तरह की चीटियाँ थीं। वे घण्टों वहाँ बैठ कर चीटियों को देखते रहते। उनकी गतिविधियों का अध्ययन करते। कान लगा कर सुनने का प्रयास करते कि चीटियों की आवाज़ होती कैसी है। मगर नाकाम रहे।...बाद में जब उन्हें जापान की प्रयोगशाला में ध्वनियों का अध्ययन करने का मौक़ा मिला और उन्हें तरह-तरह के उपकरण, मशीनें उपलब्ध हुईं, तब भी उन्होंने चीटियों की पदचाप सुनने की बहुत कोशिश की, मगर नाकाम रहे। इस मामले में आज तक नाकाम ही हैं। हालाँकि अब ध्वनियों को दर्ज करने वाले बहुत तरह के संवेदनशील इलेक्ट्रानिक उपकरण ईज़ाद कर लिए गये हैं, बहुत सारी ऐसी ध्वनियों को रिकॉर्ड किया जा चुका है, जिन्हें मनुष्य के कान नहीं सुन पाते या जो मनुष्य के कानों तक नहीं पहुँच पातीं। अब तो सूर्य से निरन्तर निकलने वाली ध्वनियों को भी दर्ज किया जा चुका है। अब तो ऐसे उपकरणों के ज़रिये उस अनहद नाद के रहस्य पर से भी पर्दा उठाने के प्रयास हो रहे हैं। मगर प्रह्लाद जी को ऐसे उपकरण उपलब्ध नहीं हो पाये।

ख़ैर, ध्वनियों को लेकर उन्होंने कई रिसर्च पेपर लिखे हैं, जो अन्तरराष्ट्रीय स्तर की शोध पत्रिकाओं में प्रकाशित हुए। उनमें से कई की सराहना भी हुई, मगर उनके क़रीबी भौतिकीविद मित्रों का कहना है कि उनके शोधपत्रों का स्वर दार्शनिक होता है। उनमें दर्शनशास्त्र होता है। उनके शोध दार्शनिक निष्पत्तियों की तरफ़ झुके होते हैं। मगर प्रह्लाद जी उनकी इन टिप्पणियों से कभी निराश नहीं हुए। बल्कि उत्साहित ही हुए। वे या तो मित्रों की टिप्पणियों पर मुस्करा कर मौन रह जाते या कभी संक्षिफ्त-सी टिप्पणी कर देते कि जब ध्वनि का सम्बन्ध सृष्टि की रचना से है, तो इससे जुड़े तथ्यों की व्याख्या

तो दार्शनिक ही होगी। दर्शनशास्त्र ने बहुत सारी ऐसी अवधारणाएँ विज्ञान के समक्ष रख छोड़ी हैं, जिन पर काम होना बाक़ी है। अगर उन अवधारणाओं या सिद्धान्तों की सत्यता जाँच लें, तो मानव जीवन के बहुत सारे रहस्यों को समझने में आसानी हो सकती है।

मगर, प्रह्लाद जी इस डुगडुगी ध्वनि की व्याख्या न तो भौतिकी के सिद्धान्तों के आधार पर कर पा रहे हैं और न दर्शनशास्त्र के आधार पर। अगर उनसे पूछा जाये, तो वे डुगडुगी ध्वनि का डेसिबल बता सकते हैं। ध्वनि मापक तो उन्होंने अपने मोबाइल फ़ोन में भी डाउनलोड कर रखा है। उससे पता चल जायेगा कि डुगडुगी की आवाज़ का तरंग दैर्ध्य क्या है और वह आवाज़ आ कितनी दूर से रही है। मगर यह सब उनकी जिज्ञासा का विषय ही नहीं है।

वे इस बात से अच्छी तरह वाक़िफ़ हैं, बल्कि यह उन्होंने ही सिद्ध किया है कि कोई भी ध्वनि हमारे कान तक अकेली नहीं पहुँचती। अपने साथ बहुत सारी ध्वनियों को समेटे हुए आती है। हर ध्वनि की तरंग में अन्य ध्वनियों की कुछ तरंगें भी शामिल होती हैं। इसलिए ध्वनियों की वास्तविक पहचान कान से की ही नहीं जा सकती। कान तो एक जानी-पहचानी, पहले से तय धारणा को चिह्नित कर ध्वनि को एक खाँचे में डाल देते हैं। इसलिए कि जैसे ही बच्चा चीज़ों को पहचानना शुरू करता है, उसका परिवार, उसका समाज चीज़ों की पहचान उसके भीतर भरना शुरू कर देते हैं। उन्हीं पहचानों के ज़रिये आदमी जीवन भर चीज़ों को देखता, सुनता और समझता है। ध्वनियों के साथ भी यही है। ध्वनियों की पहचान हमें परम्परा से मिली हुई है। वह हमारी बनायी या चिह्नित की हुई नहीं है। इसलिए वह वास्तविक नहीं है। आरोपित या अवधारणात्मक है। कोई भी ध्वनि हर किसी के लिए एक ही नहीं होती। उसका अलग-अलग लोगों पर अलग-अलग प्रभाव हो सकता है। वातावरण और स्थितियों के अनुसार भी ध्वनियों का प्रभाव बदल जाता है। इसलिए कि ध्वनि का सम्बन्ध वास्तव में कान से नहीं, हमारे मस्तिष्क से है। कान तो एक छोटा-सा पुर्जा भर है, ध्वनियों को पकड़ कर दिमाग़ तक पहुँचाने का। फिर एक ही ध्वनि मनुष्य और अन्य जीवधारियों के लिए भी भिन्न हो सकती है। जो ध्वनि मनुष्य को प्रिय लगती हो, ज़रूरी

नहीं कि वह किसी कुत्ते को भी प्रिय हो। ऐसा कतई सम्भव नहीं कि किसी ध्वनि पर गाय का बछड़ा भी उसी तरह की प्रतिक्रिया दे, जैसा मनुष्य का बच्चा देता है।

ध्वनियाँ भी शुभ और अशुभ होती हैं। हमारे भीतर भय या अभय भरती हैं। उत्तेजना और आशंकाएँ उपजाती हैं। हमारी भावदशा के अनुसार ध्वनियाँ अपना प्रभाव बदल लिया करती हैं। इसलिए कि ध्वनि तरंगें हमारे हृदय तल पर आघात करती हैं। दुनिया के सारे खेल दरअसल ध्वनियों के खेल हैं। सारे भाव, विभाव, अनुभाव ध्वनियों से सृजित होते हैं। ध्वनियाँ ही सारे रसों का उद्रेक करती हैं। हमारे भीतर भी, बाहर भी। हाँ, प्रकाश का भी योगदान होता है, पर ध्वनियों का प्रभाव ही अधिक होता है।

ध्वनियों का गति से गहरा नाता है। कोई भी गति ध्वनि-विहीन हो ही नहीं सकती। जहाँ भी गति होगी, वहाँ ध्वनि पैदा होगी ही। बिना गति या आघात के ध्वनि भी पैदा नहीं होती। मगर गहरे तल पर जायें, तो दरअसल, ध्वनियाँ ही गति पैदा करती हैं।

प्रह्लाद जी ध्वनि को लेकर ऐसे न जाने कितने दार्शनिक विचार, न जाने कितनी बार प्रस्तुत कर चुके हैं। अपने शोधपत्रों में, कक्षाओं और संगोष्ठियों में। पर, डुगडुगी ध्वनि ने एक बार फिर उनके भीतर इन विचारों को किसी बदमाश बच्चे की तरह छेड़ दिया था। वे मक्खियों की तरह भिनभिनाते उड़ने लगे थे। छेड़े गये विचारों पर क़ाबू पाना मुश्किल होता है, जैसे छेड़ दी गयी मधुमाखियों को शान्त करना कठिन होता है।

डुगडुगी ध्वनि को पकड़ने के प्रयास में उनके भीतर बचपन में सुनी आटा चक्की वाले इंजन की आवाज़ उतर आयी थी–पुक पुक पुक पुक पुक। तब आज की तरह गाँवों में बिजली नहीं आयी थी। मशीन के रूप में डीजल इंजन ही इस्तेमाल हुआ करते थे। तब प्रह्लाद जी के बग़ल वाले गाँव में एक आटा चक्की हुआ करती थी। उसमें लेटा हुआ बड़ा-सा काला-चीकट किर्लोस्कर इंजन लगा था। उसी से चक्की और तेल पेरने की मशीन चलायी जाती थी। आमतौर पर वह दोपहर बाद ही चलती थी। उस इंजन का धुआँ निकालने वाला पाइप घर के बाहर ऊपर की तरफ़ मुँह करके लगा दिया गया था। उस पाइप के ऊपरी सिरे पर मिट्टी की एक छोटी-सी मटकी बँधी होती थी।

जब इंजन चलता था, तो उसकी हवा उस मटकी से टकरा कर पुक पुक की आवाज़ निकालती। वह आवाज़ दूर तक गूँजती रहती थी। उस आवाज़ को सुन कर आसपास के गाँवों के लोगों को पता चल जाता था कि चक्की चल रही है। लोग अनाज पिसवाने या तेल पेरवाने निकल पड़ते थे। वह ध्वनि कोई मधुर नहीं थी, पर प्रिय लगती थी। शायद इसलिए कि वह ध्वनि पेट में पोषण पहुँचने की सम्भावना बन कर गूँजती थी।

मगर यह डुगडुग ध्वनि तो भीतर भय भरने लगी है।...प्रह्लाद जी ने सोचा।

कुछ उसी तरह का भय, जैसा दयाजी राव विश्वविद्यालय में 'ध्वनि का मूल स्वभाव' विषय पर बोलते हुए उन्हें खचाखच भरे सभागार के नीम अँधेरे में से गूँजती एक आवाज़ ने उनके भीतर पैदा कर दिया था। सारी सभा चुपचाप उनकी बातें सुन रही थी कि एक आवाज़ उभरी थी, 'फिलॉसफी नहीं, फैक्ट्स पर बात करो।' उस आवाज़ का चेहरा प्रह्लाद जी देख नहीं पाये थे। हालाँकि वह टिप्पणी ऐसी नहीं थी, जिसे ग़लत या अनुचित कहा जा सकता था, मगर उस ध्वनि की तरंगें ऐसी थीं, जो भय पैदा कर गयी थीं।

उस ध्वनि के बारे में याद कर प्रह्लाद जी के भीतर कुछ कड़वाहट पैदा हो गयी थी। मगर एक गहरी साँस लेने के बाद उन्होंने जैसे ख़ुद से कहा था, अब तो वैसी भयभीत करने वाली ध्वनियाँ ही देश के सारे संस्थानों, विश्वविद्यालयों में गूँजती रहती हैं।

दरअसल, बातों को दार्शनिक अन्दाज़ में कहने, देखने, सुनने और समझने, काव्यात्मक शैली में पर्चे लिखने का ढंग प्रह्लाद जी ने अभ्यास से विकसित किया था।

सांगवान के जाने के बाद हॉस्टल में उनका जो नया रूममेट आया था, समीक सान्याल, उसकी संगत में रह कर प्रह्लाद जी में काव्यात्मक अभिरुचि का विकास हुआ था। उसी ने समझाया था कि जो चीज़ें हमें दिखती हैं, वे केवल पदार्थ नहीं होतीं। उनके भावनात्मक आयाम भी होते हैं। सान्याल था तो समाजविज्ञान का विद्यार्थी, मगर साहित्य, कला, संस्कृति, इतिहास, दर्शन,

सब कुछ उसे आकर्षित करता था। किताबों का कीड़ा था वह। न केवल वह इस तरह की किताबें पढ़ता था, बल्कि लाकर प्रह्लाद जी के सामने भी रख देता था कि पढ़ो इन्हें, फिर बात करेंगे। उसी की संगत में प्रह्लाद जी ने साहित्य पढ़ना शुरू किया और फिर उन्हें कविताएँ लिखने का चस्का लगा। हॉस्टल के वार्षिक उत्सव में उन्हें पहली ही बार स्वरचित कविता पाठ में सांत्वना पुरस्कार भी मिला था। उससे तो उनका उत्साह और बढ़ गया था।

प्रह्लाद जी के लिए कविता सदा उत्साह की वस्तु रही है। वे कविताएँ साहित्यिक पहचान बनाने के मक़सद से नहीं, बल्कि जीवन को एक नये ढंग से जीने के लिए पढ़ते और लिखते रहे हैं। डुगडुगी प्रसंग से ध्यान हट गया। उनके भीतर से जैसे फिर वही चिरपरिचित आवाज़ उठी, 'लता मेरी सबसे अच्छी श्रोता थी'। जब भी वे कोई कविता लिखते और लता को सुनाते, तो वह बहुत ध्यान से सुनती। हर कविता पर उसकी यही टिप्पणी होती–'अच्छी है।' हालाँकि प्रह्लाद जी कभी कोई रूमानी कविता नहीं लिख पाये। फिर भी लता को उनकी कविताएँ अच्छी लगती थीं। पता नहीं, लता को वास्तव में कविताएँ पसन्द थीं या नहीं। उन्होंने कभी उसे कविता पढ़ते नहीं देखा था। कहानियाँ तो पढ़ती थी। घर में हिन्दी की कुछ पत्रिकाएँ वे सिर्फ़ लता के लिए मँगाते थे। जब चौबीसो घण्टे वाला टेलीविज़न का ज़माना नहीं था, तब लता पत्रिकाएँ ख़ूब पढ़ा करती थी। बल्कि जिन पत्रिकाओं में धारावाहिक रूप में कहानियाँ छपा करती थीं, उनके नये अंक की तो उसे प्रतीक्षा भी रहती थी।... शायद कहानियाँ पढ़ कर उसमें कविता का संस्कार भी बना हो। जबसे वह गयी है, प्रह्लाद जी कभी-कभार कविताएँ लिखते तो हैं, पर सुनाते किसी को नहीं। कविताएँ डायरी में ही बन्द रहती हैं।

उन्होंने याद किया कि कभी डॉक्टर सेठी को अपनी कविता नहीं सुनायी।...वे तो साहित्यिक मिज़ाज की हैं। नाटक लिखती, कराती हैं। बंगाली हैं, साहित्यानुराग उन्हें घुट्टी में मिला है। किसी दिन उन्हें अपनी कविताओं की डायरी देकर पढ़ने को कहूँगा। मगर पता नहीं वे क्या सोचेंगी। सोचने की क्या बात है, कविताएँ ही तो हैं। ज़्यादा से ज़्यादा यही तो होगा कि उन्हें पसन्द नहीं आयेंगी। वे लता की तरह उनकी तारीफ़ नहीं करेंगी। क्या फ़र्क़ पड़ता है।

समीक की सोहबत में रह कर प्रह्लाद जी के भीतर यह बोध गहरा उतर चुका था कि साहित्य का संग-साथ बना रहे, तो मनुष्य का जीवन थोड़ा सरस बना रहता है। मनुष्य भी थोड़ा बेहतर मनुष्य बना रहता है। यह बोध उनमें तब और गहरा हुआ था, जब वे ध्वनि पर गहन शोध में लगे हुए थे और दिन-रात उनके भीतर तरह-तरह की ध्वनियाँ बजती रहती थीं। कुछ अजीब-सा स्वभाव हो गया था उनका। थोड़ा चिड़चिड़ा और खिन्न। उन्हीं स्थितियों में एक दिन समीक की भेजी एक कविता पुस्तक डाक से मिली थी। वे किताब को पलटने लगे, तो न जाने कितना समय बीत गया, उन्हें अन्दाज़ा ही नहीं हुआ। जब उन्हें ख़याल आया कि किताब को पलटते हुए काफ़ी देर हो चुकी है, तो उसके साथ ही उन्हें यह भी अनुभव हुआ कि उनके भीतर कुछ बदला है। वे काफ़ी हल्का महसूस कर रहे हैं। उस दिन उनके भीतर एक आवाज़ गूँजी थी–कविताएँ औषधि का काम भी करती हैं, साथी। वह आवाज़ शायद समीक की थी।

समीक था तो किताबी कीड़ा। दुनिया की सारी किताबें पढ़ डालना चाहता था। मगर आज तक दुनिया में न कोई ऐसा हुआ है, न होगा, जो दुनिया की सारी किताबें पढ़ जाये। पढ़ना तो दूर, किसी के लिए पूरे जीवन में, तमाम कोशिशों के बावजूद, दुनिया की सारी किताबें देख पाना भी सम्भव नहीं। समीक तो क्या ही पढ़ पाता। उसकी उलझनें भी कम न थीं। सत्तर जगह टाँगें फँसा रखी थीं। वह एक साथ दुनिया की हर किताब पढ़ लेना चाहता था, तो दूसरी ओर वह दुनिया के हर व्यक्ति से सम्पर्क में रहने का प्रयास करता था। प्रह्लाद जी उसके ज्ञान से ज़्यादा, उसकी ज्ञान की भूख से आतंकित थे। वह अंग्रेज़ी, हिन्दी, बांग्ला साहित्य का बहुत कुछ पढ़ चुका था। हर समय कुछ न कुछ पढ़ने की तलाश में रहता और हर नयी किताब को चील की तरह झपट्टा मार कर पकड़ लेता था। उसे प्रह्लाद जी ने उन लोगों से ईर्ष्या करते भी देखा था, जो समीक से पहले कोई नयी किताब पढ़ चुके होते थे और उस किताब का ज़िक्र करते थे। वह किताबों की दुकानों पर जाता और घण्टों खड़े रह कर बहुत सारी पत्रिकाएँ पलट डालता था।

प्रह्लाद जी ने कई बार उसे कुछ व्यावहारिक ज्ञान देने का सोचा था, मगर वे उसकी ज्ञान सम्बन्धी आक्रामकता से इतने आक्रान्त थे कि, अपने भीतर

उफान मार रहे ज्ञान को किसी विधि संयम की कलछी से हिला कर शान्त कर लिया करते थे। वे उससे कहना चाहते थे कि एक ही अनुशासन को ठीक से साध लो तो ज्ञान का मार्ग काफ़ी हद तक सध जाता है। मगर यह बात न तो उससे कहने का कभी मौक़ा मिला, न ही समीक के पास ऐसी बातें सुनने का कभी अवसर था।

हॉस्टल का कमरा समीक के लिए रात गुज़ारने का एक ठिकाना भर था। सुबह उठता और बिना कुछ नाश्ता किये भाग जाता क्लास के लिए। उसके बाद लाइब्रेरी की धूल फाँकता रहता देर रात तक। वहीं हरपाल के ठीये पर जाकर कुछ खा लेता और लाइब्रेरी खुली रहने तक पढ़ता रहता। तब लाइब्रेरी दस बजे रात तक ही खुला करती थी। फिर लाइब्रेरी से लौट कर कमरे में देर रात तक पढ़ता रहता। प्रह्लाद जी की आदत देर रात तक जागने की शुरू से नहीं थी। वे दस साढ़े दस तक सो जाते थे। सुबह उठ कर उन्हें पढ़ने की आदत थी। चार-साढ़े चार बजे जाग जाते। सुबह ही उनकी पढ़ाई-लिखाई ठीक से हो पाती थी।

समीक की दिनचर्या से उन्हें कोई परेशानी नहीं थी, पर अक्सर वे उसके खानपान की लापरवाही को लेकर चिन्तित रहते थे। इसका उपाय उन्होंने यह निकाला था कि वे रोज़ उसके लिए मेस से नाश्ता लाकर रख लेते, नहाने के लिए बाल्टी में पानी भर कर रख देते। इस तरह होने यह लगा था कि समीक उठता तो उसे नाश्ता मिल जाता। वह अक्सर बिना नहाए और ब्रश किये, नाश्ते का पैकेट उठाता और खाते हुए क्लास के लिए भाग जाता। सुबह की पहली क्लास उसके लिए सजा की तरह ही होती। वह उसमें भागते हुए ही पहुँचता था।

उसकी इस अनियमित दिनचर्या का नतीजा यह हुआ कि उसे एसिडिटी रहने लगी थी। उसके शमन के लिए समीक रैनटेक नाम की गोली हमेशा अपने पास रखने लगा था। जब उसे एसिडिटी का प्रकोप बढ़ा हुआ महसूस होता, वह एक गोली गटक लेता था। यह देख कर प्रह्लाद जी को बहुत तकलीफ़ होती, मगर उसे समझा नहीं सकते थे। कुछ तो संकोच की वजह से। यह बात तो वे जानते थे कि यह समस्या बहुत दिक़्क़तदेह है, आगे चल कर समीक की समस्याएँ लगातार बढ़ती जायेंगी। ये समस्याएँ प्याज की परत

की तरह होती हैं, जो समय के साथ-साथ बढ़ती जाती हैं। शरीर के रसायन का अपना विज्ञान है, जो समाज विज्ञान के सिद्धान्तों से कभी सन्तुलित नहीं होता। बिगड़ता ज़रूर है। मगर वे ये बातें उसे समझा न सके कभी।

समीक तो फुदुक्की चिरैया जैसा था। अभी फुदक कर यहाँ, अभी फुदक कर वहाँ। अभी यहाँ कुछ बोल कर गया, थोड़ी देर बाद वह वहाँ कुछ बोलते सुना जाता। दिन भर या तो पढ़ता पाया जाता या फिर विद्यार्थियों के बीच विचार बोता हुआ। उसके क्रान्तिकारी विचार विद्यार्थियों को लुभाते भी बहुत थे, जैसा कि इस उम्र में लगभग सभी के साथ होता है। लगभग इसलिए कि प्रह्लाद जी जैसे भी कुछ विद्यार्थी हर समय में होते ही हैं, जो या तो अपनी उम्र से अधिक परिपक्व होते हैं, या अपनी उम्र से बहुत छोटे होते हैं। कुछ ऐसे भी होते हैं, जो व्यवस्था को ही अन्तिम सत्य मान कर चलते हैं और उन्हें क्रान्तिकारी विचार व्याप नहीं पाते। इस श्रेणी के विद्यार्थी समीक का लक्ष्य समूह कभी थे भी नहीं। उन्हें तो वह बुर्जुआ प्रजाति कहा करता था। ऐसे बच्चे प्रशासनिक अधिकारियों, लकीर के फ़कीर सरकारी मुलाज़िमों के बच्चे होते थे, जिनका सपना पढ़-लिख कर अपने बाप की तरह कोई सरकारी मुलाज़मत हासिल कर लेना मात्र था। समाज वग़ैरह की चिन्ता उनकी चेतना के परे की वस्तु थी। समीक ऐसे विद्यार्थियों को ज्ञान देकर उनका मिज़ाज बदलने में बहुत समय ख़र्च करना बेवकूफ़ी मानता था।

न जाने कितनी तरह की खलल दिन भर वह अपने दिमाग़ में भरे रहता था कि रात को सोते वक़्त वह उसके सपनों में पिघल कर शान्त होने का रास्ता तलाश करती। उसे नींद के लिए संघर्ष नहीं करना पड़ता। बिस्तर पर पड़ते ही गहरी नींद में चला जाता। सोते वक़्त बड़बड़ाता रहता। अस्फुट नहीं, पूरी बात समझ आती। कोई भी उसकी बड़बड़ाहट से अन्दाज़ा लगा सकता था कि वह किस सन्दर्भ में, क्या बात कर रहा है। कई बार तो वह न केवल नींद में पूरा भाषण दे डालता, बल्कि बाँहें उछाल-उछाल कर नारे भी लगाने लगता।

एक बार तो रात को देर से हॉस्टल लौटा था, लहूलुहान। सिर पर पट्टी बाँधी थी। छह सात लड़के उसे कमरे तक छोड़ने आये थे। पता चल कि मालकगंज में किराए पर रह रहे कुछ बिहारी छात्रों का अपने मकान मालिक से किसी बात को लेकर झगड़ा हुआ था। मकान मालिक ने पड़ोसियों के

साथ मिल कर दो विद्यार्थियों को पीट दिया था। उसके विरोध में समीक ने आन्दोलन छेड़ दिया था। उसमें पत्थरबाजी हो गयी थी, जिसका एक पत्थर समीक के सिर पर आ लगा था।

ऐसे आन्दोलन तो वह पैदा ही किया करता था। यूनिवर्सिटी प्रशासन की कमियाँ वह खुर्दबीन लेकर तलाशता रहता था। जब तब कुछ विद्यार्थियों को लेकर पहुँच जाता वाइसचांसलर या डीन के ऑफ़िस।

इस वक़्त जब प्रह्लाद जी को अपनी कविता की गुणवत्ता नापने का ख्याल आया तो समीक की छवि सहज ही स्मृति में उभर आयी थी। वह था भी बहुत बेबाक। प्रह्लाद जी ने जब भी उसे अपनी कविता सुनाई, उसने दो टूक राय दी। बहुत कम ऐसे मौक़े होंगे, जब समीक ने उनकी किसी कविता पर अल्प मात्र को सन्तोष ज़ाहिर किया होगा। ज़्यादातर समय उसने उनकी कविता को कच्ची ही बताया। एकदम मुँहफट। बिना लाग-लपेट के, कई बार तो सीधे मुँह पर ही, किसी कविता को वाहियात और घटिया कह देता था।

मगर न जाने उसकी निन्दा में भी क्या बात थी कि प्रह्लाद जी को बुरा नहीं लगता था। वह शायद इसलिए कि उन्हें समीक की साहित्यिक समझ पर गहरा भरोसा था। उन्हें विश्वास था कि समीक अगर किसी रचना पर कोई राय दे रहा है, तो उसके पीछे उसका कोई दुराग्रह नहीं, बल्कि साहित्यिक मूल्यों की रक्षा और उनके उन्नयन की चिन्ता अधिक है। और प्रह्लाद जी की काव्य चेतना को लेकर उसकी कठोर आलोचना के पीछे तो उसका भाव निश्चित रूप से उन्हें और बेहतर लिखने के लिए प्रोत्साहित करना ही था। एक बार प्रह्लाद जी ने उसका प्रतिकार करते हुए कहा था, 'भाई, मैं कौन सा साहित्य का विद्यार्थी हूँ, मुझे कौन सा साहित्य में अपना झण्डा गाड़ना है। मैं तो हल्का होने के लिए लिखता हूँ।' तब झुँझला कर समीक ने कहा था, 'तो, गाड़ो न भाई झण्डे। नाम तो तुम्हारे माँ-बाप ने कवि जैसा रखा है। बन जाओ कवि। और साहित्य कोई हल्का होने की जगह नहीं है। थोड़ा साफ़-सफ़ाई रखना सीखो। जब लिखते ही हो तो भावों को ठीक से एक्सप्रेस करना सीख लो। थोड़ी टेक्नीक समझ लो।'

समीक की उस मीठी फटकार से उनके भीतर झनकार उठी थी–सही तो कह रहा है समीक। मुझे तो जैसे घुट्टी में कविता मिली है। पिता लोकगीत

लिखते, गाते थे। वही जीन्स मुझमें आये होंगे। पिता को रामचरितमानस की अनगिनत चौपाइयाँ कण्ठस्थ थीं। बात-बात में वे मानस की चौपाइयाँ उद्धृत करते। किसी लोकगीत की कोई पंक्ति सुना देते। काव्यरस में सनी हुई ही उनकी बातें होती थीं। गीतों की चर्चा तो वे करते ही रहते थे। गाँव के श्रोता जुट जायें तो मानस और लोकगीतों पर ख़ूब लम्बी बतकही चलती थी। प्रह्लाद जी अपनी कोठरी में पढ़ते रहते, मगर उनके कान पिता की काव्यचर्चा की तरफ़ ही लगे रहते थे। काव्य के संस्कार तो पिता से ही मिल गये थे। यह सोचते-सोचते उनके भीतर एक आशावृत्ति उभरी कि वे निश्चय ही अच्छी कविता लिख सकते हैं। लिखना ही चाहिए। अभ्यास से क्या नहीं साध सकता है आदमी।

मगर अब समीक इन दिनों कहाँ है, प्रह्लाद जी को पता नहीं। अब तो उन्हें ठीक-ठीक यह भी याद नहीं कि उससे आख़िरी बार बात कब और किस सिलसिले में हुई थी। जिस साल प्रह्लाद जी ने पीएचडी में रजिस्ट्रेशन कराया था, उसी साल समीक का यूपीएससी में चयन हो गया था। दानिक्स यानी दिल्ली और अन्य केन्द्र शासित प्रदेशों की प्रशासनिक सेवाओं के लिए। पहली पोस्टिंग उसकी लक्षद्वीप में हुई थी।

अजीब विरोधाभास था उसमें। उसके सारे लक्षण यूनिवर्सिटी प्रोफ़ेसरों के थे, मगर उसे यूनिवर्सिटी की नौकरी में दिलचस्पी नहीं थी। वह नौकरशाहों के बबुआ किस्म के बच्चों को तो इग्नोर करता था, उनकी आलोचना करता था, पर ख़ुद प्रशासनिक सेवा में जाना चाहता था। न जाने कितनी सारी उलझनों में उलझे रहने के बावजूद वह कैसे यूपीएससी की तैयारी भी कर लेता था। बहुत सारे बच्चे दिन भर यूपीएससी निकालने के लिए साधना किया करते थे, अपनी दिनचर्या को पूरी तरह अनुशासित कर रखा था, पर समीक ने ऐसे किसी अनुशासन में बन्ध कर कभी पढ़ाई नहीं की। मगर वह यूपीएससी निकालने में सफल हुआ था। दानिक्स में उसका चयन हो गया था। लक्षद्वीप में रहते हुए वह चिट्ठी-पत्री लिखता रहता था। फिर प्रह्लाद जी भी व्यस्त हो गये, वह भी प्रशासनिक कामों में उलझता गया होगा। चिट्ठियों का सिलसिला कम होते-होते बन्द ही हो गया था।

बहुत साल बाद जब दिल्ली में उसकी पोस्टिंग हुई और दिल्ली सरकार का मुख्य सचिव बना, तब वह ख़बरों में रहने लगा था। उन्हीं दिनों प्रह्लाद जी जब किसी काम से दिल्ली गये थे, तो समीक से मिलने भी गये थे। तब उससे मुलाक़ात हो नहीं पायी थी। वे उसके दफ़्तर में सन्देश और अपना फ़ोन नम्बर छोड़ कर आ गये थे। उसके दो दिन बाद समीक का फ़ोन आया था। बहुत संक्षिप्त और औपचारिक बातचीत हुई थी। घर-परिवार नौकरी-चाकरी, लिखने-पढ़ने वग़ैरह को लेकर। उसके संवाद में पहले वाली गर्मी नहीं थी, एकदम ठण्डी, औपचारिक और कुछ अहंकार की गन्ध देती-सी बातचीत थी। उन दिनों वह राष्ट्रमण्डल खेलों की तैयारी में जुटा हुआ था। तीन-चार मिनट की बातचीत में समीक ने पाँच-सात बार अपनी उस ज़िम्मेदारी का उल्लेख किया था। दिल्ली को सिंगापुर और यमुना नदी को टेम्स बनाने के संकल्प और उससे जुड़े परिकल्प उन दिनों रोज़ ही अख़बारों और टीवी समाचारों में तैरते रहते थे। वही शायद प्रह्लाद जी की समीक से आख़िरी बातचीत थी। इसलिए कि खेलों के बाद तो समीक का नाम समाचारों में ग़लत कारणों से ही ज़्यादा नज़र आने लगा था।

राष्ट्रमण्डल खेलों के आयोजन में बहुत बड़े पैमाने पर घोटाले के तथ्य उजागर होने लगे थे। लेखा महापरीक्षक के खुलासों में तो एक-एक चीज़ का ब्योरा सामने आ गया था। उन्हीं ब्योरों से पता चला था कि दिल्ली से झुग्गी-झोपड़ियाँ और रेहड़ी-पटरी पर कारोबार करने वालों को हटाने की रणनीति समीक ने ही बनायी थी। दिल्ली को सुन्दर बनाने के नाम पर लाखों लोगों को उजाड़ दिया गया था, हज़ारों-हज़ार लोग रोजी-रोज़गार गँवा कर वापस अपने गाँव लौट गये थे। प्रह्लाद जी अब याद करते हैं, तो दिल्ली को साफ़ और सुन्दर बनाने का वह अभियान किसी महामारी से कम न था। और उस अभियान के केन्द्र में समीक था। घोटालों को लेकर हुई जाँचों में समीक दोषी पाया गया था। उसे भी जेल भेज दिया गया था। तबसे प्रह्लाद जी ने कभी समीक से सम्पर्क ही नहीं किया।

समीक प्रसंग में अब प्रह्लाद जी की सुरति में चार्वाक उपस्थित था। उसने जैसे प्रह्लाद जी को लताड़ लगायी, 'जिसने तुम्हारे जीवन को बनने में

रत्ती भर भी योगदान किया हो, उससे इस तरह सम्बन्ध तोड़ लेना ठीक तो न था।'

'मैंने तो सम्बन्ध तोड़ा ही न था। समीक ही मुझसे दूर होता चला गया था। मुझसे ही क्या, शायद वह अपने आप से ही दूर होता चला गया था।' प्रह्लाद जी ने सफ़ाई देने की कोशिश की थी।

मगर तभी चाणक्य ने टोका था, 'समीक से सम्बन्ध टूटने को लेकर तुम्हारे भीतर किसी तरह का अफ़सोस नहीं होना चाहिए। अनैतिक का साथ देना ख़ुद अनैतिक हो जाना होता है। नैतिकता का तकाजा ही है अनैतिकता का विरोध। मत करो अफ़सोस।'

'बकवास है यह सब। नैतिक, अनैतिक कुछ नहीं होता। यह सब मन का रचा भ्रम है। जो तुम्हारे लिए अनैतिक है, वही बहुत सारे लोगों के लिए नैतिक है। तुम जिस समीक को अनैतिक मान रहे हो, उसने न जाने कितने लोगों का भला किया होगा, न जाने कितने लोगों को रोज़गार के अवसर उपलब्ध कराये होंगे।...उनके लिए तो वह किसी मसीहा से कम नहीं।' चार्वाक ने ज्ञान दिया।

'नैतिकता के सिद्धान्त न हों तो तुम जैसे लोग पूरे समाज को नरक बना कर छोड़ दें। जीवन केवल अपने लिए जीना नहीं होता। जब तक दूसरों के जीवन का ख़याल न रखा जाये, जब तक दूसरों के जीवन को सुन्दर और सुविधाजनक बनाने की चिन्ता न की जाये, तब तक जीवन की सार्थकता नहीं हो सकती।' चाणक्य ने चार्वाक को डाँटा था।

'तुम जैसे लोगों ने जीवन जीने के बहुत सारे सिद्धान्त गढ़े हुए हैं, पर उन सिद्धान्तों के हिसाब से कोई आदमी जीवन जीता है क्या। जी ही नहीं सकता। जीना भी क्यों चाहिए। इसलिए कि सिद्धान्त भी अन्तिम रूप से किसी के थोपे हुए निजी अनुभव होते हैं। हर कोई अपने लाभ के लिए निजी सिद्धान्त बना लेता है। जबकि वास्तव में जीवन सिद्धान्तों के आधार पर जीने की चीज़ है नहीं। जीवन एक मुक्त व्यवस्था है। मुक्तता ही उसका परम सिद्धान्त है। जो मुक्त हुआ, वही वास्तव में जीवन को जी पाया।' चार्वाक ने अपना दर्शन बघारा था।

'भाई मेरे, शान्त भी हो जाओ तुम लोग। तुम्हारे ये घिसे-पिटे दर्शन सुन-सुन कर कान पक चुके हैं मेरे। मेरे लिए क्या सही है और क्या ग़लत, वह मैंने

ख़ुद तय किया हुआ है। मुझे किससे सम्बन्ध रखने हैं, किससे नहीं, यह मेरी निजी पसन्द का विषय है। फिर, स्कूल-कॉलेज की दोस्तियाँ बहुत टिकाऊ कहाँ होती हैं।' प्रह्लाद जी ने सुरति को शान्त करने की कोशिश की।

'तुम बिल्कुल सही राह पर चल रहे हो। सबका अपना सच होता है। हर किसी को अपने सच की पहचान है। फ़र्क़ इतना है कि बहुत कम लोग अपने सच को पहचान पाते और उसे जीते हैं। तुम अपने सच के साथ बने रहो। निजी सच ही वास्तविक सच है।' चार्वाक ने फिर भी अपना ज्ञान बघार दिया।

'निजी कुछ भी नहीं होता, बन्धु। सब कुछ सामूहिक है।' चाणक्य ने उसका प्रतिकार किया।

'अब तुम चुप हो जाओ। एकदम चुप।' प्रह्लाद जी ने इस बार ज़ोर से डपटा।

दरअसल, प्रह्लाद जी ने अपने जीवन के सिद्धान्त ख़ुद गढ़े थे। वे नितान्त निजी नहीं थे। उच्छृंखल नहीं थे। सामाजिक सिद्धान्तों के भीतर से ही अपने लिए चुने हुए स्वतन्त्र सिद्धान्त थे। उन्हीं सिद्धान्तों पर चलते हुए अब तक उन्होंने जीवन जिया था। उनके जीवन जीने में जितनी निजता थी, उतनी ही सामूहिकता भी थी। उन्होंने कभी परिवार और रिश्तों की उपेक्षा नहीं की। परिवार और रिश्तों के सुख से उनके निजी सुख के भी तार जुड़े थे। उन्होंने अपनी निजता की रक्षा कुछ इस तरह की थी कि जिस रास्ते उन्होंने चलने का संकल्प लिया, उस रास्ते पर चलते रहे। डिगे नहीं। हॉस्टल के ज़्यादातर लड़के प्राशासनिक सेवाओं की तैयारी में जुटे रहते थे। वे परस्पर बातें भी प्रतियोगी परीक्षाओं की तैयारियों से जुड़े सन्दर्भ में ही किया करते थे। इस तरह प्रह्लाद जी पर भी प्रत्यक्ष और परोक्ष दबाव लगातार बना हुआ था कि वे प्रतियोगी परीक्षाओं की तैयारी करें, प्रशासनिक सेवाओं के लिए प्रयास करें। मगर प्रह्लाद जी अपने संकल्प से डिगे नहीं। उन्होंने शुरू से तय कर रखा था कि विश्वविद्यालय की नौकरी करेंगे। शिक्षक बनेंगे। रिसर्च करेंगे। कोई नयी खोज करेंगे। देश को कोई नयी वैज्ञानिक उपलब्धि उपहार में देंगे। उनका यह संकल्प धीरे-धीरे उनका जुनून बन गया था। प्रयोगशाला में उनका समय अधिक गुज़रने लगा था।

उनका जुनून रंग भी लाया था। पीएचडी करते-करते वे इस नतीजे पर पहुँचे थे कि ध्वनियाँ स्वतन्त्र नहीं होतीं। हमारे कान तक पहुँचते-पहुँचते उनमें

कई ध्वनि तरंगें मिश्रित हो जाती हैं। अगर निर्वात में ध्वनियों को सुना जा सकता, तो ध्वनि के मूल तत्त्वों को शुद्ध रूप में पकड़ा जा सकता है। मगर निर्वात में ध्वनि का संचरण सम्भव कैसे होगा। हमारे आसपास के वातावरण में असंख्य ध्वनि तरंगें सदा मौजूद रहती हैं, बेशक वे सुनाई दें या न दें। वे असंख्य ध्वनियाँ मिल कर एक अलग ध्वनि का निर्माण करती हैं। इस तरह हम हर समय ध्वनियों के बीच रहते हैं। जैसे-जैसे मशीनों का उपयोग बढ़ा है, सामूहिक ध्वनियों का घनत्व लगातार बढ़ता गया है। उस ध्वनि ने बहुत सारी ध्वनियों को ढँक लिया है। बहुत सारी नैसर्गिक ध्वनियाँ तिरोहित हो गयी हैं। इसे इस तरह महसूस किया जा सकता है कि रात के सन्नाटे में, जब कभी अचानक बिजली चली जाये, तो सन्नाटे जैसा वातावरण बन जाता है। दूर कहीं से कुत्ते के भौंकने, पास के पेड़ पर किसी पंछी के पंख फटकने की आवाज़ सुनाई देने लगती है। हवा की आवाज़ सुनाई देने लगती है। दीवार पर टँगी घड़ी की टिकटिक भी साफ़ सुनी जा सकती है। मगर बिजली आते ही, वे सारी ध्वनियाँ हमें सुनाई देनी बन्द हो जाती हैं।

उन्हीं दिनों उन्हें अनाहत नाद के स्वरूप को समझने, उसकी वास्तविकता को जाँचने का जुनून सवार हुआ था। जिस ॐ शब्द की इतनी महिमा है, उसकी ध्वनि भी स्वतन्त्र नहीं है। दार्शनिक इसे ओ, ऊ और म तीन ध्वनियों के संयोग से निर्मित बताते हैं। पर ये ध्वनियाँ वास्तव में अनाहत नहीं हो सकतीं। बिना आघात के भी कोई ध्वनि पैदा हो सकती है या नहीं, इस बात को जाँचने का जुनून प्रह्लाद जी पर सवार हो गया था। मगर उस जुनून को गति नहीं मिल पाई कभी। दिल्ली विश्वविद्यालय में अध्ययन करते समय प्रयोगशाला में इस तरह की सुविधा नहीं थी कि वे अनाहत नाद का परीक्षण कर सकें। पर ध्वनि सम्बन्धी अब तक के अध्ययनों के आधार पर यह निष्कर्ष निकाला था कि प्रकृति में कुछ गतियों में सातत्य है। उनके आघात से जो ध्वनियाँ निकलती रहती हैं, वे नैसर्गिक ध्वनियाँ हैं। उन्हीं ध्वनियों के आधार पर संगीत के स्वरों का अनुशासन रचने का प्रयास किया गया। मगर ध्वनियों के मूल स्वरूप को अभिव्यक्त करना बड़ी चुनौती है। उसी मूल स्वरूप को खोजने-पाने की बेचैनी प्रह्लाद जी में भरी हुई थी।

मगर दिल्ली विश्वविद्यालय की प्रयोगशाला में इसे खोजने के साधन न होने की वजह से वे ध्वनि के उस मूल स्वरूप को पहचान न सके।

फिर पीएचडी करते-करते चंडीगढ़ विश्वविद्यालय में उन्हें नौकरी मिल गयी, तो जल्दी-जल्दी उन्होंने अपना शोधपत्र लिखा और जमा कर दिया। फिर तय किया कि अब इत्मीनान से ध्वनि सम्बन्धी अपना शोध पूरा करेंगे। विश्वविद्यालय में नौकरी मिल जाने के बाद उन्हें प्रयोग सम्बन्धी सुविधाओं का विस्तार भी हासिल हो सकता था। मगर ध्वनि पर शोध की वैसी सुविधाएँ वहाँ की प्रयोगशाला में भी नहीं थीं, जो उन्हें चाहिए थीं। उनके भीतर बेचैनी बनी हुई थी। मगर प्रोबेशन पीरियड पूरा कर लेने के बाद ही उनकी नौकरी के मुस्तकिल होने की गारंटी थी। वे उसके पूरा होने का इन्तज़ार करते रहे। मगर उनकी बेचैनी अध्ययन और शोधपत्र लिखने में गति पाती रही। इस बीच कई शोधपत्र लिखे। वे शोधपत्रिकाओं में प्रकाशित भी हुए। उन पर विशेषज्ञों की सकारात्मक प्रतिक्रियाएँ मिलती रहीं। इस तरह उनमें यह भरोसा भरता रहा कि उनके अध्ययन की दिशा दुरुस्त है। मगर आख़िरकार उनकी बात तो तब सिद्ध होनी थी, जब प्रयोगों के ज़रिये उसके प्रमाण प्रस्तुत किये जायें। और प्रयोगशाला में ऐसी व्यवस्था थी नहीं।

आख़िरकार वे एक दिन विश्वविद्यालय के कुलपति से मिले। अपने शोधपत्रों की छायाप्रतियाँ उनके सामने रख कर प्रह्लाद जी ने उनसे निवेदन किया कि भौतिकी की प्रयोगशाला में कुछ उपकरण उपलब्ध कराये जायें, जिनके ज़रिये वे अपनी अवधारणा को सिद्ध कर सकें। कुलपति ने उनके काम की सराहना की, उनके शोधपत्रों के लिए बधाई दी। उत्साहित होकर पूछा कि क्या इन शोधपत्रों के बारे में विश्वविद्यालय की समाचार पत्रिका में कोई समाचार छपा है या नहीं। मगर प्रयोगशाला में उपकरण उपलब्ध कराने को लेकर उन्होंने स्पष्ट रूप से असमर्थता ज़ाहिर कर दी थी। 'देखिए परमवीर साहब, आप तो सब चीज़ें जानते ही हैं। विश्वविद्यालय अनुदान आयोग अब हमारे फ़ंड में कटौती करने लगा है। उसका कहना है कि हम अपने कुछ फंड ख़ुद जुटाएँ। प्रोफेशनल कोर्सेज़, डिप्लोमा कोर्सेज़, सेल्फ फाइनेंस प्रोग्राम शुरू करके अपना कम से कम तीस फ़ीसद फ़ंड जनरेट करें। फ़ीस बढ़ोतरी का भी दबाव है। निजी संस्थानों के फी स्ट्रक्चर का हवाला दिया जाता है कि हमें भी उन्हें अपनाना चाहिए। ऐसे में, हम कहाँ से प्रयोगशालाओं के लिए इतने महँगे उपकरण ख़रीद पायेंगे। हाँ, आप एक काम कर सकते हैं। किसी

कम्पनी से सम्पर्क कीजिए, जो ध्वनि उपकरणों का कारोबार करती है। वह आपको इस प्रोजेक्ट के लिए फंड कर सकती है। हम इसकी मंजूरी दे देंगे। सरकार भी चाहती है कि हमारे रिसर्च, कॉरपोरेट्स के साथ मिल कर हों, तो औद्योगिक विकास को नयी दिशा मिलेगी। आप एक प्रोजेक्ट सिनॉप्सिस तैयार कीजिए, हम भी सोचते हैं कि कौन-सी कम्पनी इस सम्बन्ध में आपकी मदद कर सकती है।'

वाइस चांसलर की बात सुनन के बाद प्रह्लाद जी के पास और आग्रह या तर्क करने का साहस नहीं बचा था। वे वाइस चांसलर की हताशा में से कुछ हताशा साथ लेकर वापस लौट आये थे।

वे वाइस चांसलर से मिल कर लौट तो आये, मगर शान्त नहीं बैठे। उनकी बेचैनी अब और बढ़ गयी थी। आख़िरकार उन्होंने ख़ुद को समझा लिया था कि किसी कॉरपोरेट से हाथ मिला लेने में ही समझदारी है। मगर ऐसा कोई मिलना भी तो चाहिए, जो उनके प्रोजेक्ट को स्वीकार करे। वे जानते थे कि कॉरपोरेट उन्हीं प्रोजेक्ट्स में पैसा लगाने को राज़ी होते हैं, जिनसे उन्हें कोई प्रोडक्ट तैयार करने में मदद मिलती हो। दरअसल, आधुनिक उद्योग ने विज्ञान को प्रौद्योगिकी में परिणत कर दिया है। विज्ञान और अनुसन्धान का अर्थ औद्योगिक उत्पादन बढ़ाने का औज़ार हो गया है। इसलिए ज़ोर अनुसन्धान के बजाये आरएंडडी यानी रिसर्च एण्ड डेवलपमेंट पर होकर रह गया है। अब अनुसन्धान का मतलब केवल इतना भर रह गया है कि जो कुछ उत्पादन हो रहा है, उसमें क्या बदलाव किये जा सकते हैं, उसमें और क्या नया जोड़ा और क्या छोड़ा जा सकता है, किस तरह नयी तकनीक के नाम पर उपभोक्ता को आकर्षित किया जा सकता है। इसी तरह के अनुसन्धान को कॉरपोरेट फ़ंडिंग करता है। फिर भी प्रह्लाद जी ने हिम्मत नहीं हारी। उन्हें विश्वास था कि कोई न कोई कॉरपोरेट ऐसा अवश्य मिलेगा, जिसकी दिलचस्पी जीवन के मूल प्रश्नों के उत्तर तलाशने में होगी। आख़िर, कॉरपोरेट्स धार्मिक संस्थाओं को भी तो चन्दा देते ही हैं। उन्हीं में से किसी को यह प्रोजेक्ट पसन्द आ सकता है।

उन्होंने इसी दृष्टि से ऐसे किसी कॉरपोरेट की तलाश शुरू कर दी थी, जिसकी दिलचस्पी अनाहत नाद के रहस्यों को जानने में हो सकती थी।

तब इंटरनेट का ज़माना नहीं था कि वे ऐसे किसी कॉरपोरेट को आसानी से तलाश लेते। उन्होंने सीएसआईआर यानी काउंसिल ऑफ़ साइंटिफिक एण्ड इंडस्ट्रियल रिसर्च और इंडियन नेशनल साइंस काउंसिल से सम्पर्क साधा। इन दोनों संस्थाओं को पत्र लिख कर अपने प्रोजेक्ट के बारे में बताया और इच्छा ज़ाहिर की कि वे अपने विश्वविद्यालय में एक स्वतन्त्र प्रयोगशाला स्थापित करने के इच्छुक हैं।

अब उनके भीतर यह सपना भी पलने लगा था कि अगर कोई कॉरपोरेट उन्हें ऐसी प्रयोगशाला स्थापित करने में मदद करता है, तो यह विश्वविद्यालय के लिए भी बड़ी उपलब्धि होगी। विद्यार्थियों और प्रोफ़ेसरों का इस दिशा में रिसर्च का रुझान बनेगा। अपने रिसर्च में कुछ विद्यार्थियों को भी लगाया जा सकता है, जिसके लिए उन्हें स्टाइपेंड दी जा सकती है। इस तरह कुछ ज़रूरतमन्द विद्यार्थियों को आर्थिक मदद पहुँचायी जा सकती है। ऐसे अनेक विद्यार्थी हैं, जो पढ़ना तो चाहते हैं, मगर उनकी पारिवारिक स्थिति ऐसी नहीं है कि पढ़ाई का ख़र्चा उठा सकें। ऐसे में कई विद्यार्थी ट्यूशन वग़ैरह जैसे कुछ काम करते हैं, जिससे वे अपना ख़र्च निकाल सकें। यूनीवर्सिटी में सबके लिए ऐसी फेलोशिप है नहीं, जो विद्यार्थियों को पढ़ाई-लिखाई में आर्थिक रूप से निश्चिन्तता प्रदान कर सके। प्रह्लाद जी इस बात से और उत्साहित थे कि वे अपने प्रोजेक्ट के माध्यम से कुछ ज़रूरतमन्द विद्यार्थियों की मदद कर सकेंगे। इस तरह उनके ये सपने भी उनके भीतर धीरे-धीरे अनाहत नाद का रहस्य जानने के जुनून के साथ एकमेक होते चले गये थे।

जहाँ चाह वहाँ राह वाली बात सच साबित हुई। एक दिन सीएसआईआर की मार्फत उन्हें एक पत्र मिला। उसमें लिखा था कि एएससी यानी अनिर्वान साउंड कम्पनी को आपके प्रोजेक्ट में दिलचस्पी है। वह फ़ंडिंग को उत्सुक हैं। कम्पनी के चेयरमैन मिस्टर केसीआर षडमुगम आपसे मिलना चाहते हैं। कृपया अपनी सुविधा के मुताबिक इस महीने की कोई तारीख़ तय करके बता दें, ताकि उसी के अनुसार आपके बेंगलुरु आने-जाने का हवाई टिकट और ठहरने का प्रबन्ध किया जा सके। पत्र के साथ कम्पनी का प्रोफाइल भी था। अनिर्वान साउंड कम्पनी तरह-तरह के ध्वनि उपकरण बनाती थी, जिनका उपयोग कृषि, प्रतिरक्षा, मनोरंजन, शिक्षा आदि क्षेत्रों में किया जा सकता था।

वह पत्र पाकर प्रह्लाद जी की ख़ुशी का ठिकाना न रहा। उन्हें लगा कि अब उनका प्रयोगशाला बनाने का सपना साकार होकर रहेगा। अब दिन-रात उनके भीतर प्रयोगशाला के ढाँचे को लेकर विचार बनने-बिगड़ने शुरू हो गये थे। वाइस चांसलर साहब तो यह समाचार पाकर बहुत ख़ुश होंगे। अगर अनिर्वान साउंड कम्पनी का फ़ंड कुछ कम पड़ेगा, तो वे भी कुछ मदद करने को तैयार हो जायेंगे। आख़िर यह यूनिवर्सिटी की एक उपलब्धि होगी। सोचा, आज ही वाइस चांसलर साहब को यह सूचना दे देते हैं। मगर उन्होंने अपने को यह समझा कर अपने उतावलेपन पर क़ाबू पाया कि षडमुगम से मिलने के बाद ही इस मामले में बात आगे बढ़ायी जानी चाहिए। मगर उन्हें चेयरमैन यानी विभागाध्यक्ष को सूचित किये बग़ैर षडमुगम से मीटिंग के लिए बेंगलुरु जाना उचित नहीं लगा था।

उन्होंने विभागाध्यक्ष से मिलने का तय किया। विभागाध्यक्ष यानी प्रोफ़ेसर अहलूवालिया। उनकी पहचान अब विभागाध्यक्ष के रूप में ही स्थापित हो चुकी थी। प्रोफ़ेसर टीआर अहलूवालिया अब केवल उनके कमरे के बाहर की नामपट्टिका पर चिपका रहता था। इस नाम से उन्हें कोई बुलाता नहीं। विभाग का हर आदमी उन्हें विभागाध्यक्ष ही कहता था। प्रह्लाद जी ने षडमुगम का पत्र ले जाकर रख दिया विभागाध्यक्ष के आगे और बता दी पूरी कहानी कि कैसे वे वाइस चांसलर से मिले थे और उन्होंने ही किसी कॉरपोरेट से सम्पर्क करने की सलाह दी थी।

पत्र पढ़ने और प्रह्लाद जी की वाइस चांसलर से मिलने की बात सुनने के बाद विभागाध्यक्ष की भृकुटि कुछ तनी, फिर सामान्य हुई और फिर चेहरे पर सायास मुस्कान तैर आयी थी। प्रह्लाद जी ने विभागाध्यक्ष के चेहरे की रंग-रेखाओं को पढ़ लिया था। उन्हें इस बात की उम्मीद भी नहीं थी कि इस प्रसंग से विभागाध्यक्ष ख़ुश होंगे। मगर विभागीय औपचारिकता तो पूरी करनी ज़रूरी थी।

विभागाध्यक्ष ने कहा था, 'परमवीर साहब, हम बच्चों का पाठ्यक्रम तो ठीक से पूरा कर नहीं पाते। पचहत्तर किस्म की छुट्टियाँ पड़ती रहती हैं। उसमें कभी हड़ताल, कभी कोई आन्दोलन, तो कभी किसी और वजह से डिस्टर्बेंस।

हम पर लगातार दबाव रहता है कि बच्चों का पाठ्यक्रम पूरा कराकर रिवाइज करा दें, ताकि रिज़ल्ट बेहतर हो। आप हमारे विभाग के कर्मठ अध्यापक हैं। आप भी अगर रिसर्च वग़ैरह में लग जायेंगे, तो सिलेबस का लोड हम कैसे उठा पायेंगे।'

'सर, रिसर्च तो ख़ाली समय में ही करेंगे। हम सिलेबस की ज़िम्मेदारी से भाग थोड़े न रहे हैं। कोई अवकाश भी नहीं माँग रहा। विभाग की ज़िम्मेदारियाँ निभाने के साथ-साथ इस प्रोजेक्ट पर काम करूँगा।' प्रह्लाद जी ने भरोसा दिलाया।

'वह तो ठीक है, मगर अपने लैब में जगह भी तो नहीं है कि आपके लिए अलग से व्यवस्था की जा सके। अभी तो शिफ़्ट में बाँट कर जैसे-तैसे प्रयोग करा पाते हैं स्टूडेंट्स को।'

'सर, जगह का तो बाद में देख लेंगे। उसमें वाइस चांसलर साहब भी हमारी कुछ मदद कर सकते हैं। पहले तो षडमुगम से मीटिंग ज़रूरी है। उसके लिए भी अवकाश नहीं माँग रहा। सैटरडे निकल कर संडे रात तक वापस आ जाऊँगा।'

वाइस चांसलर का उल्लेख सुन कर फिर विभागाध्यक्ष की भृकुटि पर हल्का बल पड़ा, मगर गर्दन नीचे झुकाये हुए कहा, 'ठीक है, आपने तय कर लिया है सब कुछ, तो इसमें मैं कोई बाधा नहीं बनूँगा। मगर स्टूडेंट्स की पढ़ाई का कोई हर्ज़ा नहीं होना चाहिए।'

चेयरमैन की स्वीकृति में एक प्रकार की धमकी जैसी ध्वनि मिश्रित थी।

पर प्रह्लाद जी ने उसकी परवाह नहीं की। वे विभागाध्यक्ष को धन्यवाद देकर उनके कमरे से बाहर निकल आये थे।

स्टाफ रूम में बैठ कर उन्होंने षडमुगम को पत्र लिखा, टाइपिस्ट से टाइप कराया और लिफ़ाफ़े में बन्द कर झोले में रख लिया कि घर लौटते वक़्त रास्ते में पोस्ट ऑफ़िस में छोड़ देंगे।

दो

वह मध्य नवम्बर का समय था, जब न तो मौसम अधिक ठण्डा था, न अधिक गर्म। प्रह्लाद जी बेंगलुरु के हवाई अड्डे पर उतरे तो मौसम

और ख़ुशगवार था। पहली बार वे गये थे बेंगलुरु। इसलिए भी उन्हें वहाँ का वातावरण कुछ अधिक पसन्द आ रहा था। नयी जगहें पहली बार में कुछ कौतूहल पैदा करती ही हैं। फिर, आदमी के भीतर उत्साह हो, सकारात्मक ऊर्जा का प्रवाह हो, तो जगहें भी अपना सकारात्मक प्रभाव छोड़ती हैं। यही कारण है कि धार्मिक स्थलों पर चाहे जितनी अव्यवस्था हो, चाहे जितनी असुविधाएँ हों, आदमी के भीतर की सकारात्मक ऊर्जा उसे भी स्वीकार्य और सहनीय बना देती है। प्रह्लाद जी में तो अपनी प्रयोगशाला के सपने उमग रहे थे, षडमुगम के साथ तय मुलाक़ात में सम्भावित बातचीत की उत्साहजनक तस्वीरें तैर रही थीं। वे आश्वस्त थे कि षडमुगम उनकी बातचीत से प्रभावित होगा और प्रयोगशाला का सारा ख़र्च उठाने को तैयार हो जायेगा।

षडमुगम से मुलाक़ात के उत्साह में प्रह्लाद जी को पता ही नहीं चला कि हवाई अड्डे से अनिर्वान के दफ़्तर तक का क़रीब डेढ़ घण्टे का रास्ता कब कट गया। रास्ते भर हरियाली और भवनों की बनावट को निहारते हुए भी उनके भीतर षडमुगम की एक कल्पित छवि ही लगातार तैरती रही थी।

अनिर्वान के दफ़्तर में एक लड़की ने उनका स्वागत किया था। स्वागत कक्ष में बिठा कर पहले तो उसने प्रह्लाद जी को कॉफ़ी और नाश्ता परोसा था, फिर उन्हें उस दिन का पूरा कार्यक्रम समझाया था। कार्यक्रम कुछ इस तरह था कि पहले उन्हें अनिर्वान की रिसर्च, प्रोडक्शन और डिस्प्ले सेक्शन्स दिखाया जाना था। उसके बाद शाम पाँच बजे कम्पनी के चेयरमैन षडमुगम से उनकी बातचीत होनी थी।

कॉफ़ी पीने के बाद प्रह्लाद जी को उस लड़की ने एक युवक के हवाले कर दिया था, 'सर, ये दयानिधि हैं, हमारे पब्लिसिटी हेड। आप इनके साथ एक बार हमारी यूनिट विज़िट कर लीजिए। सर का अभी एक मीटिंग शेड्यूल है, उसके बाद आपसे बात करेंगे।'

'ओके, श्योर।' प्रह्लाद जी ने कहा और दयानिधि के हवाले हो गये।

अनिर्वान का परिसर काफ़ी बड़ा था। प्रह्लाद जी के अनुमान से काफ़ी बड़ा। एक साउंड कम्पनी का परिसर इतना बड़ा और सुन्दर, भव्य हो सकता

है, उन्हें अन्दाज़ा न था। परिसर की हर चीज़ में सुरुचि दिखती थी। यहाँ तक कि घास की कटाई, पेड़-पौधों की छँटाई, गमलों के रखने के ढंग में किसी कलाप्रेमी का मन दिखता था। ज़ाहिर है, यह सब षडमुगम की पसन्द को ही ध्यान में रख कर किया गया होगा। वह सब देख कर प्रह्लाद जी के भीतर भरोसा दृढ़ होता गया था कि उनके प्रोजेक्ट को मंजूरी मिलने में कोई बाधा हो ही नहीं सकती। इतनी बड़ी साउंड कम्पनी के मालिक को कुछ छोटी-मोटी मशीनों के लिए अनुदान देना तो किसी मन्दिर में चढ़ावा चढ़ाने जैसा है।

रिसर्च विंग में पहुँच कर तो वे चकित थे कि साउंड पर इतने बड़े पैमाने पर एक निजी कम्पनी काम करा रही है। तीस-पैंतीस इंजीनियर रिसर्च विंग में काम करते थे। तरह-तरह की मशीनें। वह सब देख कर प्रह्लाद जी का उत्साह कुछ मन्द पड़ने लगा था। अभी तक वे अपने जिस प्रोजेक्ट को दुनिया का पहला और नायाब रिसर्च प्रोजेक्ट मान कर चल रहे थे, उस रिसर्च टीम को देख कर तो उसकी हवा निकलनी शुरू हो गयी थी। उनके भीतर से आवाज़ आयी थी, 'कहीं ऐसा तो नहीं कि तुम जिस प्रोजेक्ट पर काम करना चाहते हो, उस पर यहाँ पहले ही काम हो चुका हो।' इस आवाज़ ने उन्हें डरा दिया था। अब उनके भीतर भय पसरने लगा था कि कहीं उनका प्रपोज़ल रिजेक्ट तो नहीं हो जायेगा।

मगर उन्होंने अपने को समझाया, 'अगर मेरे प्रोजेक्ट पर काम हो चुका होता या हो रहा होता, तो षडमुगम मुझे इतना ख़र्चा करके मिलने को न बुलाता। मैंने तो सीधा इसे अप्रोच भी नहीं किया था। इसने ख़ुद सीएसआईआर के ज़रिये मुझे मिलने के लिए बुलाया है।' इस तर्क से उन्हें कुछ बल मिला था।

रिसर्च विंग में भीतर जाने से पहले जूते बाहर निकाल कर कपड़े के जूते पहना दिये गये थे। वहाँ घूमते हुए वे एक साउंड इंजीनियर के कैबिन के पास रुके थे। उन्होंने उससे पूछा, 'मुख्य रूप से आप लोग किस तरह की ध्वनियों पर रिसर्च करते हैं?'

'सर, हम तरह-तरह के साउंड्स क्रिएट करते हैं। जैसे मैं बेसिकली ऐसे साउंड क्रिएट करता हूँ, जिनका इस्तेमाल सिक्योरिटी परपज़ से किया जा सके।' उस इंजीनियर ने बताया।

'सिक्योरिटी परपज़!...मैं समझा नहीं कुछ। क्या आप इसके बारे में मुझे कुछ बता पायेंगे?' प्रह्लाद जी चकित थे।

'जी सर, थोड़ा इधर आइए।...' उसने अपने कम्प्यूटर में कोई फाइल खोल ली। 'जैसे हमने यह एक साउंड क्रिएट किया है, जो बाघ की है। इसे हमने कृषि और वानिकी सुरक्षा के उद्‌देश्य से क्रिएट किया है। इस ध्वनि को हम एक बाघ की स्टैच्यू में फिट कर देते हैं। जब भी खेत में नीलगाय, सूअर वग़ैरह आते हैं, तो बाघ के भीतर से यह आवाज़ निकलती है और जंगली जानवर डर कर भाग जाते हैं। इसी तरह कुत्तों आदि की भी ध्वनियाँ हैं, जो जंगली जानवरों को डरा कर भगाने में काफ़ी कारगर साबित हो रही हैं।' उस इंजीनियर ने समझाया था।

उस इंजीनियर की बातें सुन कर प्रह्लाद जी के भीतर पनप आया भय अब छँटने लगा था।

'हमारे यहाँ ज़्यादातर साउंड्स फ़िल्म इंडस्ट्री की डिमांड पर या उनकी डिमांड को देखते हुए क्रिएट किया जाता है।' उस इंजीनियर ने और विस्तार से समझाने की कोशिश की।

'ओके।' प्रह्लाद जी ने प्रतिक्रया दी और ऐसा भाव बनाये रखा, जैसे वे ध्वनियों के बारे में कुछ नया अध्ययन होता देख रहे हों। अब तक उनके भीतर भरा भय छंट चुका था। फिर से उनमें अपने प्रोजेक्ट को लेकर भरोसा बढ़ना शुरू हो गया था। अब वे षडमुगम से ध्वनियों पर विस्तार से बात करने को तैयार थे।

दयानिधि उन्हें अनिर्वान परिसर की यात्रा करा रहा था। रिसर्च यूनिट के बाद उसने प्रोडक्शन सेक्शन की यात्रा करायी थी, जहाँ तरह-तरह के साउंड सिस्टम असेंबल हो रहे थे। सैकड़ों लोग काम में लगे थे। मगर दयानिधि की रुचि शायद डिस्प्ले सेक्शन में ज़्यादा थी। वहाँ पहुँच कर उसकी बातचीत में कुछ ठहराव आ गया था। जो हड़बड़ी उसमें रिसर्च और प्रोडक्शन सेक्शन दिखाते समय दिख रही थी, वह यहाँ आकर थिरा गयी थी। वह एक-एक चीज़ को विस्तार से बताना-दिखाना चाहता था। हालाँकि डिस्प्ले सेक्शन भी काफ़ी बड़ा था। वह किसी म्यूज़ियम से कम नहीं था। उसमें तरह-तरह के जानवरों के पुतले लगे हुए थे, जिनमें उनकी आवाज़ें भरी हुई थीं। उन पुतलों के बारे

में दयानिधि ने बताया था कि उनका उपयोग खेतों, बाग़ों वग़ैरह की रक्षा के लिए और बच्चों के खिलौना पार्कों में किया जाता है। एक सेक्शन म्यूज़िकल फाउंटेन का था, जिसमें पानी, रोशनी और ध्वनि का खेल रचा जाता था।

प्रह्लाद जी के लिए यह एक नया अनुभव था। उन्होंने कभी सोचा भी न था कि ध्वनियों का इस तरह भी उपयोग किया जा सकता है।

यह उन दिनों की बात है, जब दुनिया एक गाँव बनने को व्याकुल थी। बीसवीं सदी के आख़िरी दशक के प्रारम्भिक वर्ष। तब कम्प्यूटरों का व्यावसायिक उपयोग बढ़ना शुरू ही हुआ था। हालाँकि उन दिनों आज की तरह के उन्नत कम्प्यूटर नहीं थे, इंटरनेट की अवधारणा अभी विकसित हो रही थी। बहुत सारे सॉफ्टवेयर अभी बने नहीं थे। उस ज़माने में भी षडमुगम की कम्पनी में पचास से ऊपर कम्प्यूटर लगे रहे होंगे। अनिर्वान परिसर के बारे में सोचते हुए, इस वक़्त प्रह्लाद जी को जिज्ञासा पैदा हुई कि आज जब कम्प्यूटर विज्ञान अपनी उन्नत अवस्था में पहुँच चुका है, कृत्रिम मेधा ने अनुसन्धान के क्षेत्र में क्रान्ति ला दी है, ध्वनि यन्त्रों के डिजिटल अवतार आ चुके हैं, कृषि और वानिकी के क्षेत्र में ड्रोन के उपयोग को बढ़ावा दिया जा रहा है, तब षडमुगम की कम्पनी का क्या स्वरूप हो गया होगा। वह इन दिनों कितनी उन्नत अवस्था में पहुँच चुकी होगी। अब तो उसके पुतले शायद रोबोट में बदल चुके होंगे। उसके बाघ अब केवल ध्वनि नहीं निकालते होंगे, बल्कि दौड़ कर शिकार को भगाते भी होंगे। क्या पता अब भी षडमुगम की वह कम्पनी है या उसे किसी बड़े कॉरपोरेट ने उसे अपने भीतर समाहित कर लिया है। आजकल तो कॉरपोरेट की बड़ी मछलियाँ मुनाफ़ा कमाने वाली छोटी मछलियों को बड़ी आसानी से लील लेती हैं। या क्या पता अब षडमुगम का देहान्त हो चुका हो और उसके बाद की पीढ़ी उसकी कम्पनी को सँभाल न पाई हो और वह अपना अस्तित्व खो चुकी हो। प्रह्लाद जी की कल्पना में तरह-तरह की छवियाँ बननी-बिगड़नी शुरू हो चुकी थीं।...

मगर उनकी सुरति ने फिर से षडमुगम का प्रसंग चालू कर दिया था। जब प्रह्लाद जी षडमुगम से मिले थे, तब उनकी उम्र साठ के ऊपर पहुँच रही थी। अब तो वे क्या ही ज़िन्दा होंगे। ख़ैर, उस दिन अनिर्वान परिसर का भ्रमण

कराने के बाद प्रह्लाद जी को षडमुगम के कमरे में पहुँचाया गया था। एक बड़ा-सा भव्य कमरा। कमरे के एक कोने में मन्दिर रूप में स्थापित तिरुपति बालाजी की प्रतिमा। षडमुगम का सुदर्शन, प्रभावशाली व्यक्तित्व। माथे पर बीचोबीच, दोनों भौहों के मध्य से ऊपर को खिंची लाल रेखा के रूप में लगा तिलक। गहरी साँवली त्वचा पर वह लाल रेखा अलग से ध्यान खींचती थी।

षडमुगम ने अंग्रेज़ी के बजाये हिन्दी में ही बात शुरू की थी, 'आइए मिस्टर परमवीर जी। कइसा लगा हमारा कैम्पस आपको।' उसने प्रह्लाद जी की तरफ़ हाथ आगे बढ़ा दिया था। फिर सामने कुर्सी पर बैठने का इशारा किया। प्रह्लाद जी बैठ गये, उसके बाद ही षडमुगम अपनी कुर्सी पर बैठा था।

'जी, बहुत सुन्दर है। मैंने तो सोचा भी न था कि ध्वनि के इतने कमर्शियल उपयोग हो सकते हैं।...आपके आइडियाज़ की तो दाद देनी पड़ेगी। कमाल है। कैम्पस भी आपने बहुत सुरुचि से तैयार किया है।' प्रह्लाद जी आमतौर पर किसी की तारीफ़ करने के मामले में कंजूस हैं, मगर उस वक़्त स्वाभाविक रूप से उनके भीतर से षडमुगम की तारीफ़ निकली थी।

'सब ईश्वर की कृपा है।...' षडमुगम ने आँखें बन्द करके अपना दाहिना हाथ ऊपर कर दिया था।

'कृषि क्षेत्र में भी ध्वनियों का उपयोग हो सकता है, यह तो शायद ही किसी ने सोचा होगा। कैसे विचार आया आपके मन में।'

'हर चीज़ का संयोग होता है। सब पहले से तय होता है। हम कुछ नहीं करता, हमसे कराया जाता है। मइने भी इंजीनियरिंग करके नौकरी करने गया था। फिलम का नशा था। जवानी में सबको होता है। मगर मइ हीरो बनने के वास्ते नहीं, वहाँ साउंड रिकार्डिस्ट बनने गया था। पहले चेन्नै की एक फिलम कम्पनी में नौकरी किया, फिर बाम्बे चला गया। वहाँ एक फिलम कम्पनी में काम मिल गिया था। तीन-चार साल काम किया। काम अच्छा ही करता था। मगर एक दिन झगड़ा हो गया अपने मालिक से। मालिक, मतलब प्रोड्यूसर से। झक्की था वह मालिक। परफेक्सनिस्ट था नहीं नेचर से, मगर उसको सनक था परफेक्सनिस्ट बनने का। ऐसा सनक फिलम इंडस्ट्री के बहुत सारा लोग में होता है।' षडमुगम ज़ोर से हँसा था। 'मइ नाम नहीं बोलेगा उसका। एक्शन फिलम बनाता था। मार-धाड़ वाला। हमारे साउथ का ही था। तमिल

फिलम वालों को मार-धाड़ बहुत पसन्द है। एक्शन फिलम में साउंड का कुछ ज़्यादा ज़रूरत पड़ता है। ऐसा-ऐसा साउंड, जो रियल में होता नहीं है। उसके एक फिलम में सांड का लड़ाई का एक सीन था। उसके लिए साउंड देना था हमको। हमने तो अपने हिसाब से रियल साउंड बनाया था, मगर मालिक को पसन्द नहीं आया। उसने जैसा बताया, उसके हिसाब से मइने फिर साउंड बनाया। वो भी उसको पसन्द नहीं आया। हमने कहा, सर साउंड में ज़्यादा छेड़छाड़ करेगा तो अनरियल हो जायेगा। व्यूअर को पसन्द नहीं आयेगा। बस बिगड़ गया। ख़ूब गाली दिया हमको। फिलम वाला गाली बहुत देता है।' षडमुगम फिर ज़ोर से हँसा था। 'हमको तो गाली सुनने का आदत नहीं था। मगर सुना। हैरान था मइ। वह गाली देता था और अपना फिलासफी झाड़ता जाता था। उसने हमको समझाया- एक्चुअली, पूरा लाइफ ही अनरियल है। यह सारा दुनिया ही अनरियल है। तुम उसमें रियल क्यों ढूँढ़ता है।' षडमुगम फिर हँसा था। 'फिलम इंडस्ट्री में ऐसा फिलासफी देने वाला भरा पड़ा है। मोरओवर, वह इतना गाली दे चुका था हमको कि हम फिर और कुछ कहने का हिम्मत ही नहीं किया। मगर उसका गाली खाके हममें यह हिम्मत ज़रूर आ गिया था कि उसका नौकरी छोड़ दिया। फिर अपना काम शुरू किया। एक छोटा-सा कमरा लेके साउंड रिकार्डिंग का काम शुरू किया। मेरा मानना है कि साउंड रिकार्डिंग असल में, इंजीनियरिंग उतना नहीं है, जितना एक आर्ट है। मइने अपने हर साउंड को एक आर्ट की तरह क्रिएट करना शुरू किया था। यह बात फिलम इंडस्ट्री के लोगों को पसन्द आया। काम मिलने लगा। थोड़े दिन में सक्सेसफुल हो गिया। फिर धीरे-धीरे काम बढ़ाता गिया और आज यह कम्पनी आपके सामने खड़ा है।'

'रियली, इट्स अमेजिंग।...सचमुच, बहुत बड़ा काम कर रहे हैं आप। मेरा प्रपोज़ल तो पढ़ा होगा आपने। कैसा लगा?' प्रह्लाद जी ने कहा था।

'पढ़ा मइने। अच्छा प्रपोज़ल है। मगर लाइफ की तरह ही अनरियल है।' षडमुगम फिर ज़ोर से हँसा था। दरअसल, उसने प्रह्लाद जी के प्रपोज़ल को अपने पुराने फ़िल्म प्रोड्यूसर मालिक की फिलॉसफी से जोड़ दिया था। एक तरह से वह उस प्रोड्यूसर की फिलॉसफी पर कटाक्ष करके हँसा था। मगर प्रह्लाद जी को षडमुगम का यह तरीक़ा बहुत ही बेहूदा और उसका एटीट्यूड अनप्रोफेशनल लगा था।

उन्होंने ख़ुद को संयत रखते हुए पूछा, 'मतलब? मैं कुछ समझा नहीं।'

'आप क्यों जानना चाहता है कि ॐ ध्वनि का मूल स्वरूप क्या है? अगर आपने जान भी लिया तो उससे क्या लाभ होगा देश को, दुनिया को।...आपको भी केवल यही तो सुख मिलेगा कि आपने ॐ ध्वनि का वास्तविक रूप खोज लिया है। उसकी तरंगों का साइंटिफिक बेस जान लिया है। फिर उसका इस्तेमाल क्या करेगा आप।' षडमुगम ने सीधा सवाल किया था।

उसका सवाल सुन कर प्रह्लाद जी अवाक थे। अव्वल तो वे इस सवाल के लिए तैयार नहीं थे। उन्होंने सोचा न था कि इस तरह भी उनके प्रपोज़ल को प्रश्नांकित किया जायेगा। वे थोड़ी देर चुप रहे, फिर कुछ निराशा के साथ उन्होंने षडमुगम के सवाल का जवाब देने का प्रयास किया था, 'सर, हमें शुरू से ही किसी रिसर्च की उपयोगिता को ध्यान में रख कर काम क्यों करना चाहिए। आप तो ख़ुद इंजीनियर हैं। रिसर्च करते-कराते हैं। किसी टार्गेट को लेकर रिसर्च करते हैं, तो कई बार मनचाहे रिजल्ट्स नहीं आ पाते। मगर, कई बार उन रिसर्च में कुछ ऐसे रिजल्ट भी आ जाते हैं, जिनके बारे में हमने सोचा न था और बाद में वे बहुत उपयोगी साबित होते हैं। ॐ को तो बेसिक साउंड माना जाता है। माना जाता है कि जब सृष्टि में कुछ नहीं था तब भी यही ध्वनि थी। मगर, यह तो एक हाइपोथिसिस ही है न सर, अभी तक। उसे प्रमाणित करना हमारा दायित्व भी है। अगर उस मूल ध्वनि का स्वरूप पता चल जायेगा, तो शायद दुनिया की तमाम ध्वनियों को समझने की एक नयी दृष्टि मिले।'

'आपका बात मइ समझ गिया मिस्टर परमवीर। मगर कुछ हाइपोथिसिस को हाइपोथिसिस ही रहने देने का। उसके पीछे साइंटिफिक रीजन नहीं तलाश करने का। आप क्यों गैलीलियो बनने का कोशिश करता। अगर कुछ उल्टा-पल्टा रिजल्ट ले आयेगा, तो अपना लिए मुसीबत तो पइदा करेगा ही, मेरे लिए भी मुसीबत पइदा करेगा। छोड़ो इस प्रपोज़ल को। मेरे पास आपके लिए एक नया प्रपोज़ल है। आप उस पर काम करो।' षडमुगम ने कहा।

प्रह्लाद जी ने सोचा भी न था कि उनके प्रपोज़ल को षडमुगम इस तरह बम से उड़ा देगा। वे निराश हो गये थे। षडमुगम की बातें सुनने के बाद अब उनका उससे बिल्कुल बात करने का मन नहीं था। उनका मन तो हुआ कि हाथ जोड़ कर उसे धन्यवाद कहें और उसके कैबिन से बाहर निकल जायें।

मगर यह कोई सभ्य तरीका नहीं कहलाता। उन्होंने ख़ुद को समझा लिया कि जब षडमुगम ने इतना ख़र्चा करके उन्हें बेंगलुरु बुलाया है, तो उसका प्रपोज़ल भी सुन ही लेना चाहिए। उन्होंने ख़ुद को संयत करके पूछा था, 'क्या है आपका प्रपोज़ल।'

'आप हमारे लिए एक ध्वनिबम बनाओ। साउंड बम।'

प्रह्लाद जी की नज़रें हैरानी से षडमुगम के चेहरे पर टिक गयी थीं। मगर उन्हें उस पर कोई शरारत, कोई बदमाशी, कोई हल्कापन नज़र नहीं आया। षडमुगम गम्भीर था। उसके चेहरे से साफ़ पता चल रहा था कि वह सचमुच ध्वनिबम बनाने को लेकर गम्भीर है। उसने अन्दाज़ा लगा लिया था कि प्रह्लाद जी को उसकी बात समझ नहीं आयी है और उसकी व्याख्या करना, उसके बारे में विस्तार से समझाना ज़रूरी है।

'मेरा भी एक हाइपोथिसिस है कि आवाज़ का एक बम बनाया जा सकता है। एक ऐसा बम, जो परमाणु बम से ज़्यादा खतरनाक होगा। मगर परमाणु बम की तरह उसका कोई साइड इफेक्ट नहीं होगा। हिरोशिमा और नागासाकी की तरह बरसों बरस, जेनरेशन बाई जेनरेशन लोग उसका मार नहीं झेलता रहेगा। विज्ञान की दिशा बदल चुकी है, प्रोफ़ेसर। उसका रुख नयी औद्योगिक क्रान्ति की ओर है। सुरक्षा की नयी चुनौतियों की ओर है। अगर बना सकते हैं, तो ध्वनिबम बनाइये। क्या बना सकते हैं हमारे लिए ध्वनिबम! अगर बना लिया, तो समझिये कि आपकी कई पुश्तें उसकी रॉयल्टी से ही मौज करती रहेंगी।'

अब प्रह्लाद जी को शरारत सूझी थी, 'बोलबम तो सुना था, पर यह ध्वनिबम बिल्कुल नयी चीज़ है।'

'इसे बोलबम का नया वर्ज़न ही समझिये। ध्वनिबम वह बम है, जो दुनिया के किसी भी बम से ज़्यादा घातक है। ध्वनि का जहरीला सम्मोहन। ऐसी ध्वनि, जिसे सुनते-सुनते आदमी सम्मोहित हो जाये और सम्मोहन में सुनते-सुनते सो जाये। सदा के लिए।'

'कैसी बातें करते हैं सर। आप जनसंहार का हथियार बनाने की बात कर रहे हैं। हम मानवता को बचाने, उसे सजाने-सँवारने को लेकर चिन्तित हैं और आप उसे मिटाने की बात कर रहे हैं।'

‘मानवता तो तभी बचेगा न प्रोफ़ेसर, जब मनुष्य बचेगा। मनुष्य ही न होगा, तो मानवता रहेगा कहाँ। मनुष्य की सुरक्षा का ही तो सवाल है। संहार ही हमारे समय में सुरक्षा का सबसे बड़ा हथियार है। दुनिया के सारे देश परमाणु बम बनाने और ताक़तवर देश उसे बनाने से रोकने के लिए संघर्ष क्यों कर रहे हैं। इसीलिए न कि वे दूसरों में संहार का भय पैदा कर सकें। भय बड़ी चीज़ है। ज़रूरी नहीं कि हर समय हथियार का इस्तेमाल किया जाये। बहुत सारे लोग तो इसी बात से डर जाते हैं कि हमारे हाथ में हथियार है। हथियार संहार कम करता है और भय पैदा कर संहार की स्थितियों को रोकता अधिक है। इसलिए ध्वनिबम ज़रूरी नहीं कि हर समय मारने के ही काम आये।’

‘किसी भी आविष्कार के प्रारम्भ में सैद्धान्तिक रूप से ऐसे ही तर्क दिये जाते हैं, मगर व्यवहार में उनका वीभत्सतम उपयोग ही नज़र आता है। ऐसे बम की कल्पना आपके दिमाग़ में आयी कैसे।’

‘वो ऐसे आयी कि जब देखो कहीं न कहीं आन्दोलन भड़क उठते हैं। उन पर क़ाबू पाना कठिन हो जाता है। आन्दोलनों के हिंसक हो उठने की मिसालें भी अनेक हैं। उन पर पुलिस के लिए बल प्रयोग करना मुश्किल हो जाता है। किन्हीं स्थितियों में वह बल प्रयोग करती भी है, तो उस पर मानवाधिकार के उल्लंघन का मामला उठ जाता है। ऐसे में मैंने सोचा कि अगर ध्वनि को हथियार के रूप में इस्तेमाल किया जाये, जिसे सुनते-सुनते आन्दोलनकारी सम्मोहित हो जायें और उन पर क़ाबू पा लिया जाये, तो कितना बेहतर होगा।’

‘मगर आप तो उसे बम कह रहे हैं। बम तो किसी को मार ही डालता है।’

‘अरे, वह तो नाम भर है। और आपने तो सुना ही होगा कि नाम में क्या रखा है।’ षडमुगम फिर ज़ोर से हँसा था।

‘सर, फिर भी यह कम घातक न होगा। बेशक वह आदमी को मारे नहीं, केवल मूर्छित कर दे, तो भी ख़तरनाक होगा। दिमाग़ को कुछ न कुछ तो डैमेज कर ही देगा।’

‘क्या बात करता है, प्रोफ़ेसर। कुछ डैमेज नहीं करेगा। और करेगा भी, तो पुलिस की लाठी से तो कम ही करेगा। लोग आन्दोलन करता है, पुलिस लाठी मारता है। बहुत सारा लोग का सिर फूट जाता है, टाँग टूट जाता है। पुलिस पैलेट गन चलाता है, बहुत सारा लोग का आँख में छर्रा घुस जाता है। कई बार

गोली चलता है, तो आदमी मर भी जाता है। इतना सब डैमेज का रिस्क लेके ही तो लोग आन्दोलन में उतरता है।'

'मगर सर, ऐसा कुछ भी हम क्यों बनायें, जो आदमी को बेहतर बनाने के बजाये उसे ख़त्म करने का हथियार साबित हो।'

'अरे बाबा, सब जानता है कि हथियार जान लेता है। मगर हथियार बनाता है कि नहीं। पूरा दुनिया हथियार का कारोबार से ही तो धनी बनने का कोशिश कर रहा है। परमाणु बम का ख़िलाफ़ सब लोग बोला। सब बोलता है कि परमाणु बम दुनिया का नाश कर देगा, मगर बनाना छोड़ा क्या, किसी ने। नहीं छोड़ा न। इंडिया ने भी तो चुपके-चुपके बनाया न। हमारा नेता लोग तो घूम-घूम के दुनिया में शान्ति का बात करता है, मगर परमाणु बम तो हमने भी बनाया न।...इसलिए बनाया कि पड़ोसी मुल्क हमसे डरे। डरे कि अगर लड़ाई किया तो हम उसका ऊपर परमाणु बम फेंक देगा। बस, डराने के लिए बना के रखा है, हर किसी ने परमाणु बम।...उसी तरह हम ध्वनिबम बनायेगा। पुलिस को बहुत ज़रूरत है इसका। कहीं भी आन्दोलन होगा, भीड़ बेक़ाबू होगा, पुलिस ख़ाली ध्वनिबम चला देगा। लोग सुनेगा और बेहोशी की हालत में चला जायेगा। फिर पुलिस उनको पकड़ के गाड़ी में भरेगा और दूर कहीं छोड़ आयेगा।'

'यह तो लोगों के लोकतान्त्रिक अधिकारों के ख़िलाफ़ होगा।'

'कोई ख़िलाफ़ नहीं होगा। आन्दोलन-फांदोलन सब बकवास का बात है। बेवजह पुलिस और सरकार का टाइम ख़राब करता है। जिसको सत्ता मिल जाता है, वह तो आन्दोलन चाहता नहीं। जो सत्ता पाने से बच जाता है, वही आन्दोलन-फांदोलन करता-कराता है। कितना नुकसान होता है आन्दोलन से, पता है आपको। इस तरह देश का कितना मैनपावर बेकार जाता है रोज, कितना यूथ सब गुमराह होता है, पता है आपको। उन सबको क्रिएटिव काम में लगाओ, सबको कुछ क्रिएटिव सोचने में लगाओ, तो देश तरक़्क़ी करेगा। मगर आन्दोलन के ज़रिये नेगेटिविटी फैलायी जाती है।'

प्रह्लाद जी को अब इस विषय पर षडमुगम से बहस करना व्यर्थ लगने लगा था। वे चुप रहे। जल्दी वहाँ से निकल जाना चाहते थे। उन्होंने विनम्रता पूर्वक कहा, 'आप अपनी जगह सही हो सकते हैं, सर।...मगर इस बारे में सोचने के लिए मुझे कुछ वक़्त चाहिए।'

'श्योर श्योर। वक़्त लीजिए न। ज़रूर लीजिए। मगर जल्दी ही अपना फ़ैसला हमें बता दीजिए, क्योंकि बहुत जल्दी हम इस प्रोजेक्ट पर काम शुरू कर देना चाहता है।'

'ओके सर। मैं आपको सोच कर बताता हूँ।'

'और हाँ प्रोफ़ेसर, मेरा एक और प्रपोज़ल है आपका लिए। यूनीवर्सिटी की नौकरी में क्या रखा है, छोड़ो उसको। आप हमारा रिसर्च टीम ज्वाइन कर सकता है। ऐज ए हेड ऑफ़ रिसर्च टीम। यूनीवर्सिटी से ज़्यादा पैसा दे देगा हम। रहने का घर भी देगा। रिसर्च का फैसेलटी भी सारा देगा। जो कहेगा, हम वो सारा मशीन यहाँ मँगाने का वास्ते कहेगा।'

'सर, थोड़ा वक़्त तो दीजिए मुझे, विचार करने का।' प्रह्लाद जी ने कहा और हाथ जोड़ कर खड़े हो गये थे।

तीन

रात के सन्नाटे में झींगुरों, मेढकों, बरसाती कीटों की मिलीजुली तीखी आवाज़ कानों में चुभ रही थी। हवा शान्त थी। ऊमस बढ़ गयी थी। प्रह्लाद जी ने एसी चला दिया था। मगर फिर भी उन्हें कुछ गर्मी का एहसास हो रहा था। उन्होंने अनुभव किया कि षडमुगम के बारे में सोचने से ऐसा हो रहा है। इस तरह गर्मी लगना, पसीना आना स्वास्थ्य के लिए ठीक नहीं, उन्होंने सोचा। पर वे जानते थे कि मनोभावों के बदलने से शरीर की गति भी बदल जाती है, इसलिए परेशान होने की कोई बात नहीं है।

अब उनकी सुरति ने उनके विभाग के पन्ने खोल दिये थे। बेंगलुरु से लौटने के बाद विभागाध्यक्ष ने उनसे पूछा था कि षडमुगम से क्या बातचीत हुई। प्रह्लाद जी ने जब उन्हें बताया कि बात बनी नहीं, तो विभागाध्यक्ष के चेहरे पर प्रसन्नता की रेखाएँ खिल उठी थीं, हालाँकि उन्होंने पूरी कोशिश की थी कि उनके भीतर की प्रसन्नता चेहरे पर प्रकट न होने पाये। मगर उसकी झलक मिल ही गयी थी प्रह्लाद जी को। वे पहले से जानते थे कि यह समाचार पाकर सबसे अधिक प्रसन्नता अगर किसी को होगी, तो उनके विभागाध्यक्ष को होगी। फिर भी विभागाध्यक्ष ने, बनावटी ढंग से, प्रोजेक्ट के रिजेक्ट होने पर दुख ज़ाहिर किया था।

उसके बाद कुछ ही दिनों में प्रह्लाद जी ने महसूस किया कि विभागाध्यक्ष उन पर काम का बोझ लादते जा रहे हैं। फालतू के काम। ऐसा कोई काम नहीं, जिसका पढ़ाई-लिखाई से मतलब हो। विभागाध्यक्ष थे बहुत पॉलिश्ड आदमी। विभाग के सारे अध्यापक और कर्मचारी उन्हें मीठी छुरी कहते थे। हँसते-हँसते गला रेत देने वाले। प्रह्लाद जी के बेंगलुरु से लौटने के कुछ दिनों बाद ही विभागाध्यक्ष ने विभाग की बैठक बुलायी थी। उसमें उन्होंने प्रस्ताव रखा था कि विभागीय लाइब्रेरी के लिए एक कमेटी बननी चाहिए। लाइब्रेरियन सँभाल नहीं पाता ठीक से किताबों को। उसमें ठीक से सफ़ाई तक तो हो नहीं पाती। किताबों की दुर्दशा हो रही है। लम्बे समय से मिसेज मल्लिक लाइब्रेरी सँभालती आ रही हैं। अब वे भी ठीक से ध्यान नहीं दे पाती हैं। सीनियर हो गयी हैं। हम चाहते हैं कि लाइब्रेरी को नये सिरे से व्यवस्थित किया जाये। कुछ पीएचडी वाले स्टूडेंट्स की शिकायत है कि किताबें ठीक से नहीं रखी हैं, नयी किताबें बहुत समय से ख़रीदी नही गयी हैं। मेरा प्रस्ताव है कि लाइब्रेरी को व्यवस्थित कराने की ज़िम्मेदारी डॉक्टर परमवीर प्रह्लाद को सौंप दी जाये। यंग आदमी हैं। रिसर्च वग़ैरह करते रहते हैं। नयी-नयी किताबों के बारे में जानकारी रखते हैं।

विभागाध्यक्ष के इस प्रस्ताव पर भला किसे आपत्ति होनी थी। यह कोई नीतिगत मामला तो था नहीं कि उस पर विचार-विमर्श करने की ज़रूरत थी। सबने सहमति में सिर हिला दिया था। प्रह्लाद जी जानते थे कि नयी ज़िम्मेदारियाँ प्रायः उसी को सौंपी जाती हैं, जिससे ज़िम्मेदारी से काम करने की उम्मीद होती है। मगर वे यह भी जानते थे कि विभागाध्यक्ष ने यह काम उन्हें परेशान करने की नीयत से सौंपा है। ख़ैर, वे विभागाध्यक्ष के फ़ैसले का विरोध नहीं कर पाये थे। हालाँकि उनका प्रोबेशन पीरियड ख़त्म हो चुका था, मगर थे तो लेक्चरर ही। विभाग में सबसे जूनियर। वे समझ गये थे कि विभागाधयक्ष उनसे अपनी खुन्नस निकाल रहा है।

विभाग की लाइब्रेरी वास्तव में बहुत बुरी हालत में थी। जिस आदमी पर लाइब्रेरी सँभालने की ज़िम्मेदारी थी, वह शायद ही कभी घूम-फिर कर देखता होगा कि लाइब्रेरी में किताबें ठीक से रखी भी हैं कि नहीं। वह अपनी टेबल पर बैठ कर या तो सफ़ाई वाली महिला से गप्पें लगाता रहता या लाइब्रेरी बन्द

करके कहीं घूमने निकल जाता था। इतने सालों में प्रह्लाद जी उसके मिज़ाज से परिचित हो चुके थे। वह उन कर्मचारियों में से था, जो काम न करने के बहत्तर बहाने जानते हैं। हालाँकि विभाग की लाइब्रेरी में विद्यार्थियों के बैठ कर पढ़ने की व्यवस्था नहीं थी। अध्यापक और विद्यार्थी वहाँ से केवल किताबें इश्यू करा सकते थे। मगर अव्वल तो विद्यार्थी विभाग की लाइब्रेरी से कोई किताब इश्यू कराने आते नहीं थे। पर अगर कभी कोई विद्यार्थी किसी किताब के लिए आ भी जाता, तो लाइब्रेरियन उसे यह कह कर टाल देता कि वह किताब लाइब्रेरी में है ही नहीं या फटी-चिटी है, मरम्मत के लिए भेजी जानी है। हर बार उसकी एक ही शिकायत रहती, क्या करें साहब, नयी किताबें ख़रीदी ही नहीं जातीं। खन्ना साहब चेयरमैन थे, तो उन्होंने बहुत सारी किताबें ख़रीदवायी थीं। उनके बाद तो इक्का-दुक्का ही ख़रीदी गयी होंगी। प्रोफ़ेसर लोगों ने अपने घर में ही लाइब्रेरी बना रखी है। अगर कभी किसी किताब की ज़रूरत पड़ी, तो यूनिवर्सिटी की मेन लाइब्रेरी से ले आते हैं। उन्हें इस लाइब्रेरी की ज़रूरत ही नहीं पड़ती। इसलिए नयी किताबें रिकमेंड ही नहीं करते।

प्रह्लाद जी जानते थे कि लाइब्रेरियन से उसके काम को छोड़ कर इधर-उधर की जितनी बातें करवा लो, वह बिना थके करता रहेगा। इसलिए लाइब्रेरी की ज़िम्मेदारी मिलने के बाद उन्होंने तय किया था कि सबसे पहले लाइब्रेरियन को साधना होगा। उसे उन्होंने बहुत अच्छी तरह साध भी लिया था। काम करते हुए एक-दो दिन में ही प्रह्लाद जी के साथ वह घुल-मिल गया था। प्रह्लाद जी ने एक-एक सेक्शन की किताबों को उलट-पलट कर देखना शुरू किया था। बहुत सारी किताबों के जिल्द उखड़ चुके थे, बहुतों के नम्बर ठीक से नहीं लगे थे। उन सबको बाहर निकालना, जिल्दसाजी के लिए भेजना, उनके नम्बर लगवाना शुरू कर दिया था। लाइब्रेरियन ने अपनी दोस्त सफ़ाई वाली को भी इस काम में लगा लिया था। झाड़न से झाड़-झाड़ कर किताबों को सही जगह लगाने, रैकों की सफ़ाई वग़ैरह कराने में क़रीब पन्द्रह दिन निकल गये। इतने दिनों में प्रह्लाद जी काफ़ी धूल फाँक चुके थे। डस्ट से उन्हें सर्दी-जुकाम हो गया था। लाइब्रेरी व्यवस्थित हो गयी, तो उसमें कीटनाशक का छिड़काव कराया गया।

लाइब्रेरी की साफ़-सफ़ाई कराते-कराते प्रह्लाद जी इस नतीजे पर पहुँच चुके थे कि कुछ नये रिसर्च मँगा कर रखे जाने चाहिए। कुछ रिसर्च मैगज़ींस भी मँगायी जानी चाहिए। फिर उन्होंने सभी अध्यापकों से कहा कि वे अपनी और विद्यार्थियों की ज़रूरत की नयी किताबों की सूची बना कर दें, ताकि उन्हें ख़रीदा जा सके। इस तरह उन्होंने लाइब्रेरी को न केवल साफ़-सुथरी, बल्कि कुछ समृद्ध करने की भी कोशिश की थी। मगर नयी किताबों की ख़रीद को लेकर विभागाध्यक्ष का फ़ंड का रोना शुरू हो गया था। बहुत कम नयी किताबें ख़रीदी जा सकी थीं। रिसर्च मैगज़ींस मँगाने के प्रस्ताव को तो उन्होंने सिरे से ख़ारिज कर दिया था कि यह सब फालतू का ख़र्च है। कोई पढ़ता-वढ़ता तो है नहीं रिसर्च मैगज़ींस और जर्नल्स को। डॉलर के भाव पेमेंट और करना पड़ता है।

लाइब्रेरी का काम ख़त्म हुआ तो विभागाध्यक्ष प्रह्लाद जी के लिए नये काम तलाश करने लगे थे। विभाग में अगर किसी बाहर के प्रोफ़ेसर का लेक्चर होना होता, कोई सेमिनार होता, किसी की वाइवा के लिए दूसरी यूनिवर्सिटी से प्रोफ़ेसर आते, तो विभागाध्यक्ष उनकी तिमारदारी में प्रह्लाद जी को लगा देते। उन्हें स्टेशन से लाना, गेस्ट हाउस में ठहराना, सुबह के नाश्ते से लेकर रात के खाने तक उनकी आवभगत करना, सब प्रह्लाद जी के ज़िम्मे डाल देते। फिर मुस्करा कर कहते—भाई, इतने सीनियर प्रोफ़ेसर हैं, इनकी संगत में रह कर आप कुछ नया ही सीखेंगे।

मगर प्रह्लाद जी का इन सब कामों में समय बहुत जाया होता था। ऊपर से कई बार प्रोफ़ेसरों के नखरे भी झेलने पड़ते। किसी को रात के भोजन में कुछ विशेष भोजन चाहिए होता, तो किसी को सुबह से नाश्ते में कुछ विशेष। अजीब-अजीब चीज़ों की माँगें भी होतीं उनकी। गेस्ट हाउस का किचन ऐसा था नहीं कि वहाँ कुछ विशेष बन्दोबस्त हो सके। वहाँ तो बस, पारम्परिक भोजन बन जाता था—चावल, दाल रोटी, सब्ज़ी, परांठे वग़ैरह। अक्सर कई प्रोफ़ेसर्स शाम को ड्रिंक की फरमाइश कर देते—भाई शाम तो बिना ड्रिंक के ठीक से गुज़रती ही नहीं।

प्रह्लाद जी शुरू-शुरू में तो ख़ुद जाकर, अपना पैसा ख़र्च करके उनकी मनपसन्द ब्रांड ला देते। वे ख़ुद तो पीते नहीं, मगर उनके साथ बैठे रहना पड़ता। वे पीते रहते, प्रह्लाद जी सलाद और नमकीन कुतरते, उनकी उपलब्धियों का

बखान सुनते रहते। जैसे-जैसे शराब असर करती जाती, उनका ज्ञान निखर कर बाहर आता जाता। फिर तो तरह-तरह के संस्मरण, तरह-तरह के क़िस्से। न जाने किस किस प्रोफ़ेसरर्स के कच्चे चिट्ठे खोलने शुरू कर देते। देर रात तक उनकी लंतरानियाँ सुननी पड़ती थीं।

फिर प्रह्लाद जी को ज्ञान प्राप्त हुआ कि ये अतिथि प्रोफ़ेसर लोग जब समझ जाते हैं कि शराब कोई दूसरा पिला रहा है, तो महँगी से महँगी ब्रांड की माँग करते हैं। जैसे ही उन्हें ख़ुद ख़र्च करके पीने की बात आती है, वे रम पर उतर आते हैं। यह ज्ञान उनके ही विभाग के एक साथी ने दिया था। तबसे जब भी कोई प्रोफ़ेसर शाम को ड्रिंक की फरमाइश करता, प्रह्लाद जी गेस्ट हाउस के चपरासी को बुला लेते। उससे कहते, भाई देख लो, साहब की क्या डिमांड है। जो ब्रांड कहते हों, ज़रा लाकर दे देना। और फिर किसी काम का बहाना करके वहाँ से टल जाते। इस तरह अतिथि प्रोफ़ेसरों की शाम की तलब पूरी करने की झंझट से उन्होंने मुक्ति पाई थी।

हालाँकि उन्हें इस तरह की सेवा-टहल से ही थोड़े समय बाद पूरी तरह मुक्ति मिल गयी थी, जब विभागाध्यक्ष का कार्यकाल समाप्त कर दिया गया। वह इसलिए कि उसी वर्ष यूजीसी ने नयी गाइडलाइन जारी की थी कि लेक्चरर, रीडर और प्रोफ़ेसर पद नाम बदल जायेंगे। अब लेक्चरर का पदनाम असिस्टेंट प्रोफ़ेसर और रीडर का एसोसिएट प्रोफ़ेसर होगा। विभागाध्यक्ष को चेयरमैन कहा जायेगा और यह पद दो साल के रोटेशन पर होगा। हर दो साल पर चेयरमैन बदल जायेंगे। पदोन्नति का भी एक चक्र बन गया था, जिसमें विभागाध्यक्ष की कृपा की बहुत ज़रूरत नहीं रह गयी थी। पाँच साल पूरा होने पर असिस्टेंट प्रोफ़ेसर के स्वतः एसोसिएट प्रोफ़ेसर पर पदोन्नत हो जाने की व्यवस्था कर दी गयी थी। यानी यूजीसी नियमों के अनुसार अब प्रह्लाद जी की पदोन्नति भी एसोसिएट प्रोफ़ेसर पद पर स्वतः हो जानी थी। इस तरह प्रह्लाद जी के विभागाध्यक्ष का पदनाम बदल कर चेयरमैन तो हो गया था, पर उन्हें इस पदनाम के साथ ही अपना पद छोड़ना पड़ा था। अब आगे उनके चेयरमैन बनने की सम्भावना भी नहीं थी, क्योंकि अगले वर्ष उन्हें अवकाश ग्रहण कर लेना था।

नये विभागाध्यक्ष बने थे प्रोफ़ेसर चाहल। वे बहुत पढ़ाकू और नये-नये शोधों पर लगातार नज़र रखते थे। रिसर्च में उनकी गहरी दिलचस्पी थी।

हालाँकि वे ख़ुद कोई रिसर्च नहीं कर पाये थे, पर नये शोधों की व्याख्या वे बहुत बारीकी से किया करते थे। उनके कई शोधपत्र प्रतिष्ठित शोध पत्रिकाओं में प्रकाशित हो चुके थे। चेयरमैन बनने से पहले वे विभाग की गतिविधियों में कम ही शामिल होते थे। आते थे, अपने कमरे में बैठते थे, कक्षाएँ लेते और फिर वापस घर चले जाते थे। विभाग के अध्यापकों से ज़रूरी दुआ-सलाम भर होती थी उनकी। बैठकों वग़ैरह में ही, अगर ज़रूरत होती थी तो, कुछ सलाह देते या कोई टिप्पणी करते थे। बाक़ी, किसी तरह की विभागीय राजनीति में कभी नहीं उलझे। कोई जोड़-तोड़ नहीं की। लोग बताते थे कि अगर वे दूसरे विश्वविद्यालय में भी एक्सपर्ट बन कर जाते थे, तो वहाँ उन्हीं लोगों की नियुक्ति करके आते थे, जिन्हें वे क़ाबिल समझते थे। इस मामले में वे कुलपति से भी भिड़ जाते थे।

प्रोफ़ेसर चाहल से प्रह्लाद जी की ख़ूब पटती थी। जब कभी वे फुर्सत में होते, तो चपरासी को भेज कर प्रह्लाद जी को अपने कमरे में बुलवा लेते। ख़ुद ब्लैक कॉफ़ी बनाते और पीते हुए नयी-नयी रिसर्च के बारे में बातें करते थे। प्रोफ़ेसर चाहल ने ही प्रह्लाद जी को ब्लैक कॉफ़ी पीने की आदत डाली थी। प्रह्लाद जी ने जब प्रोफ़ेसर चाहल को षडमुगम के साथ अपनी बैठक के बारे में बताया, तो वे ख़ूब ज़ोर-ज़ोर से हँसे थे। पर, उन्हें उस घटना से दुख भी बहुत हुआ था।

प्रोफ़ेसर चाहल ने शुरू में ही, प्रह्लाद जी की रिसर्च को लेकर सदा बनी रहने वाली बेचैनी को समझ लिया था। चेयरमैन बनने के बाद एक दिन कॉफ़ी पीते हुए उन्होंने प्रह्लाद जी को समझाया था, 'देखिये, यहाँ तो आप कुछ कर नहीं पायेंगे। यहाँ कोई ऐसी लेबोरेट्री नहीं है, जिसमें आप अपना रिसर्च कर सकेंगे। आप दो साल की स्टडी लीव लेकर जापान चले जाइए। टोक्यो में साउंड रिसर्च की अच्छी लेबोरेट्री है। वहाँ मेरे एक मित्र हैं। वे आपकी मदद करेंगे।'

'मगर, यहाँ से छुट्टी मिल पायेगी। यहाँ तो काम का बोझ ही इतना बताया जाता है। लोग शोर मचाना शुरू कर देंगे। वाइस चांसलर साहब ही आपत्ति जता देंगे।' प्रह्लाद जी ने शंका ज़ाहिर की थी।

'आप उस सब की चिन्ता मत कीजिए। मैं सब सँभाल लूँगा। आप अपने घर की व्यवस्था देखिए कि बच्चों की स्टडी वग़ैरह का कैसे, क्या करना है।'

सचमुच, सबसे बड़ी परेशानी बच्चों की पढ़ाई की थी। बच्चों को लेकर टोक्यो जाना सम्भव नहीं था, क्योंकि उसी वर्ष बेटे की दसवीं बोर्ड की परीक्षा थी। उसके एक साल बाद उस पर बारहवीं बोर्ड की परीक्षा का दबाव पड़ना था। यही सबसे क्रूशियल पीरियड होता है। बेटी सातवीं में थी, उसे तो साथ ले जाया जा सकता था, मगर तकनीकी रूप से उसकी पढ़ाई में भी दिक़्क़तें आ सकती थीं। मगर लता ने प्रह्लाद जी की सारी दुविधाएँ दूर कर दी थी, 'आप अकेले जाइए। हम सब साथ होंगे तो आपका मन काम में भी नहीं लगेगा। हमारी चिन्ता बिल्कुल मत कीजिए। बच्चों को मैं सँभाल लूँगी। और आप यहाँ रह कर भी कितना सँभालते ही हैं बच्चों को।' लता ने व्यंग्य किया था। 'आप नहीं रहेंगे तो हम भी आराम से रहेंगे, क्यों बच्चो।' लता ने पास बैठे बच्चों से अपनी बात का समर्थन चाहते हुए ऐसे कहा था, जैसे प्रह्लाद जी की वजह से उसकी और बच्चों की ज़िन्दगी में बाधा पड़ती हो। मगर प्रह्लाद जी लता को ख़ूब अच्छी तरह जानते थे। वह अपनी पीड़ा को इसी तरह हँसी-मज़ाक़ करके ढकने का प्रयास करती थी। उन्हें ख़ूब अच्छी तरह एहसास था कि उनके दो साल के लिए चले जाने के बाद लता पर ज़िम्मेदारियों का कितना बोझ पड़ेगा।

मगर अकेले जापान जाने के अलावा कोई दूसरा विकल्प सूझ नहीं रहा था। प्रह्लाद जी अपने रिसर्च को और अधिक टालना नहीं चाहते थे। बच्चों की पढ़ाई का सिलसिला तो अभी कई साल चलना था। मगर प्रह्लाद जी के भीतर कई दिनों तक एक अजीब किस्म की कशमकश बनी रही।

प्रोफ़ेसर चाहल ने उन्हें समझाया था, 'देखिए डॉक्टर परमवीर, अगर आपको रिसर्च करना है, तो संन्यासी का जीवन जीना पड़ेगा। परिवार की चिन्ता छोड़नी पड़ेगी। पारिवारिक उलझनों से पार पाना होगा, उसके लिए वैकल्पिक व्यवस्थाएँ करनी ही पड़ेंगी। लोग गोद के बच्चों को नैनी के सहारे छोड़ कर रिसर्च करते हैं। आपके बच्चे तो फिर भी बड़े हैं, आपकी पत्नी इतनी सक्षम हैं कि घर और बच्चों को अच्छी तरह सँभाल लेती हैं। आपको तो वैसे ही बहुत चिन्ता करने की ज़रूरत नहीं है। अगर रिसर्च करना है, तो घर का मोह तो छोड़ना पड़ेगा। वरना, हम जैसे आप भी नौकरी करते रहिए। यूनिर्सिटी आइए, क्लासेज लीजिए और घर लौट जाइए। बीवी-बच्चों के साथ सुख से रहिए।'

आख़िरकार प्रह्लाद जी ने जापान जाने का मन बना लिया था। उन्होंने अपना प्रपोज़ल वहाँ की लेबोरेट्री को भेज दिया था। उसे स्वीकृत होने और यहाँ विश्विवद्यालय से छुट्टी की औपचारिकताएँ पूरी करने में छह-सात महीने लग गये थे। प्रोफ़ेसर चाहल ने पहले ही टोक्यो विश्वविद्यालय के प्रोफ़ेसर तनाका से प्रह्लाद जी के बारे में बात कर ली थी। एक-दो बार प्रह्लाद जी की भी प्रोफ़ेसर तनाका से फ़ोन पर बात हो चुकी थी। इसलिए प्रह्लाद जी के लिए, जापान जैसे कोई अनजान जगह नहीं रह गयी थी।

टोक्यो पहुँचने के बाद कुछ दिन प्रह्लाद जी यूनिवर्सिटी गेस्ट हाउस में रहे। फिर उन्हें एक छोटा-सा घर मिल गया था। उन्होंने नोट किया कि जापान के लोग रहने-खाने की झंझटों को अपने सिर पर बोझ की तरह लेकर नहीं घूमते। हमारे यहाँ तो लोग घर बदलने में ही पूरा हफ़्ता लगा देते हैं। छुट्टी लेकर, सारा काम छोड़ कर, बस घर बदलने-व्यवस्थित करने में लगे रहते हैं। मगर प्रोफ़ेसर तनाका ने प्रह्लाद जी को अगले ही दिन से लेबोरेट्री में ले जाकर सबसे परिचय करा दिया था। उसी दिन उन्हें सारी व्यवस्था बता-समझा दी गयी थी।

प्रह्लाद जी ने प्रयोगशाला में अपनी जगह व्यवस्थित कर ली, तो अगले ही दिन प्रोफ़ेसर तनाका ने उन्हें सलाह दी थी, 'अगर आपको ध्वनि पर काम करना है, तो पहले मन्दिरों का अध्ययन करना चाहिए।'

यह प्रह्लाद जी के लिए हैरान करने वाली बात थी। वे कुछ देर हैरानी से प्रोफ़ेसर तनाका को देखते रहे। तनाका के चेहरे पर गम्भीरता थी। उनकी आवाज़ में कुछ तो ऐसा था, जिसका प्रह्लाद जी पर कुछ अलग असर हुआ था। उन्हें तत्काल सूझ नहीं रहा था कि प्रोफ़ेसर तनाका की सलाह पर क्या प्रतिक्रिया दें। उनकी सलाह लगातार उनके भीतर गूँज रही थी। उन्होंने पूछा था, 'ध्वनि से मन्दिरों का क्या सम्बन्ध हो सकता है?'

'बहुत गहरा सम्बन्ध है। आप जिस तरह की ध्वनि का अध्ययन करना चाहते हैं, उसके लिए तो पहले मन्दिरों का अध्ययन बहुत उपयोगी होगा।' प्रोफ़ेसर तनाका ने समझाया।

'कैसे?'

'मन्दिरों के गर्भगृह और प्रार्थना कक्ष के सन्नाटे का अध्ययन कीजिए, तो वहाँ से आपको 'ॐ' ध्वनि के कुछ सूत्र मिल सकते हैं।'

प्रोफ़ेसर तनाका की बातें सुन कर प्रह्लाद जी अब और गम्भीर हो गये थे। उनके भीतर कई अन्तर्धाराएँ फूट पड़ी थीं। पहले उन्हें शक हुआ कि प्रोफ़ेसर तनाका वास्तव में फिजिक्स के प्रोफ़ेसर हैं या कोई आध्यात्मिक गुरु। तनाका की बातों और उनके कहने के अन्दाज़ का कुछ ऐसा प्रभाव था कि प्रह्लाद जी के भीतर कुछ टूट-फूट शुरू हो गयी थी। मगर वे समझ नहीं पा रहे थे कि भीतर क्या टूट-फूट हो रही है। उनके भीतर से आवाज़ आयी कि प्रोफ़ेसर तनाका की सलाह निराधार नहीं है। प्रह्लाद जी ने एक निराश-सी प्रतिक्रिया दी, 'मन्दिर तो हमारे यहाँ बहुत हैं। फिर वहीं जाना पड़ेगा क्या?'

उनकी बात सुन कर प्रोफ़ेसर तनाका हँसे, 'मन्दिर यहाँ भी बहुत हैं। बौद्ध मन्दिर यहाँ के हर शहर में मिल जायेंगे। पहाड़ों पर बने सैकड़ों भव्य और बहुत पुराने मन्दिर हैं यहाँ। यहाँ से कुछ दूर ही कामाकुरा मन्दिर है। यहाँ के प्राचीनतम मन्दिरों में से एक है। वहाँ जाइए। मैं वहाँ के भिक्षु से बात कर लूँगा। भिक्षु चांगेन वहाँ के वरिष्ठ भिक्षु हैं। भारत के प्रति उन्हें विशेष अनुराग है। भारत में कई वर्ष रह चुके हैं। भारत जाते रहते हैं। योग विज्ञान पर उनका गहरा अध्ययन है। आप उनसे मिलिए, वे आपकी रिसर्च में बहुत मददगार होंगे।'

प्रह्लाद जी तो उन्नत लेबोरेट्री और अत्याधुनिक मशीनों के मोह में जापान आये थे, मगर प्रोफ़ेसर तनाका ने उन्हें मन्दिर का रास्ता बता दिया। एक ऐसा रास्ता, जिसके बारे में उन्होंने इससे पहले कभी सोचा न था। तनाका के सुझाव पर वे पूरी रात गम्भीरता से सोचते रहे। फिर उन्हें यह बोध हुआ कि बहुत सारे सही रास्ते हम अपने दुराग्रहों के चलते भी नहीं देख पाते। रास्ते तो अपनी जगह होते हैं और सही भी होते हैं, मगर हम ही उन पर चलने से इनकार कर देते हैं। वैज्ञानिक चेतना के नाम पर हमारे यहाँ बहुत सारे लोग पूरी धार्मिक व्यवस्था को ही पोंगापन्थ करार दे देते हैं। हममें से बहुत सारे लोग इसीलिए मन्दिर नहीं जाते कि पोंगापन्थी न करार दे दिये जायें। मशीन और मन्दिर के बीच कुछ इस क़दर वैचारिक गर्दो-गुबार भर दिया गया है कि आदमी भ्रमित ही अधिक हुआ है। मशीन तरक़्क़ी और आधुनिक विचार-बोध के रूप में स्थापित कर दी गयी है, जबकि मन्दिर को पिछड़ेपन, विकास में बाधक तन्त्र के रूप में चिह्नित कर दिया गया है। इस वैचारिकी में एक गहरा कुहरीला भ्रम पसरा हुआ है।

उन्हें लगा कि प्रोफ़ेसर तनाका की बात में दम है। मन्दिरों की जिस तरह की बनावट होती है, उसमें ध्वनियों का स्वरूप अलग ही होता है। मुक्त आकाश में जो ध्वनि सुनी जाती है, वही मन्दिर के भीतर जाकर अपना स्वरूप बदल लेती है। उसकी गूँज अलग हो जाती है। ध्वनियाँ अपने वातावरण के आकार के अनुसार अपना आकार बदल लेती हैं। एक ही ध्वनि हर मन्दिर में एक जैसी नहीं होती। वह उसकी बनावट के मुताबिक बदल जाती है। उसकी अनुगूँजें बदल जाती हैं। यह सब मन्दिर की ज्यामिति का खेल होता है। इस तरह देर तक प्रह्लाद जी के भीतर बचपन के देखे अनेक मन्दिरों के अनुभव तैरते रहे। मन्दिरों की घण्टियाँ देर तक उनके भीतर बजती रही थीं।

मन्दिरों की ध्वनियों के बारे में सोचते-सोचते वे ऐसी अवस्था में पहुँच गये थे, जहाँ बाहर की सारी ध्वनियाँ शान्त हो गयी थीं। उन्होंने अनुभव किया कि वे एक मन्दिर के विशाल गर्भगृह में बैठे हैं और वहाँ उन्हें केवल ॐ ध्वनि की गूँज सुनाई दे रही है। ऐसी अनुभूति उन्हें पहली बार हुई थी। उनके भीतर एक पवित्रता भरती चली गयी थी।

सुबह वे एक अलग ऊर्जा से भरे हुए जागे थे। रात की गहरी और सुखकर नींद ने शरीर और मन की सारी थकान सोख ली थी। वह सुबह उनके जीवन की सबसे अलग सुबह थी। एकदम नयी सुबह। उस सुबह में न सूरज था, न अँधेरा था। बस, एक सुन्दर उजास थी। सब कुछ जैसे ज़रूरत भर की रोशनी से रोशन। रोशनी की मात्रा न कम, न ज़्यादा। बिल्कुल नपी-तुली। न चौंध मारती चमक थी, न कालिख पोतती धुँध। न कोई शोर, न कोलाहल, न सन्नाटा। उन्हें पहली बार एहसास हुआ कि सुबह वास्तव में ऐसी ही होती है। होनी ही ऐसी चाहिए। वे उस सुबह को सहेज कर पूरे जीवन के लिए रख लेना चाहते थे।

उस सुबह का सुख कुछ ऐसा था कि वे उसे अपने सारे प्रियजनों में बाँट देना चाहते थे। लुटा डालना चाहते थे। उस सुबह की उमंग ऐसी थी कि हर किसी में उसकी उजास को भर देना चाहते थे। उस उमंग में वे जल्दी नहा-धोकर तैयार हो गये। जल्दी पहुँच गये लैब। सब कुछ जल्दी-जल्दी कर डाला। वे चाहते थे कि जितना जल्दी हो सके, प्रोफ़ेसर तनाका से मिलें और

उनसे अपना सुख साझा कर सकें। वही तो इस समय थे उनके सबसे निकट, जिनसे वे अपना सुख बाँट सकते थे। मगर सबकी अपनी तय गति थी, सब कुछ अपनी तय गति से होना था। अपनी तय गति से ही प्रोफ़ेसर तनाका अपने दफ़्तर पहुँचे।

प्रह्लाद जी में उस सुबह का आनन्द कुछ इस क़दर भरा पड़ा था कि उन्होंने बिना रुके उसका बखान शुरू कर दिया था। वे उस सुख को प्रोफ़ेसर तनाका में भी भर देना चाहते थे। मगर भाषा साथ नहीं दे रही थी। तब उन्हें एहसास हुआ कि कोई भी भाषा इतनी समृद्ध नहीं होती कि किसी के अनुभव को पूरा-पूरा अभिव्यक्त कर सके। कुछ अनुभव केवल अनुभव करने वाले के भीतर ही संचित रह जाते हैं। भाषा के ज़रिये उन्हें साझा करना सम्भव नहीं होता।

फिर भी प्रोफ़ेसर तनाका, प्रह्लाद जी के अनुभव को समझ गये थे। उन्होंने मुस्कराते हुए कहा, 'यह तो अच्छा संकेत है। अब आप अपने रिसर्च की तरफ़ ठीक से आगे बढ़ सकेंगे। पहले मिल आइए भिक्षु चांगेन से।'

'जी, आप उनसे बात कर लें। अगर वे उपलब्ध हैं, तो कल ही चला जाता हूँ। अगर ज़रूरत महसूस हुई तो एक-दो दिन रुक जाऊँगा वहीं।' प्रह्लाद जी ने कहा।

'कामाकुरा यहाँ से बहुत दूर नहीं है। ट्रेन से जाने में एक से डेढ़ घण्टा लगेगा। दिन भर वहाँ रहिए, शाम की ट्रेन से लौट आइए। मैं बात कर लेता हूँ भिक्षु चांगेन से।' प्रोफ़ेसर तनाका ने समझाया।

प्रह्लाद जी अगले ही दिन कामाकुरा गये थे। पहाड़ पर बना विशाल मन्दिर परिसर। फूलों से लदे अनपहचाने पेड़, लहलह हरियाली। पहाड़ी के नीचे फैला हरियाली का अनन्त विस्तार। वातावरण में पवित्रता और अद्भुत शान्ति। सारी चीज़ें जैसे मौन साधना में हों। वहाँ आते-जाते लोग कुछ इस तरह चलते हुए, जैसे बग़ल में कोई सो रहा हो और उनकी पदचाप से उसकी नींद में खलल न पड़ जाये, इसका ध्यान रखते हुए। महज मुस्कान ही जैसे वहाँ की भाषा हो। एक-दूसरे को देखा, मुस्करा दिया, बस हो गयी बात। घाटी से ऊपर चढ़ती या पहाड़ से घाटी की तरफ़ उतरती हवा की ध्वनि वहाँ साफ़ सुनी जा सकती थी। पेड़ों, वनस्पतियों, मन्दिर के भवनों से बात करती हवा।

उस परिसर में पहुँचते ही प्रह्लाद जी पर पहला प्रभाव यही पड़ा था कि यह जगह उनके रिसर्च के लिए बिल्कुल उपयुक्त है। प्रोफ़ेसर तनाका ने उन्हें सही जगह भेजा है।

पूछताछ कर प्रह्लाद जी भिक्षु चांगेन के पास पहुँचे थे। भिक्षु ने उनकी बात ध्यान से सुनी। मुस्कराते हुए कहा, 'यह सारी सृष्टि उसी ध्वनि को सुनने, पाने के लिए व्याकुल है। हवाएँ उसी की तलाश में सरसराती फिर रही हैं। दुनिया की सारी आवाज़ें एकमेक हो उसी में विलीन हो जाना चाहती हैं। संगीत के सारे राग उसी ध्वनि में मिल जाने के लिए तो गाए जा रहे हैं। सारे वाद्य उसी आवाज़ में मिल जाने को व्याकुल हो बज रहे हैं। आपकी बेकली भी वही है। आ जाइए कुछ दिन के लिए यहीं। यहीं रहिए। ध्वनियों को महसूस कीजिए। मुझे नहीं पता कि हर तरह की ध्वनि को रिकॉर्ड करने के यन्त्र विज्ञान ने विकसित कर लिए हैं या नहीं। पता नहीं, आप कितना और कैसे कर पायेंगे। अगर रिकॉर्ड कर सकते हों, तो यहाँ रह कर अलग-अलग समय में यहाँ के वातावरण की ध्वनियों को रिकॉर्ड कीजिए। उन्हीं ध्वनियों में शायद मिल जाये वह मूल ध्वनि भी आपको।'

'जी, यह तो बड़ी सुविधा होगी मेरे लिए। ध्वनियों को रिकॉर्ड करने की शुरुआत आपके परिसर से हो रही है, यह सौभाग्य की बात है। निश्चय ही सफलता मिलेगी।' प्रह्लाद जी चांगेन से मिल कर, उनसे बातें करके कुछ अधिक उत्साहित थे।

'क्या आप उस ध्वनि को पहचानते हैं, जिसकी तलाश में भारत से जापान आये हैं?' भिक्षु चांगेन ने पूछा।

'मैं समझा नहीं।' प्रह्लाद जी ने कहा।

'जैसे कि जब आप किसी को तलाशने निकलते हैं, तो उसका चेहरा, उसकी शख़्सियत से परिचित होते हैं। उसे कुछ-कुछ जानते भी हैं। तभी तो भीड़ में भी उसे तलाश लेते हैं।' भिक्षु चांगेन ने कहा।

'वह तो कोई गुम हो जाये, उसे तलाशने की बात है न। जो सदेह है, उसकी पहचान तो आसान है, जिसका कोई भौतिक शरीर नहीं, उसकी पहचान क्या। मैं किसी गुमशुदा की तलाश में नहीं आया।' प्रह्लाद जी ने कहा।

'आप जो कर रहे हैं, वह गुमशुदा की तलाश ही है। जिसे आप खोंज रहे हैं, उसका अस्तित्व पहले से है। बस, वह कहीं खो गया है। आप उसे देख नहीं पा रहे। जिस चीज़ का कोई अस्तित्व ही नहीं, उसे तलाशा भी कैसे जा सकता है। उसे पाया भी कैसे जा सकता है। आप तो भौतिक विज्ञानी हैं। आप अच्छी तरह जानते हैं कि जिस पदार्थ का कोई अस्तित्व नहीं, जिस चीज़ में पदार्थ बन जाने की सम्भावना ही नहीं, उसे पकड़ा भी नहीं जा सकता।' भिक्षु चांगेन ने कहा।

'मैं तो उस आदि-ध्वनि को रिकॉर्ड करना चाहता हूँ, जो इस सृष्टि के साथ पैदा हुई थी।' प्रह्लाद जी ने कहा।

'वही तो। पहले उसे पहचानना तो पड़ेगा न, कि वह है कैसी। उसका हुलिया कैसा है। नहीं तो, इस ब्रह्मांड में अनन्त ध्वनियाँ अनुगुंजित हैं, उनमें से कैसे अपनी इच्छित ध्वनि को पहचान पायेंगे।'

'उसका हुलिया तो आप जैसे सन्तों ने व्याख्यायित कर ही रखा है। उसका स्केच है मेरी जेहन में।' प्रह्लाद जी ने कहा।

'दूसरों के बनाये स्केच के आधार पर तलाशेंगे, तो दूसरों का सच ही तलाश पायेंगे। आप अपने सच की तलाश के लिए, अपने सच की स्केच बनाइए।' भिक्षु चांगेन ने कहा।

'सच तो सबका एक ही है।' प्रह्लाद जी बोले।

'नहीं, सबका सच अपना है।' भिक्षु चांगेन ने कहा।

'फिर, मेरा सच मुझे कैसे मिल सकता है। मैं तो एक सामूहिक सच की तलाश में हूँ।' प्रह्लाद जी ने पूछा।

'पहले अपने सच की तलाश कीजिए, फिर उसे दूसरों के सच में मिलाना शुरू कर दीजिए। जब आपका सच दूसरों के सच में मिल कर एक रंग हो जायेगा, तो वही सामूहिक सच होगा।' भिक्षु चांगेन ने बताया।

'पर, मेरा सच है कहाँ?'

'आपके भीतर ही। थोड़ा अपने भीतर उतरिए, फिर उतरते जाइए, मिल जायेगा आपका सच। सच की तलाश एक गहरी, अँधेरी बावड़ी में सीढ़ियाँ उतरते जाने की तरह है। अभी आप अपने सच को बाहर तलाश रहे हैं। उसे

पदार्थ के रूप में संचित करना चाहते हैं। पर सच कोई पदार्थ नहीं। वह एक अनुभव है।' भिक्षु चांगेन ने बताया।

'अनुभव को रिकॉर्ड कैसे करेंगे?' प्रह्लाद जी ने पूछा।

'मशीन से तो शायद यह सम्भव नहीं, पर अपने भीतर ज़रूर रिकार्ड कर सकते हैं।' भिक्षु चांगेन ने बताया।

'मगर मुझे तो प्रमाणित करना है कि जो मैं अनुभव करता हूँ, वह वास्तव में है। मुझे उसके गुणसूत्र बताने हैं।' प्रह्लाद जी बोले।

भिक्षु चांगेन हँसे थे, 'प्रमाण तो प्रत्यक्ष के ही दिये जा सकते हैं। जिस चीज़ के प्रमाण दिये जा सकें, वह चीज़ रहस्य नहीं रह जाती। प्रमाण हमारे अनुभव को, हमारे बोध को शिथिल कर देते हैं। प्रमाण का प्रयास ही होता है कि वह जिज्ञासाओं का शमन करे। किन्तु, प्रमाण कभी अन्तिम नहीं होते। उनके बाद भी रहस्य किसी न किसी रूप में मौजूद रहता है।'

'भिक्षु, आपकी बातें मेरी समझ से परे हैं। मुझमें अभी ऐसी पात्रता नहीं कि उन्हें समझ सकूँ। कोई आसान रास्ता बताये, जिससे मैं अपनी अवधारणा को सिद्ध कर सकूँ।' प्रह्लाद जी ने कहा।

'ठीक है। थोड़े दिन यहाँ के वातावरण का अध्ययन कीजिए। देखिए कि क्या यहाँ कुछ ऐसा घटित हो रहा है, जो आपकी अवधारणा से मेल खाता है। फिर हम इस पर बात करेंगे।' भिक्षु चांगेन ने पूछा।

कामाकुरा का अध्ययन करना एक अलग अनुभव से गुज़रना था। जिस अवधारणा के साथ प्रह्लाद जी वहाँ गये थे, जिस अवधारणा को वे एकदम नया और क्रान्तिकारी विचार मान रहे थे, वह कामाकुरा में मुरझा कर सूखने लगी थी। उनके भीतर हीनताबोध गहराने लगा था। उन्हें पहली बार एहसास हुआ कि वे इस संसार को कितना कम जानते हैं, इस संसार की ज्ञानराशि से कितना कम परिचित हैं। ज्ञान का समन्दर जितना किताबों में लहरा रहा है, उससे बहुत बहुत बहुत अधिक किताबों के बाहर फैला हुआ है। किताबों के समन्दर की तो आदमी को थाह है, पर उनके बाहर के समन्दर की थाह पाना शायद सम्भव नहीं।

भिक्षु चांगेन ने उनकी मनोदशा बाँच ली थी। एक दिन उन्होंने कहा, 'आप सही दिशा में आगे बढ़ रहे हैं। अपने को ख़ाली करके ही नये सिरे से भरा जा सकता है। जितना ख़ुद को ख़ाली करेंगे, उतना ही आपके भीतर की आवाज़ें स्पष्ट सुनाई देंगी। सामान से भरे कमरे में आवाज़ों की गूँज क्षीण हो जाती है। ख़ाली कमरे में गूँज अधिक होती है। आपकी भाषा में कहें, तो चीज़ें ध्वनियों को सोख लेती हैं। इसलिए ख़ाली कर डालिए ख़ुद को पूरी तरह।'

प्रह्लाद जी ने भिक्षु चांगेन की बात पर कोई प्रतिक्रिया नहीं दी। बस, मुस्करा कर सुना और चुप रहे।

मगर अपना लक्ष्य अब भी प्रह्लाद जी भूले नहीं थे। वे भीतर से ख़ाली तो ज़रूर हो रहे थे, पर एक ग्लानि उनके भीतर लगातार घुमड़ रही थी कि वे अपनी दिशा भटक गये हैं। आये थे ध्वनियों का विश्लेषण करने, पर आध्यात्मिक प्रभावों का अध्ययन करने लगे हैं। वे जानते थे कि ग्लानि गहरी होती जाये, तो घातक होती है। इसलिए उन्होंने उससे उबरने के लिए, थोड़ी दिशा बदल कर अपने लक्ष्य की तरफ़ बढ़ने का संकल्प लिया। मुख्य रास्ते के बजाये पगडंडी से चलने का तय किया।

पगडंडी यह कि मन्दिरों में ध्वनियों के स्वरूप का अध्ययन करना शुरू कर दिया। कामाकुरा के विभिन्न कक्षों का अध्ययन कर डाला। रात को जाग कर पर्वत शिखर पर गूँजती हवा की आवाज़ें रिकॉर्ड कर डाली। अलग-अलग समय में ध्वनियों की गूँज को दर्ज कर डाला। फिर जापान के दूसरे बौद्ध मन्दिरों में भी गये। उनके प्रार्थना स्थलों की ज्यामितिक बनावट, पहाड़ों के परिवेश आदि का अध्ययन कर डाला। उन ध्वनियों का विश्लेषण कर एक लेख लिखा। वह लेख शोधपत्र में छपा, तो ख़ूब सराहना मिली। इससे उनमें साहस का संचार होना शुरू हुआ। ज़ाहिर है, उससे उनके शोध में भी ऊर्जा लौटी।

जापान में रह कर उन्होंने विभिन्न ध्वनियों का अध्ययन किया। मन्दिरों की ध्वनियों के सकारात्मक प्रभाव का बहुत गहराई से विश्लेषण किया। उन्होंने इस रहस्य को खोला कि क्यों कोई ध्वनि किसी कलह और कोलाहल भरे वातावरण में नकारात्मक असर डालती है और वही ध्वनि मन्दिर परिसर

में पहुँच कर व्यक्ति के भीतर सकारात्मक प्रभाव पैदा करने लगती है। कैसे ध्वनियाँ हमारी ऊर्जा को प्रभावित करती हैं। उसे घटा या बढ़ा देती हैं। मगर इस बात का अफ़सोस उन्हें आज तक है कि जिस ध्वनि को वे पकड़ना चाहते थे, उसे पकड़ नहीं पाये। क्या पता, उन दिनों मशीनें इतनी सक्षम नहीं थीं कि उस आवाज़ को पकड़ पातीं। प्रह्लाद जी सोचते हैं। या फिर, भिक्षु चांगेन के मुताबिक, प्रह्लाद जी ख़ुद उस आवाज़ को ठीक से पहचान नहीं पाये हैं आज तक। भिक्षु चांगेन जिस स्केच की बात कर रहे थे, उस आवाज़ की स्केच प्रह्लाद जी आज तक नहीं बना पाये हैं। शायद वह स्केच बना पाने की पात्रता ही उनमें नहीं है।

चार

कामाकुरा परिसर, भिक्षु चांगेन, प्रोफ़ेसर तनाका और जापान के विभिन्न मन्दिरों के वातावरण की स्मृतियों में विचरते हुए प्रह्लाद जी फिर से एक पवित्र भावना से भर गये थे। उनकी सुरति ने रात के सन्नाटे में गूँजती मौजूदा ध्वनियों को म्यूट कर दिया था। उस दौरान बाहर की झींगुर, दादुर, झिल्ली की मिश्रित कर्कश ध्वनि जैसे शान्त हो गयी थी। प्रह्लाद जी की चेतना वापस लौटी तो उन्होंने महसूस किया कि सबसे शक्तिशाली फिल्टर तो हमारे भीतर ही फिट है। इतना बेहतरीन नॉयज फिल्टर आज तक विज्ञान बना नहीं पाया है। यह नॉयज फिल्टर चुनौती है विज्ञान के लिए। इस फिल्टर की मदद से आप ख़ूब शोर में रहते हुए भी केवल वही सुन सकते हैं, जो सुनना चाहते हैं। विज्ञान को मुख्य ध्वनि रिकॉर्ड करने के लिए उसके पास माइक्रोफ़ोन लगाना पड़ता है, मगर हमारे भीतर के रिकॉर्डर का फिल्टर सारी शक्तिशाली ध्वनियों को छान कर उनके बीच से अपने मतलब की महीन-सी ध्वनि को भी अलग कर लेता है।

प्रह्लाद जी की सुरति ने सालों पहले का पन्ना खोल दिया था। नये साल का उत्सव था। पास का बाज़ार रंगीन झालरों से जगमगा रहा था। वहाँ शाम का अँधेरा उतरते ही जश्न शुरू हो गया था। बाहर की खुली जगह में एक वाहन पर बड़े-बड़े स्पीकर लदे हुए रखे थे। वाहन पर एक बड़ा परदा टँगा था, जिस पर किसी कम्पनी के विज्ञापन तैर रहे थे। स्पीकरों पर पूरी ताक़त

के साथ पंजाबी, हिन्दी, अंग्रेज़ी पॉप गीत गूँज रहे थे। वाहन के पास उन गीतों पर पन्द्रह-बीस युवक-युवतियाँ पूरे जोश में नाचे जा रहे थे। जैसे ही कोई नया गीत शुरू होता, युवाओं के समूह से चीखती हुई उमंग तैरती और फिर उनके शरीर थिरकने शुरू कर देते। उनकी थिरकन से ज़ाहिर था कि शरीर में मदिरा का प्रवाह प्रभाव डाल रहा था। प्रह्लाद जी किसी काम से बाज़ार गये थे। वह नज़ारा देख कुछ देर वहीं ठहर गये थे।

ऐसे शोर में, जिससे छाती तक दहल जा रही थी, एक करुण स्वर तिरता हुआ उनके कानों से टकराया था। उस स्वर ने उनके भीतर हलचल पैदा कर दी थी। जैसे कोई जानी-पहचानी आवाज़ उन्हें पुकार रही हो। वाहन पर लदे स्पीकर पूरे दम से चीख़ रहे थे, युवक अपने उमंग में नाचे जा रहे थे, दर्शक चीखे जा रहे थे। ख़ासा कोलाहल था। ऐसा कि पास खड़ा कोई व्यक्ति कुछ चीख कर भी कहे, तो ठीक-ठीक सुन पाना मुश्किल था। उस कोलाहल के बीच भी वह करुण पुकार प्रह्लाद जी को साफ़ सुनाई दे रही थी। वह आवाज़ लगातार स्पष्ट होती जा रही थी। वे उस आवाज़ की दिशा में बढ़ चले थे। आवाज़ लगातार आ रही थी, मगर दिखाई कहीं नहीं दे रही थी। वे आवाज़ की दिशा में बढ़ते गये, बढ़ते गये। उन्होंने देखा कि जश्न की जगह से थोड़ी दूरी पर ही, एक बन्द बैंक एटीएम के बाहर फर्श पर मैली-कुचैली रजाई में लिपटी एक गठरी गा रही है। अपने फेफड़े का पूरा दम लगा कर गा रही है। वे वहाँ ठहर कर उस आवाज़ को सुनने लगे थे। 'माई हो माई, कवने कसूरवा हमके दूर कइलू हो माई।' भोजपुरी के शब्द, भोजपुरी की लय, भोजपुरी की धुन। प्रह्लाद जी की पहचानी हुई धुन। वह आवाज़ जैसे प्रह्लाद जी को भीतर से चीरने लगी थी। रजाई में लिपटी गठरी गाए जा रही थी। उस गान में पूरी गाथा थी। गठरी गान में गाथा गूँथ रही थी।...

पहले तो प्रह्लाद जी के शंकालु मन ने कहा कि कोई दारू पीकर इमोशनल हो रहा है। मगर उस आवाज़ को ध्यान से सुना, तो भीतर से आवाज़ आयी—मदहोश आवाज़ें इतनी साफ़ और सधी हुई नहीं होतीं। उनके जीभ की गति गड़बड़ रहती है, स्वर थरथरा जाता है। ज़रूर कोई गहरी पीड़ा है। कोई ऐसे तो नहीं गाता। गीत की शक्ल में दर्द बह रहा है। अब प्रह्लाद जी की कल्पना के कपाट खुल गये थे। क्या पता, इस एटीएम का चौकीदार हो। मगर एटीएम का शटर तो बन्द है!...क्या पता, यह एटीएम ही बन्द हो गया

हो और उसके साथ-साथ रजाई में लिपटी इस गठरी का काम भी चला गया हो।...मगर बैंक एटीएम वालों ने तो इस आदमी को किसी सिक्योरिटी एजेंसी से हायर किया होगा। अगर एटीएम बन्द हो गया, तो इस आदमी को वह सिक्योरिटी एजेंसी वापस बुला सकती थी। कहीं और काम पर लगा सकती थी। क्या पता, सिक्योरिटी एजेंसी ने भी इसे नमस्ते बोल दिया हो। क्या पता, यह एटीएम का चौकीदार न हो। कोई दिहाड़ी मजदूर हो। यहीं आसरा ले रखा हो। इस शहर में न जाने कितने दिहाड़ी मजदूर इसी तरह तो बाज़ारों में बन्द दुकानों के बाहर रातें गुज़ारते हैं। क्या पता, नये साल का उत्सव देख इसे अपने गाँव, अपने घर, अपने परिवार की याद आ रही हो। इसका मन उनके पास पहुँचने का हो। उनके साथ नये साल का आनन्द मनाने का हो। काम के दबाव या पैसा कमाने की मजबूरी के चलते इसे अपने घर-परिवार के पास जाने का मौक़ा न मिल पा रहा हो।

प्रह्लाद जी को उस गठरी के गान से उसके दर्द का असल कारण समझ नहीं आ रहा था। किसी घटना का कारण पता न चल पाये, तो वह ज़्यादा बेधक हो जाती है। वह गठरी प्रह्लाद जी के आगे एक घटना की तरह उपस्थित थी। प्रह्लाद जी के अपने पूरे अंचल के रूप में उपस्थित थी। मानो पूरा भोजपुरी अंचल उस मैली-कुचैली रजाई में गठरी बना बैठा हो और गाए जा रहा हो। उस गठरी का स्वर एक सामूहिक स्वर की तरह सुनाई देने लगा था। एक ही टेक बार-बार उठ रही थी, 'माई हो माई, कवने कसूरवा हमके दूर कइलू हो माई।' माँ से ही क्यों शिकायत है इस गठरी को। कोई माँ इतनी निष्ठुर तो नहीं होती कि वह अपने बेटे को इस तरह घर से बाहर निकाल दे। माँ नहीं, माँ की परिस्थितियों ने निकाला होगा। कमाने के लिए परदेस भेज दिया होगा। आख़िर किसी पुरुष का मोल तो तभी है, जब वह कुछ कमाए-धमाए। कमासुत बने। माँ के सामने समाज के ताने-तिश्ने होंगे, घर की दुश्वारियाँ होंगी। क्या पता, कुंआरी बहनें हों। खेती-बाड़ी गिरवी रखी हो। भाइयों की पढ़ाई-लिखाई का ख़र्चा हो। क्या पता, माँ ने दिल पर पत्थर रख कर इस तरह बेटे का बिछोह बर्दाश्त कर लिया हो। तड़पती तो वह भी होगी वहाँ। क्या पता, वहाँ उसकी करुण पुकार उठ रही हो और यहाँ अपने बेटे की उठ रही करुण पुकार से मिल कर कुछ आराम पा रही हो। आत्मा की पुकार आत्मा तक तो पहुँचती ही है।

क्या पता, यह गठरी गाँव से इस आस में भाग कर यहाँ पहुँची हो कि कुछ काम मिलेगा, ज़िन्दगी जीने का कुछ सहारा मिलेगा। और कोई काम ही न मिल पा रहा हो। भोजपुरी अंचल के हज़ारों हज़ार लोग हर साल भाग कर आते ही हैं पंजाब। काम की तलाश में। उनके लिए पंजाब रोज़गार का एक बड़ा ठीया है। हर साल फसलों की कटाई के मौसम में झुंड के झुंड लोग आते हैं, दो-तीन महीने पंजाब में गुज़ार कर फिर वापस लौट जाते हैं। कई इधर ही रह जाते हैं। दूसरे काम तलाशते रहते हैं। ईंट भट्ठों पर खटने लगते हैं। आढ़तियों के पास पल्लेदारी करने लगते हैं। क्या पता, उन्हीं मज़दूरों के झुंड से छिटका हुआ यह भी कोई मजदूर हो। क्या पता, यह खेतिहर मज़दूर न होकर कुछ पढ़ा-लिखा हो और कोई सम्मानजनक काम की तलाश कर रहा हो। शारीरिक श्रम करने वालों को तो फिर भी कुछ काम कहीं न कहीं मिल जाता है, बुद्धि का काम चाहने वाले, पढ़े-लिखों के लिए मुश्किलें बड़ी हैं। पलायन तो हर कहीं है। गाँवों में काम नहीं है, इसलिए वहाँ पलायन कुछ अधिक है। गाँवों के युवा काम और बेहतर ज़िन्दगी की तलाश में दिल्ली, मुम्बई, चंडीगढ़, बेंगलुरु भाग रहे हैं। मगर शहरों से भी पलायन कम नहीं हो रहा। चंडीगढ़, दिल्ली, मुम्बई, कोलकाता, बेंगलुरु के युवा अमेरिका, ब्रिटेन, ऑस्टेलिया भाग रहे हैं। जिन देशों में घुसने का वैध रास्ता नहीं मिल पा रहा, उनमें अवैध तरीक़े से घुसने का प्रयास कर रहे हैं। कुछ घुस जाते हैं, कुछ ठगे जाते हैं।

गठरी का चेहरा गठरी के भीतर ही बन्द था। जैसे डरा हुआ कछुआ अपनी गर्दन, अपने हाथ-पाँव अपनी खोल में समेट कर शान्त बैठ जाता है। इसलिए प्रह्लाद जी के लिए अन्दाज़ा लगाना और मुश्किल हो रहा था कि आख़िर गठरी के दर्द का कारण क्या है। चेहरा नज़र आता हो, तो दर्द की पहचान करना थोड़ा आसान हो जाता है। उस गठरी का चेहरा नज़र आता, तो देख पाना सम्भव था कि उस चेहरे पर पलायन के निशान हैं, प्रताड़ना के या दोनों के। निश्चय ही दोनों के होंगे। प्रह्लाद जी उस गठरी को उसी तरह गाता हुआ छोड़ कर घर लौट आये थे। मगर उस गठरी के गीत की पंक्ति लगातार उनके भीतर गूँज रही थी–'माई हो माई, कवने कसूरवा हमके दूर कइलू हो माई।'

वह पंक्ति रात को नींद में भी उनके भीतर बजती रही। उस गठरी को इस तरह गाता हुआ छोड़ कर आने पर उनके भीतर एक ग्लानि भरती गयी थी। उसे हिला-डुला कर पूछना तो चाहिए था कि आख़िर वह इस तरह गा क्यों रहा है। अतिशय सभ्य होना भी ठीक नहीं। पढ़े-लिखे, ओहदेदार लोगों के साथ यही समस्या है कि वे घटनाओं को घटित होते देखते हैं, अपनी कल्पना के कपाट खोल कर, सिद्धान्तों की पोटली बिखेर कर, चुपचाप बस दर्शक बने रहते हैं। एक कम पढ़ा-लिखा, असभ्य माना जाने वाला कोई आदमी होता तो सीधे उस गठरी को ठोकर मार कर कहता, 'ओए, की गल हो गयी। क्यों स्यापा कर रहा है भई।' कई बार जीवन में उजड्डपना भी काम का साबित होता है। प्रह्लाद जी को अफ़सोस हो रहा था कि वे उजड्डपना न दिखाते, प्यार से, सभ्य तरीक़े से ही पूछ लेते कि भाई, क्या तकलीफ़ है, तो शायद उसकी करुण पुकार उन्हें इस तरह भीतर से चीर न रही होती।

फिर, उन्होंने यह संकल्प लेकर अपनी ग्लानि को शान्त किया कि सुबह-सुबह वे उस गठरी के पास जायेंगे। सुबह की सैर को उस तरफ़ ही निकलेंगे। पहले उस गठरी का हालचाल लेंगे, फिर सैर को निकलेंगे। जेब में कुछ पैसे भी रख लेंगे। क्या पता, उसे कुछ मदद की ज़रूरत हो। होगी ही।

मगर उस गान की टेक उनके भीतर निरन्तर गूँज रही थी। नींद में खलल डाल रही थी। नींद आयी, तो वह गूँज उनके सपने में उतर गयी थी। सपने में दृश्यों की रेलमपेल शुरू हो गयी थी। उन दृश्यों में ठट्ठ के ठट्ठ लोग गठरी बने गाँवों से शहरों की तरफ़ लुढ़कते हुए चले आ रहे थे। शादी-ब्याह के मौसम, दिवाली-छठ पर धकमपेल करते रेलों में ठूँसे गाँवों की तरफ़ चले जा रहे थे। उनके सपने में अजीब धकमपेल, अजीब चीखो-पुकार, अजीब दर्द सनी, करुण आवाज़ें गूँज रही थीं। उन्हीं आवाज़ों में कहीं से उन्हें खर्राटों की आवाज़ें भी सुनाई दे रही थीं। एक नीम रोशन आलीशान इमारत में कोई सो रहा था। उसके खर्राटे की आवाज़ें उस धकमपेल करती भीड़ की आवाज़ों के ऊपर से तैरती हुई निकली जा रही थी, जैसे रात का कोई पंछी टुट-टुट बोलता गुज़र जाता हो।

सुबह सैर को निकले तो, प्रह्लाद जी गये थे बाज़ार में उस एटीएम के पास। मगर वह गठरी गायब थी। वहाँ आसपास सुबह के कुहरीले धुँधलके में

कोई ऐसा नज़र भी नहीं आ रहा था, जिससे उस गठरी के बारे में पूछा-पता किया जा सके। प्रह्लाद जी असहाय से हो गये थे। फिर उनकी कल्पना के कपाट खुल गये। उनके भीतर से शंका बुदबुदाई थी, 'ज़रूर रात को उस गठरी के गान से नये साल के जश्न में खलल पड़ता देख, किसी ने ठोकर मारी होगी उसे। किसी मदहोश ने ज़रूर उस गठरी को भगा दिया होगा यहाँ से। क्या पता, वह गठरी ख़ुद सुबह-सुबह कहीं चली गयी हो।'

बरसात की इस ऊमस, बरसाती कीटों की तीखी आवाज़ों से गूँजती इस रात में फिर से प्रह्लाद जी के भीतर वर्षों पहले सुना उस गठरी का विकल गान गूँजने लगा था। वह बेचेहरा गठरी फिर एक खुले रहस्य की तरह उनके भीतर आ बैठी थी। उन्होंने ख़ुद से पूछा था, आदमी असीम सम्भावनाओं से भरा है, फिर इतना असहाय क्यों है! इतने लोग अनुपयोगी क्यों होते जा रहे हैं!

उन्होंने ख़ुद ही ख़ुद से यह सवाल पूछा था, मगर जवाब की तलाश वे प्रोफ़ेसर बत्रा की मदद से करने लगे थे। उनकी सुरति ने प्रोफ़ेसर बत्रा की छवि पटल पर चालू कर दी थी। प्रोफ़ेसर बत्रा ने जवाब दिया, 'आदमी अनुपयोगी नहीं हुआ है। बाज़ार ने साजिशन उसे अनुपयोगी बना दिया है।'

प्रह्लाद जी बिना कोई प्रतिक्रिया दिये प्रोफ़ेसर बत्रा को सुनने लगे थे। प्रोफ़ेसर बत्रा बोलते हैं, तो किसी की प्रतिक्रिया की अपेक्षा भी नहीं करते। अपने विषय पर बोलते जाते हैं। वे बोल रहे थे, 'आदमी अब सामाजिक प्राणी नहीं, बाज़ार की उपभोक्ता वस्तु में बदल दिया गया है। अब पूरी दुनिया एक श्रम बाज़ार बन चुकी है। उस बाज़ार में हर आदमी की कीमत है। जो जितना उपयोगी है, उसकी उतनी अधिक कीमत है। एक सॉफ्टवेयर इंजीनियर तभी तक बाज़ार के लिए उपयोगी है जब तक वह बाज़ार के लिए ज़रूरी सॉफ्टवेयर की समझ रखता है। जैसे ही बाज़ार की ज़रूरत बदलती है, सॉफ्टवेयर बदलता है, पुराने सॉफ्टवेयर की समझ वाले इंजीनियर अनुपयोगी हो जाते हैं। जिस तरह हम पुरानी तकनीक के सामान बदल कर नयी तकनीक के सामान लाकर घर में भर देते हैं। कम्पनियाँ भी उसी तरह नये सॉफ्टवेयर की समझ वाले नये इंजीनियरों को लाकर भर लेती हैं। पुरानों को नये सॉफ्टवेयर

का प्रशिक्षण देने की ज़रूरत ही नहीं समझी जाती। बाज़ार को तेज़ी पसन्द है, नयापन पसन्द है। वह क्यों पुराने को ढोता फिरे। दुनिया में इसी तरह पुराने का कबाड़ भरता जा रहा है। उस कबाड़ में आदमी भी हैं। खेती किसानी का ढर्रा भी बदल गया। वहाँ भी तकनीक आ गयी। वह एक बड़ा श्रम बाज़ार हुआ करता था, मगर वहाँ भी तकनीकी हुनर रखने वालों के लिए ही जगह है। इस तरह बाज़ार साजिशन आदमी को अनुपयोगी बना रहा है। आदमी की जगह मशीनें बढ़ती जा रही हैं। आदमी की जगह मशीनों को क़ाबिल बनाया जा रहा है। चाहे जितना ज्ञान आधारित अर्थव्यवस्था के नारे उछाले जाते हों, पर हक़ीक़त यही है कि कौशल आदमी का नहीं, मशीनों का बढ़ाने का प्रयास किया जा रहा है।'

अब सुरति ने प्रह्लाद जी के सामने डॉक्टर सेठी को उपस्थित कर दिया था। उन्होंने प्रोफ़ेसर बत्रा की बग़ल में अपना अलग फ्रेम बनाये बोल रही थीं, 'प्रोफ़ेसर बत्रा बिल्कुल ठीक कह रहे हैं। पुराने सामाजिक ढाँचे में हर आदमी की उपयोगिता थी। संयुक्त परिवारों में अनुपयोगिता किसी की नज़र ही नहीं आती थी। पेशा आधारित काम अधिक थे। हाथ से काम होता था। उसमें सब मिलजुल कर काम करते थे। पूरा परिवार एक साथ काम करता था। सामूहिक श्रम का महत्त्व था। श्रमदान की परम्परा थी। अब बाज़ार ने श्रम को व्यक्तिगत बना दिया है। हर आदमी के लिए कमाना ज़रूरी हो गया है। हर आदमी को काम चाहिए।...इसीलिए परिवार एकल इकाइयों में बँट गये। जो कमायेगा, वही सुर्ख़रू होगा, जो नहीं कमायेगा, वह विपन्नता झेलने को मजबूर होगा। इसलिए व्यक्तिगत प्रतिस्पर्धा बढ़ी है। बाज़ार प्रतिस्पर्धा से ही बढ़ता है। वह अकेले प्रतिस्पर्धा नहीं करता। उसमें हर आदमी को प्रतिस्पर्धी होना पड़ता है। हर आदमी प्रतिस्पर्धी बना दिया जाता है। आदमी में उपयोगी और अनुपयोगी की विभाजक रेखा खींचे बिना प्रतिस्पर्धा बढ़ायी नहीं जा सकती। इसलिए आदमी आपको निरुपाय, असहाय नज़र आता है।'

'सुख तो व्यक्तिगत ही होता है। सामूहिक सुख तो महज़ एक कल्पना है। छलना है। भ्रम है। इसलिए व्यक्तिगत प्रतिस्पर्धा में बुराई क्या है?' अब पटल पर चार्वाक उभर आया था। उसने डॉक्टर सेठी के जवाब का प्रतिवाद किया था।

चार्वाक की प्रतिक्रिया में चाणक्य को तो मैदान में उतरना ही था। उसने प्रतिवाद किया, 'जिस सुख की बात तुम कर रहे हो, वह दरअसल भौतिक सुख है। भौतिक सुख वास्तव में व्यक्तिगत होता ही नहीं। व्यक्तिगत सुख का अस्तित्व बिना सामूहिक सुख के हो ही नहीं सकता। भौतिक विधान में, बाज़ार की व्यवस्था में आदमी केवल अपने लिए नहीं कमाता। वह अपने बीवी-बच्चों के लिए कमाता है। उसकी सारी भागदौड़ पारिवारिक सुख-सुविधा के लिए होती है। वह परिवार को सुख देकर ही व्यक्तिगत सुख का अनुभव करता है। परिवार एक जटिल व्यवस्था है। वह है तो एक सामूहिक इकाई, पर उसकी लालसाएँ व्यक्तिगत हैं। परिवार के हर व्यक्ति की लालसाएँ अलग-अलग हैं। व्यक्तिगत हैं। इसलिए हर कमाने वाला परिवार की हर व्यक्तिगत लालसा की पूर्ति को प्रतिबद्ध है। यह बाज़ार की गढ़ी-बनायी लालसाएँ हैं। बाज़ार ने व्यक्ति में इच्छाएँ भर दी हैं, ख़्वाहिशें रोप दी हैं। वे इच्छाएँ, वे ख़्वाहिशें जितनी लहलहाती हैं, बाज़ार को उतना ही मुनाफ़ा होता है।'

'महाशय, सुख वास्तव में भौतिक ही होता है। अतींद्रिय सुख एक भ्रम है। सुख का अनुभव बिना इन्द्रियों के हो ही नहीं सकता। इसलिए व्यक्तिगत प्रतिस्पर्धा नैसर्गिक है। वह मनुष्य में इनबिल्ट होती है। जन्मजात रहती ही है।' चार्वाक ने बहस शुरू कर दी।

अब प्रह्लाद जी ने हस्तक्षेप किया, 'तुम लोग फिर शुरू हो गये। बन्द करो अपना सड़ा-गला शास्त्रार्थ।' उन्होंने बलात सुरति को शान्त किया। भीतर चल रही बहसों को बन्द किया। मगर यह सवाल उनके सामने तन कर खड़ा हो गया कि 'परमवीर प्रह्लाद, तुम समाजसेवा के नाम पर गाँव के युवाओं में जिस तरह का कौशल विकसित करने, उन्हें आत्मनिर्भर बनाने का संकल्प लेकर आये हो, वह कितना सफल हो पायेगा। बाज़ार से तो तुम्हें भी लड़ना ही होगा। बाज़ार ने जो प्रतिस्पर्धा लोगों के भीतर भर दी है। उपयोगी और अनुपयोगी होने के जो पैमाने बाज़ार ने तय कर दिये हैं, वे तो युवाओं के भीतर संस्कार रूप में रच-बस गये हैं। क्या तुम उस पैमाने को तोड़ सकोगे। क्या बदल सकोगे, उनके भीतर भरा बाज़ार का संस्कार।'

यह सवाल प्रह्लाद जी को परेशान कर रहा था। वे इसका ठीक-ठीक कोई जवाब नहीं तलाश पा रहे थे। इस सवाल का जवाब तलाशते हुए उनकी स्मृति

में कामाकुरा परिसर में किकेचु से हुई भेंट उभर आयी थी। भिक्षु चांगेन ने किकेचु से परिचय कराया था। 'इनसे मिलिए, ये हैं किकेचु महाशय। म्यूज़िक कम्पनी ओतो के मालिक। आपके अध्ययन में ये भी काफ़ी मदद कर सकते हैं।' फिर भिक्षु चांगेन ने प्रह्लाद जी के बारे में किकेचु को विस्तार से बताया था। सुन कर किकेचु महाशय बहुत प्रसन्न हुए थे। प्रह्लाद जी को किकेचु के हवाले कर भिक्षु चांगेन कहीं चले गये थे।

किकेचु ने पूछा था, 'आपकी रिसर्च का मक़सद क्या है?'

प्रह्लाद जी को उसका सवाल बहुत अटपटा लगा था। वे अचकचा गये थे। किकेचु उनके असमंजस को भाँप गया था शायद। उसने अपने प्रश्न को खोला था, 'मेरे पूछने का मतलब है कि आपके रिसर्च से आम लोगों को क्या मिलेगा। क्या हासिल होगा एक आम इन्सान को। कोई भी रिसर्च बिना मक़सद के तो नहीं होता न।'

'एक रहस्य है, जिसे मैं सुलझाना चाहता हूँ। सृष्टि के आरम्भ में ध्वनि का क्या स्वरूप था, उसे जानना चाहता हूँ। बहुत सारे लोगों का मानना है कि वह ॐ की तरह की ध्वनि थी। क्या वास्तव में ॐ आदि ध्वनि है, यही जानना मेरा मकसद है। इससे सृष्टि के रहस्यों को खोलने में मदद मिलेगी। आख़िर सृष्टि के रहस्य अनसुलझे ही तो हैं। तमाम वैज्ञानिक इस दिशा में काम कर रहे हैं। वे जानने का प्रयास कर रहे हैं कि इस सृष्टि का आरम्भ कैसे हुआ था। अभी तक जितनी बातें हैं, वे अवधारणा मात्र हैं। अगर सृष्टि के आरम्भ की ध्वनि का स्वरूप पता चल जाये, तो सृष्टि के आरम्भ का पता लगाना कुछ आसान हो जायेगा। एक प्रबल अवधारणा यह भी है कि सृष्टि की शुरुआत ध्वनि और प्रकाश से ही हुई थी।' प्रह्लाद जी ने समझाया था।

'यानी, आप गैलीलियो बनना चाहते हैं।' किकेचु मुस्कराया था।

प्रह्लाद जी को उसका यह व्यंग्य बहुत बेहूदा लगा था। भिक्षु चांगेन ने जिस व्यक्ति का इतना महिमागान किया था, वह इतना हल्का निकलेगा, प्रह्लाद जी ने सोचा न था।

किकेचु शायद भाँप गया था कि उसकी बात से प्रह्लाद जी को चोट पहुँची है। उसने तुरन्त अपनी बात में संशोधन किया था, 'दरअसल, मेरे

कहने का आशय है कि आज जब वैज्ञानिक शोध की प्रकृति बदल चुकी है, आप पुरानी पद्धति को क्यों अपनाये हुए हैं। छोड़िए उसको। रिसर्च आपका बिल्कुल सही दिशा में जा रहा है, पर उसका उद्देश्य पुराना है।...उद्देश्य बदल दीजिए।'

'मतलब!'

'मतलब यह कि सृष्टि के रहस्यों को सुलझाने के बजाये मनुष्य की उलझनों को सुलझाने पर ध्यान केन्द्रित कीजिए। मनुष्य की उलझनें सुलझ जायेंगी, तो सृष्टि की उलझनें अपने आप सुलझ जायेंगी।' किकेचु ने स्पष्ट किया।

प्रह्लाद जी को किकेचु में षडमुगम बोलता नज़र आया। उन्होंने कहा, 'थोड़ा और स्पष्ट कीजिए।'

'आप जिस विषय पर रिसर्च कर रहे हैं, हम भी लगभग वही काम कर रहे हैं। अन्तर केवल इतना है कि आप जिस ऊर्जा की तलाश कर रहे हैं, उसके मिल पाने की सम्भावना संदिग्ध है। हमने उस ऊर्जा को क्रिएट करने में काफ़ी हद तक कामयाबी हासिल कर ली है। दरअसल, हमने ध्वनि चिकित्सा के क्षेत्र में काम करना शुरू किया है। चिकित्सा विज्ञान यह साबित कर चुका है कि ध्वनि ऊर्जा के उपयोग से व्यक्ति की कमज़ोर पड़ गयी भीतरी ऊर्जा को दुरुस्त किया जा सकता है। चिकित्सा विज्ञान के सामने इस समय सबसे बड़ी चुनौती लोगों की मानसिक समस्याओं से निपटना है। मेंटल हेल्थ हमारे समय का सबसे बड़ा चैलेंज है। उसमें योग और ध्वनि चिकित्सा बहुत प्रभावशाली पद्धति साबित हो रही है। इसलिए हमने ऐसी ध्वनि ऊर्जाएँ विकसित करने की कोशिश की है, जो विभिन्न मानसिक समस्याओं से पार पाने में मदद करती हैं। आप भी अगर इस दिशा में सोचना शुरू कर दें, तो आपका रिसर्च बहुत फलदायी हो सकता है।' किकेचु ने कहा।

प्रह्लाद जी को अब स्पष्ट हो चुका था कि किकेचु के शरीर में षडमुगम की ही आत्मा बसी हुई है। सारे व्यावसायिक चिन्तन की पद्धति एक ही है। वे सारे चीज़ों को एक ही दृष्टि से देखते हैं। सबके लिए रिसर्च का मतलब व्यवसाय को आगे बढ़ाने का माध्यम भर है। किकेचु ने बेशक षडमुगम की तरह सीधा-सीधा नहीं, पर घुमा-फिरा कर वही प्रस्ताव रख दिया था जो

षडमुगम ने रखा था। प्रह्लाद जी को अपना शोध व्यावसायिक नज़रिये से करने का प्रस्ताव। मगर प्रह्लाद जी ने किकेचु को भी वही जवाब दिया था, जो षडमुगम को दिया था, 'आपका सुझाव नि:सन्देह बहुत अच्छा है। इस पर विचार करूँगा। आपसे बाद में सम्पर्क करूँगा।'

'मैं आपके जवाब का इन्तज़ार करूँगा।' किकेचु ने कहा और नब्बे अंश पर झुक कर प्रह्लाद जी को अभिवादन कर चला गया था।

मगर जाते-जाते वह प्रह्लाद जी के सामने एक बड़ा प्रश्न छोड़ गया था, 'क्या अब वैज्ञानिक शोधों का व्यावसायिक उपयोग के अलावा कोई महत्त्व नहीं है। क्या मैं जो कर रहा हूँ, वह सचमुच दो कौड़ी का है। उसका कोई मोल नहीं।'

पाँच

जिस ध्वनि की तलाश में प्रह्लाद जी जापान गये थे, वह ध्वनि तो उन्हें मिली नहीं, पर ध्वनियों का एक बड़ा ख़ज़ाना वे वहाँ से लेकर लौटे थे। ध्वनि ऊर्जा ने उनके भीतर एक नया प्रह्लाद पैदा कर दिया था। कामाकुरा और अन्य मन्दिरों का अध्ययन करते हुए, उन पर लिखते हुए, वे मन्दिर ध्वनि के विशेषज्ञ हो चुके थे। उनके लिखे लेखों को काफ़ी सराहना मिल रही थी। भारत के बौद्ध मन्दिरों में भी उनके शोध की चर्चा पहुँच चुकी थी। टोक्यो में रहते हुए ही महाबोधि मन्दिर गया से उन्हें पत्र मिला था कि जब भी वे भारत वापस लौटें, गया अवश्य पधारें। यहाँ दो-तीन दिनों की आपकी व्याख्यान श्रृंखला रखने का प्रस्ताव है।

मगर उस प्रस्ताव से प्रह्लाद जी को कोई ख़ास प्रसन्नता नहीं हुई थी। वे कुछ परेशान ज़रूर हो गये थे। इस तरह तो ये लोग मुझे बौद्ध विज्ञान विशेषज्ञ के रूप में स्थापित कर देंगे। पहचानें इसी तरह बनायी जाती हैं। आप होते कुछ और हैं, आपकी पहचान कुछ और बना दी जाती है। फिर आप उसी पहचान के साथ जीने को मजबूर होते हैं। उसी पहचान को ढोते रहते हैं। अगर मेरी पहचान बौद्ध विज्ञान विशेषज्ञ की बन गयी, तो मेरे अध्ययन की सारी सम्भावनाएँ उसी में केन्द्रित होकर रह जायेंगी। उस पहचान में ढलना नहीं है। प्रसिद्धि के मोह में नहीं पड़ना है। प्रसिद्धि का मोह पतित कर देता है। मैं जो

हूँ, जैसा हूँ, वैसा ही रहना ठीक। इस तरह कम से कम अपने ढंग से कुछ कर तो पाऊँगा। अपने ढंग से सोच तो पाऊँगा। एक पहचान में ढल कर तो अपने सोचने का ढंग भी त्याग दूँगा।

इस दृढ़ निश्चय के पीछे निश्चित रूप से भिक्षु चांगेन से सीखी बातों का प्रभाव था। उन्होंने एक दिन कहा था, 'व्यक्ति अपना मूल स्वभाव खो दे, तो उसके जीवन में दुश्वारियाँ बढ़नी शुरू हो जाती हैं। स्वभाव में रह कर ही मुक्ति का आनन्द लिया जा सकता है।'

चंडीगढ़ पहुँच कर प्रह्लाद जी ने जैसे मुक्ति का अनुभव किया था। वे सचमुच जैसे अपने स्वभाव में लौट आये थे। कुछ दिन वे केवल लता के हाथों का बना, अपनी पसन्द का भोजन करना चाहते थे। उससे ख़ूब बातें करना चाहते थे। न जाने कितनी सारी बातें उनके भीतर भरी हुई थीं, जो लता को सुनाने को मचल रही थीं। वे कुछ दिन केवल अपने बच्चों की नसीहतें सुनते रहना चाहते थे—पापा, ऐसे नहीं ऐसे होता है। विभाग में सहकर्मियों के साथ अपने अध्ययन के अनुभवों पर कोई बातचीत नहीं करना चाहते थे। वे केवल विद्यार्थियों से मिलना और उनसे उनके बारे में सुनना चाहते थे। सारे पुराने अख़बार पढ़ लेना चाहते थे।

मिट्टी अपना चुम्बकीय प्रभाव व्यक्ति पर छोड़ती ही है। अपनी मिट्टी का चुम्बकीय आकर्षण व्यक्ति में जीवन भर बना रहता है। चाहे सुख-सुविधाओं की तलाश में कहीं भी चला जाये, उसे वास्तविक सुख तो अपनी मिट्टी पर पैर रखने के बाद ही मिलता है। प्रह्लाद जी को याद आया कि वे तो फिर भी दो साल जापान में रह आये। इलाहाबाद विश्वविद्यालय के उनके एक प्रोफ़ेसर मित्र तो सांस्कृतिक सम्बन्ध परिषद की योजना के तहत गये थे टोक्यो। हफ़्ता भर बाद ही लौट आये थे। लोग उन्हें देख कर हैरान हुए कि आख़िर इतनी जल्दी क्यों लौट आये। पर उन्होंने कहा कि जो सुख इलाहाबाद में है, वह कहीं और नहीं है। वह अपनी मिट्टी का चुम्बकीय खिंचाव ही था, जो उन्हें जापान में टिकने नहीं दिया था। खींच लिया था अपनी तरफ़।

विभाग पहुँचे तो प्रह्लाद जी की आँखें उन विद्यार्थियों को तलाश रही थीं, जिनमें उन्हें सम्भावाएँ नज़र आती थीं। मगर इन दो सालों में एमएससी के कई

विद्यार्थी विश्वविद्यालय छोड़ चुके थे। कौन कहाँ गया, कौन क्या कर रहा है, इसकी जानकारी उन्हें धीरे-धीरे ही हासिल होनी थी। बीएससी के विद्यार्थी एमएससी में पहुँच चुके थे, मगर उनमें से भी उनकी पहचान के बहुत सारे विद्यार्थी नदारद थे। दूसरे विश्वविद्यालयों में चले गये होंगे, या पढ़ाई छोड़ दी होगी, कुछ को नौकरी भी मिल गयी होगी, या किसी व्यवसाय में चले गये होंगे।

अब विभाग का माहौल काफ़ी कुछ बदल गया था। प्रोफ़ेसर चाहल का कार्यकाल ख़त्म हो चुका था। क़रीब पाँच महीने पहले प्रोफ़ेसर दीक्षित ने उनकी जगह चेयरमैन की ज़िम्मेदारी सँभाल ली थी। डॉक्टर जोशी और डॉक्टर स्मिता नेहवाल उनकी कोर टीम का हिस्सा बन चुके थे। कहें कि प्रोफ़ेसर दीक्षित उन्हीं दोनों की सलाह से हर फ़ैसला लेते थे। प्रह्लाद जी ने नोट किया कि विभाग के लोगों को जब भी कुछ काम होता है, तो प्रोफ़ेसर दीक्षित से कहने के बजाये डॉक्टर जोशी और डॉक्टर स्मिता नेहवाल से कहना ज़्यादा पसन्द करते हैं। हालाँकि इन दोनों की नियुक्ति प्रोफ़ेसर अहलूवालिया ही अपने कार्यकाल के अन्तिम दिनों में कर गये थे, मगर प्रोफ़ेसर दीक्षित से उनकी नजदीकी विचारधारात्मक आधार पर बढ़ती गयी थी। वैसे भी डूबते सूरज को कौन सलाम करता है। डॉक्टर जोशी और डॉक्टर स्मिता शुरू से भविष्य दृष्टा थे। वे अच्छी तरह जानते थे कि प्रोफ़ेसर चाहल से उनकी पटेगी नहीं और उनके बाद चेयरमैन प्रोफ़ेसर दीक्षित ही बनेंगे। प्रोफ़ेसर दीक्षित के रिटायरमेंट में अभी काफ़ी समय है। उनके दुबारा चेयरमैन बनने की सम्भावना भी बन सकती है।

फिर, तीनों के गहरे तालमेल का बड़ा कारण तीनों की वैचारिक साम्यता थी। उस समय अकाली दल की सरकार थी और डॉक्टर स्मिता नेहवाल के ससुराल पक्ष की अकाली दल में गहरी पैठ थी। उसके ससुर पार्टी में कोई पदाधिकारी थे और मुख्यमन्त्री के मुँह लगे माने जाते थे। प्रोफ़ेसर दीक्षित और डॉक्टर जोशी दक्षिणपन्थी रुझान के थे। इसलिए तीनों की स्वाभाविक पटरी बैठती थी।

प्रोफ़ेसर चाहल अब विभाग में कम ही आते थे। बहुत ज़रूरी होता तभी वे किसी बैठक में शामिल होते। वैसे प्रह्लाद जी ने नोट किया था कि विभाग के किसी फ़ैसले में प्रोफ़ेसर चाहल को शामिल करने से परहेज़ किया जाता। उनके रिटायरमेंट में बमुश्किल साल भर बचा था। वे विभाग आते भी तो अपने कमरे में ही विद्यार्थियों को बुला लेते। ज़रूरी लेक्चर देते और घर चले जाते।

विभाग में अब सेमिनार और स्पेशल लेक्चर कराने पर ज़ोर बढ़ गया था। डॉक्टर स्मिता नेहवाल के कारण विभाग के कार्यक्रमों के लिए सरकारी ख़ज़ाने का मुँह खुला हुआ था। अब विभाग को विश्वविद्यालय से फंड के लिए मुँह नहीं जोहना था। 'विज्ञान की भारतीय चिन्तन धारा', 'विदेशी विज्ञान को भारतीय विज्ञान का अवदान' और 'भारत में विज्ञान' जैसे विषयों पर सेमिनार की श्रृंखला तैयार की जा चुकी थी।

ऐसे वातावरण में प्रह्लाद जी को ख़ुद को ढालना था। वह अजीब कशमकश का समय था। पहला हफ़्ता ही प्रह्लाद जी पर बहुत भारी गुज़ारा था। अभी तो आगे लम्बा समय था। वे समझ नहीं पा रहे थे कि कैसे विभाग में तालमेल बैठाया जा सकता है। वे उकता कर इतवार वाले दिन प्रोफ़ेसर चाहल से मिलने गये थे। जापान के अपने अनुभव साझा करने के बाद उनसे उन्होंने अपनी उलझन बतायी थी।

प्रोफ़ेसर चाहल ने बस इतना कहा था, 'आप अपने रिसर्च पर ध्यान दीजिए। विभाग की गतिविधियों में मत उलझिए।'

मगर यह इतना असान नहीं था। चेयरमैन जो काम सौंपेंगे, उसे निभाने से इनकार करना प्रह्लाद जी को कठिन जान पड़ता था। चेयरमैन की तिकड़ी को रिसर्च, अनुसन्धान जैसी चीज़ों से कोई मतलब नहीं। ऐसे लोग कभी नहीं चाहते कि रिसर्च वग़ैरह को बढ़ावा मिले। वे किसी न किसी तरह उनके काम में बाधा डालने का प्रयास करेंगे ही। इसलिए उनके साथ उलझने के बजाये, तालमेल बिठा कर काम करना ही समझदारी की बात होगी।

चेयरमैन की तिकड़ी से कैसे तालमेल बिठाना है, इस पर अभी प्रहलाद जी मंथन कर ही रहे थे कि एक दिन साहिल उनसे मिलने आया था। साहिल सहगल। एमएससी में उनका स्टूडेंट था, जब वे जापान गये थे। उस दिन सुबह-सुबह घर आ धमका था। बिना किसी सूचना के।

प्रहलाद जी ने उसे ड्राइंग रूम में बैठाया। उसके पास की ही कुर्सी पर ख़ुद भी बैठ गये। उन्होंने महसूस किया कि साहिल के मुँह से शराब की तीखी गन्ध आ रही है। प्रह्लाद जी ने याद किया, पहले कभी साहिल को ऐसी हालत में तो नहीं देखा। बहुत ही विनम्र, बहुत ऊर्जावान विद्यार्थी हुआ करता था। हर समय उसके पास किसी न किसी चीज़ को लेकर जिज्ञासा रहती थी। ख़ूब पढ़ता था। न केवल किताबें, बल्कि रिसर्च जर्नल भी। एमएससी करने वाले कम ही छात्रों को उन्होंने देखा था, जो रिसर्च जर्नल भी पढ़ते थे। मगर साहिल में बहुत कुछ जानने-समझने की अपार भूख थी। इन दो सालों में ऐसा क्या हो गया कि यह बिल्कुल ही बदल गया। प्रह्लाद जी ने सोचा।

उन्होंने साहिल से पूछा, 'घर में सब ख़ैरियत है?'

'औपचारिकता के लिए कहूँ, तो सब ठीक ही है, सर। सब अपनी-अपनी जगह ठीक ही होते हैं। मगर मेरी समझ से तो सब ठीक नहीं ही है।' साहिल ने दार्शिनक अन्दाज़ में कहा था।

कुछ देर को तो प्रह्लाद जी की समझ में नहीं आया कि साहिल की इस बात पर कैसे प्रतिक्रिया दें। उन्होंने पूछा, 'क्या कर रहे हो इन दिनों?'

'एमफिल डिज़र्टेशन लिखने की तैयारी। सर, आप जापान चले गये। इधर मेरी एमएससी पूरी हुई। एमफिल में दाखिला मिल गया। इसी बीच ब्याह भी कर लिया। प्रेम प्रसंग था। ऐसा दबाव बना कि ब्याह करना पड़ा। मुझे सुपरवाइज़र मिल गये हैं डॉक्टर जोशी। उनके साथ कुछ तालमेल बैठ नहीं पा रहा अपना। मैं कुछ पूछने जाता हूँ, कुछ डिस्कशन करना चाहता हूँ, तो मुस्करा कर कहते हैं—काहें इतना परेशान हो रहे हो। जो लिखना चाहते हो, जैसे लिखना चाहते हो, लिख डालो। मैं हूँ न।'

'भाई, ब्याह की लक्ख लक्ख बधाइयाँ। मुबारकाँ। ले आओ किसी दिन मोहतरमा को हमारे घर खाने पर। कौन है, क्या कर रही है, बताओ तो सही।' प्रह्लाद जी के स्वर में ख़ुशी और उत्साह था।

मगर साहिल ने प्रह्लाद जी के उत्साह पर कोई उत्साह नहीं दिखाया। उसने सीधा कहा, 'सर, मैं अपना सुपरवाइज़र बदलना चाहता हूँ। आपका नाम देना चाहता हूँ। कंसेंट चाहिए आपका।'

प्रह्लाद जी अभी तो ख़ुद विभाग में नयी व्यवस्था के साथ तालमेल बिठाने के उपाय तलाश रहे थे, उसमें साहिल का यह प्रस्ताव आ गया। अगर वे साहिल को कंसेंट देते हैं, तो चेयरमैन की तिकड़ी साहिल का तो नुकसान करेगी ही, उन्हें भी परेशान करने के तिकड़म हमेशा करती रहेगी। प्रह्लाद जी नहीं चाहते थे कि साहिल का कोई नुकसान हो। यह बहुत संवेदनशील लड़का है। थोड़े से दबाव से भी यह टूट सकता है। इसे सँभालना होगा।

उन्होंने कहा, 'वैसे तो किसी भी सुपरवाइज़र को यह बात अच्छी नहीं लगती कि उसका कोई स्टूडेंट इसलिए उसे छोड़ दे कि वह उसके रिसर्च कराने के तरीक़े से ख़ुश नहीं है। मगर मैं तुम्हारी परेशानी समझ सकता हूँ। फ़िलहाल अपनी भावनाओं पर क़ाबू रखो। मैं दो साल बाद लौटा हूँ। इस बीच नियम-कायदे काफ़ी बदल गये हैं। अभी मैं ख़ुद समझने की कोशिश कर रहा हूँ कि नये नियम-कायदों में क्या-क्या और कैसे-कैसे करना है। मेरा सुझाव है कि अभी तो तुम अपना डिज़र्टेशन डॉक्टर जोशी के सुपरविजन में जमा कर दो। पीएचडी में सुपरवाइज़र बदलने का विकल्प रहता है, तब बदल लेंगे। मुझे तो ख़ुशी ही होगी तुम्हें अपने साथ रख कर।'

'बहुत मुश्किल हो रही है सर। जोशी सर का बिल्कुल रुझान नहीं है रिसर्च की तरफ़।...'

'कोई बात नहीं। मैं सहयोग करूँगा। जब भी मन हो, आ जाया करो मेरे पास।' प्रह्लाद जी ने उसे तसल्ली दी।

'ठीक है सर, मैं आपको परेशान करता रहूँगा। अब चलता हूँ।'

'बैठो, नाश्ता करके जाना।'

'आज नहीं सर, माफी चाहता हूँ। अब आप आ गये हैं, तो मैं मिलने आता ही रहूँगा।'

प्रह्लाद जी ने नोट किया कि साहिल की आँखें भर आयी हैं। उन्होंने उसके कन्धे पर हाथ रखा था, 'कभी भी, जब भी मन हो, बेधड़क आ जाया करो। तुमसे मिल कर मुझे भी बहुत अच्छा लगता है।'

साहिल चला गया था। मगर अपने पीछे बहुत सारे सवाल प्रह्लाद जी के मन में छोड़ गया था। इस बार जिस साहिल से वे मिले थे, वह वही साहिल नहीं था, जो उनके जापान जाने से पहले था। वे इस नये साहिल के बारे में

बहुत कुछ जानने को उत्सुक हो उठे थे। मगर कैसे जानें, इसका कोई सूत्र तलाशने लगे थे।

प्रह्लाद जी विभाग पहुँचे तो उनके दिमाग़ में आज की कक्षा में लेक्चर के विषय नहीं, बल्कि साहिल घुमड़ रहा था। उनकी आँखें किसी ऐसे विद्यार्थी को तलाश रही थीं, जो साहिल को बहुत क़रीब से जानता हो, जो साहिल के बारे में सब कुछ बता सके। उसके एक-दो दोस्त ऐसे थे जो उसके लंगोटिया यार जैसे थे। मगर वे अब कहाँ हैं, पता नहीं। वे भी एमफिल कर रहे होंगे या नौकरी-चाकरी के फेर में कहीं चले गये होंगे। उनका विभाग आना-जाना कम ही रहता होगा। रिसर्च वाले विद्यार्थी तभी विभाग आते हैं, जब कोई विभागीय काम होता है या उनके सुपरवाइज़र उन्हें मिलने के लिए बुलाते हैं। साहिल भी तो उनके लौटने के दस दिन बाद उनसे मिलने आया था।

साहिल से प्रह्लाद जी को कई कारणों से लगाव था। वह पढ़ने-लिखने में होशियार तो था ही, उसमें सम्भावनाएँ भी थीं। प्रह्लाद जी को पक्का यक़ीन था कि साहिल आगे चल कर एक अच्छा अध्यापक होगा। साहिल का रुझान भी टीचिंग में जाने की तरफ़ ही था। इसके अलावा, प्रह्लाद जी को लगता था कि साहिल की स्थितियाँ बिल्कुल उनके जैसी हैं। साहिल के पिता सामान्य किसान थे। साहिल की पढ़ाई के लिए पैसे का जुगाड़ मुश्किल से हो पाता था। इसलिए जब प्रह्लाद जी ने यूनिवर्सिटी में प्रयोगशाला बनाने के बारे में सोचा था और उसके माध्यम से कुछ विद्यार्थियों को जोड़ने के बारे में सोचा था, तो उनमें सबसे ऊपर साहिल का नाम ही उनकी ज़ेहन में था। उन्हें साहिल में अपनी जवानी के दिन दिखते थे। साहिल के संघर्ष में उन्हें अपना संघर्ष दिखता था। वही दृढ़ संकल्प, वही जज़्बा।

मगर आज जिस साहिल से वे मिले थे, उसमें उन्हें कुछ भी अपने जैसा नहीं दिखा था। उसमें वे अपने को किसी भी रूप में तलाश नहीं पाये थे। उसमें यह बदलाव उसके डॉक्टर जोशी के साथ रजिस्ट्रेशन के फ्रस्ट्रेशन से तो कतई नहीं आ सकता है। ब्याह ही इसका मूल कारण हो सकता है। पारिवारिक तनाव से उसकी गति कुछ वक्र हो गयी है। उन्हें ध्यान आया कि सुबह जब उन्होंने उसे ब्याह की बधाई दी थी, पत्नी से मिलवाने की बात कही थी, तब

उसने कोई प्रतिक्रिया नहीं दी थी। अगर पत्नी के साथ उसके रिश्ते मधुर होते, तो उसमें उत्साह होता। वह उनके प्रस्ताव पर चहक उठता। उसकी तारीफ़ में ज़रूर कुछ कहता, बल्कि बहुत कुछ कह डालता। मगर इस प्रसंग में उसने बात ही बदल दी थी। मगर वास्तव में उसकी परेशानी क्या है, यह तो जानना ही पड़ेगा। अगर रिश्तों में दरार पैदा हुई है, तो हमारा फ़र्ज़ है कि उसे भरें। उन दोनों को पास बैठा कर समझाएँ, उनकी ग़लतफहमियाँ दूर करें। ग़लतफहमियाँ तो हर किसी के रिश्ते में होती ही हैं। उन्हें क़रीबी लोग ही दूर कर सकते हैं।

प्रह्लाद जी बीएससी के विद्यार्थियों की कक्षा ले रहे थे। पढ़ाने में मन नहीं लग रहा था। बार-बार उनकी नज़रें दरवाज़े के काँच के पार, गलियारे में आते-जाते विद्यार्थियों की तरफ़ चली जाती। उसी दौरान उन्हें गलियारे में खड़ा होकर किसी से बातें करता आयुष्मान दिख गया था। वह साहिल के लंगोटिया यारों में था। प्रह्लाद जी को जैसे मनचाही वस्तु मिल गयी हो। वे उत्साहित हो गये। कक्षा के विद्यार्थियों को पढ़ाना छोड़ वे कुर्सी से उठ कर सीधा दरवाज़े पर पहुँचे थे। आयुष्मान को आवाज़ लगायी, 'आयुष्मान, क्लास के बाद मुझसे मिल कर जाना। तुमसे कुछ बात करनी है।'

आयुष्मान लपक कर बढ़ा और प्रह्लाद जी के पाँव छुए थे, 'मैं आप ही से मिलने आया हूँ सर। पता चला कि आप लौट आये हैं, तो मिलने चला आया।'

'थोड़ी देर में क्लास ख़त्म हो जायेगी। मेरे कमरे में ही आ जाना।' प्रह्लाद जी ने कहा और कक्षा में चले गये थे।

आयुष्मान को देखकर प्रह्लाद जी की बेचैनी शान्त हो गयी थी, जैसे पानी का छींटा पाकर उफनता दूध शान्त हो जाता है। उन्होंने क्लास समाप्त की और अपने कमरे में आ गये। वहाँ आयुष्मान उनका इन्तज़ार कर रहा था। उन्होंने उसे कमरे में बुलाया। उसका औपचारिक हालचाल जानने के बाद सीधे साहिल के बारे में पूछा था, 'साहिल से तुम्हारा मिलना-जुलना होता है?'

'जी सर, इन दिनों मेरे साथ ही हॉस्टल में रह रहा है।'

'तुम्हारे साथ क्यों? उसकी तो शादी हो गयी है न!'

'जी सर। रवनीत गयी है अपने घर इसलिए।' आयुष्मान के स्वर से साफ़ था कि वह कुछ छिपा रहा है।

'साहिल आया था आज मेरे घर, मिलने मुझसे। काफ़ी टेंस लग रहा था। उसके मुँह से शराब की गन्ध आ रही थी। उसने बताया कि ब्याह कर लिया है। मगर शादी को लेकर कोई उत्साह उसमें नज़र नहीं आया। क्या, अनबन चल रही है उन दोनों के बीच में?'

'जी सर। कुछ ज़्यादा ही पीने लगा है। पहले बिल्कुल नहीं पीता था। पिछले तीन-चार महीने में ही आदत लगी है। रवनीत के साथ पट नहीं रही उसकी। इसलिए टेंस रहता है।'

'रवनीत भी हमारे डिपार्टमेंट में है?'

'नहीं सर, वह सोशल साइंस में है। थियेटर करती है। बड़े घर की बेटी है। महत्त्वाकांक्षी है। बहुत कम समय में बहुत कुछ पा लेना चाहती है। बिंदास है।'

'साहिल को कहाँ से मिल गयी?'

'गर्ल्स हॉस्टल में रहती थी। कुछ कॉमन फ्रेंड्स की मार्फ़त पहचान हुई थी दोनों में। क़रीब डेढ़ साल पहले ही तो मिले थे दोनों। थियेटर और कैंटीन की गप्पबाजियों में दोनों एक-दूसरे के क़रीब आते गये। रवनीत का ही दबाव था कि शादी कर लेते हैं। साहिल अभी ब्याह को तैयार नहीं था। पहले वह कहीं सेटल हो जाना चाहता था। मगर रवनीत लगातार कहती रहती थी कि सेटल वेटल तो होते रहेंगे, जब शादी का फ़ैसला कर लिया है, तो कर ही लेना चाहिए। फिर, रवनीत के घर वालों का भी दबाव बढ़ गया था। रवनीत के पिता और भाई कंस्ट्रक्शन के बिजनेस में हैं। उन्हें रवनीत की पसन्द पर कोई एतराज़ नहीं था। साहिल ने अपने घर वालों को बताया, तो वे भी थोड़ी ना-नुकुर के बाद तैयार हो गये थे। इस तरह अरेंज मैरिज हुई दोनों की।'

'फिर, परेशानी किस बात से पैदा हो गयी है!'

'रवनीत के एंबीशन से।'

'हूँ।' प्रह्लाद जी ने गहरी साँस ली और थोड़े चिन्तित हुए। 'तुम रवनीत से मुझे मिलवा सकते हो? कहना उससे कि मैं उससे अकेले मिलना चाहता हूँ। तुम्हारा मिलना-जुलना है उससे कि नहीं?'

'मिलना-जुलना तो हो जाता है सर, मगर पहले जैसी बातें नहीं हो पातीं। साहिल के बारे में तो वह कोई बात ही नहीं करना चाहती। साहिल के लिए उसके मन में नफ़रत बैठ गयी है। वह आपसे भी शायद ही मिलने आयेगी। वह समझ जायेगी कि आप उसे क्यों मिलने के लिए बुला रहे हैं।'

'ओके। अपने डिपार्टमेंट में किसी प्रोफ़ेसर से उसकी नजदीकी है! कोई ऐसा प्रोफ़ेसर, जिसकी बात रवनीत मानती हो।'

'डॉक्टर मिसेज सेठी हैं सर। वह उनको अपना आदर्श मानती है। उनके थियेटर ग्रुप से जुड़ी हुई है। उनकी हर बात मानती है।'

'डॉक्टर सेठी..., नयी नियुक्त हुई है क्या?'

'जी सर, तीन-चार साल हुए होंगे उन्हें आये।'

'साहिल तुम्हारे साथ क्यों रह रहा है! हॉस्टल तो उसे भी मिला हुआ था न?' प्रह्लाद जी ने पूछा।

'हॉस्टल तो था सर, पर शादी के बाद छोड़ दिया था उसने। रवनीत के घर वालों ने पंचकूला की एक सोसाइटी में रवनीत के नाम फ़्लैट ख़रीदा था। शादी के बाद दोनों वहीं रहने लगे थे। फिर लड़ाई-झगड़ा शुरू हुआ, तो रवनीत ने साहिल को घर से निकाल दिया। तबसे मेरे पास ही रहता है।'

'उसे दुबारा हॉस्टल के लिए अप्लाई करना चाहिए।'

'जी सर, किया है। मगर, टाइम लग जायेगा मिलने में। एक बार छोड़ने के बाद दुबारा हॉस्टल मिलने में मुश्किल तो होती है।'

'ठीक है। तुम अपना कमरा नम्बर, हॉस्टल का नाम और फ़ोन नम्बर इस डायरी में लिख दो। ज़रूरत पड़ेगी, तो सम्पर्क करूँगा। फ़िलहाल, साहिल को सँभालो।' प्रह्लाद जी ने आयुष्मान की तरफ़ डायरी और कलम बढ़ाते हुए बात समाप्त की थी।

छह

साहिल और रवनीत के प्रसंग में ही प्रह्लाद जी पहली बार डॉक्टर सेठी से मिले थे। उन्होंने अपना परिचय देने के बाद उनके पास आने की वजह बतायी थी।

डॉक्टर सेठी कुछ देर चुप रहीं। फिर गहरी साँस लेकर कहा था, 'मैं तो पिछले डेढ़ साल में उन दोनों की मोहब्बत और नफ़रत दोनों की इंतहा देख चुकी हूँ। बमुश्किल छह-सात महीने हुए दोनों की शादी के। अब इस रिश्ते के बचने की कोई सम्भावना नज़र नहीं आती।'

'वजह क्या है?' प्रह्लाद जी ने जानना चाहा।

'अब तो मल्टीपल कॉम्प्लिकेशंस हैं। रिश्तों के टूटने की कोई एक वजह होती भी नहीं। इन दोनों के रिश्तों में दरार की वजह भी कॉमन है, जो आमतौर पर सारे रिश्तों के टूटने की होती है। ईगो और दूसरे को एक्सेप्ट न कर पाना।' डॉक्टर सेठी ने बताया।

'क्या समझा-बुझा कर इसका कोई हल नहीं निकाला जा सकता?' प्रह्लाद जी ने पूछा।

'बहुत कोशिश की मैंने। मगर फेल रही। समस्या शुरू तो हुई साहिल की तरफ़ से ही। पर अब रवनीत की तरफ़ से ज़्यादा है। शी इज वेरी वेरी एंबिशियस। आई नो हर वेरी वेल। उससे मेरे फैमिली टर्म्स हैं। उसकी फैमिली ने भी बहुत कोशिश की, मगर वे भी कामयाब नहीं हुए। अब तो शायद रवनीत ने साहिल को डाइवोर्स पेपर्स भी भेज दिए हैं। नहीं भेजे हैं तो जल्दी ही भेज देगी। अभी तो वह बॉम्बे गयी है। कोई ऑडिशन देना था उसे।' डॉक्टर सेठी ने बताया।

'मुझे तो बिल्कुल इसकी जानकारी नहीं थी। दो साल के लिए टोक्यो चला गया था। साहिल को पता चला कि मैं लौट आया हूँ, तो परसों वह मुझसे मिलने आया था। काफ़ी परेशान लग रहा था। मगर उसने भी नहीं बताया। उसके एक दोस्त से पता चला। साहिल बहुत टैलेंटेड स्टूडेंट है। उसका दोस्त बता रहा था कि बहुत पीने लगा है। परसों सुबह-सुबह मुझसे मिलने आया, तब भी उसके मुँह से शराब की गन्ध आ रही थी।' प्रह्लाद जी ने बताया।

'आप उसे किसी तरह समझाइए कि अब यह रिश्ता चल नहीं सकता। वह कोई नया रिश्ता तलाश करे। जब तक वह रवनीत के साथ अपने रिश्ते को भुलायेगा नहीं, परेशान ही रहेगा और कॉम्प्लिकेशंस बढ़ती ही जायेंगी।' डॉक्टर सेठी बोलीं।

'साहिल के लिए शायद यह सब इतना आसान नहीं होगा।' प्रह्लाद जी ने चिन्ता जताते हुए कहा।

'आई नो। बट, हक़ीक़त यही है। रवनीत ने तो शायद नये रिश्ते में जाने का मन बना लिया है। इसीलिए वह बहुत जल्दी यह शहर छोड़ देना चाहती है। साहिल को भी अब उससे अलग होने का मन बना लेना चाहिए। हम उन दोनों में पैच-अप कराने की कोशिश करेंगे, तो कुछ दिन बेशक वे हमारे समझाने से साथ रह भी लें, तो भी यह रिश्ता बचेगा नहीं। कड़वाहट और बढ़ेगी। वह और ख़तरनाक होती जायेगी।' डॉक्टर सेठी ने बताया।

'देखता हूँ, समझाने की कोशिश करता हूँ। वह गाँव का लड़का है, इमोशनल है। रिश्तों को लेकर उसके भीतर गाँठें होंगी, जैसा कि गाँव के लोगों में होती ही हैं। शहरी लोगों की तरह डिवोर्स वग़ैरह को वह सामान्य बात मान कर अपने मन को शायद ही मना पाये। गाँव के लोग रिश्तों को बहुत सारे बन्धनों से बाँध कर रखते हैं। उनके रिश्तों का दायरा बहुत बड़ा होता है। वह केवल निजी सम्बन्धों तक सीमित नहीं होता। पूरा समाज, सारे रिश्ते उससे जुड़े होते हैं। रिश्तों को वे अपनी इज़्ज़त का सवाल बना लेते हैं। फिर भी, मुझे उससे इस सम्बन्ध में बात तो करनी ही है।' प्रह्लाद जी ने कहा।

'बिल्कुल, वही बात है। समस्या वहीं से शुरू हुई। साहिल नहीं चाहता कि रवनीत टीवी सीरियल्स, फ़िल्मों वग़ैरह में काम करे। थियेटर भी छोड़ने को कहता है। थोड़ा तो ओपन माइंडेड उसे होना चाहिए न। ज़माना कितना बदल गया है। वह ख़ुद चंडीगढ़ जैसे शहर में रह कर पढ़ाई कर रहा है। दुनिया के रंग-ढंग जानता है। उसे रवनीत पर थोड़ा तो भरोसा करना चाहिए था न। रवनीत को सबसे अधिक यही बात चुभी थी कि वह उस पर भरोसा नहीं करता। ऐक्टिंग उसे बहुत पसन्द है। ऐक्टिंग को लेकर उसके बहुत ऊँचे ख़्वाब हैं। वही वह छोड़ देगी, तो फिर घर में क्या चौका-बर्तन करेगी। ऐसी तो उसकी परवरिश ही नहीं है।' डॉक्टर सेठी ने कहा।

'ऐसा पजेसिवनेस की वजह से हुआ होगा। अतिशय लगाव के कारण होता ही है ऐसा। साहिल के भीतर डर पैदा हो गया होगा कि रवनीत कहीं उससे दूर न चली जाये। इस डर को उसके भीतर से निकालना होगा।' प्रह्लाद जी बोले।

'मैंने भी शुरू में रवनीत को यही बात समझायी थी। मगर अब तो बात बढ़ते-बढ़ते इस हद तक पहुँच गयी है कि वह साहिल का नाम तक सुनना पसन्द नहीं करती। नफ़रत हो गयी है उसे उससे। उसे तो न साहिल के घर-परिवार, रिश्तेदार अपने परिवार-रिश्तेदारों से मेल खाते लगते हैं, न साहिल का रहन-सहन, पहनने-ओढ़ने का ढंग पसन्द आता है। दोनों की सोच ही मेल नहीं खाती। साहिल भी रवनीत के बारे में ऐसा ही सोचता है। उसकी हर चीज़ उसे अपने से अलग लगती है। अब तो रवनीत को यह भी पसन्द नहीं कि साहिल टूथपेस्ट की ट्यूब को बीच से दबा कर पेस्ट निकालता है। इसी पर कई बार उनका झगड़ा हो चुका है। कहाँ कहाँ तालमेल बैठायें हम। ये सब चीज़ें तो ऐसी हैं, जिनमें लड़के-लड़की को ही तालमेल बिठाना पड़ता है।' चिन्ता व्यक्त करते हुए डॉक्टर सेठी ने कहा।

'जैसे भी हो, हमें इस रिश्ते को बचाना होगा।' प्रह्लाद जी बोले।

'मैंने तो हर कोशिश कर ली। आप चाहते हैं, तो बात करके देख लीजिए एक बार। रवनीत लौटेगी बॉम्बे से तो मैं आपको बता दूँगी। कहूँगी उससे कि एक बार मिल ले आपसे।' डॉक्टर सेठी ने कहा।

'जी, बहुत बहुत धन्यवाद आपका। पहले मैं साहिल से मिल कर जानने की कोशिश करता हूँ कि उसे दिक़्क़त किस बात से है।' प्रह्लाद जी ने कहा।

शाम को प्रह्लाद जी आयुष्मान के हॉस्टल गये थे। कमरे का दरवाज़ा खटखटाया, तो दरवाज़ा आयुष्मान ने नहीं, किसी और लड़के ने खोला। उन्होंने कहा, आयुष्मान से मिलना था। लड़के ने कहा, वह तो अभी नहीं है, कोई मैसेज हो तो बता दीजिए। तभी अन्दर साहिल की आवाज़ आयी, 'सर नमस्ते, सर आइए न अन्दर, सर।'

प्रह्लाद जी वास्तव में मिलने तो साहिल से ही गये थे। मगर उन्होंने थोड़ा नाटक किया। वे दरवाज़े पर ही रुके रहे। तब तक साहिल उठ कर दरवाज़े पर पहुँच चुका था। प्रह्लाद जी ने पूछा, 'तुम यहाँ रहते हो क्या?'

'नहीं सर, कमरा तो आयुष्मान का ही है मगर अभी वो गया है। आ जायेगा सर, आप आइए, बैठिए न सर।' साहिल की आवाज़ लड़खड़ा रही थी, वह भी लड़खड़ा रहा था। लड़खड़ाते हुए ही उसने पलंग पर अख़बार

बिछा कर रखे नमकीन के पैकेट, पानी के जग, गिलासों वग़ैरह को समेट कर प्रह्लाद जी के लिए बैठने की जगह बनाने लगा। फिर उसका ध्यान कुर्सी की तरफ़ गया। 'आप यहाँ बैठिए सर, कुर्सी पर।' साहिल कुर्सी को ठोंक-ठोंक कर झाड़ने लगा था।

प्रह्लाद जी ने कहा, 'ठीक है, मैं बैठ जाऊँगा। पहले तुम बैठ जाओ।'

साहिल पैर नीचे लटकाए पलंग पर बैठ गया। वह ख़ुद को संयत करने का प्रयास कर रहा था। प्रह्लाद जी से नज़रें नहीं मिला पा रहा था। वह इस तरह बैठने की कोशिश कर रहा था कि बिल्कुल नॉर्मल लगे। मगर वह शायद अपने शरीर पर क़ाबू नहीं रख पा रहा था। उसने दूसरे लड़के से कहा, 'जोरावर, सर को पानी पिला भाई।' प्रह्लाद जी ने उसे मना कर दिया था। 'सर ये जोरावर सिंह है, पंजाबी डिपार्टमेंट में पीएचडी कर रहा है। पहले मैं इसके बग़ल के कमरे में ही रहता था।' साहिल ने जोरावर का परिचय कराया।

'तुम पैर ऊपर करके दीवार की टेक लेकर ठीक से बैठ जाओ, साहिल। मैं तुमसे ही मिलने आया हूँ। थोड़ी बात करनी है तुमसे। नॉर्मल हो जाओ।' प्रह्लाद जी ने कहा।

साहिल का असमंजस दूर हो गया था। थोड़ी देर गर्दन झुकाये वह शान्त बैठा रहा, फिर खिसक कर, पैर ऊपर करके, पलंग के किनारे दीवार से टेक लेकर पालथी मारे बैठ गया। अब वह प्रह्लाद जी की बातें सुनने को तैयार था। हालाँकि उसके चेहरे के भाव बता रहे थे कि वह समझ गया है कि प्रह्लाद जी उससे किस सम्बन्ध में बात करने आये हैं। उसने उस सम्बन्ध में बात करने के लिए ख़ुद को तैयार कर लिया था।

'परसों तुम मुझसे मिलने घर आये थे, तो बताया नहीं तुमने कि तुम्हारी ज़िन्दगी में क्या चल रहा है। तुम इतने क़ाबिल बच्चे हो, मैं सबको तुम्हारा उदाहरण देता हूँ। तुमने अपना यह क्या हाल कर लिया है।'

'क्या कहता सर, मैं ख़ुद नहीं समझ पा रहा कि मेरे साथ यह सब क्या हो रहा है, क्यों हो रहा है। मैं ख़ुद इससे पार पाने का कोई रास्ता तलाश रहा हूँ। मिल ही नहीं रहा कोई रास्ता। बस भागे जा रहा हूँ अपने आप से। समझ ही नहीं आता कि किससे क्या बात करनी है, किससे क्या बात नहीं करनी है।' साहिल ने गर्दन झुकाये हुए ही कहा।

'अब क्या चाहते हो तुम?'

'मैं तो उसका साथ ही चाहता हूँ सर, मगर वह मुझे नहीं चाहती। उसके बिना जीना मुश्किल हो रहा है। मगर वह मुझसे नफ़रत करती है। मेरी कोई चीज़ उसे अच्छी नहीं लगती। मेरी हर चीज़ ग़लत ही लगती है।...शुरू में लगता था कि बड़े घर की बेटी है, उसमें बचपना है, धीरे-धीरे सँभल जायेगी। मेरी भावनाओं को समझने लगेगी। मगर वो तो बिगड़ैल निकली।'

'फिर, कैसे साथ रह सकोगे तुम दोनों? क्या सोचा है तुमने?'

'वही तो सोच नहीं पा रहे न सर। बहुत बेइज़्ज़ती हो गयी है समाज में, रिश्तेदरों तक बात पहुँच गयी है। मैंने तो बहुत छिपाने की कोशिश की। घर की बात घर में ही सुलटाने की कोशिश की। मगर वह पूरी दुनिया में ढिंढोरा पीटती फिरी। मेरे हर जान-पहचान वाले को उसने बता दिया है कि वह मेरे साथ नहीं रहना चाहती। डिवोर्स लेना चाहती है।' साहिल की आँखों से आँसू निकल आये थे।

प्रह्लाद जी उसे कुछ देर रो लेने देना चाहते थे। मगर साहिल ने तुरन्त ख़ुद को सँभाल लिया था। आँखें पोंछ कर सामान्य दिखने की कोशिश करने लगा था।

'देखो, उसे बिगड़ैल बता कर तुम सुथरे साबित नहीं हो जाते। क्या तुमने अपनी कमियाँ पहचानने और उन्हें सुधारने की कोशिश की कभी! दूसरों पर दोष मढ़ कर अपने को सही साबित करना बहुत आसान है। ऐसा वही करता है, जो अपनी कमियों को स्वीकार नहीं करता।' प्रह्लाद जी का लहजा थोड़ा तल्ख हो गया था।

'नहीं सर, मैं मानता हूँ कि मुझमें बहुत कमियाँ हैं। मैं तो हूँ ही कमीन आदमी। मगर वो अच्छी है, तो मुझे सुधार देती न सर। वो सुधारे न सर आके मुझे, मैं तो तैयार हूँ सुधरने के लिए। मैंने तो कहा उससे कि भाई माफ़ी दे, अबसे जो तू कहेगी, मैं वही करूँगा। मगर नहीं। अब तो बात भी नहीं करती। सोसाइटी के गार्ड को कह रखा है, वे मुझे सोसाइटी में घुसने ही नहीं देते। बहन...सॉरी सर, उसको भूत सवार है हीरोइन बनने का। जानती नहीं कि नोच खायेंगे उसको, फिलिम वाले। जब तक जवानी है, तभी तक जलवे हैं।

फिर कोई नहीं पूछेगा। न जाने कितनी लड़कियाँ मुम्बई जाकर बर्बाद होती हैं हर साल। मैं नहीं चाहता कि यह बर्बाद हो। समझाया था सर उसको। मगर समझती ही नहीं। मुझे छोड़ देगी, मगर फिलिम नहीं छोड़ेगी।'

'क्या बुराई है फ़िल्म करने में। फ़िल्में हर किसी को इतनी आसानी से मिल जाती हैं क्या। उसके लिए भी टैलेंट की ज़रूरत होती है। अगर मिल रही है फ़िल्म, तो करने दो उसे। इतनी छोटी सोच के तुम हो कैसे सकते हो!'

'बात छोटी या बड़ी सोच की नहीं है सर। बात उसकी हिफाजत की है। मैं नहीं चाहता कि वह किसी मुसीबत में पड़े। बहुत ख़राब लोग हैं सर फिलिम लाइन में। मैं जानता हूँ। इसलिए उसे उधर जाने से रोकता था।'

'मगर, अब तो वह जा चुकी है।'

'जाने दीजिए सर, लौट के आयेगी यहीं। वहाँ उसको कोई ठौर-ठिकाना नहीं मिलने वाला। इतनी टैलेंटेड भी नहीं है कि रातोंरात हीरोइन बन जाये। मुझे पता है। मुँह की खायेगी। लौटके यहीं आयेगी। तब पूछूँगा।'

'और लौट के नहीं आयी, वहीं रह गयी, तब क्या करोगे?'

'आयेगी सर, मुझे पता है।'

'ठीक है। मैं दुआ करूँगा कि वह लौट कर आये और तुम्हारे ही पास आये। मगर अभी तो तुम इस सवाल का जवाब तलाशना शुरू कर दो कि अगर वह लौट कर नहीं आयी, तब तुम क्या करोगे।'

साहिल चुप रहा।

'जब तुम नॉर्मल होना, तो मिलने आना मुझसे। तुम्हारी पढ़ाई-लिखाई को लेकर भी बहुत सारी बातें करनी हैं मुझे।' प्रह्लाद जी ने कहा और कुर्सी से उठ खड़े हुए।

'जी सर। ओके सर। गुडनाइट सर। बहुत अच्छा लग रहा है सर आपसे बात करने के बाद। मैं आऊँगा सर, ज़रूर आऊँगा आपसे मिलने।'

'मैंने जो कहा है, उस पर विचार करो और जब अगली बार मिलना तो बताना मुझे कि इस बारे में तुमने क्या सोचा।' प्रह्लाद जी ने ज़ोर देकर कहा और लौट आये थे।

मगर उसके बाद प्रह्लाद जी की दुबारा साहिल से मुलाक़ात नहीं हो पायी। उन्हें आयुष्मान ने ही बताया था कि वह अपने गाँव चला गया

है। रवनीत को किसी टीवी सीरियल में छोटी-सी भूमिका मिल गयी थी। यह ख़बर हॉस्टल में सभी तक पहुँच चुकी थी। एक हॉस्टल से होती हुई दूसरे हॉस्टलों में भी फिरने लगी थी। रवनीत ने ही अपनी किसी सहेली को फ़ोन करके बताया था, फिर उसने अपने किसी दोस्त को बताया था। इस तरह एक-दूसरे से होती हुई ख़बर पूरे विश्वविद्यालय में फैल गयी थी। उस ख़बर के बाद साहिल कुछ अधिक परेशान हो गया था। हॉस्टल का, उसकी जान-पहचान का हर कोई उससे पूछने लगा था, 'सुना है, परजाई को फिलिम में रोल मिल गया है। मुबारक हो प्राजी। अब तो तुम भी चले जाओगे परजाई के साथ ही बांबे।' यह सब सुनकर उकता गया था साहिल। भाग गया था गाँव।

मगर गाँव से वह वापस नहीं लौटा। कई दिन बाद वहाँ से उसकी ख़बर आयी थी। गाँव जाकर साहिल ने कीटनाशक पीकर ख़ुदकुशी कर ली थी। यह ख़बर भी आयुष्मान ने ही प्रह्लाद जी को दी थी।

प्रह्लाद जी उसके गाँव गये थे। वहाँ जाकर पता चला कि गाँव वाले उसके परिवार को उकसा रहे थे कि रवनीत के ख़िलाफ़ मुकदमा कर देना चाहिए। उसी के दिये मानसिक संताप की वजह से साहिल ने ख़ुदकुशी की है। हमारे लड़के को खा गयी वह। उसको सजा तो मिलनी ही चाहिए।

यह सब सुन कर प्रह्लाद जी विचलित हो उठे थे। उन्होंने साहिल के पिता को अकेले में ले जाकर समझाया था, 'मुकदमेबाजी के चक्करों में कभी मत पड़ना। बेशक दोनों में झगड़ा था, मगर उस झगड़े को अदालत में सार्वजनिक करना ठीक नहीं। साहिल ख़ुद इस झगड़े को छिपाता फिर रहा था। आप उस झगड़े को लोगों के सामने खोलोगे, तो उसकी आत्मा को शान्ति नहीं मिलेगी। जो हो गया, उसे बर्दाश्त करने की कोशिश कीजिए।'

सात

साहिल की याद से प्रह्लाद जी का मन कुछ तिक्त हो गया था। अब तो यह जैसे रोज़ की बात हो गयी है। रोज़ ही अख़बारों में कहीं न कहीं, किसी न किसी वजह से जवान लड़के-लड़कियों की ख़ुदकुशी के समाचार मिल जाते हैं। अपने सपनों की क़ीमत उन्हें जान देकर चुकानी पड़ रही है।...इतने कमज़ोर क्यों होते जा रहे हैं हमारे युवा। समाज का सम्बल इतना

कमज़ोर क्यों पड़ गया है कि भावनात्मक रूप से युवाओं को सँभाल नहीं पा रहा। व्यवस्था को इसकी कोई परवाह क्यों नहीं है। सुरति ने न जाने कितने ऐसे युवाओं की ख़बरों का कोलाज पटल पर चलाना शुरू कर दिया था। वे सुरति से बाहर निकलना चाहते थे।

अब उन्हें डुगडुगी की आवाज़ कुछ स्पष्ट सुनाई देने लगी थी। डुगडुगडुग डुगडुग डुग। जबसे यहाँ आया हूँ, यह डुगडुगी भी एक अजीब रहस्य की तरह बजे जा रही है। उन्होंने मोबाइल का बटन दबा कर देखा, रात के साढ़े तीन बज रहे थे। यानी इतनी देर से वे सुरति की तस्वीरों में उलझे हुए थे। उन्होंने अपना ध्यान दूसरी तरफ़ लगाना चाहा। वे कुछ देर सो जाना चाहते थे, मगर आँखों में नींद का कोई नामो-निशान नहीं। नींद आयेगी भी कैसे, दिन में सो लिए थे, कोई शारीरिक श्रम तो है नहीं। दो-तीन दिन हो गये, घर में ही बन्द हैं। घूमना-टहलना भी बन्द है। उन्होंने ख़ुद को समझाया।

वे करवट बदल कर कुछ देर सो जाना चाहते थे। मगर करवट बदलने से मनोदशा नहीं बदल जाती। स्मृतियों की रेलमपेल मची हुई थी। विश्वविद्यालय जीवन से जुड़ी स्मृतियाँ दिमाग़ में उमड़-घुमड़ रही थीं। उन्हीं स्मृतियों की भीड़ में उन्हें मुट्ठी ताने जलाल नज़र आ गया था। फीस बढ़ोतरी के ख़िलाफ़ विश्वविद्यालय में उभरे आन्दोलन में सबसे अगली कतार में मुट्ठी ताने, बाँहें उछाल कर नारे लगाता जलाल। जलाल भी उनका स्टूडेंट था। होनहार था। एमएससी फाइनल ईयर का विद्यार्थी। साहिल की तरह उसमें भी बहुत कुछ करने का जज़्बा था। फिजिक्स में कुछ नया करने का सपना था। पिता पीठ पर गठरी लादे गाँव-गाँव फेरी लगा कर कपड़े बेच कर परिवार पालते थे। मगर बेटे की पढ़ाई में किसी तरह की कसर नहीं छोड़ना चाहते थे। जलाल भी जितना कम से कम हो सकता था, उतने ख़र्च में गुज़ारा करने की कोशिश करता था। मगर फिर भी पैसे पूरे नहीं पड़ पाते थे। उसके छोटे मामू सऊदी से कुछ पैसे भेज दिया करते थे, तो फीस और किताबों वग़ैरह का काम चल जाता था।

विश्वविद्यालय ने फीस बढ़ोतरी का नोटिस जारी किया, तो जलाल जैसे विद्यार्थियों के सामने मानो मुसीबतों का पहाड़ टूट पड़ा था। फीस भी कोई

सौ-पचास रुपये बढ़ती, तो उसे वहन करना शायद मुश्किल न होता। कई पाठ्यक्रमों की फीस चार सौ फीसद से भी ऊपर बढ़ा दी गयी थी। जो फीस पहले आठ-दस हज़ार रुपये साल की हुआ करती थी, वह बढ़ कर चालीस-पचास हज़ार रुपये हो गयी थी। छात्रावासों के शुल्क भी इसी तरह कई गुना बढ़ा दिये गये थे। कहाँ से लाते इतनी बड़ी रकम जलाल जैसे बच्चे। उनका आन्दोलन स्वाभाविक था। प्रह्लाद जी के समय में अगर ऐसी फीस बढ़ोतरी होती, तो वे भी शायद जलाल की तरह ही आन्दोलन पर उतरते। वे इस सिद्धान्त के हिमायती थे कि शिक्षा का ख़र्च सार्वजनिक निधि से ही किया जाना चाहिए। मेधावी विद्यार्थियों को उपयुक्त छात्रवृत्ति भी मिलनी चाहिए। जो विद्यार्थी तकनीकी पाठ्यक्रमों की पढ़ाई कर रहे हैं, उन सभी को सरकार की ओर से आर्थिक सहयोग मिलना चाहिए। प्रह्लाद जी फीस बढ़ोतरी के ख़िलाफ़ उभरे छात्र आन्दोलन के समर्थन में मन से थे। मगर चाह कर भी वे समर्थन नहीं कर पाये थे।

जब आन्दोलन उग्र होने लगा तो विश्वविद्यालय प्रशासन ने विद्यार्थियों से बातचीत के लिए एक समिति गठित कर दी थी। उस समिति में प्रह्लाद जी को भी रखा गया था। विश्वविद्यालय का वह फ़ैसला उनके सामने दोहरे नैतिक संकट की तरह खड़ा हो गया था। उन दिनों विश्वविद्यालयों पर स्ववित्तपोषण का दबाव बढ़ गया था। यूजीसी लगातार विश्वविद्यालयों के फंड में कटौती कर रहा था। ऐसे में उनके सामने फीस बढ़ोतरी के अलावा कोई रास्ता नहीं रह गया था। तमाम आईआईटी और आईआईएम ने अपनी फीसों में बड़ी बढ़ोतरी कर दी थी। चंडीगढ़ विश्वविद्यालय ने भी उसी रास्ते पर आगे बढ़ने का फ़ैसला किया था। उसने पाठ्यक्रमों के अलावा छात्रावासों आदि के शुल्क में बढ़ोतरी का कदम उठाया था। इस स्थिति में प्रह्लाद जी के लिए विश्वविद्यालय प्रशासन के ख़िलाफ़ जाना कठिन था। यह अनुशासनहीनता होती। हालाँकि वे इस बात के हिमायती कभी नहीं रहे कि अनुशासन के नाम पर विश्वविद्यालय के हर मनमनाने फ़ैसले को बर्दाश्त कर लिया जाना चाहिए, मगर इस फ़ैसले को पूरी तरह मनमाना नहीं कहा जा सकता था। फीस बढ़ोतरी का फ़ैसला यूनीवर्सिटी बोर्ड के लोगों ने काफ़ी मंथन करने के बाद किया था।

उसमें विद्यार्थियों के वित्तीय पक्ष पर भी विचार किया गया था। मगर प्रह्लाद जी अनुभव कर रहे थे कि विद्यार्थियों की आर्थिक मुश्किलों का कोई उचित समाधान उस फ़ैसले में नहीं था। शुल्क किश्तों में चुकाने का प्रावधान किये जाने के बाद भी उन पर भारी बोझ बढ़ने वाला था। पहले विद्यार्थी किसी तरह जुटा कर साल की जो फीस एक बार में भरते थे, उतनी उन्हें अब हर तीसरे महीने भरनी थी।

अजीब असमंजस की स्थिति थी। अगर विद्यार्थियों से बातचीत की समिति का सदस्य न बनाया गया होता, तो शायद प्रह्लाद जी चुप भी रह जाते। मगर अब तो उन्हें विद्यार्थिंयों के आन्दोलन का सैद्धान्तिक समर्थन करने के बावजूद प्रकट रूप में विश्वविद्यालय के पक्ष में उतरना था। वे समिति के छह अन्य सदस्यों के साथ विद्यार्थियों से बातचीत करने धरना स्थल पर गये थे। कई घण्टे बातचीत चली थी। छात्र संघ के नेता किसी भी रूप में फीस बढ़ोतरी को स्वीकार करने को तैयार नहीं थे। उनके तर्क वाजिब और अकाट्य थे। बातचीत के लिए बनी समिति का हर सदस्य कहीं न कहीं विद्यार्थियों की बातों से सहमत था, मगर बदलती आर्थिक व्यवस्थाओं में फीस बढ़ोतरी को अनिवार्य साबित करने का प्रयास कर रहा था। आख़िरकार विद्यार्थियों को मना पाने में वे विफल रहे थे।

आख़िरकार विश्वविद्यालय प्रशासन ने विद्यार्थियों का आन्दोलन समाप्त कराने का वही तरीक़ा अपनाया था, जो आजकल सत्ताएँ किसी भी आन्दोलन को दबाने के लिए अपनाती हैं। दमन का रास्ता। देर रात को कैम्पस में भारी संख्या में सुरक्षाबल बुला लिए गये थे। धरना स्थल से विद्यार्थियों को उठा कर गाड़ियों में भर कर थाने ले जाया गया था। उन पर विश्वविद्यालय में बदअमनी फैलाने का आरोप लगा था। विश्वविद्यालय प्रशासन ने घोषणा कर दी कि अगर फिर छात्रों ने आन्दोलन को आगे बढ़ाने का प्रयास किया, तो उन्हें विश्वविद्यालय से निकाल दिया जायेगा। साइनएडाई की घोषणा कर दी जायेगी। इस घटना के बाद आन्दोलन में फूट पड़नी ही थी, सो पड़ी। जिन विद्यार्थियों में बढ़ी हुई फीस भरने की क्षमता थी, वे अपने-अपने छात्रावासों में जाकर दुबक गये थे, पुरवासी छात्रों ने कैम्पस आना बन्द कर दिया था।

अब जलाल जैसे गिनती के छात्र रह गये थे, जो अब भी सत्याग्रह कर रहे थे। सत्याग्रह का ज़माना कबका जा चुका, इसलिए उसका कोई प्रभाव पड़ना नहीं था। उन सत्याग्रहियों के प्रति विश्वविद्यालयों के बाक़ी छात्रों की सहानुभूति भी धीरे-धीरे कम होती हुई, ख़त्म हो गयी थी।

यह कहानी केवल चंडीगढ़ विश्वविद्यालय की नहीं थी। हर विश्वविद्यालय और शैक्षणिक संस्थान में फीस बढ़ोतरी को लेकर उठे छात्र आन्दोलन इसी तरह अपनी मौत मर गये थे। उन आन्दोलनों के मरने के साथ-साथ न जाने कितने छात्र-अध्यापक सम्बन्ध भी मर गये थे। जो जलाल पहले प्रह्लाद जी को अपना आदर्श अध्यापक मानता था, आन्दोलन के कुचले जाने के बाद उनसे नफ़रत करने लगा था। रास्ते में अगर उन्हें सामने से आता देखता, तो मुँह फेर लेता। हालाँकि प्रह्लाद जी ने उसके इस व्यवहार का बुरा नहीं माना। उन्होंने कई बार सोचा कि जलाल को बुला कर समझाएँ और अपने प्रति उसके मन में पैदा हो गयी कड़वाहट को दूर कर दें, मगर ऐसा कर न सके।

जलाल और छात्र आन्दोलनों की स्मृति फैलती हुई विश्वविद्यालयों की राजनीति पर केन्द्रित होती गयी थी। प्रह्लाद जी सोच रहे थे कि हमारे विश्वविद्यालयों का चेहरा कितना बदल गया है। उन पर राजनीति हावी होती गयी है। पहले ऐसा नहीं था। विद्यार्थियों के सामने उनका लक्ष्य स्पष्ट हुआ करता था। छात्र राजनीति करने वाले विद्यार्थी भी आज की तरह राजनीतिक दलों से संचालित नहीं होते थे। मगर आज की छात्र राजनीति पर मुख्यधारा राजनीति का दबदबा बढ़ता गया है। विश्वविद्यालयों और शैक्षणिक संस्थानों में छात्रनेता वही एजेंडे उठाते रहते हैं, जो मुख्यधारा राजनीति उठाती है। छात्रों के मुद्दे, शिक्षा में बेहतरी के मुद्दे अब छात्र राजनीति में हाशिए पर चले गये हैं। उनमें देश की राजनीति अधिक घुल गयी है। विश्वविद्यालयों के कुलपति और अध्यापक राजनीतिक समीकरण के हिसाब से नियुक्त होने लगे हैं। उनका ध्यान भी अब पढ़ाई-लिखाई से अधिक सत्ता से क़रीबी बनाये रखने, उसकी इच्छाओं के अनुरूप काम करने पर अधिक केन्द्रित रहता है। इसलिए शैक्षणिक परिसरों की गतिविधियाँ विशुद्ध राजनीतिक होती गयी हैं। जो मुद्दे सत्तापक्ष बाहर उठाता है, वही मुद्दे अब छात्र नेता परिसरों के भीतर उठाने लगे हैं। छात्र संघ चुनावों में शैक्षणिक विषय के मुद्दे न होकर केन्द्रीय राजनीति के मुद्दे ही निर्णायक साबित होने लगे हैं।

छात्र राजनीति के बदलते स्वरूप से सोचते-सोचते प्रह्लाद जी की स्मृति में उज्जैन की घटना याद हो आयी थी। वे एक सेमिनार में हिस्सा लेने वहाँ गये थे। देर दोपहर को जब सेमिनार का सत्र समाप्त हुआ तो वे कुछ अध्यापकों के साथ टहलते हुए कैम्पस से बाहर को जा रहे थे। तभी एक छात्र संगठन के कुछ नेता उनकी तरफ़ आये थे। गले में भगवा पट्टा, माथे पर तिलक, कलाइयों पर मोटा कलावा बाँधे उन छात्रों को देखते ही समझा जा सकता था कि उनका सम्बन्ध किस राजनीतिक दल से है। वही राजनीतिक दल, जिसकी राज्य में सरकार थी। आजकल परिसरों में वही छात्र संगठन अधिक सक्रिय नज़र आते हैं, जो सत्तापक्ष से जुड़े होते हैं। दरअसल, सत्तापक्ष अपने छात्र संगठनों को शैक्षणिक परिसरों में पार्टी की विचारधारा के प्रचार-प्रसार के लिए हर तरह की मदद मुहैया कराते हैं। उन्हें सत्ता का संरक्षण प्राप्त रहता है। इसलिए सत्तापक्ष से जुड़े छात्र संगठन चाहे छात्रसंघ में किसी पद पर हों या न हों, दबदबा उन्हीं का रहता है। उन्हीं के आगे-पीछे छात्रों की भीड़ नज़र आती है। उज्जैन शैक्षणिक परिसर की छात्र इकाई भी सत्ता की उसी शक्ति से चलती हुई प्रह्लाद जी के साथ चल रहे अध्यापकों के पास पहुँची थी।

छात्र संगठन के नेता ने प्रह्लाद जी के साथ चल रहे प्रोफ़ेसर सब्बरवाल को लक्षित कर ललकारा था, 'का गुरूजी, काहें देश की संस्कृति की ऐसी-तैसी करने पर तुले हैं।'

'देखिए, अभी हम आपसे बात नहीं कर सकते। हमारे साथ बाहर से आये मेहमान हैं। आपको जो भी बात करनी है, मेरे कमरे में आकर कीजियेगा। इस तरह रास्ते चलते बात नहीं हो सकती।' प्रोफ़ेसर सब्बरवाल ने थोड़े तल्ख लहजे में कहा था। ज़ाहिर है, वे उन छात्र नेताओं को जानते-पहचानते थे। शायद पहले भी उनकी उनसे मुठभेड़ हो चुकी थी।

मगर छात्र नेता तो तुरन्त, वहीं सड़क पर मामले का निपटारा कर लेना चाहते थे। छात्र नेता ने मुस्कराते हुए कहा, 'यही अकड़ तो आपकी दुश्मन हुई जाती है गुरूजी। इतनी बार समझा चुके हम आपको, मगर आप ढीठ ही इतने हैं कि अपनी आदत बदलने को तैयार नहीं। आप बात के देवता तो लगते नहीं।'

'क्या कर लेंगे आप? यही संस्कृति है आपकी! बाहर से आये मेहमानों के सामने कैसे बात की जाती है इसकी भी तमीज नहीं। बात करते हैं संस्कृति की, ख़ुद को अपनी संस्कृति का ज्ञान नहीं।' प्रोफ़ेसर सब्बरवाल ने ग़ुस्से में कहा। अब वे ग़ुस्से से काँपने लगे थे।

साथ चल रहे एक-दो प्रोफ़ेसरों ने प्रोफ़ेसर सब्बरवाल को शान्त करने की कोशिश की, छात्रों को वहाँ से जाने को कहा। मगर बात तब तक बिगड़ चुकी थी। छात्र ने आगे बढ़ कर प्रोफ़ेसर सब्बरवाल के गाल पर ज़ोर का एक तमाचा जड़ दिया। फिर तो उस छात्रनेता के साथ के कई छात्र उन पर टूट पड़े थे। प्रोफ़ेसर सब्बरवाल ज़मीन पर गिर गये, तब भी वे उन्हें लात-घूँसों से मारते रहे। प्रोफ़ेसरों ने छात्रों को रोकने की कोशिश की, मगर वे कहाँ क़ाबू में आने वाले थे। वे तब तक नहीं रुके, जब तक कि प्रोफ़ेसर सब्बरवाल अचेत नहीं पड़ गये।

आनन-फानन प्रोफ़ेसर सब्बरवाल को उठा कर अस्पताल ले जाया गया। मगर तब तक काफ़ी देर हो चुकी थी। उन्होंने प्राण त्याग दिए थे।

फिर प्रोफ़ेसर सब्बरवाल की मौत पर राजनीति शुरू हो गयी थी। देश भर के अख़बार इस घटना की ख़बरें और फालोअप कई दिन तक छापते रहे। विपक्ष जहाँ सत्तापक्ष पर हमलावर हो उठा था, वहीं सत्तापक्ष उसे मामूली घटना साबित करने पर तुला था। मुख्यमंत्री ने कहा कि संस्थानों में छात्रों और अध्यापकों के बीच ऐसी कहासुनी की मामूली घटनाएँ होती रहती हैं। उन्होंने यह भी प्रमाणपत्र दे डाला था कि उन्होंने डॉक्टरों से जानकारी हासिल कर ली है। प्रोफ़ेसर सब्बरवाल को दिल का दौरा पड़ा और उनका देहान्त हो गया।

मगर विपक्ष चिकित्सीय जाँच की रपट लेकर आया था कि पिटाई से प्रोफ़ेसर सब्बरवाल की छाती की हड्डी टूट कर भीतर घुस गयी थी, जिससे अन्दर ही अन्दर काफ़ी ख़ून बहा और उनकी मौत हो गयी।

बहुत दबाव बनने पर छह छात्रों को गिरफ़्तार किया गया था। मगर दो साल बाद ही ख़बर आयी कि अदालत ने सबूतों के अभाव में उन्हें बेदाग घोषित कर दिया।

अपनी आँखों के आगे हुई प्रोफ़ेसर सब्बरवाल की हत्या के बारे में सोच कर प्रह्लाद जी आज भी सिहर उठते हैं। वे आज तक अपने को इस दोष से

मुक्त नहीं कर पाये हैं कि प्रोफ़ेसर सब्बरवाल को उनकी आँखों के सामने छात्रों ने मार डाला और वे कुछ नहीं कर पाये। इस घटना पर कभी-कभी तो वे उन बर्बर सभ्यताओं को जायज़ ठहराने लगते हैं, जो आँख के बदले आँख और हाथ के बदले हाथ में यक़ीन करती थीं। वे ख़ुद से ही पूछने लगते हैं कि आख़िर ये लोग किस सभ्यता और संस्कृति की दुहाई देते हैं, जिसमें सहिष्णुता, दूसरों के विचारों के लिए कोई जगह नहीं। संस्कृति की रक्षा के नाम पर गुरु-शिष्य परम्परा वाली अपनी शिक्षा सभ्यता को ही मिटा डालने पर वे आमादा नज़र क्यों आते हैं। ऐसे अनगिनत सवाल प्रह्लाद जी के भीतर उभरने शुरू हो जाते हैं, जो आज तक अनुत्तरित हैं। इन सवालों से जूझते-जूझते वे हाँफने लगते हैं, उनका शरीर क्रोध से काँप उठता है।

उन्होंने फिर करवट बदली और सब्बरवाल हत्याकाण्ड को अपने दिमाग़ से बाहर निकालने का प्रयास किया। दूसरी बातों की तरफ़ अपना ध्यान केन्द्रित करने लगे।

आठ

घूम-फिर कर प्रह्लाद जी के दिमाग़ में बार-बार वही सवाल उभर आता था- गाँव में जो संस्था मैं बनाना चाहता हूँ, जिस तरह उसे चलाना चाहता हूँ, उसका कोई महत्त्व भी होगा या नहीं। आज जिस तरह पढ़ाई-लिखाई को लेकर, कुछ नया हुनर सीखने को लेकर युवाओं में कोई ललक नज़र नहीं आती। शिक्षा-व्यवस्था लगातार व्यावसायिक ढंग-ढर्रे में ढलती गयी है, उसमें हमारी खड़ी की गयी संस्था का जीवन कैसा और कितना होगा। मेरे बाद वह कितने दिन ज़िन्दा रह पायेगी। संस्थाएँ वही लम्बे समय तक ज़िन्दा रह पाती हैं, जिनमें पूँजी का प्रवाह बना रहता है। जिनके पास पैसे की कोई कमी नहीं रहती। अगर गाँव के लोगों को लगेगा कि इस संस्था में बाहर से पैसा आ रहा है या बहुत सारा पैसा आ सकता है, तो इससे जुड़ने को मारामारी करेंगे। इसलिए कि हर किसी को तो केवल नौकरी चाहिए। कोई ऐसा काम चाहिए, जिसमें महीने का कुछ पैसा मिलता रहे। जैसे ही उन्हें लगेगा कि यह

तो केवल समाजसेवा का काम है, तो शुरू में बेशक कुछ खलिहर लोग इससे जुड़ जायें, पर फिर सब छिटकना शुरू कर देंगे। मुफ्त में आजकल कोई समाजसेवा भी नहीं करना चाहता। मगर मेरी तो ऐसी हैसियत है नहीं कि चार लोगों को भी तनख़्वाह पर रख सकूँ। संस्थाओं का असमय मर जाना सबसे दुखद घटना होती है। उन संस्थाओं के साथ बहुत सारे महान उद्देश्य भी मर जाते हैं। जिस समाज में महान उद्देश्य मरने लगते हैं, वह समाज भी धीरे-धीरे मरने लगता है।

'केवल उद्देश्य महान होने से कुछ नहीं होता। उसे फलीभूत होने में धन अति आवश्यक है। मगर आप तो बाहर से कोई धन लेना नहीं चाहते। पवित्र बने रहना चाहते हैं। धन जैसे भी मिले, ले लो। धन अपवित्र नहीं होता। उसका उपयोग पवित्र या अपवित्र होता है। आप तो वैसे भी महान उद्देश्य के लिए काम करना चाहते हैं, फिर बाहर का धन भी आपके पास पहुँच कर पवित्र ही हो जायेगा। धन को लेकर आप की तरह तो सन्त-महात्मा, तपस्वी-संन्यासी भी नहीं सोचते। अगर वे भी आपकी तरह धन में पाप-पुण्य का भेद करने लगें, तो उनकी तो हो ली साधना-तपस्या, चला चुके वे मठ-आश्रम।' चार्वाक सक्रिय हो चुका था। उसकी आवाज़ में व्यंग्य साफ़ सुनाई दे रहा था।

प्रह्लाद जी चार्वाक को डपटते, उससे पहले ही चाणक्य उपस्थित हो गया था। 'बन्धु, उद्देश्य महान हो, तो वह कभी नहीं मरता। बेशक अभावों में ज़िन्दा रहे, पर ज़िन्दा वह हमेशा रहता है। महान उद्देश्यों को भी अपने समय के साथ संघर्ष करना पड़ता है। आज समय प्रतिस्पर्धा का है, महान उद्देश्यों को भी प्रतिस्पर्धा करनी पड़ती है। उसे प्रतिस्पर्धा के लिए अपने कार्यकारी तरीक़े बदलने-बनाने पड़ते हैं। चमकीला बाना धारण करना पड़ता है। आप भी थोड़ा चमकीला बाना पहना दीजिए, आपके उद्देश्य कभी नहीं मरेंगे।'

'मैं भी तो वही कह रहा हूँ। मुफ्त की चीज़ों की कद्र कोई नहीं करता। थोड़ा ही सही, शुल्क लगा दो, तो लोगों को वे अर्जित की हुई जान पड़ने लगती हैं। उनके प्रति उनका कुछ मोह पैदा हो जाता है। वे उन्हें अपनी लगने लगती हैं। आजकल लोगों का निजी संस्थानों के प्रति मोह इसलिए पैदा नहीं हो रहा कि वे सचमुच सार्वजनिक संस्थानों से बेहतर हैं, उनमें सार्वजनिक

संस्थानों से बेहतर सुविधाएँ उपलब्ध हैं बल्कि इसलिए आकर्षित होते हैं कि उन्होंने चमकीला बाना पहन रखा है, उनकी क़ीमत अधिक है। आजकल लोग समझते हैं कि जो चीज़ महँगी है, वही अच्छी है।' चार्वाक ने कहा।

'यह ग़लत धारणा है। दुनिया के सभी महान संस्थान सार्वजनिक उपक्रम ही हैं। दुनिया की तमाम उत्कृष्ट प्रतिभाएँ सार्वजनिक संस्थानों से ही निकली हैं। उन्होंने दुनिया को महान विचार दिये। निजी संस्थान तो केवल सत्ता प्रतिष्ठानों की काहिली के प्रतीक हैं।' चाणक्य ने प्रतिवाद किया।

चार्वाक ने बीच में ही हस्तक्षेप किया, 'सार्वजनिक संस्थान इतने ही महान हैं, तो वे लोगों को आकर्षित क्यों नहीं कर पा रहे।'

'मैंने कहा न कि, वे सत्ता प्रतिष्ठान की काहिली के प्रतीक बन चुके हैं। सत्ता अगर अपना दायित्व निर्वाह सही ढंग से करता, सार्वजनिक संस्थानों के प्रति संवेदनशील होता, तो इस तरह व्यावसायिक संस्थान बरसाती घास की तरह नहीं उग आते। सत्ताओं ने सार्वजनिक संस्थानों की वित्तीय सहायता बन्द कर उन्हें अधमरा कर दिया है, उनकी स्वतन्त्रता छीन ली है। उन पर अपने विचार थोपते-थोपते उन्हें सामलगमला बना दिया है। उन संस्थानों में जूठे, झूठे और उच्छिष्ट विचार ही भर गये हैं। वे सड़-गल चुके विचार हैं। वे केवल ज़हरीली गैसें उत्पादित करते हैं, उनसे खाद भी नहीं बन सकती कि नये विचारों को पोषण मिल सके। निजी संस्थानों की तो बुनियाद में ही परतन्त्रता है। वे लाभ के सिद्धान्त पर खड़े हुए हैं। उनके प्रबन्धन में लाभ ही सर्वोच्च है। वहाँ स्वतन्त्र विचारों के पनपने की भला कितनी गुंजाइश हो सकती है। वहाँ केवल मजदूर पैदा हो सकते हैं, विचारक नहीं।' चाणक्य के स्वर में तीखापन उतर आया था।

'हमारे समय में विचारकों की ज़रूरत भी नहीं है। हमें तो स्किल्ड चरवाहे चाहिए। ऐसे चरवाहे, जो भेड़ों को अनुशासित तरीक़े से चरना और आगे बढ़ना सिखा सकें। हमारे समय में लोग भेंड़ ही बन चुके हैं। वे उसी चरवाहे की रेवड़ में शामिल हो जाते हैं, जो उनकी पसन्द की आवाज़ें निकालता है। स्किल्ड चरवाहे भेड़ों की पसन्द की आवाज़ें निकालने में माहिर होते हैं। भेड़ें चरवाहों से नहीं, उनकी आवाज़ों से प्यार करती हैं।' चार्वाक ने मज़ाक़ उड़ाने के अन्दाज़ में कहा।

प्रह्लाद जी को लगा कि यह बहस अब कड़वाहट में बदल रही है। ऐसी बहसें दिशाहारा हो भटकाती ज़्यादा हैं। उनमें संघर्ष अधिक होता है। अन्त में उनसे कुछ सार्थक निकल पाने की सम्भावना लगातार क्षीण होती जाती है। गर्दो-गुबार ही ज़्यादा उठता है। उन्होंने आश्वस्त किया, 'ठीक है, मैं इस दिशा में विचार करता हूँ।'

उनका ध्यान गया कि बाहर बरामदे से भजन की धुन उठने लगी है। प्रभुनाथ सुबह चार बजे ही जाग जाते हैं। अपने मोबाइल में भजन लगा देते हैं। आजकल की सुबहें हर जगह इसी तरह शुरू हो रही हैं। प्रह्लाद जी ने सोचा। अब तो नींद आने की सम्भावना भी ख़त्म हो गयी है। थोड़ी देर में बिजेन्दर चाय बनवा लायेगा। फिर खटर-पटर बढ़ती जायेगी। उन्होंने महसूस किया कि बाहर हवा चल रही है। उमस कुछ कम हो गयी है। यानी बादलों का घेरा छंट गया है। प्रह्लाद जी ने अब बिस्तर छोड़कर बरामदे में जाकर बैठना ही उचित समझा।

दिले-नादान पर रोना आया

एक

सावन की तासीर दूसरे महीनों से इसीलिए अलग होती है कि इसमें शीत और ताप का अद्‌भुत सन्तुलन होता है। जब बारिश का दबाव बनता है, तो उमस और गर्मी बढ़ जाती है। जब बारिश का दबाव नहीं होता, तो वातावरण सुखद शीतल हो जाता है। आसपास हरियाली पसर जाती है। सुबह हवा चलती है, तो ठण्ड महसूस होती है। कई लोग तो सुबह चादर ओढ़ लेते हैं। प्रह्लाद जी ने नोट किया कि प्रभुनाथ भी भागलपुरी चादर लपेटे बरामदे में चौकी पर बैठे हैं। अभी पौ फट रही है। सुबह की उजास धीरे-धीरे बढ़ रही है। सूरज निकलने में थोड़ा वक़्त लगेगा।

बरामदे में खड़े रहे प्रह्लाद जी। नोट किया कि गाँव की सुबह अब पहले जैसी नहीं रह गयी है। पहले लोग सुबह चार-पाँच बजे ही उठ कर, मुँह अँधेरे, गाय-गोरू बहरिया दिया करते थे। उन्हें सानी-पानी देना शुरू कर देते थे। उनके दिमाग़ में बचपन की छवियाँ उतर आयी थीं। मगर अब लोग घरों में बन्द रहते हैं। देर तक सोकर उठते हैं। कई लोग तो सात बजे तक सोते हैं। क्या करें, अब लोगों के पास खेती-बाड़ी का पहले जैसा काम भी नहीं रहा। गाय-गोरू पालना बन्द कर दिया है। ट्रैक्टर से खेतों की जुताई हो जाती है। भाड़े की मशीन आकर फसलें काट जाती है। भूसा बचता नहीं। गाय-भैंस पालना थोड़ा कठिन भी हो गया है। मवेशी हैं नहीं, इसलिए सुबह उठने की जल्दी किसी को होती नहीं। रात को देर तक टीवी या मोबाइल पर कुछ न कुछ देखते-सुनते रहते हैं। पहले शाम के आठ-नौ बजे तक सब सो जाते थे।

प्रह्लाद जी बरामदे में प्रभुनाथ के पीछे खड़े थे। मगर प्रभुनाथ को उनके वहाँ होने की आहट नहीं मिल पायी थी या शायद फ़ोन पर बजते भजन में इतना खोए हुए थे, कि ध्यान ही उनकी तरफ़ नहीं गया। प्रह्लाद जी दोनों बाहें छाती पर बाँधे बरामदे में चुपचाप खड़े रहे। रात भर नींद न आने की वजह

से वे उनींदे थे। शरीर में थकान भरी हुई थी। मौसम ख़ुशनुमा होने के बावजूद उनमें उत्साह नहीं था। वे चाहते थे कि थोड़ी देर सो जायें, मगर चाहने से नींद भला कहाँ आती है। वे तय नहीं कर पा रहे थे कि इस वक़्त करें क्या। क्या गाँव में घूम-टहल आयें या फिर से बिस्तर पर जाकर लेट जायें।

उसी वक़्त प्रह्लाद जी को इस बात का एहसास भी हुआ कि आजकल वे कुछ अधिक ही दुविधा में रहने लगे हैं। हर छोटा-मोटा काम भी करने से पहले वे देर तक उसके सकारात्मक-नकारात्मक पहलुओं पर सोचते रहते हैं। उनके भीतर मंथन चलता रहता है। अब कोई काम करने को लेकर पहले जैसा उत्साह नहीं रहता। पहले तो जो काम वे सोच लेते थे, उसे करने को तुरन्त तत्पर हो उठते थे। शायद उम्र और अनुभव का तक़ाज़ा है कि अब वे हर काम शुरू करने से पहले उसके दायें-बायें हर पहलू पर विचार करने लगते हैं। कई बार तो किसी काम के बारे में सोचते हुए अनेक वास्तविक और बहुत सारी काल्पनिक, सम्भावित घटनाएँ उनके भीतर घुमड़ने लगती हैं। वे कई बार इस बात को लेकर ख़ुद को झिड़क चुके हैं कि इस रील के ज़माने में लम्बे-लम्बे दृश्य रचना और उनका आनन्द उठाना कोई अच्छी बात नहीं। इस तरह दिमाग़ को बेमतलब थकाने से आदमी जल्दी बूढ़ा हो जाता है। मगर अपनी झिड़क को आदमी भला कब गम्भीरता से लेता है। प्रह्लाद जी ने भी नहीं लिया। अपने स्वभाव को बदलने का कभी प्रयास नहीं किया।

बरामदे में खड़े-खड़े उन्हें लगा कि यह गाँव केवल अभी नहीं सो रहा है, धीरे-धीरे लम्बी नींद में उतरता जा रहा है। हर समय ऊंघता रहता है। बस एक तय चाल में चले जा रहा है, जैसे नींद में ही चल रहा हो। कोई ऊर्जा नहीं, कोई उत्साह नहीं। जैसे बरसों की थकान इसके भीतर जमा हो और वह लगातार इसके क़दमों को बोझिल बना रही हो। प्रह्लाद जी नींद में डूबे गाँव की ऊर्जा का केन्द्र तलाशने-पहचानने का प्रयास करने लगे थे। फिर वही सवाल उनके भीतर उभरा था, क्या मैं जो करने जा रहा हूँ, उससे गाँव की खोई हुई ऊर्जा लौटा पाने में कुछ मदद मिल पायेगी!

तभी प्रभुनाथ के फ़ोन की घण्टी बज उठी थी। उस पर चलता भजन अपने आप रुक गया था। प्रभुनाथ ने फ़ोन उठाया। उधर से फ़ोन करने वाले ने जो

भी कहा हो, वह तो प्रह्लाद जी सुन नहीं पाये। पर, प्रभुनाथ का जवाब उनके कानों में पड़ा था, 'देखता हूँ, अभी शायद सो ही रहे हैं...जगाता हूँ।' फिर चादर सँभालते हुए उठने को तत्पर हुए तो अपने पीछे ही प्रह्लाद जी को खड़ा पाया। तुरन्त फ़ोन पर जवाब दिया, 'हं हं, जाग गये हैं। बात कराऊँ क्या? अच्छा अच्छा। अभी आते हैं।'

फिर प्रभुनाथ ने पलट कर प्रह्लाद जी से कहा था, 'जोगिन्दर भइया के यहाँ बैंक वसूली वाले आये हैं। हरेराम भाई का फ़ोन था। आपको बुला रहे हैं।'

'बैंक वसूली वाले, मतलब?' प्रह्लाद जी ने हैरानी प्रकट की थी।

'बैंक से लोन लिए हैं, उसी की वसूली के लिए आये हैं।'

'तो, उसमें मेरी क्या ज़रूरत है?'

'आप चलेंगे, तो थोड़ा ठीक से बातचीत कर पायेंगे, उन्हें समझा देंगे, इसीलिए बुला रहे हैं। वसूली वालों का रंग-ढंग तो आप जानते ही हैं।'

प्रह्लाद जी ने कुछ कहा नहीं। हाथ उठा कर चलने का इशारा भर कर दिया।

जोगिन्दर के दरवाज़े पर पहुँचे तो मजमा-सा लगा हुआ था। दो पहलवान किस्म के युवा कुर्सियों पर बैठे हुए थे। जोगिन्दर उनके सामने बाँह बाँधे अपराधी-सा खड़े थे। हरेराम वसूली वाले युवाओं को कुछ समझाने का प्रयास कर रहे थे। उन्होंने प्रह्लाद जी को आया देख कर कहा, 'अब आप ज़रा इनको समझाए भइया। हम कह रहे हैं कि दो-तीन महीना और रुक जाइए, अभी फसल निकल नहीं रही। जैसे ही फसल बिकनी शुरू हो जायेगी, किस्त चुका देंगे, मगर मानते ही नहीं। आख़िर कुछ तो नियम होगा।'

प्रह्लाद जी को समझ नहीं आ रहा था कि इस मामले को कैसे निपटाया जा सकता है। मगर जब वे सरपंच बना ही दिये गये थे, तो निपटाना था ही। उन्होंने वसूली करने आये युवाओं से पूछा, 'जी बताइए, क्या समस्या है?'

'समस्या यही है कि छह महीने हो गये, इन्होंने कोई किस्त नहीं चुकाई। हम वसूली के लिए आते हैं, तो ये घर छोड़ कर भाग जाते हैं। आज सुबह-सुबह पकड़ लिया। हमारे ऊपर, ऊपर से दबाव है। आज अगर किस्त नहीं दिया, तो कुर्की आदेश निकालने के अलावा कोई चारा नहीं है।' एक वसूली वाले युवक ने कहा।

‘अगर ये भरोसा दिला रहे हैं कि एक-दो महीने में किस्त चुका देंगे, तो कुछ मोहलत दे दीजिए।’ प्रह्लाद जी ने कहा।

‘मोहलत ही तो देते आ रहे हैं। नियम है कि तीन महीने की किस्त न चुकाने पर कुर्की का आदेश निकाला जा सकता है। हम तो छह महीने से रुके हुए हैं। छह महीने से तो ये यही कहते आ रहे हैं कि कुछ और मोहलत दे दीजिए, कुछ और मोहलत दे दीजिए। अब तो कोई गुंजाइश ही नहीं बची है।’

‘कुछ तो रास्ता होगा।’ प्रह्लाद जी के स्वर में कुछ और नरमी उतर आयी थी।

‘हमारे हाथ में तो कुछ नहीं है। अगर बीच में एकाध किस्त चुका दिये होते तो शायद हम कुछ रास्ता निकालने की कोशिश भी करते। फ़िलहाल तो कोई रास्ता नहीं बचा है।’ युवक ने कड़क स्वर में जवाब दिया।

‘आप जानते भी हैं कि किससे बात कर रहे हैं। ये प्रोफ़ेसर हैं चंडीगढ़ यूनिवर्सिटी में।’ मजमे में खड़े एक युवक ने वसूली वाले युवक को हड़काने की कोशिश करते हुए प्रह्लाद जी का परिचय दिया। शायद उसे विश्वास रहा होगा कि प्रह्लाद जी का पदनाम सुन कर वसूली वाला युवक कुछ नरम हो जायेगा।

मगर वह नरम बिल्कुल नहीं हुआ, ‘प्रोफ़ेसर हों या कलक्टर, नियम तो नियम है। उसे कोई नहीं बदल सकता।’

‘कितनी किस्त बनती है इनकी?’ प्रह्लाद जी ने पूछा।

‘पैंतीस हज़ार चार सौ सत्तर रुपये। ब्याज पर ब्याज चढ़ता जा रहा है।’ युवक ने बताया।

‘फ़िलहाल कितना देने से काम चल जायेगा?’

‘देना तो पूरा ही पड़ेगा।’

‘कुछ पार्शियल अमाउंट देने से भी तो काम बन सकता है?’

‘पार्शियल अमाउंट पर समझौता उसके मामले में होता है, जो रेगुलर पेमेंट करता आया हो। इनके मामले में तो शुरू से कोई किस्त नहीं आयी है। बैंक कैसे विश्वास कर ले कि ये लोन चुका ही देंगे। अब तो कुर्की के अलावा कोई रास्ता नहीं बचा है।’

'कृषि ऋण में कुछ तो रियायत होती है। फ़िलहाल कितना मिनिमम अमाउंट देने से काम चल जायेगा, ताकि आप पर भी दबाव न रहे और इनकी समस्या का भी हल निकल सके।' प्रह्लाद जी ने नरमी से कहा।

प्रह्लाद जी की इस नरमी का असर हुआ। वसूली के लिए आये युवक के चेहरे पर नरमी उतर आयी थी। उसने काग़ज़ पलटना शुरू कर दिया था। फिर काग़ज़ पर नज़रें टिकाए हुए ही कहा, 'कमसे कम फिफ्टी परसेंट तो देना ही पड़ेगा।...'

प्रह्लाद जी ने जोगिन्दर की तरफ़ देखा। जोगिन्दर की आँखों में शर्म और मजबूरी गाढ़ी हो गयी थी। उन्होंने कुछ कहा नहीं, मगर उनकी आँखें कह रही थीं कि देने के लिए कुछ नहीं है।

प्रह्लाद जी ने जोगिन्दर की आँखों की भाषा पढ़ ली थी। उन्होंने बैंक वाले युवक से कहा, 'अभी तो कुछ भी नहीं है, इनके पास। कल परसों तक कुछ इन्तज़ाम कर देंगे। मैं बात करता हूँ इनसे। कोई उपाय करते हैं। आप परसों आइए, मिल जायेंगे पैसे। मैं गारंटी देता हूँ।'

'हमारे पास और भी केस हैं। इन्हीं के पास आते-जाते रहेंगे, तो बाक़ी काम कैसे होगा। इतना समय है नहीं हमारे पास। किसी से कर्ज़ लेकर दिलवा दीजिए।' युवक ने कहा।

'जिस पर पहले से कर्ज़ चढ़ा हो, उसे कर्ज़ चुकाने के लिए कर्ज़ कौन देता है। मैं आपको गारंटी दे रहा हूँ न, कि परसों आपको पैसे मिल जायेंगे।' प्रह्लाद जी ने समझाने का प्रयास किया।

'परसों वक़्त नहीं है हमारे पास। आज कुछ दिलवा दीजिए, बाक़ी परसों नहीं, अगले हफ़्ते दिलवा दीजियेगा।'

प्रह्लाद जी ने तर्क नहीं किया। थोड़ी देर विचार किया, फिर पूछा, 'कम से कम कितना देने से काम चल जायेगा?'

'दस हज़ार करवा दीजिए।'

'इससे भी कुछ कम हो सकता है?'

'देखिए, इन पर ब्याज की रकम ही काफ़ी बढ़ती जा रही है। बैंक का नियम तो आप जानते ही हैं। ब्याज पर ब्याज चढ़ता रहेगा। जितना जल्दी हो सके, इससे मुक्ति पा लेंगे उतना ही अच्छा। डिफाल्टर को फिर कर्ज़ भी नहीं

मिलता। सिबिल तो इनका ख़राब हो ही चुका है। आठ हज़ार आज करवा दीजिए और बाक़ी के लिए अगले हफ़्ते बृहस्पति को हम फिर आयेंगे। आप गारंटी दे रहे हैं, इसलिए हम भरोसा करके चल रहे हैं।'

'ठीक बात है।' प्रह्लाद जी ने कहा और प्रभुनाथ की तरफ़ देखा, 'मेरा फ़ोन मेरे बिस्तर पर पड़ा है। ले आइए।'

प्रभुनाथ फ़ोन ले आये, तो प्रह्लाद जी ने युवकों से खाता नम्बर पूछ कर उसमें आठ हज़ार रुपये डाल दिये थे। दोनों युवक अगले हफ़्ते फिर आने का वादा करके मोटरसाइकिल पर सवार होकर चले गये थे।

युवक गये, तो मजमा भी तितर-बितर हो गया था। जोगिन्दर की आँखों में शर्म बनी हुई थी। उन्होंने प्रह्लाद जी, प्रभुनाथ और हरेराम को बैठने का इशारा किया और अपने लड़के को चाय बनवाने के लिए कह दिया।

'ससुर, सरकारी कर्जा होता दुखदायी ही है। जितना जल्दी हो सके, इसे उतार देने में ही भलाई है।' हरेराम ने कुर्सी पर बैठते हुए कहा था।

'हम तो कहते हैं कि अभी भइंसिया बेच दीजिए और जो भी पैसा मिले, कर्जा उतार दीजिए। फिर फसल होगी, तो धीरे-धीरे उतार दीजियेगा।' प्रभुनाथ ने चौकी पर बैठते हुए सुझाव दिया था।

'हं। यह भी सलाह सही है।' हरेराम ने हुंकारी भरी।

'अरे भइया, हम भी यही सोचे थे। पड़िया पाल खा गयी है। सोचे थे कि बिया जायेगी, तो अच्छा दाम मिल जायेगा। उसको बेच कर चुका देंगे कर्जा।' जोगिन्दर ने कहा।

'मगर, उसके बियाने में तो बहुत समय लगेगा। आठ-नौ महीना लग जायेगा, तब तक तो बैंक वाले रुकेंगे नहीं। कुर्की का समन आ जायेगा।' हरेराम ने कहा।

'हं, फागुन में बियाएगी। अभी बेचेंगे तो मुश्किल से आधा क़ीमत मिलेगी। गाहक दूध देखके क़ीमत न देता है।' जोगिन्दर ने मजबूरी बतायी।

'ऊ तो हइए है, मगर अब कौनो चारा भी तो नहीं है। आफतकाल में नफा-नुकसान थोड़े देखते हैं। कब तक बैंक वालों से भागते-पराते रहेंगे। कुर्की

आ जायेगी, तो कहाँ भाग के जायेंगे। अभी पड़िया को रहने दीजिए। भंइसिया बेच दीजिए। कुछ दिन दूध मत खाइयेगा। ब्याज पर ब्याज बढ़ता जा रहा है। उसे उतारना ज़रूरी है। का भइया!' हरेराम ने प्रह्लाद जी की तरफ़ समर्थन की उम्मीद से देखा।

'कर्ज़ लिए किस काम के लिए थे? कितना लिए थे?' प्रह्लाद जी ने हरेराम की बात का जवाब देने के बजाये जोगिन्दर से पूछा था।

'लड़किया की शादी किये थे मार्च में। उसी के लिये लिए थे। उसके बाद सब जमा-पूँजी ख़त्म हो गयी। ऊपर से लड़के की पढ़ाई का ख़र्चा। फीस भरनी पड़ गयी। तीन लाख रुपया लिए थे। खेती से इतनी कोई आमदनी तो है नहीं कि हर महीने बीस-पचास हज़ार रुपये आते हों।' जोगिन्दर ने बताया।

प्रह्लाद जी चुप रहे। वे जानते थे कि लड़की की शादी करना कितना कठिन होता है। कृषि ऋण की सुविधा हो गयी है, तो बहुत सारे लोग खेती के बजाये शादी-ब्याह या दूसरे कामों के लिए वहाँ से कर्ज़ ले लेते हैं। हालाँकि इतना बड़ा कर्ज़ कृषि ऋण के नाम पर एक बार में मिलता नहीं। ज़रूर इसके लिए भी जोगिन्दर को बैंक वालों को घूस-घास खिलानी पड़ी होगी। जो कर्ज हाथ में आया होगा, वह ढाई लाख के क़रीब ही रहा होगा। उन्होंने हरेराम के सुझाव का समर्थन किया, 'हेरराम ठीक ही कह रहे हैं। भैंस बेच दीजिए। कर्ज़ का मर्ज़ बहुत बुरा होता है। इस तरह कब तक बेइज़्ज़ती सहते रहेंगे। बैंक वाले खेत-वेत कुर्क कर देंगे, तो और मुश्किल होगी। कुछ गहना-गुरिया रखे हों, तो उसे भी बेच दीजिए।'

'गहना-गुरिया तो कहाँ है भइया। इसकी माई का जो थोड़ा-बहुत गहना था, वही तुड़वा कर लड़की के लिए शादी में बनवा दिये। भैंस बेच दूँगा। पड़िया बियाएगी, तो उसको भी बेच दूँगा। नहीं खायेंगे कुछ दिन दूध।' जोगिन्दर की आवाज़ में अवशता थी।

आज सूरज जैसे नहा-धोकर, बिल्कुल साफ़-सुथरा निकला था। हँसता-खिलखिलाता। पेड़ों के धुले पत्तों पर उसकी चमक चिलक-चिलक जाती थी। पिछले कई दिन आसमान बादलों से भरा रहा था। रह-रह कर पानी

बरस जाता था। घर और बिस्तर में सीलन भर गयी थी। आज आकाश निरभ्र था। शायद इसलिए भी सूरज की हँसी कुछ अधिक भा रही थी।

जोगिन्दर के घर से लौट कर आते ही प्रभुनाथ ने चारपाई बाहर खींच कर उस पर बिस्तर, चादर वग़ैरह फैलाना शुरू कर दिया था।

तभी पूरब की तरफ़ से डुगडुगी की आवाज़ सुनाई दी थी। प्रह्लाद जी के कान खड़े हो गये। वे चौंके। निमिष भर को मन में आश्वस्ति उभरी कि जिस डुगडुगी को वे इतने दिनों से जानने-पहचानने का प्रयास कर रहे थे, वह अब दिन के उजाले में उभरने लगी है। अब तो वह पहचान में आ ही जायेगी। कानों-कानों में ही उन्होंने अभी उठ रही डुगडुगी की आवाज़ से आधी रात को उठती आवाज़ का मिलान शुरू कर दिया। फिर ख़ुद ही निर्णय दिया कि नहीं, यह डुगडुगी नहीं, डफलीनुमा किसी वाद्य की आवाज़ है। अभी उठ रही आवाज़ आधी रात को उठती आवाज़ से बिल्कुल भिन्न है। अभी उठ रही आवाज़ नजदीक आती जा रही है। आधी रात को उठती आवाज़ स्थिर, एक ही जगह से आती रहती है। उनके कान डफली की आवाज़ की तरफ़ लगे हुए थे। प्रभुनाथ एक-एक कर भीतर से लाकर बिस्तर और चादरें बाहर धूप में डाल रहे थे। प्रह्लाद जी ने नोट किया कि प्रभुनाथ को डफली की आवाज़ में कोई दिलचस्पी नहीं है। कोई जिज्ञासा नहीं।

अब प्रह्लाद जी के कानों में समवेत गायन की आवाज़ भी टकराने लगी थी। वे आश्वस्त हो गये कि कीर्तन करने वाले द्वार-द्वार घूम कर माँग रहे होंगे। मगर भीतर एक हल्की निराशा भी भर गयी कि वे आधी रात को उठती डुगडुगी की आवाज़ को देखने, जानने-पहचानने से वंचित रह गये। काश, रात की डुगडुगी इस तरह चलती हुई उनके क़रीब आ जाती।

ज़्यादा देर नहीं लगी, गाने-बजाने वाले चलते हुए सामने रामनगीना के घर के बाहर आकर रुक गये थे। वे चार थे। गाढ़े पीले रंग के वस्त्र पहने। पीली लुंगी, पीला कुर्ता और पीली पगड़ी। उनमें तीन नेत्रहीन थे, उनका एक संगी उनका हाथ पकड़े आगे-आगे चलता था। एक के कन्धे पर सारंगी, एक के हाथ में हुड़ुक और तीसरे के हाथ में लम्बा-सा चिमटा। जो आगे-आगे चल रहा था, उसके एक हाथ में लाठी थी।

ऐसे कीर्तनिया मँगते प्रह्लाद जी ने चंडीगढ़ में ख़ूब देखे थे। मगर इधर अपने गाँव में इससे पहले कभी नहीं देखे थे। बचपन की उन्हें याद है कि नाथपन्थी साधु आया करते थे। उन्हें योगी कहते थे। उनके वस्त्र हल्के गेरुआ रंग के हुआ करते थे। वे समूह में नहीं होते थे। एक ही साधु होता था। सारंगी बजाते हुए भरथरी के गीत गाया करता था। भोर में मुँह अँधेरे, सारंगी टेरता, गाते हुए पूरे गाँव में फेरी देता था। किसी की ख़ाली पड़ी किसी जगह पर ठहरता था। किसी के घर का बना कुछ नहीं खाता था, ख़ुद भोजन बनाता था। ऐसे साधुओं की दो कोटियाँ थीं–एक संन्यासी और दूसरा घरबारी। लोग सीधे पूछ लेते थे–'घरबारी हो महराज कि संन्यासी'। घरबारी वे साधु हुआ करते थे, जो नाथपन्थ में दीक्षित तो होते थे, पर उनका अपना घर-परिवार भी हुआ करता था। वे साल में कुछ-कुछ समय के लिए भिक्षाटन पर निकलते थे। भिक्षाटन से अन्न, वस्त्र आदि जुटा कर उन्हें गोरक्षपीठ में जमा करना होता था। वे भिक्षा में अनाज लेते थे। फटी-पुरानी साफ-सुथरी धोती और साड़ियाँ भी लेते थे। कहते थे कि पुराने कपड़ों से मठ में गुदड़ी बनती है, कथरी बनती है। ऐसे नाथपन्थी साधु हफ़्ते भर किसी गाँव में टिकते थे, फिर आख़िरी दिन हर घर से भिक्षा इकट्ठा कर वापस लौट जाते थे।

अभी जो चार जन पीले वस्त्र में, गाते-बजाते भिक्षा माँगने आये थे, न जाने किस पन्थ में दीक्षित होंगे। प्रह्लाद जी अन्दाज़ा लगाने की कोशिश कर रहे थे। उनका गाना उन्हें अच्छा लग रहा था। हुड़ुक बजाने वाला कुछ नये अन्दाज़ में बजा रहा था। आमतौर पर उन्होंने हुड़ुक को अंगुलियों की थाप से बजाते देखा-सुना था। मगर यह व्यक्ति एक पतली संटी से उसे बजा रहा था। प्रह्लाद जी को उनका गाना-बजाना बहुत अच्छा लग रहा था। उन्होंने प्रभुनाथ से कहा, उन्हें बुलाइए ज़रा। वे उन्हें नजदीक से गाते-बजाते सुनना चाहते थे।

रामनगीना के घर से भिक्षा मिल गयी तो स्वाभाविक रूप से उन्होंने इधर का रुख कर लिया था। फिर भी प्रभुनाथ ने उन्हें आवाज़ देकर बुला लिया।

वे आये, तो प्रभुनाथ ने उन्हें चौकी पर बैठने का इशारा किया। बिजेन्दर से कहा कि इनके लिए चाय बनवा लीजिए। वे चारों चौकी पर बैठ गये। प्रभुनाथ ने कहा, 'एक भजन सुना दीजिए सन्तजी।'

बस क्या था, सारंगी पर हाथ फिरना शुरू हो गया। सारंगी वाले साधु ने धुन छेड़ी तो बाक़ी साथियों ने पीछे से टेर पकड़ी।

रामचन्द्र तन्त्र का भजन कर
शिव का भजन कर पार्वती
हाथ जोड़ के बोली शैलजा
तीनो लोक बसाए बसती में
आप बसे वीराने में जी
अजी राम भजो जी राम भजो जी
शिव का वन्दन किया करो
अजी शिव का वन्दन किया करो
बगड़ बम बबम बम बबम बम बम लहरी।
मेरी एक सुनो अन्तर्यामी
मेरी एक सुनो भोलेस्वामी
मैं तो दासी जनम जनम की
बाली उम्र से भक्ति करती
तुम्हे छोड़कर कहीं ना जाऊँ
रात दिवस तेरे चरण दबाऊँ
तुम्हें छोड़ूँ तो मैं मर जाऊँ
बगड़ बम बबम बम बबम बम बम लहरी
बगड़ बम बबम बम बबम बम बम लहरी

एक सुनो ना मेरे भोलेनाथ जी
एक सुनो ना मेरे दीनानाथ जी
दिन भर मैं तेरी भंग रगड़ूँगी
भंग रगड़ूँ मैं तेरा रगड़ूँ धतूरा
तेज़ करुँगी तेरा पूरा
हुकुम बजाऊँ तेरा पूरा
तुझे पिलाऊँ तिरग्नादिया
और जो बच जावे मैं पी लूँगी
अमृत जान समझ पी लूँगी
शरण में ले लो भोलेनाथ जी

मोहे अपनी बना लो दीनानाथ जी
बगड़ बम बबम बम बबम बम बम लहरी
बगड़ बम बबम बम बबम बम बम लहरी
बगड़ बम बबम बम बबम बम बम लहरी...

प्रह्लाद जी तन्मय होकर भजन सुनते रहे। उन्होंने नोट किया कि इन सन्तों के गीत गाने का अन्दाज़ तो बिल्कुल रैप वाला है। आजकल युवाओं में रैप काफ़ी लोकप्रिय हो रहा है। मगर यह बमलहरी तो न जाने किस ज़माने से गाया जा रहा है।...हालाँकि रैप भी लोक से ही आया है। समाज के दलित-वंचित लोगों ने अपनी पीड़ा को रैप में गाना शुरू किया था, जो आज शास्त्रीय परम्परा के बरक्स एक आन्दोलन के रूप में फैल चुका है। न जाने कितने शास्त्रीय राग लोकधुनों की ज़मीन से ही तो पैदा हुए हैं। लोकधुनों की सीमा यह है कि वे अधिकतम चार-पाँच सुरों तक सिमटे रहते हैं। उन्हें सात सुरों में फैला दो, व्यवस्थित कर दो, तो शास्त्रीय राग का रूप ले लेते हैं। बहुत सारे प्रवीण संगीतकारों ने खोज-खोज कर लोकधुनों को शास्त्रीय व्यवस्था दी है। उन्हें रागमालिका में पिरोया है। भक्ति गायन की तो हमारे यहाँ बड़ी समृद्ध परम्परा रही है- लोक से लेकर शास्त्र तक उसकी विविध मोहक छटाएँ हैं।

साधुओं ने बमलहरी के बाद दूसरा भजन टेरना शुरू कर दिया था। प्रह्लाद जी रैप के बारे में सोचते-सोचते भक्ति गायन की परम्पराओं में विचरने लगे थे। तभी पूरब की तरफ़ से ज़ोरदार आवाज़ उभरी थी, 'हलो हलो चेक, हलो माइक टेस्टिंग।' कोई माइक टेस्ट कर रहा था। प्रह्लाद जी ने प्रभुनाथ की तरफ़ देखा। इशारे से पूछा, 'यह क्या हो रहा है?'

'सावन शुक्लपक्ष का आख़िरी सोमवार आ रहा है। कलश यात्रा होगी। उसी की तैयारी है। गाँव के बड़े मन्दिर में चार-पाँच दिन भजन-कीर्तन होगा, फिर कलश यात्रा जायेगी महारे शिव के मन्दिर। चन्दा-वंदा पहले ही इकट्ठा हो चुका है।' प्रभुनाथ ने बताया।

'यह कबसे होने लगा? पहले तो नहीं होता था!' प्रह्लाद जी ने आश्चर्य से पूछा।

'चार-पाँच साल हो गये। यह शायद पाँचवाँ साल है।'

प्रह्लाद जी ने कोई जवाब नहीं दिया। उठे और कमरे में जाकर पर्स से पैसे निकाल लाये। भजन गायक साधुओं को सौ रुपये का नोट पकड़ाते हुए कहा, 'बहुत अच्छा गाते हैं सन्त जी। स्थान कहाँ है?'

'मूल स्थान तो राजस्थान है प्रभु जी। देव-दर्शन पर निकले हैं। ग्रामदेवों का दर्शन करते हुए, पदयात्रा करते हुए गंगासागर तक जायेंगे।' साधुओं में सबसे वरिष्ठ साधु ने कहा। फिर पैसा जेब में रख कर चौकी से उठने को हुए तो प्रभुनाथ ने उन्हें रोका, 'रुकिये, सिद्धा भी ले लीजिए।' फिर बिजेन्दर को घर के भीतर से सिद्धा लाने का इशारा किया।

सिद्धा पाकर साधु सारंगी टेरते, हुड़ुक और चिमटा बजाते हुए आगे को बढ़ गये।

'यह कलश यात्रा कौन निकालता है?' प्रह्लाद जी ने पूछा।

'शुरू तो गाँव के नवहों ने ही मिलजुल कर किया था। उसकी अगुवाई राधेमोहन सिंह का लड़का जगप्रवेश प्रताप करता है। वह हनुमंत संगत का जिलाध्यक्ष है न।' प्रभुनाथ ने बताया।

'उस दिन तो कोई बता रहा था कि मुकुन्दीलाल का बेटा अनुराग हनुमंत संगत का नेता है!'

'अरे, एग्गो-दुग्गो नेता थोड़े हैं। इधर हर गाँव में हनुमंत संगत के कम से कम आठ-दस नवहे सदस्य हैं। उन सबका कोई न कोई नेता है। अनुरगवा भी एक ठो नेता है, ब्लॉक अध्यक्ष है शायद। जगपरवेसवा जिलाध्यक्ष है। वह अनुरगवा जैसे नेताओं का नेता है। बड़ा नेता। चार चक्का गाड़ी से चलता है। उसके पीछे-पीछे बीस-तीस ठो नवहे चलते हैं। यह कलश यात्रा केवल हमारे गाँव से नहीं, आसपास के गाँवों से भी निकलेगी। सब चट्टी पर इकट्ठा होंगी और वहाँ से महारे के लिए प्रस्थान करेंगी। सबकी अगुवाई जगपरवेसवा करता है। देखिएगा न, कितनी भीड़ जुटती है उस कलश यात्रा को देखने के लिए।'

'हूँ...' प्रह्लाद जी के मुँह से बस इतना ही निकला और वे किसी सोच में डूब गये। शायद उनकी जिज्ञासा समाप्त हो गयी थी।

अब माइक पर भजन शुरू हो गया था–'जटाटवी गलज्जल प्रवाहपा वितस्थले...'। लाउड स्पीकर की आवाज़ शायद पूरे वॉल्यूम पर थी। प्रह्लाद

जी के भीतर विचारों की बयार-सी बह चली, शिवतांडव स्तोत्र इन दिनों बहुत गाया-बजाया जाने लगा है। बहुत सारे गायकों ने अपने-अपने ढंग से इसे गाया है। गाए ही जा रहे हैं। कइयों ने इसे रैप की तरह भी गाया है। मगर अभी जिस धुन में वह बज रहा था, वह प्रह्लाद जी को किसी रणभेरी की तरह सुनाई दे रहा था। उसमें इस्तेमाल वाद्य खासे आक्रामक ढंग से बजाये जा रहे थे। शिवतांडव स्तोत्र सचमुच तांडव गीत की तरह बज रहा था। प्रह्लाद जी सोच रहे थे–हालाँकि शिवतांडव स्तोत्र की पूरी शाब्दिक और मात्रिक व्यवस्था में ओज है, मगर इन दिनों उस ओज को उग्र बना कर पेश किया जाने लगा है। जैसे वह हमारे समय की प्रातिनिधिक धुन हो। इन दिनों भजनों में माधुर्य की जगह अजीब ढंग से युद्ध का जोश गूँजने लगा है। देवताओं की तस्वीरें भी अब कैसी-कैसी आने लगीं हैं। उनमें करुणा और क्षमा की जगह शौर्य अधिक दिखाया जाने लगा है। उनकी आँखों में अभय की जगह क्रोध जलता रहता है। धार्मिक प्रतीकों के साथ इसी तरह का कोई प्रयोग किसी मकबूल फिदा हुसैन जैसे आर्टिस्ट ने किया होता, तो अब तक उसके वध की घोषणा कर दी गयी होती। मगर इन नये चित्रों को लेकर कहीं किसी में कोई प्रतिक्रिया नहीं उभरती देखी गयी।

'तो क्या यह दिन भर बजेगा?' प्रह्लाद जी जल्दी ही अपने विचारों से बाहर निकले और प्रभुनाथ से पूछा।

'हाँ, चार दिन तो बजेगा ही। सोमवार को सुबह यात्रा शुरू होगी, उसके बाद यह सब बजना बन्द हो जायेगा।' प्रभुनाथ ने कहा।

प्रह्लाद जी का मन खिन्न हो गया, अब तो क्या ही नींद आयेगी। सोचा था, नाश्ता करके थोड़ी देर सोऊँगा, पर अब यह भजन-कीर्तन चलेगा दिन भर।

बमलहरी सुन कर प्रह्लाद जी के भीतर जो आनन्द भाव भरा था, मन में जो माधुर्य उपजा था, वह शिवतांडव सुन कर तिरोहित हो चुका था। एक ही देवता के दो भजन और दोनों के दो अलग भाव। वे समझ नहीं पा रहे थे कि उनके भीतर खिन्नता किस वजह से पैदा हुई है। शिवतांडव की धुन से या कलश यात्रा की ख़बर से। शायद दोनों से। प्रह्लाद जी का मन किसी बात से

खिन्न होता है, तो बस खिन्न हो जाता है। वे उस खिन्नता का विश्लेषण करने की स्थिति में नहीं होते। अपने ही भीतर की किसी अँधेरी खोह में उतरते चले जाते हैं। न किसी से बात करने का मन होता है, न कुछ पढ़ने-लिखने का। नितान्त एकान्त में रहना पसन्द करते हैं।

बिस्तर पर लेट कर उन्होंने सोचा कि सबसे पहले फ़ोन को साइलेंट मोड पर कर देना चाहिए, ताकि कोई डिस्टर्बेंस न हो। उन्होंने फ़ोन उठाया, तो देखा कि डॉक्टर सेठी की दो मिस्ड कॉल हैं। फ़ोन पहले से ही साइलेंट मोड पर था। उन्हें याद आया कि रात को चार बजे जब वे सोने का प्रयास कर रहे थे, तब फ़ोन को साइलेंट मोड पर कर दिया था। तब से वह साइलेंट पर ही था। उन्होंने अन्दाज़ा लगाया कि जिस वक़्त वे बमलहरी सुन रहे थे, उसी समय डॉक्टर सेठी ने थोड़े-थोड़े अन्तर पर दो बार फ़ोन किया था। डॉक्टर सेठी की मिस्ड कॉल देख कर प्रह्लाद जी अपने भीतर खोह में प्रवेश करते-करते पलट कर बाहर निकल आये थे। कोई ज़रूरी बात होगी, तभी उन्होंने दो बार फ़ोन किया है।

उन्होंने डॉक्टर सेठी को फ़ोन मिला दिया। दो रिंग जाने के बाद ही डॉक्टर सेठी ने फ़ोन उठा लिया, 'हलो प्रोफ़ेसर। गुड मॉर्निंग। कहाँ बिजी हो गये सुबह सुबह?'

'गुड मॉर्निंग डॉक्टर सेठी। कहीं नहीं। फ़ोन साइलेंट पर कमरे में रखा था। मैं बाहर बैठा था। बताइए, क्या हालचाल हैं आपके। मॉर्निंग वॉक हो गयी?' प्रह्लाद जी ने कहा।

'हां, मॉर्निंग वॉक तो कबकी हो गयी। सुबह काम वाली आयी थी चाबी माँगने। आपके घर की सफ़ाई करने को कह रही थी। उसके साथ मैं भी आ गयी। देखा, बाहर पाँच-छह दिन के अख़बार पड़े हैं। आप अख़बार वाले को बोलना भूल गये शायद। कोई नहीं, मैं बोल दूँगी उसे। अभी आपके फ़्लैट पर ही हूँ। क्या हाल बना रखा है आपने घर का! ऐसे थोड़े चलेगा। मैंने कह दिया है काम वाली से, दो दिन लग कर सारी चीज़ें व्यवस्थित कराऊँगी। कब आ रहे हैं आप?' डॉक्टर सेठी एक साँस में इतना कुछ बोल गयीं।

प्रह्लाद जी उन्हें बोलते हुए सुनते रहे। वे महसूस कर रहे थे कि डॉक्टर सेठी में कितनी आत्मीयता है। उन्हें मेरी कितनी फ़िक्र है। वे चाहतीं तो काम

वाली को चाबी पकड़ा कर निश्चिन्त हो सकती थीं। मगर उन्हें शायद उस पर भरोसा नहीं रहा होगा, अपने सामने साफ़-सफ़ाई कराना चाहती होंगी। तभी तो उसके साथ ख़ुद भी आ गयीं। अव्यवस्थित फ़्लैट देख कर कोई ऐसे तो दुखी नहीं होता। वे मुझे अपना मानती हैं, इसीलिए तो उन्हें मेरी बेतरतीब पड़ी चीज़ों को सहेजने की चिन्ता है। अपने आप ही निर्णय कर लिया कि दो दिन लग कर मेरे फ़्लैट को व्यवस्थित करायेंगी। यह सब सोच कर प्रह्लाद जी का जी भर आया। वे केवल इतना भर बोल सके, 'आप मेरी इतनी चिन्ता करती हैं, डॉक्टर सेठी, मैं यह उपकार कैसे चुकाऊँगा। आप नाहक परेशान मत हों, मैं आऊँगा तो चीज़ें व्यवस्थित करा लूँगा। आपकी अपनी व्यस्तताएँ हैं, कहाँ परेशान होंगी।'

'आप मेरा उपकार मान रहे हैं, यही काफ़ी है। चलिए, मैं आपके ऊपर एक और उपकार करती हूँ। आपके ऊपर किया अपना उपकार माफ़ करती हूँ। वैसे भी अभी यूनिवर्सिटी में काम का कोई ख़ास दबाव नहीं है। कल के बाद अगले दो दिन तो वीकेंड ही है। और मुझे क्या करना है इसमें। दो आदमी लगेंगे, दो दिन में सब ठीक कर देंगे। दलबीर को बोल दूँगी, ले आयेगा दो आदमी। आपकी काम वाली तो रहेगी ही।' डॉक्टर सेठी ने प्रह्लाद जी पर अधिकार जताते हुए कहा था।

'आपको तो पता है, मैं आपके आगे आख़िरकार हथियार डाल ही देता हूँ। आपको जैसा उचित लगे, कीजिए।'

'वैसे, आप आ कब तक रहे हैं? अकेले मार्निंग वॉक में मज़ा नहीं आता।'

'अभी तो कुछ भी तय नहीं किया है। जो ट्रस्ट बनाना चाहता हूँ, उसे लेकर कुछ ठीक से सोच नहीं पा रहा। एकाध हफ़्ते रह कर लौट आऊँगा।'

'जैसा आप उचित समझें। वहाँ मेरी कोई ज़रूरत हो, तो बताइयेगा।...'

'आपने ठीक ही याद दिलाया। ट्रस्ट में आपको एक सदस्य रहना है। उसके लिए आपके डाक्यूमेंट्स चाहिए होंगे। जब सुविधा हो, मुझे अपने आधार कार्ड की कॉपी व्हाट्सअप कर दीजियेगा।...'

'वह तो मैं अभी किये देती हूँ। इसके अलावा भी कोई ज़रूरत हो, तो ज़रूर बताइयेगा। और हाँ, असली बात तो मैं भूली ही जा रही थी। फ़ोन

इसलिए भी किया था कि जादवपुर यूनिवर्सिटी के लिए वाइसचांसलर की पोस्ट आयी है। उसमें आप अप्लाई ज़रूर कर दीजिए।'

'अरे, कहाँ फँसा रही हैं मुझे। आजकल यूनिवर्सिटीज का हाल तो आपको पता ही है कि उनमें वाइसचांसलर वग़ैरह कैसे भर्ती हो रहे हैं।'

'वहाँ कोई ऐसी दिक़्क़त नहीं है अभी। वहाँ केन्द्र का दबाव नहीं है, वहाँ की चीफ मिनिस्टर दबंग हैं। योग्य लोगों को अवसर देती हैं। आप पहले अप्लाई करिए तो सही।'

'राज्यपाल तो वहाँ केन्द्र का है। राज्यपाल और मुख्यमन्त्री के बीच की तनातनी तो रोज़ की है। जादवपुर में वाइसचांसलर को लेकर कैसे दोनों के बीच लम्बे समय तक तनातनी चलती रही, वह किसी से छिपी बात तो है नहीं। राज्यपाल ने वाइसचांसलर्स के अप्वाइंटमेंट का मुद्दा अपनी मूँछ की लड़ाई बना लिया है। स्क्रीनिंग में ही मुझे छाँट कर बाहर कर देंगे।'

'अरे, एक बार अप्लाई करने में तो कोई हर्ज़ नहीं। स्क्रीनिंग में छाँटेंगे, तो कोई बात नहीं। अपना क्या जाता है। आप जैसा योग्य व्यक्ति उन्हें मिलेगा कहाँ। आपका वहाँ हो जायेगा, तो मुझे भी बुला लीजियेगा, प्रोफ़ेसर के रूप में। बचपन से बाहर ही रही, कुछ दिन बंगाल में रह लूँगी। आप तो जानते हैं, बंगाली की जान बंगाल में ही बसती है।' कह कर वे हँसी थीं।

'आप मुझे लेकर कुछ ज़्यादा ही एंबीशियस हो रही हैं। वैसे आख़िरी तारीख क्या है?'

'अभी तो समय है। अगले महीने की दस तारीख तक अप्लाई करना है। तब तक तो आप लौट ही आयेंगे।'

'ठीक है। शाम को फुर्सत से बात करते हैं, इस बारे में। अभी आपको भी यूनिवर्सिटी निकलना होगा। साफ़-सफ़ाई तो बाद में भी हो जायेगी। उसमें ज़्यादा मत उलझिए।'

'ओके। शाम को बात करते हैं। बाय।'

डॉक्टर सेठी ने बात को विराम दिया। मगर प्रह्लाद जी के भीतर डॉक्टर सेठी से बातें चलती रहीं।

'वहाँ घर किसके लिए व्यवस्थित करना है डॉक्टर सेठी? अकेले ही तो रहना है। उस घर में न किसी को आना है, न जाना है। अकेले के लिए घर

को क्या सजाना है। जैसे है ठीक है। अब तो वहाँ रहने का मन भी नहीं होता। एक आप हैं, जो इतनी चिन्ता करती हैं, वरना किसे कहाँ फुर्सत है। कल को मुझे कुछ हो गया। रात को अचानक तबीयत ही ख़राब हो गयी, तो कौन देखने वाला है वहाँ। यहाँ गाँव में चचेरे भाई का परिवार ही सही, कुछ लोग हैं तो साथ में। वे मेरा ध्यान रखते हैं, मान देते हैं। हारी-बीमारी में पूरा गाँव ही देखभाल करने को आ जायेगा। गाँव में अभी यह सामूहिकता तो बची हुई है कि कोई बीमार हो जाये, तो उसका हालचाल लेने दस लोग जुट जाते हैं। कोई अस्पताल में भर्ती हो जाये, तो उसे देखने पूरा गाँव ही उमड़ पड़ता है। वहाँ कौन है, आपके सिवा। मगर आप की भी अपनी व्यस्तताएँ हैं। हर समय तो साथ नहीं हैं न आप भी। जैसा है, वैसा ही रहने दीजिए घर को। काहे अपना श्रम बर्बाद कर रही हैं।'

प्रह्लाद जी मन ही मन डॉक्टर सेठी से एकतरफा बातें किये जा रहे थे। मगर ऐसा भला कैसे हो सकता था कि मन में ही सही, बातें हों और डॉक्टर सेठी की प्रतिक्रिया न आये। एकालाप भी पूरी तरह एकालाप कहाँ होते हैं। चाहे अपने ही व्यक्तित्व का प्रतिक्रियावादी हिस्सा क्यों न हो, वह सामने प्रकट हो ही जाता है। आभासी ही सही, डॉक्टर सेठी पटल पर उपस्थित हो गयी थीं। उन्होंने अपने स्वाभाविक अन्दाज़ में प्रह्लाद जी को लगभग फटकारते हुए टोका था, 'आप भी कैसी बातें करते हैं प्रोफ़ेसर। कोई बच्चे तो हैं नहीं आप। अभी तो आपकी उम्र हुई है काम करने की। अब तक तो यूनिवर्सिटी के लिए खटते रहे। अनुभव बटोरते रहे। अब अपने ढंग से जीने का समय आया है। न जाने कितने लोग तो पूरी उम्र अकेले गुजार देते हैं। इस तरह सोचेंगे, फिर तो जीवन जीने का कोई उत्साह ही नहीं रह जायेगा। ठेलते रहेंगे ज़िन्दगी को। फिर तो ज़रूर बीमार पड़ेंगे। बीमार पड़ने के बारे में सोचना ही क्यों। बीमार होने के बारे में सोचेंगे, तो बीमार होंगे ही। फिर, जिन लोगों के साथ की बात कर रहे हैं, वे कब तक साथ देंगे, कब किस मोड़ पर साथ छोड़ देंगे, इसी बात की क्या गारंटी। अपने पर भरोसा रखिए और लाइफ को एन्जॉय कीजिए।'

'अकेलापन तो है न डॉक्टर सेठी। उस घर में, भूख लगे तो अकेले के लिए कुछ बनाओ, अकेले खाओ। कभी आलस आ जाये, तो बिना खाये सो

जाओ। खाने-पीने का अब तो न कोई वक़्त रहा और न रुचि। वहाँ न कोई बात करने वाला, न कोई बात सुनने वाला। कभी-कभी तो मन होता है कि कोई केवल अपनी बातें कहता रहे, मैं सुनता रहूँ। कितनी बातें होती हैं, जो किसी से करने को होती हैं, कहने को होती हैं। मगर किससे कहें। बच्चे अपनी-अपनी दुनिया में रम गये हैं। यह मेरे लिए ख़ुशी की बात है कि वे अपनी-अपनी दुनिया में ख़ुश हैं। वे संडे को फ़ोन करके बात कर लेते हैं। मगर वह बातचीत तो केवल हालचाल लेने भर की होती है। मेरी सेहत ठीक तो है, खाना-पीना कैसा चल रहा है। तुम लोग कैसे हो, बच्चे कैसे हैं। वीडियो कॉल पर उनके बच्चों की शक्ल देख लेता हूँ, वे मेरी शक्ल देख लेते हैं। वे मुझे बुलाते हैं कि उनके यहाँ आकर रहूँ मगर वहाँ रह तो नहीं पाऊँगा न मैं। बिना किसी काम के मैं समय काटने के लिए तो कहीं नहीं रह पाऊँगा।'

'आपको जो कुछ कहना हो, मुझसे कह लिया कीजिए। मैं सुनूँगी आपकी सारी बातें। इसीलिए तो कहती हूँ, किसी यूनिवर्सिटी में वाइसचांसलर के लिए अप्लाई कीजिए। नयी ज़िन्दगी शुरू कीजिए। कुछ क्रिएटिव करने का मौक़ा भी मिलेगा और आप इस निराशा से बाहर निकलेंगे। आप जैसे लोगों की बहुत ज़रूरत है हमारी यूनिवर्सिटीज को। मगर आप जैसे लोग ही हताश होकर बैठ जायेंगे, अप्लाई ही नहीं करेंगे, तो वही मीडियाकर लोग वाइसचांसलर बनेंगे और विश्वविद्यालयों का बेड़ा गर्क करेंगे। पढ़ाई-लिखाई को रसातल में ढकेल देंगे।'

'चलिए, आप इतना ज़ोर दे रही हैं, तो मैं अप्लाई करूँगा।'

'ये हुई न बात। चलिए अब शाम को फुर्सत से बात करते हैं।'

अब डॉक्टर सेठी आभासी मंच से भी हट गयी थीं। मगर प्रह्लाद जी का मन अभी भी उनमें लगा हुआ था। कितना सोचती हैं, डॉक्टर सेठी मेरे बारे में। दरअसल, उनके भीतर किसी तरह की गाँठ नहीं है। हर तरह के आग्रह-दुराग्रहों से मुक्त हैं। इसीलिए तो दूसरों की दुख-तकलीफ़ को इतनी गहराई से समझ पाती हैं। इसीलिए तो दूसरों की मदद को सदा तत्पर रहती हैं। एक हम लोग हैं, कि ख़ुद को लेकर ही तरह-तरह की कुंठाएँ पाले रहते हैं। घोंघा बन गये हैं हम। दूसरों को अपने आसपास आने देने, उन्हें स्वीकार करने में संकोच करते हैं। किसी के अच्छे काम की तारीफ़ करने में भी कंजूसी करते

हैं। नेगेटिव चीज़ें ही देखते रहने की आदत पड़ गयी है। हममें अनेक वैचारिक गाँठें हैं। इसीलिए दूसरों की मदद करने से पहले हज़ार बातें सोचते हैं। हम मुक्त होकर कभी जी ही नहीं पाते। न जाने किस भय से भरे रहते हैं। पहले अपने आग्रह-दुराग्रहों से मुक्त होना बहुत ज़रूरी है, तभी जीवन को ठीक से जी पायेंगे। जीवन का आनन्द ले पायेंगे।

प्रह्लाद जी जैसे अन्तिम निर्णय पर पहुँचे थे।

दो

आख़िर कलश यात्रा का दिन आ ही गया। प्रह्लाद जी ने नोट किया कि आज सुबह चार बजे से ही लाउडस्पीकर पर भजन बजने शुरू हो गये हैं। लाउडस्पीकर की आवाज़ रोज़ की तुलना में आज कुछ तेज़ है। शायद कुछ और स्पीकर लगाये गये हैं। लाउडस्पीकर की आवाज़ में गाँव की हलचल भी तैर रही थी। उन पर चलते भजनों के संगीत में गाँव का उत्साह महसूस किया जा सकता था।

पिछले चार-पाँच दिनों से प्रह्लाद जी ठीक से सो नहीं पाये थे। एक प्रकार का उनींदापन तारी रहता था उन पर। ठीक से नींद न आये, तो दिमाग़ भी सुस्त रहता है। कुछ सोचना-समझना भी रुक-सा जाता है। आज फिर मुँह अँधेरे ही वे उठ कर बिस्तर पर बैठ गये थे। फिर बरामदे में आ गये। बिजेन्दर चाय बनवा ले आया था। बेमन से ही चाय पी थी उन्होंने। चाय पीते हुए महसूस किया कि पेट में गैस बनने लगी है। जलन हो रही है। पिछले तीन-चार दिन से पेट भी ठीक से साफ़ नहीं हुआ।

सूरज निकलने से पहले ही गाँव में हलचल बढ़ गयी थी। लोग नहा-धोकर बड़े मन्दिर की तरफ़ जाने लगे थे। बीच-बीच में भजन रोक कर लाउडस्पीकर पर लगातार घोषणा की जाने लगी थी, 'सभी भक्तजनों से अनुरोध है कि जल्दी तैयार होकर बड़े मन्दिर पहुँचें। यात्रा ठीक सवा सात बजे प्रस्थान करेगी। कलश यात्रा में हिस्सा लेने वाली माताओं-बहनों से अनुरोध है कि वे कम से कम आधा घण्टा पहले पहुँच जायें, ताकि उन्हें यात्रा की पूरी व्यवस्था समझायी जा सके।'

प्रभुनाथ ने झटपट चाय पी और यह कह कर उठ खड़े हुए कि 'मैं फटाफट नहा-धोकर तैयार हो जाता हूँ।' फिर बिजेन्दर की तरफ़ देख कर

कहा, 'मेरा तो आज व्रत रहेगा। भइया को नाश्ता करा दीजिए। आप लोगों को यात्रा में चलना है, तो फटाफट कुछ खा-पी लीजिए, नहीं तो दिन भर कुछ मिलेगा नहीं। भूखे रहना पड़ेगा। तुम्हारी माई भी जा रही होगी यात्रा में!'

'हाँ वो तो तैयारे हो रही है। नाश्ता बनना शुरू हो गया है। काका, आप भी चलेंगे क्या यात्रा में?' बिजेन्दर ने बताया और प्रह्लाद जी से पूछा था।

'नहीं नहीं, मैं नहीं जा रहा। तुम लोग तैयार होकर निकलो। मैं नाश्ता-वाश्ता बाद में कर लूँगा। बच्चे तो होंगे न घर में? उनसे मँगा लूँगा। परेशान मत हो। वैसे भी, आज पेट कुछ ठीक नहीं लग रहा। दोपहर तक ही कुछ खाऊँगा।' प्रह्लाद जी ने कहा।

दरअसल, प्रह्लाद जी चाहते थे कि जल्दी यात्रा निकले और शोर-शराबा बन्द हो। फिर वे कुछ देर सो जाना चाहते थे। मगर, फ़िलहाल उन्हें समझ नहीं आ रहा था कि क्या करें। मन हुआ कि खेतों की तरफ़ घूम आयें। पर, उधर मिट्टी गीली होगी, मेड़ों और रास्ते की घास लम्बी हो गयी होगी। फिर मन हुआ कि बड़े मन्दिर की तरफ़ ही चलते हैं। देखें तो सही कि कलश यात्रा की तैयारी कैसी है। वहीं से सिगरेट की एक डिब्बी भी ले आयेंगे। इस बहाने कुछ देर टहलना भी हो जायेगा।

उन्होंने जेब में पर्स रखा और निकल पड़े। उन्हें मन्दिर के आसपास जमा भीड़ दूर से ही दिखाई दे गयी थी। सड़क के किनारे दो-तीन छोटे ट्रक और कई ट्रैक्टर ट्रालियाँ खड़ी थीं। दो छोटे ट्रकों पर बड़े-बड़े स्पीकर लादे जा रहे थे। पीले वस्त्र पहने महिलाएँ जमा हो रही थीं। ख़ासी हलचल थी। मन्दिर परिसर में जमा ज़्यादातर लोगों को तो प्रह्लाद जी पहचानते ही नहीं थे। मगर उनके पहनावे और चाल-ढाल से साफ़ लग रहा था कि उनमें बड़का टोला की औरतें अधिक थीं। उनमें युवा चेहरे ही अधिक थे। उन्हें तो वे कैसे पहचानते। कभी-कभार गाँव आते हैं, युवाओं से मिलना-जुलना उतना होता नहीं। मगर दूर से ही उन्हें उस भीड़ में अरविन्द दिख गया था। वह इधर-उधर घूम-घूम कर अलग-अलग कोण से वीडियो बना रहा था। ज़ाहिर है, वह अपने चैनल पर इसे प्रसारित करेगा। क्या पता लाइव चला रखा हो।...

प्रह्लाद जी मन्दिर से कुछ दूर ही, पान की दुकान पर रुक गये थे। सिगरेट की डिब्बी ली, एक सिगरेट जलाई और वहीं खड़े होकर मन्दिर पर चल रही

गतिविधियाँ देखने लगे। पान दुकान वाले युवक से कहा, 'इस आयोजन में पूरा गाँव जुटा हुआ लगता है। अच्छी बात है कि गाँव में जाति-पांति ख़त्म हो रही है!'

'ऐसी बात नहीं है काका। जाति-पांति कहाँ ख़त्म होने वाली। वह तो पहले से कुछ बढ़ी ही है। इस यात्रा के पीछे सियासी मक़सद न है, इसलिए सब बिरादरी को जोड़ने का कोशिश कर रहे हैं जगपरवेस बाबू। अभी यात्रा चलेगी तो देखियेगा, बड़ी जात के लोग अलग टोली में और छोटी जात के लोग दूरी बना कर अलग टोली में चलेंगे। सब अलग-अलग ट्रैक्टर ट्रालियों में लद कर जायेंगे।' पान दुकान वाले युवक ने कहा।

प्रह्लाद जी ने ध्यान दिया, हर वाहन पर मोटे-मोटे बाँस के डंडों में पीले रंग के ध्वज बाँधे जा रहे थे। कुछ युवक कलश लेकर चलने वाली महिलाओं को अलग-अलग टोली में बाँट रहे थे। उन्हें समझाया जा रहा था कि किस तरह चलना है। किस तरह अनुशासन बनाये रखना है। धक्का-मुक्की बिल्कुल नहीं करनी है।

'मगर देख कर तो ऐसा लग रहा है कि सभी बिरादरी के लोग समान उत्साह से इसमें भाग ले रहे हैं!' प्रह्लाद जी ने पान दुकान वाले युवक से कहा।

'नहीं काका, हरिजन बस्ती से इक्का-दुक्का घरों से ही लोग जायेंगे। कोशिश तो बहुत किये थे नेता लोग, मगर उधर भगवा झण्डा की तरफ़ रुझान नहीं है। यादव टोली भी लाल टोपी की तरफ़ ज़्यादा है, इसलिए वहाँ से भी कम ही लोग ही जायेंगे।'

'इसमें झण्डे और टीपी की बात कहाँ से आ गयी! यह तो धार्मिक आयोजन है। जैसे काली पूजा, दशहरा पूजा, सरस्वती पूजा में पूरा गाँव मिल कर हिस्सा लेता रहा है, उसी तरह का आयोजन है यह भी।'

'यही तो खेल है, काका। लगता धार्मिक आयोजन है, मगर है राजनीतिक।... पहली बार आयोजन हुआ था, तब लोगों ने ख़ूब उत्साह दिखाया था, मगर अब सब खेल समझ गये हैं। भगवा झण्डा वालों की राजनीति इसमें शामिल है। धार्मिक आयोजन की आड़ में यह वोट बटोरने का खेल चल रहा है। जगपरवेस बाबू इस कलश यात्रा के ज़रिये अपनी राजनीति चमकाने की

कोशिश करते हैं। उन्होंने कोशिश तो ख़ूब की थी कि सभी बिरादरी के लोग धर्म के नाम पर एक हो जायें, इस आयोजन में शामिल हो जायें, मगर अब लोग उनके झाँसे में नहीं आते। चन्दा-वंदा तो दे देते हैं, मगर कलश यात्रा में नहीं जाते हैं।'

'हूँ।' प्रह्लाद जी ने एक लम्बी कश खींची और धुएँ को देर तक मुँह में बन्द रख कर पतली लकीर बनाते हुए छोड़ा। जैसे उन्होंने कोई जलता हुआ विचार भीतर खींचा और फिर उसे बुझा कर धीरे-धीरे बाहर निकालना शुरू किया हो।

'चलिए, ठीक है। फिर मिलते हैं।' कहा और पान दुकान वाले युवक से विदा लेकर प्रह्लाद जी घर की तरफ़ लौट चले।

दिमाग़ में तरह-तरह की बातें उठती, घुमड़ती और बल खाकर लुढ़कती रहीं। प्रह्लाद जी के क़दम अपने आप घर की तरफ़ बढ़ रहे थे। कानों में यात्रा सम्बन्धी उद्घोषणाएँ और भजन का मिलाजुला शोर गूँज रहा था। अब तेज़-तेज़ आवाज़ में उद्घोषणा होने लगी थी, 'अब हम दस मिनट में यहाँ से यात्रा प्रारम्भ कर देंगे। मन्दिर में कलश पूजा शुरू हो चुकी है। उसके बाद माताएँ-बहनें सिर पर कलश लेकर गाँव के बाहर तक चलेंगी। फिर पुलिया पर पहुँच कर अपनी-अपनी निर्धारित ट्राली पर बैठेंगी और शंख ध्वनि के साथ आगे की यात्रा प्रारम्भ हो जायेगी। अभी तक जो लोग नहीं पहुँचे हैं, वे शीघ्रता करें और इस यात्रा में शामिल होकर पुण्यलाभ कमाएँ। सावन का महीना शंकर भोले का महीना है। इस कलश यात्रा में शामिल होने से लोगों पर उनकी कृपा बरसती है। आइए और इस यात्रा को भव्य बनाइए, पुण्य लाभ कमाइए। जय भोले शंकर की। जय जय भोले। ओम नमः पार्वती पतये, हर हर हर महादेव।'

ये उद्घोषणाएँ प्रह्लाद जी के कानों में सचमुच किसी रणघोष की तरह सुनाई पड़ने लगी थीं। पान दुकान वाले युवक का चेहरा और उसकी बातें बार-बार उनके भीतर घुमड़ रही थीं।

घर पहुँचते-पहुँचते प्रह्लाद जी का मन अजीब कड़वाहट से भर गया था। वे समझ नहीं पा रहे थे कि गाँव में हुए इन बदलावों को किस रूप में स्वीकार करें। इसे सांस्कृतिक बदलाव तो कतई नहीं कहा जा सकता। अगर राजनीति इस तरह लोगों की आस्था का दोहन कर रही है, तो इसे भी कहाँ तक बर्दाश्त

किया जाना चाहिए। निःसन्देह गाँव की नीची कही जाने वाली जातियों के लोग इस मामले में साहसी माने जा सकते हैं कि धर्म के नाम पर चल रहे इस राजनीतिक षड्यन्त्र को उन्होंने पहचान लिया और उसका प्रतिकार भी किया।

'क्या बाक़ी लोगों को भी इस षड्यन्त्र के बारे में समझाया जा सकता है? क्या उन्हें इस षड्यन्त्र से बाहर निकाला जा सकता है?' प्रह्लाद जी ने ख़ुद से सवाल किया। मगर इसका कोई जवाब वे दे न सके।

वे बरामदे में चौकी पर बैठे सोच रहे थे। कानों में कलश यात्रा की गूँज तैर रही थी। लाउडस्पीकर पर कई शंख एक साथ गूँजे थे। ज़ोर-ज़ोर से हर हर हर महादेव के नारे गूँजने शुरू हो गये थे। लाउडस्पीकर पर उद्घोषणा हो रही थी, 'स्वयंसेवक लोग यात्रा को व्यवस्थित और अनुशासित ढंग से आगे बढ़ाते चलें। भक्तजन अविराम शिवभोले का नामजाप करते रहें। वाहन चालकों से अनुरोध है कि वे वाहन को सन्तुलित गति में आगे बढ़ाते रहें। पैदल चल रहे लोगों का ध्यान रखें। अविराम भोलेशंकर का जयकार उठते रहना चाहिए।'

प्रह्लाद जी ने जैसे राहत की साँस ली कि चलो, अब यात्रा निकली। दिन भर शान्ति रहेगी। उन्होंने सोचा कि नहा-धोकर कुछ नाश्ता कर थोड़ी देर आराम करना चाहिए।

नाश्ता करके प्रह्लाद जी ने फ़ोन साइलेंट पर किया और लेट गये। कुछ देर समाचार सुनते रहे। कब नींद आ गयी, उन्हें पता भी न चला। नींद आयी, तो ख़ूब गहरी आयी। सचमुच के घोड़ा बेच कर सोने वाली नींद। जब वे सोए, तो ग्यारह बज रहे होंगे, नींद खुली तो सवा चार हो रहे थे। उन्हें काफ़ी आराम महसूस हो रहा था।

बिस्तर से उठ कर बरामदे में आये, तो कुछ ख़ाली-सा महसूस हुआ। सामने घर की छाया पसरी थी। सूरज घर के पिछवाड़े जाकर लटकना शुरू हो गया था। मगर पेड़ों पर धूप चमक रही थी। हल्की-हल्की हवा सुखद लग रही थी। प्रह्लाद जी ने अन्दाज़ा लगाया कि प्रभुनाथ और बिजेन्दर को तो यात्रा से लौटने में रात हो सकती है। उन्हें पहली बार एहसास हुआ कि घर सूना हो गया है। उनके भीतर एक अजीब तरह का भय भर गया। इस बरामदे में प्रभुनाथ के बैठे भर रहने से मनसायन बना रहता था। आज कितना ख़ाली-ख़ाली लग रहा

है। आदमी का होना ही अपने आप में बातों का होते रहना है। आदमी कुछ बोले न बोले, जगहें अपने आप कुछ न कुछ बोलती रहती हैं। आदमी नहीं होता, तो जगहें भी खामोश हो जाती हैं। जैसे लता के जाने के बाद चंडीगढ़ का घर ख़ामोश हो गया है। उनके भीतर से आवाज़ आयी। वे प्रभुनाथ को लेकर एक अजीब तरह के अनिष्ट से भर गये।

उनके भीतर की धुकधुकी तब थोड़ी शान्त हुई, जब घर के भीतर से बिजेन्दर की बहू टोकरी में चारा लेकर गाय-भैंसों को डालने बाहर निकली। उसने बरामदे में प्रह्लाद जी को देखा तो घूँघट खींच कर थोड़ा और नीचे कर लिया। गाय-भैंसों की नाँद में चारा डाला, उन्हें वहाँ ले जाकर खूँटे से बाँधा और लौटते हुए पूछा, 'चाय बना दूँ पापाजी?' वह उन्हें पापाजी कहती है। बिजेन्दर काका कहता है और उसकी बहू पापाजी। शायद शादी के बाद, शुरू में ही लता ने यह सम्बोधन इसे सिखा दिया होगा।

'हाँ बेटा, बना लो एक कप। ये लोग कब तक लौटेंगे, कुछ अन्दाज़ा है?' प्रह्लाद जी ने कहा।

'सुना है, उधर कुछ बवाल हो गया है। इनका फ़ोन आया था, बता रहे थे। मुसलमानों ने यात्रा पर पत्थर-वत्थर फेंक दिये। झगड़ा हो गया था रास्ते में। बता रहे थे, आने में कुछ देर लगेगी।' बिजेन्दर की बहू ने बताया।

'अरे, यह तो बहुत बुरी ख़बर है।' प्रह्लाद जी के मुँह से स्वाभाविक ही निकला। वे चिन्ता में पड़ गये। उनके भीतर किसी कोने से आवाज़ आयी, 'इसकी आशंका तो थी ही।' वे उठे और कमरे से अपना फ़ोन उठा लाये। तुरन्त समाचार तलाशने लगे। अरविन्द के चैनल पर तो ख़बर होगी ही। उन्हें अरविन्द के चैनल का नाम याद करने में थोड़ा वक़्त लगा, मगर मिल गया। थंबनेल में ही लिखा हुआ था–'कलश यात्रा पर पथराव से भड़की हिंसा: दो की मौत'। पढ़ कर प्रह्लाद जी के रोएँ भरभरा उठे। पूरे शरीर में सिहरन दौड़ गयी। पैरों में कम्पन शुरू हो गया। यह तो अनुमान से कुछ अधिक ही बड़ी घटना हो गयी। वे ख़बर सुनते हुए बुदबुदाए।

अरविन्द घटना की रपट पेश कर रहा था–'अब तो यह परिपाटी-सी बनती जा रही है। आज फिर एक धार्मिक शोभायात्रा पर मस्जिद से पथराव

किया गया। उसमें दोनों पक्ष आपस में गुत्थम-गुत्था हो गये। स्थिति इतनी गम्भीर हो गयी कि गोली चल गयी, जिसमें दो श्रद्धालुओं की मौत हो गयी। आइए दिखाते हैं कि घटना हुई कैसे। चित्र में जो मस्जिद आप देख पा रहे हैं, इसी की छत से पहले पत्थर बरसाए गये। फिर ग़ुस्साए श्रद्धालुओं ने मस्जिद पर धावा बोल दिया। दो युवक मस्जिद की गुम्बद पर चढ़ गये। वहाँ भगवा ध्वज फहराने लगे। तभी पड़ोस के घर से गोलियाँ चलनी शुरू हो गयीं। ध्वज फहराने गुम्बद पर चढ़े युवकों को गोली लगी और दोनों ने वहीं दम तोड़ दिया। इससे स्वाभाविक ही श्रद्धालुओं का ग़ुस्सा भड़क उठा और उन्होंने तोड़-फोड़ और आगजनी शुरू कर दी। मस्जिद और आसपास के घरों में आग लगा दी गयी। बताया गया कि गोली चलाने वाला पास के ही एक निजी स्कूल का प्रबन्धक था। ग़ुस्साए श्रद्धालुओं ने उस स्कूल पर भी हमला बोल दिया। वहाँ जमकर तोड़-फोड़ की गयी। स्कूल में भी आग लगा दी गयी। तस्वीरों में आप देख सकते हैं कि किस तरह स्कूल अब भी धूँ-धूँ कर जल रहा है। आज सावन का आख़िरी सोमवार था और आज के दिन गाँव के लोग पारम्परिक तौर पर हर साल कलश यात्रा निकालते हैं। वही यात्रा मुस्लिम इलाक़े से होकर गुज़र रही थी कि पत्थरबाजी की घटना हो गयी। इस यात्रा में बड़ी संख्या में महिलाएँ भी शामिल थीं। गनीमत है कि पत्थरबाजी में किसी को गम्भीर चोट नहीं आयी। उन्हें सुरक्षित उस जगह से आगे निकाल लिया गया। तस्वीर में जिस स्कूल को आप जलता हुआ देख पा रहे हैं उसके मालिक का नाम फहीम बताया जा रहा है। फहीम कुछ दिनों पहले दरवेश दरबार में हुई एक लड़की की हत्या के मामले में संदिग्ध है और पुलिस उसकी तलाश कर रही है। गोली चलने की घटना में भी उसी की साजिश बतायी जा रही है। घटना स्थल पर पुलिस पहुँच चुकी है। मारे गये युवकों के शव पुलिस ने अपने क़ब्ज़े में ले लिए हैं। ग़ुस्साए श्रद्धालु माँग कर रहे हैं कि गोली चलाने वाले को गिरफ़्तार किया जाये। हनुमंत संगत के जिलाध्यक्ष जगप्रवेश प्रताप ने घोषणा की है कि मारे गये युवकों का अन्तिम संस्कार तब तक नहीं किया जायेगा, जब तक कि गोली चलाने वाले को गिरफ़्तार नहीं किया जाता।'

ख़बर सुनते हुए प्रह्लाद जी के भीतर जगह-जगह टूट-फूट शुरू हो गयी थी। फिर एक अजीब खिन्नता से भर उठे थे कि अरविन्द ख़बर को दुराग्रहपूर्ण

तरीक़े से बता-दिखा रहा है। जबकि इसके पीछे सुनियोजित साजिश है। उन्होंने इस ख़बर को दूसरे चैनलों पर भी देखने की कोशिश की। ख़बर तो कई चैनलों पर थी, मगर अभी ब्रेकिंग न्यूज़ की तरह ही चल रही थी। विस्तार से केवल अरविन्द और उसके जैसे कुछ यूट्यूब चैनलों पर ही दिखाई-पेश की जा रही थी। प्रह्लाद जी जानते थे कि यह ख़बर गरमायेगी, मगर कोई भी गम्भीर पत्रकार इस पर आनन-फानन चर्चा करने से बच रहा होगा। मुख्यधारा मीडिया इसके तथ्यों की पड़ताल कर रहा होगा। यानी, घटना की वास्तविकता आठ बजे के बाद ही पता चल सकेगी। मगर वास्तविकता छिपी हुई तो है नहीं। जिस तैयारी के साथ यहाँ से यात्रा निकाली गयी थी, उसी से आशंका होने लगी थी कि कुछ न कुछ उन्माद फैलाने की साजिश उसमें दबी हुई है। क्या पता, जगप्रवेश और अनुराग ने पहले से इस घटना की साजिश रच रखी होगी। प्रभुनाथ वग़ैरह यात्रा से लौटें, तो उनसे कुछ असली बात पता चल सकती है। उन्होंने फ़ोन अलग रख दिया और सिगरेट सुलगा ली। उन्हें ध्यान ही नहीं रहा कि जब वे ख़बर सुन रहे थे, तभी बिजेन्दर की बहू चाय रख गयी थी। वे एक हाथ में चाय का कप और दूसरे हाथ में सिगरेट लिए बरामदे में ही इधर से उधर टहलने लगे थे। अचानक रुक कर उन्होंने आवाज़ लगाई, 'बहू!'

उनकी आवाज़ सुन कर बिजेन्दर का बेटा बाहर निकला था, 'बाबा, मम्मी छत पर गयी है कपड़े उतारने। मुझे बताइए, कोई काम हो तो।'

'कोई ख़ास काम नहीं है बच्चे। आप क्या कर रहे थे घर में?' प्रह्लाद जी ने उसे दुलराया।

'मैं तो होमवर्क कर रहा था।' बच्चे ने कहा।

'ओके। खेलने नहीं जाते?'

'जाऊँगा। होमवर्क पूरा करने के बाद जाऊँगा।'

'क्या खेलना पसन्द है आपको?'

'क्रिकेट।'

'शाबाश। क्रिकेट में आपको सबसे ज़्यादा क्या पसन्द है, बॉलिंग कि बैटिंग?'

'बैटिंग।'

'बैटिंग! वही सबको पसन्द होता है। बॉल को मारके उड़ाने में बहुत मज़ा आता है न!'

'हूँ। मगर मैं अभी ज़्यादा ऊपर नहीं मार पाता।'

'क्यों?'

'पापा मेरा बैट भारी ख़रीद ले आये हैं। फिर अनिरुद्ध डाँटता है कि ज़्यादा ज़ोर से नहीं मारना है।'

'अरे! अनिरुद्ध कौन है? आपका दोस्त है?'

'हूँ। वो फील्डिंग करता है।'

उनकी बातचीत चल ही रही थी कि दरवाज़े की ओट में बहू आकर खड़ी हो गयी थी। 'कुछ चाहिए था पापाजी!'

'नहीं बेटा, कुछ चाहिए नहीं। बिजेन्दर मोटरसाइकिल लेकर गये हैं कि ट्राली में बैठ कर गये हैं?'

'वो और बाऊजी मोटरसाइकिल से गये हैं। मम्मी जी ट्राली में गयी हैं।'

'बिजेन्दर को फ़ोन मिला कर कहो कि तुरन्त अपनी मम्मी को लेकर वहाँ से घर आ जायें।'

'फ़ोन आया था थोड़ी देर पहले। वो और बाऊजी निकल चुके हैं वहाँ से। मम्मीजी ट्राली में आ रही हैं। थोड़ी देर में पहुँच ही जायेंगे।'

'चलो अच्छी बात है। यात्रा में भारी बवाल हो गया है। दो आदमी मर चुके हैं। माहौल ठीक नहीं है।'

'हाय राम!' बिजेन्दर की बहू के मुँह से इतना भर निकला और फिर वह ख़ामोश हो गयी।

प्रह्लाद जी ने चाय की आख़िरी घूँट भरी और कप को चौकी पर रख कर फिर चहलक़दमी करने लगे। अजीब तरह की बेचैनी महसूस कर रहे थे। उन्हें समझ नहीं आ रहा था कि क्या करें। हालाँकि वे इस मामले में कर भी क्या सकते थे। कोई भी क्या कर सकता था। असहायता, आदमी की दुर्बलता को और बढ़ा देती है। वे इस वक़्त ख़ुद को बहुत दुर्बल महसूस कर रहे थे। दुर्बल आदमी दूसरे से तो लड़ नहीं सकता, अपने से भी नहीं लड़ पाता। उन्होंने सिगरेट की आख़िरी कश ली और सुलगती हुई ठुड्डी बरामदे के बाहर उछाल दी। कुछ देर सिगरेट की सुलगती ठुड्डी को धुआँ छोड़ते हुए देखते रहे। आपकी हालत भी इस सिगरेट की ठुड्डी जैसी हो गयी है प्रह्लाद जी। धुआँ छोड़ते-छोड़ते अन्ततः समाप्त हो जाने जैसी। उनके भीतर से आवाज़ आयी

थी। वे बेचैन हो उठे। बरामदे से उतर कर सड़क की तरफ़ बढ़ चले। उन्होंने महसूस किया कि गाँव में एक अजीब तरह की ख़ामोशी पसरी हुई है। दिन में ही रात का-सा सन्नाटा महसूस हुआ उन्हें। बस, कहीं से किसी गाय के रँभाने, किसी कुत्ते के भौंकने, पेड़ पर किसी पंछी के बोलने की आवाज़ सुनाई दे जाती थी। गाँव के बाहरी हिस्से में पहुँच कर उनकी नज़र सड़क के पश्चिमी छोर पर लगी हुई थी। वे उधर से आते किसी वाहन का इन्तज़ार कर रहे थे। इन्तज़ार कर रहे थे कि बिजेन्दर की मोटरसाइकिल नज़र आ जाये। यात्रा पर गया कोई तो आदमी नज़र आ जाये, जिससे हालचाल जान सकें। वहाँ अब कैसा माहौल है, पता कर सकें। बिजेन्दर की बहू के बताने से तो ऐसा लग रहा था कि वे लोग पहुँचने ही वाले हैं, मगर अभी तक कोई भी नज़र नहीं आ रहा। अब तो सूरज भी छिपने लगा है। प्रह्लाद जी ख़ुद से बातें किये जा रहे थे।

क़रीब बीस मिनट बाद पश्चिम दिशा में, बढ़ईपुर की तरफ़ कोलाहल सुनाई पड़ा। लाउडस्पीकर पर जय भोलेशंकर, सनातन की जय, हर हर हर... के नारे गूँजते सुनाई देने लगे थे। प्रह्लाद जी आश्वस्त हुए कि यात्रा लौट रही है। थोड़ी ही देर में बढ़ईपुर को पार कर गाँव की तरफ़ बढ़ते वाहनों का काफिला नज़र आ गया। आगे-आगे कई मोटरसाइकिलें, पीछे लाउडस्पीकर वाले ट्रक, फिर ट्रैक्टर ट्रालियाँ और सबसे पीछे लाउडस्पीकरों वाला एक ट्रक और उसके पीछे मोटरसाइकिलें। नारों और वाहनों की गड़गड़ाहट का समवेत नाद नज़दीक आता जा रहा था। मानो, किसी राजा की सेना विजय प्राप्त कर लौट रही हो।

प्रह्लाद जी सड़क पर खड़े, यात्रा को वापस लौटते, अपने क़रीब आते देख रहे थे।

गाँव के पश्चिमी प्रवेश पर ट्रैक्टर ट्रालियाँ रुक गयी थीं। इस टोले की महिलाओं को इधर ही उतार दिया गया। फिर बाक़ी वाहन पूरब की तरफ़ बढ़ गये थे। बड़का टोला, पूरब और दक्षिण टोले की महिलाओं को मन्दिर पर उतारा जाना था।

प्रह्लाद जी को सड़क किनारे खड़ा देखा, तो बिजेन्दर के साथ-साथ हरेराम, रामबरन और पश्चिमी टोले के कुछ दूसरे नवहों ने अपनी मोटरसाइकिलें प्रह्लाद जी के घर की तरफ़ मोड़ लीं। सभी वहाँ आकर बैठ

गये। मोटरसाइकिल किनारे लगा कर बिजेन्दर घर के अन्दर चला गया। ज़ाहिर है, सबके लिए चाय का इन्तज़ाम करने गया था।

'जो दो लड़के मरे हैं, वे कौन थे?' प्रह्लाद जी ने यह औपचारिकता निभाना भी ज़रूरी नहीं समझा कि पहले सबको बैठने को कहें। उन्होंने सीधा प्रश्न किया। वह प्रश्न सभी से था। उसका जवाब कोई भी दे सकता था।

मगर जवाब दिया रामबरन ने, 'दोनों बढ़ईपुर के थे। एक जगदीश राजभर का बेटा था, दूसरा लछिमी राजभर का।'

'उन्हें मस्जिद पर चढ़ने से किसी ने रोका नहीं?' प्रह्लाद जी ने दूसरा सवाल दागा।

'रोका काहे नहीं होगा। ज़रूर रोका होगा। उनकी तरह हम भी धरम के लिए अँधे थोड़े हो गये हैं। अभी इतना अनियाव नहीं है। मगर, उस वक़्त माहौल ही ऐसा हो गया था कि ग़ुस्सा तो सभी को आ रहा था। हम लोग तो इस कोशिश में थे कि यात्रा किसी तरह सुरक्षित आगे बढ़ जाये। मैंने, हरेराम और प्रभुनाथ ने फटाफट गाड़ियों को आगे हँकवाया और सबसे पहले महिलाओं को सुरक्षित निकाला। मोटरसाइकिल वाले नवहे मस्जिद के सामने ही रुक गये थे। वे दोनों कब और कैसे मस्जिद पर चढ़े, हमारी आँखों के आगे तो हुआ नहीं। मगर, लोग बता रहे थे कि पत्थर फेंकना बन्द नहीं हुआ, तो भीड़ मस्जिद में घुस गयी थी। वे दोनों मस्जिद के ऊपर चढ़ गये और झण्डा फहराने लगे थे। तभी सुलेमनवा की छत की तरफ़ से गोलियाँ चलनी शुरू हुई थीं। सुलेमनवा, फहीमवा का चाचा है। उसी के स्कूल में मैनेजर है।' रामबरन की आँखों में ग़ुस्सा उतर आया था।

'मगर अन्याय तो हो ही गया। आप अपने धार्मिक प्रतीकों को लेकर इतने संवेदनशील हैं, दूसरों के प्रतीकों का आदर ही नहीं है! दो लोग उनके पूजास्थल पर चढ़ गये। जूते पहन कर उसे अपवित्र कर दिया। उन्हें क्रोध तो आयेगा ही। अगर उनके पूजा स्थल के प्रति मन में सम्मान होता तो कोई न कोई उन्हें ऊपर चढ़ने से रोकता।' प्रह्लाद जी के स्वर में भी तल्खी उतर आयी थी।

'अरे भाई, रोका गया था। लोग बता रहे थे कि मस्जिद पर तो एक ही चढ़ा था, दूसरा उसे नीचे उतारने के लिए, उसे झण्डा फहराने से रोकने के लिए ऊपर चढ़ा था। मगर, वह भी मारा गया।'

प्रह्लाद जी ने नोट किया कि हरेराम चुप हैं और उनकी आँखों में कुछ और ही सच्चाई उफान मार रही है। उन्हें लगा कि वे रामबरन से अलग कोई सच्चाई अपने भीतर दबाये बैठे हैं। उन्होंने हरेराम की तरफ़ रुख किया, 'हरेराम, आपकी भी बुद्धि काम नहीं कर पाई उस वक़्त!'

'मेरी या किसी और की बुद्धि के काम करने या न करने का सवाल ही नहीं था उस वक़्त।' हरेराम ने कहा, 'उस वक़्त सबसे अहम चिन्ता इस बात की थी कि किसी को चोट न लगने पाये। हमारी चिन्ता उस वक़्त महिलाओं की सुरक्षा थी। हमने तुरन्त उनकी ट्रालियों को आगे बढ़ाया, कोशिश की कि किसी तरह का फसाद न होने पाये। मस्जिद पर चढ़ने, तोड़-फोड़ करने, फूँक-ताप तो हमारे पीछे से हुआ। मगर हमें इस सच्चाई से इनकार नहीं करना चाहिए कि विवाद मुसलमानों की तरफ़ से नहीं, बल्कि हमारी तरफ़ से ही बढ़ाने का प्रयास हुआ।'

'कैसे?'

'भाई, जब आप किसी के घर के आगे, किसी के पूजास्थल के बाहर खड़े होकर गाली-गलौज करेंगे, तो कोई कितनी देर बर्दाश्त करेगा।'

'गाली-गलौज मतलब!'

'जो गाने बज रहे थे, उनमें गाली-गलौज भरी हुई थी। गाली-गलौज वाले नारे लगाये जा रहे थे। मुसलमानों को माँ-बहन की गालियाँ। इस तरह के गाने उन्हें उकसाने के लिए ही बजाये जा रहे थे। मस्जिद के सामने यात्रा को देर तक रोक कर इस तरह आप नारे लगायेंगे, गाने बजायेंगे, वहाँ नाचेंगे-कूदेंगे, तो उन्हें ग़ुस्सा नहीं आयेगा क्या।' हरेराम की आवाज़ में तल्खी उतर आयी थी।

'मगर यह भी समझ नहीं आया कि यात्रा उधर मस्जिद की तरफ़ गयी क्यों। चट्टी की तरफ़ का रास्ता तो सीधा निकल जाता है। बीच से दाहिनी तरफ़ मुड़ कर, मुस्लिम बस्ती से होते हुए उधर जाने की क्या तुक थी?' प्रह्लाद जी ने जिज्ञासा की।

'बात तो यही है। इसी से तो शक होता है कि पहले से यह सोच कर उधर से यात्रा निकाली गयी थी और गाली-गलौज वाले गाने बजाये गये थे कि मुसलमान ग़ुस्से में आयें, पत्थर चलाएँ और फसाद हो।' हरेराम ने कहा।

'अरे नहीं भाई, यात्रा का रूट उस तरफ़ इसलिए किया गया था कि बुढानपुर से भी लोग उसमें शामिल हो सकें। वहाँ से भी यात्रा जा रही थी। वह भी इसी यात्रा में मिल जाती।' रामबरन ने हस्तक्षेप किया।

'बुढानपुर वाले उत्तर की सड़क से होते हुए चट्टी पर आकर भी तो इस यात्रा में मिल सकते थे। मुस्लिम बस्ती टच ही नहीं होने पाती।' हरेराम ने तर्क दिया।

'यात्रा की अगुवाई कौन कर रहा था। मतलब रूट किसने बनाया था?' प्रह्लाद जी ने पूछा।

'अनुरगवा ही कर रहा था।...फहीमवा को लेकर उसके मन में ग़ुस्सा तो पहले से था।...' हरेराम ने बताया।

'और जगप्रवेश प्रताप?'

'वह तो पूरे जिले का प्रभारी है। दूसरे गाँवों को सहेजने गया हुआ था। इस यात्रा की ज़िम्मेदारी अनुरगवा को दी गयी थी।' हरेराम ने बताया।

'हूँ। जो लड़के मारे गये, वे क्या करते थे! क्या वे भी इस संगठन के पदाधिकारी थे?'

'अरे नहीं, वो दोनों तो बिलल्ला थे। एक नम्बर के गँजेड़ी-भँगेड़ी। दिन भर जगपरवेसवा और अनुरगवा के पीछे-पीछे घूमते रहते थे। कोई काम-धन्धा था नहीं। गाँजा टान कर दिन भर नशे में फिरते रहते थे।' हरेराम की आवाज़ में मरने वालों के प्रति कोई सहानुभूति नहीं थी।

'हूँ अब समझ आ गयी पूरी कहानी। उनकी लाशें कहाँ है अभी?'

'थाने ले गये हैं। वहीं चल रहा है धरना-प्रदर्शन। अभी चलेगा यह सब दो-चार दिन। अब इस देश में यही सब होता रहेगा। मैं तो अब चलता हूँ भइया, घर-बार के काम भी देखने हैं।' कह कर हरेराम उठ गये थे।

थोड़ी देर चुप्पी बनी रही। हरेराम चले गये तो रामबरन ने कहा, 'हरेरमवा भी अलगे दुनिया में रहता है। हर चीज़ में साजिश, हर चीज़ में राजनीति देखता रहता है। अरे भाई, धरम का काम था। यात्रा में हर तरह के लोग शामिल होते हैं। शिव के अनुष्ठान में शिव की बरात बन ही जाती है। बर्दाश्त करना चाहिए न। मगर वो लोग तो ज़रा-ज़रा-सी बात पर बलवा करने को तैयार रहते हैं।'

प्रह्लाद जी ने कोई जवाब नहीं दिया। वे भी उठे और अपने कमरे में चले गये। एक सिगरेट सुलगाई और खिड़की के सामने खड़े हो गये। बाहर चल रही चर्चा उनके कानों में पड़ रही थी। अब वह एकतरफा हो चुकी थी। उसमें केवल अपने को सही ठहराने के तर्क थे। प्रह्लाद जी उस चर्चा को अनसुना कर देना चाहते थे। वे खिड़की पर ही खड़े रहे, बाहर गये ही नहीं।

शाम आठ बजे के बाद समाचार चैनलों की बहसें भी उसी तरह विभाजित थीं, जैसे थोड़ी देर पहले घर के बाहर बहसें विभक्त थीं। समाचारों से पता चला कि प्रशासन हरकत में आ चुका है। फहीम अंसारी के स्कूल को अवैध घोषित कर दिया गया है। पुलिस प्रवक्ता ने बयान दे दिया है कि स्कूल बिना सीएलयू और उचित मान्यता के चलाया जा रहा था। गोली चलाने वाले की पहचान कर ली गयी है। उसका नाम उस्मान है, जो स्कूल प्रबन्धक का बेटा है। सरकार ने मारे गये युवकों के लिए मुआवजे की घोषणा कर दी थी।

निरपेक्ष चैनलों पर लगभग वही आशंकाएँ, वही तर्क दिये जा रहे थे, जो थोड़ी देर पहले हरेराम दे रहे थे। टीवी पर कुछ स्थानीय लोगों के बयान भी बीच-बीच में चलाये जा रहे थे। उसमें मुस्लिम पक्ष के लोग इस घटना को सोची-समझी साजिश बता रहे थे। उनका तो यहाँ तक दावा था कि न तो पत्थर मुस्लिम पक्ष की तरफ़ से चलाये गये और न गोली मुस्लिम मुहल्ले से चली थी। यात्रा के बीच से ही उपद्रवी तत्त्वों ने पहले पत्थर चलाये, फिर उकसा कर दोनों युवकों को मस्जिद पर चढ़ाया और फिर गोली मार दी। दोनों युवक नशे में थे। अगर ईमानदारी से पोस्टमार्टम हो तो पता चल जायेगा कि उन्होंने नशा कर रखा था। मुक़दमा तो यात्रा आयोजित करने वालों पर भी चलना चाहिए कि उन्होंने प्रशासन से इसकी इज़ाज़त क्यों नहीं ले रखी थी। वे मस्जिद के सामने यात्रा को रोक कर देर तक क्यों गाली-गलौज वाले गाने चला रहे थे, क्यों मुसलमानों को ललकारा जा रहा था, उनकी माँ-बहनों के लिए बुरे लफ्ज इस्तेमाल किये जा रहे थे।

मगर प्रशासन इन आरोपों को नज़रअन्दाज़ कर रहा था। वह पूरी तरह लोगों का ध्यान इस बात पर केन्द्रित कर देना चाहता था कि स्कूल अवैध रूप से चल रहा था। वह आतंकी संगठनों की मदद करने वाले संगठनों से पैसे

ले रहा था। वहाँ ग़लत तरीक़े से बच्चों को धार्मिक उन्माद फैलाने वाली बातें सिखाई जा रही थीं।

प्रह्लाद जी ख़बरें सुनते हुए अवसाद से भर गये थे। प्रशासन की इस तेज़ी और आनन-फानन स्कूल से सम्बन्धित सारे तथ्य निकाल लाने पर चकित थे। वे समझ गये थे कि स्कूल कल सुबह होते न होते ज़मींदोज़ कर दिया जायेगा। प्रशासन वहाँ वैधानिक चेतावनी का बोर्ड गाड़ देगा।

वे समाचार सुन रहे थे और उनकी चिन्ता गहरी होती जा रही थी। उनका असहायताबोध बढ़ता जा रहा था। उसी बीच बिजेन्दर आया, यह पूछने के लिए कि भोजन लगवा दे?

प्रह्लाद जी का मन तो कुछ भी खाने-पीने का नहीं था। वे इस वक़्त बिल्कुल एकान्त चाहते थे। मगर बिजेन्दर ने ज़िद की तो वे थोड़ा-सा भोजन करने को तैयार हो गये।...

बेमन से भोजन किया। प्रभुनाथ के साथ ही बैठ कर भोजन किया, मगर आज की घटना पर कोई बातचीत नहीं की। आमतौर पर ऐसा होता नहीं, भोजन पर वे प्रभुनाथ से बहुत सारी बातें करते हैं। मगर आज वे ख़ामोश रहे। दो रोटी खाई और उठ गये। कमरे में आकर बिस्तर पर लेट गये।

बिस्तर पर लेटे तो उनके भीतर एक अँधड़-सा चलना शुरू हो गया। न जाने कितनी बातें, न जाने कितने दृश्य, न जाने कितने सवाल, समाधान परस्पर गुत्थमगुत्था हुए जा रहे थे। न किसी बात का कोई सिरा पता चल पा रहा था, न उसका कोई अन्त। इस अँधड़ में इतना गर्दोगुबार था, इतना कूड़ा-कँजास उड़े जा रहा था कि उसके बीच प्रह्लाद जी ख़ुद को ही नहीं पहचान पा रहे थे। उस अँधड़ से बाहर निकलने का कोई रास्ता उन्हें सूझ नहीं रहा था। वे समझ नहीं पा रहे थे कि इस स्थिति में उनकी क्या भूमिका हो सकती है। कोई भूमिका हो भी सकती है या नहीं।

वे एक अजीब-सी बेहोशी, एक अजीब-सी बदहवासी में करवट बदले जा रहे थे। मगर, किसी करवट में चैन नहीं मिल पा रहा था। करवट बदलने से मन और शरीर की गति नहीं बदल जाती। उन्होंने महसूस किया कि पैरों की पिंडलियों में झनझनाहट होने लगी है। जैसे ज़्यादा देर पालथी मार कर बैठने पर पैर सुन्न होने लगते हैं, कुछ वैसा ही हो रहा था। कमर में खिंचाव

महसूस हो रहा था। हल्का दर्द भी था। उन्हें समस्या समझ नहीं आयी। लेटे तो वे बिल्कुल आराम से हैं। कहीं, किसी अंग पर कोई दबाव नहीं, फिर यह सुन्नपन कैसा। वे किसी अज्ञात आशंका से भर उठे। पूरे शरीर की हलचल को समझने का प्रयास करने लगे। कहीं और दर्द तो महसूस नहीं हो रहा।

वे इस तकलीफ़ की वजह समझने का प्रयास कर रहे थे कि बग़ल में रखा फ़ोन घनघना उठा। उन्होंने उसे उठा कर देखा, सांगवान का फ़ोन था। इस वक़्त वे किसी से बात नहीं करना चाहते थे। किसी से भी बात करना उन्हें कठिन लग रहा था। वे फ़ोन हाथ में लिए, कुछ देर स्क्रीन पर सांगवान का नाम रेंगते देखते और सोचते रहे कि फ़ोन उठाएँ या नहीं। मगर न जाने किस अचेतावस्था में उनकी अँगुली हरे गोले से जा टकरायी।

उधर से सांगवान की आवाज़ उभरी, 'और भई प्रोफ़ेसर साब, कि हाल है त्वडा। कैसा चल रहा है गाँव के साथ रोमांस तुम्हारा।' प्रह्लाद जी जानते थे कि सांगवान ऐसे ही बात करता है। वह जानने-समझने का प्रयास ही नहीं करता कि दूसरी तरफ़ वाला बात करने की स्थिति में है भी या नहीं। वह बस, शुरू हो जाता है।

सांगवान अब तो काफ़ी सुधर गया है, वरना पहले इसके हर वाक्य में कम से कम दो गालियाँ तो होती ही थीं। एक गाली वाक्य शुरू होने से पहले और दूसरी वाक्य ख़त्म होने के बाद। इसकी बीवी ने टोक-टोक कर इसे काफ़ी हद तक सुधार दिया है। उन्हें याद आया वह दिन जब सांगवान अपने परिवार के साथ उनके घर चंडीगढ़ आया था। उन दिनों शायद उसकी पोस्टिंग श्रीनगर की तरफ़ थी। वहाँ से वह अपने गाँव जा रहा था छुट्टियाँ बिताने। वह प्रह्लाद जी से बातें करते हुए पुराने अन्दाज़ में गालियाँ निकाले जा रहा था। प्रह्लाद जी को भी उससे गाली देकर बात करने की आदत पड़ गयी थी। जब भी दोनों बात करते तो प्रह्लाद जी अनायास कुछ तय गालियाँ निकाल ही दिया करते थे। तब सांगवान की बीवी ने टोका था, 'भइया, अब बच्चे बड़े हो रहे हैं, अब तो उनके सामने आप लोग इस तरह गालीगलौज की भाषा बोलना बन्द कर दीजिए।' उसकी बात प्रह्लाद जी को छू गयी थी। वे चुप रह गये थे। तब लता ने उनका बचाव किया था, 'ये वैसे तो कभी किसी को गाली नहीं देते, मगर पता नहीं क्या हो जाता है इन्हें, जब सांगवान भाई साहब के साथ बात

करते हैं। मैंने भी इन्हें कई बार टोका है।' उस दिन के बाद से प्रह्लाद जी ने कभी सांगवान से बात करते हुए मुँह से गाली नहीं निकाली। मगर सांगवान तो सांगवान है, पूरी तरह सुधर जाये, तो फिर सांगवान रहे ही नहीं। प्रह्लाद जी के दिमाग़ के तार पुरानी यादों से जुड़ गये थे। मगर उनका ध्यान भंग हुआ सांगवान के सवाल से, 'कहीं गाँव से सचमुच का प्यार तो नहीं कर बैठे?'

'अरे नहीं यार। मैं तो समझ ही नहीं पा रहा कि प्यार करूँ या न करूँ। नफ़रत तो कर नहीं सकता।' प्रह्लाद जी ने कुछ अनमना-सा जवाब दिया।

'ओए यार, तू तो डिप्रेस साउंड कर रहा है। वहाँ सब ठीकठाक तो है?' सांगवान संजीदा हो गया था।

'तू समाचार वमाचार सुनता है कि नहीं!'

'सुनता तो हूँ। कुछ ख़ास हो गया क्या?'

'तूने समाचार सुना कि एक कलश यात्रा के दौरान दो गुटों में झड़प हो गयी, दो युवक मारे गये?'

'हाँ, ब्रेकिंग न्यूज में फ्लैश तो हुआ था। विस्तार से नहीं देख-पढ़ सका। तुम्हारे यूपी की ही तो घटना है। ऐसी घटनाएँ तो अब रोज़ की बात हो गयी हैं। वहाँ क्या हुआ?' सांगवान ने थोड़ी चिन्ता ज़ाहिर की।

'वह घटना मेरे गाँव के पास की ही है। बल्कि कह सकते हो कि उसमें मेरे गाँव के लोग ही इन्वाल्व थे।'

'ओए यार, घर में तो सब ठीक-ठाक है न?' सांगवान की चिन्ता गाढ़ी हो गयी थी।

'घर में तो सब ठीक है, मगर मैं सोच कर हैरान हूँ कि गाँव के लोग क्या थे यार, अब क्या हो गये हैं। कहाँ जा रहा है हमारा समाज।' प्रह्लाद जी के स्वर में निराशा और खिन्नता बढ़ गयी थी।

'तू या तेरे परिवार का तो कोई उस घटना में इन्वाल्व नहीं है न!'

'नहीं, मेरे परिवार का कोई सीधे तो इन्वाल्व नहीं है। मगर इसके लिए दोषी तो हम सब हैं। मुझे तो यह समझ नहीं आ रहा कि इस गाँव और इस गाँव के युवाओं की तरक़्क़ी का जो सपना लेकर मैं चल रहा हूँ, वह साकार कैसे होगा। होगा भी कि नहीं।...'

‘तू भैंसचोर, रहेगा फुद्दू का फुद्दू। तू गया है गाँव को सुधारने। गाँव ही तेरे को न सुधार के भेज दे तो कहना। ज़िन्दगी भर किताबें पढ़ता-पढ़ाता रहा, अब किताबों में जीने भी लगा है। दुनिया के व्यवहार की समझ धेले की नहीं। मैंने तुझे शुरू में ही समझाया था, मगर तू माना नहीं। कर ले भाई थोड़े दिन और गाँव के साथ अपना रोमांस। मुँह फूट-फुटा जाये, तो लौट आना। करा देंगे हम तुम्हारा इलाज़ यहाँ। अच्छा सुन, जिस बात के लिए तुझे फ़ोन किया था, वह यह कि तुम्हारी छोटी बिटिया की शादी तय कर दी है हमने। आज ही छेंका करके लौटे हैं।’ सांगवान ने कहा।

‘अरे वाह यार। यह तो सचमुच बहुत ख़ुशी की ख़बर दी तूने। कहाँ तय की, लड़का क्या करता है, कब की है शादी?’ प्रह्लाद जी चहके।

‘लड़का अपनी बिरादरी का ही है। सेकेंड लेफ्टिनेंट है। चंडीगढ़ में ही रहते हैं उसके परिवार वाले। उसके फादर भी आर्मी में थे। शादी अक्तूबर-नवम्बर में करेंगे।’

‘यह तो बहुत अच्छी ख़बर दी तूने। जब लौट कर आऊँगा, चंडीगढ़, तो बिटिया को आशीर्वाद देने आता हूँ। उसको मेरी तरफ़ से कांग्रैचुलेशंस बोलो यार।’ प्रह्लाद जी का स्वर अब कुछ सामान्य हो गया था।

‘चल, वो तो मैं बोल देता हूँ। पहले तू अपने आप को ठीक कर और जल्दी से लौट कर आ जा। फिर करते हैं दावत एक दिन। अभी तू सो जा ठीक से। तुझे अभी आराम की ज़रूरत है। गुडनाइट।’ सांगवान ने कहा।

‘गुडनाइट डियर।’

सांगवान से बातें करके प्रह्लाद जी कुछ हल्का महसूस कर रहे थे। मगर अब भी भीतर धुआँ-सा भरा हुआ था। उसी धुएँ के भीतर सांगवान से हुई बातें, उसका उपहास और लताड़ भी ध्वनित हो जाती थी। सांगवान की बातों का वे बुरा नहीं मानते। फ़ौजी दिमाग़ है उसका, सीधा-सीधा सोचता है। फालतू के इमोशंसन्स ख़ुद पर हावी नहीं होने देता। यह निस्संगता भी बड़ी बात है। समाज में रहते हुए समाज से मुक्त होना, बड़ा गुण कह सकते हैं। समाज के बारे में सोचो, मगर उसकी तकलीफ़ों को अपने पर हावी न होने दो। डॉक्टर सेठी भी तो ऐसा ही कर पाती हैं। वे कितनी मुक्त हैं।

'कुछ ज़्यादा ही वैचारिक धुआँ भर गया है आपके भीतर। क्या तो बहकी-बहकी बातें सोच रहे हैं आप! समाज के लिए कुछ करना चाहते हैं, तो निस्संग रह पाना, समाज की समस्याओं को अपने ऊपर हावी न होने दे पाना आसान है क्या।' यह चार्वाक था।

चार्वाक की बातें सुन कर प्रह्लाद जी थोड़े सहम-से गये।...कुछ देर इन्तज़ार किया कि चाणक्य इसके जवाब में क्या कहता है। मगर हैरान हुए कि चाणक्य उपस्थित नहीं हुआ। फिर उन्होंने ख़ुद ही चार्वाक का समर्थन किया–'है तो सही बात।'

अब वे आज की घटना पर बहुत देर उलझे नहीं रहना चाहते थे। जल्दी से इससे बाहर निकल कर सो जाना चाहते थे। लेटे-लेटे उन्होंने शरीर को शिथिल छोड़ना शुरू किया और साँसों पर ध्यान केन्द्रित किया, ताकि मन शान्त हो और नींद आ जाये। मगर, चाहने भर से नींद आ जाये, तो बात ही क्या थी। कानों में वही डुगडुगी की तरंगें टकरानी शुरू हो गयी थीं।

तीन

रात को चाहे जितनी देर से सोएँ, मगर सुबह उनकी नींद लगभग अपने तय समय पर खुल जाती है। पाँच बजे के आसपास। प्रह्लाद जी ने नोट किया कि यह गाँव आने के बाद से हुआ है। दिन में नाश्ता करने के बाद सो जाने की आदत भी उन्हें पहले नहीं थी। कभी-कभार ही वे ऐसा करते थे। मगर अब यह रोज़ का काम हो गया है। यह भी गाँव आने के बाद हुआ है। दिन में सो लेंगे, कोई शारीरिक श्रम नहीं करेंगे, तो रात की नींद तो डिस्टर्ब होगी ही। उन्होंने अपने रुटीन का विश्लेषण किया। नोट किया कि यह रुटीन अब उनकी आदत बनती जा रही है। आदतें इसी तरह बदलती और बनती हैं। हम अपने जीवन में अनेक अनुत्पादक चीज़ें करते रहते हैं। हमें लगता है कि हम कुछ कर रहे हैं, मगर वास्तव में उसे करने का कोई अर्थ नहीं होता। उसका कोई सार्थक नतीजा नहीं निकलता। सबसे बड़ी समस्या है कि आदमी अपने ख़ाली समय का उपयोग कैसे करे। उसे उत्पादक कैसे बनाये। मगर उसे कोई रास्ता नहीं मिलता, तो अनुत्पादक कामों की आदत पकड़ लेता है। बैठे-बैठ बोर हो रहा है, तो खैनी मलना शुरू कर देगा। खैनी फाँकेगा और फिर

चुपचाप बैठा शून्य में निहारता रहेगा। उसके दिमाग़ में तरह-तरह के विचार उठते रहेंगे और उन्हीं से वह चमत्कृत होता रहेगा। फिर उसकी यह आदत इस तरह उसके जीवन में घुलमिल जायेगी कि अगर कोई कुछ उत्पादक भी कर रहा हो, तो उसमें कमियाँ निकालना शुरू कर देगा। ऐसी ही अनुत्पादक आदतों में आजकल मोबाइल पर सूचनाएँ बटोरते रहने की आदत हो गयी है। समाचार देखो, समाचार तो अब क्या ही आते हैं, कुछ चुनिन्दा घटनाओं पर बहसें आती हैं। उन्हीं बहसों में उलझे रहो। अपनी कोई धारणा बना लो और फिर उसी धारणा के वशीभूत अपने परिवार, पड़ोस के लोगों से उसी मसले पर बतियाते-बहसते रहो। कोई न मिले तो ख़ुद बड़बड़ाते हुए मोबाइल की बहसों में शामिल हो जाओ। कुछ नहीं, तो रील देख कर दिन भर अकेले बैठे खी खी करके हँसते रहो। अपने भीतर अपनी मनचाही दुनिया बना कर उसी में जीते रहना, बाहर की दुनिया से कट जाना सबसे बड़ी बुरी बीमारी है।

प्रह्लाद जी ने नोटिस किया कि ये सब आदतें उनमें भी पनपनी शुरू हो गयी हैं। बेवजह, महज बोरियत मिटाने के लिए भी सिगरेट पीने लगे हैं। फ़ोन पर ख़बरें देखने, उन पर चल रही बहसों में उलझने में उन्हें आनन्द आने लगा है। उन्होंने इन आदतों के लिए ख़ुद को झिड़का और मन ही मन संकल्प लिया कि वे अपना रुटीन बदलेंगे। सबसे पहले तो दिन में सोना बन्द करेंगे। लोगों से मिलेंगे-जुलेंगे, यहाँ की स्थितियों की जानकारी लेंगे। समझेंगे कि यहाँ के लोगों की समस्या क्या है। यहाँ के लोगों की ऊर्जा को किस तरह उत्पादक कामों में लगाया जा सकता है। जो मक़सद लेकर वे गाँव में अधिक समय बिताना चाहते हैं, वह मक़सद इस तरह खाने-सोने और मोबाइल पर ख़बरें सुनने या फिर अकेले में बिस्तर पर लेटे-लेटे सैद्धान्तिक बातें सोचते रहने से तो पूरा नहीं होगा। उसके लिए लोगों से जुड़ना पड़ेगा, लोगों को अपने से जोड़ना पड़ेगा। अभी तो पिछले एक हफ़्ते में केवल अपने टोले के लोगों से ही सम्पर्क हो पाया है। गाँव के बाक़ी चार टोलों की तरफ़ तो मैं गया ही नहीं। वहाँ भी लोगों से मिलना-जुलना होना चाहिए। समाजसेवा करना है, तो लोगों से भेदभाव छोड़ना पड़ेगा। लोगों से मिलने-जुलने में संकोच त्यागना पड़ेगा। हर किसी से मिलना होगा, हर किसी को अपने से जोड़ना होगा।

आज सुबह सोकर उठे तो उनके मन में विचार आया कि हरेराम के घर चलना चाहिए। उन्हें हरेराम से बातें करने का बहुत मन हो रहा था। शायद

इसलिए ऐसा हुआ था कि कल रात को ख़बरें सुनते हुए बार-बार उनके भीतर हरेराम का कल का विश्लेषण भी उभरता-घुमड़ता रहा। बरामदे में बैठे-बैठे वे हरेराम के बारे में सोच रहे थे। हरेराम है तो शार्प माइंड। उसका दिमाग़ तेज़ है। अपने समय का होनहार विद्यार्थी रहा है। बीएससी की है बीएचयू से। पहले उसका परिवार गाँव के सम्पन्न परिवारों में शुमार था। खेतीबाड़ी ठीक-ठाक थी। मगर पिता को ग़लत लत लग गयी थी। वे मौज-मस्ती में ज़्यादा रहते थे। न खेती में ठीक से ध्यान दिया कभी उन्होंने और न कोई और काम-धन्धा किया। बस, दिन भर शहर-बाज़ार घूमना, बड़े लोगों के साथ बैठ कर बड़ी-बड़ी बातें करना और दोस्तों की मण्डली जुटा कर शाम को शराब पीना। शाही अन्दाज़ ऐसा कि दूसरे किसी को जेब में हाथ न डालने देते, सारा ख़र्च वे ख़ुद उठाते। इसी शौक में उन्होंने काफ़ी ज़मीन बेच दी। कुछ तो हरेराम की दोनों बहनों की शादी में हैसियत से बढ़ कर ख़र्च करने की वजह से भी ज़मीन बिक गयी थी। वे असमय चल बसे। उसके बाद हरेराम की पढ़ाई छूट गयी। उसने घर की ज़िम्मेदारी सँभाल ली। जो खेती-बाड़ी बच गयी थी, उस पर बहुत मन से खेती करता है। सन्तुलित जीवन है। सलीके का रहन-सहन। पहनने-ओढ़ने, घर के रखरखाव में सुरुचि है। बेटों को पढ़ा-लिखा कर योग्य बनाने का हर प्रयास करता है। बड़ा बेटा तो कम्प्यूटर की पढ़ाई करके अहमदाबाद की किसी कम्पनी में काम पर लग भी गया है। मगर छोटा अभी पढ़ाई करता है। मगर न जाने उसके भीतर क्या चोट पहुँची है, न जाने कौन-सा घाव है कि युवकों से चिढ़ा-सा रहता है। नौजवानों से जैसे उसे कोई उम्मीद ही नहीं रह गयी है। जब भी किसी युवा के बारे में उससे कोई बात करो, तो उसमें कोई न कोई खोट, कोई न कोई उसकी कमी निकाल कर सामने रख ही देता है। ख़ैर, इस तरह की गाँठ तो हर किसी में कोई न कोई होती ही है।

हरेराम के बारे में सोचते-सोचते उनके भीतर एक तरह की बेकली पैदा होने लगी थी। वे इस इन्तज़ार में थे कि बिजेन्दर जल्दी चाय लेकर आये, वे पीयें और हरेराम से मिलने जायें। बिजेन्दर चाय लेकर आया, तो प्रह्लाद जी ने प्रभुनाथ से कहा, 'सोच रहा हूँ, चाय पीकर हरेराम से मिल आऊँ। जबसे आया हूँ, किसी के घर नहीं गया मिलने। इस वक़्त घर पर ही तो होंगे।'

'होना तो चाहिए। सुबह-सुबह खेतों की ओर निकल जाते हैं। घण्टा-डेढ़ घण्टा घूमने के बाद ही लौटते हैं।...पूछूं क्या फ़ोन करके, कि कहाँ हैं?' प्रभुनाथ ने कहा।

'पूछ लीजिए। वैसे कोई ज़रूरी काम तो है नहीं। बस, मिलना चाहता था। अगर खेतों की तरफ़ निकल गये हैं या किसी काम में लगे हैं, तो डिस्टर्ब मत कीजिए। बाद में मिल लेंगे।' प्रह्लाद जी न कहा।

'पूछ ही लेता हूँ।' प्रभुनाथ ने कहने के साथ ही फ़ोन उठा लिया था। चाय की घूँट भरने के साथ ही फ़ोन मिला भी दिया, 'हं हरेराम भइया, घर पर हैं कि निकल गये हैं कहीं? नहीं नहीं, भइया आपसे मिलने को कह रहे थे। जा रहे थे आपके घर की ओर, तो मैंने कहा, पूछ लेता हूँ। अच्छा अच्छा, ठीक है। भेज देता हूँ।' फिर फ़ोन बन्द करके कहा था, 'हाँ, हैं घर पर ही।'

प्रह्लाद जी ने चाय की आख़िरी घूँट ख़त्म की और तंज कसते हुए कहा, 'यह आजकल बहुत सुविधा हो गयी है। आदमी चार क़दम पर है, मगर उससे बात फ़ोन पर ही होती है। चला जाता मैं, नहीं मिलते तो क्या था, लौट आता। इस बहाने टहलना ही हो जाता। चलो, मैं आता हूँ मिल कर।'

हरेराम को पहले ही पता चल गया था कि प्रह्लाद जी आ रहे हैं, तो उन्होंने घर में चाय के लिए बोल दिया था। प्रह्लाद जी बार-बार कहते रहे कि अभी-अभी चाय पीकर आया हूँ, मगर वे कहाँ मानने वाले थे। चाय आयी और प्रह्लाद जी को पीनी पड़ी थी।

'हरेराम, दरअसल, एक विचार है मेरे मन में। हफ़्ता भर होने को आया चंडीगढ़ से आये मुझे। बारिश और फिर कोई न कोई ऐसी घटना घटती रही कि इस पर बात करने का मन ही नहीं हुआ। अवकाश भी नहीं मिला। आपकी भाभी के नाम पर गाँव में एक ट्रस्ट खोलने का विचार है। मैं देख रहा हूँ कि गाँव के नौजवान भटक रहे हैं। उन्हें समझ नहीं आ रहा कि क्या करना चाहिए, कैसे करना चाहिए। उन्हें स्थानीय रोज़गार के मुताबिक प्रशिक्षित कर दिया जाये, तो वे शायद सकारात्मक कामों में लगने लगें। गाँव में बहुत तरह के काम हैं। यहीं रह कर बहुत सारे काम किये जा सकते हैं। यहीं से अच्छी आमदनी की जा सकती है। उन सब कामों के प्रशिक्षण का एक केन्द्र खोलने का विचार है। कैसा रहेगा।' प्रह्लाद जी ने चाय पीते-पीते कहा।

हरेराम ने उनकी बात गम्भीरता से सुनी। थोड़ी देर कुछ सोचा और कहा, 'नौजवानों की चिन्ता तो वाजिब है आपकी। भाभी के नाम पर ट्रस्ट का विचार भी अच्छा है। मगर अब तो लगता है कि नौजवानों को सुधारने की कोशिश

करना पत्थर पर सिर मारने जैसा है। सपने तो ससुरों के बहुत ऊँचे हैं, मगर ज़मीन पर कुछ करने का शौक ही नहीं है किसी में। खाने-पहनने को तो ख़ूब अच्छा चाहिए, हाथ में मोबाइल और मोटरसाइकिल सबके आ गयी है। बस, सुबह निकल जाना है घर से बाहर और दिन भर इस चट्टी, उस चट्टी घूमते रहेंगे। इनसे बातें करके देखो, तो लगेगा कि देश की सारी राजनीति इन्हीं के ज्ञान से चल रही है। हर नेता जैसे इन्हीं के इशारे पर काम कर रहा है। मगर खेत में नहीं हिलेंगे, पाँव में मिट्टी लग जायेगी। करना ही नहीं चाहते कुछ। दिल्ली-मुम्बई भागने की फ़िराक़ में रहते हैं।'

'वही तो करना है हमें। इन्हें समझाना है कि गाँव में कितने तरह के काम हैं। दिल्ली-मुम्बई में अब कुछ नहीं रखा। उन्हें भटकने से ही तो रोकना है हमें। जिस दिन दो-चार नौजवान भी यहाँ कुछ करके सफल हो जायेंगे, बाक़ी को अपने आप समझ में आ जायेगा।' प्रह्लाद जी ने हरेराम को समझाने की कोशिश की। 'यह उम्र ही ऐसी होती है। उन्हें कोई रास्ता नहीं मिल पा रहा, कोई ठौर समझ नहीं आ रहा, इसलिए भटक रहे हैं। करना तो वे बहुत कुछ चाहते हैं, उनके सपने ऊँचे हैं। बस, उनके सपनों को ज़मीन देने की ज़रूरत है। उनकी ज़मीन राजनेताओं ने छीन ली है। वे उन्हें अपने मकसद के लिए उनका इस्तेमाल कर रहे हैं। वे उन्हें इसी तरह बेरोज़गार और बिना काम का रखना चाहते हैं।'

'आपने सोचा है, तो इसका तरीक़ा भी सोच ही रखा होगा, मगर मुझे तो इसमें कामयाबी को लेकर शक है। ये ससुरे इतने बेईमान और मक्कार हैं कि आपका सारा पैसा डुबो देंगे और ख़ुद कुछ सीखेंगे भी नहीं। इन्हें मुफ्त में पैसा और ठाठ-बाट मिलता रहे, यही चाहते हैं। मैं तो कहता हूँ, कोई स्कूल खोल लीजिए। आप जैसे लोग स्कूल चलायेंगे, तो उसमें बच्चे भी ख़ूब आयेंगे। बच्चों का भविष्य भी उज्ज्वल होगा।' हरेराम ने राय दी।

'समस्या पढ़ाई-लिखाई की नहीं है। स्कूल तो बहुतेरे खुल गये हैं हमारे इलाक़े में। सब बच्चों को रोज़गार को ध्यान में रख कर ही पढ़ा रहे हैं। वे प्रतियोगी परीक्षाओं का लक्ष्य लेकर ही उन्हें तैयार कर रहे हैं। समस्या रोज़गार की है। ऊँची डिग्री लेकर भी युवाओं को काम नहीं मिल पा रहा। आधी उम्र निकल जाने के बाद वे निराश होकर लौट आते हैं। हम ख़ुद ही उन्हें खेती-

बाड़ी के लिए तैयार नहीं कर रहे, स्थानीय रोज़गार के लिए प्रेरित नहीं कर रहे, हम ख़ुद उन्हें बड़ा अफ़सर, बड़ा बाबू बनाना चाहते हैं। बचपन से ही तो उनमें शानो-शौकत की ज़िन्दगी जीने का सपना हम ख़ुद भर दे रहे हैं, तो वे बेचारे कैसे करेंगे मिट्टी-कादो में पैर लथेड़ने वाले काम। फिर कैसे खेतीबाड़ी में लगेगें। हम उन नौजवानों को लक्ष्य करके काम करेंगे, जिन्होंने दसवीं बारहवीं के बाद पढ़ाई छोड़ दी, ग्रेजुएशन से आगे नहीं बढ़ सके और रोज़गार के लिए मारे-मारे फिर रहे हैं।' प्रह्लाद जी ने कहा।

'आपकी बात तो ठीक है। समस्या रोज़गार की ही मेन है। मगर करेंगे कैसे, असल बात तो यह है। सरकार भी दावे तो ख़ूब करती है, बहुत सारे कौशल विकास केन्द्र खोल दिये, स्टार्ट-अप वग़ैरह को बढ़ावा दे रही है, मगर उसका कोई रिजल्ट तो सामने आ नहीं पा रहा।' हरेराम ने कहा।

'सरकार के भरोसे बहुत सारी समस्याएँ दूर नहीं की जा सकतीं। हमें, ख़ुद इसके लिए आगे आना पड़ेगा।' प्रह्लाद जी ने कहा।

'कैसे करना चाहते हैं, कुछ हमें भी समझाइए, तो समझें।' हरेराम ने कहा।

'जैसे कृषि उत्पाद तैयार करने का काम है। गेहूँ तो हम उगाते हैं, मगर जो उससे दलिया बना कर बेचता है, वह ज़्यादा मुनाफ़ा कमाता है। इसी तरह सरसों तेल का कारोबार है। बिस्कुट, नमकीन पैकेटबन्द करके बाज़ार में बेच सकते हैं। बाज़ार की माँग के मुताबिक नयी-नयी फसलें बो सकते हैं। गेहूँ की जगह एलोवेरा बो सकते हैं। उसका जूस बना कर बेच सकते हैं। ऐसी कई चीज़ें उगा सकते हैं। कई तकनीकी काम हैं, जैसे सोलर पैनल बनाने का काम है, बिजली के उपकरण ठीक करने का काम है। स्थानीय ज़रूरतों के हिसाब से हम युवाओं को उनके कारोबार के लिए प्रोत्साहित कर सकते हैं।' प्रह्लाद जी ने समझाया।

'मैं समझ गया। मगर बड़ी-बड़ी कम्पनियाँ इस तरह के धन्धे में बहुत पहले से उतर चुकी हैं। ऑनलाइन माध्यमों से वे गाँवों तक पहुँच चुकी हैं। हमारे गाँव में तैयार माल ख़रीदेगा कौन। खेती में कई तरह के प्रयोग हम करके देख चुके हैं। कुछ साल पहले मेंथा आयल का बड़ा ज़ोर था। हमारे गाँव में भी आठ-दस लोगों ने बड़े जोश के साथ मेंथा की पौध लगायी। उसकी भट्ठी भी

बैठा दी। सबने तेल निकाला। इन्तज़ार करते रहे कि कब दो-ढाई हज़ार रुपये लीटर का भाव चढ़े और बेचें। मगर साल भर इन्तज़ार करते रहे, भाव चढ़ा ही नहीं। थक-हार कर सबने पाँच-सात सौ रुपये लीटर पर बेचा। लागत भी नहीं निकल पायी। आसपास बड़ा शहर होता है, तो खेती में प्रयोग भी करना सफल होता है। हम लोग तो दिल्ली-मुम्बई से इतने दूर बैठे हैं कि वहाँ तक हमारी फसल पहुँच ही नहीं सकती। यहाँ कौन ख़रीदेगा।'

हरेराम अभी खेती-किसानी की समस्याएँ और मुश्किलें बता ही रहे थे कि एक मोटरसाइकिल घरघराते हुए आकर रुकी। दो युवक उस पर सवार थे। उन्होंने मोटरसाइकिल चालू रखी, उस पर बैठे-बैठे ही चालक युवक ने मुँह में भरे गुटके की पीक एक किनारे फेंकी और आदेश के लहजे में कहा, 'चाचा, आज कलेक्ट्रेट का घेराव है। चलना है सबको। नहा-धोकर नाश्ता-वाश्ता कर लीजिए, नौ बजे यहाँ से सब निकलेंगे।'

हरेराम ने उन्हें आश्वस्त किया, 'ठीक है भइया।'

मोटरसाइकिल सवार युवक चले गये, तो हरेराम ने प्रह्लाद जी से कहा, 'देख लीजिए, इन सबकी दिलचस्पी इन्हीं सब में ज़्यादा है। ससुरों ने लहका कर मस्जिद पर हमला कराया, मुसलमानों के घर फूँक-ताप दिये। दो को जान से हाथ धोना पड़ा। अब हुड़दंग मचाते रहेंगे कई दिन तक। ऐसे ही काम तलाशते रहते हैं ये सब। इन्हें क्या सुधार पायेगा कोई। हमें तो जैसे कोई और काम है नहीं, इन्हीं के हुलकावे में धरना-प्रदर्शन करते रहें।'

प्रह्लाद जी चुप रहे। कोई जवाब नहीं दिया। जवाब उन्हें कोई सूझ ही नहीं रहा था।

हरेराम ने ही अपनी बात आगे बढ़ायी, 'अजीब तरह की देशभक्ति सवार है इन ससुरों पर। बस, मियाँ मारो और देशभक्त कहलाओ।'

'यह सब राजनीतिक षड्यन्त्र है। इन लोगों को उससे बाहर निकालना बहुत ज़रूरी है। कैसे निकालेंगे, इस पर गहन मंथन की ज़रूरत है।' प्रह्लाद जी ने कहा।

'बहुत मुश्किल है। नहीं निकाल पायेंगे हम आप। कल जो हुआ, सब इन्हीं की पहले से तैयार की हुई योजना थी। ससुरों ने ख़ुद पत्थर चलवाया था। मुझे तो पक्का यक़ीन है कि इन्हीं में से किसी ने गोली भी चलाई होगी। कल

तो हम इसलिए चले गये थे कि धार्मिक आयोजन था, गाँव का आयोजन था। अब हम इनकी राजनीति के फेरे में पड़ने वाले नहीं।' हरेराम के स्वर में एक तरह की वितृष्णा थी।

'बिल्कुल सही सोचा है। कलेक्ट्रेट के घेराव में भी ये सब किसी तरह की उत्तेजना पैदा करने की कोशिश कर सकते हैं। देखता हूँ चल कर, कहीं हमारे प्रभुनाथ भी तो इस घेराव में जाने की तैयारी नहीं कर रहे। उन्हें रोकता हूँ।' प्रह्लाद जी ने कहा।

'हाँ, जा सकते हैं वो। अगर रामबरन भाई ने उन्हें कहा होगा, तो ज़रूर जाने को तैयार हो गये होंगे। रामबरन भाई तो रंगे ही हुए हैं इसी तरह की देशभक्ति में, प्रभुनाथ को भी अपने साथ घसीटे रहते हैं।' हरेराम ने कहा।

'नहीं, मैं देखता हूँ जाकर। रोकता हूँ उन्हें।' प्रह्लाद जी ने कहा।

घर की ओर लौटते हुए न जाने क्यों, प्रह्लाद जी को ऐसा लगा कि वे इस गाँव को पहचानते ही नहीं। इस गाँव में एक अजनबियत-सी महसूस हुई। इस गाँव के कुछ लोगों को वे जानते हैं, कुछ को पहचानते हैं, इनमें से कई घरों को कच्चा से पक्का बनते देखा है, मगर गाँव से पहचान अभी ठीक से हुई नहीं। यह वह गाँव तो कतई नहीं, जिसे छोड़ कर वे गये थे या जिसमें वे कभी-कभार, साल-दो साल पर आते रहे हैं। यह वह गाँव तो बिल्कुल नहीं, जो उनके भीतर साँसें ले रहा है। यह तो कोई और ही गाँव लग रहा है। इस गाँव से जान-पहचान करनी होगी, इसके साथ नये सिरे से उठना-बैठना, बोलना-बतियाना पड़ेगा। तभी यह मुझे समझ पायेगा और मैं इसे समझ पाऊँगा।

चलते-चलते वे घरों की बनावट और घरों की दीवारों को चकित होकर देखते जा रहे थे, जैसे पहली बार उन्हें देख रहे हों। गाँवों के मकानों की डिजाइन भी शहरों की कोठियों से होड़ करती नज़र आ रही थी। कई घरों पर राजनीतिक दल के झण्डे टँगे थे, कई जगह दीवारों पर चुनाव चिह्न वाले बिल बोर्ड चिपके थे। प्रह्लाद जी के लिए अन्दाज़ा लगाना मुश्किल नहीं था कि इस टोले का राजनीतिक रुझान क्या है। यह टोला किस राजनीतिक पार्टी को वोट डालता होगा। हालाँकि यह कोई नयी बात नहीं है। पहले भी गाँव समझता था कि उसका कौन-सा टोला किस दल की तरफ़ है, कौन-सा परिवार किसे वोट

देगा। शहरों की तरह गाँव अपना राजनीतिक रुझान गोपन नहीं रखता था। अब तो गाँव की राजनीतिक जागरूकता काफ़ी बढ़ गयी है। मगर इन दिनों गाँवों का जो राजनीतिक रुझान बना है, उसमें आस्था का आवेश और व्यक्तिपूजा का अन्धत्व अधिक है।

अभी तो अपने ही टोले के कुछ लोगों से मिलना-जुलना हो पाया है। बड़का टोला की तरफ़ भी जाकर मिलना-जुलना चाहिए। उधर के लोग इधर कम ही आते हैं, बड़कवा जो हैं। इसीलिए उस टोले का नाम भी बड़का टोला पड़ गया। उसमें राजपूत, ब्राह्मण और कुछ पवनी जातियों यानी खरवार, नाई, माली, बरई आदि के घर हैं। यादव टोला बिल्कुल पूरब की तरफ़ है। प्रह्लाद जी के मन में गाँव का नक़्शा तैरने लगा था। हमारे देश का हर गाँव जातियों के आधार पर ही टोलों में बँटा हुआ है। कहीं कोई ऐसा गाँव नहीं मिलेगा, जिसमें तथाकथित ऊँची जाति और एकदम से नीची कही जाने वाली जाति के घर बिल्कुल सटे हुए बसे हों। गाँव के टोले आदिकाल से ही वर्णव्यवस्था के अनुसार धड़कते रहे हैं। आज़ादी के बाद, आधुनिकबोध के प्रभाव में बेशक कुछ राजनीतिक-सामाजिक नेताओं ने जाति तोड़ने के लिए आन्दोलन चलाये, पर जाति-व्यवस्था टूटी नहीं। और जटिल होती गयी। राजनीतिक दलों ने जाति व्यवस्था को वोट का आधार बना लिया, तो जातियों में और जातिगत भेद बढ़ते गये। अब जाति के आधार पर जनगणना की बात भी उठने लगी है। इस तरह जनगणना होनी शुरू हो गयी, तो जाति-बन्धन और कसेगा। जाति से बाहर जाकर शादी-विवाह के रिश्तों का सिद्धान्त तो बस कल्पना की चीज़ रह गयी है। हमारा टोला कोईरी टोला कहलाता है। इसमें मुख्य रूप से कोईरी जाति के लोग रहते हैं। क़रीब बत्तीस-तैंतीस घर। कुल पन्द्रह-सत्रह घर लोहार, बढ़ई, कुम्हार और तेली-तमोली आदि जातियों के हैं। इस टोले में कुल पचास के आसपास घर होंगे, मगर घर काफ़ी फैलाव में बसे हुए हैं, इसलिए टोला बड़ा लगता है। मगर वास्तव में आबादी के हिसाब से बड़ा टोला हरिजनों का है–दो टोलों में बसा हुआ। उसके बाद बड़का टोला है।

मन में गाँव के नक़्शे पर घूमते हुए प्रह्लाद जी ने तय किया कि आज नाश्ते के बाद बड़का टोला की तरफ़ जायेंगे। बड़का टोला में ही जगप्रवेश प्रताप का पुश्तैनी मकान है। हवेलीनुमा घर। जगप्रवेश के परदादा ने बनवाया

था। बताते हैं कि मुगल काल में उसके परिवार को आसपास के आठ-दस गाँवों की मालगुजारी वसूलने की ज़िम्मेदारी मिली हुई थी। वह ज़मींदार परिवार कहलाता था। अंग्रेज़ों के समय में भी यह परिवार राजशाही ठाठ से रहता था। बताते हैं कि जगप्रवेश के दादा अंग्रेज़ों के मुखबिर थे। इस परिवार का वह ठाठ अंग्रेज़ों के जाने के बाद भी ख़त्म नहीं हुआ। राजशाही दरअसल, एक प्रवृत्ति होती है, सत्ताएँ और व्यवस्थाएँ बदलने के बावजूद वह नहीं बदलती। जगप्रवेश के पिता राधेमोहन सिंह ने आज़ादी के बाद की व्यवस्था के अनुरूप ख़ुद को ढाल लिया। पहले कांग्रेस के नेता हुआ करते थे। इस इलाक़े में पनपी कम्युनिस्ट पार्टी से उनका सदा टकराव रहा। बाद में, सुना कि उन्होंने पाला बदल कर भाजपा का दामन थाम लिया। दो बार विधानसभा का चुनाव भी लड़ चुके, मगर दोनों बार हारे। हारे, मगर राजशाही की ठसक ख़त्म नहीं हुई। पता नहीं, अब वे ज़िन्दा भी हैं या नहीं। जगप्रवेश उन्हीं के नक़्शे-क़दम पर चल रहा है।...ऐसे लोग सत्ता की शक्ति के बिना रह नहीं सकते। सत्ता इनकी कमज़ोरी है।

वैसे भी, राजशाही कोई स्थिति नहीं, प्रवृत्ति होती है। राजपूत जाति में पैदा होने भर से बहुत सारे लोग अपने आप को पैदाइशी राजा मानने लगते हैं। बेशक दो वक़्त की रोटी का जुगाड़ करना मुश्किल हो, सीमान्त किसान के दायरे में आते हों, पर ठसक उनकी राजशाही वाली होती है। उन लोगों का हमारे टोले में आना-जाना, उठना-बैठना कम ही होता है। ज़रूरी काम न हो तो वे इधर आते ही नहीं। हेठी समझते हैं। आज भी हमें अपनी रियाया ही समझते हैं। इसलिए मुझे ही उनके टोले में जाना पड़ेगा। नहीं नहीं, उस टोले के किसी से अपनी योजना के बारे में चर्चा कतई नहीं करनी है। बस, गाँव के शिष्टाचार के नाते मिलने-जुलने जाना चाहिए। मिलने-जुलने से गाँव का मिज़ाज समझने में आसानी होगी। पता चल सकेगा कि जो ट्रस्ट मैं खोलना चाहता हूँ, वह कितना सफल हो सकता है। आख़िर, ट्रस्ट को गाँव के लोगों के सहयोग से ही तो चलना है।

प्रह्लाद जी की सुरति ने उन्हें दुरुस्त करने की कोशिश की, राधेमोहन सिंह की उम्र आपसे बमुश्किल सात-आठ साल अधिक होगी। अगर किसी गम्भीर बीमारी ने न ग्रस लिया हो, तो वे अभी ज़िन्दा ही होंगे। हाँ, यह बात

तो बिल्कुल ठीक है। तीन-चार साल पहले ही तो मिला था मैं उनसे। कोरोना के बाद आया था तो। बड़बोले बहुत हैं राधेमोहन सिंह। बचपन से ही तो उन्हें देखता आया हूँ। जब हम नौवीं क्लास में गये थे, तो राधेमोहन सिंह शहर के कॉलेज से ग्रेजुएशन कर रहे थे। उन दिनों गाँव की सड़क कच्ची ही हुआ करती थी, मगर राधेमोहन उन दिनों भी बुलेट मोटरसाइकिल से चला करते थे। उसी से कॉलेज आते-जाते थे। कॉलेज में दाखिले के साथ ही वे नेता बन गये थे। कॉलेज की राजनीति में धँस गये थे। फिर वहाँ से राज्य स्तर की राजनीति में पैठ बनायी थी। हर समय एक श्रेष्ठताबोध से भरे रहने वाले। पहनने-ओढ़ने, बोलने-चलने में हर समय एक नफ़ासत रखते हैं। अपने जीवन के छोटे-छोटे अनुभवों को भी इतना बड़ा करके बताते हैं कि सुनने वाला प्रभावित हो जाता है। जब वे बातें कर रहे हों, तो केवल वही बोलते हैं। दूसरे अगर बीच में बोलने का प्रयास भी करें, तो टोक देते हैं, 'अरे, सुनिए पहले हमारी बात। धुत, आप हैं बिल्कुल बुड़बक आदमी, देश-दुनिया का कुछ अता-पता है नहीं, बेकार में ज्ञान बघारने का प्रयास करते रहते हैं।'

प्रह्लाद जी को याद आया कि पिछली बार जब वे गाँव आये थे और बड़का टोला की तरफ़ लोगों से मिलने-जुलने गये थे, तो राधेमोहन सिंह के घर भी गये थे। मोटे पेट के ऊपर तक झक्क सफेद दोहरी की हुई धोती की लुंगी बाँधे और ऊपर आधी बाँह की सफेद बंडी पहने पसरे हुए थे एक बेंत की कुर्सी पर। आसपास चार-पाँच प्लास्टिक की कुर्सियों पर गाँव के कुछ लग्गू-बज्झू बैठे उनकी बातें सुन रहे थे। प्रह्लाद जी को देखते ही उन्होंने आवाज़ लगायी थी, 'अरे आइए आइए परमबीर बाबू। कब आये गाँव।'

प्रह्लाद जी एक ख़ाली प्लास्टिक की कुर्सी खींच कर बैठ गये थे। राधेमोहन सिंह ने अपने एक सेवक को आवाज़ दी थी, 'अरे भाई, ले आओ चाय-नाश्ता कुछ।' प्रह्लाद जी मना करते रहे कि अभी चाय पीकर चले हैं, मगर वे माने नहीं थे। फिर यूनिवर्सिटी के कामकाज के बारे में कुछ औपचारिक सवाल पूछने के बाद सीधे अपनी रौ में चल पड़े थे, 'भाई, आप इतने योग्य आदमी हैं। अब आपको वीसी बनना चाहिए। अप्लाई कीजिए, बतायेगा मुझे, हम करवा देंगे। अब तो अपनी पार्टी की सरकार है। वीसी का नियुक्ति तो आजकल संघ की देखरेख में ही हो रहा है। आपके लिए तो सीधे

प्रमुख जी से बात कर सकते हैं हम। यूजीसी में भी अपना आदमी सेक्रेटरी है।' फिर देर तक अपने राजनीतिक सम्पर्कों का बखान करते रहे। यूजीसी चेयरमैन के बारे में तो ऐसे बात कर रहे थे, जैसे वह उनका वैसा ही नौकर हो, जैसे नौकर को अभी उन्होंने चाय-नाश्ता लाने का आदेश दिया था।

प्रह्लाद जी, राधेमोहन सिंह के स्वभाव से अच्छी तरह वाक़िफ़ थे, इसलिए उन्होंने उनकी बातों को केवल सुना था। हर बात पर हाँ हूँ करते रहे थे, कोई अधिक उत्साह नहीं दिखाया था। वे जानते थे कि ऐसे लोगों की बातें बिना किसी विरोध के सुन भर ले कोई, तो उनका अहम् तुष्ट होता है। उस घटना के बारे में याद कर प्रह्लाद जी मुस्करा उठे थे।

चलते-चलते उनके नथुनों में एक अजीब सी दुर्गन्ध टकराई, तो राधेमोहन सिंह प्रसंग से उनका ध्यान हटा। उनके क़दम ठिठक गये। उन्हें लगा कि यह दुर्गन्ध तो जानी-पहचानी है। जानी-पहचानी है, तो आख़िर यह जान-पहचान है कैसे। उन्हें याद आया कि ऐसी दुर्गन्ध चंडीगढ़ में डेयरी फार्म की तरफ़ से गुज़रने पर आती है। वे समझ गये कि कहीं आसपास अधिक गोबर जमा होगा और बरसात की वजह से उसमें से सड़न की दुर्गन्ध उठ रही होगी। वे चलने को हुए कि किसी ने आवाज़ दी, 'काका, परनाम। आइए न, कुछ देर हमारे दरवाज़े पर भी बैठिये।'

प्रह्लाद जी उस आवाज़ की तरफ़ पलटे, बालकिसन का बड़ा बेटा था। सिर पर पगड़ी बाँधे, चारखाने की लुंगी मोड़ कर कमर में बाँधे हुए था। प्रह्लाद जी ने कहा, 'नहीं, अभी बैठने का वक़्त तो नहीं है। बाथरूम भी नहीं गया अभी तक। आता हूँ, शाम को। लगता है, गाय-भैंसें ज़्यादा पाल रखी हैं तुमने!'

'नहीं काका, दो-चार ही हैं। घर के दूध का काम चल जाये, बस इतना ही।'

'गोबर की गन्ध तो ऐसे आ रही है, जैसे बहुत सारा जमा हो। इससे बीमारी भी फैलती है।' प्रह्लाद जी ने हैरानी प्रकट की।

'अच्छा ऊऽऽऽ!...ऊ तो सनेही भैया का है, जीवामृत तैयार करते हैं न। गाँव भर से गोबर इकट्ठा करते हैं।'

'अच्छा अच्छा...वह क्या है?'

‘जीवामृत रासायनिक खाद और कीटनाशक की जगह उसका इस्तेमाल किया जाता है। उसी का हौज बना रखे हैं सनेही भैया। बिकता भी है। गाँव के लोग ख़रीदते हैं यहाँ से।’

‘अच्छा। बहुत बढ़िया बात है। असर भी होता है इसका कुछ!’

‘हं हं, बहुत असर हो रहा है। हालाँकि अभी भी बहुत सारे लोग इस्तेमाल नहीं कर रहे हैं। जैविक खेती में अभी थोड़ा नुकसान हो रहा है, इसलिए।’

‘करेंगे और भी लोग करेंगे। फ़ायदा नज़र आयेगा, तो करेंगे। अच्छा फिर मिलते हैं।’ प्रह्लाद जी ने कहा और चल पड़े।

चलते-चलते उनके दिमाग़ ने दूसरा सूत्र पकड़ लिया। अच्छी बात है कि गाँव के लोग नये-नये प्रयोग कर रहे हैं। जैविक खेती का विचार तो बहुत अच्छा है, मगर इसमें तकनीकी कमज़ोरियाँ बहुत हैं। आजकल जलवायु परिवर्तन और वायु प्रदूषण की वजह से जिस तरह के नये-नये बैक्टीरिया पैदा हो रहे हैं, नये-नये कीट पैदा हो रहे हैं, यह जीवामृत जैसे उपाय उसमें कितने और कितनी देर तक कारगर साबित होंगे, कहना मुश्किल है। हालाँकि सारे पारम्परिक तौर-तरीक़े अवैज्ञानिक नहीं कहे जा सकते, मगर यह जीवामृत वाला फार्मूला बहुत जाँचा-परखा नहीं लगता। इससे सम्बन्धित कोई पुख़्ता आँकड़ा नहीं है। ज़्यादातर आँकड़े अभी अनुमान और स्वदेशी स्वाभिमान से प्रेरित अधिक हैं। यह भी उसी तरह अवधारणा के स्तर पर रूढ़ हो गया है जैसे गोमूत्र को जीवाणु-विषाणु नाशक, सर्वरोग नाशक बताया जाता है। ख़ैर,... किसान बिना सरकारी प्रोत्साहन के भी खेती में अपनी वैज्ञानिक चेतना से नये-नये प्रयोग करते ही रहते हैं। दरअसल, मनुष्य की मूल चेतना वैज्ञानिक ही है। आदिम काल से लेकर अब तक मनुष्य अपनी आवश्यकताओं के अनुसार आविष्कार करता रहा है। जब शिक्षा की व्यवस्थित व्यवस्था नहीं थी, तब भी मनुष्य ने अपनी शोध-वृत्ति से धातुओं के शोधन, उपकरणों के विकास, औषधियों के निर्माण, चिकित्सा पद्धतियों के उन्नयन आदि में उल्लेखनीय योगदान किया था। आज भी बहुत सारे कृषि उपकरण स्थानीय लोहार बिना किसी तकनीकी प्रशिक्षण के, अपने अनुभवों के आधार पर, बनाते हैं। ट्रैक्टर आदि के निर्माण ने इंडस्ट्रियल रूप ज़रूर ले लिया है, मगर गन्ना पेरने, गुड़ बनाने, फसलों की मड़ाई, खेतों की जुताई-निराई-गुड़ाई आदि

के तमाम उपकरण स्थानीय स्तर पर तैयार कर लिए जाते हैं। हाँ, संविधान में जिस वैज्ञानिक चेतना के विकास का संकल्प लिया गया, वह दरअसल, धार्मिक पाखण्ड से पनपे अन्धविश्वासों को पोंछ कर साफ़ करने का संकल्प है। अन्धविश्वास साफ़ हो जाये, तो मनुष्य अपनी वैज्ञानिक चेतना का उपयोग ज़्यादा से ज़्यादा कर सकेगा। जीवामृत और गोमूत्र के उपयोग से परेशानी नहीं है, परेशानी इस बात से है कि उनका सही वैज्ञानिक आधार तलाश किये बिना उपयोग किया जा रहा।

यह सब मंथन उनके दिमाग़ में चलता रहा, उनके क़दम आगे बढ़ते रहे। वे घर पहुँचे, तो प्रभुनाथ उनका इन्तज़ार कर रहे थे। छूटते ही कहा, 'भइया, हम तो जा रहे हैं तोरई तोड़ने। कल आढ़ती का ठेकेदार आयेगा गाड़ी लेकर। आज ही तुड़वा कर बोरे में भरना होगा। दोपहर से पहले तोड़ लेंगे, तो धूप से बच जायेंगे।'

'हाँ हाँ, तो जाओ न। मैं भी थोड़ी देर में उधर आता हूँ। ज़रा बाथरूम वग़ैरह से निवृत्त हो लूँ।' प्रह्लाद जी ने कहा।

'घर में आवाज़ लगा दीजियेगा, बहू नाश्ता दे जायेगी। बिजेन्दर भी नहीं रहेंगे।'

'हाँ हाँ, उसकी कोई चिन्ता नहीं है। अभी तो मुझे नहाने-धोने में समय लगेगा।'

यानी यह तो तय हो गया कि प्रभुनाथ और बिजेन्दर कलेक्टरेट के घेराव में नहीं जा रहे। प्रह्लाद जी आश्वस्त हो गये।

प्रभुनाथ और बिजेन्दर चले गये, तो बिजेन्दर की बहू ने आकर किवाड़ की ओट से पूछा, 'पापा जी, चाय बना दूँ?'

'नहीं बेटा, चाय तो दो बार पी ली सुबह से। अब और नहीं।' प्रह्लाद जी ने कहा।

'तो, नाश्ता लाऊँ?'

'नहीं बेटा, अभी नहीं। थोड़ी देर में नहा-धो लूँगा, तो करूँगा।'

बिजेन्दर की बहू घर के अन्दर चली गयी थी। प्रह्लाद जी बरामदे में कुर्सी पर बैठे रहे। वे तय नहीं कर पा रहे थे कि अभी क्या करना चाहिए। बड़का

टोला की तरफ़ जाने, वहाँ लोगों से मिलने-जुलने को लेकर मन में असमंजस पैदा हो गया था। जब जगप्रवेश ही कलश यात्रा का मुख्य कर्ता-धर्ता था, तो वह अपने टोले के तो सारे ही लोगों को कलेक्टरेट घेराव के लिए ले गया होगा। पता नहीं, जगप्रवेश के पिता राधेमोहन सिंह भी घर पर होंगे कि नहीं। फिर मिलेंगे किससे। मगर, यह भी तो पता नहीं कि राधेमोहन सिंह अभी ज़िन्दा भी हैं या नहीं। उनसे मिलने का मन बना तो लिया है, वहाँ जाकर शर्मिन्दगी न झेलनी पड़े। प्रह्लाद जी का मन हुआ कि किसी से राधेमोहन सिंह के बारे में पूछें। मगर, अभी तो कोई बताने वाला भी नहीं है, पूछें भी तो किससे। चलो, शाम को उधर जायेंगे। फ़िलहाल, कुछ खा-पीकर खेतों की तरफ़ चलते हैं, जहाँ तोरई तोड़ी जा रही है। देखें तो सही कि पहले और अबकी खेती में कितना अन्तर आया है।

वे आज की दिनचर्या तय ही कर रहे थे कि सामने रामनगीना के घर के बाहर एक बैट्री रिक्शा आकर रुका। उसमें से रामनगीना उतरा। वर्दी में ही था। उसकी दोनों बेटियाँ घर में से बाहर निकली थीं। रामनगीना के पाँव छुए और चहकती हुए रिक्शे से सामान उतारने लगीं। रामनगीना की पत्नी दरवाज़े पर खड़ी थी। प्रह्लाद जी ने नोट किया कि रामनगीना ने उनकी तरफ़ पलट कर देखा भी नहीं। न कोई दुआ, न सलाम। घर के अन्दर चला गया।

प्रह्लाद जी ने सोचा, शायद रामनगीना उन्हें पहचान नहीं पाया। शायद उन्हें कोई अपरिचित व्यक्ति समझ कर कोई दुआ-सलाम किये बग़ैर घर के अन्दर चला गया। मगर उसने तो इस तरफ़ पलट कर देखा भी नहीं, जैसे हमारे घर की तरफ़ देखने में भी उसकी अरुचि हो। रामनगीना है तो अकड़ू स्वभाव का। फ़ौज में रह कर और अड़ियल हो गया है। किसी न किसी बात को लेकर किसी से भी उलझ जाना उसके स्वभाव में है। क्या पता, किसी बात को लेकर इन दिनों प्रभुनाथ से उसकी अनबन चल रही हो। प्रभुनाथ से उसकी अनबन तो बनी ही रहती है। छुट्टी आया होगा। यहाँ उसकी पत्नी घर सँभालती है, बच्चियों की पढ़ाई-लिखाई का ध्यान रखती है, रामनगीना साल में दो-तीन बार छुट्टी पर आता है। खेतीबाड़ी कुछ ख़ास है नहीं। जो है, उसे बंटाई पर दे देता है। फिर भी ज़मीन-जायदाद के झगड़े उसके किसी न किसी से बने ही रहते हैं। किसी-किसी का स्वभाव ही झगड़ालू होता है। झगड़ा करके ही उसे

ऊर्जा मिलती है। ऐसे लोगों का स्वभाव बदलना बहुत कठिन है। मगर पड़ोसी से प्रेम भाव न रहे, तो हर वक़्त एक तरह का तनाव ही रहता है। प्रह्लाद जी ने तय किया कि वे रामनगीना से बातचीत करेंगे, उसके मन में किसी तरह की ग़लतफहमी है, तो उसे दूर करेंगे। मगर फिर उन्होंने ख़ुद से सवाल किया, क्या वे रामनगीना से बात कर पायेंगे!

वे उठे और अपने कमरे में चले गये। सिगरेट जलाई और खिड़की पर खड़े होकर सामने पेड़ पर चमकती धूप को निहारने लगे। सिगरेट पीते-पीते उनके मन में हरेराम की बात उभर आयी। वे भी ट्रस्ट के स्वरूप को लेकर सन्तुष्ट नहीं हैं। कह रहे थे कि स्कूल खोल लूँ, तो ज़्यादा कमाई होगी। कमाई का पैमाना तो हर काम से जुड़ गया है। हर कोई पहले यह देखता है कि वह जो काम करने जा रहा है, उससे कमाई कितनी होगी। मगर वे ट्रस्ट किसी कमाई के लिए तो खोलना नहीं चाहते। वे तो केवल चाहते हैं कि गाँव के भटकते युवाओं को रचनात्मक काम में लगाया जा सके, उन्हें उत्पादक बनाया जा सके। मगर, डॉक्टर सेठी को भी तो ट्रस्ट का विचार बहुत पसन्द नहीं आया। सांगवान तो शुरू से मज़ाक़ उड़ाता रहा है। सांगवान की बात को तो बहुत गम्भीरता से लेने की इसलिए ज़रूरत नहीं कि वह गाँव में रहने के विचार को ही पसन्द नहीं करता। हालाँकि वह है बड़े किसान का बेटा, गाँव में उसकी काफ़ी ज़मीन-जायदाद है। पिता बड़े किसान हैं, मगर सांगवान कभी गाँव जाकर रहने के पक्ष में नहीं रहता। गाँव के जीवन के प्रति उसके मन में सदा से नकार भाव रहा है। मगर इन लोगों की राय के आधार पर क्या उन्हें अपने क़दम वापस खींच लेने चाहिए। प्रह्लाद जी ने ख़ुद से सवाल किया था। नहीं, यह जल्दबाजी होगी। प्रोफ़ेसर बत्रा से इस विषय में चर्चा करनी चाहिए। वे ठीक से बता सकेंगे कि गाँव में किस तरह काम करना ठीक रहेगा।

उन्होंने सिगरेट की ठुड्डी खिड़की के बाहर उछाल दी और बाथरूम में घुस गये।

बाथरूम में भी उनके विचारों का सिलसिला बना रहा। दाढ़ी पर साबुन मलते हुए उनके भीतर मंथन चलता रहा कि सांगवान, हरेराम और डॉक्टर सेठी के विचारों को पूरी तरह ख़ारिज भी तो नहीं किया जा सकता। उन्हें उनकी

दृष्टि से भी देखने में क्या हर्ज़ है। थोड़ा तो मुझे भी उदार होना चाहिए। वे तीनों पूरी तरह ग़लत भी तो नहीं हो सकते। जिस तरह का गाँव में वातावरण है, उसमें विशुद्ध रूप से समाजसेवा के लिए कोई काम करना आसान नहीं हो सकता। सचमुच, उसमें बाधा डालने वाले बहुत उभर आयेंगे। जब उन्हें अपने पड़ोसी रामनगीना को समझाना कठिन लग रहा है, तो बड़कवा टोला के राजशाही मिज़ाज वाले ठाकुरों और ब्राह्मणों को समझाना तो बहुत मुश्किल होगा। सवर्ण जातियाँ तो सदा निचली या पिछड़ी कही जाने वाली जातियों के लोगों के किसी भी विचार को निकृष्ट ही मानती हैं। पहले गाँव के लोगों की एक बैठक बुलानी चाहिए। उस बैठक में यह विचार रखना चाहिए और सबकी राय लेनी चाहिए। ग्राम प्रधान को भी इसमें शामिल करना चाहिए। आख़िर उन्हीं लोगों के लिए, उन्हीं लोगों के बीच और उन्ही लोगों के सहयोग से तो यह काम किया जाना है। इसलिए बाद में लोगों को ट्रस्ट से जोड़ने का प्रयास करने के बजाये, पहले ही सबकी राय ले लेनी चाहिए। क्यों न पहले ग्राम प्रधान से मिल लूँ। उनसे चर्चा करके भी काफ़ी हद तक गाँव का मिज़ाज समझा जा सकता है।...प्रह्लाद जी को लगा कि अब वे सही बिन्दु पर पहुँच चुके हैं। ग्राम प्रधान से ही पहले मिलना चाहिए। अभी ग्राम पंचायत चल कर ग्राम प्रधान के बारे में पता करता हूँ कि वे हैं या कहीं बाहर चले गये हैं, कब मिल सकते हैं।

प्रह्लाद जी ने फटाफट दाढ़ी साफ़ की। नहाए और कपड़े बदल कर बाहर निकल आये। दरवाज़े पर जाकर आवाज़ दी, 'बहू, कुछ नाश्ता करा दो बेटा।'

चार

प्रह्लाद जी ने प्रोफ़ेसर बत्रा को व्हाट्सअप पर सन्देश भेज कर पूछा कि किस वक़्त आपसे फ़ोन पर बात करना उचित रहेगा। इन दिनों मैं अपने गाँव में हूँ।

उनके सन्देश का जवाब देने के बजाये प्रोफ़ेसर बत्रा का फ़ोन ही आ गया। उन्होंने छूटते ही पूछा, 'सब कुशल तो है। गाँव में कोई ख़ास बात तो नहीं, जो इन दिनों वहाँ हैं।'

‘नहीं नहीं प्रोफ़ेसर। बहुत दिनों से आया नहीं था। रिटायरमेंट के बाद यहीं आ गया। सोचा, चल कर देखते हैं, यहाँ पढ़ने-लिखने का कुछ सिलसिला जमता है, तो जमाते हैं। कुछ दिन यहाँ, कुछ दिन वहाँ रहेंगे।’ प्रह्लाद जी ने कहा।

‘यह तो बहुत अच्छी बात है। जी, बताइए, आप कुछ बात करना चाहते थे।’

‘दरअसल, एक विचार काफ़ी समय से मेरे मन को मथ रहा है। यहाँ गाँव में एक ट्रस्ट खोलने का मन है। लता के नाम पर कुछ करना चाहता हूँ। वही आपसे सुझाव चाहता था कि गाँव में रह कर क्या ऐसा किया जा सकता है, जिससे यहाँ के युवाओं को कुछ आर्थिक गतिविधियों में शामिल किया जा सके। आपकी तो रूरल इकोनॉमिक्स में गहरी दखल है। मैंने तो सोचा है कि कुछ स्किल डेवलपमेंट का प्रोग्राम शुरू किया जाये।’

‘मैं समझ गया आपकी बात। गाँव में इकोनामिक ग्रोथ की सम्भावनाएँ तो बहुत हैं। वहाँ के युवाओं को उनसे जोड़ने की ज़रूरत भी है। मगर वास्तव में यह है थोड़ा मुश्किल काम। स्किल डेवलपमेंट प्रोग्राम शुरू कर देने भर से इकोनॉमिक ग्रोथ की सम्भावना बन जायेगी, यह दावा नहीं किया जा सकता। सरकार तो स्किल डेवलपमेंट प्रोग्राम चला ही रही है। उस पर पैसे भी ख़ूब ख़र्च कर रही है, मगर उसके नतीजे सामने नहीं आ पा रहे। इसकी बड़ी वजह तो यही है कि गाँव के लोगों में बहुत सारे स्थानीय काम-धन्धों की स्किल पहले से है। जिन काम-धन्धों में उन्हें रोज़गार की सम्भावना नज़र आती है, उन्हें वे ख़ुद सीख भी लेते हैं। उसके लिए स्किल डेवलपमेंट प्रोग्राम की ज़रूरत नहीं पड़ती। वहाँ नाई को बाल काटने की या बढ़ई को रंदा चलाने की ट्रेनिंग देने की क्या ज़रूरत है। हर किसान खेती के तौर-तरीक़े जानता ही है, अगर कहीं कोई नया तरीक़ा उसे पता चलता है, तो उसे सीख लेता है, आज़माने की कोशिश करता है। मगर विडम्बना है कि सरकारें और तमाम एनजीओज स्किल्ड लोगों को स्किल डेवलपमेंट प्रोग्राम से जोड़ने में जुटे हैं।’

‘तो फिर, आप किस तरह यहाँ इकोनॉमिक ग्रोथ की सम्भावनाएँ देखते हैं?’

'देखिए, रूरल एरियाज को बाज़ार से जोड़ने की ज़रूरत है। वहाँ के लोगों को मार्केट लिंक्ड प्रोग्राम्स से अटैच करने की ज़रूरत है। सरकारें एक जिला एक उत्पाद के नारे के साथ हर जिले के किसी ख़ास उत्पाद को प्रोमोट करने का प्रयास करती हैं, मगर वह प्रोडक्ट भी उस तरह बाज़ार में जगह नहीं बना पाता, जिस तरह किसी मल्टीनेशनल कम्पनी का बना लेता है। खेती और हैंडीक्राफ्ट्स से जुड़े लोगों की प्रोडक्शन को सीधे मार्केट से जोड़ेंगे, तभी उन्हें मुनाफ़ा मिल सकेगा। अभी वे प्रोडक्शन तो करते हैं, पर उसका सीधा लाभ उन्हें नहीं, बल्कि प्रोसेस करके मार्केट में पहुँचाने वालों को मिलता है। अगर उन लोगों को सीधे मार्केट से जोड़ा जा सके, तो उनका प्रोडक्शन बढ़ जायेगा। वहाँ इम्प्लायमेंट की समस्या भी धीरे-धीरे कम होनी शुरू हो जायेगी। सरकारें ऐसा करने का दम तो ख़ूब भरती हैं, पर कर नहीं पा रहीं। आप कर सकते हैं, तो इस दिशा में कुछ कीजिए। नहीं तो, आपका ट्रस्ट भी उन्हीं बहुत सारे ट्रस्ट्स की तरह कुछ आइडियोलॉजी वग़ैरह की बातें करके निष्क्रिय पड़ जायेगा।'

'आप सुझाएँ कि क्या किया जा सकता है?'

'देखिए, पहले तो आप स्टडी कीजिए कि आपके एरिया में सबसे अधिक उत्पादन किस चीज़ का होता है। किस चीज़ के उत्पादन की ज़रूरत है। कौन-सी ऐसी चीज़ें हैं, जिनके लिए वहाँ के लोगों को मार्केट पर निर्भर रहना पड़ता है। फिर, ज़रा अपने यहाँ के डिस्ट्रिक्ट कलेक्टर से मिल लीजिए। उनके पास बहुत सारी योजनाएँ होती हैं। उन लोगों के पास भी बहुत तरह के अध्ययन होते हैं। उनसे बात कीजिए कि कैसे लोकल लोगों के प्रोडक्ट को मार्केट में पहुँचाया जा सकता है। एक बार बाज़ार का बेस बन जायेगा, तो काम करना आसान हो जायेगा। लोगों को दिखना चाहिए कि वे जो उत्पादन कर रहे हैं या करने जा रहे हैं, उससे मुनाफ़ा हो सकता है, तो लोग ख़ुद-ब-ख़ुद उस काम से जुड़ जाते हैं। फिर आती है बात पूँजी की। बहुत सारे लोग कोई काम करना तो चाहते हैं, मगर उनके पास पूँजी नहीं होती। आप वह पूँजी उपलब्ध करा सकते हैं। उसके लिए आप माइक्रो फाइनेंसिंग शुरू कर सकते हैं। उन्हें आप फाइनेंशियली हेल्प कर सकते हैं अपने ट्रस्ट के ज़रिये। वहाँ सेल्फ हेल्प ग्रुप बना सकते हैं।...फिर ख़ुद-ब-ख़ुद रास्ते बनते चले जाते हैं।'

'दरअसल, मैं कोई सरकारी मदद लेना नहीं चाहता। नहीं चाहता कि बेवजह सरकारी पचड़ों में पड़ूँ, सरकारी बाबुओं की ख़ुशामद करूँ। फिर यहाँ

की स्थितियाँ बहुत सहयोग की हैं भी नहीं। सरकारी बाबू और अफ़सर उन्हीं कामों में दिलचस्पी अधिक लेते हैं, जिनसे उनकी भी जेब में कुछ जाता रहे। मुझे नहीं लगता कि डिस्ट्रिक्ट कलेक्टर मेरे काम में कोई दिलचस्पी लेगा।' प्रह्लाद जी ने कहा।

'देखिए, सरकारी मदद तो लेनी पड़ेगी। बिना सरकारी पचड़ों में पड़े आप कुछ बेहतर कर नहीं सकते, क्योंकि हर काम का एक न एक लिंक किसी न किसी सरकारी योजना से है। आपको अपने ट्रस्ट का ऑडिट तो हर साल कराना ही पड़ेगा। इसलिए सरकारी पचड़ों से तो आप बच नहीं सकते। थोड़ी भाग-दौड़ करनी ही पड़ेगी आपको। कोई न कोई ऐसा अधिकारी तलाश कीजिए, जो आपके काम में दिलचस्पी दिखाये। उसकी मदद लीजिए। अगर समाज के लिए कुछ करना चाहते हैं, तो सरकारी दफ़्तरों में भी भाग-दौड़ करनी पड़ेगी, सरकारी बाबुओं की ख़ुशामद भी करनी पड़ेगी। वैसे, आप ऐसे किसी काम में पड़ना ही क्यों चाहते हैं, जिसमें आपकी स्किल नहीं है। कोई और काम क्यों नहीं सोचते, जिसमें आपकी विशेषज्ञता है।'

'डॉक्टर साहब, मेरी नॉलेज का तो यहाँ क्या ही उपयोग हो सकता है। मेरी विशेषज्ञता तो ध्वनि-प्रभाव में है। उसका यहाँ गाँव में क्या ही इस्तेमाल। मैं जब यहाँ के नौजवानों को भटकते, गुमराह होते देखता हूँ तो बहुत तकलीफ़ होती है। जिस ज़मीन, जिस मिट्टी ने मुझे इतना कुछ दिया, मुझे इस लायक बनाया, उसका कर्ज़ महसूस करता हूँ अपने ऊपर। मैं उसके लिए कुछ करना चाहता हूँ। इसलिए यही विचार आया मन में कि किसी तरह यहाँ के नौजवानों को भटकने से बचा सकूँ, इनकी एनर्जी को सही तरीक़े से चैनलाइज कर और प्रोडक्टिव बना सकूँ।'

'विचार तो आपका बहुत अच्छा है, मगर थोड़ा अपने नेचर से अलग काम सोच लिया है आपने। आप रिसर्च के आदमी हैं। दिन भर लैब में काम करते रहे हैं। चुप्पा आदमी हैं। यह काम जो आपने सोचा है, उसमें बातूनी किस्म का आदमी चाहिए, जो काम बेशक़ कम करे, पर बोले-कहे ज़्यादा।' प्रोफ़ेसर बत्रा कह कर हँसे थे।

'ठीक है, डॉक् साहब, मैं फिर से विचार करता हूँ कि क्या और कैसे करना है, फिर आपको दुबारा तकलीफ़ दूँगा।' प्रह्लाद जी ने बात समाप्त की।

'मोस्ट वेलकम। आय ऐम आलवेज विद यू। जब भी मन हो, बात कर लिया कीजिए।' प्रोफ़ेसर बत्रा ने गर्मजोशी से कहा और फ़ोन बन्द कर दिया।

प्रोफ़ेसर बत्रा से बात करने के बाद प्रह्लाद जी के भीतर एक अजीब तरह की निराशा जकड़ने लगी थी। सुबह वे जितने उत्साह से भरे थे और बड़का टोला जाने का इरादा बनाया था, ग्राम प्रधान से मिल कर अपनी योजना के बारे में बातचीत करने का विचार बनाया था, वह सब बह गया।

अब उनके भीतर ख़ुद से जिरह शुरू हो गयी थी। 'क्या, जो कुछ करने का मैंने सोचा है, वह सब सचमुच निरर्थक है। क्या सचमुच मुझमें ऐसी क्षमता नहीं कि युवाओं को जोड़ सकूँ, उनकी ऊर्जा को उत्पादक गतिविधियों में लगा सकूँ। इतनी उम्र तक तो मैं युवाओं के बीच ही रहा। उन्हें प्रोत्साहित करता रहा, वे प्रोत्साहित होते भी रहे। विद्यार्थी मेरे पास इसी उम्मीद से आते रहे कि मैं उनकी समस्या का समाधान कर सकूँगा। उन्हें सुझाव दे सकूँगा। उनमें से बहुत सारे युवा मेरे सुझाव पर आगे बढ़े और आज कामयाब ज़िन्दगी जी रहे हैं। अब ऐसा क्या हो गया कि अपने ही गाँव के युवाओं को किसी रचनात्मक काम की ओर बढ़ने की सलाह देने, प्रेरित करने में मैं अक्षम नज़र आने लगा हूँ।

'डॉक्टर सेठी ने भी लगभग वही बात कही, जो प्रोफ़ेसर बत्रा ने कही। हरेराम और सांगवान भी मेरे विचारों से उत्साहित नहीं हैं। प्रभुनाथ और रामबरन से तो भला कितनी ही उम्मीद की जा सकती है कि वे मेरे विचारों में साथ देंगे। वे विरोध तो कतई नहीं करेंगे, मगर उनसे अपेक्षित सहयोग की उम्मीद भी नहीं की जा सकती। क्या मेरा यह विचार वास्तव में भावनात्मक आवेग भर है, इसकी कोई व्यावहारिक उपयोगिता नहीं।

'मगर इस तरह अनुत्साहित होकर अपने संकल्प से डिगना भी तो कोई अच्छी बात नहीं। प्रोफ़ेसर बत्रा, डॉक्टर सेठी और सांगवान शहरी मिज़ाज के लोग हैं। उन्होंने एक नौकरी के बन्धे-बन्धाए ढर्रे पर चलते हुए जीवन बिताया है। किताबों और विश्वविद्यालय के वैचारिक परिवेश या फ़ौज के अनुशासन के बीच उनके सोचने-समझने की हद बन्ध गयी है। न तो इन लोगों ने कभी कोई रिस्क उठाया है और न ज़मीन पर उतर कर समस्याओं को गहराई से

समझने का प्रयास किया है। यह मेरा गाँव है, यहाँ के लोग मेरे लोग हैं। मैं इनकी दुख-तकलीफ़, इनकी भावनाएँ समझता हूँ, ये लोग मुझे समझते हैं। मेरा फ़र्ज़ है कि इन लोगों की समस्याओं का हल निकालने का प्रयास करूँ। हालाँकि, प्रोफ़ेसर बत्रा की यह बात ग़लत नहीं है कि इस मामले में केवल सैद्धान्तिक जुगाली से काम नहीं चलेगा। इसके लिए एक पुख़्ता और व्यावहारिक रणनीति बनानी पड़ेगी। थोड़ी भाग-दौड़ करनी पड़ेगी...करेंगे भाग-दौड़। भाग-दौड़ किस काम में नहीं करनी पड़ती। नौकरी में भी तो करनी पड़ती है। यह तो मेरे जैसे कुछ भाग्यशाली लोग होते हैं, जिन्हें विश्वविद्यालय परिसर में ही आवास मिल जाता है और विभाग जाने के लिए बहुत समय ख़र्च नहीं करना पड़ता, काफ़ी ऊर्जा बच जाती है। मगर, ऐसे लाखों-लाख लोग हैं, जो महानगरों के दफ़्तरों और कारखानों में काम करते हैं, जो दो-ढाई घण्टे सार्वजनिक वाहनों में लद कर दफ़्तर जाते और इतना ही वक़्त ख़र्च करके घर लौटते हैं।

'प्रोफ़ेसर बत्रा की यह सलाह अच्छी लगी कि पहले यहाँ के डीएम से सम्पर्क करके अपनी योजना के बारे में बात करनी चाहिए। डीएम प्रशासनिक सेवा के अधिकारी होते हैं, वे चीज़ों को अच्छी तरह समझते हैं। ऐसे ज़्यादातर लोगों में मानवीय सरोकार भी देखने को मिलता है। क्या पता, यहाँ के डीएम पर मेरी बातों का प्रभाव पड़े और वह मेरे काम में सहयोग करने को तैयार हो जाये। मैं तो उससे कोई फंड माँगने जाऊँगा भी नहीं। केवल इतना भर सहयोग माँगना है उससे कि हमारे ट्रस्ट से जुड़े कामों को वह सरकारी योजनाओं से जोड़ दे। ट्रस्ट जो भी गतिविधियाँ चलाये, उन्हें बाज़ार का सहारा दे दे।'

काफ़ी देर अपने से ही जंग लड़ने के बाद प्रह्लाद जी इस नतीजे पर पहुँचे थे कि वे डीएम से मिलेंगे। एकाध दिन में ही मिलेंगे। मगर उससे मिलने से पहले एक प्रपोज़ल तो तैयार करना पड़ेगा। ट्रस्ट की रूपरेखा बनानी होगी। उन्हें याद आया कि डॉक्टर सेठी ने तो उसी दिन व्हाट्सअप पर अपने दस्तावेज भेज दिये थे।

'नहीं, मेरा आकलन ग़लत हो सकता है कि लोगों को मेरा विचार पसन्द नहीं आ रहा। डॉक्टर सेठी ने पूरे उत्साह से कहा था कि वे सदा मेरा सहयोग

करने को तैयार हैं। प्रोफ़ेसर बत्रा ने भी तो सहयोग का ही भरोसा दिलाया है।...नहीं नहीं, लोग साथ देंगे मेरा। जो आत्मीय होते हैं, उनकी शंका जायज है। उन्हें भय सताता रहता है कि वे जिसे चाहते हैं, अपने निकट मानते हैं, वह किसी ग़लत फ़ैसले की वजह से किसी परेशानी में न पड़ जाये। बस, इसीलिए वे शुरू में ही बरजना शुरू कर देते हैं। फिर भी वे साथ तो देते ही हैं...नहीं नहीं, जो विचार मेरे मन में हैं, उन्हें एक्जीक्यूट करने की ज़रूरत है। इतने सारे लोग मेरे साथ हैं, गाँव के लोग बेशक सारे साथ न दें, पर ज़्यादातर तो देंगे ही। युवा भी जुड़ेंगे। युवा तो बेचारे ख़ुद से लड़ रहे हैं। उनमें कुछ करने की आग है, वे कुछ करना चाहते हैं। हर तरह का जोखिम उठाने को तैयार हैं। अगर वे कुछ करना नहीं चाहते, अकर्मण्य होते, तो इस तरह हर भर्ती में लाइन लगा कर खड़े न होते। जान पर खेल कर देशों की सरहदें लाँघ कर सम्पन्न देशों में काम की तलाश करने न घुसते। बेचारे लाखों लाख युवा यह जानते हुए भी कि अवैध रूप से किसी देश में घुसने का क्या अंजाम हो सकता है, सरहदें लाँघने का प्रयास कर रहे हैं। सिर्फ़ इसलिए कि उन्हें वहाँ कोई काम मिल सकेगा। वे ख़ाली नहीं बैठना चाहते। केवल पैसे की भूख में वे दूसरे देशों में पलायन नहीं कर रहे, अपने लोगों, अपनी ज़मीन, अपना घर-बार छोड़ कर नहीं जा रहे। वे वहाँ इसीलिए जा रहे हैं कि उन्हें कुछ काम मिल सकेगा। काम की भूख है उनमें, वे काम पाना चाहते हैं। अगर उन्हें यहीं काम मिल जाये, कुछ करने का मौक़ा मिल जाये, तो वे जायेंगे ही नहीं कहीं और इस तरह जोखिम उठा कर, हर समय भय में जीने को मजबूर नहीं होंगे। उन्हें यहीं काम के अवसर पैदा करने होंगे। करेंगे हम कोशिश।'

प्रह्लाद जी की निराशा अब थोड़ी गल कर बहने लगी थी। एक बार फिर उनमें उत्साह भरना शुरू हो गया था। कुछ उत्साह से भरे, तो सबसे पहले उन्होंने संकल्प लिया कि अब इस विषय पर किसी से चर्चा नहीं करेंगे। पहले ट्रस्ट की रूपरेखा तैयार करेंगे, फिर इस पर लोगों से सलाह-मशविरा करेंगे। डीएम से मिलने के बाद ही तय करेंगे कि ट्रस्ट के ज़रिये कौन-कौन-सी गतिविधियाँ संचालित करनी हैं।

उन्होंने अपना लैपटॉप निकाला और चार्जिंग पर लगा दिया। यहाँ आने के बाद एक भी दिन लैपटॉप खोलने की ज़रूरत नहीं पड़ी थी।

प्रह्लाद जी जैसे ज़िद पर अड़ गये थे। पूरे दिन और देर रात तक बैठ कर वे ट्रस्ट की रूपरेखा बनाने में जुटे रहे। जैसे उन्हें इस काम की किसी ने चुनौती दे दी हो। जिलाधिकारी के नाम एक प्रस्ताव भी तैयार कर लिया। अगले दिन वे सुबह ही नहा-धोकर जिलाधिकारी से मिलने को तैयार हो गये। केवल प्रभुनाथ से उन्होंने बताया कि वे जिलाधिकारी से मिलने जा रहे हैं, कुछ ज़रूरी काम है। प्रभुनाथ ने जानने की कोशिश नहीं की कि आख़िर क्या ज़रूरी काम हो सकता है। उन्हें भरोसा रहता है कि प्रह्लाद जी कोई बात उनसे छिपाते नहीं। ज़रूर कोई ऐसा काम होगा, जिसके बारे में अभी वे चर्चा नहीं करना चाहते। मगर उन्होंने प्रह्लाद जी को समझाया, 'भइया, जिलाधिकारी कार्यालय पर तो बवाल चल रहा होगा। कल भी घेराव था। आज भी कुछ न कुछ होगा। कलश यात्रा में हुई हत्या का मामला काफ़ी तूल पकड़ चुका है। दूसरे जिलों के लोग भी रोष में हैं। सारे देश में इसकी चर्चा है। पता नहीं, जिलाधिकारी आपसे मिल पायेंगे या नहीं। क्या पता, आप अन्दर ही न घुसने पायें।'

प्रभुनाथ के सुझाव को प्रह्लाद जी ने नज़रअन्दाज़ नहीं किया। वे गम्भीर हो गये। उनके उत्साह पर जैसे पानी फिर गया हो। उन्होंने पूछा, क्या हुआ, जो दो नौजवान मारे गये थे, उनका अन्तिम संस्कार हुआ या नहीं।'

'आज होगा। फहीमवा, उसके चाचा और चार अन्य लोगों के ख़िलाफ़ मामला दर्ज हो गया है। लाशों का पोस्टमार्टम भी हो गया और उन्हें उनके परिवार वालों को सौंप दिया गया है। आज उनका अन्तिम संस्कार होगा। उसके लिए भी विशाल प्रदर्शन का एलान किया गया है।'

'हूँ...फिर तो आपका कहना ठीक है। जिलाधिकारी उसी में व्यस्त रहेंगे। क्या पता, वे उन दोनों के अन्तिम संस्कार में भी शामिल हों। प्रशासन को कुछ दिखावे भी करने पड़ते हैं।' प्रह्लाद जी ने कहा। 'वैसे कोई ख़ास काम है नहीं। बस, मिलने जा रहा था। दरअसल, मैं आपकी भाभी के नाम पर एक ट्रस्ट खोलना चाहता हूँ, उसी के सिलसिले में बात करना चाहता था। मगर अभी इस बारे में किसी से चर्चा करने की ज़रूरत नहीं है। कल हल्की सी चर्चा हरेराम से हुई थी। मगर अभी रामबरन वग़ैरह से इस बारे में कोई बात करने की ज़रूरत नहीं है। नहीं तो वे पूरे गाँव में बात फैला देंगे। अभी मैं ख़ुद ही तय नहीं कर पाया हूँ कि ट्रस्ट खुलेगा, तो उसका कामकाज क्या होगा।'

'ठीक बात है। तो, जिलाधिकारी से पहले से आपका परिचय है क्या?' प्रभुनाथ ने पूछा।

'नहीं, परिचय तो नहीं है, मगर हो जायेगा। उनसे सलाह ही तो लेनी है।' प्रह्लाद जी ने कहा।

'भइया, ई ट्रस्ट होता क्या है?'

'एक तरह की संस्था होती है। उसके माध्यम से हम समाजसेवा का कोई काम कर सकते हैं। दरअसल, मैं चाहता हूँ कि यहाँ नौजवानों के प्रशिक्षण के लिए एक केन्द्र खोला जाये, जिसमें स्थानीय स्तर के काम का प्रशिक्षण दिया जाये।'

'आईटीआई टाइप का?'

'हाँ, कुछ-कुछ वैसा ही।'

'यह तो बहुत अच्छा रहेगा। इस इलाक़े में तो एक्के ठो आईटीआई है–राय साहब का। मगर, वो तो ख़ाली डिग्री बाँटते हैं, ट्रेनिग-वेनिंग देते नहीं हैं।...वैसे मास्टरे नहीं मिलते हैं इधर। आप खोलेंगे, तो ख़ूब चलेगा।'

प्रभुनाथ की बात सुन कर प्रह्लाद जी की हँसी छूट गयी थी। 'अरे, वो फीस लेकर पढ़ाने वाला केन्द्र नहीं होगा। एक तरह से मुफ्त में प्रशिक्षण दिया जायेगा।'

'तो, उसका ख़र्चा कौन उठायेगा!' प्रभुनाथ ने हैरानी जताई।

'अरे, वह सब हो जायेगा। समय आने पर आप सब समझ जायेंगे। मैं बताऊँगा इस बारे में विस्तार से। एक बार जिलाधिकारी से मिल लूँ, फिर इसकी रूपरेखा समझाऊँगा।'

'ठीक है। आपने जो सोचा है, ठीक ही सोचा होगा।'

जिलाधिकारी से मिलने जाने से पहले प्रह्लाद जी ने गूगल में उनका प्रोफाइल देखा। अमित अस्थाना, 2013 बैच आइएएस। भौतिकी से एमएससी। पढ़ कर प्रह्लाद जी के भीतर जली उम्मीद की लौ थोड़ा तेज़ हो गयी। भौतिकी से एमएससी है, तो उससे बात करने में आसानी होगी। नौजवान आदमी है, नौजवानों के बारे में समझेगा। नयी-नयी पोस्टिंग है, कुछ अलग करने का जज़्बा होगा।

दो दिन बाद जब कलश यात्रा काण्ड को लेकर स्थिति कुछ सामान्य हुई, तो प्रह्लाद जी जिलाधिकारी से मिलने गये। उन्हें पता नहीं था कि उस दिन

जिलाधिकारी जनसुनवाई करते हैं। जिलाधिकारी कार्यालय के बाहर ख़ासी भीड़ थी। प्रतीक्षारत भीड़। भीड़ की आँखों में जैसे सदियों से जमी, पथरा गयी बदलाव की आस थी। शहर को पार कर जिलाधिकारी कार्यालय तक आते हुए प्रह्लाद जी ने नोट किया था कि शहर पिछले कुछ सालों में काफ़ी बदल गया है। जिन जगहों पर चाय, पान, हजामत वग़ैरह की दुकानें हुआ करती थीं, वहाँ बड़े चमकते-दमकते मॉल और होटल खड़े हो गये हैं, बड़े डिपार्टमेंटल स्टोर खुल गये हैं। शहर का आकार फैलते हुए रेलवे लाइन के दोनों तरफ़ कई किलोमीटर तक बढ़ गया है। बाज़ार में भीड़ ही भीड़ है। मगर जिलाधिकारी कार्यालय के बाहर खड़ी भीड़ को देख कर लग रहा था कि उसका चेहरा बिल्कुल नहीं बदला है। वह चेहरा उनका बरसों-बरस का देखा हुआ है। जाना-पहचाना। जैसे, भीड़ सदियों से यहीं खड़ी है। ख़ास मौक़ों पर पहनने वाले अपने धराऊँ पहनावे पहनने के बावजूद भीड़ मलिन ही दिख रही थी। जैसे चेहरे पर राख मली हो, आँखों में सूनापन पसरा हुआ। विकास की ऊँची उठती मीनारों से दूर, अपने जीवन में बदलाव की उम्मीद संजोए खड़ी भीड़। बाहर पेड़ों के नीचे चाय की गुमटियों पर दलालों के आगे दाँत निपोरती भीड़।

प्रह्लाद जी ने जिलाधिकारी कार्यालय के बाहर संगीन लिए खड़े सिपाही से पूछा, 'साहब से मिलने के लिए किससे बात करनी होगी?'

सिपाही ने उन्हें ऊपर से नीचे तक गौर से देखा। कुछ हैरत से, कुछ शंका से। उसे शायद प्रह्लाद जी का चेहरा बाहर खड़ी भीड़ से अलग नज़र आया होगा। उसने इशारे से बरामदे में कुर्सी-मेज़ लगाये बैठे एक व्यक्ति की तरफ़ इशारा करके बताया, 'वहाँ नाम और काम लिखवा दीजिए।'

प्रह्लाद जी ऊपर बरामदे में चढ़ गये। उस कुर्सी-मेज़ वाले बाबू को भी एक भीड़ ने घेर रखा था। एक-दो निहोरा कर रहे थे कि साहब से एक बार मिलवा दीजिए। एक-दो दबंग और छुटभैया किस्म के नेता भी अकड़े-तने खड़े थे, यह पूछते हुए कि अरे भइया, कहो अपने साहब से कि हम ज़्यादा समय नहीं लेंगे। बस सलाम करने आये हैं। वह कुर्सी-मेज़ वाला बाबू किसी को अकड़ कर–कुछ तल्खी से, तो किसी को थोड़ा नरमी से समझा रहा था कि साहब मिलेंगे सभी से। जिन-जिन लोगों की पर्ची भीतर गयी है, सबको बुलाया जायेगा। आप लोग यहाँ भीड़ न लगाइए। बाहर इन्तज़ार कीजिए।

प्रह्लाद जी को लगा कि जिलाधिकारी से मिलना मुश्किल है। पहले तो यहाँ से पर्ची भीतर जायेगी, फिर भीतर बैठा बाबू अपने हिसाब से या फिर साहब से पूछ कर लोगों को अन्दर बुलवायेगा। क्या पता, आज मिलना हो भी पायेगा या नहीं। फिर भी उन्होंने एक पर्ची पर लिख दिया—प्रो. परमवीर प्रह्लाद, रिटायर्ड प्रोफ़ेसर, चंडीगढ़ यूनीवर्सिटी, जस्ट फॉर कर्टसी मीटिंग। पर्ची अंग्रेज़ी में ही थी। उन्होंने पर्ची उस कुर्सी-मेज वाले बाबू को पकड़ाई कि तभी कड़क कुर्ता-पायजामा और क्रीम कलर की जैकेट पहने, माथे पर तिलक लगाये, बाहर खड़े लोगों का हाथ जोड़ अभिवादन करते एक नेता वहाँ नमूदार हो गये। उनके साथ में दस-बारह लोगों का जत्था भी था। उन नेताजी को देख कर कुर्सी-मेज़ वाला बाबू, प्रह्लाद जी की पर्ची हाथ में पकड़े हुए ही एकदम से खड़ा हो गया। वह पर्ची पढ़ भी नहीं पाया था। उसने नेताजी को सलाम ठोंकी और अगुवाई करते हुए उन्हें भीतर ले गया। वे भीतर गये, तो बाहर फुसफुसाहट उभरी-विधायक जी हैं, अब तो घण्टा-डेढ़ घण्टा कोई अन्दर जा ही नहीं सकता।

प्रह्लाद जी बरामदे की सीढ़ियाँ उतर कर सामने पेड़ के नीचे आकर खड़े हो गये। मगर उसी सिपाही ने, जिसने पहले कुर्सी-मेज़ वाले बाबू के पास भेजा था, उन्हें वहाँ से हट कर दूर खड़ा होने का आदेश दिया। प्रह्लाद जी वहाँ से खिसक कर दूसरे पेड़ के नीचे खड़ी प्रतीक्षारत भीड़ में शामिल हो गये।

पन्द्रह मिनट बीते होंगे कि विधायक जी अपने जत्थे के साथ जिलाधिकारी कार्यालय से बाहर निकले। जिस तरह हाथ जोड़े, लोगों का अभिवादन लेते-देते आये थे, उसी तरह हाथ जोड़े अभिवादन लेते-देते चले गये। अब भीड़ में प्रसन्नता की फुसफुसाहट उभरी थी, चलो जल्दी चले गये, नहीं तो न जाने कितना वक़्त बर्बाद होता। फिर भीड़ में जितने मुँह उतनी बातें। कुछ सयाने तो गर्व से यह भी बताने लगे कि विधायक किस काम से आये थे और जिलाधिकारी को क्या निर्देश देकर गये हैं। ख़ैर, भीड़ में बतकही चलती रही। उसी बीच पुकार लगती और भीड़ से निकल कर कोई उस पुकार के पीछे जिलाधिकारी कार्यालय में घुस जाता। फिर भीड़ की नज़रें उसके बाहर निकलने पर अटक जातीं।

प्रह्लाद जी हैरान हुए कि चार-पाँच पुकार के बाद ही जो पुकार लगी वह उनके नाम की थी—प्रोफ़ेसर परमवीर प्रह्लाद, चंडीगढ़ यूनिवर्सिटी। पहले तो उन्हें पुकार पर विश्वास नहीं हुआ। वे शायद ख़ुद को तैयार कर चुके थे कि बहुत बाद में उनकी बारी आयेगी। उन्होंने कन्धे पर टँगा झोला ठीक किया और उस पुकार के पीछे जिलाधिकारी कार्यालय में घुस गये। बड़ी-सी मेज पर गर्दन झुकाए जिलाधिकारी किसी काग़ज़ पर हस्ताक्षर कर रहे थे। उनके सामने की कुर्सियों पर चार-पाँच अफ़सर बैठे थे। प्रह्लाद जी ने कमरे में प्रवेश के साथ ही जिलाधिकारी को अभिवादन किया। जिलाधिकारी ने गर्दन झुकाए ही सवाल किया, 'आइए सर, बैठिये। यहाँ कैसे आना हुआ?'

'मेरा गाँव है यहाँ। सिधवल। यहीं आया हुआ था। सोचा आपसे मिल लूँ।' प्रह्लाद जी ने कहा।

अब जिलाधिकारी काग़ज़ पर से गर्दन ऊपर उठा कर प्रह्लाद जी पर केन्द्रित कर चुका था। तीस-बत्तीस साल का युवक। चेहरा आत्मविश्वास से भरा हुआ, चमकती आँखें। उसने कहा, 'ओक्के। जी, मेरे लायक कोई सेवा हो तो बतायें। मैंने आपको पढ़ा है।'

'अरे! पढ़ा है, मतलब!...' प्रह्लाद जी हैरान थे।

'आपके आर्टिकल्स। कामाकुरा वाला आर्टिकल तो गजब था। अभी तक याद है मुझे।' जिलाधिकारी ने कहा।

'यह तो गजब संयोग है। मैं तो आपसे मिलने आने से पहले न जाने कितनी आशंकाओं से घिरा हुआ था।' प्रह्लाद जी ने कहा।

'आप ग़लत नहीं थे सर, प्रशासन को लेकर आम धारणा यही है। ख़ैर, किसी ख़ास काम से आये हों, तो आदेश करें। दरअसल, आज हम जनसुनवाई करते हैं। महीने में एक दिन पूरी तरह जनता के लिए खुला रखते हैं। लोग अपनी समस्याएँ लेकर आते हैं, हम उनका समाधान करने का प्रयास करते हैं। बाक़ी दिन तो प्रशासनिक अफरा-तफरी लगी ही रहती है।'

प्रह्लाद जी के भीतर भरा धुआँ जैसे पूरी तरह निकल चुका था। उन्होंने झोले से काग़ज़ निकाले और जिलाधिकारी के आगे बढ़ा दिये थे।

जिलाधिकारी ने प्रपोज़ल को पढ़ा और फिर गर्दन ऊपर की, 'आपका प्रपोज़ल तो ठीक है। हमसे जो भी मदद हो सकेगी, ज़रूर करेंगे।' फिर

काग़ज़ को सामने बैठे अधिकारी की तरफ़ सरकाते हुए कहा, 'चौहान जी, सर बड़े विद्वान व्यक्ति हैं। इंटरनेशनली रिनाउंड प्रोफ़ेसर हैं। ये अपने गाँव के नौजवानों के लिए कुछ करना चाहते हैं। आप इनकी जो भी मदद हो सकती है, कीजिए।'

फिर जिलाधिकारी प्रह्लाद जी की तरफ़ मुख़ातिब हुए थे, 'ये चौहान साहब हैं, समाज कल्याण से सम्बन्धित काम इन्हीं के ज़िम्मे है। आप इनके सम्पर्क में रहिए। आपके ट्रस्ट का रजिस्ट्रेशन वग़ैरह सब करा देंगे। बता देंगे कि कैसे और क्या-क्या आपको प्रशासन से मदद मिल सकती है।'

चौहान ने फाइल को समेटते हुए आश्वस्त किया, 'कोई दिक़्क़त नहीं होगी सर।' फिर प्रह्लाद जी से मुख़ातिब हुए, 'आप मंडे को एक बार मेरे कार्यालय आ जायें, फिर विस्तार से बात कर लेंगे। यह मेरा कार्ड है। एक बार फ़ोन कर लेंगे आने से पहले, तो पता रहेगा कि मैं दफ़्तर में हूँ या नहीं। कई बार इधर-उधर जाना पड़ जाता है।' उसने प्रह्लाद जी की तरफ़ अपना विजिटिंग कार्ड बढ़ाया और हाथ जोड़ दिये।

यानी संकेत साफ़ था कि अब प्रह्लाद जी को वहाँ से उठ जाना चाहिए।

पाँच

जिला मुख्यालय से गाँव लौटते हुए प्रह्लाद जी के मन में स्वाभाविक उमंग थी। वे सोच रहे थे कि काश, प्रशासन का यह रवैया सभी के साथ होता, जैसा मेरे साथ रहा। प्रशासन और जनता के बीच इतनी दूरी न होती, तो शायद समाज में समस्याएँ भी इतनी न होतीं। जनता और प्रशासन के बीच भय और अविश्वास की एक गहरी अँधेरी खाई है। इसे प्रशासन ही पाट सकता है। मगर जनता ही शायद इस खाई को और खोद कर चौड़ा करने का प्रयास करती है। हर कोई तो ग़लत तरीक़े से अपना स्वार्थ साधने के प्रयास में लगा हुआ है। कैसे दूसरे को पटखनी देकर, प्रशासन का अनुचित लाभ उठा कर अपने हित में कोई फ़ैसला करा लें, यही प्रयास तो हर किसी का होता है। कहीं मैं भी तो प्रशासन का अनुचित लाभ नहीं ले रहा!...नहीं नहीं, मैं तो उचित तरीक़े से ही मदद माँगने गया था। इसमें मेरा अपना निजी स्वार्थ तो कुछ है नहीं। मैं व्यक्तिगत लाभ तो अर्जित नहीं करना चाहता। वह तो

जिलाधिकारी मेरे लेख पढ़ कर प्रभावित था, इसलिए उसके मन में मेरे प्रति थोड़ा सम्मान उपजा होगा। प्रशासन को भी भरोसा हो जाता है कि कोई आदमी उससे अनुचित लाभ नहीं लेना चाहता, तो वह उसके साथ ईमानदारी से खड़ा होने का प्रयास करता है। लोगों ने ही प्रशासन को बेईमान बना दिया है।

ये सब बातें सोचते-सोचते प्रह्लाद जी के मन में उस पुलिस वाले की छवि उभर आयी थी, जिसने बरसों पहले उनसे कहा था, 'क्या करें साहब, हम भी ईमानदारी से काम करना चाहते हैं, मगर लोग ही नहीं करने देते।' उसकी बात सुन कर प्रह्लाद जी चौकें थे।

दरअसल, घटना यों हुई थी कि प्रह्लाद जी के जान-पहचान के एक व्यक्ति पर्यावरण संरक्षण से सम्बन्धित एनजीओ चलाते थे। उन्होंने 'स्वच्छ शहर, सुन्दर शहर' अभियान के तहत घर-घर से कूड़ा-कचरा उठवाने का सरकारी प्रोजेक्ट ले रखा था। उनके सफ़ाई कर्मचारी ठेला गाड़ी लेकर घर-घर जाते, कूड़ा उठाते और उसमें गलनीय और अगलनीय कचरा छाँट कर अलग करते, फिर उसका निस्तारण करते। गलनीय कचरे से कम्पोस्ट खाद बनाते और बेचते थे। एक बार हुआ यों कि कॉलोनी के किसी घर में चोरी हो गयी। उसकी शिकायत पुलिस के पास गयी। जिनके घर में चोरी हुई थी, उन्होंने कूड़ा उठाने वाले दो लड़कों पर शक जताया था। पुलिस उन्हें उठा ले गयी। एनजीओ वाले सज्जन प्रह्लाद जी के पास आये और गुहार लगायी कि 'साहब, हमारे लड़कों को पुलिस ग़लत तरीक़े से पकड़ कर ले गयी है। हमारा तो काम ही रुक गया। लोग फ़ोन कर-कर के परेशान किये हुए हैं कि उनके घर का कचरा नहीं उठा। एक बार आप थाने चल कर बात करेंगे, तो शायद वे आपकी बात सुनेंगे।'

प्रह्लाद जी उन सज्जन के साथ सुबह-सुबह थाने गये थे। जो पुलिसकर्मी उन लड़कों को पकड़ कर ले गया था, उसे तलाशा। वह थाने के बाहर तने तम्बुओं में से एक से बाहर निकल कर आया। ऊपर बनियान और नीचे गमछा लपेटे हुए। प्रह्लाद जी ने उससे कहा था, 'आप शायद ग़लत लड़कों को पकड़ लाये हैं। वे बेचारे तो सुबह-सुबह कूड़ा उठाते हैं, दिन भर उन्हें छाँटते-निपटाते हैं। रहते भी यहाँ से दूर हैं। वे भला चोरी कैसे और क्यों करने आयेंगे। चोरी तो पेशेवर चोरों ने की होगी। उनकी तलाश कीजिए।'

उस पुलिसकर्मी पर शायद प्रह्लाद जी की बात का असर हुआ था। उसने तल्ख तेवर नहीं दिखाये। बहुत नरमी से कहा, 'चाय पीयेंगे साहब, बनाता हूँ आपके लिए।'

'नहीं नहीं, चाय की कोई ज़रूरत नहीं। आप तो हमारी इतनी भर मदद कीजिए कि किसी तरह उन दोनों लड़कों को छोड़ दीजिए। उनकी वजह से काम रुका हुआ है।' प्रह्लाद जी ने कहा था।

'अब आप आये हैं, तो छोड़ना तो पड़ेगा न सर। वैसे, आपकी बात सही है। ये दोनों लड़के नहीं, असली चोर कोई और ही है। यह बात तो मैं पहले से जानता हूँ। मगर क्या करूँ, शिकायतकर्ता ने चूँकि इन दोनों पर शक ज़ाहिर किया है, इसलिए इन्हें पकड़ना हमारी मजबूरी थी। जिनके घर चोरी हुई, वे भी प्रभावशाली आदमी हैं। आपकी तरह ही प्रोफ़ेसर हैं। अगर उनकी शिकायत पर हम कार्रवाई न करें, तो वे हमारे किसी बड़े अफ़सर को फ़ोन करके हमारी शिकायत करेंगे, किसी नेता को फ़ोन कर देंगे। मैंने उन दोनों लड़कों से बात की है, उनकी बातों से मुझे यक़ीन हो गया है कि चोरी उन्होंने नहीं की है। एकाध घण्टे में मैं नहा-धोकर तैयार हो लूँ, फिर उन्हें छोड़ने की कार्रवाई करता हूँ।'

प्रह्लाद जी ने कहा था, 'आप लोगों को तो आदमी की आँख में देख कर पता चल जाता होगा कि कौन अपराधी है, कौन नहीं।'

'दिन भर तो अपराधियों से ही हमारा पाला पड़ता है, सर। हम पहचान तो जाते हैं ऐसे लोगों को। मगर क्या करें, कई बार किसी दबाव में निरपराध को भी पकड़ना पड़ ही जाता है। हम भी ईमानदारी से काम करना चाहते हैं सर, मगर क्या करें, हमें लोग ईमानदारी से काम करने नहीं देते। अब आपको एक क़िस्सा सुनाता हूँ, आप कुर्सी ले लो, बैठ जाओ थोड़ी देर। मैं नया-नया भर्ती हुआ था। मेरी ड्यूटी लगी थी कैदियों को सुनवाई के वक़्त अदालत ले जाने की। एक दिन की बात है, मैं कैदियों को लेकर गया था अदालत। अदालत के बाहर कैदियों को गाड़ी में ही बैठा रखा था। तभी एक आदमी आया, उसने मेरी जेब में एक नोट ठूँसा, हाथ जोड़े और निहोरा किया कि मैं दूसरी तरफ़ मुँह फेर लूँ, ताकि वह जेल गाड़ी में बैठे अपने भाई को बीड़ी-माचिस का पैकेट दे दे। मैंने जेब में हाथ डाल कर वह नोट निकाला, देखा तो बीस रुपये

का नोट था। उन दिनों मेरी तनख़्वाह कोई बारह-तेरह सौ रुपये हुआ करती थी। बीस रुपये में तो हफ़्ते भर की सब्ज़ी आ जाती थी। मैं कभी उस बीस के नोट को देखता, कभी उस आदमी के चेहरे को। आख़िरकार मैंने नोट को जेब के हवाले किया और मुँह दूसरी तरफ़ फेर लिया। उस आदमी ने अपने भाई को बीड़ी-माचिस पकड़ाई और मुझे शुक्रिया कहते हुए दूसरी तरफ़ चला गया। वह मेरे जीवन की पहली रिश्वत थी। उस दिन के बाद से तो मैं पक्का रिश्वतखोर बन चुका हूँ।'

प्रह्लाद जी हैरान थे उस पुलिसकर्मी की साफ़गोई पर। हालाँकि आज तक यह समझ नहीं पाये हैं कि वास्तव में वह ईमानदार था या अपनी बेईमानी को ढँकने के लिए उसने वह कहानी गढ़ी थी। मगर उसे पूरी तरह ग़लत भी तो नहीं कहा जा सकता।

हालाँकि इसके उलट भी आम लोगों में तर्क चलता रहता है। प्रह्लाद जी के एक प्रोफ़ेसर मित्र तो न केवल रिश्वत को सेवा शुल्क के रूप में उचित ठहराते हैं, बल्कि इसके पक्ष में तर्क भी देते हैं कि 'देखो, अगर थोड़ी-सी रिश्वत देकर काम जल्दी हो जाये, तो उसमें अपना लाभ ही है। रिश्वत नहीं दोगे, तो कर्मचारी सौ नुक्ते निकाल कर दस बार उसे दुरुस्त करवायेगा, बार-बार रिजेक्ट करेगा, बार-बार अगले दिन बुलायेगा। इस तरह आपको कभी छुट्टी लेकर, तो कभी अपने ज़रूरी काम छोड़ कर उसके पास जाना पड़ेगा। आने-जाने में जो पैसा ख़र्च होगा, सो अलग। थोड़ी-सी रिश्वत देकर अगर काम तुरन्त हो जाये, अपने फेवर में हो जाये, तो सौ तरह की झंझटों से मुक्ति मिल जाती है। रोज़-रोज़ की भाग-दौड़, लाइन में लग कर अपनी बारी का इन्तज़ार करने से जान बचती है...तो रिश्वत देकर अपना ही तो फ़ायदा हुआ न।'

हालाँकि प्रह्लाद जी ने कभी इस तरह का कोई प्रयास नहीं किया। हमेशा नियम-कायदों का पालन करते हुए अपना काम कराया। वे यह बताते हुए गर्व का अनुभव करते हैं कि उन्हें कभी किसी काम के लिए किसी को रिश्वत देने की ज़रूरत नहीं पड़ी। नहीं तो लोग तो ड्राइविंग लाइसेंस बनवाने तक के लिए रिश्वत देते देखे जाते हैं। बल्कि ऐसे छोटे-मोटे कामों के लिए भी यह एक प्रथा-सी बन गयी है कि रिश्वत देकर ही काम हो सकता है।

वे ख़ुश थे कि जिलाधिकारी से बहुत आसानी से मुलाक़ात हो गयी और वे उसे अपनी बात समझाने में कामयाब रहे। उसने सम्बन्धित अफ़सर से भी ख़ुद परिचय करा दिया, इसलिए आगे भी काम में किसी तरह की अड़चन की आशंका नहीं रह गयी है। अब तो बस, मुझे ट्रस्ट के काग़ज़ात तैयार करके रजिस्ट्रेशन की प्रक्रिया शुरू कर देनी होगी।

रजिस्ट्रेशन की बात दिमाग़ में आते ही यह बात भी उनके मन में उभरी कि रजिस्ट्रेशन में उस जगह का भी तो उल्लेख करना पड़ेगा, जहाँ प्रशिक्षण केन्द्र खुलेगा। इसके लिए ज़मीन की पहचान करनी होगी। ज़मीन मगर कहाँ मिलेगी। क्या इसके लिए अपना ही कोई खेत चिह्नित कर दें। या कोई ज़मीन अलग से ख़रीदनी पड़ेगी। ज़मीन ख़रीदना तो महँगा काम है। मगर अपने किसी खेत में प्रशिक्षण केन्द्र खोलने के लिए, तो पहले प्रभुनाथ से राय-विमर्श करना पड़ेगा। वह इतनी आसानी से कोई खेत देने को तैयार भी होगा। मगर उसमें मेरा भी तो हिस्सा है, उसे देने से क्यों गुरेज होनी चाहिए। नहीं नहीं, इस तरह अपने हक़ का ज़िक्र करने से तो प्रभुनाथ के मन में भेद पैदा होगा। क्यों न गाँव की पंचायत में ज़मीन के लिए प्रस्ताव रखा जाये। आख़िर यह काम गाँव के लोगों के लिए ही तो करने जा रहे हैं। गाँव समाज की कोई ज़मीन होगी, उस पर केन्द्र खोला जा सकता है। गाँव समाज की ज़मीन ऐसे कामों के लिए देने में ग्राम प्रधान को कोई दिक़्क़त भी नहीं होनी चाहिए।

उनके दिमाग़ में ये सब बातें घुमड़ ही रही थीं, तरह-तरह के विकल्पों पर वे विचार कर ही रहे थे कि बस कंडक्टर ने आवाज़ लगाई कि उनका स्टॉप आ गया है। वे अपने विचारों से बाहर निकले और बस से उतर गये।

पाँच

शाम को प्रह्लाद जी घर पहुँचे, तो प्रभुनाथ के साथ रामबरन और हरेराम की चाय पर बतकही चल रही थी। आज मौसम सुहाना था, तो घर की सहन में ही प्लास्टिक की कुर्सियाँ बिछा ली गयी थीं। प्रह्लाद जी भी वहीं बैठ गये। चर्चा कलश यात्रा के दौरान हुई हिंसक वारदात को लेकर ही चल रही थी। बिजेन्दर सदा की तरह सेवा में तत्पर था। प्रह्लाद जी के लिए पीने का पानी लेकर आ गया। थोड़ी देर में चाय भी ले आया। प्रह्लाद जी के आने के बाद रामबरन ने बातचीत का विषय बदल दिया, 'कहाँ कहाँ घूम आये?'

‘बस जिला मुख्यालय गये थे। यहाँ कई दिन से घर में पड़े-पड़े ऊब गये थे। सोचा, शहर-बाज़ार घूम आना चाहिए।’ प्रह्लाद जी ने चाय की घूँट भर कर कहा।

‘हाँ भाई, शहर में रहने वाले आदमी के लिए गाँव में इस तरह बन्द रहना तो खलेगा ही। वहाँ चंडीगढ़ में तो चार लोगों से मिलना-जुलना रहता होगा। यहाँ हर कोई तो अपने-अपने काम में बझा हुआ है। फिर यहाँ किसी से बात भी कितनी हो पायेगी।’ रामबरन ने समर्थन किया।

तभी अरविन्द की मोटरसाइकिल घरघराते हुए वहाँ आकर रुकी। उसने मोटरसाइकिल से उतरते ही भड़भड़िया अन्दाज़ में कहना शुरू किया, ‘क्या चाचा, आप बताये नहीं कि डीएम साहब आपके परिचित हैं। आप चुपके से जाकर उनसे मिल आये।’

‘नहीं नहीं, परिचित नहीं हैं। मेरा लिखा हुआ पढ़ते रहे हैं, इसलिए जानते हैं।’

‘हमको बताया उनके सचिव ने। मैं गया वहाँ, तब तक आप निकल आये थे। वह बता रहा था कि आप कोई ट्रस्ट खोल रहे हैं।’ अरविन्द ने कहा।

‘...हाँ, ऐसा सोच रहे हैं अभी। उसी के बारे में जिलाधिकारी से चर्चा की थी। देखते हैं, अभी सबके साथ बैठ कर उस बारे में विचार-विमर्श करेंगे, फिर तय करेंगे कि क्या करना है, कैसे करना है।’ प्रह्लाद जी ने बात टालने की कोशिश की।

‘नहीं, विचार तो बहुत अच्छा है। अगर प्रशासन का सहयोग मिल जाये, तो इस विचार को क्रियान्वित करना चाहिए।’ हरेराम ने कहा।

प्रह्लाद जी ने सोचा, हरेराम भी कभी-कभी एकदम सरकारी भाषा बोलता है। दो दिन पहले तो ट्रस्ट के विचार का विरोध कर रहा था, अभी एकदम से समर्थन में उतर आया। उन्होंने हरेराम को आश्वस्त किया, ‘अभी यह विचार के स्तर पर ही है, आप लोगों से चर्चा करके ही इस बारे में कुछ रूपरेखा तय करूँगा। बिना आप लोगों की सलाह और सहयोग के मैं कर भी क्या सकता हूँ।’ फिर उन्होंने विषयांतर करने के इरादे से अरविन्द से पूछा, ‘और भाई पत्रकार साहब, क्या गतिविधि चल रही है। तुम तो उस दिन के बाद लौट कर आये ही नहीं।’

'अरे चाचा, क्या बताऊँ, बस भागदौड़ लगी हुई है। पिछले दो हफ़्ते में अपने ही आसपास दो बड़ी वारदात हो गयी। उधर लखनऊ भी जाना पड़ गया। यात्रा वाले दिन के बाद तो आज गाँव लौट रहा हूँ।'

'तुम्हारी रिपोर्टिंग देखता रहा हूँ। उससे तुम्हारी भाग-दौड़ का अन्दाज़ा लगता है। मगर तुम निष्पक्ष नहीं हो पाते। पक्षपात साफ़ नज़र आता है। थोड़ा ख़बर की तह में उतरो, तो सच्चाई सामने आ सकती है।'

'क्या करें चाचा...आप तो जानते हैं। जल में रह कर मगर से बैर करना सम्भव है क्या। जिसे आप पक्षपात कह रहे हैं, वह मेरा सुरक्षा कवच है। नहीं तो, रोज़ पुलिस थाने में परेड करता मिलूँगा। बड़े-बड़े पत्रकार तो निष्पक्ष हो नहीं पा रहे, हम जैसों की बिसात क्या।' अरविन्द ने बड़ी साफ़गोई से कहा।

इस बीच बिजेन्दर चाय लाकर अरविन्द को पकड़ा चुका था।

प्रह्लाद जी को उसके तर्क पर कोई टिप्पणी नहीं सूझ रही थी। चाय का घूँट भर कर अरविन्द ने फिर सफ़ाई दी, 'ऐसा नहीं चाचा, कि हम अपने काम के बारे में विचार नहीं करते। हम हर चीज़ पर विचार करते हैं। भाषा तक पर लगातार अध्ययन करते रहते हैं। हमने अपनी एक अलग भाषा बनायी है। एक अलग शैली विकसित की है। वही हमारी पहचान है। आपने उस दिन जो सलाह दी थी, उस पर मैंने बहुत गम्भीरता से विचार किया। मगर फिर लगा कि बेवजह सिर पर कफ़न बाँध कर व्यवस्था के आगे तलवार भाँजने का कोई फ़ायदा नहीं। चाचा, आप जिस पत्रकारिता और सरोकार की बात करते हैं, वह पुरानी बात हो गयी। अब न्यूज़ भी एक प्रोडक्ट है। उसकी ठीक से रैपिंग न करो, तो कोई देखता-सुनता नहीं। वैसे भी आज का ज़माना मनोरंजन का है, समाचार को भी उसी के अनुसार ढालना पड़ता है, तभी बिकता है। अब लोग समाचार को भी विचार के शरीर में देखना चाहते हैं, इसलिए केवल समाचार का कोई बाज़ार रह नहीं गया है। हमें समाचार को विचार में ढालना ही पड़ता है। मगर चिन्ता की बात नहीं, यह समय भी बदलेगा, चाचा। और हम पत्रकारिता भी करेंगे। ऐसा नहीं कि हमें साहसिक पत्रकारिता करने का मन नहीं होता या उसके लिए ज़ज़्बा नहीं है हम में, मगर अभी उसके लिए सही समय नहीं है। अभी जिस भाव से दाल-रोटी चल रही है, वही अपनाए रखना समझदारी है।'

प्रह्लाद जी ने कोई प्रतिक्रिया नहीं दी। उन्होंने महसूस किया कि अरविन्द वैसा बावला है नहीं, जैसा उन्होंने सोच लिया था। उसे ज़माने का रंग-ढंग पता है, अपने भले-बुरे की अच्छी समझ है। वह हवा को पढ़ना जानता है। पक्का असरवादी है। जैसे नब्बे फ़ीसद पत्रकार होते हैं, बिल्कुल वैसा ही।...इसे अब और पत्रकारिता का ज्ञान देने का कोई लाभ नहीं। इसे अपना लाभ स्पष्ट है। उनका मन तो था कि कलश यात्रा में घटी घटना की सच्चाई उससे जानें, उस पर चर्चा करें, मगर अब उन्हें वह भी जानने का मन नहीं हो रहा था।

फिर अरविन्द की बात को आगे बढ़ाया रामबरन ने, 'भाई, केवल विरोध के लिए विरोध करना भी समझदारी की बात तो होती नहीं। जो सच है और सार्थक है, वही करना और कहना चाहिए।'

प्रह्लाद जी समझ नहीं पाये कि रामबरन यह उपदेश उन्हें दे रहे हैं या अरविन्द को। और, इस उपदेश का मतलब क्या है। उन्हें लगा कि पत्रकारिता के उद्देश्य पर बहस करने से अच्छा है कि ट्रस्ट के असल मुद्दे पर ही बात कर ली जाये। आज नहीं तो कल, इस मुद्दे पर बात तो करनी ही है और इन्हीं लोगों के बीच बैठ कर बात करनी है, तो क्यों न अभी कर ली जाये, ताकि जल्दी आगे का रास्ता तय किया जा सके। उन्होंने कहा, 'ट्रस्ट का विचार तो है मेरे मन में। दरअसल, गाँव में नौजवानों के लिए एक प्रशिक्षण केन्द्र खोलने का मन है। उसका स्वरूप क्या होगा, यह तो कुछ विशेषज्ञों से राय-विमर्श करके ही तय होगा। मगर, अभी समस्या है कि केन्द्र खोलने के लिए ज़मीन कैसे मिलेगी।...कम से कम एक-डेढ़ एकड़ ज़मीन तो चाहिए ही इसके लिए।'

कहने के बाद प्रह्लाद जी ने थोड़ी देर विराम लिया। सामने बैठे चेहरों को पढ़ने का प्रयास किया। सबके चेहरे अचानक बुझ-से गये थे। उन पर शक की एक महीन लकीर उभर आयी थी। खासकर प्रभुनाथ और बिजेन्दर के चेहरे पर तनाव कस गया था। यानी, प्रह्लाद का शक निराधार नहीं था।

रामबरन ने कुछ अटकते, कुछ सोचते हुए, कुछ संकोच के साथ जवाब दिया था, 'देखिए भैया, इस मामले में अपनी जगह-ज़मीन फँसाने का तो कोई मतलब नहीं है। हाँ, परती-परास पड़ा हो कहीं, तो उसके बारे में सोचा भी जा सकता था, मगर आपके पास तो सारी खेतिहर ज़मीन है। उसको बर्बाद करने

में कोई समझदारी नहीं है, उसका कोई मतलब नहीं। चलो, कोई बहुत लाभ का काम शुरू कर रहे हों, कोई बड़ा कल-कारखाना लगाना हो, तो फिर भी एक बार को अपनी ज़मीन फँसाने के बारे में सोच सकते हैं। मगर यह काम तो मुफ्त का है, समाजसेवा के मक़सद से करना चाहते हैं। समाजसेवा के नाम पर अपनी पुश्तैनी जगह-ज़मीन चूल्हे में झोंक देना कोई अकलमन्दी तो कही नहीं जा सकती। बेचारे प्रभुनाथ और बिजेन्दर उस ज़मीन से कुछ गुज़ारा कर लेते हैं, वह भी आसरा छिन जायेगा।'

प्रह्लाद जी ने रामबरन को दुरुस्त किया, 'अरे नहीं, अपनी खेतिहर ज़मीन के बारे में तो सोच ही नहीं रहा। अगर ग्राम प्रधान से बात करके गाँव समाज की कोई ज़मीन मिल जाये पट्टे पर, तो आसानी हो जायेगी। नहीं तो, ज़मीन ख़रीदने में पैसा बहुत लगेगा। फिर, केन्द्र बनवाने में भी पैसा ख़र्च होगा। इतने धन का इन्तज़ाम करना मुश्किल हो जायेगा।' प्रह्लाद जी ने नोट किया कि अब सबके चेहरों का रंग कुछ बदल गया है। थोड़ी देर पहले जो सबके चेहरों पर तनाव उभरा था, वह पिघलने लगा है। प्रह्लाद जी जवाब का इन्तज़ार करने लगे।

जवाब रामबरन ने ही दिया, 'गाँव समाज की ज़मीन अब कहाँ ऐसी होती है, जिसे ग्राम प्रधान पट्टे पर दे सके। चार साल पहले चकबन्दी हुई थी, तो पता चला कि सब ज़मीन किसी न किसी के नाम चढ़ गयी है। पहले का प्रधान चंट था बहुत। परती-परास, ढूह-टीला सब तो लोगों ने जोत डाला है। चरागाह की ज़मीन तक नहीं बची है।'

'ग्राम पंचायत के आसपास तो ज़मीन है काफ़ी। वहीं थोड़ी ज़मीन मिल जाये, तो शुरू में एक छोटा केन्द्र ही खुल जाये। बाद में जैसी स्थिति होगी, उसका विस्तार करेंगे।' प्रह्लाद जी ने सुझाव दिया।

'हाँ, ऐसा हो तो सकता है। मगर उसके लिए पूरे गाँव की पंचायत बुलानी पड़ेगी। सर्वसम्मति से ही बात बन सकती है। अकेले ग्राम प्रधान कोई फ़ैसला करेगा, तो दस लोग उसमें टाँग अड़ायेंगे। बेमतलब केस-मुकदमा करेंगे।' हरेराम ने कहा था।

'डीएम चाहें तो ज़मीन भी दिलवा सकते हैं। उनको पावर है। ग्राम प्रधान को भी आदेश दे सकते हैं।' अरविन्द का सुझाव था।

'इसके लिए डीएम से क्या कहना। गाँव के लोगों के लिए केन्द्र खोल रहे हैं, गाँव के लोगों के सहयोग से ही चलना है उसे। मैंने तय कर रखा है कि इसके संचालन के लिए गाँव के लोगों की ही एक समिति गठित की जायेगी। मैं तो हमेशा यहाँ बैठा नहीं रहूँगा। गाँव की समिति ही इसे चलायेगी। गाँव से इसमें मदद की दरकार तो हमेशा रहेगी।' प्रह्लाद जी ने कहा।

'आप एक बार ट्रस्ट का बायलॉज तैयार कर लीजिए, फिर उसके आधार पर गाँव और पंचायत के लोगों से बात करने में आसानी हो जायेगी।...ज़रूरत पड़ेगी तो विधायक जी से इसमें मदद माँगेंगे।' अरविन्द ने कहा।

'ठीक है। यही बात मैंने सोची थी। मगर बात चल ही पड़ी, तो मैंने सोचा कि अभी इस पर विचार कर लेते हैं। फिर भी, ज़मीन तो पहली ज़रूरत है। आप लोग इस बारे में विचार कीजियेगा।' प्रह्लाद जी ने बात समाप्त करने के अन्दाज़ में कहा।

रात को खाना खाने के बाद आज प्रह्लाद जी बाहर की सड़क पर टहलने निकले थे। वे सोच रहे थे कि ज़मीन के सम्बन्ध में जो बात रामबरन ने कही, वह प्रभुनाथ के मन में भी कहीं न कहीं बैठ ही गयी होगी। उसे आशंका होगी कि कहीं मैं अपने हिस्से की ज़मीन हथियाने का कोई उपाय तो नहीं सोच रहा। कहीं मैं बँटवारा तो नहीं चाहता। एक तरह से बँटवारा तो पहले से हो चुका है। पिता जी के मरने के बाद जो ज़मीन उनके नाम थी, वह मेरे नाम चढ़ गयी थी। है ही कितनी ज़मीन, कुल साढ़े तीन बीघे के क़रीब। वह भी ऐसी जगह है कि वहाँ केन्द्र बनाने का कोई मतलब नहीं। वहाँ कोई सड़क तो है नहीं, चकरोड जाती है, जो ट्रैक्टर, कटाई मशीन वग़ैरह ले जाने के काम आती है। वैसे भी वह ज़मीन मैंने प्रभुनाथ को सौंप दी थी और यह आश्वासन भी दिया था कि उस ज़मीन पर मेरा कोई हक़ नहीं है। उस पर खेती करते रहो, वही मेरे लिए बड़ा सुख है। मैंने तो कभी उससे फसल की कोई क़ीमत भी नहीं माँगी, कभी बँटाईदार जैसा कोई व्यवहार नहीं रखा। इस तरह ज़मीन मेरे नाम होने के बावजूद बँटवारे जैसा कुछ नहीं है। उस ज़मीन पर प्रभुनाथ ही अपना हक़ समझता है। यही नहीं, जब भी उसे पैसों की ज़रूरत पड़ी है, मैंने उसकी मदद ही की है। कभी पैसों के लेन-देन का हिसाब नहीं

रहा हमारे बीच। जब उसकी बेटी की शादी हुई थी, तो लता ने ख़ुद बढ़-चढ़ कर दहेज का सारा इन्तज़ाम किया था। कभी गाँव के लोगों को हमने लगने ही नहीं दिया कि प्रभुनाथ मेरा चचेरा भाई है। इसीलिए तो जब भी मैं गाँव आता हूँ, वह और उसका परिवार मेरा इतना मान-सम्मान करता है। वह ऐसा कोई भेद ही नहीं समझता कि मैं उनके परिवार का हिस्सा नहीं हूँ। सगे भाई से बढ़ कर मुझे इज़्ज़त देते हैं। इनके व्यवहार के चलते ही तो मैंने चंडीगढ़ से गाँव आकर रहने का मन बनाया है, वरना यहाँ और मेरा आधार ही क्या है। न तो मैं अपने हिस्से की ज़मीन पर खेती करा सकता हूँ, न मेरे बच्चे कभी गाँव आकर खेती करने वाले। ज़मीन की बात उठने से स्वाभाविक ही, प्रभुनाथ और बिजेन्दर के मन में भेद उपजा होगा। अब तो बात रामबरन और अरविन्द के कान में भी पहुँच गयी है। अब किसी से छिपी रहने वाली नहीं। बात फैलेगी ही। कुछ खुराफाती गाँव वाले प्रभुनाथ और बिजेन्दर के कान में चार बातें फुसफुसा कर इस भेद को और बढ़ायेंगे। फिर तो मेरा यहाँ रहना मुश्किल हो जायेगा। प्रभुनाथ के मन से यह भ्रम निकालना ही पड़ेगा। उन्होंने सोचा कि क्यों न अपने हिस्से की ज़मीन प्रभुनाथ के नाम कर दूँ। मगर इसके लिए पहले बच्चों से भी विचार-विमर्श करना पड़ेगा। पर बच्चे इस पर एतराज़ तो करेंगे नहीं। उन्हें तो ख़ुशी ही होगी। वैसे भी गाँव की जगह-ज़मीन में उनकी कोई दिलचस्पी नहीं है। वे अपनी-अपनी दुनिया में मगन हैं। फिर भी एक बार बात तो करनी ही पड़ेगी। आज तक कोई भी पारिवारिक फ़ैसला मैंने अकेले नहीं किया है, घर के हर सदस्य से बात करके ही किया है। बेशक सबने मेरे हर फ़ैसले में मेरा साथ दिया है।

टहलते-टहलते उन्हें बच्चों से विचार-विमर्श का विचार मन में आया, तो यह भी याद आया कि उनसे बात किये कई दिन हो गये। बेटी ने नया घर ख़रीदा है, उसमें इंटीरियर का काम चल रहा था, पता नहीं अभी पूरा हुआ या नहीं। पहले बेटी को ही फ़ोन मिला कर बात करते हैं। और उन्होंने बेटी को फ़ोन मिला दिया।

उधर से चहकती हुई आवाज़ आयी, 'बहुत लम्बी उम्र है पापा आपकी। हम सोच ही रहे थे कि आपसे बात करेंगे, और देखो, आपका फ़ोन ही आ गया। ज़रूर हिचकी आयी होगी हमारे नाम की।'

'टेलीपैथी। तुम्हीं तो कहती हो।' प्रह्लाद जी ने कहा। 'क्या हाल है तुम्हारे घर का। अभी इंटीरियर का काम पूरा हुआ या नहीं?'

'लगभग हो ही गया है पापा। इस वीकेंड तक ख़त्म हो जायेगा। फिर हम शिफ़्ट भी कर जायेंगे। अब आप हमारा घर देखने के बहाने ही सही, जल्दी आ जाइए टोक्यो। यहीं कुछ दिन रहिए। अपनी पुरानी यादें ताज़ा कीजिए।'

'हाँ, अब तो आना ही पड़ेगा। बनाता हूँ प्रोग्राम। अभी तो गाँव में ही हूँ।'

'प्रभुनाथ चाचा कैसे हैं। बिजेन्दर भैया!...अब तो उनके बच्चे बड़े हो गये होंगे।'

'हाँ, सब ठीक-ठाक हैं। मेरा बहुत ध्यान रखते हैं। अच्छा सुनो, मैंने तुम्हें फ़ोन इसलिए किया कि मेरे मन में विचार आया है कि गाँव की जो ज़मीन मेरे नाम है, उसे बिजेन्दर के नाम कर दूँ। तुम लोग तो गाँव आने से रहे। मैं यहाँ रह कर खेती-बाड़ी कराऊँगा नहीं। बरसों से तो यही लोग खेतीबाड़ी सँभाल रहे हैं। तो, क्यों न ज़मीन इन्हीं के नाम कर दी जाये। जो खेत को जोते-बोए, साज-सँभाल करे, उस पर उसका ही हक़ होना चाहिए। क्यों?'

'अगर आपको ऐसा लगता है, तो कर दीजिए उनके नाम। बेचारे उनके गुज़ारे का सहारा तो खेतीबाड़ी ही है।'

'चलो, मैं आश्वस्त हुआ। अब इस बारे में अभय से भी चर्चा कर लेता हूँ। कहीं उसे इस पर एतराज़ न हो।'

'उसे क्यों एतराज़ होगा। वह कौन-सा गाँव जाने वाला है।'

'फिर भी, उसकी राय लेना मेरा फ़र्ज़ है। और बताओ, तुम मुझे क्यों फ़ोन करने वाली थी। कोई ख़ास बात तो नहीं।'

'हाँ, बात तो ख़ास ही है। वैभव की बहन की शादी तय हो गयी है। अक्तूबर में शादी है। पापा जी का फ़ोन आया था। उसमें हमें कुछ कंट्रीब्यूट करने को कह रहे थे। मगर हम तो फ़िलहाल बिल्कुल ख़ाली हाथ हो गये हैं। अगर आप उन्हें दस लाख रुपये दे सकें, तो हम धीरे-धीरे उसे आपको लौटा देंगे।'

'अच्छा ठीक है। चंडीगढ़ पहुँच कर देखता हूँ कि कितना कर सकता हूँ। मैं तुम्हारे इंडिया वाले अकाउंट में ही डाल दूँगा। तुम उन्हें भेज देना। मेरा सीधे उनको भेजना अच्छा नहीं लगेगा। इस बारे में उनसे चर्चा भी मत करना।

और उसे लौटाने का भार दिमाग़ पर बिल्कुल मत रखना। अगर कभी ज़रूरत होगी, तो मैं माँग लूँगा तुम लोगों से।'

'ठीक है पापा। अब आप जल्दी आ जाइए हमारा घर देखने।' बेटी ने कहा।

प्रह्लाद जी बेटी से बात करते-करते कब घर की तरफ़ लौट पड़े थे, उन्हें पता ही नहीं चला। घर पहुँचे तो प्रभुनाथ अकेले बैठे टीवी पर समाचार सुन रहे थे। प्रह्लाद जी भी वहीं बैठ गये।

'प्रभुनाथ, मैंने तय किया है कि अपने नाम की ज़मीन बिजेन्दर के नाम कर दूँ। एक-दो दिन में कचहरी जाकर यह काम कर ही देता हूँ।' प्रह्लाद जी ने कहा।

उन्होंने नोट किया कि प्रभुनाथ चौंके थे, 'अचानक यह विचार आपके दिमाग़ में क्यों आया? आपकी ज़मीन तो वैसे भी हम ही जोत-बो रहे हैं।'

'हाँ, वह तो ठीक है। पर, किसी भी तरह की शक की कोई गुंजाइश क्यों रहे। कल को गाँव वाले यह न कहें कि रिटारमेंट के बाद मैं गाँव इसलिए ज़्यादा आने-जाने लगा हूँ कि ज़मीन पर अपना हक़ जताता हूँ। मगर, न तो मैं यहाँ रह कर खेती करा सकता हूँ, न मेरे बच्चे यहाँ कभी रहने आयेंगे। फिर, जीवन का क्या ठिकाना, बाद में कोर्ट-कचहरी के चक्कर लगाने पड़ें आप लोगों को, इससे बेहतर है कि अभी इसे फाइनल कर दें। आप लोग मेरा इतना मान-सम्मान करते हैं, यह क्या मेरे लिए कम है।'

'अरे भइया, कैसी बातें कर रहे हैं आप। आप हमारे परिवार के मुखिया हैं, भले दूर रहते हैं तो क्या, हम तो आप ही को अपना मुखिया मानते हैं। बताइए, कोई ऐसा काम हो, जो हमने बिना आपकी सलाह लिए किया हो।'

'इसी भरोसे के साथ तो यहाँ आकर रहने का मन बनाया है, नहीं तो वहीं न रहता अकेले। मगर मैंने बच्चों से भी राय-बात कर ली है, मेरे नाम की ज़मीन बिजेन्दर के नाम ही की जायेगी। वह भी मेरा ही बच्चा है। इतनी सेवा करता है।'

'वह तो ठीक बात है भइया, मगर अभी ज़मीन को लेकर ऐसा क़दम उठाने की जल्दी क्या है। ज़मीन रहेगी, तो इसी के ज़रिये बच्चों का भी सम्बन्ध जुड़ा रहेगा। कभी तो गाँव आ सकेंगे। आप ज़मीन बिजेन्दर के नाम कर देंगे, तो उन्हें लगेगा कि यहाँ गाँव में तो उनका कुछ है ही नहीं।'

‘लगाव मन से होता है, न कि ज़मीन-जायदाद से। अगर वे गाँव से लगाव महसूस करेंगे, तो ज़मीन रहे न रहे, आयेंगे ही। लगाव नहीं होगा, तो कभी नहीं आयेंगे। हाँ, कल को उनके मन में पाप समाया, तो बँटवारा करके ज़मीन बेचने के लिए ज़रूर आ सकते हैं। आजकल के बच्चों को पैसी की तंगी तो हमेशा बनी रहती है। उनके ख़र्च की कोई सीमा तो है नहीं। इसलिए जो करना है, समय रहते कर लेने में ही समझदारी है। फिर यह भी है कि मेरे बाद ज़मीन को अपने नाम कराना थोड़ा कठिन हो जायेगा। बच्चों से परमीशन लेनी होगी, वह टेढ़ा काम होगा तुम लोगों के लिए। वे दोनों विदेश में हैं, यहाँ कचहरी में आकर परमीशन कैसे दे पायेंगे।’

प्रभुनाथ उनकी बात सुन कर चुप रहे। कोई प्रतिक्रिया नहीं दी।

प्रभुनाथ से बात करते-करते प्रह्लाद जी को ध्यान आया कि उन्होंने अभय से तो बात की ही नहीं। उन्होंने मोबाइल पर नज़र डाली, नौ बजने को थे। अभी तो वहाँ शाम हुई होगी। सब कामकाज से घर लौट आये होंगे। खाने-पीने की तैयारी कर रहे होंगे। इस वक़्त बात करने में कोई दिक़्क़त नहीं है। प्रह्लाद जी उठ कर अपने कमरे में आ गये थे।

जैसे ही वे कमरे में घुसे और लाइट जलाई, दो कबूतर डर कर पंख फड़फड़ाते हुए कमरे में इधर से उधर उड़ने लगे। वे थोड़ा-सा डर गये थे, पर फिर जल्दी ही ख़ुद को संयत कर लिया था। उन्होंने ध्यान दिया कि कमरे के बाहरी तरफ़ की खिड़की खुली रह गयी थी। उसी से अन्दर आये होंगे कबूतर। यह भी अजीब है। अब गावों में भी ये काले कबूतर पैदा होने लगे। शहरों में तो ख़ूब होते हैं। हर मुहल्ले, हर इमारत में इनके झुंड तैरते नज़र आते हैं। मगर गाँवों में इस तरह के कबूतर पहले नहीं हुआ करते थे। गाँव भी शहर बनते जा रहे हैं, तो शहरी चलन के साथ-साथ वहाँ का पारिस्थितिकी तन्त्र भी तो यहाँ विकसित होगा ही। प्रह्लाद जी के मन में ये बातें घुमड़ीं। उन्होंने बड़ी मुश्किल से उन कबूतरों को हाँक कर दरवाज़े की तरफ़ से बाहर निकाला। फिर उन्हें शक हुआ कि न जाने ये दोनों कबसे यहाँ बैठे थे, कहीं गन्दगी न फैला दी हो। उनकी शंका सही निकली। किताबों की अलमारी पर, जहाँ वे बैठे थे, गन्दगी फैला ही गये थे। उनके मन में एक अजीब तरह की वितृष्णा पैदा हो गयी।

ख़ैर, उन्होंने उस तरफ़ से ध्यान हटा कर अभय को फ़ोन मिला दिया। फ़ोन उसके बेटे अनंग ने उठाया था, ‘गुड इवनिंग दादू, कैसे हैं आप?’

‘गुड इवनिंग मेरे बच्चे, मैं बिल्कुल ठीक हूँ। आप कैसे हैं? आज पापा के फ़ोन पर आपका क़ब्ज़ा है!’ प्रह्लाद जी ने पोते को दुलारते हुए कहा।

‘नहीं, फ़ोन यहीं पड़ा था। वे तो मम्मी से लड़ाई कर रहे हैं उधर दूसरे कमरे में।’ पोते ने कहा।

सुन कर प्रह्लाद जी को धक्का लगा। पोते की आवाज़ सुन कर ख़ुशी की जो लहर उनके भीतर उठी थी, वह एकदम से शान्त हो गयी। उन्हें तुरन्त कुछ नहीं सूझा कि वे पोते की इस बात पर क्या प्रतिक्रिया दें। फिर भी उन्होंने ख़ुद को सन्तुलित किया। सोचा कि माता-पिता के झगड़े का सबसे बुरा असर बच्चों के मन पर पड़ता है। इसलिए इस वक़्त बच्चे को नार्मलाइज करना बहुत ज़रूरी है। उन्होंने अपने स्वर में बनावटी चहक बनाये रखते हुए कहा, ‘पति-पत्नी का रिश्ता ही ऐसा होता है। छोटी-छोटी बातों पर तकरार हो जाया करती है। आप जब बड़े होंगे, तो इस बात को समझेंगे। इसे लेकर बहुत परेशान होने की ज़रूरत नहीं है। अभी लड़ेंगे, फिर मम्मी-पापा में मेल-मिलाप भी हो जायेगा।’

‘अरे नहीं दादू, इनका तो रोज़ का ही हो गया है। कोई दिन नहीं जाता, जब दोनों किसी न किसी बात पर लड़ते नहीं। फिर, दोनों की बोलचाल बन्द रहती है। बीच में हम पिसते रहते हैं।’

‘अच्छा!...फिर तो गम्भीर बात है। मैं घुमाता हूँ उन दोनों के कान। और आप क्या कर रहे हैं इस वक़्त।’

‘होमवर्क कर रहा था।’

‘और हमारी नन्ही परी क्या कर रही है?’

‘वह मेरे पास ही बैठ कर खेल रही है।’

‘ओके। आप लोग अपना काम कीजिए, फिर बात करेंगे फुर्सत में, संडे को। और हाँ, चिन्ता बिल्कुल मत कीजिए, मैं हूँ न। सब ठीक कर दूँगा। बाय, गुडनाइट।’

‘गुडनाइट दादू।’

छह

पोते से बात करने के बाद प्रह्लाद जी का मन कसैला हो गया था। अब उनके भीतर पोते का वह वाक्य लगातार गूँज रहा था–‘अरे नहीं दादू, इनका तो रोज़ का ही हो गया है। कोई दिन नहीं जाता, जब दोनों किसी न

किसी बात पर लड़ते नहीं। फिर दोनों की बोलचाल बन्द रहती है। बीच में हम पिसते रहते हैं।' यह सोच-सोच कर उनकी पीड़ा गहरी होती जा रही थी कि माँ-बाप के झगड़े में बच्चों का बचपन तनाव में गुज़र रहा है। क्या तो वे पढ़ाई-लिखाई पर ध्यान दे पाते होंगे, क्या तो अपने दोस्तों के सथ सहज होकर बातचीत कर पाते होंगे। बच्चों का विकास तो ख़ुशगवार, पॉजीटिव एनवायरमेंट में ही हो पाता है। अभय और उसकी बीवी स्वाति एक-दूसरे का ग़ुस्सा बच्चों पर भी निकालते होंगे। कहाँ तो वे साथ मिल कर कभी बच्चों के साथ ख़ुशगवार दिन बिताते होंगे।

ज़रूर हमारे संस्कार में ही कोई कमी रह गयी। क्या अभय की हमने ऐसी ही परवरिश की कि वह अपनी बीवी के साथ तालमेल बिठा कर समरस ज़िन्दगी न बिता सके। शादी तो स्वाति के साथ उसने अपनी पसन्द से ही की थी। वह उसे वहीं सिंगापुर में मिली थी। साथ काम करती थी। उसका परिवार दिल्ली में रहता है। दिल्ली में ही उसकी पढ़ाई-लिखाई हुई। हमने तो उन दोनों की शादी का कोई विरोध भी नहीं किया था। शादी के सारे रस्मो-रिवाज कराये थे। तब उन दोनों को देख कर तो यही लगता था कि वे एक-दूसरे के लिए ही बने हैं। लता भी बहुत ख़ुश थी कि बहू एकदम अभय के लायक मिली है। कभी उन दोनों ने ज़ाहिर नहीं होने दिया कि कब उनके बीच मनमुटाव उभर आया है। आपस में ही लड़ते रहे होंगे। परिवार के साथ अगर वे अपने मतभेदों को साझ कर लेते, तो शायद आज यह स्थिति न आती कि उनके रिश्ते इस कदर बिगड़ जाते। परिवार रिश्तों की दरार में सीमेंट भर देता है। रिश्तों की मज़बूती बनाये रखता है। गाँवों में आज भी इसीलिए तलाक के मामले नहीं होते कि परिवार और समाज उन मतभेदों को दूर कर दिया करता है। दोनों को समझा-बुझा कर समझौते करा दिया करता है। मगर आजकल के बच्चे परिवार से अपने मतभेद ज़ाहिर ही नहीं करते। उन्होंने परिवार का मतलब अपने दो प्राणियों और बच्चों को मान लिया है।

नहीं, इस रिश्ते को तो किसी भी तरह बचाना होगा, नहीं तो बच्चों की ज़िन्दगी ख़राब हो जायेगी। स्वाति के मम्मी-पापा से बात करूँगा। हम जायेंगे सिंगापुर। उन्हें समझाए-बुझायेंगे। परिवार सामने होगा, तो उन्हें अपनी ग़लतियों का एहसास भी होगा। पति-पत्नी के रिश्तों में छोटी-छोटी बातें तूल

पकड़ते-पकड़ते बड़ी हो जाती हैं। दोनों में से कोई झुकना नहीं चाहता और दोनों के अहंकार टकराने शुरू हो जाते हैं। आमतौर पर बच्चे दोनों के रिश्तों में मज़बूती लाते हैं, मगर वह तत्त्व कमज़ोर पड़ता गया है, इसका मतलब है कि तल्खी कुछ ज़्यादा बढ़ गयी है। इसके पहले कि वे दोनों कोई ग़लत निर्णय कर बैठें, इस तल्खी को दूर करना बहुत ज़रूरी है।

आजकल काम के दबाव में भी पति-पत्नी के रिश्ते बहुत ख़राब हो रहे हैं। दोनों कामकाजी होते हैं और दोनों की अपनी कामकाजी ज़िम्मेदारियाँ होती हैं, तो परिवार की ज़िम्मेदारियाँ दरकिनार होती ही हैं। ज़्यादातर झगड़े इसी वजह से होते हैं। उनके कामकाजी और पारिवारिक जीवन के बीच पैदा हो गयी विसंगतियों को दूर करना ही होगा।...

प्रह्लाद जी ने तय किया कि वे सुबह होते ही सबसे पहले स्वाति के पापा से बात करेंगे। जल्दी ही सिंगापुर जाने की तैयारी करेंगे। नहीं, इस बारे में स्वाति और अभय को पहले से बिल्कुल नहीं बताना है। मुझे अब चंडीगढ़ वापस लौटना होगा। यहाँ के लिए जो काम सोचा है, वह बाद में आकर करेंगे, पहले बच्चों के परिवार को टूटने से बचाना ज़रूरी है।

प्रह्लाद जी की बेचैनी बढ़ती जा रही थी। वे बिस्तर से उतर कर कमरे में टहलने लगे थे। उन्हें समझ नहीं आ रहा था कि क्या करें। क्या अभय से फ़ोन पर बात करें!...नहीं, फ़ोन पर बात करने से बात नहीं बनेगी। जाना ही होगा सिंगापुर। इसी उधेड़बुन में उन्होंने स्वाति के पापा को फ़ोन मिला दिया। पूरी रिंग जाने के बाद फ़ोन बन्द हो गया। प्रह्लाद जी ने सोचा कि शायद सो गये होंगे। मगर शहरों में तो लोग देर तक जागते हैं। कोई बात नहीं, सुबह बात करेंगे। मगर, अगर वे सोए भी होंगे, तो अभी कच्ची नींद होगी। फ़ोन की घण्टी से खुल ही गयी होगी। ऐसा भी तो हो सकता है कि फ़ोन को साइलेंट मोड पर रख रखा हो। क्या पता तबीयत ठीक न हो और डिस्टर्ब न होना चाहते हों। कहीं वे मेरा फ़ोन अवॉइड तो नहीं कर रहे। मगर ऐसा वे क्यों करेंगे। कहीं बच्चों के रिश्तों की तल्खी हमारे रिश्तों में भी तो नहीं पसरनी शुरू हो गयी है।

अब प्रह्लाद जी ने सिगरेट सुलगा ली थी। वे खिड़की पर खड़े होकर सिगरेट का कश लेते रहे। भीतर आशंकाओं और बुरे विचारों का धुआँ गहरा होता रहा। वे समझ नहीं पा रहे थे कि फ़िलहाल क्या करें। रात को तो कुछ किया भी नहीं जा सकता। ऐसा करता हूँ कि कल दिल्ली चला जाता हूँ, वहाँ

स्वाति के परिवार से मिल कर आगे का तय करता हूँ। यह विचार उनके मन में दृढ़ हो गया, तो उन्होंने कुछ हल्कापन महसूस किया। उन्होंने फ़ोन उठा लिया कि कल दोपहर या शाम की दिल्ली की कोई फ्लाइट बुक करते हैं। उन्होंने फ्लाइट के बारे में जानकारी लेना शुरू ही किया था कि स्वाति के पापा का फ़ोन आ गया। अब उन्हें और थोड़ी राहत मिली कि चलो, उसके परिवार वाले उन्हें नज़रअन्दाज़ नहीं कर रहे। अब कुछ सार्थक बातचीत हो सकेगी। कोई न कोई सही रास्ता निकल सकेगा।

उन्होंने फ़ोन रिसीव किया तो छूटते ही उधर से आवाज़ आयी, 'माफ़ कीजियेगा भाई साहब, फ़ोन बेडरूम में रखा था। हम ड्राइंरूम में टीवी देख रहे थे। पता ही नहीं चला। जी, बताइए कैसे हैं?'

'सब ठीकठाक है। मैं तो गाँव में हूँ। दरअसल, आज अभय को फ़ोन मिलाया था, तो अनंग ने फ़ोन उठाया। उसी से पता चला कि अभ्युदय और स्वाति के बीच कुछ ठीक नहीं चल रहा। तब से चिन्ता बढ़ गयी है।' प्रह्लाद जी ने बात को इधर-उधर घुमाने के बजाये सीधे कहा।

'...हाँ, भाई साहब, इस बात की भनक तो हमें भी है। स्वाति की मम्मी ने बताया था मुझे। मैंने उन दोनों को फ़ोन पर समझाया भी था। मगर कोई फ़र्क़ नहीं पड़ा है शायद। हम भी समझ नहीं पा रहे कि क्या करना चाहिए। बच्चे दुखी होते हैं, तो हमारा भी मन दुखी होता ही है।'

'हम तो इस बारे में आपस में चर्चा कर ही सकते थे। आप मुझे बताते। माता-पिता के नाते हमारा फ़र्ज़ है कि बच्चों के रिश्तों में अगर किसी तरह की खटास आ गयी है, तो उसे दूर करें। उन दोनों के रिश्तों का असर आख़िरकार उनके बच्चों पर भी पड़ रहा है। वे बेचारे, तो अभी बहुत छोटे हैं। ख़ैर, अभी देर नहीं हुई है। मैं कल या परसों दिल्ली पहुँच रहा हूँ। आप दो दिन काम से छुट्टी ले लीजिए। हम चलेंगे सिंगापुर। मैं आपका भी टिकट करा रहा हूँ। हम वहीं जाकर सुलझायेंगे दोनों के मतभेद को। हम सामने होंगे, तो उसका असर पड़ेगा। फ़ोन पर बात करने से कुछ नहीं होगा।'

'हम तो सोच रहे थे कि आपको इस बारे में पता ही होगा। संकोच में इस मामले में बात नहीं कर रहे थे।...अब आप जैसा फ़ैसला करें। जब आप कहेंगे, मैं छुट्टी ले लूँगा।'

'आप अभी मुझे अपने पासपोर्ट की कॉपी भेज दीजिए। मैं अपने ट्रेवेल एजेंट को भेज कर आगे की कार्रवाई करता हूँ, फिर बताता हूँ आपको।'

'ठीक है, भाई साहब। मैं भेजता हूँ।'

प्रह्लाद जी थोड़े सामान्य हुए थे। वे बिस्तर पर आकर लेट गये। मगर भीतर की उधेड़-बुन बन्द नहीं हुई। अब भी उनके भीतर पोते का वह वाक्य गूँज रहा था, 'अरे नहीं दादू, इनका तो रोज़ का ही हो गया है। कोई दिन नहीं जाता, जब दोनों किसी न किसी बात पर लड़ते नहीं। फिर दोनों की बोलचाल बन्द रहती है...बीच में हम पिसते रहते हैं।'

यह वाक्य उन्हें विचलित कर रहा था। बाहर झींगुरों का शोर था। पास के पीपल पेड़ पर रात का कोई पंछी लगातार टुट टुट बोल रहा था। इस शोरोगुल में पोते का वाक्य अलग से सुनाई दे रहा था। तभी उन्होंने महसूस किया कि डुगडुगी की आवाज़ भी आनी शुरू हो गयी है। अपनी तय दिशा, अपने तय स्थान से। तय तरंग दैर्ध्य के साथ। इस वक़्त इन ध्वनियों से उन्हें ख़ासी चिड़चिड़ाहट हो रही थी। कानों में चुभ-सी रही थीं। इस वक़्त उनके दिमाग़ में पोते और अभय का चेहरा ही प्रमुखता से उभर रहे थे। उन्हें अभय पर कुछ क्रोध भी आ रहा था। परिवार को सँभालने की ज़िम्मेदारी आख़िरकार पुरुष की होती है। अगर कुछ मामलों में झुकना भी पड़े, तो झुक कर परिवार में शान्ति बनाये रखने की कोशिश करनी चाहिए। मगर मेल ईगो कब और कैसे अभय में इतना जड़ें जमाता गया कि वह परिवार की शान्ति से ऊपर उसे रखने लगा। अगर परिवार में कलह पैदा होता है, बना रहता है, तो दोष आख़िरकार पुरुष का ही माना जाता है। यह अभय की ही कमज़ोरी है कि वह स्वाति को अपने ढंग से या ख़ुद को स्वाति के ढंग से ढाल न सका।

स्वाति के परिवार वाले भी अजीब हैं, उन्हें पता है कि उनकी बेटी के वैवाहिक जीवन में कलह पैदा हो गया है, फिर भी हाथ पर हाथ धरे बैठे हुए हैं। मुझे भी बताना ज़रूरी नहीं समझा। न सही सलाह के लिए, शिकायत के लिए ही सही, मुझे बता तो देते। मगर उनका भी दोष शायद उतना नहीं। स्वाति के पिता लोहे के फर्नीचर का कारोबार करते हैं। करोलबाग में उनकी बड़ी दुकान है। व्यवसायी आदमी का मिज़ाज थोड़ा अलग होता है। वे शायद इस

मामले को छिपाये रखना चाहते होंगे। बदनामी के डर से किसी से चर्चा नहीं करना चाहते होंगे। मगर यह कोई ऐसी बात तो नहीं कि अपने लोगों से छिपाई जाये। आख़िर इसका समाधान अपने ही तो मिल-बैठ कर निकाल सकते हैं।

प्रह्लाद जी ने फिर से एक सिगरेट सुलगा ली और कमरे में टहलते हुए पीते रहे। एक बार को तो उनका मन हुआ कि अभय को फ़ोन मिला कर उसे अभी फटकार लगा दें। मगर यह सोच कर ख़ुद को रोक लिया कि नहीं, वहीं चल कर मामले को समझेंगे और निपटारा करेंगे। अभी किसी तरह की डाँट-फटकार ठीक नहीं। मुझे अपने को ठण्डा रखना होगा। मेरा ग़ुस्सा मामले को और बिगाड़ सकता है। सुबह होते ही सबसे पहला काम ट्रेवेल एजेंट को डाक्यूमेंट्स भेज कर सिंगापुर का टिकट कराना है।

सिगरेट खिड़की के बाहर फेंक कर बिस्तर पर लेट गये। कुछ देर करवट बदल-बदल कर सोने का प्रयास करते रहे, मगर नींद आ ही नहीं रही थी।

अचानक उन्हें महसूस हुआ कि ठण्ड लग रही है, फिर थोड़ी देर में ही पसीना छूटने लगा। माथे पर पसीना चिलक उठा। उन्हें इस असामान्य बदलाव से चिन्ता कुछ बढ़ गयी। उनका ध्यान अपनी शारीरिक प्रतिक्रिया पर केन्द्रित हो गया था। जिस तरह के लक्षण उभर रहे थे, उनके बारे में सोच कर उनकी घबराहट बढ़नी शुरू हो गयी थी। उन्होंने महसूस किया कि कन्धों में भी कुछ जकड़न हो रही है। वे समझ गये कि ये तो स्ट्रोक के लक्षण हैं। उन्होंने पानी पीया। कमरे में टहलना शुरू कर दिया। फिर बिस्तर पर लेट कर दोनों टाँगों को नब्बे अंश पर उठा कर कुछ देर रोके रखा। ऐसा दो-तीन बार किया। फिर बैठ कर अनुलोम-विलोम करके शरीर की हलचलों को सामान्य करने का प्रयास किया। मगर इससे उन्हें कोई ख़ास लाभ अनुभव नहीं हुआ।

उन्होंने मोबाईल में समय देखा, दो बजने को थे। इस वक़्त किसे जगा कर अस्पताल ले चलने को कहा जाये। वे सोच रहे थे। नहीं, सब ठीक हो जायेगा। मैं अभी जगा हुआ हूँ, इसलिए कोई ख़तरा नहीं है। वे कन्धों को मलते रहे। कुछ-कुछ देर पर लेट कर टाँगों को ऊपर की तरफ़ उठा कर रोकते और फिर सामान्य अवस्था में लेट जाते। फिर कमरे में टहलने लगते।

यहाँ आसपास अस्पताल तो ज़रूर खुल गये हैं, मगर उनमें कार्डियोलॉजी डिपार्टमेंट कैसा है, दिल के दौरे आदि के उपचार की कैसी व्यवस्था है। कोई क़ाबिल डॉक्टर उनमें है भी या नहीं। अनाड़ी डॉक्टरों के हाथ पड़ कर तो

समस्या को और बढ़ा ही लेना होगा। यह कोई समझदारी की बात नहीं होगी। बनारस ही जाना अच्छा रहेगा। अपने मित्र अंबिकामणि बीएचयू में फिजिक्स के प्रोफ़ेसर हैं, उनसे मदद मिल सकती है। वहाँ योग्य डॉक्टर हैं। तुरन्त अच्छा इलाज मिल जायेगा। मगर, बीएचयू है तो सरकारी अस्पताल। उसमें डॉक्टर कितनी तत्परता दिखायेंगे, कहना मुश्किल है। मेरे पास हेल्थ इंश्योरेंस तो है ही, वहाँ किसी बड़े निजी अस्पताल में जाना ही बेहतर रहेगा। बाद में स्थिति कुछ बेहतर होगी, कोई ख़तरा नहीं रह जायेगा, तो बीएचयू के डॉक्टरों से भी सलाह ले लेंगे।

मगर इस वक़्त किसे जगा कर बनारस चलने को कहें। रामबरन ही अपनी गाड़ी से लेकर जा सकते हैं। पर, इस वक़्त उन्हें जगाना ठीक नहीं जान पड़ रहा। कुछ देर और देखते हैं, शायद आराम मिल जाये।

और सचमुच थोड़ी देर बाद उन्हें आराम महसूस होने भी लगा था। मगर जिस तरह उन्हें घबराहट और बेचैनी महसूस होने लगी थी, वैसा तो पहले कभी नहीं हुआ था। इसलिए उन्होंने उसे बहुत हल्के में नहीं लिया। इस समस्या को टालना ठीक नहीं है।

चार बजते ही उन्होंने प्रभुनाथ को आवाज़ लगा दी, 'प्रभुनाथ, जाग जाइए।'

प्रह्लाद जी के इस तरह जगाने पर प्रभुनाथ एकदम से अचकचा कर उठ बैठे थे। शायद प्रह्लाद जी की आवाज़ में कुछ ऐसा था या वे इस बात से घबरा गये थे कि प्रह्लाद जी तो इस तरह किसी को भी कभी नहीं जगाते। किसी की नींद में बेवजह खलल नहीं डालते। उन्होंने कुछ चिन्ता के स्वर में पूछा, 'क्या हुआ भैया?'

'कुछ ख़ास बात नहीं। बनारस चलना पड़ेगा। लगता है, दिल का दौरा पड़ा था। रामबरन को फ़ोन करके जगा दीजिए और कहिए कि गाड़ी लेकर आ जायें। थोड़ी तकलीफ़ हो रही है।' प्रह्लाद जी ने कहा।

'फ़ोन करने से वे नहीं जागेंगे। मैं जाकर अभी जगाता हूँ।' प्रभुनाथ बिस्तर छोड़ कर उठ खड़े हुए थे। उन्होंने घर का दरवाज़ा खटखटा कर बिजेन्दर को भी आवाज़ लगा दी। फिर फटाफट रामबरन के घर की तरफ़ लगभग दौड़ते हुए लपक पड़े।

इस बीच प्रह्लाद जी ने अपना लैपटॉप बैग सहेजा। उसमें रखे हेल्थ इंश्योरेंस आदि के काग़ज़ात, चेकबुक वग़ैरह जाँच कर रखा। एक बैग में कुछ कपड़े भी डाल लिए और तैयार होकर बाहर चौकी पर बैठ कर इन्तज़ार करने लगे।

प्रभुनाथ लौटे, तो फटाफट घर के अन्दर जाकर कपड़े बदले और आ गये। थोड़ी देर में रामबरन भी गाड़ी लेकर पहुँच गये। उनके साथ हरेराम भी आ गये थे। प्रभुनाथ ने बिजेन्दर को घर पर ही रुकने को कहा और प्रह्लाद जी के साथ गाड़ी में बैठ कर रवाना हो गये।

सुबह का समय था, इसलिए सड़कें ख़ाली थीं। आजकल सड़कें अच्छी बन भी गयी हैं। उन पर फर्राटा गाड़ियाँ दौड़ाई जा सकती हैं। पौने दो घण्टे में ही बनारस पहुँच गये थे। अस्पताल पहुँच कर कुछ ज़रूरी औपचारिकताएँ पूरी करने के बाद डॉक्टरों ने तत्परता दिखाते हुए तुरन्त प्रह्लाद जी की जाँच शुरू कर दी थी। उन्होंने बताया कि माइल्ड अटैक था। मगर दो दिन तो अस्पताल में भर्ती रहना ही पड़ेगा। उन्होंने ज़रूरी कार्रवाई करने के बाद प्रह्लाद जी को आईसीयू में भर्ती कर दिया। चौबीस घण्टे उन्हें ऑब्जर्वेशन में रखा जाना था।

हालाँकि प्रह्लाद जी अब काफ़ी बेहतर महसूस कर रहे थे। उन्होंने शाम को रामबरन को बुला कर कहा, 'अब आप लोग घर चले जाइए। यहाँ कोई वैसी ज़रूरत नहीं पड़ेगी। चाहें तो प्रभुनाथ रात को रुक जायें।...या, वे भी जा सकते हैं, कल आ जायेंगे। शायद कल भर और मुझे यहाँ रुकना होगा। मेरी देखभाल तो आख़िर अस्पताल वालों को ही करनी है। आप लोग रात को यहाँ रुक कर नाहक परेशान होंगे।'

मगर रामबरन उनकी बात कहाँ मानने वाले थे। उन्होंने दलील दी, 'रात भर की तो बात है। इतने भर के लिए डीजल फूँक के गाँव जाओ, फिर कल वापस आओ। यहीं वेटिंग रूम में गुजार लेंगे रात। गाँव जाकर करना भी क्या है। कल आपको साथ लेकर चलेंगे।'

इस बीच आईसीयू का अटेंडेंट आकर खड़ा हो गया था, 'सर, ज़्यादा देर बात मत कीजिए, दूसरे पेशेंट्स डिस्टर्ब हो रहे हैं। आप बाहर जाइए, यहाँ ज़्यादा देर रुकना अलाऊ नहीं है।'

रामबरन बाहर निकल गये थे। प्रह्लाद जी उन्हें बाहर जाते देखते रहे और उनका मन भर आया। गाँव के लोगों का यही स्नेह तो मोहता है। इसी से तो भरोसा पैदा होता है।

प्रह्लाद जी ने आईसीयू में भर्ती दूसरे मरीज़ों पर एक नज़र डाली। किसी के मुँह में नली लगी हुई, किसी की गर्दन में नली लगी हुई। उनमें से कई तो बेहोश पड़े थे। कई के चेहरे बता रहे थे कि वे काफ़ी सुखी, समृद्ध जीवन जीते रहे हैं। कुछ के चेहरों पर पसरा अभिमान बता रहा था कि वे ज़रूर कोई बड़े अधिकारी होंगे या रहे होंगे, रौब-रुतबे के साथ रहते होंगे। मगर इस कमरे में तो सब असहाय पड़े हुए हैं। शरीर की न जाने कौन-सी गति, कब गड़बड़ हो जाये और सारा रौब-रुतबा, सारी सुख-समृद्धि एक झटके में धराशायी हो जाये। जो अचेत पड़े हैं, उनकी ज़िन्दगी को फिर से पटरी पर लौटाने के लिए यहाँ डॉक्टर संघर्ष कर रहे हैं, बाहर उनके रिश्ते-नातेदार प्रार्थनाएँ कर रहे होंगे।

गाँव के लोग सच ही कहते हैं, मनुज बली नहिं होत है, समय होत बलवान। एक ही दिन कितने रूप गहता है, समझना किसी के वश की बात नहीं। कल का मेरा दिन कितनी ऊर्जा से भरा हुआ था। जिलाधिकारी से पॉजीटिव रिस्पॉन्स मिला था। बहुत सारी उम्मीदें जगी थीं। बहुत सारे सपने उमग उठे थे। वही सपने शाम होते-होते मुरझाने शुरू हो गये। रात होते-होते सब उलट-पलट हो गया। कहाँ कुछ देर पहले सिंगापुर जाने की तैयारी कर रहे थे। बच्चों की समस्या सुलझाने का मंसूबा बाँधे हुए थे। कहाँ अब यहाँ आकर आईसीयू में लेटना पड़ गया।

सात

अस्पताल के बिस्तर पर पड़े रहना जीवन के अलग अनुभव से गुज़रना होता है। प्रह्लाद जी ने अनुभव किया कि जीवन के सत्य तक पहुँचने का एक रास्ता यहाँ से भी होकर गुज़रता है। यह पहली बार था, जब उन्हें किसी तकलीफ़ की वजह से अस्पताल में ख़ुद भर्ती होना पड़ा था। हालाँकि अब उन्हें कोई तकलीफ़ नहीं थी, वे सामान्य अनुभव कर रहे थे, मगर अस्पताल के बिस्तर पर पड़े होने भर से उनमें रोगी होने का बोध उतर आया था। या शायद धीरे-धीरे उनमें रोगी होने का बोध भर दिया गया था। शायद दवा

का प्रभाव था, जो कुछ-कुछ देर में उन्हें झपकी आ जाती थी। उसी झपकी में उन्हें लता की आख़िरी वक़्त की छवियाँ उभर आती थीं। वह भी तो इसी तरह अस्पताल के बिस्तर पर, आईसीयू में मेरी ही तरह लेटी थी। वहीं से चली गयी थी। उसकी स्थिति इतनी गम्भीर हो गयी थी कि मुझे तो उसके पास तक नहीं जाने दिया गया था। आख़िरी वक़्त में वह अपनी तकलीफ़ मुझे बता भी नहीं पायी थी। मैं बाहर से केवल महसूस कर पा रहा था उस तकलीफ़ को। दूर रह कर किसी अपने की तकलीफ़ को सहन कर पाना ज़्यादा कठिन होता है।

प्रह्लाद जी कुछ देर को जैसे नीम बेहोशी में उतरते चले गये थे। कभी उन्हें लगता कि इस वक़्त वे ख़ुद आईसीयू के बिस्तर पर नहीं, बल्कि लता को लेटी हुई देख रहे हैं। कभी लगता कि लता उनके पास खड़ी उनके माथे पर हाथ फेर रही है। कुछ कह नहीं रही है। उसके चेहरे पर अपार दुख पथरा गया है। वे लता को आश्वस्त कर रहे हैं कि उन्हें कुछ नहीं हुआ है, वे बिल्कुल स्वस्थ हैं। मामूली तकलीफ़ हुई थी, वह अब बिल्कुल दूर हो चुकी है। कभी दवा का प्रभाव कम होता या शरीर की गति बदलती तो वे नीम बेहोशी से बाहर निकल आते और सामने बिस्तरों पर लेटे दूसरे मरीज़ों को देखने लगते।

आईसीयू में क़रीब बीस बिस्तर पड़े होंगे। हर बिस्तर तरह-तरह के कम्प्यूटराइज्ड यन्त्रों से लैस। कई मरीज़ों पर गहरी नज़र रखी जा रही थी। ज़्यादातर दिल के ही मरीज़ थे। काफ़ी देर तक उन मरीज़ों को देखते-देखते प्रह्लाद जी कुछ उकता भी चुके थे। बिस्तर पर लेटे-लेटे वे छत को निहारने लगते। एक अजीब तरह का वैराग्य भाव उनमें पैदा हो गया था। उन्होंने अनुभव किया कि जैसे श्मशान वैराग्य होता है, उसी तरह अस्पताल का भी वैराग्य होता है। अस्पताल के बिस्तर पर लेटे-लेटे वे जीवन को एक नये ढंग से देख पा रहे थे।

अस्पताल का यह कक्ष एक अलग संसार था। यहाँ दिन और रात का अन्दाज़ा नहीं चल पा रहा था। शायद यहाँ समय की गति ठहरी हुई थी। यहाँ बाहर और भीतर का द्वन्द्व भी शायद समाप्त हो गया था। जो कुछ घटित हो रहा था, केवल यहीं घटित हो रहा था। ऐसा नहीं कि मशीनों के बीच किसी बन्द कमरे में वे पहली बार आये थे, जहाँ दीवारों में खिड़कियाँ भी नहीं थीं। ध्वनि पर रिसर्च करते हुए, तो इससे भी अधिक बन्द कमरों में वे जीवन के

लम्बे कालखण्ड बिताये हैं। वहाँ तो बाहर की रोशनी क्या, ध्वनि की बारीक तरंग भी प्रवेश नहीं कर पाती थी। मगर वहाँ कभी ऐसा अनुभव नहीं हुआ कि बाहर की दुनिया से उनका नाता टूट गया है। शायद इसलिए कि ध्वनि प्रयोगशालाओं में बाहर की ध्वनियों का प्रवेश जबरन रोक दिया गया था। आईसीयू में तो जैसे बाहरी जीवन की पूरी धड़कन ही प्रतिबन्धित थी। ध्वनि प्रयोगशालाओं में कम से कम रचनात्मक विचार तो पैदा होते थे, यहाँ तो केवल आशंकाएँ और उदास तरंगें ही पैदा हो रही हैं। उन्हें लग रहा था कि न जाने कितने दिनों से वे इसी अवस्था में पड़े हुए हैं। केवल अपने से बातें करते हुए। चेहरा ढंक कर, मशीनों पर नज़र रखते, काग़ज़ों पर कुछ नोट करते, आसपास मशीननुमा डॉक्टरों, चिकित्सा सहायकों को चलते-फिरते देखते हुए। एक-दो बार तो उनके मन में यह शंका भी उपजी कि आईसीयू में जो डॉक्टर और सहायक तैनात हैं, वे वास्तव में मनुष्य हैं या मशीन हैं।

इस बन्द दुनिया में बाहरी दुनिया का प्रवेश हुआ प्रह्लाद जी के फ़ोन की घनघनाहट से। डॉक्टर सेठी का फ़ोन था। प्रह्लाद जी उत्साहित हो उठे। मगर यह सोच कर उनका उत्साह तुरन्त बैठ गया कि फ़िलहाल बात नहीं कर सकते। फ़ोन पूरा बजने के बाद बन्द हुआ तो उन्होंने डॉक्टर सेठी को सन्देश लिखा, 'रात को ज़रा तकलीफ़ महसूस हुई थी, तो अस्पताल आना पड़ा। अभी आईसीयू में ऑब्जर्वेशन पर रखा गया है। यहाँ बात नहीं हो सकती। वैसे, कोई तकलीफ़ नहीं है। सुबह आईसीयू से बाहर निकल कर सामान्य वार्ड में शिफ़्ट कर दिया जाऊँगा। तब बात करते हैं। फ़िलहाल, चिन्ता की कोई बात नहीं है।'

उधर से डॉक्टर सेठी का सीधा सवाल, 'कहाँ और किस अस्पताल में हैं?'

'वाराणसी, मैक्स में।'

'ओके। वहाँ मेरे छोटे बहनोई हैं। आर्थोपेडिक डिपार्टमेंट में। समीर सेनगुप्ता। वे आपकी मदद करेंगे।'

'चिन्ता की बिल्कुल कोई बात नहीं है। मैं बिल्कुल नॉर्मल हूँ। डॉक्टर तो सारा टेस्ट वग़ैरह कर ही रहे हैं। आप बिल्कुल परेशान न हों।'

'अच्छी बात है। कई बार समस्याएँ दूसरी वजहों से भी पैदा होती हैं। केवल कार्डियो चेकअप से सन्तुष्ट हो जाने से काम नहीं चलेगा। साइको

स्पेशलिस्ट से भी सलाह लेनी चाहिए। रिटायरमेंट के बाद कुछ साइको कंप्लीकेशंन्स भी उभर आती हैं।'

'अरे नहीं, ऐसी कोई परेशानी नहीं है। इतना दूर तक सोचने जैसी कोई बात नहीं है। आप बिल्कुल परेशान मत होइए। कल मैं आपसे बात करता हूँ।'

'ओके। अभी आप रेस्ट कीजिए।'

डॉक्टर सेठी से बातें करके प्रह्लाद जी को लगा कि जैसे उनके फ़ोन का असर किसी भी दवा से ज़्यादा हुआ है। अभी तक वे जिस नीम बेहोशी की-सी स्थिति में चल रहे थे, वह अचानक समाप्त हो गयी थी। अब वे पूरी तरह चैतन्य थे। दिमाग़ की सारी हलचलें शान्त हो गयी थीं। शरीर में स्फूर्ति महसूस हो रही थी।

रात को उन्हें ख़ूब गहरी नींद आयी थी। दवाओं का असर रहा होगा। सुबह उनकी नींद तब खुली, जब उन्हें जनरल वार्ड में शिफ़्ट करने की तैयारी की जा रही थी। रात को गहरी नींद सोकर उन्हें अच्छा लग रहा था। उन्होंने महसूस किया कि इतने दिनों में यह पहली रात गुज़री थी, जब उन्हें आधी रात को डुगडुगी की डुगडुग डुग सुनाई नहीं पड़ी थी। दो अटेंडेंट उन्हें उठा कर स्ट्रेचर पर लेटाने को तत्पर हुए, तो प्रह्लाद जी ने कहा कि वे अपने पैरों पर चल कर बड़े आराम से जा सकते हैं। मगर अस्पताल के अपने प्रोटोकॉल होते हैं। कोई भी अटेंडेंट किसी मरीज़ को टहलाते हुए आईसीयू से जनरल वार्ड में नहीं शिफ़्ट कर सकता। उन्होंने वार्ड असिस्टेंट की मदद से उन्हें बिस्तर से उतार कर स्ट्रेचर पर लेटा दिया था।

आईसीयू से बाहर निकलते ही प्रभुनाथ, रामबरन और हरेराम भी उनके स्ट्रेचर के साथ हो लिए। प्रह्लाद जी को लगा कि शायद वे तीनों बाहर कॉरिडोर में ही रात भर इन्तज़ार करते रहे होंगे। उन्होंने छूटते ही पूछा, 'रात भर यहाँ बाहर ही रहे क्या?'

'नहीं नहीं। हम तो वेटिंग रूम में थे। सूचना मिली कि आपको वार्ड में शिफ़्ट कर रहे हैं, तो ऊपर आ गये।' हरेराम ने जवाब दिया था।

'अब तबीयत कैसी लग रही है?' प्रभुनाथ ने पूछा था।

'तबीयत बिल्कुल ठीक है। अस्पताल की अपनी कुछ औपचारिकताएँ

होती हैं। डॉक्टर ने जो चेकअप वग़ैरह कहा था, उसकी रिपोर्ट आ जायेगी, उसके बाद ये लोग आज ही शाम तक मुझे छोड़ भी देंगे।' प्रह्लाद जी ने आश्वस्त किया। 'चलिए भइया, गनीमत है कि कोई गम्भीर समस्या नहीं निकली। अब आप घर चल कर कुछ दिन पूरी तरह आराम कीजिए। ख़ूब खाइए-पीजिए। बिल्कुल तंदरुस्त हो जायेंगे।' रामबरन ने कहा।

स्ट्रेचर पर चलते हुए प्रह्लाद जी ने महसूस किया कि जैसे वे किसी मुक्त दुनिया की ओर बढ़ रहे हैं। जहाँ पहुँच कर वे किसी पंछी की तरह उड़ सकेंगे। उन्हें लग रहा था कि जैसे वे युगों-युगों से बेड़ियों से जकड़े हुए थे। वहाँ वे हिल-डुल भी नहीं पा रहे थे। अहा, कितना आत्मीय वातावरण है अब। अपने लोग मेरे साथ हैं। मैं कितना ख़ुशनसीब हूँ कि मुझसे इतना स्नेह रखने वाले लोग मेरे साथ हैं।

आईसीयू से बाहर निकल कर वार्ड की तरफ़ बढ़ते हुए प्रह्लाद जी के दिमाग़ पर यह बात बार-बार दस्तक देने लगी कि डॉक्टर सेठी से बात करनी है। वे चिन्ता कर रही होंगी। परेशान हो रही होंगी। बहुत सेंसिटिव हैं वे। मगर वे अपने जिस बहनोई के बारे में बता रही थीं, वे तो मेरा हालचाल लेने नहीं आये। क्या पता, उनकी ड्यूटी आज शुरू होने वाली हो। ड्यूटी पर आयें, तो मुझसे मिलने आयें। क्या पता उन्होंने सम्बन्धित डॉक्टरों से मेरे बारे में जानकारी हासिल कर ली हो और मामला बहुत सीरियस न लगा हो, तो मिलना टाल दिया हो कि फुर्सत में मिलेंगे। जब कोई गम्भीर समस्या है ही नहीं, तो कर्टसी मीटिंग के लिए तो वे अपनी सुविधा से आ सकते हैं। मगर डॉक्टर सेठी को तो फ़ोन करके बताना पड़ेगा कि मैं बिल्कुल ठीक हूँ। कल रात उनसे वादा किया था मैंने...पहले वार्ड में व्यवस्थित हो लें और एक बार डॉक्टर विजिट कर लें, तो फिर तसल्ली से बात करूँगा उनसे।

चलते-चलते उन्होंने मोबाइल पर अँगुली फेर कर सब जगह देखा, न कहीं डॉक्टर सेठी का कोई मैसेज था, न मिस्ड कॉल। अगर सचमुच उन्हें चिन्ता होती, तो कम से कम मैसेज करके तो जानने का प्रयास करतीं कि मैं अभी आईसीयू में ही हूँ या वार्ड में शिफ़्ट हो गया। जिसे चिन्ता होती है, वह इतनी देर चुप तो नहीं बैठता। कल मैसेज से इतनी लम्बी तो बात हुई थी। सुबह

तो मैसेज कर सकती थीं। शायद वे मेरे फ़ोन का इन्तज़ार कर रही होंगी। मैंने ही तो उनसे कहा था कि मैं उन्हें फ़ोन करूँगा। या क्या पता, उनके बहनोई ने यहाँ के डॉक्टरों से मेरे बारे में जानकारी लेकर उन्हें बता दिया हो और वे भी निश्चिन्त हो गयी हों कि मुझे कोई गम्भीर समस्या नहीं है। इसलिए वे मेरे फ़ोन का इन्तज़ार कर रही हों। आईसीयू में फ़ोन पर बात तो हो नहीं सकती। फिर, उन्हें भरोसा होगा कि आईसीयू से निकलते ही मैं उन्हें फ़ोन ज़रूर करूँगा।

मगर वार्ड में शिफ़्ट होने के साथ ही नये सिरे से उनकी जाँच का सिलसिला शुरू हो गया था। रक्त के नमूने लिए गये। रक्तचाप वग़ैरह नोट किया गया। फिर नाश्ता आ गया। उन्होंने जैसे ही नाश्ता ख़त्म किया कि इसीजी वग़ैरह के लिए उन्हें लैब ले जाने को अटेंडेंट आ गया था।

प्रह्लाद जी ने रामबरन से कहा, 'आप लोग भी अब दिशा-फराकत करके कुछ नाश्ता वग़ैरह कर लीजिए। अब तो अस्पताल वाले मुझे जाँच वग़ैरह के लिए इधर से उधर ले जाते रहेंगे। आप लोगों की ज़रूरत है नहीं। अगर ज़रूरत होगी, तो फ़ोन कर लूँगा। प्राइवेट अस्पताल का यही फ़ायदा है कि हमें डॉक्टर के पीछे-पीछे नहीं भागना पड़ता। यहाँ डॉक्टर और सहायक अपनी ज़िम्मेदारी समझ कर सारे काम अपने आप, आपके बिना कहे, करते रहते हैं। एक बार सारी जाँचें हो जायें, तो फिर शाम तक स्थिति स्पष्ट हो जायेगी।'

नाश्ते के बाद उन्हें व्हील चेयर पर बैठा कर अटेंडेंट जाँच के लिए ले गया, तो रामबरन, हरेराम और प्रभुनाथ भी उनके पीछे-पीछे कुछ दूर आये थे और फिर अस्पताल से बाहर कुछ खाने-पीने को निकल गये थे।

आईसीयू से निकल कर वार्ड में आये थे, तबसे प्रह्लाद जी को समय ही नहीं मिल पाया कि वे डॉक्टर सेठी से बात कर पायें। दरअसल, वे डॉक्टर सेठी से सब लोगों के सामने बात करना नहीं चाहते थे। इसलिए उनके दिमाग़ में लगातार सेठी बनी हुई थीं। वे कुछ अवकाश चाहते थे कि एकान्त में उनसे बात कर सकें। मगर हर वक़्त कोई न कोई उनके आसपास मौजूद था। जाँच करा कर लैब से बाहर निकलते हुए उन्होंने तय किया कि फ़ोन करके डॉक्टर सेठी को कम से कम यह सूचना तो दे ही दूँ कि मैं वार्ड में शिफ़्ट हो गया हूँ और अब कोई दिक़्क़त नहीं है। रात को विस्तार से बात करेंगे। उन्होंने फ़ोन का बटन दबा कर देखा, सवा एक बज रहे थे।

फ़ोन में डॉक्टर सेठी का नम्बर तलाशने को हुए कि सामने कॉरिडोर में रामबरन, हरेराम, प्रभुनाथ के साथ बिजेन्दर और डॉक्टर सेठी भी खड़े थे।

उनकी नज़रें हैरानी से डॉक्टर सेठी पर अटक गयीं। उन्हें विश्वास नहीं हो रहा था कि डॉक्टर सेठी उनके सामने खड़ी हैं। उन्होंने बार-बार ख़ुद को दुरुस्त किया कि उनके सामने जो महिला खड़ी है, वह डॉक्टर सेठी ही हैं। यह उनका कोई भ्रम तो नहीं है।

'हलो प्रोफ़ेसर, अब कैसा महसूस कर रहे हैं?' यह सचमुच डॉक्टर सेठी की ही आवाज़ थी।

'वाट अ सरप्राइज। आप यहाँ!...कब!...कैसे!...' प्रह्लाद जी के स्वर में हैरानी के साथ-साथ ख़ुशी और उत्साह था। वे शायद समझ नहीं पा रहे थे कि इस समय उन्हें डॉक्टर सेठी से क्या और कैसे बात करनी चाहिए।

'डॉक्टर सेनगुप्ता कुछ देर पहले ही मुझे यहाँ छोड़ कर गये हैं। थोड़ी देर में आयेंगे। आपके डॉक्टर्स से उनकी रात को ही बात हो गयी थी। अभी थोड़ी देर पहले, मेरे सामने भी हुई। चिन्ता की कोई बात नहीं। सब ठीकठाक है।' डॉक्टर सेठी व्हील चेयर के साथ चलती हुई बात कर रही थीं।

'आप यहाँ कब आयीं!' प्रह्लाद जी ने पूछा।

'सुबह दस बजे फ्लाइट आ गयी थी। वहाँ से डॉक्टर सेनगुप्ता का ड्राइवर ले आया।'

सुन कर प्रह्लाद जी चुप रहे। उन्हें कोई जवाब सूझा ही नहीं। उन्होंने अन्दाज़ा लगा लिया कि रात को फ़ोन पर बात होने के बाद ही डॉक्टर सेठी ने टिकट बुक करा लिया होगा और सुबह की फ्लाइट ले ली होगी। यानी, रात को वे सोईं ही नहीं। ओह, कितनी फ़िक्र है इन्हें मेरी।

वे डॉक्टर सेठी के प्रति गहन कृतज्ञता से भर गये थे।

वार्ड में पहुँचे, तो रामबरन ने कहा, 'भइया परमवीर, आप मैडम से बात करो, हम बाहर टहल कर आते हैं।'

प्रह्लाद जी ने कहा, 'ठीक है, आप लोग बाहर जाकर कुछ खा-पी लीजिए। बिजेन्दर कब आया?'

'थोड़ी देर पहले ही आया। घर से हम सबके लिए खाना लेकर आया था। आपके लिए भी डिब्बा रखा है।' प्रभुनाथ ने कहा।

'अरे, मुझे तो अभी कुछ खाने की इच्छा है नहीं। सुबह का नाश्ता ही अभी तक नहीं पचा है। अस्पताल वाले भी अभी ले आयेंगे। इसे भी लेते जाइए, आप लोग खाकर ख़त्म कीजिए इसे भी।' प्रह्लाद जी ने कहा।

'रखा रहने दीजिए। बाद में जब मन होगा, तो खा लीजियेगा।' हरेराम ने सुझाव दिया।

जब प्रभुनाथ, रामबरन, हरेराम और बिजेन्दर वहाँ से चले गये तो डॉक्टर सेठी ने प्रह्लाद जी को बताया, 'मैं आयी, तो सबसे पहले इन्हीं लोगों से मुलाक़ात हो गयी। सबसे परिचय हो गया था। मगर मुझे लेकर इन सबकी आँखों में इतने सवाल थे कि मैं बता नहीं सकती। मैंने बताया कि यूनिवर्सिटी में आपकी कलीग रही हूँ, जिरकपुर में आपकी पड़ोसन हूँ, मगर इतने भर परिचय से किसी को सन्तोष नहीं हुआ। ख़ासकर रामबरन की नज़रें तो लगातार मुझे पढ़ने का प्रयास कर रही थीं।'

'गाँव के लोगों का स्वभाव तो आपको पता है। इसी तरह किसी महिला को पढ़ने का प्रयास करते हैं। मैंने कभी आपके बारे में इन लोगो को बताया भी नहीं, इसलिए इनके मन में सवाल स्वाभाविक हैं।'

'वह तो मैं भी समझती हूँ, मगर उनकी आँखों में तैरते सवाल नॉर्मल नहीं थे। उनकी नज़रें मेरे साथ आपके रिश्ते को परिभाषित करने का प्रयास कर रही थीं।'

'गाँव के लोग इस बात को स्वीकार ही नहीं कर पाते कि एक महिला और पुरुष के बीच कलीग के रिश्ते भी हो सकते हैं दोस्ताना सम्बन्ध भी हो सकते हैं। मैं समझा दूँगा उन्हें।' 'आपके समझाने से वे नहीं समझेंगे। उन्हें जो समझना था, वह वे समझ चुके हैं।'

प्रह्लाद जी चुप रहे। उनके दिमाग़ में वे सम्भावित दृश्य खुलने लगे थे, जो डॉक्टर सेठी से मिलने के बाद रामबरन, प्रभुनाथ और हरेराम ने रचे होंगे। रामबरन का स्वभाव तो विकट सामन्ती है। ख़ासकर महिलाओं को लेकर। शहरी, आधुनिक धज वाली महिलाओं को लेकर तो जटिल दुराग्रह हैं उसके मन में। प्रह्लाद जी अन्दाज़ा लगा रहे थे कि रामबरन ने डॉक्टर सेठी से क्या क्या सवाल किये होंगे और किस टोन में किये होंगे। डॉक्टर सेठी ने उसके सवालों के जो भी जवाब दिये होंगे, उन्हें रामबरन ने उल्टे सिरे से ही पकड़ा और व्याख्यायित किया होगा। प्रह्लाद जी इस बात से अच्छी तरह वाक़िफ़ हैं कि रामबरन जब भी इस तरह शहरी महिलाओं के बात करता है, तो न सिर्फ़ उसकी जुबान दुअर्थी हो जाती है, बल्कि उसकी नज़रें भी अश्लील हो जाती हैं। ज़माना बेशक काफ़ी बदल गया है, गाँव भी शहरी रंग में रंगने लगे हैं, पर रामबरन आज भी मध्ययुगीन सोच से बाहर नहीं निकल पाया है। डॉक्टर सेठी के प्रति रामबरन का यह व्यवहार असहज करने वाला था। उन्होंने सोचा

न था कि उनके गाँव-परिवार के लोग डॉक्टर सेठी के बारे में कुछ ग़लत भी सोच सकते हैं। निश्चय ही उनके व्यवहार से डॉक्टर सेठी को भीतर गहरी चोट पहुँची है। इसमें दोष मेरा ही है। उन्होंने बस इतना ही कहा, 'सॉरी डॉक्टर सेठी। दरअसल, आप अचानक आ गयीं। मुझे पहले से पता होता, तो उन लोगों को आपके बारे में बता कर रखता। तब शायद ऐसी स्थिति न आने पाती।'

'नो नो प्रोफ़ेसर, इट्स ऑल राइट। वे भी अपनी जगह ग़लत नहीं हैं।'

'अभी वे खाना खाकर आयेंगे, तो उनसे आपका ठीक से परिचय कराता हूँ।' अभी वह प्रसंग चल ही रहा था कि डॉक्टर सेनगुप्ता और डॉक्टर त्रिपाठी आ गये थे। डॉक्टर सेनगुप्ता ने ख़ुद ही अपना परिचय दिया था और संक्षेप में यह भी बता दिया कि उनकी डॉक्टर त्रिपाठी से आपके बारे में सारी बात हो गयी है। 'रिटायरमेंट के बाद कई बार कुछ लोगों को साइकोलाजिकल कंप्लीकेशन्स हो जाती हैं। आपके साथ तो अकेलापन भी एक रीजन है। डॉक्टर सेठी ने सब बता दिया है हमें। कई बार चीज़ें ख़ुद को पता नहीं चल पातीं, भीतर दबी रहती हैं, मगर वे अपना असर डालती रहती हैं। कुछ ब्लॉकेज भी है, मगर वह कोई चिन्ता की बात नहीं। दूसरे कंप्लीकेशन्स का स्टडी भी कर लेने दीजिए। डॉक्टर त्रिपाठी बहुत सीनियर स्पेशलिस्ट हैं। इनके कुछ ऑब्जर्वेशन्स हैं, वे दूसरे एक्सपर्ट्स से राय लेकर फिर आपका ट्रीटमेंट करेंगे। आप हड़बड़ी न मचाएँ। दो-एक दिन और रुक जाइए। हम आपको बिल्कुल फिट करके भेजेंगे।'

'ओह, मैं तो सोच रहा था कि आज शाम तक मुझे छुट्टी दे देंगे आप लोग। कुछ ज़रूरी काम भी करने थे।' प्रह्लाद जी के स्वर में निराशा थी।

'इससे ज़रूरी काम कुछ नहीं हो सकता। पहले अपनी सेहत की फ़िक्र कीजिए। बाक़ी काम तो बाद में भी हो जायेंगे।' डॉक्टर सेठी ने लगभग झिड़कते हुए कहा।

डॉक्टर चले गये, तो प्रह्लाद जी ने रामबरन को फ़ोन मिला दिया। उन्होंने उन्हें सारी स्थिति बतायी, 'डॉक्टर आये थे। कह रहे थे कि मुझे अभी एक-दो दिन और रुकना पड़ेगा। कुछ सामान्य टेस्ट वग़ैरह होंगे। वैसे यहाँ आप लोगों के रुकने की फ़िलहाल तो ज़रूरत है नहीं। बेवजह आप लोग

परेशान ही होंगे। तो, आप लोग गाँव निकल जाइए। मैं फ़ोन पर समाचार देता रहूँगा। डॉक्टर सेठी आ गयी हैं। वे मेरे साथ ही हैं। इनके छोटे बहनोई यहीं डॉक्टर हैं। कोई दिक़्क़त नहीं होने वाली है। वहाँ गाँव में आप लोगों के काम का हर्ज़ होगा।'

'आपकी सेहत से तो बड़ा कोई ऐसा काम नहीं है कि जिसका हर्ज़ा हो रहा हो। मगर अब आप कह रहे हैं कि सेठी मैडम आ गयी हैं, वे सँभाल लेंगी आपको, तो ठीक है भइया, हम निकल ही लेते हैं। सेठी मैडम तो हैं ही। कोई ज़रूरी बात होगी, तो बता दीजियेगा।' रामबरन ने सपाट-सा जवाब दिया था।

प्रह्लाद जी को रामबरन के जवाब में कुछ अजीब ही ध्वनि सुनाई दी। वह बहुत ही कठोर था। उसकी बातें जैसे पत्थर की तरह पड़ रही थीं। वे समझ नहीं पाये कि इसके आगे क्या कहना चाहिए। वे कुछ देर चुप रहे, फिर जैसे औपचारिकता निभाने के लिए कहा, 'अगर आप लोग एक बार ऊपर आ जायें, तो डॉक्टर सेठी से आप सबका परिचय कराना चाहता हूँ।'

'परिचय तो हो चुका है हमारा। हम सब मिल ही चुके हैं उनसे। आप भी आराम कीजिए, बात-वात कीजिए उनसे। हम लोग निकल ही लेते हैं, नहीं तो फिर अँधेरा घिर आयेगा।' रामबरन ने एक तरह से बात समाप्त करने के अन्दाज़ में कहा था। फ़ोन बन्द हो गया, तो प्रह्लाद जी एक अजीब निराशा और उधेड़-बुन में फँस गये थे। वे समझ नहीं पा रहे थे कि ऐसी क्या बात हो गयी कि अभी तक जो उनके गाँव-परिवार वाले उनकी फ़िक्र में हर समय उनके आसपास ही डोल रहे थे, वही अचानक ऐसे बेगाने-से क्यों व्यवहार करने लगे हैं। कम से कम, जाने से पहले एक बार ऊपर आकर मिल तो जाते। ज़रूर डॉक्टर सेठी को लेकर उनमें कोई गम्भीर ग़लतफहमी पैदा हो गयी है। आख़िर यह ग़लतफहमी दूर तो करनी पड़ेगी। मगर कैसे!...अस्पताल से निकल कर बात करूँगा उनसे।

डॉक्टर सेठी ने प्रह्लाद जी की मन:स्थिति पढ़ ली थी। उन्होंने कहा, 'अब वे नहीं आयेंगे शायद। चिन्ता मत कीजिए। आप भी अब यहाँ से सीधा चंडीगढ़ चलिए, मेरे साथ।'

प्रह्लाद जी ने डॉक्टर सेठी को हैरानी से देखा और देर तक देखते रहे। कहा कुछ नहीं। और सोच के समन्दर में ऊभचुभ होने लगे थे।

❑❑